RAFIK SCHAMI

Wenn du erzählst, erblüht die Wüste

Roman

Hanser

1. Auflage 2023

ISBN 978-3-446-27746-5
© 2023 Carl Hanser Verlag GmbH & Co. KG, München
Umschlag und Foto: Peter-Andreas Hassiepen, München
Satz: Greiner & Reichel, Köln
Druck und Bindung: CPI books GmbH, Leck
Printed in Germany

MIX
Papier | Fördert
gute Waldnutzung
FSC® C083411

Für Hanne, meine Mutter, die mich mit ihrem feinen
Gehör und Humor zum Erzähler machte,
und für Ibrahim, meinen Vater, der mir die Liebe
zur Stille der Bücher beigebracht hat.

Und für Root und Emil, mein erstes kritisches
Publikum bei jeder Geschichte.

DAS GROSSE GESCHENK

*oder wie man unverhofft
zu Geschichten kommt*

Mit meiner Schwester Samar verbindet mich seit der Kindheit eine innige Liebe. Ich war vier, als sie auf die Welt kam. Sie weinte laut, die Hebamme, eine Freundin meiner Mutter, wusch sie und sang ihr schöne Lieder, die das neugeborene Baby willkommen heißen sollten, aber das Baby wollte nicht aufhören zu schreien. Es war eine Hausgeburt, und ich durfte – wenn auch in gewissem Abstand vom Bett – dabei sein. Dann plötzlich drehte sich das namenlose Baby auf dem Arm der Hebamme zu mir, hörte auf zu weinen und lachte mich an. Die Hebamme war verwundert und rief mich zu sich. Auf meinen fragenden Blick, ob ich das wirklich darf, nickte meine erschöpfte Mutter und lächelte. Ich kam näher, und das Baby lachte nun laut und entblößte seinen zahnlosen Mund. Ich fand das lustig, weil es mich an den Mund meiner Großmutter mütterlicherseits erinnerte.

Ich soll den Zeigefinger auf das Baby gerichtet und gerufen haben: »Tete Samar«, Großmutter Samar, und so nannte meine Mutter das Baby Samar. Meine Eltern hatten eine Abmachung getroffen: Meine Mutter gibt den Mädchen den Namen, dafür gilt der Wunsch des Vaters bei den Jungen.

Ich wurde zum Beschützer von Samar, und sie war die Zauberin, die Spenden aus Mutters Hand lockermachte. Sie war als Kind engelhaft schön, und wenn sie so still vor der Mutter stand und sie in einer gewissen Weise anlächelte, so sprangen dabei fünf bis zehn Piaster heraus, mit

7

anderen Worten ein Eis und manchmal sogar eine Handvoll Erdnüsse dazu. Wir genossen die Beute immer zusammen und lachten viel. Ich allein hätte kaum eine Chance gehabt, die Mutter täglich um zehn Piaster zu erleichtern. Dafür wagte niemand weit und breit, Samar auch nur ein Haar zu krümmen. Diese Sicherheit hat ihr geholfen, eine scharfe Zunge zu entwickeln.

Auch heute sind wir trotz Entfernung und fünfzig Jahren Exil unzertrennlich. Wir telefonieren in der Regel zweimal wöchentlich und lästern über die Welt. Diese besondere, innige Freundschaft hat uns nicht selten in Krisen Halt gegeben. Samar und ich haben uns nie gescheut, einander auch unsere herbsten Niederlagen und dümmsten Fehler einzugestehen und beim anderen Rat zu holen.

Mein Vater hatte zu Lebzeiten nur ein Hobby: Bücher. Er war wohlhabend und errichtete mit den Jahren eine große Bibliothek in unserem Sommerhaus in Maalula, einem christlich-aramäischen Dorf sechzig Kilometer nördlich von Damaskus. Er liebte edle Bücher, vor allem aber Erstdrucke, Handschriften und seltene Ausgaben historischer Werke.

Auf einem Regal stand ein gerahmter Spruch, von einem Kalligraphen mit schöner Schrift geschrieben. Der kleine Rahmen war mit Intarsien geschmückt. Ich konnte diesen Spruch auswendig, weil er mir bei jedem Vorbeigehen auf Augenhöhe entgegenstrahlte. Er stammte nicht von einem arabischen Gelehrten, sondern von Pierre Curie, dem Atomphysiker. Jetzt, während ich an diesem Text arbeite, fällt er mir wieder ein, ich suchte danach, und tatsächlich, er existiert. Wortwörtlich so, wie er auch hinter der Glasscheibe in jenem Rahmen stand:

»Nur dreißig Bücher aus Andalusien haben uns erreicht, und wir konnten das Atom spalten. Wenn wir nur die Hälfte der Million Bücher hätten, die alle verbrannt worden sind, würden wir heute zwischen Galaxien hin- und herreisen.«

Doch als Naturwissenschaftler zweifele ich bei aller Verehrung von Marie und Pierre Curie daran, dass er von Pierre Curie stammt. Das Atom wurde erst etwa dreißig Jahre nach seinem Tod 1906 gespalten. Dennoch hat der Spruch seine Berechtigung, denn in Spanien wurden Berge von Manuskripten und Büchern nach der Vertreibung der Araber und Juden verbrannt.

Damals sagte mir mein Vater, der Spruch von Pierre Curie gebe genau seine Meinung wieder und sei die treibende Kraft hinter seiner Bücherleidenschaft. Auch als er alt wurde, ließ sie nicht nach. Ich war inzwischen in Deutschland. Immer wieder rief er mich an und erzählte mir stolz, welche Werke er nun erworben habe. Wenn er nach Beirut, Aleppo oder Amman reiste, so suchte er immer zuerst die Antiquariate auf.

Nach dem Tod meines Vaters war die Bibliothek nur noch eine schöne Dekoration. Viele der alten Bücher waren edel gebunden, nicht selten mit Leder und Goldprägung. Doch keiner in der Familie außer mir liebt Bücher. Auch Samar nicht. Sie ist Filmfanatikerin. Nicht selten scherzte sie, sie wolle mir die Bücher in einem Container nach Deutschland schicken, als Entwicklungshilfe.

»Um Gottes Willen«, rief ich und spielte den Entsetzten, »ich habe nicht einmal Platz für meine eigenen Bücher.«

Am Sonntag, dem 9. Januar 2014, rief sie mich an. Sie erzählte mir zuerst von dem Gottesdienst, den sie gerade besucht und wen sie dort getroffen hatte. »Aber ich war wie abwesend«, sagte sie und stockte dann. »Und? Ist etwas passiert?«, fragte ich neugierig und zugleich besorgt.

»Nein, aber ich hatte gestern Nacht einen Albtraum«, sagte sie mit brüchiger Stimme, bei der ich mir jeden witzigen Kommentar verkniff.

»Einen Albtraum?«

»Ja, dass unser Haus in Maalula brannte. Vater stand in den Flammen und las unbeeindruckt und total versunken in einem Buch. Ich wollte zu ihm rennen, doch meine Füße waren schwerer als Blei. Er schaute zu mir herüber, lächelte und begann dann seelenruhig, Buch für Buch aus den Regalen zu nehmen und durch das offene Fenster zu mir herunter auf den Hof zu werfen. Sechs Bücher habe ich gezählt, dann flog das siebte auf mich zu, das bereits brannte. Ich wachte auf und war – trotz der Kälte – schweißgebadet. Ich musste mein Nachthemd wechseln.«

Ich schwieg.

Man muss erwähnen, dass die alten Araber, Aramäer und Juden den Traum nicht als Resultat von verdrängten Kindheitserlebnissen betrachten, sondern, und das war seit dem alten Ägypten und Griechenland so, als Zukunftsdeutung, bisweilen als Orakel oder prophetische Voraussicht, und zwar bis heute. Freud hat da kaum Kundschaft.

Eine Woche später rief Samar mich wieder an. »Ich hatte wieder denselben Albtraum«, sagte sie gepresst. Ich wusste nicht, was ich sagen sollte.

»Hast du vielleicht eine Möglichkeit, ich meine, kennst du jemanden, der diese seltenen Bücher aus Vaters Bibliothek würdigt und gebrauchen könnte?«, fragte sie. Das Schicksal der Bücher musste sie intensiv beschäftigen, dass sie auf einen solchen Gedanken kam.

»Ich kümmere mich darum«, sagte ich. Samar bedankte sich. »Schick mir doch ein paar, damit ich den Wissenschaftlern zeigen kann, was das für ein Schatz ist. Es reichen erst einmal fünf Bücher.«

»Sagen wir sechs«, erwiderte Samar und lachte. Ich merkte ihre Erleichterung.

Zwei Wochen später kam eine Holzkiste mit sechs Bänden und einer Schachtel meiner Lieblingssüßigkeit »Nachtigallennester«, einem Pistaziengebäck.

Ich breitete die herrlichen Bücher auf einem Extratisch in meiner Bibliothek aus. Sie rochen nach Maalula, nach Thymian und Basilikum, nach Koriander und Papier. Ich sah das helle Zimmer in unserem Haus in Maalula und das große Bücherregal, das eine ganze Wand bedeckte.

Vor mir lagen zwei Bücher mit Abhandlungen und Reden über christliche Theologie und Ethik des Kirchenlehrers Johannes Damascenus (650–754). Er war ein bekannter syrischer Theologe und Lyriker. Seine Werke der Kirchenmusik werden bis heute geschätzt. Man hat ihn »Johannes des goldenen Mundes« genannt. Außerdem hatte das Paket einen

Lyrikband mit Spottgedichten, ein Buch über Astronomie und eines über Alchimie enthalten. Der sechste Band war der unauffälligste, dessen Titel mich aber sofort gefangen nahm. *Wenn du erzählst, erblüht die Wüste.* Das Buch war handgeschrieben. Weder am Anfang noch am Ende stand ein Autorenname. Nur, wie es bei solchen handgeschriebenen Büchern üblich war, das Datum der Niederschrift: *Ostern 1890.* Das ist ein deutlicher Hinweis, dass der Kopist oder Kalligraph ein Christ war. Der Autor bleibt im Dunkeln.

Ich ließ alles Übrige liegen und las den Text in einer Woche von vorn bis hinten durch. Danach beschloss ich, diesen Band für mich zu behalten. Wegen der anderen fünf kontaktierte ich Institute in Deutschland, die sich mit der arabischen Kultur beschäftigen. Doch die Reaktion war ernüchternd. Die Lager der Institute seien überfüllt und es bestehe kein Bedarf. Erst ein Telefonat mit einem holländischen Wissenschaftler an der Universität Leiden hat mir Hoffnung gemacht. Er war sehr neugierig und bat um die Zusendung der Bücher. Ich behielt das eine Buch und schickte ihm die anderen. Eine Woche später kam eine euphorische, begeisterte E-Mail. Solche Bücher gebe es selten, schrieb er, der Lyrikband habe eine Lücke in der Gedichtsammlung der Bibliothek geschlossen. Er würde die ganze Bibliothek meines Vaters adoptieren und die Transportkosten übernehmen. Die niederländische Botschaft in Damaskus habe er bereits kontaktiert, und der Kulturattaché sei sehr hilfsbereit. Meine Schwester solle die Bücher in gute Kartons einpacken, alles andere übernehme die Botschaft.

Ich bedankte mich und rief Samar sofort an. Sie war absolut begeistert, als sie auch noch erfuhr, dass das Institut den Namen unseres Vaters als Spender festhalten wolle.

»Er würde sich freuen, dass sich professionelle Liebhaber der Bücher um seinen Schatz kümmern«, sagte sie.

Doch wegen des Krieges konnte Samar lange nicht nach Maalula fahren. Der bewaffnete Kampf hatte den zivilen friedlichen Aufstand für Freiheit und Demokratie erstickt. Die Kämpfe um Damaskus waren die heftigsten.

Ich tröstete den holländischen Orientalisten und hoffte mit ihm, dass unser Sommerhaus in Maalula verschont bliebe. Leider vergeblich. Maalula wurde in Mitleidenschaft gezogen, durch seine Berge und die Nähe zur Autobahn M5, die Damaskus mit dem Norden verbindet, war der Ort für die rivalisierenden Truppen strategisch besonders interessant. Viermal wurde das Dorf erobert und zurückerobert. Dabei erlebte die Gegend erbitterte Kämpfe, bei denen viele Häuser und Kirchen beschädigt wurden.

Unser Haus am Dorfplatz wurde von einer kleinen Brandrakete getroffen, die durchs Wohnzimmerfenster ins Innere gelangte und das Zimmer in Flammen setzte. Möbel und Bibliothek waren innerhalb kürzester Zeit vernichtet. Die Nachbarschaft eilte herbei, bildete eine Menschenkette und löschte den Brand.

Samar erfuhr durch ein Telefonat davon. Sie selbst konnte nichts tun. Von Damaskus aus beauftragte sie Handwerker mit der Renovierung des Wohnzimmers. Und bald glänzten die Wände wieder schneeweiß, aber von den Büchern war keine Spur geblieben.

»Ich glaube, es war eine Rakete der Islamisten, die Bücher hassen«, sagte Samar, die alle Fundamentalisten verachtete.

Ich berichtete dem holländischen Wissenschaftler von der Zerstörung der Bibliothek.

»Was für eine kulturelle Katastrophe«, schrieb er mir.

Es vergingen fünf Jahre, bis Samar unser Sommerhaus wieder betreten konnte.

Nur die genannten sechs Bücher wurden aus der Bibliothek meines Vaters gerettet. Hunderte andere fielen den Flammen zum Opfer, so wie Samar es im Traum erlebt hatte.

Ich weiß selbst nicht warum, aber im Sommer 2015 fühlte ich mich auf einmal wieder zu diesem einen, mir verbliebenen Band aus der Bibliothek hingezogen. Ich nahm ihn mit auf meine Erzähltournee, aufs Neue faszinierte er mich sehr, und so beschloss ich, das Buch nicht nur zu übersetzen, sondern auch von der Last und den Fesseln der Zeit zu befreien und für die heutige Leserschaft zugänglich zu machen.

Der anonyme Autor hat das Buch wahrscheinlich um die Jahre 1820 oder 1830 geschrieben. Die Zahlen 2 (٢) und 3 (٣) sind bei einer schlechten Handschrift kaum zu unterscheiden, zumal das Original, das der Kopist sauber abschrieb, durch die Zeit sehr gelitten hat, wie er am Ende seiner Niederschrift vermerkt. Der Autor hat unter den poetischen Titel *Wenn du erzählst, erblüht die Wüste* das Wort Riwaia, Roman, gesetzt. Es ist auch wahrlich ein Roman, nur nicht nach europäischem Muster. Anscheinend nahm er sich die legendäre Scheherazade zum Vorbild, um in einem Buch Perlen der arabischen Erzählkunst zu versammeln und durch eine ungewöhnliche Rahmenhandlung zu verbinden.

Fünf Jahre lang arbeitete ich an dem Buch. Eine Geschichte neu erzählen ist nichts anderes als sie neu erfinden. Die Grenzen einer Geschichte sind die ihrer Erzählerinnen und Erzähler.

Die Arbeit verlangte Geduld und Kraft, sie bereitete mir aber täglich ein besonderes Vergnügen, ging es doch darum, einen mutigen Pionier des arabischen Romans zu würdigen, der jedwede Nachahmung ablehnte und sich auf die spannende Kunst des mündlichen Erzählens verließ.

Das Schönste für mich aber ist, meinem Vater damit eine Liebeserklärung zu machen, dessen Paradies in den Büchern verborgen lag.

Wo auch immer er ist, ich glaube fest daran, dass er sich über das gerettete Buch freuen würde.

VON DER HOFFNUNG
EINES KÖNIGS UND EINES
KAFFEEHAUSERZÄHLERS

Jasmin, die Retterin

Vor nicht allzu langen Jahren lebte ein König namens Salih. Sein Land verfügte über die größten Goldminen auf der Welt. Salih heiratete Halima, die Liebe seiner Jugend, und bald freuten sie sich, weil Halima ein schönes gesundes Mädchen zur Welt brachte.

Wie das Mädchen zu seinem Namen kam, ist ungewöhnlich. Es war Sommer und sehr warm, und die Mutter lag im Bett am Fenster, um jede frische Windböe zu genießen. Da kam ihr Mann, küsste sie dankbar auf die Augen und ging zu dem kleinen Bett, in dem das Mädchen lag. Die Hebamme stand noch da und beobachtete das Baby.

»Wie soll unsere Tochter heißen?«, fragte der König und bewunderte das engelhafte Gesicht der schlafenden Tochter. In diesem Augenblick wehte eine starke, frische Brise herein und trug den Duft der Jasminsträucher zu der erleichtert tief atmenden Mutter.

»Ah, Jasmin«, flüsterte sie mit wohlig geschlossenen Augen. Sie meinte den Duft ihrer Lieblingsblüte.

»Ein schöner Name«, sagte der König. Er küsste seine Frau auf den Mund und verabschiedete sich. Vor der Tür drehte er sich noch einmal um.

»Und ein guter Name, die Kleine duftet auch nach Jasmin wie ihre Mutter«, sagte er und lachte.

Das arabische Land Sitt Hudud war klein, aber mächtig. Es verfügte wie gesagt über die größten Goldminen der Welt und grenzte an sechs Länder, sein Name bedeutete »Sechs Grenzen«. So sehr die Nachbarländer König Salih auch beneideten, bildeten sie doch keine Gefahr, denn seine Armee war stark, und die sechs Länder waren untereinander sehr zerstritten. Der König wiederholte vor seinen Freunden immer: »Der Streit meiner Feinde ist ein Teil meines Friedens.«

Jasmin wuchs heran. Ihre Eltern liebten sie und erzogen sie mit der Hilfe guter Lehrerinnen und Lehrer zu einer klugen jungen Frau. Halima wurde nach Jasmins Geburt nie wieder schwanger. Sie sehnte sich nach einem Prinzen, doch König Salih beruhigte sie, er finde Jasmin klug und auch schon mit sechzehn eine reife Persönlichkeit. »Mit ihrem Mut, den man hinter ihrer zarten Schönheit nicht erwarten würde, besiegt sie jeden Mann ihres Alters im Kampf. Das hat mir ihr Sportmeister versichert.«

Als Jasmin siebzehn wurde, besprach ihr Vater mit ihr seinen Plan, sie offiziell zur Kronprinzessin auszurufen. Jasmin bat um ein Jahr Zeit, sie wolle zuvor das Land bereisen und Menschen und Natur kennenlernen, und das wolle sie nicht als Prinzessin tun, sondern als einfache Wandersfrau, denn nur so würden die Menschen sich ihr anvertrauen und offen erzählen, wovon sie träumten und worunter sie litten. König Salih war zu Tränen gerührt. Er drückte seine Tochter zärtlich an seine Brust. »Was für eine mutige Prinzessin!«, sagte er bewundernd.

Mit ihrer zwei Jahre älteren Zofe Nura, die Jasmin wie eine Schwester liebte, machte sie sich auf den Weg.

Ein Jahr lang wanderten die zwei jungen Frauen durch das Land, und als der Geldbeutel nur noch aus Stoff und Luft bestand, verdingten sich Jasmin und Nura als Wäscherinnen, Hauslehrerinnen, Strickerinnen, Köchinnen oder Erntearbeiterinnen. Oft in Häusern und Küchen, manchmal auf den Feldern. Bei Reichen und Armen lernten sie Freude und Kummer der Menschen aus nächster Nähe kennen.

Unzählige Male gerieten sie in Gefahr, sei es auf verlassenen Wegen, in Herbergen, in feinen Häusern oder zu später Stunde an ihren Arbeitsplätzen, doch beide hatten bereits als junge Mädchen die Kunst der Selbstverteidigung erlernt, und das lähmte sogar Grobiane.

Nach einem Jahr intensiven Reisens kehrten Jasmin und Nura in die Hauptstadt Lulu zurück, und es kam ihnen vor, als wären sie zehn Jahre fort gewesen.

König Salih freute sich über die strahlende Tochter, deren Auftritt viel an Sicherheit gewonnen hatte und deren Rede von der Tiefe ihrer Gedanken zeugte.

Ein halbes Jahr später beschloss Jasmin, auch eine Wanderung durch die sechs umliegenden Länder zu unternehmen. Ihre Eltern waren zuerst absolut dagegen, nach einer Woche Diskussion mit Jasmin relativ dagegen und nach weiteren zwei Wochen gar nicht mehr dagegen. Doch auch Jasmin musste Zugeständnisse machen und den Elternwunsch akzeptieren, diese lange Reise nicht mehr zu Fuß, sondern gemeinsam mit Nura auf zwei guten Pferden anzutreten und genügend Geld mitzunehmen, um in der Fremde nirgends arbeiten zu müssen. Ihr Vater hatte große Angst, dass sie in diesen sechs fremden Ländern überfallen und ausgeraubt werden könnte. Also nähten Nura und Jasmin in ihre Mäntel und Taschen jeweils ein Geheimfach ein für das Geld.

Und sie ritten davon.

Diese Reise war genauso bedeutend für die Prinzessin wie die Reise durch ihr eigenes Land. In allen Ländern sprach man dieselbe Sprache, Arabisch, aber Sitten und Gebräuche waren Jasmin völlig fremd. Erst durch diese Reise erkannte sie, wie viel schlechter die Herrscher in den sechs Ländern im Vergleich zu ihrem Vater regierten.

Es war eine ernüchternde Erfahrung. Jasmin fühlte natürlich Mitleid mit den Benachteiligten, aber die Lage der Menschen in allen sechs Ländern war ähnlich. Bald überraschte sie nichts mehr. Und doch: Im sechsten und letzten Land, das für seine schönen Strände berühmt war und dessen Meer reich an Fischen und Perlen war, geschah es.

Jasmin und Nura nahmen ein Zimmer in einem winzigen Gasthaus am Meer, brachten ihr Gepäck aufs Zimmer und übergaben ihre Pferde einem Mitarbeiter zur Betreuung.

Sie machten einen langen Spaziergang am Meer. Schließlich setzten sie sich auf einen Felsen, wo sie von der Höhe einen wunderschönen Blick auf das ausgedehnte Blau des Himmels und des Meeres hatten.

Plötzlich bemerkte Jasmin, etwas schneller als Nura, dass ein Fischer beim Hantieren auf seinem Boot über Bord gefallen war, und sie erkannte, dass er nicht schwimmen konnte. Er schlug im Wasser wild um sich und begann, um Hilfe zu rufen. Jasmin zögerte nicht lange, sie war eine erfahrene Schwimmerin. Sie ließ ihre Kleider bei Nura und sprang ins Meer. Mit wenigen Zügen war sie bei dem jungen Mann. Sie packte ihn von hinten unter den Achseln und half ihm ins Boot. Als der junge Mann sie nackt im Wasser sah, murmelte er ängstlich:»Bin ich schon tot? Bis du eine Nymphe? Oder gar eine Fee?«

»Nein, nein, ich bin Jasmin«, antwortete Jasmin lachend, und noch bevor der junge Fischer die nächste Frage stellen konnte, war sie bereits verschwunden. Sie zog sich wieder an und genoss mit Nura die Sonne.

Plötzlich sah Nura, dass der Fischer auf sie zuruderte.

»Vielleicht will er dir ein paar Fische schenken«, sagte sie und lachte.

Der junge Fischer stieg aus seinem Boot und stand jetzt vor dem Felsen und schaute zu den zwei Frauen hinauf.

»Ich möchte mich für meine Rettung bedanken. Habe heute schöne Fische gefangen. Wenn ihr wollt, werde ich sie für euch hier am Strand grillen. Das kann ich besser als schwimmen.«

Die zwei Freundinnen schauten einander an.»Warum nicht?«, meinte Jasmin.

Es war ein Gefühl, das Jasmin bisher nicht kannte. Immer wenn der Fischer ihr sein schönes Gesicht zuwandte und sie anschaute, klopfte ihr Herz heftig. Sicher trug die herrliche Umgebung dazu bei. Das Meeresrauschen, der Vollmond und die hereinbrechende Dunkelheit. An dieser Stelle des Strandes waren sie allein. Der Fischer hatte sehr geschickt die Fische ausgeweidet, gewaschen und mit aufgeschnittenen Zitronen, die er aus einem nahen Garten gestohlen hatte, eingerieben. Danach hatte er mit leichter Hand ein Feuer entfacht und grillte darauf die Fische. Sie schmeckten Jasmin und Nura ausgezeichnet.

»Wir sitzen hier mit dir und essen, dabei wissen wir nicht einmal, wie du heißt, und auch du weißt nicht, wer wir sind. Ich bin Nura«, sagte die Zofe.

»Und ich Jasmin.«

»Ich heiße Amir. Aber der Name ist das einzige Edle an mir. Ich bin bettelarm und verdiene gerade einmal so viel, dass meine Mutter und ich nicht hungern müssen«, antwortete der Fischer.

»Und wo wohnst du mit deiner Mutter?«, fragte Nura, als ahnte sie, dass Jasmin das dringend wissen wollte.

»Unsere kleine Hütte liegt unmittelbar neben der Moschee«, antwortete er. Dann hielt er kurz inne. »Und was arbeitet ihr?«

»Wir sind Wanderarbeiterinnen«, antwortete Nura. Jasmin senkte den Blick. Sie fühlte etwas wie Scham, dass sie den jungen Mann belügen mussten.

»Und wir sind auf dem Weg nach Hause. Nach Sitt Hudud«, fügte Nura hinzu.

Spät in der Nacht begleitete Amir Nura und Jasmin zu ihrem kleinen Gasthaus. Der Abschied war merkwürdig bewegend. Der junge Fischer stand schüchtern da und wusste nicht, was er sagen sollte. Jasmin nahm seine Hand in ihre Hände.

»Sei nicht traurig. Ich komme wieder«, sagte sie und gab ihm einen Kuss auf die Wange.

»Wirklich?«

Amir konnte sein Glück kaum fassen.

»Bis dahin werde ich schwimmen lernen«, antwortete er.

»Und wenn ich nicht störe«, rief Nura belustigt, »komme ich auch mit.«

»Ja, bitte«, erwiderte Amir.

Der Ort, wo Amir lebte, war nicht weit von der Grenze zu Sitt Hudud entfernt. Die Hauptstadt Lulu erreichte ein Reiter bequem in zwei Stunden.

Jasmin konnte lange nicht einschlafen. Und Nura wusste, dass die Lebensretterin ihr Herz verloren hatte. Sie lächelte still für sich und fühlte ein großes Glück, denn Jasmin war – im Gegensatz zu ihr – Männern bisher immer aus dem Weg gegangen.

Am nächsten Morgen ritten beide Frauen zurück.

Das doppelte Unglück

Die verliebte Jasmin schwebte auf einer Wolke. Sie wollte in Ruhe auf einen geeigneten Augenblick warten, um ihren Eltern von Amir zu erzählen. Die waren erst einmal außer sich vor Freude und erleichtert, dass sie heil zurückgekommen war. Ihr Vater wollte Nura, der Zofe, zur Belohnung ein großes Geldgeschenk machen, doch diese lehnte höflich ab. »Mit Jasmin zu reisen ist eine einzige Belohnung.«

Jasmin träumte immer wieder von Amir. In ihrem Traum schwamm er elegant neben einem Delphin.

In den darauffolgenden Monaten ritt Jasmin in Nuras Begleitung immer wieder zu Amir. Nura überließ die beiden Liebenden sich selbst und machte lange Spaziergänge oder erkundete auf ihrem Rappen die Umgebung.

Und egal, wie lange sie wegblieb, jedes Mal erschrak Jasmin, die nicht auf die Zeit achtete, bei der Aufforderung, sie sollten bald nach Hause zurückreiten. So ist es mit der Zeit der Verliebten, sie ist immer zu kurz.

Jasmins Eltern bemerkten zwar eine gewisse Veränderung an ihrer Tochter, aber wenn sie danach fragten, antwortete Jasmin ausweichend. Auch Nura verriet ihnen nichts.

So mutig Jasmin sonst war, auch in den nächsten drei Monaten fand sie nicht den Weg, ihren Eltern mitzuteilen, dass sie weder ihren Cousin, Prinz Abdullah, noch einen der vielen anderen Söhne reicher Wesire und Händler, die um ihre Hand anhielten, heiraten wollte, sondern nur ihren Amir.

Eines Morgens wünschte sie sich, zusammen mit ihren Eltern eine Kutschenfahrt zum Fluss zu unternehmen und dort den Tag zu verbringen. In dieser malerischen Umgebung wollte sie ihren Eltern von ihrer Liebe erzählen, und ihnen sagen, dass sie sogar bereit wäre, auf den Thron zu verzichten, um mit Amir zu leben, und sei es in Armut. Nura bestärkte sie darin.

Das würde, dachte Jasmin, sicher nicht das Ende der Herrschaft ihrer Familie bedeuten, denn der König hatte einen jüngeren Bruder, Badri, und der einen Sohn, Prinz Abdullah. Einer von beiden könnte das Königreich weiterführen.

Die Eltern freuten sich über die Idee eines gemeinsamen Ausflugs. Die Mutter ahnte, dass die Tochter irgendetwas auf dem Herzen hatte, und als diese sagte:»Aber bitte ohne Wächter und Dienerschaft. Ich will mit euch allein sein«, wusste die Mutter, dass ihr Gefühl sie nicht trog.

»Sehr gerne«, antworteten die Eltern wie im Chor. Auch sie sehnten sich nach einfachen Freuden.

Doch das Schicksal bereitete ihnen eine bitterböse Überraschung. Die Kutsche kam nicht weit. Ein paar hundert Meter vom Palast entfernt lauerte ein Attentäter auf die königliche Familie. Er schoss auf den König, aber die Kugel traf seine Frau. Sie war auf der Stelle tot. Da das Attentat in der Nähe des Palastes geschehen war, eilten die Wächter sofort hinter dem Attentäter her und holten ihn ein. Als er sein Gewehr auf sie richtete, schossen zwei Wächter ihn nieder. Der Attentäter starb und nahm das Geheimnis, warum er dem König nach dem Leben trachtete, mit ins Grab. Viele Gerüchte machten die Runde. Er sei verrückt gewesen, hieß es, oder er sei Agent eines anderen Herrschers, der König Salih hasste. Auch wurde gemunkelt, es sei eine Palastverschwörung gewesen, deshalb habe man den Verbrecher schnell erledigt, damit seine Verbindungen zu Hintermännern und Auftraggebern nicht ans Licht kämen. Wie auch immer. Das Motiv für den Mord wurde nie aufgeklärt.

Das Land trauerte um seine geliebte Königin, und vor allem natürlich der König, der gesagt haben soll:»Der Mörder ist tot, ich aber bin zu lebenslangem Schmerz verurteilt.« Als hätte die erste Katastrophe nicht gereicht, folgte eine zweite und raubte ihm jedwede Ruhe: Seine Tochter Jasmin war beim Anblick ihrer blutenden Mutter in eine tiefe Ohnmacht gefallen. Als sie wieder zu sich kam, wirkte sie ruhig, ja gelassen, doch Woche für Woche verschlechterte sich ihr Gesundheitszustand. Sie schrie im Schlaf, aß kaum mehr und erbrach sich oft. Sie sah unendlich traurig aus und wollte mit niemandem außer ihrer Zofe und ihrem Vater reden. Lustlos verbrachte sie die Tage in ihrem Palastflügel und weigerte sich, irgendetwas zu unternehmen. Nicht einmal ihrer besten Freundin, der Zofe Nura, vertraute sie an, dass sie sich am Tod der Mutter schuldig fühlte, weil sie den Ausflug vorgeschlagen hatte.

Oft sah man König Salih am Grab seiner Frau weinen, das er mitten in seinem Garten errichten ließ. Dem Vorschlag seiner Berater, eine junge Frau zu heiraten, die ihm Kummer und Trauer vertreiben und einen Thronfolger schenken könnte, wollte er nicht folgen. Er konnte keine andere Frau lieben und plante, seine Tochter Jasmin, zur Kronprinzessin zu machen. Das war damals nicht üblich, doch der König konnte seinen Beratern und Wesiren die Königinnen aufzählen, die in vielen anderen Ländern herrschten und weder besser noch schlechter als die Könige waren. König Salih wusste nicht nur von berühmten Königinnen zu berichten, wie etwa Kleopatra von Ägypten oder die Königin von Saba, die sogar in der Bibel erwähnt wird, da sie König Salomo besuchte, um seine Weisheit zu prüfen, sondern auch von vielen anderen, weniger bekannten Königinnen: Nofrusobek und Hatschepsut von Ägypten, Königin Atalja von Israel, Amanirenas von Nubien sowie sieben Kaiserinnen, die in Japan mit kleinen Unterbrechungen zweihundert Jahre geherrscht hatten.

»Gewiss, Eure Gnaden, aber das geschah in fernen Zeiten und Ländern. Hier bei uns geht so etwas doch wohl nicht!«

»Wir wissen von unserer Vergangenheit weniger als von unserer Zukunft. Unser Unwissen darf aber nicht als Beweis für die Unmöglichkeit von irgendetwas gelten«, antwortete der König und lächelte. »Palmyra war der Sitz der syrischen Königin Zenobia, die sogar den Römern die Stirn bot. Schadscharat ad-Durr und Sitt al Mulk herrschten in Ägypten, es gab die jemenitische Herrscherin Saiyda al Hurra, auch genannt Arwa, die Berberkönigin Dihya, die assyrische Herrscherin Šammuramat und viele andere, die noch gestern und auch hier in unserer Gegend geherrscht haben«, antwortete der gelehrte König.

Er liebte seine Tochter innig und wünschte sie sich als Thronfolgerin. Er war sicher, sie wäre auch für das Land eine viel bessere Herrscherin als sein Bruder, der eher zum König der Genüsse taugte als dazu, ein Land ernsthaft zu regieren, oder dessen Sohn Abdullah, den der König überhaupt nicht mochte. Insgeheim war er glücklich, dass auch Jasmin ihn ablehnte. Abdullah war eine undurchsichtige Persönlichkeit, deshalb hatte der König ihn kürzlich aus allen Ämtern entlassen. Sein Wesir hatte ihm vertraulich versichert, der Neffe sei in mehrere Skandale verwickelt. König Salih hatte den Neffen zu sich gerufen und im Beisein seines Vaters, Prinz Badri, zur Vernunft gemahnt, sonst sähe er sich gezwungen, ihn ins Gefängnis zu stecken. Untertänig bettelte Abdullah um Gnade.

»Sie sei dir zum letzten Mal gewährt«, erwiderte der König,»aber nur aus Achtung und Liebe zu deinem Vater«, setzte er hinzu.

Einen Augenblick lang hatte er sogar gedacht, Abdullah könnte hinter dem Attentat stecken, aber dann vertrieb er den Gedanken.

Eigentlich war König Salih entschlossen, seiner Tochter bald den Thron zu überlassen, aber wie sollte das gehen: eine kranke, apathische Königin, die mit niemanden reden wollte und ihre Wohnung nicht verließ!

Kluge Berater des Königs vermuteten, dass sich Schamhuresch, der Sultan der Dschinn, in die Prinzessin verliebt habe, und da sie sich ihm verweigerte, ihr Herz und ihre Zunge gefangen hielt. Deshalb ließ der König die berühmtesten Zauberer, Seher, Mediziner, Hexen, Sterndeuterinnen und Schamanen einladen und versprach, wenn es einem oder einer gelinge, seine Tochter zu heilen, würde er sein oder ihr Gewicht in Gold aufwiegen.

Drei Monate lang ertrug die Prinzessin tapfer alle Torturen der Hexen und Magier. Doch dann wollte sie kein Kraut mehr essen, keine Salbe mehr auf ihre Haut auftragen lassen und keinen Weihrauch mehr riechen, und die Meister der verborgenen Welten kehrten mit leeren Händen und noch mehr als ihrem Gewicht an Wut und Enttäuschung beladen nach Hause zurück.

Als die Prinzessin neunzehn wurde, fasste König Salih einen äußerst kühnen Entschluss und ließ in seinem Land verkünden, wer seine Tochter heilen könne, der werde zum Fürsten geadelt und dürfe seine Tochter heiraten und der Mann der Königin sein.

Daraufhin strömten schöne und hässliche, alte und junge Männer herbei, Adlige, Abenteurer und auch arme Teufel, die sich sagten, sie hätten nichts mehr zu verlieren. Die Prinzessin aber saß stumm und hübsch wie eine Gipsfigur da und reagierte auf nichts.

Wenn ein Kandidat sie langweilte, hob sie die Hand. Sogleich wurde er von zwei Wächtern, die neben ihrer Zofe saßen, hinausbegleitet.

Da kam Nura auf eine naheliegende Idee. Sie schlug Jasmin vor, sie könne über Nacht zu Amir reiten und ihn bitten, er solle als Arzt oder Zauberer verkleidet zu Jasmin kommen. Bei seinem Anblick würde sie gesund werden, und dann könnten sie heiraten.

Wenn Jasmin nicht die Güte von Nuras Herz gekannt und ihre Fürsorge geschätzt hätte, wäre sie wütend geworden.

»Als ob ich hier ein falsches Spiel spielen würde, um Amir durch einen Gaunertrick zu heiraten! Mir geht es schlecht, liebe Freundin, sehr schlecht. Aber was würde geschehen, wenn mein gütiger Vater das Spiel durchschaut, zumal Amir weder in der Medizin noch in irgendeiner Heilkunst Erfahrung hat? Und selbst wenn mein Vater von unserer List erst später erfahren sollte, möchte ich ihm den Schmerz nicht zufügen, dass ich seine Liebe mit Betrug erwidere. Auch Amir würde das nicht wollen. Ich weiß, wie ehrlich und stolz er ist.

Wenn ich gesund werde, will ich selber zu meinem Vater gehen und ihm von meiner Liebe erzählen. Ich habe es Amir und mir ja versprochen, doch im Moment fehlen mir Kraft und Mut dazu. Und jetzt muss ich schlafen«, sagte sie. Dieser letzte Satz entglitt ihrer Kontrolle und kam fast zornig heraus. Sie zog sich die Decke über den Kopf und schlief bald ein. Die zwei Wächter gingen auf Zehenspitzen hinaus. Nura zog sich in ihr Zimmer zurück und ließ die Tür zu Jasmins Zimmer einen Spalt weit geöffnet.

Karam, der Kaffeehauserzähler

Eines Tages kam ein Kaffeehauserzähler aus einem benachbarten Land in die große Hauptstadt Lulu. Er hieß Karam. Er war groß und dürr. Groß war er schon immer gewesen, aber dürr war er in seinen jungen Jahren nicht. Fünf Jahre in einem Gefangenenlager in der Wüste hatten ihn bis auf die Knochen abmagern lassen, seine Seele und Würde konnten sie jedoch nicht zerstören.

Aber wie war es überhaupt dazu gekommen, dass ein Geschichtenerzähler in dem grausamen Lager für Staatsfeinde, wie es hieß, gequält wurde?

Kaum zu glauben, aber wahr, weil er eine witzige Tierfabel erzählt hatte, in der der Löwe, der König der Tiere, sich lächerlich machte. Nicht nur legten ihn Fuchs, Stier und Wiesel herein, sondern er biss auch seine nächsten Freunde zu Tode, bis er am Ende nichts mehr zu beißen hatte und elend starb.

Jahrelang hatte Karam zu später Stunde in seinem Kaffeehaus Geschichten erzählt und die Leute erst nach Hause geschickt, wenn eine Geschichte ihren spannenden Höhepunkt erreichte, mit dem Versprechen, am nächsten Abend die Fortsetzung zu erzählen. Jahrzehntelang ging das so, Nacht für Nacht. In jener besonderen Nacht aber ahnte er nicht, dass er sein Wort nicht mehr würde halten können. In dieser Nacht rückten Soldaten in seine Gasse ein, stürmten das Haus, als wäre darin eine Kompanie bewaffneter Feinde des Herrschers versteckt, und zerrten Karam aus dem Bett. Seine Frau schrie um Hilfe, doch niemand kam. Die Nachbarn standen hinter den Fenstern wie blasse Gipsfiguren. Ihre Gesichter zeigten stummes Entsetzen, bei manchen auch Gleichgültigkeit oder gar Häme.

Karam wurde beschuldigt, er habe den »Schatten Gottes auf Erden« beleidigt, so pflegte sich der Herrscher dieses Landes zu nennen. Er hieß Assad al Din, Löwe des Glaubens. Dafür gab es fünfzehn Jahre Gefängnis mit Schwerstarbeit. So kam Karam in das Lager für Staatsfeinde, einen höllischen Ort.

Seine Frau Farida starb drei Jahre nach seiner Verhaftung. Sie starb einsam, denn die Nachbarn besuchten sie nicht mehr. Manche hatten sie nicht einmal mehr gegrüßt, weil sie die Frau eines Staatsfeindes war. Karam erfuhr erst ein Jahr später vom Tod seiner Frau und von der anschließenden Plünderung seines kleinen Hauses und des Cafés. Das schilderte ihm ein neu ins Lager gebrachter Gefangener, der in derselben Straße wie Farida und Karam wohnte.

»Nichts mehr bindet mich an dieses Land«, soll er zu seinem Mitgefangenen gesagt haben.

Im fünften Jahr gelang ihm mit drei anderen Gefangenen die Flucht. Mithilfe eines freundlichen Beduinen durchquerte er die Wüste und erreichte Lulu, die Hauptstadt des Nachbarlandes Sitt Hudud. Er suchte das Haus seiner Tante Samia auf, der jüngsten Schwester seiner Mutter. Sie weinte vor Freude, als sie ihn sah, denn sie rechnete ihn bereits zu den Toten. Sie freute sich auch, weil sie seine Geschichten kannte und schätzte, und noch mehr seine Gastfreundschaft. Wenn sie früher einmal im Jahr zu Besuch kam, hätten er und Farida sie am liebsten nicht mehr zurückfahren lassen.

»Dass du lebst, ist ein Geschenk Gottes«, sagte Samia und weinte und lachte zugleich. Karam küsste seine Tante und umarmte sie innig. In der ersten Woche schlief er täglich bis zum Mittag. Seine Tante sorgte dafür, dass keiner ihn störte und kochte ihm seine Lieblingsgerichte

»Jetzt siehst du besser aus«, sagte sie eines Tages zufrieden, nachdem Karam schon am Morgen aufgestanden war und sich ausführlich gebadet und rasiert hatte.

Er erzählte ihr von seiner Höllenfahrt, davon, wie die Menschen sich unter extremen Bedingungen verändern. Manche ängstlichen Mitgefangenen werden zu mutigen Helden und sterben deswegen schnell. Andere ursprünglich starke Männer werden kleinlaut und freunden sich nicht selten mit den Wärtern und Folterern an. Sie werden belohnt: mit etwas weniger Qualen.

Samia hörte gespannt wie ein kleines Mädchen und mit vor Schreck geweiteten Augen zu, denn in Sitt Hudud kannte man so etwas nicht. Man durfte sagen, was man wollte, und niemand wurde wegen seiner Haltung zum Königshaus bestraft. Schließlich verstummte Karam, weil das ehrliche Erzählen ihn belastete und weil er aus Rücksicht auf seine Tante doch Teile der brutalen Gewalttätigkeiten im Gefängnis verschweigen musste ... was ihn noch mehr schmerzte.

»Erzähl mir von dir, Tante«, sagte er.

»Was soll ich erzählen angesichts deiner Tragödie? Ich lebe hier seit dreißig Jahren, und es kommt mir vor wie dreißig Tage. Wir, mein Mann und ich, lebten glücklich miteinander, auch wenn für uns beide ein Kind ein Geschenk des Himmels gewesen wäre. Ich weiß nicht, ob dir deine Mutter erzählt hat, dass wir überlegt haben, dich zu adoptieren. Wir hatten dich sehr gern, und meine Schwester hatte ja außer dir noch drei weitere Kinder, die beiden Mädchen, Nadia und Sara, und deinen Bruder Samir. Dein Vater, der sich mit meinem Mann sehr gut verstanden hat, stimmte zu, aber deine Mutter wollte nicht.«

»Viel ist ihr von ihren Kindern nicht geblieben. Du weißt ja, Nadia und Sara trennten sich im Streit von ihr, weil sie Männer heirateten, mit denen meine Mutter nicht einverstanden war. Samir wanderte mit zwanzig aus, und wir haben von ihm nichts mehr gehört. Man sagt, er sei ertrunken oder getötet worden. Nach dem Tod meines Vaters hatte sie nur noch mich. Gott sei Dank liebte meine Frau Farida meine Mutter und pflegte sie bis zum letzten Tag ihres Lebens. Wir haben sehr lange um sie getrauert, aber heute bin ich dankbar, dass sie meine Haft und den Tod von Farida nicht mehr erleben musste. Manchmal ist der Tod gnädiger, als man denkt.«

»Das stimmt«, nahm Samia den Faden wieder auf, »deine Mutter hat mir bei jedem Besuch erzählt, dass sie Farida wie eine eigene Tochter liebte. Kein Wunder!

Mein Mann ist in Frieden gestorben. In meinen Armen sagte er lächelnd: ›Wenn du mich liebst, so vergnüge dich in diesem Leben. Suche dir jemanden, der dich liebt und dich zum Lachen bringt. Dann bin auch ich drüben glücklich.‹ Stell dir vor, so ein feiner Mensch war er«, sagte sie und lachte.»Er hat mir genügend Besitz und Geld hinterlassen, dass ich noch hundert Jahre lang im Wohlstand leben kann. Und obwohl er schon vor einigen Jahren gestorben ist, fand ich bisher niemanden, der mir gefällt. Auch wenn sich das vielleicht gerade ändert ... Doch das ist nicht das Problem, ich wäre auch so glücklich, aber ...«, sagte sie und stockte.

»Was aber?«, fragte Karam.

»Unseren geliebten König ereilten vor ein paar Jahren zwei Katastrophen, und wir alle trauern mit ihm ...«, und die Tante erzählte von der Tragödie des Königshauses. Karam wurde nachdenklich.

Am nächsten Tag begann er die große Stadt zu erkunden, die er seit Jahren nicht mehr besucht hatte. Das Zentrum der Hauptstadt, in dessen Nähe seine Tante in einem schönen kleinen Haus lebte, war eine Augenweide mit Prachtbauten, Parkanlagen, Geschäften, Krankenhäusern und gepflegten Straßen. Sie wäre ihm wie ein Paradies erschienen, hätten nicht so viele Bedürftige um ein Geldstück oder ein Stück Brot gebettelt.

Auf einem Hügel im Norden der Stadt fand Karam ein Café. Hier ließ er sich nieder und beobachtete die Stadt. Aus der Ferne wirkte sie so harmonisch. Entfernung ist die beste Tarnung. Sie passt sich unseren Launen und Sehnsüchten an.

Er erinnerte sich an einen Ausflug mit seiner Farida, und wie sie am Ende erschöpft ein Café erreichten und sich wie zwei Kinder über einen Mokka mit Kardamom freuten. Farida konnte sich so sehr über Kleinigkeiten freuen, und das hatte er von ihr gelernt, nicht auf die großen Glücksmomente zu warten, sondern die kleinen glücklichen Augenblicke wie Mosaiksteine zu einem großen Glück zusammenzufügen.

Es waren nur wenige Gäste in dem Café, und bald setzte sich der Wirt zu Karam. Auch er erzählte vom Schicksal des Königs, mit dem er großes Mitleid hatte, und noch mehr mit dessen Tochter, Prinzessin Jasmin.

Auch Karam betrübte das Schicksal der jungen Prinzessin, vor allem aber empfand er eine ungeheure Sympathie für den König, dessen Liebe zu seiner verstorbenen Frau ihn sehr berührte, weil auch er beschlossen hatte, sein Leben lang nur Farida zu lieben. Von diesem Moment an verließ ihn der Gedanke nicht mehr, was er tun könnte, um der kranken Prinzessin und ihrem traurigen Vater zu helfen. Karam glaubte fest daran, wenn man anderen Glück bringt, bleibt etwas Glück am Überbringer haften.

Ein gewagter Schritt

In dieser Absicht ging Karam eines Tages zum Palast. Dort meldete er sich nicht eben bescheiden beim Torwächter.

»Ich komme, um die Prinzessin zu heilen«, sagte er.

Der einfältige Wächter musterte Karam von oben bis unten und schüttelte den Kopf.

»Du siehst nicht gerade aus wie ein Arzt.«, antwortete er mit abweisendem Gesicht.

»Lass mich zu ihr, dann wirst du schon sehen. Sie hatte einst ein schönes Lachen. Ich habe sie im Traum erblickt, und sie sagte mir, ich solle kommen und ihr das Lachen zurückbringen«, sagte Karam und lächelte.

»Du bist vielleicht ein Spaßvogel«, meinte der Wächter und eilte zum Leiter der Wache. Denn der strenge Befehl des Königs lautete, auch wenn ein Bettler oder Verrückter käme, um der Prinzessin zu helfen, solle man ihn einlassen. So geschah es. Der Offizier begleitete den Kaffeehauserzähler zum König, der sich gerade im Audienzsaal mit Dichtern, Philosophen, Händlern und vielen angesehenen Männern und Frauen unterhielt.

Als der Offizier Karam ankündigte, herrschte Stille im Saal.

König Salih musterte den jungen Mann. Seine klugen Augen und der stolze Auftritt gefielen ihm.

»Du willst meine Tochter heilen und sie heiraten?«

»Eure Majestät. Eure Tochter ist nicht krank. Sie verweigert sich dem Leben, weil sie irgendeinen Kummer hat. Ich will versuchen, ihr die Lebenslust zurückzugeben, doch ich muss Euer Gnaden sagen, ich will sie gar nicht heiraten. Ich habe wie Ihr meine Frau verloren, die ich abgöttisch liebte, und ich habe wie Ihr kein zweites Herz für eine andere Frau. Vielleicht hat Eure kluge Tochter all die Anwärter durchschaut. Keiner wollte ihr aus Liebe und Achtung helfen, sondern alle waren nur daran interessiert, Prinzgemahl zu werden. Aber wer sagt Euch, dass Eure Tochter überhaupt heiraten will? Ich möchte mit ihr reden. Ich werde sie lange mit meinen Geschichten unterhalten, und dann wird der Tag kommen, an dem sie uns alle wieder mit ihrer zauberhaften Persönlichkeit beglücken wird, über die ich in der Stadt so viel hörte. Dafür bitte ich Euch nur um eines, o gnädiger Herrscher, dass in Eurer Hauptstadt, solange ich erzähle, keiner mehr hungern soll. Das wird mir und Prinzessin Jasmin sehr helfen. Mehr verlange ich nicht.«

Lautes Gemurmel erhob sich unter den Wesiren, Beratern und Besuchern im Audienzsaal.

»Was sagt er?«

»Ist das aber frech!«

»Das ist ja die reinste Anarchie!«

»Der Mann will eine Revolution anzetteln!«

»Mein Gott, wie redet er mit dem König?«

»So etwas habe ich noch nie erlebt!«

»Er beleidigt den König. Er stellt ihm Bedingungen!«

Der König hob die Hand und brachte damit alle zum Schweigen.

»Abend für Abend werde ich mit Eurer Tochter sprechen und ihr und Euch Geschichten erzählen. Wenn sie mich nicht mehr sehen und hören will, komme ich nicht mehr. Glaubt mir, o gnädiger Herrscher, sobald sie wieder zu sich findet, wird sie selber entscheiden, ob und wen sie heiraten will.«

Wieder entstand ein empörtes Gemurmel.

»Der will die Prinzessin nicht heiraten, dieser arrogante Nichtsnutz?«

»Was sagt er? Sie soll selbst entscheiden, wen sie heiraten will? Wo hat man denn so etwas je gehört?«

Noch einmal hob der König die Hand und schaute zornig in die Runde. Beinahe hätten einige aufgehört zu atmen.

König Salih staunte über die Redseligkeit des Fremden und seinen Mut, eigene Bedingungen zu stellen. Er senkte den Kopf und überlegte lange. Allmählich erhob sich in den Reihen seiner Berater und Gäste ein Gemurmel.

Als der König den Kopf wieder hob und Karam anschaute, trat absolute Stille ein.

»Junger Mann, ich muss eine Weile über die Sache nachdenken und mit meiner Tochter und dem Großwesir beraten. Komm morgen zur selben Zeit wieder, dann verkünde ich dir meinen Beschluss.«

Der Geschichtenerzähler verneigte sich und verließ den Audienzsaal.

Nach einer ausgedehnten Siesta und einer schönen Kaffeestunde mit seiner Tante kam Karam am nächsten Nachmittag wieder zum Palast. Er musste diesmal nicht lange erklären, was er wollte. Der Leiter der Wache wartete bereits auf ihn. Und der Audienzsaal war so voll, dass viele Gäste entlang der Wände stehen mussten.

»Junger Mann, meine Tochter und ich nehmen dein Angebot an. Meine Tochter freut sich, wenn du sie ab morgen mit deinen Geschichten unterhalten wirst. Ab heute um Mitternacht werden zwanzig Köche und dreihundert Helfer leckere Speisen vorbereiten und ab morgen früh auf allen Plätzen der Stadt kostenlos verteilen. Alle Armen sind eingeladen, sich satt zu essen.«

»O nein!«

»Mein Gott!«

»Aber, Eure Majestät!?« Allerlei Empörungsrufe waren zu hören. Der König richtete seinen Blick auf die Wesire.

»Die Gesundheit meiner Tochter ist mir das teuerste Gut auf Erden. Und wer von euch ist dagegen, dass Hungernde satt werden?«, schrie er wütend. Daraufhin herrschte Totenstille im Saal.

Jetzt wandte sich der König Karam zu.

»Junger Mann, wie heißt du?«, fragte er.

»Karam, Eure Majestät.«

»Schöner Name, Karam, *Großzügigkeit*, ich freue mich auf dich und hoffe, du wirst Jasmin helfen können.« Er bemühte sich, sanft zu sprechen, aber seine Stimme war durch den vorherigen Zorn spröde geworden. Beifall erhob sich, zuerst zögernd, dann schwoll er an, als der König lächelte.

»Gott schütze unseren König!«

»Gesundheit und Glück unserer Kronprinzessin!« Karam verneigte sich vor dem König und machte sich auf den Heimweg.

Ernüchternde Begegnung

In dieser Nacht konnte Karam kaum schlafen, seine Tante ebenso wenig. Als er in der Morgendämmerung leise aus dem Haus schleichen wollte, um zu prüfen, ob es in der Stadt schon irgendwelche Vorbereitungen gab, hörte er aus der Küche Samias Stimme.

»Nicht ohne einen Mokka«, rief sie und lachte.

Karam streifte durch die Stadt und war verwundert, wie leise und diszipliniert die Köche und ihre Helfer ihren Auftrag ausführten und wie freundlich sie die Menschen informierten. Große Tische und Sitzbänke wurden aufgestellt, und bald kamen die ersten Hungrigen. Sie näherten sich so vorsichtig, als hätten sie Angst, es sei ein Traum, der bei Übereilung verschwinden würde. Man bediente sie wie vornehme Gäste. Neugierig probierte Karam das Essen. Es gab frisches Brot, Käse, Oliven, Marmeladen, Obst und so viel Tee und Kaffee, wie man wünschte.

Zufrieden ging er heim und bereitete sich für seinen ersten Auftritt vor. Nach dem Mittagessen und einer Siesta machte er sich frisch und brach zum Palast auf.

Am Eingangstor empfing ihn der diensthabende Offizier und begleitete ihn bis zur Tür des Ostflügels, in dem Jasmin lebte.

Nura, die Zofe, lächelte ihn an, doch ihr Lächeln war viel zu dünn und durchsichtig, um ihre Trauer zu verhüllen. Sie flüsterte Karam zu: »Der Prinzessin geht es heute sehr schlecht.« Am liebsten hätte sie ihn gleich zu Jasmin gebracht, doch er schien es nicht eilig zu haben.

»Erzähl mir ein wenig von ihr. Ich habe in der Stadt gehört, was für weite und mutige Reisen ihr gemacht habt. Sie muss ja eine sehr starke Frau sein.«

»Das ist sie auch«, erwiderte Nura und erzählte ihm von Jasmins Kindheit. Nura und die Prinzessin kannten sich von Kind auf. Nura war die Tochter des Großwesirs, und Jasmin hatte sie sich als Zofe gewünscht. Ihre Freundschaft wurde dadurch noch stärker.

»Liebst du sie?«, fragte Karam.

»Mehr als das. Sie ist meine beste Freundin«, antwortete Nura.

Eine Stunde lang sprachen sie miteinander, doch Nura erzählte Karam kein Wort von der Liebesbeziehung zwischen Jasmin und Amir. Dann betrat Karam das Schlafgemach der Prinzessin. Er bat die zwei Wächter, draußen zu warten, und setzte sich auf den vorbereiteten Stuhl neben dem Bett.

»Ich grüße dich, liebe Prinzessin. Willst du mir etwas erzählen?«

Jasmin schüttelte den Kopf. Sie lag mit geschlossenen Augen im Bett, aber sie war wach.

»Soll ich dir ein wenig von mir erzählen?«

Wieder schüttelte Jasmin den Kopf.

»Ich will schlafen«, flüsterte sie kaum hörbar.

Über eine Stunde saß Karam ganz stumm neben ihr. Er schloss die Augen. Bilder tauchten in seinem Kopf auf. Seine Erlebnisse als Gefangener. Und so merkwürdig es sich anhört, das Gesicht der Prinzessin erinnerte ihn an das Gesicht eines Mannes, der mit ihm und zwanzig weiteren Gefangenen in einer kleinen Baracke dieses Höllenlagers gelebt hatte. Er hieß Isa. Wie man sich erzählte, gehörte er zu einer Gruppe von Männern und Frauen, die gegen den Sultan des Landes einen bewaffneten Kampf führten. Er wurde fast jede Woche abgeholt und gefoltert, und wenn er zurückkam, war er halb tot. Die Mitgefangenen trösteten ihn, gaben ihm zu essen und zu trinken. Manchmal auch etwas Haschisch, damit er weniger Schmerzen empfand und einschlafen konnte. Eines Tages war er, als er zurückkam, weder verletzt, noch sah man irgendwelche Folterspuren. Isa aber lief im Kreis herum und schlug sich ins Gesicht und weinte laut. Anders als früher wollte er mit niemandem reden. Er schrie und schlug sich, bis er erschöpft zusammenbrach. Karam und die anderen Männer trugen ihn sanft in seine Schlafecke und deckten ihn mit seiner dünnen Decke zu. In den nächsten Tagen weinte er Tag und Nacht, aß wenig und nahm öfter Haschisch. Ein paar bestechliche Wärter sorgten dafür, dass die Zufuhr von Lebensmitteln und Haschisch immer klappte.

Ein Arzt, der zehn Jahre Gefängnisstrafe absaß, weil er einmal öffentlich gesagt hatte,»Wenn man zu viel Wut herunterschluckt, wird man krank«, fragte ihn:

»Was hat man dir angetan?«

»Nichts, nichts«, erwiderte Isa und begann wie ein Hund zu heulen und zu schreien:»Ich bin ein Verräter, ich bin ein Verräter.«

»Beruhige dich, keiner von uns ist ein Verräter und am allerwenigsten du, sonst säßen wir nicht in diesem feinen Gasthaus und würden von unseren Dienern verwöhnt. Du bist kein Verräter!«

Den letzten Satz sprach der Arzt so laut und herrisch, wie wenn Isa schwerhörig wäre. Isa wurde still. Er schaute ängstlich um sich.»An dem Tag, als sie mich geholt haben«, sagte er leise,»hat der Offizier mit süffisant sadistischer Stimme zu mir gesagt, entweder verrate ich ihm die Namen der anderen drei Mitglieder unserer Gruppe, oder sie töten mich auf der Stelle, schlachten mich wie ein Schaf, und dabei hat er widerlich gelacht ...«

Die letzten Worte waren kaum zu verstehen. Ein Gefangener überreichte Isa etwas Wasser aus einer rostigen Blechkanne, und der trank die Kanne in einem Zug leer.

»Dann hat er nach einem Soldaten gerufen, und da kam einer herein mit einem großen Messer in der Hand. Der packte mich an den Haaren und zog meinen Kopf nach hinten und hat mir das scharfe Messer an die

Kehle gesetzt ... Ich bin fast ohnmächtig geworden. Und plötzlich bekam ich eine heiße Sehnsucht nach dem Leben, wie ich sie nie zuvor gekannt hatte. Ich wollte nur noch überleben ... und habe ihm ... alles verraten.« Seine Stimme erstickte wieder in den Tränen. »Ich bat den Offizier, die Soldaten hinauszuschicken, und habe ihm die Namen meiner Kameraden verraten. Sie sind bestimmt bald tot ... und es ist meine Schuld. Allein meine Schuld.«

»Nein, das ist es nicht«, rief ein alter Lehrer. »Auch ich wurde bestialisch gefoltert und habe – auch ohne Bedrohung mit einem Messer – die Namen meiner Helferinnen und Helfer verraten. Aber in dem Augenblick, als ich verhaftet wurde, haben meine Kameraden bereits die Stadt verlassen. Du kannst sicher sein, auch deine sind über alle Berge, und wenn nicht, wären sie schön dumm. Du bist daran nicht schuld.«

Isa beruhigte sich, und bald schlief er ein. In den folgenden Tagen erholte er sich langsam.

Als Jasmin wieder aufwachte, bat sie Nura um ein Glas Wasser. Sie schaute auf ihre Hände und mied Karams Blick. Er blieb ruhig, obwohl er schockiert war von der Apathie der Prinzessin.

Er wiederholte noch einmal die Fragen, die er ihr zuvor gestellt hatte, aber Jasmin schüttelte nur den Kopf. Karam schaute sich um, stand auf und fragte Nura: »Soll ich noch einmal kommen?«

»Ja, bitte«, erwiderte Jasmin jetzt ganz leise. Als er sich wieder zu Nura drehte, weinte diese bitter, aber tonlos.

Karam verließ das Zimmer und bat den einen der beiden Wächter, ihn zum Audienzsaal zu begleiten.

Mit gesenktem Kopf berichtete Karam dem König, dass Jasmin sich geweigert habe, mit ihm zu sprechen. Traurig blickte der König auf den Geschichtenerzähler.

»Das tut mir leid für dich, junger Mann.«

»Die Prinzessin ... die Prinzessin«, stotterte Karam traurig und unsicher, »möchte, dass ich morgen wiederkomme.«

»Warum nicht?«, sagte der König mit freundlicher Stimme.

An diesem Abend aß Karam wenig. Seine Tante spürte, wie betrübt er war. »Ich möchte ein Gläschen Wein mit dir trinken«, sagte sie. Karam fühlte ebenfalls ein Bedürfnis nach Zerstreuung.

Bald tranken die zwei einen edlen Tropfen. Tante Samia war eine begnadete Erzählerin, und es gelang ihr tatsächlich, Karam im Laufe des Abends auf andere Gedanken zu bringen. Nach einiger Zeit begann Karam sogar zu lachen, weil die Tante so kluge und witzige Anekdoten erzählte.

Spät fiel er müde ins Bett, schlief aber einen unruhigen Schlaf.

Ein zweiter Anlauf

Am nächsten Morgen frühstückte Karam mit seiner Tante, half ihr beim Aufräumen, Kehren und Wischen und machte sich wie am Tag zuvor auf in die Stadt.

Die Helfer der Köche hatten gerade die Frühstückstische abgeräumt, andere begannen das Mittagessen vorzubereiten. Karam schlenderte wieder zum Wirt hinauf auf den Hügel.

Die Sonne schien, und der Wirt war sehr beschäftigt, also setzte Karam sich in eine ruhige Ecke und ließ den Blick über die Stadt schweifen. Viele Fragen gingen ihm durch den Kopf. Was für eine Katastrophe hatte die Prinzessin mit der Ermordung ihrer Mutter getroffen? War ihr Tod der einzige Grund für Jasmins sonderbares Verhalten? Was spielte Nura für eine Rolle?

Plötzlich dachte er an eine Mutter – sie war seine Nachbarin gewesen –, die alle Ärzte der Stadt aufgesucht hatte, weil ihre Tochter von einem Tag auf den anderen verstummt war. Die Ärzte behaupteten, dass ein böser Zauber daran schuld sei. Also hatte die arme Mutter in ihrer Verzweiflung auch die Zauberer aufgesucht. Aber keinem gelang es, der Tochter auch nur ein Wort zu entlocken ... Seit seiner Verhaftung wusste er nicht mehr, was aus der Tochter geworden war.

Der Wirt holte ihn zurück in die Gegenwart.

»Seit wann sitzt du da?«, fragte er und lächelte Karam an.

»Ach, noch nicht lange, vielleicht eine Viertelstunde. Ich brauche einen Mokka mit viel Kardamom«, antwortete er.

»Und ich auch. Ich habe mir die Hacken abgelaufen, um die vielen Gäste zu bedienen. Jetzt sind meine Frau und mein neuer Lehrling an der Reihe«, rief er und eilte in die Küche.

Bald kam er mit zwei kleinen Mokka-Kännchen zurück. Der Duft eilte ihm voraus.

»Und?«, fragte er und wusste, dass Karam verstand, was er wissen wollte.

»Leider bin ich gestern völlig gescheitert, aber es tröstet mich, dass die Prinzessin mich noch einmal hören und sehen will.«

»Was, vermutest du, ist der Grund für die Krankheit der Prinzessin?«

»Nicht die geringste Ahnung habe ich bisher«, antwortete Karam aufrichtig.

»Glaubst du an Zauber?«, fragte der Wirt.

»Auf Jahrmärkten ja, und dort genieße ich ihn, aber ansonsten sind diese Leute Scharlatane, die besorgte Eltern ausnehmen. Ich verstehe wirklich nicht viel von Medizin, aber wenn du siehst, was für ein Heer von Quacksalbern an der armen Prinzessin herumgepfuscht hat, dann verlierst du das Vertrauen in alle Heiler.«

Lange erzählten die beiden einander, was für abergläubische Rezepturen sie als Kinder erlebt hatten, vom heiligen Olivenöl, das angeblich alles heilt, bis zu Amuletten, die gegen böse Blicke wirken sollten.

»Meine Mutter«, erzählte der Wirt, »war sehr abergläubisch. Die islamischen Rezepturen genügten ihr nicht, sie besorgte sich von den Christen Wasser aus Jerusalem und Sand aus Palästina. Bei einem berühmten Rabbiner hat sie magische Amulette mit Zitaten aus kabbalistischen Schriften gekauft, die gegen alle Krankheiten wirken sollten. Wir hatten auf dem Regal alle möglichen ranzigen Öle stehen und Flaschen mit Sand aus Mekka, Jerusalem und anderen heiligen Orten.«

»Sprichst du von deiner oder meiner Kindheit?«, fragte Karam, und beide lachten.

»Nein, nein, immer noch von mir«, antwortete der Wirt. »Einmal habe ich ein Amulett aufgerissen. Ich war zwölf oder dreizehn Jahre alt und sehr neugierig. Und was lag da? Ein Zettel! Darauf stand: ›Weil du mich aufgerissen hast, habe ich meinen Zauber verloren.‹ Meine Mutter war so wütend auf mich, dass sie eine Woche lang nicht mehr mit mir gesprochen hat. Der Scharlatan hatte sie wohl davor gewarnt, ein Amulett zu öffnen. Es könnte den Zorn der Heiligen über ihre Familie entladen. Stell dir diese Heiligen vor, die Tag und Nacht Tausende und Abertausende Amulette beobachten, und wehe, eins davon geht auf!«

Karam unterhielt sich bestens mit dem Wirt und erfuhr, dass er mit Vorname Sadek hieß. Sadek erzählte ihm, die Zofe Nura sei bis vor Kurzem die Geliebte eines verheirateten Holzhändlers gewesen, der sie mit der Ehe hinhielt und nur ihre jugendliche Schönheit ausbeutete.

»Auch ich habe mich einst in eine Frau verliebt«, fuhr der Wirt fort, »die an einem verheirateten Mann hing und jahrelang darauf wartete, dass er sich scheiden ließe. Doch der Mann hielt sie hin mit Sprüchen wie: ›Das kann ich meiner Frau nicht antun, sie ist todkrank.‹ Oder: ›Beim nächsten Streit werde ich mich scheiden lassen.‹

Irgendwann gab ich die Hoffnung auf. Als die Arme aber nach einem Jahrzehnt erkannte, dass sie sich seit ihrer Jugend vor der Wahrheit fürchtete, und beschloss, nun den Tatsachen ins Auge zu sehen, erfuhr sie von ihrem Liebhaber, dass er sie nie heiraten würde. Da beging sie Selbstmord.

Und ich habe mir geschworen, nie wieder jemanden so innig zu lieben. Nun bin ich seit Jahren glücklich verheiratet. Es war eine Vernunftehe, das Wunderbare daran aber ist, die Liebe wächst Tag für Tag«, erzählte Sadek.

Mit neuem Mut machte sich Karam nach seiner Siesta und einem ausgedehnten Gespräch mit seiner Tante am späten Nachmittag wieder auf den Weg zum königlichen Palast. Viele erkannten ihn und grüßten ihn freundlich. Die Menschen saßen bereits zu dieser frühen Stunde beim

Abendessen, das die Köche und ihre Helferinnen und Helfer vorbereitet hatten.

Als Karam ankam, schlief Jasmin. Er folgte Nura in ihr Zimmer und unterhielt sich mit ihr.

Immer wieder vergewisserte Nura sich kurz, ob Jasmin noch schlief. Jedes Mal nickte sie, als sie zurückkam.»Die ganze Nacht hat sie geweint«, flüsterte sie.

»Warum?«, fragte Karam besorgt.

Nura wusste keine Antwort.

Danach saß Karam noch fast eine Stunde bei Jasmin und redete sanft auf sie ein, doch sie reagierte nicht. Er erzählte ihr auch kleine heitere Geschichten.

Keine Reaktion.

Geknickt stand er auf, schaute Nura hilflos an, dann wandte er sich wieder Jasmin zu.

»Soll ich morgen wiederkommen?«, fragte er.

Jasmin nickte.

Mit Tränen in den Augen umarmte ihn Nura draußen auf dem Gang. »Was für ein feiner, geduldiger Mensch bist du!«, sagte sie und drückte ihn fest.

Langsam marschierte er zum Audienzsaal, in dem sich die Leute bis zur Tür drängten. Alle warteten gespannt.

»Eure Majestät«, sagte Karam mit gesenktem Blick,»es ist mir nicht gelungen, Jasmin zu einem Gespräch zu bewegen.«

»Das tut mir leid«, sagte König Salih.»Will sie, dass du morgen wiederkommst?«

»Ja, Eure Majestät«, erwiderte Karam.

»Dann wünsche ich dir noch einen guten Abend ... warte, warte«, stoppte der König Karam, den Blick auf seinen Ersten Sekretär gerichtet.

»Lass ihm eine Flasche Wein geben«, befahl er. Und zu Karam gewandt:»Rot oder weiß?«

»Rot, danke«, sagte Karam und verließ mit dem Sekretär den Saal.

Mit der Flasche in der Hand ging er durch die Stadt. Überall saßen Menschen zusammen, lachten und genossen das Essen. Niemand bettelte mehr auf den Straßen um Nahrung.

Karam lächelte in sich hinein. Sollte er die Prinzessin vielleicht auch nicht heilen können, dachte er, so hatte er immerhin die Hungrigen für ein paar Tage satt gemacht.

Zu Hause meinte seine Tante, sie wünsche sich auch wieder einmal, unter den Leuten zu sitzen und mit ihnen zu essen. Also schlenderten sie gemeinsam zum nächsten Platz. Es gab dort mehr als zehn große Tische mit jeweils über zwanzig Frauen, Männern und Kindern. Die Stimmung war fröhlich, die Leute erzählten und lachten und sangen. Die Menschen stammten aus allen Schichten, da saß eine Wäscherin neben einer Hebamme und daneben ein Händler oder ein Arzt, ein Goldschmied oder ein Schlosser.

»Ich bin so stolz auf dich«, sagte die Tante zu Karam, als sie zwei freie Plätze nebeneinander gefunden und sich niedergelassen hatten. An dem Tisch saßen zufällig einige arme Leute und Bettler.

Zu essen gab es fünf Gerichte: gefüllte Weinblätter, Auberginenmus, Fleischbällchen, gegrilltes Lammfleisch und Reis mit Rosinen und Pinienkernen.

Keiner der Anwesenden erkannte Karam, und das war ihm sehr angenehm.

Ein weiterer Bettler setzte sich Karam schräg gegenüber.

»Das ist ein Bekannter von mir, Nader. Er ist sehr frech. Er war einst ein Gelehrter, aber seine scharfe Zunge hat ihn aus jeder Anstellung bald hinauskatapultiert«, erklärte Samia leise. »Die Tochter einer Freundin von mir arbeitet bei einem sehr reichen, aber geizigen Mann in der Küche«, fuhr sie fort, »sie erzählte mir von Nader und bewundert ihn nicht nur seiner Frechheit, sondern auch seiner großen Bildung wegen. Jede Woche kommt er zum Eingang des geizigen Mannes und beleidigt ihn mit Zitaten aus allen Kulturen. Die Bediensteten freuen sich und lachen heimlich.«

Lange unterhielt sich Karam mit dem gelehrten Bettler, und er lachte Tränen über manche seiner Anekdoten. Nader schien Samia recht gut zu kennen. Sein Blick verriet auch seine Zuneigung zu Karams Tante. Sie war gerade sechzig geworden, aber lebendig und kräftig wie eine Dreißigjährige.

Es war spät, als beide nach Hause gingen. Karam war von dem Gehörten erfüllt. Seine Traurigkeit über die Prinzessin war wie weggeblasen.

»Das war ein schönes Gespräch«, sagte seine Tante, als sie bei einem Wein zu Hause saßen,

»Ja, das ist das Geschenk der Freiheit. Die Leute sagen laut, was sie denken, und haben keine Angst, dass ein Spitzel sie verrät und ausliefert«, erwiderte Karam begeistert. So etwas kannte er in seiner Heimat nicht. Dort erzählten die Leute, wenn überhaupt, lieber Fabeln, als von etwas, das sie erlebt hatten ... Ihm aber hatte auch das nicht geholfen, seine Geschichte über den dummen Löwen hatte ihm Gefängnis und Qualen eingebracht. Obwohl sie gar nicht gegen den König seines Landes gerichtet war.

Karam kam nun jeden Tag zum Palast, erzählte Jasmin Geschichten und fragte sie geduldig, ob sie ihm etwas erzählen wolle. Sie schüttelte jedes Mal den Kopf. Ab und zu streichelte er liebevoll ihre Hand.

Nura war von seiner Art hingerissen. Bei jedem Abschied, auf dem Gang, drückte sie ihn fest und flüsterte ihm ihre Bewunderung zu. Doch Abend für Abend musste er mit gesenktem Kopf in den Audienzsaal gehen und dem König und seinen Gästen von seinem Scheitern berichten.

Am sechsten Abend kam zu seiner Trauer bei diesem Bericht auch noch die Scham hinzu. Einige der Gäste riefen, er sei ein Aufschneider, andere behaupteten, sein Auftritt sei Teil einer Verschwörung, um die Bevölkerung faul zu machen, weil die Leute kostenlos essen dürfen. Wer sollte sich da noch anstrengen?

Solche und noch mehr verletzende Kommentare musste Karam über sich ergehen lassen. Der König hob die Hand, um den Schmähungen Einhalt zu gebieten.

»Ich teile eure Einschätzung nicht. Es stimmt nicht, dass die Leute faul werden, wenn sie satt und zufrieden sind. Meine zuverlässigen Beobachter berichten mir täglich, dass die Stadt nur so vor Tüchtigkeit und gegenseitiger Hilfe glüht.« Und er fuhr fort: »Karam bemüht sich mit der Schönheit und Macht des Wortes darum, dass aus der Sackgasse, in die meine Tochter geraten ist, eine Kreuzung wird, von der aus sie in mehrere Richtungen gehen kann. Keiner weiß besser als ich, was es bedeutet und wie schmerzhaft es ist, bei dieser liebenswerten Frau immer wieder gegen eine unsichtbare Mauer zu stoßen. Genauso geht es mir, und ich leide selbst sehr darunter.

Aber, mein lieber Karam, morgen ist die siebte Nacht, und ich möchte von Herzen gerne noch den siebten Abend abwarten. Sollte es dir auch morgen nicht gelingen, Jasmin zu heilen, will ich dir für deine ehrliche Mühe tausend Golddinare schenken.«

Ein Gemurmel lief durch die Reihen der Gäste. Als sie sich beruhigt hatten, hörten sie Karams Antwort.

»Eure Majestät, Eure Großzügigkeit ehrt mich sehr, aber ich werde kein Geld annehmen. Meine größte Belohnung ist die Heilung der Prinzessin.«

Er verneigte sich und wollte gehen, da stürmte Jasmins Zofe in den Audienzsaal.

»Was ist passiert?«, fragte König Salih besorgt.

»Jasmin will mit dem Hakawati sprechen!«, rief Nura und konnte ihre Freudentränen nicht mehr zurückhalten.

»Also, lieber Karam, dann nichts wie hin!«, rief der König, und man hörte die Erleichterung in seiner sanften Stimme.

VON DEN TRÄUMEN

Als Karam aus dem Palast kam, saßen die Menschen auf den Plätzen noch beisammen. Das Wetter war herrlich sommerlich. Und viele riefen ihm ihre Dankbarkeit entgegen. Als er den Freiheitsplatz erreichte, winkte ihm seine Tante Samia zu. Sie saß mit vielen anderen an einem großen Tisch.

»Und?«, erkundigte sie sich neugierig, nachdem er ein Tablett mit Brot, Käse und ein Weinglas von der Essenausgabe geholt hatte.

»Erst einmal muss ich meinen Hunger stillen«, erwiderte er fröhlich.

»Tu das!«, sagte sie, aber ihre Neugier ließ ihr keine Ruhe. »Du musst nicht reden, nicke einfach oder schüttle den Kopf. Ist es gut gelaufen?«

Karam lachte, nickte und sagte: »Und wie! Ab morgen fängt die Arbeit an«, fügte er hinzu, biss in ein Stück Brot und nahm dazu einen kleinen Würfel Schafkäse. Die Tante, die ihm gegenüber saß, konnte vor Freude nicht an sich halten. Sie stand auf, beugte sich über den Tisch und küsste ihn auf die Stirn.

Die Tischnachbarn lachten.

»Lacht ruhig, endlich werde ich wieder besser schlafen und gut träumen können«, sagte sie. »Seit Tagen habe ich nur Albträume gehabt.«

»Der Traum ist der Zwillingsbruder der Prophezeiung«, sagte ein Religionslehrer, der Karam schräg gegenüber saß. »Kennt ihr die Geschichte vom träumenden Ägypter und dem Schatz?«

»Träumender Ägypter? Nein, nie gehört«, erwiderte Karam.

»Erzähl sie, bitte«, bat eine Tischnachbarin seiner Tante.

Der Mann erzählte:

Der Schatztraum

Das ist eine Geschichte, die oft und in vielen Varianten erzählt wurde, sogar in *Tausendundeine Nacht* gibt es eine Version. Je nachdem ist das Reiseziel Damaskus, Aleppo oder Isfahan ... wie dem auch sei.

Ein Ägypter träumte einst von einem alten Mann mit einem langen, weißen Bart, der ihn wiederholt aufforderte, nach Bagdad zu reisen, dort sei in einem Haus neben der großen Moschee ein Schatz vergraben. Als er das einem Freund erzählte, lachte dieser und sagte, er habe drei Jahre in Bagdad gelebt, und da gebe es sage und schreibe neunhundert große und hundertfünfzig kleinere Moscheen. Sollte er etwa in tausend Häusern anfangen zu graben?

In derselben Nacht erschien dem Ägypter der alte Mann wieder im Traum, und als der Träumende fragte, welche der tausend Moscheen er denn meine, antwortete der alte Mann, die Moschee heiße Al-Wesir-Moschee und liege am Tigris, hinter dem Sarai-Markt neben der Al-Raschid-Straße.

Nach einem halben Jahr entschloss sich der Mann, die beschwerliche Fahrt auf sich zu nehmen. Unterwegs litt er Hunger und Durst, er wurde zweimal überfallen, und endlich, endlich erreichte er Bagdad, die große, herrliche Stadt am Tigris.

Er fand die Moschee schnell, war aber so erschöpft, dass er, nachdem er sich auf den Teppich in einer fernen Ecke gesetzt hatte, sofort einschlief.

Ein unsanfter Stoß weckte ihn auf, zwei Polizisten beschimpften ihn, sie behaupteten, er sei Mitglied einer Verbrecherbande. Er versuchte zu erklären, dass er gerade erst aus Ägypten gekommen sei. Es half ihm nichts.

Ob sie es nicht an seiner Aussprache, an seinem Dialekt, merken, dass er aus Ägypten sei, fragte er.

Das könne jeder Gauner nachahmen, erwiderten die Ordnungsmänner kalt. Sie banden ihm die Hände zusammen und führten ihn ab. Auf der Polizeistation erfuhr er den Grund. Ein Spitzel der Polizei wollte in ihm das Mitglied einer gefährlichen Bande erkannt haben, die sich hier in der Moschee traf.

Als er vor den Kadi geführt wurde, weinte der Ägypter und schwor mit der Hand auf dem Koran, dass er ein Bürger der Stadt Kairo sei und erst vor ein paar Stunden in Bagdad angekommen. Er sehe so abgerissen aus, weil man ihn auf dem Weg nach Bagdad überfallen habe.

»Weshalb bist du nach Bagdad gekommen?«, fragte der kluge Richter, der den Fremden für einen ehrlichen Mann hielt, der mit einer Bagdader Bande nichts zu tun haben konnte.

»Ein alter Mann mit einem weißen Bart hat mir ...«, erzählte der Ägypter.

»Ach Gott«, unterbrach ihn der Richter erstaunt, »und er hat dir gesagt, in Bagdad sei ein Schatz vergraben. Junger Mann«, sprach der Richter nun väterlich zum Ägypter, »ich habe dreimal hintereinander von einem solchen Mann geträumt, der mir sagte, ich solle nach Kairo gehen, in einem Haus dort sei ein Schatz vergraben. Das Haus liege in einer Gasse, deren Name allein schon ein Witz ist: Darb al Mahabil, der Weg der Dummköpfe. Dort, in einem Haus mit einer blauen Tür und roten Fenstern, gäbe es im Innenhof einen Aprikosenbaum, und zehn Schritte gen Süden einen Springbrunnen, umgeben von kleinen Marmorplatten mit bunten Ornamenten. Der Schatz liege unter der Platte mit dem fünfzackigen Stern. Aber, junger Mann, du siehst, ich bleibe lieber Richter in Bagdad, anstatt mein Leben wegen eines Schatztraums zu gefährden. Übrigens hat der alte Mann mir noch gesagt, er werde den Hausbesitzer auf eine tödliche Reise schicken, ich solle das Haus einfach kaufen. Alles nur Träume.«

Der Ägypter wäre vor Schreck fast zur Salzsäule erstarrt, denn was der Richter da beschrieb, das war sein Haus in Kairo. Er sagte kein Wort, sondern stand mit gesenktem Blick da und hoffte auf einen Freispruch. Der gerechte Richter sprach ihn frei und war beschämt über das, was dem Fremden im Irak widerfahren war. Er ließ ihm Kleider und ein Bad bezahlen. Auf Kosten der Staatskasse sollte er die Landreise nach Beirut und von da die Schifffahrt nach Alexandria antreten.

»Von dort finden Sie sicher den Weg nach Hause. Denken Sie bitte nicht schlecht von uns«, sagte der Richter und drückte freundlich die Hand des Fremden.

»Wie viel schulde ich Ihnen für die Rückreise?«, fragte der Ägypter.

»Ach, nicht der Rede wert, vergessen Sie es einfach.«

»Nein, ich möchte, sobald ich ankomme, meine Schuld zurückzahlen, damit Sie auch anderen helfen können«, sagte der Ägypter ganz gerührt. Der Richter fand das sehr anständig und freute sich noch einmal über den Freispruch.

»Alles in allem macht es zwanzig Dinar«, sagte er leise.

Der Ägypter fuhr nach Hause. Die Schiffsreise war sehr schön, der blaue Himmel mischte sich mit dem Blau des Meeres. In seiner Dankbarkeit beschloss der Ägypter, dem Richter mit einem befreundeten Händler, der oft nach Bagdad fuhr, hundert Dinar zu schicken. Als er in Alexandria ankam, dachte er, fünfzig Dinar wären auch genug. Und als er in seinem Haus den Schatz fand, vergaß er selbst das.

»Tolle Geschichte«, sagte Karam. Er erhob sein Glas: »Auf die Träume!«

Sie tranken und lachten.

Zu später Stunde gingen Karam und seine Tante nach Hause.

»Morgen geht es los. Willst du meine Geschichten hören?«

»Was für eine Frage!«, antwortete seine Tante und lachte. »Ich will in der ersten Reihe sitzen und bis zum letzten Wort zuhören.«

»Ich brauche deine Hilfe«, sagte er.

»Meine Hilfe! Du, der Meistererzähler, brauchst meine Hilfe?«

»Ich verrate dir meinen Plan. Ich habe nicht vor, alle Abende allein zu bestreiten. Natürlich könnte ich das. Jahrzehntelang habe ich es in meinem Kaffeehaus gemacht, aber ich will, dass auch die anderen Leute erzählen, damit können sie der Prinzessin helfen, wieder ins aktive Leben zurückzufinden.«

»Tolle Idee«, rief die Tante.

»Und genau hier brauche ich deine Hilfe«, sagte er. »Ich habe lange überlegt und finde es besser, dass die Leute, die sich melden, auch namentlich vorgestellt werden. Sie haben ja nichts zu befürchten, und jeder ist eine Persönlichkeit. Ganz im Gegenteil, sie sollen stolz darauf sein, mit ihren Geschichten der Prinzessin und dem König zu helfen. Da du in der ersten Reihe sitzen wirst, kannst du mir, sobald sich jemand meldet, seinen Namen zuflüstern. Wie ich dich kenne, kennst du die halbe Stadt. Ich platziere meinen Sessel nahe bei dir.«

Die Tante lachte. »Aber was machen wir, wenn es jemand aus der anderen Hälfte der Stadt ist, die ich nicht kenne?«, fragte sie und lachte.

»Kein Problem, dann lade ich ihn zum Erzählen ein, ohne seinen Namen zu nennen.«

»Das finde ich umständlich«, sagte die Tante, »wäre es nicht viel besser, wenn sich die Erzählerinnen und Erzähler selber vorstellen?« Karam wurde nachdenklich. Er blieb eine Weile still.

»Du hast recht.

Also machen wir es so. Ich danke dir.«

So gut wie in jener Nacht hatte Karam selten geschlafen. Nach dem Aufwachen frühstückte er mit seiner Tante und machte sich auf den Weg. Er wollte durch die Stadt gehen, das Thema für den Abend hatte er für sich bereits beschlossen, aber einige Geschichten wollte er vorher wieder aktivieren, sie aus der Tiefe seines Gedächtnisses hervorholen und auffrischen. Kurz glaubte er, er habe in der letzten Nacht von Farida, seiner verstorbenen Frau, geträumt, aber er hatte keine blasse Ahnung mehr, was. »Vielleicht war es kein Traum, sondern ein Wunsch«, flüsterte er und lächelte.

Die Hauptstadt waberte vor Leben. Viele Menschen grüßten ihn, und oft hörte er im Vorbeigehen den Satz: »Das ist er!«

Irgendwann kurz vor Mittag bekam er wieder Lust auf einen Mokka mit Kardamom im Café bei Sadek. Er ging die Straße hinauf und war froh, dass er den Tisch frei fand, an dem er der Aussicht wegen so gerne saß.

»Wie immer?«, fragte Sadek und lachte ihn an.

»Wie immer«, antwortete Karam, als Sadek sich zur Theke wandte und rief: »Zwei Mokka-Kännchen mit viel Kardamom.«

»Und?«, fragte Sadek.

»Heute Abend geht es los«, erwiderte Karam.

»Wunderbar für dich. Leider kann ich nicht kommen, das Café ist der Treffpunkt aller Nachtschwärmer der Stadt. Wir arbeiten dann zu fünft.«

Der Wirt machte eine kurze Pause.»Und weißt du schon, was du erzählen willst?«

»Ja, über Gauner und andere listige Menschen, gute wie böse«, antwortete Karam.

»Ich kenne eine Menge Gauner in der Stadt, aber ich meide sie, weil ich möchte, dass sie meinem Café fernbleiben.«

»Da hast du recht. Doch beim Erzählen sind Gaunergeschichten oft sehr heiter, und das brauche ich zur Eröffnung, um das Publikum und Jasmin neugierig auf die anderen Erzählnächte zu machen.«

Als ein junger Mann die Kaffeekännchen brachte, trank Sadek einen Schluck und schon rief seine Frau nach ihm. Sadek lief rasch zu ihr. Karam beobachtete, wie zwei Frauen und zwei Männer heftig mit dem Wirt und seiner Frau debattierten, um bald darauf versöhnt und friedlich zusammenzusitzen. Als der Wirt für alle etwas bestellte, ahnte Karam, dass es noch länger dauern würde. Er winkte dem Burschen, bezahlte die zwei Mokka-Kännchen und wollte das Lokal verlassen. Er brauchte Ruhe, um nachzudenken, wie er den Abend am besten gestalten konnte. In dem Augenblick kam der Wirt auf ihn zugestürmt.»Moment, Moment«, rief er,»es tut mir leid, immer dieselbe Geschichte! Meine zwei Brüder bilden sich ein, meine Frau sei ihnen und ihren Frauen gegenüber unfreundlich. Das ist sie nicht, aber sie ist auch nicht besonders freundlich zu ihnen. Nun ist wieder alles im Lot. Es tut mir leid. Dass du den Mokka auch noch für mich zahlen musstest, ist eine Schande.«

Karam war gerührt von Sadeks Höflichkeit. Er verabschiedete sich und ging spazieren. Seine Gedanken schweiften ab, und sie trugen ihn zurück zu seinen Kindertagen, in denen er fasziniert dem Hakawati im Café seines Vaters gelauscht hatte. Manchmal heimlich, weil sein Vater meinte, die Geschichte in jener Nacht sei nicht für Kinder geeignet. Das machte Karam noch neugieriger. Sie wohnten über dem Café. Er schlich barfuß hinunter, stellte sich in eine dunkle Ecke am hinteren Eingang und genoss die spannende Geschichte.

Seine Mutter wusste Bescheid, und wenn es Winter war, bereitete sie ihm einen heißen Pfefferminztee. Sie verriet ihn nie.

Auch später als junger Mann hörte er Nacht für Nacht im Café die Geschichten und half seinem Vater mit zwei weiteren Burschen, die Gäste zu bedienen. Doch seine Ohren waren beim Erzähler. Und dabei lernte er, wie wichtig es war, Respekt vor dem Publikum zu haben. Oft erfuhr er von seinem Vater, dass es dem Erzähler familiär oder finanziell schlecht ging, und trotzdem schenkte dieser seinen Zuhörern Weisheit und Lachen.

Auch er erfuhr es später als Erzähler nicht anders. Wie sehr freute er sich, wenn seine Geschichten die nicht selten von Kummer gebeutelten Gäste nach einer Viertelstunde in träumende Kinder verwandelt hatten. Das zu erleben war sein bester Lohn.

Diese Erinnerungen gaben ihm immer Kraft, wenn er sich wie jetzt unsicher fühlte, und er stellte sich die Prinzessin vor, wie sie seinen Geschichten zuhörte und dabei vor Rührung weinte oder glücklich lachte.

In seine Gedanken versunken merkte er nicht, dass er inzwischen in dem Wald, der im Norden an die Hauptstadt grenzte, angekommen war. Er war irritiert, weil er für ein paar Minuten orientierungslos war ... aber bald führte ihn ein Weg in die Stadt zurück.

Er war sehr überrascht, als ein Mann in einem auffälligen bunten Gewand an einer Kreuzung laut verkündete, dass heute Abend ein berühmter Hakawati im Palast erzählen würde.

Etwas später ging er an einer Frau vorbei, die ebenfalls laut und freundlich die Vorbeigehenden zum Erzählabend einlud.

Als Karam den Freiheitsplatz erreichte, trug eine leichte Brise den Duft von Gewürzen und Kräutern zu ihm, und er sah, wie die Menschen nebeneinandersaßen und aßen. Da spürte er großen Hunger. Er setzte sich an irgendeinen Tisch mit Fremden und aß. In Gedanken war er bei seinen Erzählungen und hörte nicht zu, was die anderen sprachen. Nach dem Essen übermannte ihn die Müdigkeit, und er ging nach Hause zu seiner Siesta. Schon seit seiner Jugend schätzte er sie als Kraftquelle für die zweite Hälfte des Tages. Er wusste, dass er an diesem Abend viel Kraft brauchen würde, und seine Ahnung war nicht übertrieben.

Erste Nacht

VON GAUNERN, LÜGNERN UND DEREN WIDERSACHERN

Am frühen Abend schlenderte Karam mit seiner Tante Richtung Palast. Der Bettler Nader begleitete sie.

»Hast du es bemerkt?«, fragte sie Karam, und ohne seine Antwort abzuwarten, fuhr sie fort:»Offenbar will dir die ganze Stadt zuhören.«

Karam musste nicht lange überlegen, ob diese Worte als Lob oder als Scherz gemeint waren, denn schon Hunderte von Metern vom Palast entfernt sah er die Menschentraube. Schlangestehen konnten die Bewohner der Hauptstadt Lulu noch nie.

Die Leute erkannten ihn und beeilten sich, ihm einen Gang durch die Menge zu bahnen. Karam war dankbar für die Freundlichkeit, und noch mehr waren es seine Tante und der geschickt wie ein Wiesel in ihrem Schatten schleichende Nader.

Als Karam zuerst ihn und dann seine Tante mit einem fragenden Blick ansah, flüsterte sie:»Er ist wie alle Weisen noch ein Kind im Herzen und kann nicht genug Geschichten hören.« Und sie lachte herzlich.

Im Palast war der Teufel los.

Doch Nura schien die Ruhe in Person zu sein.

»Wir haben den Ansturm erwartet und werden nur die ersten zweihundert Menschen einlassen. Mehr kann auch unser Festsaal nicht aufnehmen. In den Audienzsaal, den du kennst, passen höchstens hundert Leute.

49

Die anderen können morgen Nachmittag um vier Uhr wiederkommen, in den vier ruhigen Bereichen des weitläufigen Gartens sitzen und die Geschichten vom heutigen Abend hören. Sie werden dann etwas mehr verwöhnt als diejenigen, die bereits heute einen Platz bekommen. Morgen gibt es Erfrischungsgetränke und geröstete Erdnüsse. So wird sich keiner benachteiligt fühlen.«

»Und ich muss morgen Nachmittag noch mal ...?«, wollte Karam besorgt fragen. Aber Nura lachte und unterbrach ihn: »Nein, nein, du musst gar nichts. Zehn Märchenerzählerinnen werden das Erzählte Wort für Wort wiedergeben, auch die Kommentare deines Publikums. Sie haben ein Gedächtnis, bei dem jedes Kamel vor Neid erblassen würde. Je nach Größe gibt es für jede Gruppe zwei bis drei Erzählerinnen, die sich ergänzen und zwischendurch kommentieren oder ablösen können, sodass es sehr lebendig wird. Der Garten fasst in seinen vier voneinander getrennten Bereichen insgesamt bis zu achthundert Menschen. Mit denen, die heute Einlass finden, werden also tausend Menschen deine Geschichten genießen können.«

Karam war beeindruckt und plante insgeheim, am nächsten Nachmittag durch den Garten zu schleichen und zu hören, wie die Erzählerinnen das Gehörte wiedergeben.

Er begleitete Nura zu Prinzessin Jasmin.

»Wie geht es dir heute?«

»Gut, etwas müde, aber gut«, sagte sie freundlich und lächelte. »Ich freue mich ebenso auf deine Geschichten wie die vielen anderen Menschen, die gekommen sind, weil sie dich bewundern«, fügte sie leise hinzu.

»Aber sie sind auch gekommen, weil sie dir mit ihrer Liebe beistehen wollen«, antwortete Karam.

»Seine Majestät wünscht, dich zu sehen«, rief ein Bediensteter, höflich an der Tür der Wohnung stehend.

»Dann bis bald«, sagte Karam. Er umarmte zuerst Jasmin, dann Nura und folgte dem Mann.

Der König saß in seiner Bibliothek.

»Da bist du ja«, rief er. Karam verneigte sich vor ihm.

»Ich freue mich sehr, dass wir mit unserer Hoffnung bis hierher gelangt sind«, sagte er.

»Auch ich bin sehr glücklich darüber, dass Jasmin nun deinen Geschichten mit uns lauschen will. Keiner hat sie bisher aus ihrem Zimmer herausgelockt. Nicht einmal ich!«

»Eure Majestät. Ich habe einen Plan. Wenn er gelingt, wäre das etwas Neues, das durch die Freiheit in diesem Land und Eure menschliche Art ermöglicht wurde. Selbstverständlich kann ich allein ganze Abende füllen und Geschichten in Fortsetzung erzählen, so wie es unsere Erzählerinnen und Erzähler seit Jahrhunderten getan haben. Mir aber wäre es lieber, natürlich mit Eurer Zustimmung, dass wir alle der Prinzessin erzählen, weil wir alle, ob arm oder reich, jung oder alt, sie lieben und sie ermuntern wollen, ins Leben zurückzukehren. Jeder darf erzählen, damit jeder Abend spannend und zu einem bunten Strauß für die Prinzessin wird. Das wird sie irgendwann ermutigen, auch selbst teilzunehmen. Die Faszination durch einen einzigen Hakawati oder eine Märchenerzählerin wird das weniger leicht bewirken, als wenn sie miterleben kann, wie befreiend das Zuhören ist, wie die Worte auf dem Weg über die Ohren die Zunge kitzeln und zum Erzählen bringen.

Dieser Gedanke kam mir, als ich beim Essen auf den verschiedensten Plätzen der Hauptstadt erlebte, wie gelassen, klug und humorvoll die Leute einander erzählen. Sie sprechen ohne Angst und hören respektvoll und gespannt zu. Das ist das Geschenk der Freiheit, das ich in meinem Land nicht gekannt habe. Dort wurde ich wegen einer Fabel ins Gefängnis gesteckt.«

Der König nickte mitfühlend.

»Seid Ihr mit meinem Plan einverstanden, Majestät?«

»Großartig, ich bin absolut fasziniert«, erwiderte der König. »Du bist wirklich ein Geschenk des Himmels. Und ich vertraue dir, dass du die Abende wunderbar dirigieren wirst. Ich hatte nach dir geschickt, weil ich dir noch etwas sagen will, bevor es losgeht. Im Saal bist du der König, der

Zauberer, der alles befehlen und verlangen kann. Ich bin nur einer deiner dankbaren Zuhörer ... und wenn mir eine Geschichte einfällt, auch ein Erzähler ... Mehr nicht!«

Karam war zutiefst gerührt. Davon hatte er nicht zu träumen gewagt, dass ein König der Erzählkunst so viel Respekt entgegenbrächte.

»Nein, Eure Majestät, ich bin nur der Dirigent des Abends, der König bleibt Ihr. Es ist für mich eine große Ehre, vor Euch und Jasmin zu erzählen und die Leute erzählen zu lassen. Übrigens finde ich den Einfall ganz hervorragend, dass Märchenerzählerinnen all die Geschichten am nächsten Nachmittag einem großen Publikum zugänglich machen sollen.«

»Das war Nuras Idee. Auch der Festsaal ist ein sehr guter Ort. Er hat eine Art Bühne und eine Kanzel, die Dichter und Musiker oft benutzen, weil Musik und Worte von oben unbeschadet bis zum hintersten Platz gelangen. Dieser Saal kann viel mehr Leute aufnehmen als der Audienzsaal. Dort feiern wir unsere Feste.

Nura ist eine großartige junge Frau, wenn sie nur nicht ihre Jugend an verheiratete Männer vergeudete, die sie bloß hinhalten.«

»Ja, davon habe ich gehört«, erwiderte Karam.

»Das weiß die ganze Stadt. Ihr Vater will mit ihr nichts mehr zu tun haben. Das finde ich zu hart. Mir ist aber völlig unverständlich, warum eine so kluge Frau auf solche Betrüger hereinfällt.«

»Eure Majestät, die Niederlagen der Vernunft gegenüber der Liebe füllen Bücheregale. Bei meiner Cousine war es ähnlich. Das ging zehn Jahre lang so, bis sie endlich aufwachte und sich in einen jungen Mann verliebte – zum ersten Mal einen ledigen«, sagte Karam und lachte.

Der Saal war mit bequemen Sesseln ausgestattet. Sie standen in Form eines Halbkreises um eine bühnenähnlich erhöhte Fläche, die man über drei Stufen erreichte.

Dort saßen der König, die Prinzessin, Nura, der Großwesir, mehrere hohe Beamte, der Leibarzt des Königs, der Armeeführer und zwei Berater mit dem Gesicht zum Publikum. Hinter ihnen hatten zehn Leibwächter in bunten Uniformen Aufstellung genommen, so steif, wie wenn sie aus Stein gemeißelt wären. Karams Sessel stand mittig vor dem König auf dieser Bühne nahe der ersten Reihe. Dort hatten ihn die Diener aufgestellt. Karam gefiel das nicht. Er flüsterte dem König zu:»Ich will Euch die Sicht mit meinem dicken Schädel nicht trüben.«

König Salih lachte. Karam schob den Sessel nach links, bis er am Fuße der Treppe stand, die zu einer erhöhten Kanzel führte. Diese ragte kunstvoll in den Raum. Sie war aus einem einzigen Marmorblock gemeißelt und von einer mit bunten Ornamenten geschmückten Brüstung umgeben und sah aus wie die Kanzel einer Kirche oder einer Moschee.

Der Saal war voll, alle Plätze dicht besetzt, doch dank der halbkreisförmig angeordneten Sitze war der Abstand von der Bühne zu den hinteren Reihen weniger groß. Man konnte vorne sogar leise Gespräche in der hintersten Reihe hören. Karams Tante Samia und Nader hatten ganz vorne Platz genommen.

Langsam trat Ruhe ein.»Eure Majestät, König Salih«, begann Karam, »liebe Prinzessin Jasmin, liebe Nura, meine Damen und Herren. Ich bin der Hakawati Karam. Meine Tante Samia und eure Stadt Lulu haben mich großzügig aufgenommen, und ich möchte euch etwas Wichtiges sagen: Erst bei euch habe ich gelernt, wie gut die Freiheit den Ideen und Worten tut. Deshalb ist das, was wir miteinander erleben werden, nur hier möglich. Nur im Schutz der Freiheit können Gedanken zu laut ausgesprochenen Worten werden. Die Worte suchen ihren Weg in die Ohren, und vor dort gelangen sie ins Herz und regen den Kopf zum Nachdenken an.

Und weil das so ist, habe ich einen neuen Plan für unsere Erzählabende entwickelt. Ich bin einer von euch, ich beginne zu erzählen, und wer eine ähnliche Geschichte oder eine Gegengeschichte kennt, soll sich melden. Ich werde ihn oder sie dann bitten, seine oder ihre Geschichte zu erzählen. Niemand muss, aber wer will, kann und darf erzählen. Die einzige Regel ist: Immer erzählt nur eine Person und die anderen hören zu. Einverstanden?«

»Ja!«, hallten die Rufe aus dem Publikum, einige klatschten.

»Jeder Abend wird ein Thema haben. Nach einigen Überlegungen fand ich, wir sollten mit etwas Heiterem anfangen, etwas, das jeder von uns schon einmal gehört oder auch selbst durchgemacht hat. Ich liebe das Lachen – es ist der beste Schmuggler der Gedanken. Lachend nimmt man einen Gedanken, eine Idee viel schneller auf, als wenn man sich eine schlecht gelaunte Predigt anhören muss. Jede Nacht soll, wie gesagt, einem Thema gehören. Die erste Nacht heute gehört den Geschichten über listige Gauner und Lügner und deren kluge Widersacher.«

Karam machte eine kurze Pause.

»Und noch etwas Wichtiges. Wir alle schenken unsere Geschichten, die wir gemeinsam genießen, unserer Prinzessin Jasmin. Und deshalb soll sich, wer etwas erzählen will, namentlich vorstellen. Dieser Vorschlag stammt übrigens von meiner Tante Samia. Ich will also gleich den Anfang machen: Ich heiße Karam und bin von Beruf Hakawati, Kaffeehauserzähler.« Samia senkte verlegen den Blick, und Nader streichelte ihr die Hand.

Karam schaute um sich. Ihm gefiel die Kanzel, denn auch in seinem Kaffeehaus hatte er auf einer Art Podest gestanden, von dem aus er den verwinkelten Raum mit seiner Stimme besser erreichen konnte. Er stieg die Stufen hinauf.

»Heute geht es, wie gesagt, um List und Lüge. Ich hoffe sehr, dass die Geschichten dieser Nacht uns nicht nur unterhalten, sondern auch gegen Lügner und Betrüger wappnen werden.

Man sagt in allen Ländern der Erde, Frauen würden mehr lügen als Männer. Das ist nicht wahr. Meine Erfahrungen haben mich gelehrt: Männer lügen mehr als Frauen, aber Frauen sind erfinderischer bei ihren Lügen. Wir produzieren viel mehr, und sie produzieren weniger, aber bessere Ware.«

»Ach, so ist das. Ab heute glaube ich meiner Frau kein Wort mehr«, rief ein Mann und lachte.

Karam begann zu erzählen:

Die kluge Witwe

Es begab sich in der Hauptstadt eines fernen Landes, dass ein reicher Mann einen Einsiedler als sehr treuen Freund hatte. Bereits als Kinder waren sie miteinander befreundet gewesen. Der eine wurde ein bekannter und wohlhabender Händler, und der andere verließ die Stadt und lebte in einer Höhle in der nahen Wüste. Er wurde berühmt für seine Frömmigkeit. Viele Menschen suchten ihn auf, denn er galt als Heiliger. Der Händler aber schickte immer wieder Freunde und Nachbarn mit Lebensmitteln und Kleidern zu dem Einsiedler, damit sein Freund keinen Mangel litt.

Eines Tages fühlte der Händler einen Schmerz in der Herzgegend. Er hatte Angst, dass er sterben müsste und seine schöne junge Frau unter Armut leiden würde. Er und seine Frau wünschten sich sehnlichst Kinder, bekamen aber keine. Seine Geschwister waren neidisch auf seine junge Frau und konnten sie deshalb nicht ausstehen. Also nahm der Händler einen großen Beutel mit dreitausend Golddinaren – eine Summe, die ein Leben in Wohlstand für Jahrzehnte garantierte – und brachte ihn zu dem Einsiedler mit der Bitte, seiner Frau das Geld gleich nach seinem Tod auszuhändigen.

Er versäumte es aber, seine Frau von ihrem zukünftigen Erbe in Kenntnis zu setzen. Er hoffte, er würde noch Zeit genug haben, um sie zu informieren. Nicht ahnend, dass der Tod ein unhöflicher Besucher ist, der sich nie anmeldet.

Wie es aber der Zufall wollte, erfuhr der Einsiedler drei Monate lang nicht vom Tod seines Freundes. Und bald litt seine Witwe tatsächlich unter Armut, weil das Textilgeschäft ihres Mannes über Nacht ausgeraubt wurde. Sie war sicher, dass die Verwandten ihres Mannes dahintersteckten, aber sie hatte keine Zeugen.

Als nach drei Monaten alles Geld verbraucht war, das sie im Haus gefunden hatte, gab sie ihrer treuen Dienerin Samira ihren goldenen Ring und schickte sie zu einem Goldschmied. Er solle ihr so viel Geld geben, wie der Ring wert war.

Auf dem Weg zum Goldschmied traf Samira den Einsiedler, der gerade in die Stadt kam, um Weihrauch zu kaufen. Er kannte die Dienerin, weil sie ihm regelmäßig Essen und Kleider brachte. Als er sie nach ihrem Herrn fragte, weinte die Frau und erzählte ihm vom Tod seines Freundes und dem Ruin seiner Witwe, die nun ihren Schmuck verkaufen musste, um ihren Lebensunterhalt zu bestreiten.

»Um Gottes Willen«, rief der Einsiedler entsetzt, »ihr Mann hat dreitausend Golddinare für sie bei mir hinterlegt, grüße sie von mir, ich werde sie besuchen.« Und die Dienerin eilte mit der frohen Botschaft nach Hause.

Eine Stunde später kam der Einsiedler und klopfte an die Tür. Samira öffnete und bat ihn, ihr den Beutel auszuhändigen.

»Ich habe ihn nicht dabei. Ich muss ihn erst holen, aber ich gebe ihn nur deiner Herrin. Wo ist sie? Ich will sie sehen.«

Die Dienerin ging zurück ins Innere des Hauses und ließ den Einsiedler an der Tür warten.

Nun muss ich zugeben, dass ich bis jetzt verschwiegen habe, wie schön die Witwe war. Deshalb hieß sie auch Gamila, die Schöne. Ehrlich gesagt war sie die schönste Frau der Stadt. So ein schöner Mensch wird in zehn Jahren nur einmal geboren, sonst würden die Leute vor Verliebtheit verrückt.

Die Hausherrin bat den Einsiedler in den prächtigen Innenhof. Sie trug nie einen Schleier. Sie und ihr Mann waren der Meinung, wenn Gott jemandem solche Schönheit schenkt, so tut er das, damit sich alle an diesem Anblick erfreuen. Als der Einsiedler Gamila erblickte, war es um sein Herz geschehen. Er erstarrte vor Bewunderung. Dann fing er sich wieder und sagte, er würde ihr die Golddinare übergeben, wenn sie ihn in seiner Höhle besuchen und mit ihm die Nacht verbringen würde, denn dann hätte er das Paradies auf Erden erlebt.

Gamila schaute ihn verächtlich an: »Du willst der beste Freund meines Mannes gewesen sein? Verflucht sollst du sein, du Teufel! Das Geld gehört mir. Mit dir will ich nichts zu tun haben!«

»Dann wirst du das Geld nicht bekommen und eines Tages nicht nur deinen Haushalt, sondern dich selbst verkaufen müssen. Ich versichere dir, nur eine Nacht, und danach werde ich dein Sklave sein«, rief er fast flehend.

»Verschwinde hier, auf der Stelle, du beleidigst mich«, sagte die Frau und stand auf. Kurz darauf verließ der Einsiedler ihr Haus.

Gamila kleidete sich in ein vornehmes Gewand und suchte den königlichen Palast auf. Der Pförtner pfiff ihr hinterher, und als sie sagte, dass sie zum König wolle, hielt sie dessen Sekretär auf. »Das geht nicht«, meinte er, »aber wenn du mir einen Gefallen erweist, lässt sich gewiss etwas tun«, fügte er arrogant hinzu und grinste sie vielsagend an.

»Nein«, rief Gamila laut und machte kehrt. Sie suchte den Polizeipräsidenten auf, der als moralisch untadelig galt. Bei ihm beschwerte sie sich über den Einsiedler, der ihr das Geld vorenthielt, und über den Sekretär des Königs, der erst mit ihr schlafen wollte, um sie zum König einzulassen. Dabei betonte der König doch bei jeder Gelegenheit, er sei jederzeit bereit, die Beschwerden seines Volkes anzuhören.

»Das mag wohl so sein«, meinte der Polizeipräsident. Ich werde dir helfen, damit du zu deinem Recht kommst. Aber wenn du mich fragst«, fügte er hinzu und benetzte seine dicken Lippen mit der Zunge, wobei er sie fest am Arm packte, »wundert mich das alles nicht bei deiner Schönheit. Auch ich brenne nach fünf Minuten vor Lust auf dich. Aber bei mir bist du sicher, niemand wird davon erfahren. Ich bin ja glücklich verheiratet.«

»Glücklich verheiratet!«, rief Gamila entsetzt und befreite sich aus seinem Zangengriff. Ihr Arm schmerzte.

Sie eilte zum Obersten Richter. Er war ein angesehener Religionsgelehrter und genoss Respekt beim König und seinem Volk.

»Herr Richter«, begann Gamila, »wo leben wir denn hier, dass eine Witwe nicht zu ihrem Recht kommt? Haben nicht alle Propheten betont, dass Gläubige die Witwen achten sollen?« Gamila war sich nicht sicher, ob irgendein Prophet so etwas gesagt hatte, aber es beeindruckte den Kadi.

»Ja, durchaus. Worum geht es?«

»Es geht um mein Geld, das Erbe meines Mannes. Nach seinem Tod will der Einsiedler, dass ich mich ihm hingebe, bevor er mir das Geld aushändigt, und der Sekretär des Königs verweigert mir die Audienz bei Seiner Majestät, wenn ich nicht mit ihm ins Bett gehe. Der Polizeipräsident hörte meine Beschwerde an und sagte, er würde mir helfen, wenn ich mit ihm schlafe, aber ich will niemandem zu Willen sein. Kann eine Frau nicht zu ihrem Recht kommen, es sei denn durch die Betten der Männer?«

»Doch durchaus, solange Vernunft waltet, aber bei deiner Schönheit ergreift die Vernunft die Flucht. Es bleibt nur das Animalische zurück. Schau mich an. Ich bin über siebzig und ebenfalls Witwer. Ich hatte seit fünf Jahren keine sexuelle Erregung, und nun sprichst du mit einer Stimme, die Steine zum Leben erweckt. Schau dir das an«, sagte er und stand auf. Seine Richterrobe baute um seinen Penis ein Zelt.

Die Frau rannte fluchend davon.

Zu Hause angekommen und verzweifelt, wie sie war, erzählte sie alles ihrer Dienerin Samira, einer jungen, aber erfahrenen Frau. Beide tranken gemeinsam eine Flasche Wein und überlegten, wie Gamila zu ihrem Recht gelangen könnte. Erst spät in der Nacht kamen sie auf die rettende Idee.

Am nächsten Morgen verkaufte Gamila ihren teuren goldenen Ring und suchte einen Sargmacher auf. Sie erstand bei ihm drei schlichte Särge, die aus billigem Holz gebaut, aber mit Schlössern versehen waren. Gamila bezahlte die Särge und ließ sie sich erst in der Nacht liefern, um im Schutz der Dunkelheit kein Aufsehen zu erregen.

Die drei Särge versteckte sie in drei Zimmern. Einen schob sie mithilfe ihrer Dienerin unter ihr eigenes Bett, der zweite lag bald unter dem Bett in Samiras Zimmer, das ihrem genau gegenüber lag, und der dritte stand senkrecht in einem großen Schrank im Wohnzimmer.

Dann schickte sie die Dienerin zu den drei Männern und lud sie für den nächsten Tag zu sich ein. Der Sekretär des Königs sollte um neun Uhr morgens kommen. Der Polizeichef, sehr erfreut über die Einladung, würde pünktlich um zehn klopfen, und der Kadi meinte: »Wie schön, dass deine Herrin Vernunft angenommen hat.« Er würde wie gewünscht um elf Uhr da sein.

Zum Schluss eilte Samira zu dem Einsiedler und sagte ihm, er solle zu ihrer willigen Herrin kommen, aber keine Minute vor oder nach zwölf Uhr.

»Oh, wie ich mich freue«, sagte der Einsiedler, kniete nieder, faltete die Hände und dankte Gott für diese Gnade. Es war ein so komischer Anblick, dass die Dienerin rasch weglief, um dann, weit genug von der Höhle des Einsiedlers entfernt, in Lachen auszubrechen.

Und in der Tat kam der Sekretär am nächsten Tag um neun Uhr. Gamila war sehr freundlich. Sie empfing ihn strahlend und führte ihn in ihr Schlafzimmer. Sie unterhielt sich noch genüsslich mit dem arroganten Beamten, als es an der Tür klopfte. »Der Herr Polizeipräsident«, rief die Dienerin mit gespielter Angst.

»Ach«, meinte Gamila. »Der versucht mich immer mit einem meiner Liebhaber zu erwischen. Versteck dich in diesem Kasten unter meinem Bett, bis er verschwindet«, sagte sie und mimte Besorgnis. Der Sekretär sprang in den Sarg. Gamila schloss ihn ab und nahm den Schlüssel an sich.

Den Polizeipräsidenten empfing sie im bescheidenen Zimmer ihrer Dienerin. »Das ist mein Liebesnest«, behauptete sie. »Weißt du, in meinem Schlafzimmer will ich meinem verstorbenen Mann treu bleiben.«

»Das ist wahre Treue«, heuchelte der Polizeipräsident und trank einen kräftigen Schluck Wein. Gamila entschuldigte sich, sie wolle sich umziehen, und verschwand für eine Weile. Als sie zurückkam, war sie so einfach gekleidet wie eine Dienerin. Sie unterhielt sich eine Weile mit dem geilen Gast und schenkte ihm Wein nach. »Schon immer liebte ich dich, aber weißt du, warum ich keinen Kontakt zu dir aufnahm?«, fragte Gamila den Polizeipräsidenten.

»Ist es wahr?«, fragte dieser eitel und tat überrascht.

»Ja. Stell dir vor, der Oberste Richter hat vor Jahren um meine Hand angehalten, doch mein Vater wies ihn ab, da er dreißig Jahre älter war als ich. Seit diesem Tag will er mich der Unmoral überführen und mich ins Gefängnis bringen. Er hat sogar zwei Männer beauftragt, die ihm ergeben waren, mir nachzuspionieren.«

Und Gamila erzählte und erzählte, und dabei schenkte sie dem Mann Wein nach und machte ihn betrunken. Da klopfte die Dienerin. »Mein Gott, Herrin. Was für eine Katastrophe, der Oberste Richter steht mit zwei anderen Männern vor der Tür und behauptet, er wisse, dass der Herr Polizeipräsident hier ist«, rief sie ängstlich.

»Schnell, schnell, versteck dich hier drin, wir wollen den alten Schnüffler an der Nase herumführen.« Sie zeigte dem Polizeipräsidenten den Sarg, und er legte sich hinein. Der Deckel ließ sich nur schwer zuschlagen, da der Mann einen mächtigen Bauch hatte. Dann rief sie der Dienerin zu: »Bitte den alten Schnüffler in den Salon, bis ich hier alles aufgeräumt habe.« Sie schloss den Sarg ab und nahm auch diesen Schlüssel an sich.

Der Richter war natürlich allein gekommen. Er saß nervös im Salon. »Willkommen«, begrüßte ihn Gamila, dann bat sie ihn, seine Kleider abzulegen, da er ihr mit seinem dunklen Gewand und dem riesigen weißen Turban Angst mache. Er solle ja bei ihr nicht den Richter spielen, sondern den scharfen Liebhaber.

Der Richter zog seine Kleider aus, bis auf die Unterhose. Gamila bot ihm Wein und Arak an, doch er wollte keinen Alkohol anrühren, da die Religion es verbiete. Gamila musste lachen. Sie hatte sich auf eine lange Unterhaltung vorbereitet, doch der geile Einsiedler klopfte bereits um halb zwölf an die Tür.

Die Dienerin stürmte – wie abgemacht – in den Salon. »Der verfluchte Einsiedler ist da«, rief sie atemlos.

»Lass ihn etwas warten. Lieber Richter, das ist der Schuft, der das Geld meines Mannes nicht herausrücken will«, sagte sie. »Bitte versteck dich in diesem Kasten und hör genau zu, was er sagt. Bist du bereit, das Gespräch zu bezeugen?«

»Sicher«, sagte der Oberste Richter und versteckte sich in dem senkrecht stehenden Sarg. Gamila verschloss den Sarg und die Schranktür und ließ den Einsiedler hereinführen.

»Du wolltest mich sehen?«, fragte er.

»Ja. Ich kann einfach nicht glauben, dass mein Mann so viel Geld bei dir aufbewahrt hat, deshalb möchte ich dich bitten, dreimal zu schwören, dass du das Geld meines Mannes bei dir aufbewahrst. Dann erst werde ich dir deinen Wunsch erfüllen.«

Der Einsiedler blickte sich um, die Dienerin war verschwunden. Was hatte er also zu befürchten? Nichts, dachte er. »Ich schwöre bei Gott, dass ich das Geld deines Mannes bei mir zu Hause habe«, rief er dreimal mit bewegter Stimme.

»Jetzt sollst du dasselbe in meinem Schlafzimmer bei Allah und der Freundschaft, die dich mit meinem Mann verbindet, schwören. Dort ruht die Seele meines Mannes. Du musst aber laut sprechen, damit mein Mann im Himmel es hört und beruhigt ist.«

Der Einsiedler fand Gefallen an diesem dummen Aberglauben. Er begleitete die Witwe ins Schlafzimmer und schwor dort laut, dass er das Erbe der Frau aufbewahre. Das hörte nicht nur der Sekretär des Königs unter dem Bett, sondern auch der Polizeipräsident im Zimmer der Dienerin, das keine drei Schritte von Gamilas Schlafzimmer entfernt war.

Danach rief die Frau: »Und jetzt verschwinde, du Gauner! Du wirst sehen, dass ich heute noch an mein Geld komme.«

Der Einsiedler verließ wütend das Haus, so entschlossen wie nie zuvor, ihr keinen Dinar auszuhändigen.

Gamila aber trat nacheinander vor die drei Särge und rief jedem der Männer zu: »Wenn du leugnest, was du gehört hast, werde ich dich lebendig begraben.«

»Um Gottes Willen, lass mich raus, und ich will bezeugen, dass der Einsiedler dein Geld zu Unrecht hat. Er hat ja gerade bestätigt, dass es bei ihm ist.« So oder ähnlich antwortete jeder der drei.

Die Frau kleidete sich sehr sorgfältig und vornehm und machte sich auf den Weg zum König. Ein Diener, der den abwesenden Sekretär vertrat, gestattete ihr den Eintritt, nachdem sie ihm zwei silberne Dirham in die Hand gedrückt hatte, die sie heimlich aus der Tasche des Richters gezogen hatte.

Gamila erzählte dem König vom Betrug des Einsiedlers, mehr nicht.

»Hast du Zeugen für deine Behauptung?«

»Ich habe sogar drei Zeugen, die als Tote durch die Kraft der Gerechtigkeit sprechen und bezeugen können, dass das Geld mir gehört.«

»Tote, die etwas bezeugen können? Wo sind sie?«, fragte der König, verwundert über die kühne Aussage der Frau.

»Lass deine Diener mich mit einem guten Karren begleiten, der von kräftigen Pferden gezogen wird. In einer halben Stunde bin ich wieder hier«, antwortete Gamila selbstbewusst.

Vier kräftige Männer begleiteten Gamila nach Hause. Sie befahl ihnen, beim Transport der Särge und auf dem Rückweg kein Wort zu sprechen, sonst würden sie von einem bösen Zauber krank werden. Die einfältigen Männer gehorchten. Ängstlich und vorsichtig setzten sie die Särge auf die Ladefläche und fuhren damit zurück. Auch Gamila sprach die ganze Zeit kein Wort. Ihre Befehle gab sie durch Handzeichen. Nun stand sie vor dem König, und die drei Särge waren vor ihr aufgestellt. Der Einsiedler wurde von zwei Soldaten gebracht und festgehalten.

»Ihr Toten, sprecht die Wahrheit, sonst muss ich euch wieder in eure Gräber zurückbringen«, rief die Frau. »Bezeugt ihr vor Gott und seinem Propheten, dass dieser Gauner, der sich im Kleid eines Einsiedlers verbirgt, mein Geld besitzt? Habt ihr seine Worte gehört, als er bei Gott schwor, dass mein Mann ihm das Geld für mich anvertraut hat, ja oder nein?«

»Wir bezeugen, dass es stimmt, was die Witwe behauptet. Der Einsiedler hat es dreimal geschworen«, antworteten die Stimmen aus den Särgen.

»Gib dem Einsiedler zehn Ohrfeigen und begleite ihn zu seiner Höhle«, sprach der König zu seinem Diener. »Er muss das Geld eigenhändig hierherbringen, und danach soll er achtzig Peitschenhiebe als Strafe für seine Gaunerei bekommen.«

Dann wandte er sich an Gamila. »Und nun zu dir. Was hat es mit diesen Toten auf sich?«

»Eure Majestät. Sie werden sich wundern. Aber durch ihre Aufrichtigkeit und Gerechtigkeit kehren diese ehrlichen Männer wieder ins Leben zurück«, antwortete Gamila. Sie übergab dem König die Schlüssel und eilte nach Hause.

Zwei Stunden später brachten zwei Wächter den Beutel mit den Golddinaren.

Nie haben Gamila und Samira so viel gelacht wie in jener Nacht.

Als das Lachen im Saal abebbte, stieg Karam die Treppe hinunter und nahm auf seinem Sessel Platz. Eine Frau mit ergrauten Haaren hob die Hand.

»Ich bin Maria, die Witwe des Goldschmieds Luca«, rief sie von ihrem Platz aus, »und ich finde diese Geschichte schön. Vor allem weil hier eine Frau gegen mehrere mächtige Männer gewonnen hat. Manchmal braucht man dabei allerdings eine helfende Hand. So eine Geschichte kenne ich«, sagte sie fast schüchtern.

»Wir bitten dich, liebe Maria, die Geschichte zu erzählen. Aber sprich bitte etwas lauter«, erwiderte Karam.

Die Witwe erzählte:

Zwei Gauner und ein kluger Richter

Zwei Männer suchten eine wohlhabende Witwe auf und baten sie vor Zeugen, hundert Golddinare für sie aufzubewahren, weil sie nach Indien reisen mussten. Damals war es üblich, vor langen Reisen das Geld bei wohlhabenden Menschen zu hinterlegen, um es bei einem Überfall nicht an Wegelagerer zu verlieren. Die beiden Männer wiesen die Witwe vor Zeugen ausdrücklich darauf hin, dass sie das Geld nur ihnen gemeinsam wieder aushändigen dürfe.

»Das ist in Ordnung«, sagte die Witwe.

Sie reisten ab.

Zwei Monate später kam einer der beiden weinend zu der Witwe. Sein Geschäftspartner sei in Indien ums Leben gekommen. Deshalb bat er sie unter Tränen, ihm das Geld auszuhändigen, er würde der Witwe seines Freundes dann die Hälfte auszahlen.

Die Frau weigerte sich zuerst, da dies gegen die Abmachung verstieß. Aber durch seine Tränen und seine Trauer um den verstorbenen Freund überzeugte der Mann die Freunde und Verwandten der reichen Witwe, und diese überredeten sie, und so händigte sie ihm schweren Herzens das Geld aus.

Einen Monat später aber kam der zweite Mann zu ihr und fragte nach dem Geld. Die Frau erzählte ihm, wie und was sein Partner über seinen Tod berichtet hatte, und die Freunde und Verwandten bezeugten die Richtigkeit ihrer Darstellung. Aber das half ihr nichts. Der zweite Mann war sehr erzürnt und behauptete, sein Partner habe sich als Gauner erwiesen, und deshalb hätten sie sich getrennt. Er zerrte die Frau vor den Richter, und Zeugen bestätigten seine Aussage. Sogar die Verwandten und Freunde der Frau, die sie zu ihrer Handlung ermuntert hatten, behaupteten nun, sie habe leichtsinnig gehandelt und sich nicht an die Abmachung gehalten.

Der Richter war dem Ankläger ebenfalls geneigt und wollte ihm schon recht geben, da erhob sich ein bekannter pensionierter Richter, der unter den Zuhörern saß, und bat um das Wort.

»Euer Geld«, rief er dem Gauner zu, »hat die Witwe mir anvertraut, und ich händige es euch aus, wenn ihr wie abgemacht zu zweit kommt. Also geh und hole deinen Partner.«

Der Richter nickte zustimmend. Der Gauner wurde blass und verließ eiligen Schrittes den Gerichtssaal.

Karam merkte, dass die Leute, die hinter der Frau saßen, Mühe gehabt hatten, ihrer Erzählung zu folgen. Er rief dem Publikum zu, er wolle von nun an die Erzählerinnen und Erzähler auf die Kanzel bitten. Die hinteren Reihen klatschten begeistert.

Ein junger Mann hob die Hand, als der Beifall verebbt war. Er war groß und dünn. Sein Gesicht umrahmte ein dunkler Bart, der ihm eine gewisse Strenge verlieh.

»Ich bin Rabbiner Samuel Nuh«, begann er und machte sich auf den Weg zur Kanzel. Oben angekommen fuhr er fort: »Der Aberglaube, aber auch jede Art von Leichtgläubigkeit erleichtert es den Gaunern, klüger zu erscheinen, als sie sind. Ich habe einen leichtgläubigen Nachbarn. Er hat mir erzählt, wie listig er einst von einem Gauner hereingelegt wurde. Aber glaubt ihr, er hat etwas verstanden? Nein. Er tappt immer noch in jede Falle, und wenn es gerade keine gibt, stellt er sich selbst eine. Ich will euch aber lieber von einem einfältigen Gauner erzählen, der von seinem Opfer reingelegt wurde. Solche Fälle sind selten, aber sie sind lehrreich.«

»Das hört sich sehr gut an, bitte schön«, rief Karam.

Rabbiner Samuel erzählte:

Der leichtgläubige Einbrecher

Ein Einbrecher schlich nachts bei Vollmond über die Flachdächer zum Haus eines wohlhabenden Eisenwarenhändlers. Das Haus war groß und hatte einen Innenhof unter freiem Himmel mit Springbrunnen und Orangenbäumen.

Der Eisenwarenhändler wachte in seinem Schlafzimmer im ersten Stock auf, als er über sich Schritte auf dem Flachdach hörte. Er weckte leise seine Frau und flüsterte ihr zu:»Hab keine Angst, ein Einbrecher ist auf unserem Dach. Frage mich laut, wie ich zu meinem Reichtum gekommen bin.«

Es war Sommer, und das große Fenster im Schlafzimmer stand offen.

Die Frau sagte:»Mein lieber Mann, du hast mir vor einiger Zeit versprochen, mir zu erzählen, wie du zu deinem Reichtum gekommen bist. Ich kann nicht schlafen. Willst du es mir nicht jetzt erzählen?«

»Na ja, ich habe Angst, dass du es verrätst. Schwöre bei Gott, dass du mit niemandem darüber sprichst, denn ich bin ein Dieb gewesen, ein Einbrecher.«

»Ein Einbrecher, ein Dieb? Das glaube ich nicht, du bist doch ein angesehener Händler.«

»Ja, schon«, lachte der Mann,»aber mein Kapital habe ich als Dieb angehäuft. Ich wurde nie gefasst.«

»Wie denn das? Erzähl bitte, ich schwöre bei Gott und seinem Propheten, dass ich lieber sterbe, als ein Wort deines Geheimnisses zu verraten.«

»Gut, dann erzähle ich es dir. Ich war der Lehrling eines gütigen Zauberers, der liebte mich wie einen Sohn. Er konnte mit einer Zauberformel auf dem Mondstrahl reiten.«

»Auf dem Mondstrahl reiten?«, fragte die Frau verwundert.

»Ja, das konnte er, und darauf fuhr er zu den Armen und Kranken, Traurigen und Einsamen und tröstete sie. Aber manchmal brauchte er Geld, und deshalb nahm er mich mit und ließ mich bei den Reichen das Geld holen, um es den Armen zu schenken. Er selbst verachtete Geld und wollte es nicht anfassen. Also sagte er mir das Zauberwort, und ich ritt neben ihm auf meinem eigenen Mondstrahl, ging in die Häuser, und das Geld blinkte im Dunkeln, nur für mich deutlich sichtbar. Ich nahm es und kehrte auf dem Strahl zum Meister zurück, der über dem Haus auf seinem Mondstrahl mich erwartete. Wir sausten dann zu den Hütten der Armen und ließen das Geld vor ihre Türen fallen. Da hättest du das Gesicht meines Meisters sehen sollen. Er strahlte vor Glück. Als er starb, begann ich den Zauberspruch für mich auszunutzen. Zuerst schenkte ich noch einen Teil des Geldes den Armen, dann aber behielt ich alles für mich. Sollten die Armen sehen, wo sie blieben. Nach nur einem Jahr hatte ich genug Geld, um ein neues Leben anzufangen ... nun aber als Händler.«

»Was für ein Zauberwort war das denn?«, fragte die Frau neugierig.

»Leise doch. Schwörst du, dass du es niemandem verrätst?«

»Ich bin doch nicht verrückt. Ich schwöre bei Gott und meinem Augenlicht, nie wieder darüber zu reden.«

»Das Zauberwort ist sehr einfach, du schaust den Vollmond an und sagst: Schelem, Schilim, Schulum, und du umarmst den Lichtstrahl, so als wäre er ein Mensch, und sagst: Runter, dann bringt er dich dorthin, wo das Geld ist. Und wenn es auch am dunkelsten Ort liegt, blinkt es dir entgegen, damit du es findest. Bei uns ist deshalb das Geld, wie du weißt, in der Küche im Erdgeschoss unauffällig in einem großen Topf versteckt. Da findet es keiner.«

»Und wie kommt man wieder weg?«

»Indem man die Wörter in umgekehrter Reihenfolge ausspricht: Schulum, Schilim, Schelem, und in Sekundenschnelle bist du wieder dort, wo du vorher gestanden hast, mit einem Sack voller Goldmünzen.«

»Zeigst du mir das mal?«

»Gern. Heute bin ich müde, aber morgen ist auch noch Vollmond. Dann reite ich mit dir auf dem Mondstrahl. Gute Nacht.«

Kurze Zeit danach hörten beide einen dumpfen Schlag, gefolgt vom Schrei des leichtgläubigen Einbrechers.

»Jetzt brauchen wir nur noch ein Seil«, sagte der Händler und lief mit seiner Frau die Treppe ins Erdgeschoss hinunter. Sie fesselten den Einbrecher und ließen ihn den Rest der Nacht einfach auf dem Boden liegen. Am nächsten Morgen ging der Eisenwarenhändler zur Polizei und berichtete von dem Einbruch. Sie mussten den verschnürten Dieb nur noch abholen.

»Der arme Trottel«, rief ein Mann und die Leute lachten.

Ein etwas älterer Mann mit einem grauen Haarkranz um seine Glatze hob die Hand, »Viele kennen mich. Ich bin der Fischhändler Michail. Oh, ich kenne eine Geschichte, bei der der listige Betrüger den betrogenen Nachbarn unterschätzt hat.«

Karam bat ihn, die Kanzel zu besteigen.

Fischhändler Michail erzählte:

Wenn die Ratten Kupfer fressen

Ein Händler wollte auf Pilgerschaft gehen. In seinem Lager hatte er über hundert große, teure Kupferkochtöpfe. Er übergab den Schlüssel zum Lager einem Nachbarn und bat ihn, immer wieder nachzuschauen, damit das Lager und die Türen nicht beschädigt würden. Eine Pilgerreise dauerte damals Monate. Als der Pilger zurückkam, fand er sein Lager in bestem Zustand, nur die Kupfertöpfe waren verschwunden.

»Es gab eine Rattenplage, und die Ratten haben alle deine Töpfe gefressen«, sagte der Nachbar. Der Händler glaubte dem Nachbarn kein Wort. Er erkundigte sich in der Stadt, und in der Tat hatte es eine Rattenplage gegeben, die in den Häusern viel Schaden angerichtet hatte. Mit Mühe und Not hatte man sie besiegt. Ratten fraßen alles, Weizen, Früchte, Fleisch, Papier, Leder und sogar Seife. Aber Kupfergefäße?

Zwei Tage später gab der Nachbar ein Fest und lud auch den Pilger ein.

67

Dieser lauerte dem einzigen Sohn des Gastgebers auf, einem siebenjährigen Jungen. Er nahm ihn zu sich und bat seine Haushälterin, das Kind zu verwöhnen und es nicht weglaufen zu lassen, bis er zurückkäme. Der Junge kannte den Nachbarn, der mit seinem Vater befreundet war. Also genoss er den Nachmittag und das herrliche Abendessen mit so viel Nachtisch, wie er zu Hause nie bekam. Indessen machte sich der Gastgeber Sorgen um seinen Sohn, und bald konnten er und seine Frau ihre Unruhe nicht mehr mit dem Mantel der Höflichkeit tarnen. Es war dunkel geworden, und der Sohn war immer noch nicht da. Als die Gäste nach dem Grund der Besorgnis fragten, gab der Gastgeber unter Tränen zu, dass sein einziger Sohn verschwunden war.

»Dein Sohn?«, fragte der Händler. »Den habe ich heute Nachmittag gesehen. Er spielte, und plötzlich hat sich ein Bussard auf ihn gestürzt und ihn davongetragen.«

»Was erzählst du da für einen Unsinn«, zürnte der Vater, »ein Bussard soll meinen Sohn geschnappt haben und mit ihm davongeflogen sein?«

»In einer Stadt, wo die Ratten hundert große Kupfertöpfe fressen, kann ein Bussard auch einen Elefanten davontragen.«

»O nein«, schrie die Frau des Gauners, »das hast du nun davon!« Und sie begann vor den Gästen auf ihren Mann einzuschlagen und zu rufen: »Ich will meinen Sohn zurückhaben, du Dieb!«

Viele Gäste hatten vom Verschwinden der Töpfe gehört. Sie nickten stumm.

»Bitte, bring mir meinen Sohn, und ich werde vor all diesen Zeugen zugeben, dass ich deine Töpfe verkauft habe, und ich schwöre bei Gott, dir das Geld in den nächsten Tagen zu geben.«

»In den nächsten Tagen?«, schrie die Frau. »Du stehst sofort auf und holst das Geld aus dem Schlafzimmer, sonst mache ich es.« Sie schnaufte wie eine Löwin.

Der Gauner ging und holte den Beutel mit dem Geld. Der Händler zählte nach, stand auf und sagte: »Da fehlt einiges, aber sei's drum, der Junge muss zurück zu seiner Mutter. Ich werde mit dem Bussard reden.« Die Umstehenden lachten.

Kurz darauf traf der Junge ein. Er war vergnügt und erzählte noch lange davon, wie sehr er bei dem Händler verwöhnt worden war.

Kaum hatte der Fischhändler geendet, erhoben sich angeregte Gespräche im Raum. Es herrschte allgemeine Bewunderung für den Händler und seine Phantasie.

Da hob ein älterer Herr die Hand, Nader drehte sich zu ihm und flüsterte Samia etwas zu. Sie nickte.

»Ich bin Ahmad und bin lange Jahre Richter gewesen. Ich möchte die Lügner nicht verteidigen«, sagte er. Seine Stimme war so leise, dass Karam die Worte kaum verstehen konnte.

»Bitte komm auf die Kanzel«, sagte Karam.

»Aber ich will keine Geschichte erzählen, sondern nur kurz meine Meinung äußern«, rief der Mann und bemühte sich, laut zu sprechen.

»Das macht doch keinen Unterschied. Wir wollen deine Meinung hören, und du sollst dich nicht so sehr anstrengen müssen«, erwiderte Karam.

Der Mann machte sich fast unwillig auf den Weg zur Kanzel. Oben angekommen sagte er: »Eure Majestät, liebe Prinzessin, meine Damen und Herren.« Seine Stimme war klar und deutlich bis zur letzten Reihe zu hören, Karam gab ihm ein zustimmendes Zeichen. »Ich will keinen Lügner verteidigen, aber ich möchte euch kurz auf etwas aufmerksam machen.

Durch meine Tätigkeit habe ich gelernt, wenn man mir etwas erzählt, was ich nicht kenne, darf ich nicht gleich denken, es sei gelogen. Wir können versuchen, alles Mögliche und Wundersame zu erfahren, aber wir werden in unserem begrenzten Leben nicht alles kennenlernen, erkennen oder verstehen.

Denkt bitte an unseren großen Gelehrten und Weltreisenden Ibn Battuta. Wer ihn noch nicht kennt: Er ist 1304 geboren und 1368 in Marokko gestorben, ein Rechtsgelehrter. Er reiste lange, und nach seiner Rückkehr verfasste er sein heute sehr berühmtes Werk *Geschenk für diejenigen, welche die Wunder von Städten und den Zauber des Reisens betrachten,* bekannt unter dem kurzen Titel *Rihla*, Reise. Er erzählte von seinen Reiseerlebnissen, und ein Dichter schrieb sie auf. Man hat ihn ausgelacht und der Lüge bezichtigt. Denn er erzählte vor Leuten, die nicht nur Marokko, sondern den Palast ihres Herrschers noch nie verlassen hatten. Wesire wie Bedienstete hielten ihn für einen Aufschneider, da er von Tieren, Menschen und Pflanzen erzählte, die hier noch keiner gesehen hatte, er beschrieb unerhörte Sitten, Gebräuche und Moralvorstellungen, die mit dem Glauben eines Muslims, Christen oder Juden nicht zu vereinbaren waren.

Erst später fand man heraus, dass Ibn Battuta in seinem Bericht kaum etwas erfunden hatte. Man berechnete respektvoll die Länge seiner Reise. Die Strecke entsprach dreimal dem Erdumfang.

Wenn wir etwas noch nicht gesehen oder erlebt haben, bedeutet das nicht, dass es nicht existiert oder nicht geschehen kann.

Ich danke euch für eure Aufmerksamkeit«, sagte er und machte sich auf den Weg zu seinem Platz.

Die Leute klatschten verhalten, ein Gemurmel schwebte über den Köpfen.

Der König hob die Hand. »Darf ich auch eine Geschichte erzählen? Sie hat weniger mit der Lüge als vielmehr mit List und auch mit der Dummheit der Mächtigen zu tun.«

»Selbstverständlich, Eure Majestät. Mit Freude hören wir Euch zu.«

König Salih stand auf und erzählte von seinem Platz aus mit seiner kräftigen Stimme:

Der Hinterlistige

Ein Löwe, ein Ochse und ein Esel trafen sich einst in einem Wald. Es war ein seltener Augenblick wie aus dem Paradies. Die drei waren alt, und der König der Tiere hatte Mitleid mit den zerschundenen Wegbegleitern, die bei ihm Asyl suchten, um ihre letzten Tage geschützt und in Frieden zu verbringen.

Sie erzählten dem Löwen, wie sehr der Bauer seine Tiere quälte, ausnützte und dann entweder schlachtete oder den Wölfen zum Fraß vorwarf.

Als König der Tiere fühlte sich der Löwe verpflichtet, seine Untertanen zu schützen. Er lauerte so lange im Wald, bis er den Bauern sah, der kam, um Holz zu sammeln.

»Ist er das?«, fragte er leise.

Esel und Ochse nickten.

Der Löwe trat königlich auf und brüllte den Bauern an: »Wer bist du überhaupt?«

»Adams Enkel«, antwortete der Bauer.

»Du hast Esel und Ochse gequält, du Feigling. Wollen wir kämpfen?«, fragte der Löwe. Und ohne auf eine Antwort zu warten, fuhr er fort: »Wenn du mich besiegst, darfst du mich zu deinem Sklaven machen. Wenn ich dich aber besiege, darfst du nie wieder ein Tier quälen. Einverstanden?«

»Ja, aber ich habe heute meine Kraft zu Hause vergessen. Sie lag unter meinem Bett. Ohne sie kann ich nicht kämpfen.«

»Dann geh und hole sie. Ich warte hier auf dich«, sagte der Löwe.

»Ich fürchte aber, du wirst flüchten, sobald du mich wiedersiehst, denn mit meiner Kraft kann ich Bäume knicken, als wären sie Strohhalme. Du wirst Angst haben und das Weite suchen, und dann habe ich meine Kraft umsonst mitgebracht. Sie wiegt nämlich schwer.«

Der Löwe musterte den kleinen Bauern und lachte.

»Ich soll vor dir flüchten?«

»Ja, du wirst fliehen. Wie oft flüchteten Tiger und Wölfe vor mir! Aber warte, ich habe eine Idee«, sagte der Bauer, als wäre ihm gerade etwas eingefallen.

»Was für eine Idee?«

»Ich binde dich hier an diesen Baum, bis ich zurückkomme. Dann lasse ich dich frei und besiege dich«, schlug der Bauer mit vor Selbstsicherheit triefender Stimme vor.

»Das ist doch lächerlich. Ich würde nicht weglaufen, aber meinetwegen binde mich an. Ich warte auf dich«, sagte der Löwe.

Der Bauer band den Löwen mit seinem Seil so fest an den Baum, dass dieser gerade noch atmen konnte.

»Nun beeile dich und hole deine Kraft. Es ist unbequem, hier an den Baum gebunden zu sein«, bat der Löwe.

Der Bauer lachte.

»Siehst du, das ist meine Kraft. Hier ist sie versteckt«, sagte er und klopfte mit dem Finger an seine Schläfe, »und du wirst sehen, wie ich dich, ohne einen Schweißtropfen zu verschwenden, hier verhungern lasse.« So besiegte der schlaue Bauer den arroganten, einfältigen Löwen.

Betreten und still saß das Publikum da. Eine etwas beleibte Frau hob die Hand. Ihr Gesicht war hell und ihre Haare schneeweiß, obwohl die Frau nicht einmal fünfzig war.

»Ich heiße Salma und bin Wäscherin in einem Kloster. Eure Majestät, ich kenne die Fortsetzung der Geschichte«, rief sie.

»Die Fortsetzung?«, fragte König Salih erstaunt.

»Ja, eine sehr kurze Fortsetzung. Ich erzähle sie gerne.«

»Ich bitte darum«, antwortete König Salih gespannt und setzte sich, während Salma zur Kanzel ging.

Salma, die Wäscherin, erzählte:

Das stärkste Tier auf Erden

Esel und Ochse weinten vor Mitleid mit dem Löwen. Sie konnten ihrem Freund nicht helfen. Der Bauer sang glücklich vor sich hin und sammelte das Holz, das er brauchte. Dann ging er zu dem Löwen.

»Ich werde dich doch nicht verhungern lassen. Ich verdiene eine Stange Geld, wenn ich dich an den Fürsten der Stadt verkaufe. Er hat einen großen Garten und viele Tierkäfige. Aber einen Löwen hat er noch nicht«, sagte er und eilte davon.

»Hilfe!«, rief der Löwe mit klagender Stimme. Doch niemand konnte ihm helfen.

Esel und Ochse zogen kraftlos davon, aber nicht weit, da sahen sie eine kleine Maus.

»Warum weint ihr, Brüder?«, fragte sie und schluckte das letzte Stück einer Haselnuss.

Die zwei traurigen Freunde erzählten der Maus, was geschehen war, und seufzten.

»Was sollen wir machen? Wohin sollen wir flüchten? Der Mensch ist eben doch der Herrscher aller Tiere«, brüllte der Ochse. Der Esel nickte traurig.

»Ach was, ich bin stärker als der Mensch«, rief die Maus. Trotz ihrer Traurigkeit begannen Ochse und Esel zu lachen.

»Lacht nur, ich beherrsche sein Haus und nehme mir, was mir schmeckt. Und er hat Angst vor mir und schützt sich durch widerliche Katzen.«

»Du willst stärker sein als der Mensch? Er hat doch gerade den Löwen gefesselt«, erwiderte der Esel fast ärgerlich.

»Ich kann den Löwen befreien«, antwortete die Maus mit erhobener Nase.

»Ach du liebe Güte, sie hat wohl irgendwas gefressen«, sagte der Ochse und verdrehte die Augen.

»Ja, gerade habe ich eine Haselnuss zu Ende gefuttert. Zeigt mir, wo der Löwe ist, und ich befreie ihn.«

»Meinetwegen, da hat der Arme vielleicht noch etwas zu lachen, bevor er in den Käfig wandert. Lasst uns zu ihm gehen«, schlug der Esel vor.

Schnell liefen sie zum Löwen. »Ich grüße dich, König der Wälder«, rief die Maus und begann an dem starken Hanfseil zu knabbern. Es verging keine Viertelstunde, und der Löwe war frei.

»Falls ihr wieder mal Hilfe braucht, ich bin immer hier in der Nähe«, rief die Maus. »Jetzt muss ich aber zu meinen Kindern.« Und sie eilte davon.

Ein lautes Lachen der Erleichterung schwebte durch den Saal. Auch der König nickte vergnügt.

Ein Parfümeur stand auf.

»Einige kennen mich, vor allem die Frauen«, sagte er und lächelte, »ich heiße Chamis, Donnerstag, weil ich an einem Donnerstag geboren wurde. Ich erinnere mich an eine Erzählung über einen gaunerischen Zuhälter, in der Esel die Hauptrolle spielen. Kennt ihr die Geschichte vom Richter, der Esel als Zeugen auftreten ließ?«

»Esel als Zeugen? Gibt es denn so was?«, fragte Karam.

Der Parfümeur Chamis erzählte:

Der kluge Zuhälter

In einer arabischen Stadt hatte ein Zuhälter großen Erfolg. Er betrieb einen Puff am Rande der Stadt. Unter den Freiern waren Arme und Reiche, vor allem aber frömmelnde Männer, die am Tag predigten und die Nacht im Puff verbrachten.

Als der alte Bürgermeister starb, setzte der Sultan einen sehr frommen Mann an die Spitze der Stadt, weil ihm deren Ruf missfiel. Dieser schloss den Puff und vertrieb den Zuhälter. Aber der Zuhälter ließ sich ein Haus mitten in einem grünen Tal nicht weit von der Stadt bauen und eröffnete dort einen neuen Puff. Die Freier protestierten, das sei aber weit, dabei war der Puff in einer Viertelstunde zu Fuß zu erreichen. Das brachte den klugen Zuhälter auf die Idee, in der Stadt einen Eselverleih zu eröffnen. Damit würde er noch mehr Geld verdienen. Man mietet einen Esel und reitet zu seinem Ziel, und am Ende bringt man den Esel zurück und bezahlt. Da viele entweder selbst einen Esel besaßen oder keinen für den Alltag brauchten, wurden die Verleih-Esel fast immer nur von den Puffbesuchern benötigt.

So ritten also die Männer zum Puff und waren in weniger als fünf Minuten da. Der Puff war wieder voller Freier. Das blieb der Polizei nicht verborgen. Der Richter schickte nach dem Zuhälter. Dass er einen Puff eröffnete, konnte er ihm nicht verbieten, denn das lag außerhalb seines Machtbereichs, aber er warf ihm vor, dass er die Männer der Stadt verderbe.

»Die Männer der Stadt? Ich habe viele Kunden aus allen Teilen des Landes, aber kaum aus Ihrer Stadt, weil sie so fromm regiert wird«, antwortete der Zuhälter.

Alle Männer, die der Richter aufgrund der Berichte der Spitzel vorlud, leugneten, jemals im Puff gewesen zu sein.

Da griff der Staatsanwalt zu einer List.

»Herr Richter«, rief er, »bringen wir alle Esel des Verleihs bis zur Landstraße und lassen sie dort laufen. Wenn sie von allein zum Puff kommen, weil sie sich an den Weg gewöhnt haben, dann hat der Zuhälter gelogen.«

Gesagt, getan. Die zwanzig Esel rannten unbeirrt bis zum Puff, wo sie vor dem Eingang anhielten, denn dort erwarteten sie wie immer Futter als Belohnung.

»Siehst du?«, sagte der Richter. »Gib zu, du hast gelogen. Du zahlst für die Verführung der Männer hundert und für die Lüge fünfzig Dinar.«

Der Zuhälter lachte Tränen.

»Warum lachst du?«, fragte der Richter.

»Ich werde die Strafe zahlen, aber über dich wird man überall im Land erzählen, dass du, o großer Richter, der Zeugenaussage der Esel mehr Beachtung geschenkt hast als der von angesehenen Männern.«

Der Richter lachte verlegen und ließ den Zuhälter ohne Strafe laufen.

»Was für ein raffinierter Kerl!«, rief ein bekannter Richter.

Ein Physiker und Astronom hob die Hand. »Mein Name ist Suheil, es ist der Name eines besonders hellen Sterns, den die Araber lieben und besingen, und das ist auch einer der Gründe, weshalb ich Astronomie studiert habe. Gut, in der letzten Geschichte kam der listige Zuhälter heil davon. In der Regel aber sind solche Lügner leicht zu entlarven. Manchmal jedoch ist der Zufall in der Stunde der Not ein Prophet und der Schutzengel für Gauner«, sagte er. »Darf ich euch eine seltsame Geschichte erzählen, wie ein Gauner und Lügner unfreiwillig die Wahrheit sagte und eine richtige Prophezeiung abgab?«

»Da sind wir aber gespannt«, ermunterte ihn Karam. Der Physiker bestieg die Kanzel in solcher Eile, dass er fast über die Brüstung in den Saal gefallen wäre. Einige schrien entsetzt auf, andere lachten.

Suheil, der Astronom, atmete erleichtert durch und erzählte:

Prophezeiungen eines falschen Hellsehers

Einst kam ein Freund zu einem berühmten Astronomen und Sternendeuter und bat ihn um Hilfe.

»Du bist doch mit dem Richter Ahmad Bin Fadli befreundet. Er hat meinen einzigen Sohn wegen eines zu lauten Festes verhaften lassen, und da er sehr religiös ist, fürchte ich eine dicke Strafe. Kannst du mir helfen?«

Der Astronom war bereit zu helfen. Er kannte die Strenge des Richters. Mit seinem Freund ging er zu Fuß zum Gerichtshof.

Als sie über den Markt liefen, erblickten sie den Stand eines Scharlatans, der sich als Hellseher und Sterndeuter ausgab. Der Astronom wollte den bekümmerten Vater aufheitern und sagte: »Komm, lassen wir uns von diesem Gauner etwas erzählen, dann können wir über seine Lügen lachen.«

»Wie viel kostet eine Prophezeiung?«, fragte er den Scharlatan.

»Einen Dirham, mein Herr ... sehr günstig, nur einen Dirham«, stotterte der angebliche Hellseher.

»Gut, hier sind zwei Dirham, damit du dich anstrengst. Sag uns, in welcher Angelegenheit sind wir unterwegs?«, fragte der Astronom.

Der angebliche Sterndeuter und Hellseher malte mit dem Zeigefinger Figuren in den Sand, warf ein Körnchen Weihrauch in die Glutschale und betrachtete die Duftwolke, warf eine Handvoll Muscheln, betrachtete jede Einzelne und sagte: »In der Sache eines Gefangenen.«

Die zwei erstarrten.

»Und, wird er freigelassen?«, fragte der Vater ängstlich.

Der Scharlatan schien nervös zu werden, er drehte und wendete die Muschel, malte mit einem Stab Kreise und Dreiecke in den Sand und schwang ein Pendel. Dann schloss er die Augen und sagte:»Ich sehe ihn. Er ist bereits frei.«

Die zwei wunderten sich und setzten ihren Weg fort. Am Gericht empfing sie der Richter ganz freundlich. Als der besorgte Vater nach seinem Sohn fragte, erwiderte er:»Ich habe ihn und seine Freunde gerade freigelassen, nachdem sie eine Erklärung unterschrieben haben, dass sie nie wieder die Nachbarschaft mit ihrem Lärm stören werden.«

Der Vater weinte vor Rührung und Erleichterung, der Astronom aber fühlte eine große Unruhe.

»Komm, lass uns zu diesem angeblichen Hellseher oder Sterndeuter zurückgehen«, sagte er. Die zwei suchten seinen Stand auf dem Markt auf. Der Scharlatan zitterte vor Angst, als er sie kommen sah.

»Hör mal gut zu. Deine Prophezeiung oder Hellseherei ist richtig gewesen. Hier sind zwei Dinare für dich. Erzähl mir, woher hast du das alles gewusst? Ich bin ...«

»Ich kenne dich, mein Herr«, unterbrach ihn der Hellseher.»Du bist der große Meister der Astronomie. Wer kennt dich nicht? Ich erzähle euch die Wahrheit, wenn ihr mir versprecht, mich nicht zu verraten, denn ich muss zehn Kinder ernähren, deren Geburt ich leider nicht voraussehen konnte.«

»Versprochen«, erwiderten die zwei Männer wie im Chor.

»Ich mache hier auf dem Markt ein paar Dirham am Tag durch Vorhersagen und angebliche Hellseherei oder Sterndeuterei für Unglückliche und Leichtgläubige. Diese Gerätschaften hier und der Weihrauch sollen die Leute beeindrucken. Als ihr heute aufgetaucht seid, hat mich das völlig durcheinandergebracht. Der Meister der Sterndeutung, begleitet von einem Mann mit kummervollem Gesicht, fragt mich, in welcher Angelegenheit er unterwegs sei. Mir gegenüber auf dem Markt, wie ihr seht, befindet sich ein Hühnerhändler. Ich schaute über eure Schulter hinweg, und sah, wie er mit einem gefesselten Hahn kämpfte. Er hatte ihm die Fesseln abgenommen und wollte ihn in einen Käfig sperren, weil das besser aussieht, als wenn die Hühner gefesselt auf dem Boden liegen. Der Hahn schlug mit den Flügeln wild um sich, aber der Händler hat es geschafft und den Hahn hinter dem Käfiggitter gefangen gesetzt.

Daher sagte ich: In Sachen eines Gefangenen. Dann habt ihr gefragt: Und wird er freigelassen?

In diesem Augenblick hantierte der Hühnerverkäufer mit einem kleinen, schläfrigen Huhn. Er nahm ihm die Fesseln ab und wollte es in den Käfig stecken wie zuvor den Hahn, doch plötzlich erwachte dieses schläfrige Huhn, und mit einem Sprung befreite es sich vom Griff des Hühnerverkäufers. Gackernd lief es davon, und der Händler rannte hinter ihm her, da sagte ich: Er ist bereits frei, und war erleichtert, als ihr mich nicht weiter befragt habt.«

Der Astronom wollte dem armen Mann die zwei Dinare geben, doch dieser lehnte ab.

»Nur einmal umarmt werden möchte ich vom größten Astronomen unserer Stadt«, sagte er höflich.

Der Astronom umarmte den gutherzigen Mann und setzte seinen Weg mit seinem Freund fort.

»Mensch, bin ich erleichtert«, sagte der Astronom. »Beinahe wäre ich zu seinem Anhänger geworden.«

Die Leute staunten über das Gehörte, und vor lauter Staunen vergaßen sie zu klatschen. Ein paar erwachten aus ihrer Erstarrung, als der Erzähler bereits von der Kanzel stieg, und Klatschen erhob sich nur hier und da. Es hörte sich an wie der Trab müder Pferde.

Ein Mann mittleren Alters meldete sich zu Wort. Er war stämmig und von der Sonne gebräunt. Sein Gesicht schmückten kleine, kluge Augen, eine Hakennase wie ein Adlerschnabel und dazu ein großer, pechschwarzer, gepflegter Schnurbart, der den Hörnern eines Stiers ähnelte. Er trug eine dunkle Abaija und eine sehr schöne Weste. Karam bat ihn nach vorn und war völlig überrascht vom lauten Beifall, der den Mann auf seinem Weg zur Kanzel begleitete. Auch der König wunderte sich und fragte leise seinen Großwesir. Dieser flüsterte etwas zurück. Der König nickte.

Der Mann lächelte zufrieden von der Kanzel herab.

»Danke euch, meine Lieben«, sagte er mit einer bezaubernden tiefen Stimme, »bei der nächsten Fahrt werdet ihr eine Geschichte oder zwei Sprichwörter über ein Thema, das euch beschäftigt, kostenlos bekommen.«

Das Publikum lachte und einige klatschten.

»Eure Majestät, geliebte Prinzessin, lieber Karam. Viele hier kennen mich, wie ihr an dem Beifall gemerkt habt. Aber unser großartiger König, seine Prinzessin und du, lieber Karam, ihr kennt mich vielleicht nicht. Mein Name ist Isam. Ich bin einer von zehn Stadtkutschern. Wir bringen die Leute zu ihrem Ziel und erfahren von so einigen Schicksalen und Kuriositäten, hören viele Geschichten, und nicht selten kommt es zu unangenehmen Zwischenfällen mit Geizkrägen, aggressiven Besoffenen und anderen lästigen Zeitgenossen. Aber ich habe auch viele schöne Erlebnisse mit verliebten, mutigen und nicht selten witzigen Menschen. Einige Stadtbettler sind meine Freunde. Sie dürfen bei mir immer umsonst mitfahren, wenn es nötig ist.«

»Das stimmt!«, rief der Bettler Nader in der ersten Reihe.

»Kutscher sind auch Seelenklempner«, fuhr der Kutscher lächelnd fort, »Berater und Gerüchteverbreiter. Ein Kutscher darf aber niemanden verpetzen und keinem Fahrgast auf die Nerven gehen. Er muss immer eine Portion gute Laune behalten, auch wenn ihm nicht danach zumute ist. Rücksichtsvoll gegenüber älteren Menschen soll er sein, aber vor allem sollte er ein gutes Gedächtnis haben und sensible Ohren, sonst muss er einen anderen Beruf ergreifen. Natürlich wird er sich eine Menge Mist anhören müssen, aber dann und wann bekommt er eine Perle, ein Juwel als Belohnung für seine Geduld.

So ein Stadtkutscher ist etwas anderes als ein Landkutscher, wie mein Cousin Salim, der genug Zeit hat, um seinen Fahrgästen lange Geschichten zu erzählen. Mancher von denen – so auch Salim – erlaubt sich sogar den Spaß, dass seine Erzählung die spannendste Stelle zufällig genau bei der Ankunft erreicht. Dann unterbricht er die Geschichte und ruft: ›Wenn ihr mit mir zurückfahrt, erzähle ich euch die Fortsetzung.‹

Und ich weiß, dass viele Reisende sich beeilen, um mit ihm zurückzufahren, denn eine halbe Geschichte ist ein Versprechen auf einen weiteren Genuss.

Das können wir Stadtkutscher uns nicht erlauben, denn unsere Fahrten dauern nur fünf, zehn oder höchstens fünfzehn Minuten.

Deshalb erzähle ich seit dreißig Jahren nur kurze und kürzeste Geschichten. Ich würde euch gern an jedem Abend ein paar dieser Geschichten vortragen. Aber natürlich nur, wenn Eure Majestät es erlauben.«

König Salih lachte und klatschte, und das Publikum gab den Beifall hundertfach weiter.

»Heute erzähle ich euch also ein paar Geschichten über List und Lüge. Da ich in dreißig Jahren viele solcher Geschichten gehört und erzählt habe, wähle ich nur die besten aus.

Aber ich habe noch eine Bitte. Beifall oder Proteste lasse ich während der Fahrt in meiner Kutsche nicht zu. Sie verwirren mich. Wenn ich fertig bin, könnt ihr so viel klatschen oder mich beschimpfen, wie ihr wollt, aber nie zwischen den Geschichten. Danke.«

Der Stadtkutscher Isam erzählte:

Eine kluge Rettung

Ein verwegener Pfarrer sah von seinem hohen Balkon aus, wo er täglich seinen Kaffee trank, eine hübsche Frau in einem benachbarten Haus im Innenhof sitzen. Die wohlhabende Familie war vor Kurzem eingezogen. Die Frau gefiel ihm, und auf recht plumpe Weise deutete er ihr seine Zuneigung an.

Tag für Tag machte er das, sodass es der Frau bald lästig wurde. Sie erzählte es ihrem Mann. Zusammen überlegten sie, wie sie diesen lästigen Verehrer loswerden könnten.

»Wenn er morgen noch einmal aufdringlich wird, gib ihm ein eindeutiges Zeichen, dass er zu dir kommen kann. Du brauchst keine Sorge zu haben, im Innenhof unseres Hauses bist du vor den Blicken der anderen

Nachbarn geschützt. Ich werde im Kaffeehaus gegenüber sitzen und warten, bis der geile Mann kommt. Dann bin ich in zwei Minuten bei dir.«

Der Mann war Zahnarzt.

Nach dem Mittagessen ging der Pfarrer wieder auf den Balkon und trank seinen Mokka. Er freute sich über die einladende, anzügliche Reaktion der Frau und war nun ganz von seinem männlichen Charme überzeugt. Er eilte zu ihr, sie öffnete ihm die Tür und ließ ihn ein. »Setz dich kurz in den Innenhof. Ich komme gleich«, sagte sie und verschwand. Der Pfarrer saß noch nicht lange, da klopfte es an der Tür. Die Frau eilte herbei. »O mein Gott. Das ist mein Mann. Er ist wahnsinnig eifersüchtig und jähzornig. Sag, du bist gekommen, weil du Zahnschmerzen hast.«

Der Ehemann trat mit seiner Arzttasche herein, als käme er zur Visite bei einem Patienten.

»Wen haben wir denn da? Unseren frommen Pfarrer! Was führt dich zu uns?«

»Meine Zähne hier rechts unten tun mir weh!«, sagte der Gottesmann.

»Das haben wir gleich. Mach den Mund auf«, sagte der Zahnarzt und schaute hinein. Als hätte er eine gefährliche Schlange gesehen, blickte er den Pfarrer mit schreckgeweiteten Augen an.

»Drei Zähne sind völlig verfault. Gut, dass du noch rechtzeitig gekommen bist, so etwas kann lebensgefährlich werden.«

Und bevor der Mann sich's versah, zog ihm der Zahnarzt die drei Zähne und warf sie in den Mülleimer.

Vor Schmerz jaulend rannte der Pfaffe weg. Trotzdem war er zutiefst überzeugt, die Frau liebe ihn und habe ihm das Leben gerettet.

Eine Woche lang gab er Ruhe, doch dann kehrte er zu seiner früheren Unart zurück und belästigte wieder die Frau. Da beschloss sie, zusammen mit ihrem Mann den geilen Heuchler endgültig zu heilen.

Als er wieder seine dämlichen Andeutungen machte, lud sie ihn zu sich ein, und ihr Mann zog ihm erneut ein paar Zähne.

Dreimal, viermal ging das so, und der Pfarrer verlor fast die Hälfte seiner Zähne.

Da gab er endlich Ruhe.

Die Frau amüsierte sich. Eines Tages deutete sie ihm – in ihrem Innenhof sitzend – wieder an, er solle zu ihr kommen. »Ich habe kaum noch Zähne, und die letzten brauche ich dringend«, rief er von oben und verschwand.

Wie ein Hahn einen Fuchs auslachte

Einst ging ein Hahn auf dem Hof spazieren. Er pickte da ein Korn, bestieg dort eine Henne und war mit seinem Leben sehr zufrieden.

Um einen Blick über die weite Landschaft zu werfen, flog er täglich auf die hohe Mauer, die den Hof umgrenzte. Von dort oben krähte er vergnügt. Sein Gesang auf der Mauer war so schön, dass manche Henne den herrlichen Gockel verliebt anschaute und das Eierlegen vergaß.

Eines Tages erschien ein Fuchs auf dem Weg, der entlang der Mauer in die fernen Wälder und Felder führte.

»Sei gegrüßt, Wecker der Sonne. Wie geht's? Wie steht's?«, fragte der Fuchs. Der erfahrene Hahn dachte bei sich: Nimm dich in Acht, wenn Honig aus dem Maul eines Feindes trieft.

»Gut, gut, Trickmeister«, antwortete der Hahn, »wohin des Weges?«

»Zum Fest der Tiere. Willst du nicht mitgehen?«

»Fest der Tiere! Was für ein Fest ist das?«

»Hast du es noch nicht gehört? Seit gestern gilt das Friedensgebot, das der König des Landes erlassen hat. Es herrscht Frieden im Land. Keine Maus braucht Angst zu haben vor einer Katze, kein Schaf vor einem Wolf und keine Mücke vor einer Schwalbe.«

»Und wovon willst du jetzt leben, alter Fuchs?«, fragte der Hahn und war dankbar, dass die Mauer hoch und glatt und für den Fuchs nicht zu besteigen war.

»Ach, gestern war ich reichlich satt von zwei Maiskolben, und heute habe ich Hafer gefrühstückt. Du kannst dir nicht vorstellen, wie glücklich ich als Vegetarier bin. Alles sauber. Kein Blut mehr, pah! Keine Innereien, pah! Keine schreienden Hasen und kein kleines, armes Getier! Komm doch mit zum Festplatz«, sagte der Fuchs mit einer äußerst freundlichen Stimme.

»Leider kann ich heute nicht mitgehen, ich feiere mit meinen zehn Hühnern Hochzeit, ebenfalls vegetarisch! Aber warte kurz, ich rufe unseren Hund. Er ist schneller als der Wind. Sein Gebiss hat ihm den Namen Knochenbrecher eingetragen, aber er ist ein wenig schwerhörig. Knochenbrecher! Huhu! Wo bist du? Knochenbrecher!«, rief der Hahn laut.

Dem Fuchs wäre vor Schreck fast der Schwanz abgefallen.

»Was? Ein Hund?«

»Ja, warte doch. Er könnte dich begleiten und auf dem Fest endlich Vegetarier werden.«

»Nein, um Gottes willen. Wer weiß, ob er von dem Friedensgebot überhaupt gehört hat. Du sagst ja, er ist schwerhörig!«

Da bellte ein Hund vom Nachbarhof. Der Bauer, bei dem der Hahn lebte, hatte keinen. Der Fuchs verschwand und hinterließ nur eine kleine Staubwolke.

Beifall und Lachen untermischt mit Rufen »Noch eine« begleiteten den Abgang des Kutschers. Er hob die rechte Hand, und als es ruhig wurde, weil viele dachten, er würde weitererzählen, rief er: »Dann fahrt mit mir. Es kostet nicht die Welt!«, und schritt mitten durch die wogenden Lachwellen zu seinem Platz.

Eine Frau stand, noch lachend, auf und rief:

»So ein kluger Hahn! Einfältige Menschen gibt es tatsächlich immer, aber es gibt auch äußerst raffinierte Gauner, und ihnen gegenüber ist die Gesellschaft zu gutgläubig.« Die Frau hielt inne, als hätte sie Karams unausgesprochene Frage nach ihrem Namen gehört. »Entschuldigt bitte meine Nachlässigkeit. Ich bin so aufgeregt, dass ich vergessen habe, mich vorzustellen. Ich heiße Nagibe und bin Heilerin und Hebamme. Aber nun zu meiner Geschichte. Die unsägliche Mischung aus Einfalt und Gutgläubigkeit auf der einen Seite und Raffinesse und Skrupellosigkeit auf der anderen Seite ist eine ideale Voraussetzung für ein Gaunergeschäft«, sagte sie und steuerte schon auf die Kanzel zu. Plötzlich blieb sie stehen und lächelte verlegen. »Entschuldigung, ich habe ganz vergessen zu fragen, ob ich eine Geschichte erzählen darf«, sagte sie zu Karam gewandt. Der lächelte zurück.

»Du musst dich nicht entschuldigen, du bist ja bereits bei den Helden deiner Geschichte, darüber vergesse auch ich alles, sogar mich selbst«, antwortete er freundlich.

Nagibe erzählte:

Der ehrliche Finder

Eines Freitags wollte ein Imam eine Predigt in einer Moschee halten, da stürmte ein Mann durch die Reihen. Er trug einen kleinen seidenen Beutel in der Hand.

»Mein Herr, hab Nachsicht mit mir, dass ich dich unterbreche. Meine Familie und ich sind Fremde hier. Wir kamen in der Hoffnung, Arbeit zu finden, doch seit Tagen hungern wir. Nun fand ich auf dem Weg zur Moschee diesen Sack und schaute hinein. Darin sind Schmuckstücke für mehr als hundert Dinar. Der Teufel flüsterte mir verführerisch zu: ›Nimm sie doch. Das ist ein Vermögen!‹, doch ich wollte keine Sünde begehen, und deshalb bringe ich sie dir, damit du sie aufbewahrst, bis der Besitzer danach fragt.«

Der Imam war beeindruckt von der Moral des Hungernden.

»Liebe Brüder, wann hat man so etwas erlebt, ein hungernder Mann bringt uns Gold und Juwelen, statt sie für sich zu behalten. Bitte helft diesem wunderbaren Gläubigen, damit er nicht hungern muss.« Und als Erster warf der Imam zwei Dinare in eine leere Vase. Die Männer stürmten nach vorn und spendeten. Der arme, ehrliche Mann nahm die Vase, bedankte sich und eilte zu seinen hungrigen Kindern. Der Imam hielt seine Predigt zu Ende und betete mit den Gläubigen.

Und bevor auch nur einer die Moschee verließ, kam eine alte Frau in feinen Kleidern. Sie schrie: »Oh, ihr gläubigen Männer, helft mir. Ich habe heute Morgen einen Beutel verloren, und mein ganzes Vermögen war darin. Hat vielleicht einer von euch ihn gefunden? Kann jemand mir helfen?«

Ein lautes Gemurmel ging durch die Reihen.

»Gnädige Frau, kommt nach vorne. Jemand hat das Säcklein mit dem Schmuck gefunden und war so ehrlich, dass er es hierhergebracht und abgegeben hat. Kannst du uns genau schildern, was darin ist?«

»Wie sollte ich das vergessen?«, rief die Frau und weinte. Sie stand mit dem Imam vorne neben der Kanzel, und dieser bat die Männer, Platz zu nehmen, damit sie alles sehen könnten.

Die Frau erwähnte eine Halskette und beschrieb ihre Edelsteine ganz genau. Der Imam steckte seine Hand in den Sack, holte die Kette heraus und legte sie auf einen kleinen Tisch. Dann beschrieb sie fünf Ringe nacheinander ganz genau, von zweien konnte sie sogar die Gravur nennen: Fatima und Junus. Es waren ihr Name und der ihres verstorbenen Mannes, erklärte sie dem erstaunten Imam. Dann sprach sie von zwei Perlenketten und kannte genau den Schaden am Schloss der einen Kette. Zehn goldene Armbänder und drei Paar Ohrringe beschrieb sie ebenfalls bis ins Detail.

Das Publikum klatschte und gratulierte der Frau. Sie nahm den Schatz und hinterließ zwei Golddinare für den Finder, falls er eines Tages wieder auftauchen sollte.

Die Männer erzählten noch jahrelang von diesem großen Tag, an dem ein selbstloser frommer Mann einen Schatz in der Moschee abgab und eine Witwe wie durch ein Wunder wieder zu ihrem Schmuck kam.

Der Finder kam nie wieder vorbei, denn er wartete am selben Tag vor der Stadt mit zwei Pferden auf seine Schwiegermutter, und als sie mit dem Beutel auftauchte, lachten beide und ritten in die nächste Stadt.

Eine Weile herrschte Stille, womöglich aus Verwunderung über so viel Raffinesse und darüber, wie dreist man die Güte der Menschen missbrauchen kann, dann aber erhob sich ein donnernder, anerkennender Beifall.

Als der Applaus sich gelegt hatte, meldete sich ein etwas älterer, sehr hagerer rothaariger Mann zu Wort. Er musste einmal sehr schön gewesen sein.

»Ich heiße Badri, mein Vollmond, so nannte mich mein Vater, weil ich in einer Vollmondnacht zur Welt kam. Ich bin vierzig Jahre lang Pförtner gewesen. Ich arbeitete an der Pforte von Palästen, Krankenhäusern, Ministerien, Polizeikasernen und ähnlichen wichtigen Gebäuden. Manchmal waren die Bestechungsgelder höher als mein Gehalt. Ähnlich wie die Kutscher sind auch wir Pförtner eine Art Klagemauer. Die Leute bestechen uns mit Geschenken und schönen, oft mitleiderregenden Geschichten, um hereingelassen zu werden. Ich habe viele Geschichten gehört und wieder vergessen, aber diese eine Geschichte vergesse ich nie. Manche List schlägt auf ihren Erfinder zurück. Darüber kenne ich eine unglaubliche Geschichte. Darf ich sie erzählen?«

»Bitte schön«, erwiderte Karam. Langsamen Schrittes ging der alte Mann die Treppe zur Kanzel hinauf. Umso erstaunter war das Publikum über seine klare, tiefe Stimme.

Der ehemalige Pförtner Badri erzählte:

Der bellende Mann

Ein armer Mann hatte in der Stadt so viele Schulden gemacht, dass er sich schämte und kaum noch wagte, aus dem Haus zu gehen. Einer seiner Gläubiger war Händler, Hehler und Geldverleiher. Er besuchte den Schuldner, und dieser saß geknickt und beschämt vor seinem Gast.

»Was gibst du mir, wenn ich dir einen Trick zeige, mit dem du alle deine Schulden auf einmal loswerden könntest?«

»Ich werde dir dein Geld doppelt zurückzahlen«, sagte der Mann. »Aber es gibt keinen Trick, der mir aus der Patsche helfen kann«, fügte er verzweifelt hinzu.

»Doch. Hör mal gut zu. Ich bin ein Trickmeister. Ich zeige dir einen Trick, der glatt funktioniert. Du musst nur gute Nerven haben.«

»Die habe ich«, erwiderte der hochverschuldete Gastgeber.

»Von heute an bellst du wie ein Hund.«

»Bellen?«, fragte der Schuldner verwirrt. »Wenn es hilft, bin ich bereit, dazu auch noch zu miauen.«

»Gut, dann lass dir von deiner Frau ein Sofa vor die Haustür stellen, setz dich darauf, und jeden, der vorbeigeht, bellst du an wie ein Hund.

Egal, wer es sein sollte, ob Nachbarn, Kinder, Bekannte, Fremde, Polizisten oder Händler. Du darfst nie wieder sprechen, auch wenn man dich vor den Richter zerrt. Ich werde es auch niemandem verraten. Hast du verstanden?«

»Und du glaubst, das hilft?«

»Das hilft nicht nur, das rettet dich«, sagte der Trickmeister und verließ das Haus.

Der arme Mann erklärte seiner Frau, die er sehr liebte, seinen Plan, und beide lachten Tränen. Zum ersten Mal seit Monaten schliefen sie ruhig. Am nächsten Morgen stellte die Frau das Sofa vor die Haustür und legte ein paar Knochen davor. Das war ihr Einfall.

Nach einem ausgedehnten Frühstück setzte sich der Mann auf das Sofa und bellte und knurrte jeden Passanten an. Manche Nachbarn hielten es für einen Scherz. Andere erschraken und eilten davon.

»Ach, komm, lass das«, sagte einer der Nachbarn, aber als der Mann ihn daraufhin noch aggressiver ankläffte, suchte er das Weite. »Der Teufel ist in ihn gefahren«, sagte er nach Luft schnappend zu seiner Frau. Sie hatte das Ganze von der Haustür aus beobachtet. Ein paar Kinder verspotteten den armen Mann, und als eines ihn mit einem Stück Holz bewarf, jaulte er so herzerweichend, dass ein alter Mann die Kinder beschimpfte und wegschickte.

Bald erfuhr die halbe Stadt von dem Schlag, der den verschuldeten Mann getroffen hatte.

Seine Gläubiger, bis auf den Trickmeister, eilten zu ihm.

»Was für ein gemeiner Trick!«, sagte der Metzger. Der Mann bellte laut.

»Du machst dich nur lächerlich«, rief ein Goldschmied, der Mann knurrte ihn an.

»Hör doch endlich auf. Das hilft dir nicht«, sagte ein Textilhändler, der Mann fletschte die Zähne und drohte ihn zu beißen.

So ging das tagelang. Als die Geduld der Gläubiger zu Ende war, beschlossen sie, den Schuldner vor den Kadi zu zerren. Beim Gericht verbellte der Mann die Wächter, den Pförtner versuchte er gar zu beißen, und später knurrte er auch den Kadi an. Dieser lachte zuerst, bis er begriff, dass der Mann keinen Scherz trieb. Da wurde er nachdenklich. Doch seine Berater hatten Zweifel. Um ganz sicherzugehen, empfahlen sie dem Richter, den Mann ins Gefängnis zu stecken und dort heimlich beobachten zu lassen. Im Gefängnis würde ihm das Bellen vergehen, meinte einer der Berater.

»Deine Schulden sind groß, und ich glaube nicht, dass du ein Hund bist, deshalb verurteile ich dich zu drei Jahren Gefängnis«, sprach der Kadi.

Der Schuldner jaulte nur traurig. Die Wärter und ein Spitzel erstatteten dem Richter täglich Bericht, doch alle mussten zugeben, dass der Mann verrückt geworden war und sich für einen Hund hielt. Er habe zwei Gefangene gebissen, den einen in die rechte Wade und den anderen in den Hintern. Er hebe sogar beim Pinkeln ein Bein, sagte der Wärter.

Der Richter fühlte Mitleid mit dem Schuldner und befahl, ihn nach einem Monat freizulassen und ihm für das Unrecht, das er ihm angetan hatte, zehn Dinar als Schmerzensgeld zu geben.

Das wurde in der Stadt bekannt.

Da kam der Trickmeister zum Schuldner und strahlte ihn an.

»Was habe ich dir gesagt? Jetzt kannst du mir ruhig die Schulden bezahlen.«

Der Mann bellte ihn aggressiv und laut an und versuchte, ihn zu beißen. Da flüchtete der Trickmeister und verfluchte sich selbst.

Bald verschwand der Mann mit seiner Frau aus der Stadt. Ein Nachbar könnte schwören, dass er sie in der Kutsche lachen hörte, die sie aus der Stadt wegbrachte ... Aber niemand hat ihm geglaubt.

»Ab morgen werde ich all meine Gläubiger anbellen«, rief ein Mann im Publikum.

»Wenn du das tust, verlasse ich dich. Wir haben bereits einen Hund, einen zweiten brauche ich nicht«, erwiderte seine Frau. Viele Frauen klatschten, die meisten Männer verdrehten die Augen.

Aufmerksam beobachtete Karam den Saal. Als etwas Ruhe eintrat, stand er auf und bestieg die Kanzel.

»Was für eine schöne Geschichte! Ich bin zutiefst beeindruckt von eurem lebendigen und leidenschaftlichen Erzählen. Ich danke euch.«

Viele klatschten, auch Prinzessin Jasmin. Karam wartete, bis der Beifall zu Ende war, und rief:»Wie ich euch gesagt habe, soll jede Erzählnacht unter einem anderen Motto oder Thema stehen. Morgen würde ich den Abend gern den Geschichten über Mut und Feigheit widmen. Es sind Themen, die unser Leben mitbestimmen. Auch deshalb ist ein schnelles Urteil nicht immer möglich. Mut wird oft gelobt, doch er kann manchmal aus Leichtsinn erwachsen und zu Katastrophen führen, und Feigheit wird in der Regel getadelt, aber nicht selten beruht sie auf Vernunft.

Doch wenn Mut von Vernunft, Aufrichtigkeit und Liebe begleitet wird, kann er Leben retten, und auch die Gesellschaft vorwärtsbringen.

Vor allem wird immer vom Mut der Helden erzählt. Mich aber fasziniert der Mut der gewöhnlichen, ängstlichen Menschen.

Einer der Besucher meines damaligen Cafés war bekannt für seinen Mut. Er hatte einmal allein alle Schüler aus einem brennenden Schulgebäude gerettet. Er war schmächtig, bescheiden, leise und ein ungeheuer geduldiger Mensch. Ich fragte ihn damals, woher diese Tapferkeit kam. Er antwortete leise, er habe sie von seiner Mutter gelernt. ›Der Feige stirbt schon viele Male, ehe er stirbt, die Tapferen kosten nur einmal den Tod‹, habe sie immer gesagt.

Ich hoffe, ihr seid mit meinem Thema einverstanden?« Er hielt inne.

»Toll«, riefen viele und klatschten zuerst schüchtern, aber als Karam von der Kanzel herunterkam, ertönte ein riesiger Beifall. Der Hakawati verbeugte sich gerührt vor seinem Publikum, dann drehte er sich zum König und den anderen auf der Bühne und verneigte sich erneut.

Zweite Nacht

VON MUT UND FEIGHEIT

Die Nacht war mild, und die Sterne funkelten über der Stadt. Überall sah man Menschen an großen Tischen essen, lachen und laut miteinander reden.

Karam fand neben seiner Tante Samia und dem Bettler Nader keinen Platz. Sie bemerkten ihn nicht, denn sie waren ins Gespräch vertieft, deshalb ging er mit dem gefüllten Teller in der Hand weiter. Viele wollten für ihn zur Seite rücken, aber trotz aller Freundlichkeit und Zuneigung gab es keine Möglichkeit, da die Bänke zu voll waren.

Endlich stand an einem Tisch ein Paar auf, verabschiedete sich und ging. Karam setzte sich mit seinem Teller, auf dem mehrere kleine kalte Vorspeisen lagen, dorthin. Ein bärtiger Mann ihm gegenüber erhob sich. »Soll ich dir einen Wein holen?«, fragte er freundlich.

»Ja, bitte, einen roten, wenn es geht«, sagte Karam dankbar.

Vor dem ersten Schluck hob er sein Glas, um dem Mann gegenüber zuzuprosten, der sein Glas ebenfalls in der Hand hielt. Erstaunt bemerkte er, dass auch am benachbarten Tisch alle Frauen und Männer die Gläser hoben und »Bi Sahtak«, Prost, riefen. Er lachte.

Nach dem guten Verlauf des Abends verspürte Karam zum ersten Mal wieder Appetit, nachdem er tagelang voller Kummer gewesen war. Er aß genüsslich, und unauffällig brachte ihm der Mann gegenüber einen zweiten Wein. Er hieß Gamil und war Kalligraph. Da die Moscheen und die reichen Leute ihm mehr als genug Aufträge gaben, lebte er nicht schlecht von seiner Kunst.

Als Karam sich satt gegessen hatte, brachte er seinen leeren Teller weg und holte sich ein Schälchen Pistazien zum dritten Wein.

Irgendwann stand er auf, um nach Hause zu gehen, da sah er zu seiner Überraschung, dass seine Tante Samia und der Bettler Nader Hand in Hand vor ihm gingen. Er freute sich wie ein Kind für seine Tante, die in Nader verliebt zu sein schien, und beeilte sich, die beiden einzuholen.

Am nächsten Tag wachte er spät auf. Als er in die Küche kam, tranken Samia und Nader gerade Kaffee.

»Da kommt der Meister!«, rief Nader.

»Wir wollten dich nicht stören. Du hattest gestern einen anstrengenden Abend«, ergänzte die Tante.

»Nein, es war ein Vergnügen, alle Sorgen sind von mir abgefallen«, sagte Karam und schenkte sich einen Kaffee ein. »Ich war wie betäubt vor Glück, dass Jasmin nun endlich ihr Zimmer verlassen hat und den ganzen Abend die Geschichten hörte.«

»Das hast du hingekriegt, alle Achtung«, sagte Nader.

Im Stadtpark fand Karam einen ruhigen Platz und konnte alles gut vorbereiten. Er war gerührt, wenn Menschen vorbeigingen, ihn nur dezent grüßten und nicht weiter stören wollten.

Mittags kehrte er nach Hause zurück, Samia und Nader waren nicht da. Der Tag war sehr heiß. Karam fühlte eine lähmende Müdigkeit und legte sich hin.

Als er nach der Siesta aufwachte, wollte er zu Sadeks Café schlendern und danach zum Schlossgarten, wo er Nura zu treffen hoffte.

Doch der Wirt hielt ihn auf. Er war schön angezogen, ließ sich und Karam zwei Mokka-Tässchen und etwas Gebäck servieren und lächelte.

»Feierst du heute Hochzeit?«, fragte Karam.

»Das ist mein erster freier Tag seit drei Monaten. Ich möchte zu eurem Erzählabend kommen. Ich habe von einem Gast gehört, dass die

Leute heute über Mut und Feigheit erzählen werden. Mir fehlt es oft an Mut, vielleicht helfen mir die Geschichten.«

»Alle Achtung«, rief Karam. »Ich werde dafür sorgen, dass du einen Platz neben Samia und Nader in der ersten Reihe bekommst.«

»Danke«, sagte Sadek, »dafür bist du jetzt mein Gast und darfst den Mokka nicht bezahlen.«,

Bald machte Karam sich auf den Weg.

Nicht nur am Abend hatte Karam erlebt, wie frei die Menschen hier erzählten, sogar in Anwesenheit des Königs, auch an den vielen Tischen, beim Essen und Trinken, im Park sprachen sie laut und deutlich. Was für ein Geschenk der Freiheit! In seinem Land liefen die Menschen bekümmert mit ängstlichen Gesichtern herum. Farida hatte sogar mit ihren Vertrauten geflüstert, wenn sie über Hunger und Not im Land sprachen.

Plötzlich tauchte das Gefängnis in seinem Gedächtnis auf, und er sah vor seinem inneren Auge, wie wunderbare Menschen zusammengebrochen und elend gestorben waren.

Karam schüttelte den Kopf und ging weiter. Bei diesen Erinnerungen wollte er nicht mehr verweilen. Er schaute neugierig ein paar spielenden Kindern zu und war bald wieder im Hier und Jetzt.

Er schlenderte durch die Stadt zum Palast und war neugierig, wie das mit dem Nacherzählen im großen Palastgarten klappte. In vier Ecken, weit genug voneinander entfernt, hockten, saßen und lagen Hunderte von Menschen auf dem Rasen und lauschten den Geschichten. Es war ein phantastischer Eindruck. Vor jeder Zuhörerschaft standen zwei oder drei Erzählerinnen, die sich perfekt abwechselten, um den Abend möglichst lebendig wiederzugeben. Karam winkte ihnen diskret aus der Ferne zu und ging rasch weiter, um keine Aufmerksamkeit zu erregen und nicht von den Geschichten abzulenken. Ein paar Schritte von der letzten Zuhörergruppe entfernt traf er Nura.

»Das hast du klug geplant«, sagte er und setzte sich mit ihr auf eine Bank. Sie schien sehr glücklich zu sein.

»Ja, ich bin auch froh, dass alles so gut läuft«, sagte sie.

»Die Erzählerinnen nehmen ihre Aufgabe sehr ernst, wie ich beobachtet habe«, lobte Karam.

»Und wie! Sie haben alles minuziös vorbereitet.« Nura rückte näher. »Sie haben den Erzählnachmittag dreimal geprobt und ihre Rollen vorher verteilt, damit es vor dem Publikum nicht zu Leerlauf oder Durcheinander kommt«, flüsterte sie.

»Alle Achtung!«, rief Karam respektvoll. Die beiden unterhielten sich lange. Als Karam aufstand und sich von Nura verabschiedete, hielt diese seine Hand fest und schaute ihm lange in die Augen.

»Du tust viel für uns«, sagte sie. Karam wurde verlegen. Aber als er von ihr wegging, fühlte er, dass er noch Stunden mit dieser jungen Frau hätte verbringen können.

»Heute soll es«, begann Karam nach der Begrüßung, »wie ich gestern angekündigt habe, um das Thema ›Mut und Feigheit‹ gehen. Ich fange ohne weitere Vorrede an.«

Karam erzählte:

Der Riese

In einem fernen Land lebte einst ein junger Mann namens Amer. Er wuchs in Armut auf. Amer liebte die Bienen und wollte eine kleine Imkerei gründen. Am Anfang schien er damit erfolgreich zu sein, doch plötzlich, innerhalb weniger Wochen verendeten all seine Bienen durch eine Krankheit. Man munkelte, dass Neider die Bienen vergiftet hätten. Abergläubische Nachbarn hingegen glaubten fest daran, dass ein böser Geist die Bienen getötet habe, weil er sie hasste.

Als Amer nach dieser herben Niederlage keine andere Arbeit in seiner kleinen Stadt fand, beschloss er auszuwandern.

Seine Mutter weinte tagelang in der ärmlichen Hütte, bevor er sie verließ. Die mütterlichen Tränen lähmten Amer, aber mithilfe seines Vaters konnte er ihr erklären, dass es keinen anderen Weg gab. Der Vater konnte kaum von dem leben, was er als Hilfsarbeiter verdiente, und die Mutter war als Wäscherin bei mehreren Familien tätig. Sie liebte Amer sehr. Er war ihr einziger Sohn.

Als sie sich schweren Herzens von ihm verabschiedete, übergab sie ihm ein schönes, scharfes Schwert. »Das soll dich auf deinen Wegen schützen, wie es meinen Großvater und Vater geschützt hat. Es ist aus Damaszener Stahl geschmiedet.« Amer wusste, wie teuer Schwerter aus Damaszener Stahl waren, und wunderte sich, dass seine Mutter das Schwert nicht verkauft hatte.

Und wie Mütter nicht selten die Gedanken ihrer Kinder lesen können, sagte sie: »Dieses Schwert darfst auch du nicht verkaufen, denn es ist dein Schutzengel, den ich dir als Begleiter mit auf den Weg gebe.«

Amer wanderte lange. Als er am späten Nachmittag eine kleine Oase in der Ferne sah, freute er sich, da er sehr müde war. Dort angekommen, fand er frisches Wasser und einen schattigen Platz unter einem Baum. Er war so müde, dass er bald einschlief.

Nach dem Aufwachen erfrischte er sich an der nahen Quelle und stillte seinen Hunger aus der bescheidenen Provianttasche, die ihm seine Mutter gepackt hatte: ein Stück Brot, ein Stück trockener Schafskäse und ein paar Oliven. Während er aß, beobachtete er eine Ameise, die einen Halm schleppte, der dreimal so groß und schwer war wie sie. Die Ameise stolperte mehrmals auf dem schrägen Weg zum Ameisenhügel hinauf, kullerte ein Stück abwärts, aber sie richtete sich jedes Mal wieder auf und zog den Halm ein Stück weiter. Sie kämpfte so lange, bis sie nach fast einer halben Stunde den Eingang ihrer Behausung erreichte.

Zweifel und Verzweiflung, die Amers Seele bis zu diesem Augenblick gequält hatten, waren wie von Zauberhand verschwunden. Er erhob sich und machte sich auf den Weg Richtung Hauptstadt.

»Ist das schöne Schwert zu verkaufen?«, fragte ihn ein vornehmer Herr, der an ihm vorbeiritt.

»Nein«, antwortete Amer. Der Reiter beäugte bewundernd das Schwert.

»Auch nicht für hundert Dinar?«

»Nein, mein Herr. Ich verkaufe es nicht. Es ist ein Erbstück.«

»Schade«, sagte der Reiter und ritt davon.

Je näher Amer der Hauptstadt kam, umso lieblicher wurde die Umgebung. Er wanderte vergnügt durch die grünen Täler und Hügel, bis er das nördliche Tor der Hauptstadt erreichte. Sein Proviant war aufgegessen, und er spürte einen brennenden Durst im Hals. Eine alte Frau saß im Schatten vor ihrem Haus. Er bat sie um Wasser. Die Frau lächelte ihn an, eilte ins Haus und kam bald mit einem Tonkrug zurück.

»Trink langsam, mein Junge. Du bist erhitzt.«

Amer trank das wunderbar kühle Wasser mit Bedacht.

»Was für herrliches Wasser!«, rief er und gab ihr den Krug zurück.

Die alte Frau schüttelte bedauernd den Kopf. »Herrlich, ja, aber wir zahlen dafür einen teuflischen Preis.«

»Was für einen Preis?«, fragte Amer verwundert.

Die alte Frau zögerte einen Augenblick. Trauer überzog ihr Gesicht.

»Oben auf dem Berg herrscht ein Riese über die Quelle, die der Stadt seit Jahrtausenden Wasser spendet. Er fordert jeden Tag eine Jungfrau, sonst sperrt er uns das Wasser ab. Dreimal hat die Armee schon versucht, ihn zu besiegen. Er hat alle ihre Truppen vernichtet.

Jeden Tag wird eine Jungfrau ausgewählt, und jeden Abend bei Sonnenuntergang begleiten die Eltern ihre arme Tochter bis zum Berg, dann muss sie allein zu dem Riesen hinaufsteigen. Über hundert Frauen hat er schon gefressen.

Und heute ist die Enkelin einer Freundin von mir an der Reihe. Ihr Vater ist ein armer Bäcker und ihre Mutter Putzfrau. Die Tochter heißt Farha, Freude. Seit ihrer Geburt ist sie eine einzige Freude, so schön, witzig und klug, aber was hilft das? Heute muss sie zu dem Riesen hinauf ... verstehst du? Ich habe oft daran gedacht, die Stadt zu verlassen, aber ich will meine Freundinnen und Freunde nicht mit ihrer Trauer im Stich lassen.«

»Wie kann ich zu der Jungfrau gelangen?«

»Die Eltern begleiten Farha bis zum Berg am südlichen Eingang der Stadt. Aber warum willst du dein Leben gefährden? Das hat keinen Sinn.

Ich habe dir doch gerade gesagt, der Riese hat die Truppen des Königs dreimal vernichtend geschlagen.«

Amer schnallte sich das Schwert um und lief rasch zum südlichen Tor der Stadt. Da sah er die Eltern der Jungfrau bereits auf dem Rückweg. Sie weinten und klagten herzzerreißend über ihr Unglück. Amer eilte den Berg hinauf. Als er sich Farha näherte, bemerkte sie ihn. Sie blieb stehen und bat ihn umzukehren. Amer versuchte, sie zur Flucht zu überreden, doch sie war entschlossen und bereit, sich für ihre Stadt zu opfern.

Amer wollte aber ebenfalls nicht umkehren und versprach ihr, er würde sie vor dem Riesen retten. Sobald sie oben wäre, sollte sie den Riesen auffordern, aus seiner Berghöhle, wo das Quellenwasser aus dem Felsen fließt, herauszukommen. Er solle sich ihr zeigen, denn sie wolle ihn wenigstens einmal gesehen haben, bevor er sie fräße, und in der Felsenhöhle wäre es zu dunkel. Auf dem Felsen, über dem Eingang der Höhle, würde Amer dem Riesen mit seinem Schwert auflauern und ihn mit einem Schlag köpfen.

Als Farha dort oben auf dem Berg ankam, rief der Riese ihr zu, sie solle zu ihm in die tiefe Höhle kommen. Doch Farha spürte einen eigenartigen Mut, wenn sie auf Amer blickte, der regungslos über dem Eingang der Höhle sein Schwert fest in beiden Händen hielt.

»Nein, du kannst mich doch auch hier draußen fressen. Ich will dich zuvor sehen«, rief Farha laut.

In dem Moment, da der Riese aus dem Eingang der Höhle trat, hieb ihm Amer mit einem kräftigen Schlag den Kopf ab, Kopf und Rumpf fielen seitlich herab und rollten den Berg hinunter, bis sie an einem großen Busch hängen blieben.

Farha rannte hinterher. In ihrer Freude, die immer noch mit Angst einherging, begann sie zu schreien. Amer wusch sein Schwert an der Quelle und machte sich langsam auf den Rückweg zu der alten Frau. Er fühlte ein Glück wie noch nie in seinem Leben.

Als Farha so unerwartet wieder nach Hause kam, glaubten die Eltern ihr nicht, was sie erzählte, sondern vermuteten, sie wäre geflüchtet. Sie fürchteten die gnadenlose Rache des Riesen, konnten die ganze Nacht nicht schlafen und fühlten mehr Scham wegen der Feigheit ihrer Tochter als Freude über ihre Rettung. Doch am nächsten Morgen floss das Wasser friedlich durch die Stadt und war wie immer kristallklar.

In aller Frühe stieg Farhas Vater zur Quelle hinauf, da sah er den toten Riesen hinter dem Busch liegen und in einiger Entfernung auch seinen Kopf. Glücklich lief er zum Schloss und teilte den Wächtern mit, dass ein edler, mutiger Ritter seine Tochter gerettet habe.

Die Stadt feierte ein Freudenfest, und der König ließ verkünden, dass Farhas unbekannter Wohltäter als Dank für die Errettung der Stadt dreitausend Golddinare bekommen sollte.

Nach dieser Bekanntmachung behaupteten über dreißig Ritter und noch mehr starke Männer, sie hätten den Riesen umgebracht. Um zu zeigen, dass sie es waren, benahmen sie sich wie Leichenfledderer und schleppten Teile vom Körper des toten Riesen an. Doch der König wollte von all diesen schaurigen Beweisen nichts wissen.

Farha selbst wusste zwar, wie der mutige Retter aussah, und fühlte eine innige Zuneigung zu ihm, aber sie hatte keine Ahnung, wie er hieß. Daher empfahl ihr der Großwesir des Königs, auf einem Balkon im ersten Stock des Schlosses Platz zu nehmen, um sich die Männer anzuschauen und ihren Retter zu erkennen. Die Ritter und starken Männer, die sich als Befreier der Stadt ausgaben, sollten langsam vorbeidefilieren.

Nach und nach marschierten alle Männer vorbei, auch solche, die Angst vor einer Maus hatten, doch Farha zeigte an keinem von ihnen Interesse. Erst als Amer vorbeiging und sie anlächelte, erkannte sie ihn und sein Schwert.

»Das ist mein Retter«, rief sie.

Der König händigte Amer die Golddinare aus und wollte ihn zum Anführer seiner Leibgarde machen. Amer bedankte sich für die Ehre, erwiderte aber, er wolle lieber Bienen züchten.

Bald darauf verlobte Amer sich mit Farha. Er schenkte ihren Eltern und der alten Frau, die ihm zu trinken gegeben und von dem Riesen erzählt hatte, zum Abschied einen Teil der Golddinare, sattelte zwei edle Pferde und ritt mit seiner Verlobten nach Hause.

Farha fühlte sich bei Amers Familie sehr wohl. Sie spürte bald, welche Liebe in dieser Familie herrschte.

Das junge Paar heiratete feierlich, und Amer schenkte seinen Eltern Geld für ein neues Haus. Er schlug ihnen vor, sich mit ihm und Farha zusammen um die Bienen zu kümmern.

Bis an ihr Lebensende konnten Farha und Amer ihr Glück miteinander genießen. Es schmeckte fast so süß wie der Honig der Bienen.

»Ja, genau, so schmeckt die Liebe!«, rief eine junge Frau und genierte sich sogleich, dass sie ihre Gedanken so laut preisgegeben hatte. Sie schlug sich mit der Hand auf den Mund und lachte. Ihr Mann klatschte heftig vor Begeisterung, und ihm folgten viele.

Da meldete sich der Wirt Salah zu Wort, ein etwa vierzigjähriger Mann, stämmig und mit einem rundlichen, freundlichen Gesicht. Sein Lokal »Karim«, der Großzügige, war stadtbekannt. Es gab nur etwa zehn Gerichte zur Auswahl, aber sein Name war Programm. Salah war der einzige Wirt, bei dem niemand hungrig nach Hause gehen musste. Hatte man sein Gericht aufgegessen und spürte noch Hunger, so musste man zum Diener nur, »Nachschlag, bitte«, sagen, und schon rückte er mit einer zusätzlichen, kostenlosen kleinen Portion an. Diese Tradition sollen Salahs Ururgroßeltern eingeführt haben, die vor über einhundertfünfzig Jahren als Fremde gekommen waren und das Lokal gegründet hatten.

Der Wirt Salah erzählte:

Eine Prinzessin auf der Flucht

Es war einmal ein junger König, der mit seiner Frau nur eine einzige Tochter hatte. Er war erst zwanzig und liebte seine gleichaltrige Frau abgöttisch. Sie war klug und bildhübsch, und die Tochter sah der Mutter sehr ähnlich. Sie nannten sie Kamila, die Vollkommene. Als sie vierzehn wurde, starb ihre Mutter.

Der König trauerte ein Jahr lang, doch dann wollte er wieder heiraten. Aber keine der Töchter seiner Minister, auch keine Tochter der mit ihm befreundeten Könige gefiel ihm. Langsam entdeckte er den Grund. Er war verliebt in seine eigene Tochter, die allmählich ein Ebenbild seiner Frau wurde.

Kamila war völlig arglos und merkte nur gelegentlich, dass ihres Vaters Blick sich verändert hatte. Bald störte es sie wie nie zuvor, wenn er sie kräftig umarmte. »Vater, du drückst mich zu fest«, protestierte sie.

»Nenn mich doch nicht dauernd Vater, sondern Jusuf, denn so heiße ich.«

»Nein, du bist mein Vater und niemand anderes«, antwortete Kamila entschlossen. Sie war an dem Tag siebzehn geworden und sah aus wie zwanzig.

Der König schickte nach dem bekanntesten Religionsgelehrten, der zugleich der höchste Kadi in der Hauptstadt des Landes war, und fragte ihn: »Gehört ein Baum, den ich gezüchtet, gepflegt und beschützt habe, mir oder einem anderen?«

Der Kadi verstand wohl, was der König meinte. Der ganze Palast wusste von der Verliebtheit des Königs. »Majestät, der Baum gehört Euch, Ihr könntet ihn und seine Früchte genießen.«

»Bist du also bereit, die Ehe mit meiner Tochter zu segnen?«, fragte der König ohne Umschweife.

»Selbstverständlich, Majestät«, antwortete der Richter und bekam, wie er gehofft hatte, eine große Geldsumme dafür.

»Dann werden wir Anfang nächsten Monats heiraten«, sagte der König. Er ließ seiner Tochter ein traumhaft schönes Hochzeitskleid schneidern und schenkte ihr Juwelen und Goldringe, zehn goldene Armreife, Ohrringe, Perlenketten und noch mehr.

Zwei Tage vor der Hochzeit kam der König zu seiner Tochter und befahl ihr, das Hochzeitskleid anzuziehen und den Schmuck anzulegen. Sie tat, wie ihr geheißen. Als er sich ihr näherte, roch sie den Alkohol und bekam Angst, denn er grabschte ihr an Busen und Hintern.

»Willst du sehen, wie jung ich noch bin?«, fragte er und wollte sie aufs Bett werfen.

»Warte doch, ich muss kurz auf die Toilette«, rief sie.

»Und was ist, wenn du abhaust?«

»Binde mich doch an dieses Seil, dann kannst du sicher sein, dass ich noch da bin«, antwortete sie. Das Seil lag nicht zufällig dort. Der König band das Seil um ihren Arm und zog daran, da klingelten die Armreife wie kleine Glocken.

»Nun geh und beeile dich«, sagte er und zog sich aus.

Kamila eilte ins Badezimmer. Sie band das Seil an einen kleinen Gummibaum und hängte ein paar Goldreife daran. Der Vater zog bald noch einmal und hörte das Klingeln. »Nicht so fest«, rief Kamila. Sie schlüpfte in die Männerkleider, die sie im Bad versteckt hatte, und stieg aus dem Badfenster. Die Juwelen, Perlen und das Gold nahm sie mit. Ihr edles Pferd hatte sie an einen Baum in der Nähe gebunden. Sie bestieg es und ritt schneller als der Wind davon. Erst als sie weit weg war, atmete sie erleichtert auf.

Am späten Nachmittag kam sie in eine Stadt, ging zu einem Friseur und bat ihn darum, ihr die Haare so kurz wie möglich zu schneiden. Der Friseur wunderte sich, denn sie war gekleidet wie ein Mann, und doch hatte er das Gefühl, dass sie eine Frau war.

Das grobe Männerhemd hatte sie sich von einer klugen Schneiderin anfertigen lassen. Es war vorn auf der Innenseite mit einem dicken Stück Filz verstärkt, sodass ihre Brust so flach wie die eines Mannes aussah.

Kamila ritt lange, um eine Stadt im Norden des Landes zu erreichen, die sie als Kind einmal mit ihrer Mutter besucht hatte. Der Ritt ermüdete sie, denn die Sonne brannte erbarmungslos auf sie nieder. Kurz vor dem Haupttor der Stadt war sie so müde, dass sie vom Pferd stieg, um sich ein wenig auszuruhen, und im Schatten eines Baumes einschlief. Als sie wieder zu sich kam, war die Sonne schon fast untergegangen. Ihr Pferd und ihre kleine Tasche waren verschwunden. Sie besaß nichts mehr. Mit einem Schlag war sie hellwach. Traurig und hungrig lief sie durch die Straßen. Als sie ein prächtiges Haus sah, näherte sie sich dem Hintereingang. Da trug eine Bedienstete gerade ein großes Tablett heraus und wollte die Essensreste wegwerfen. Kamila bat sie darum, ihr die Abfälle zu überlassen. Die

Küchengehilfin hatte Mitleid mit dem jungen Mann, reichte ihm das Tablett, und Kamila stürzte sich auf das Essen.

»Was ist dir denn zugestoßen?«, fragte die Frau, die erstaunt zuschaute.

»Ich wurde heute ausgeraubt. Mein Pferd und mein Geld sind weg.«

»Und was hast du vorher gemacht?«

»Ich war ein Bediensteter in einer Küche«, antwortete Kamila.

»Warte hier einen Moment. Wie heißt du denn?«

»Said«, antwortete Kamila.

»Warte, warte. Ich bringe dir etwas Besseres zu essen. Unser Koch sucht einen Gehilfen. Ich heiße übrigens Dunja«, sagte die Frau und eilte in die Küche. Bald kam sie zurück mit einem großen warmen Fladenbrot und zwei Tellerchen mit Oliven und Schafkäse zurück.

»Genieße es langsam und ruhig. Das Essen läuft dir nicht weg. Wenn du fertig bist, rufe nach mir, dann bringe ich dich zum Koch.«

Als Kamila aufgegessen hatte, wurde sie von der gutherzigen Küchengehilfin dem Koch vorgestellt. Er musterte den jungen Mann und stellte ihn ein. Kamila lernte schnell. Der Koch, Ismail, war ihr zugeneigt und führte sie in die Geheimnisse der Kochkunst ein. Doch bald spürte sie, dass er ihr gegenüber zu viel Zuneigung zeigte. Er war nicht aufdringlich, sondern machte eher schüchterne Andeutungen, dass er junge Männer liebe. Sie hatte großes Verständnis für ihn, aber sie konnte ihm keinen Schritt weiter entgegenkommen. Er tat ihr leid, weil er sie immer mit verliebten Augen anschaute und im Stillen litt.

Ein Jahr lang blieb sie in der Küche des vornehmen Hauses, dann wollte sie weiterziehen. Sie hatte genug Geld verdient, um etwas zur Seite legen zu können. Von den Ersparnissen kaufte sie einen Esel. Beim Abschied umarmte sie den Koch und flüsterte ihm zu: »Ich muss weiter, aber ich mag dich sehr, du bist ein guter Kerl. Ich aber bin eine Frau, die sich aus Angst vor ihren Verfolgern verkleidet hat.«

»Wirklich?« Der Koch schaute sie erschrocken an.

Kamila nickte mit Tränen in den Augen.

»Bist du etwa die Tochter des Königs?«

Kamila nickte. »Wie kommst du aber drauf?«, fragte sie.

»Unser Herr hat gestern beim Abendessen seinen Freunden belustigt erzählt, dass Spione des Königs die Stadt durchsuchen und überall nach der geflüchteten Tochter fragen.«

»Deshalb habe ich Angst«, sagte Kamila.

»Warte«, sagte der Koch und ging in die Ecke, wo seine Jacke hing. Er kam zurück und gab ihr einen Geldbeutel. »Nimm das als Geschenk für deine Tapferkeit«, sagte er.

Kamila umarmte ihn noch einmal und beeilte sich, die Küche zu verlassen.

Auf ihrem kräftigen Esel ritt sie durchs Land. Sie mied die Städte und übernachtete bei Bauern und Beduinen.

Eines Tages traf sie eine Bettlerin, die ihr Mitleid erregte. Sie gab ihr reichlich Geld. Das Gesicht der Frau war durch Warzen entstellt. Kamila gab sich wieder als Said aus, setzte sich zu ihr und unterhielt sich mit ihr.

Als es spät wurde, fragte die Bettlerin den fremden jungen Mann, wo er übernachten wolle.

»Das weiß ich noch nicht, auf jeden Fall nicht im Wald. Ich wurde einmal ausgeraubt. Das reicht.«

»Du kannst bei mir übernachten, wenn dich meine Armut nicht erschreckt«, antwortete die Bettlerin.

Gemeinsam gingen sie bis zum Rande des Dorfes, wo die Bettlerin in einer Hütte wohnte. Ein großer, furchterregender Hund bewachte Haus und Garten.

»Das ist mein Schutzengel gegen Diebe und Neugierige«, sagte sie und streichelte den Hund, der schwanzwedelnd seine Freude zeigte. Den Esel band Kamila an einen kleinen Apfelbaum im winzigen Garten der Hütte.

Aus den bescheidenen Vorräten der Frau bereitete Kamila ein leckeres Mahl. Die Bettlerin, sie hieß Aida, bewunderte die Kochkünste ihres Gastes, und sie aßen zusammen.

»Deine Stimme ist die eines Mannes, aber du bist kein Mann, auch wenn du dich gut verkleidet hast«, sagte Aida nach dem Essen.

»Das stimmt, aber ich bin auf der Flucht«, erwiderte Kamila und erzählte der Bettlerin ihre Geschichte.

Aida stand auf und verschwand kurz in dem Verschlag, der ihr als Bad diente. Als sie herauskam, erkannte Kamila sie kaum wieder. Sie hatte ein glattes, schönes Gesicht und schien mindestens zwanzig Jahre jünger als zuvor.

Kamila war sprachlos.

»Meine Großmutter und meine Mutter waren Bettlerinnen. Das ist auch meine Leidenschaft geworden. Ich verdiene nicht viel, aber ich kann davon leben.«

Beide lachten und fielen einander in die Arme. Kamila erzählte Aida auch, weshalb sie vor dem verliebten Koch geflüchtet war. Dann fragte sie neugierig: »Wie hast du denn die Warzen gemacht? Sie sahen fürchterlich echt aus.«

»Das kann ich dir zeigen, und wenn du sie auf deine Haut aufträgst, werden dich dein verbrecherischer Vater und seine Spione nie finden.«

Am nächsten Morgen verließ Kamila mit von Warzen entstelltem Gesicht die arme Hütte. In ihrer Satteltasche hatte sie eine Dose mit Warzen und eine Flasche mit einer Flüssigkeit, um sie wieder zu entfernen.

»Die Warzen und die Lösung reichen für ein Jahr. Danach wird dich niemand mehr suchen, von da an kannst du wieder überall dein Gesicht zeigen. Aber ich rate dir, dann einen anderen Namen anzunehmen, damit die Spitzel immer ins Leere laufen, wenn sie nach Kamila fragen. Der Name Karima, die Großzügige, würde zu dir passen.« Aida zögerte kurz. »Hier nimm das Geld. Du brauchst es für deine lange Reise«, sagte sie.

»Nein, ich werde als Koch und später als Köchin gut verdienen. Kochen ist meine Leidenschaft«, erwiderte Kamila und umarmte Aida. »Dich werde ich nie vergessen.«

»Ich dich auch nicht, tapfere Frau«, erwiderte die Bettlerin.

Kamila war nun durch die Warzen vor ihren Verfolgern sicher. In der nächsten Stadt suchte sie, Arbeit zu finden, doch viele Küchen der Reichen und Restaurants lehnten den hässlichen jungen Mann ab.

Verzweifelt setzte sie sich auf eine steinerne Bank gegenüber von einem herrschaftlichen Haus. Sie genoss die Ruhe und fütterte ihren Esel mit Wassermelonenschalen, die sie aus der Abfalltonne gefischt hatte.

Eine alte Frau schaute ihr neugierig dabei zu. Sie stand im Hauseingang und trug eine weiße Kochschürze.

»Dein Esel hat ja einen Riesenhunger, junger Mann«, bemerkte sie freundlich.

»Ja, das kann man wohl sagen, fast so groß wie meiner«, antwortete Kamila mit ihrer geübten tiefen Stimme.

»Wie kommt das denn? Ein kräftiger Mann muss doch in unserer Stadt nicht hungern. Was bist du von Beruf?«

»Ich bin ein erfahrener Koch, aber in eurer Stadt will man mich nicht, weil ich hässlich aussehe und die Leute sich angeblich vor mir ekeln.«

»Hässlich! Nein, kein Geschöpf Gottes ist hässlich. Und außerdem, was hat das Aussehen mit dem Kochen zu tun? Wenn du gut kochst, kann ich dich gerne bei uns anstellen. Wir brauchen Leute, die gut kochen können.«

Kamila bekam eine winzige Wohnung hinter der Küche, ihr Esel erhielt einen Platz unter den Pferden im vornehmen Stall. Die Köchin war äußerst beeindruckt von der Tüchtigkeit dieses fremden jungen Mannes.

Kamila war fleißig und wurde großzügig bezahlt.

Allmählich merkte sie, dass die Suche nach der Königstochter immer weniger ein Thema der Unterhaltung war. Es hieß, der König habe die Tochter eines seiner Wesire geheiratet. Trotzdem wollte Kamila kein Risiko eingehen und behielt ihre Tarnung ein Jahr lang bei.

Dann verabschiedete sie sich aus dem Herrenhaus und siedelte in eine ferne kleine Stadt um. Dort mietete sie eine Wohnung und fand bald Arbeit, nun ohne Warzen und Verkleidung, als Köchin Karima. Es vergingen keine drei Monate, bis sie sich in einen Koch verliebte, und der brannte nicht weniger nach ihr. Sie heirateten und führten eine glückliche Ehe.

Trotzdem hatte ihr Mann Sehnsucht nach der Stadt seiner Kindheit. Und das war keine andere als unsere Hauptstadt.

Damals kamen die Kaffeehäuser in Mode. Das erste Kaffeehaus der Welt wurde im Jahre 1530 in Damaskus gegründet, später verbreiteten sich diese Lokale über Aleppo und Istanbul nach Nordafrika und nach Europa. Oft wurden sie allerdings von fanatischen religiösen Eiferern wieder verboten. Soweit ich weiß, wurde das erste Lokal in unserer Hauptstadt Lulu im Jahre 1715 nahe dem Fluss eröffnet. Es hieß »Kahwet Chabbini«, Kaffeehaus Versteck mich, weil viele Männer von der Arbeit nicht nach Hause, sondern ins Kaffeehaus gingen. Ihre Frauen schickten dann die Kinder, um nach den Vätern zu suchen. Der Wirt aber pflegte zu sagen, er habe den Mann an dem Tag nicht gesprochen. Das war nicht einmal gelogen, denn der Wirt sprach niemanden an, bis die Männer zahlten und das Lokal verließen.

Das Ehepaar eröffnete also hier in der Hauptstadt ein Kaffeehaus, wo man Kaffee, Tee und Wein, Arrak und Erfrischungsgetränke genießen, Wasserpfeife rauchen und Häppchen essen konnte. Und sie ließen keinen hungrig nach Hause gehen. Sie bekamen nur ein Kind, einen Sohn, und das war mein Urgroßvater.

»Ich esse nur noch bei dir«, rief der Kutscher Isam, und viele klatschten zustimmend.

Der bekannte, etwa fünfzigjährige Dichter Yasser hob die Hand. Karam winkte ihm, er solle zur Kanzel kommen. Der Mann beeilte sich, und als er oben stand, rief er: »Ich bin Dichter und heiße Yasser. Wir leben, Gott sei dafür gedankt, in einem Land der Würde und Freiheit. Die Frauen werden bei uns geachtet. Aber das war nicht immer und überall so. Als junger Dichter war ich begeistert vom Gilgamesch-Epos. Gilgamesch war König der Sumerer. Er lebte im dritten Jahrtausend vor Christus und ist bis heute berühmt für seine Suche nach Unsterblichkeit. Auf der zweiten Tafel des Gilgamesch-Epos wird ganz offen berichtet, dass die Brautnacht dem König gehörte, und erst danach durfte die Braut mit ihrem Ehemann zusammen sein.

Nun will ich euch eine Geschichte erzählen, die vom sogenannten Recht des Herrschers auf die erste Nacht handelt.

Der Dichter Yasser erzählte:

Wie in vielen anderen Ländern war das Recht des Herrschers auf die erste Nacht mit der Braut, noch vor dem Zusammenliegen mit dem eigenen Bräutigam, auch in vielen arabischen Ländern verbreitet.

In einem dieser Länder wurde dieser schändliche Brauch besonders gepriesen und von den Religionsmännern als heilige Tradition der Väter gesegnet.

»Und wenn die Braut in dieser ersten Nacht schwanger wird, so sollte sich ihr Ehemann freuen, in seinem Stamm solch ein edles Blut bekommen zu haben. Nicht umsonst nennt man den Herrscher auch Landesvater«, sagte ein Gelehrter.

Eines Tages verliebte sich eine Frau namens Nadira in einen jungen Mann namens Malek. Das Glück war der Dritte im Bunde, denn die Eltern der Verliebten waren eng befreundet und freuten sich, dass nun die Freundschaft durch die Ehe der Kinder befestigt werden würde.

Nur Nadira war elend zumute, je näher der Hochzeitstag rückte. Sie flehte ihre Familie und die ihres geliebten Bräutigams an, dem Herrscher nicht das Recht der ersten Nacht zu gewähren, doch keiner war willig, ihr zuzuhören.

»Wenn ihr Männer Frauen wärt und wir dafür Männer, hätten wir dem Herrscher längst die Kehle durchgeschnitten, anstatt ihm unsere Frauen auszuliefern«, rief sie weinend. »Eine Schande ist das.« Sie flehte vergebens.

Eine Woche vor der Hochzeit ging sie mit drei Freundinnen zu einem Platz, wo ihr Verlobter und seine Freunde Wettkämpfe veranstalteten, um herauszufinden, welcher Mann der stärkste sei.

Die Frauen hockten sich mitten auf den Platz, so hatte es sich Nadira ausgedacht, hoben ihre Kleider bis zum Nabel und pinkelten lachend.

»Was macht ihr denn da? Habt ihr keine Scham mehr?«, fragte einer der Männer empört.

»Scham?«, erwiderte Nadira zornig, ihre Augen wurden schmal. »Wovor sollten wir uns schämen?«

»Vor uns Männern«, antwortete ein anderer Mann.

»Ich sehe hier keine Männer, sondern nur rückgratlose Kriechtiere. Welcher Mann mit Charakter würde es akzeptieren, dass seine Braut von einem Widerling vergewaltigt wird, nur weil er der Herrscher ist, und sie auch noch eigenhändig zu ihm bringen. Nein, das kann kein Mann sein, der das mit sich machen lässt«, schrie sie in die Runde.

»Du hast recht«, hörte man ihren Verlobten Malek rufen, »dieses Elend muss ein Ende haben!« Männer und Frauen setzten sich daraufhin zusammen und überlegten, wie sie den Herrscher künftig daran hindern könnten, Frauen und Männer zu demütigen.

Einen Tag vor der Hochzeit bekam der Herrscher einen Brief vom Bräutigam Malek, in dem dieser ihm im Voraus für die Ehre dankte, seiner schönen Nadira mit seinem edlen Geschlecht beizuwohnen. Dafür wolle seine Sippe für die Familie des Herrschers, seine Wesire und Leibgarde während dieser ersten Nacht ein großes Fest ausrichten.

Der Herrscher war begeistert von so friedlichen und gastfreundlichen Untertanen.

In der ersten Nacht wurde auf dem großen, feierlich geschmückten Platz vor dem Palast reichlich Essen und Wein für Hunderte von Gästen aufgetragen. Zwanzig Frauen begleiteten die völlig verschleierte Nadira bis zur Tür des Palastes. Es war damals Sitte und ist heute noch an manchen Orten Brauch, dass der Bräutigam der Braut in der ersten Nacht den Schleier abnimmt, wenn sie sich auf die Bettkante gesetzt hat.

Der Herrscher aß und zechte mit seinen Gästen, bis er satt und angetrunken war und seine Lust auf die junge Braut wilder als die eines brünstigen Stiers geworden war. Er ging in den Palast und schloss die Tür hinter sich. Niemand durfte im Haus sein außer ihm und der Braut.

Lachend und singend betrat er das Schlafgemach. Er warf seinen Herrscherumhang auf einen Sessel, legte sein Schwert ab und näherte sich der Braut. Als er ihr den Schleier vom Kopf nehmen wollte, traf ihn ein Stich mit einem großen Messer ins Herz. Erschrocken ging er rückwärts und wollte schreien, doch Malek stürzte sich auf ihn, stopfte ihm den Schleier in den Mund und stach mehrmals auf ihn ein.

Dann riss er das Fenster auf und rief: »Es lebe die Würde!«

Das war das verabredete Zeichen. Über hundert Männer und Frauen stürzten sich auf die betrunkenen Angehörigen des Königs, seine Wesire und seine Garde und erschlugen sie alle.

Malek wurde bald darauf zum neuen Herrscher gewählt. Die Kunde verbreitete sich wie ein Lauffeuer, und viele Länder schafften dieses Recht der ersten Nacht ab.

An den Namen Nadira aber erinnert sich kaum noch jemand.

»Es lebe Nadira!«, riefen viele Frauen.

Eine Lehrerin hob die Hand und nahm sie gleich wieder herunter. Da sprang der Tischler Jusuf Ben Adib auf und meldete sich. Karam winkte ihn herbei.

»Aber ich war zuerst«, rief die Lehrerin empört.

»Leider hast du deine Hand wieder gesenkt und ich dachte, du willst doch nicht erzählen. Aber gut, nach dem Tischler bist du an der Reihe, und ich entschuldige mich bei dir für meine Übereile«, sagte Karam und seine Stimme klang aufrichtig.

»Ach, das macht nichts. Ich habe in der Tat gezögert und dachte, ich schaffe es nicht. Nun, ich werde nach ihm erzählen«, sagte die Frau und lächelte Karam an.

Der Tischler Jusuf erzählt:

Die drei Schwestern

In einem nicht allzu fernen Land herrschte vor nicht allzu langer Zeit ein launischer junger König. Seine wechselnden Launen machten ihn gefährlich und unberechenbar. Er gab Befehle und ließ ihre Ausführung durch Kontrolleure überwachen, und wehe, ein Untertan folgte dem Befehl nicht. Einmal verbot er den Wein, und um sicher zu gehen, ließ er alle Reben herausreißen.

Im Sommer aber ärgerte er sich, dass er seine Lieblingsfrucht, die Traube, nicht mehr fand, also befahl er, die Weinberge wieder zu bepflanzen. Ein anderes Mal verbot er den Knoblauch und erlaubte ihn wieder, als ihm sein Essen nicht mehr schmeckte. Dann wollte er die Nacht zum Tag und den Tag zur Nacht machen, deshalb befahl er, alle Leute sollten in der Nacht arbeiten und am Tag schlafen. So quälte er die Bevölkerung. Vor allem die Frauen. Sie durften nicht mehr aus dem Haus gehen. Sieben Jahre lang verbot er die Herstellung von Damenschuhen. Und noch jede Menge andere seltsame Befehle fielen ihm ein.

Eines Tages befahl er, die Hauptstadt solle in der Nacht absolut dunkel bleiben. Kein Licht in den Häusern, keine Fackeln, um die Wege zu beleuchten.

Begleitet von seinem Wesir und mehreren Wächtern ging er durch die Straßen.

Plötzlich sah er ein kleines Haus, und in einem Zimmer leuchteten Kerzen. Der König wurde sehr zornig.

Es war Sommer, und das Zimmerfenster stand offen. Der König lauschte dem Gespräch, das drinnen geführt wurde. In dem Haus wohnten drei arme Schwestern. Sie lebten vom Spinnen der Baumwolle zu Garn und arbeiteten Tag und Nacht an ihren Spinnrädern. Ihre Eltern waren zwei Jahre zuvor kurz hintereinander gestorben.

In jener Nacht unterhielten sich die Schwestern und erzählten einander von ihren Wünschen. Um die Zeit schneller vergehen zu lassen, plauderten sie und lachten dabei.

Die älteste Schwester rief: »Ich wünschte mir, ich könnte den besten Bäcker des Landes heiraten, um endlich satt zu werden und das beste Brot zu genießen. Ihr wisst, ich liebe Brot über alles. Und wenn dann mein Mann aus der Bäckerei kommt und nach Brot duftet, könnte ich mich wie im Paradies fühlen.«

Die mittlere Schwester sagte: »Ich liebe, wie ihr wisst, Fleischgerichte sehr, aber für das wenige Geld, das wir haben, bekommen wir mehr Fett und Knorpel als richtiges Fleisch. Also wünsche ich mir einen reichen Metzger zum Mann, bei dem ich immer satt werde und so oft ich will, zartes, mageres Fleisch essen darf.«

Die Jüngste aber lachte laut über ihre Schwestern. »Was für einfältige, bescheidene Wünsche! Ich habe nur einen Wunsch, ich möchte den König heiraten. Und wenn er sich hinunterbeugt, um mir meinen Schuh zu geben, den ich aus einer Laune heraus absichtlich verloren habe, kann ich ihm eine Ohrfeige geben. Vielleicht versteht er dann, wie bescheuert solche Launen sind, und ich kann ihn damit vielleicht heilen.«

Der König kochte vor Wut und wollte schon ins Haus stürmen und dieser frechen Frau ein paar Ohrfeigen geben. Doch sein Wesir bat ihn, sich zu beruhigen, er würde die Frauen am nächsten Morgen zu ihm bringen lassen. Er merkte sich die Lage des Hauses und gab dem Offizier der Wache den Befehl, die drei Frauen am nächsten Tag dem König vorzuführen.

Gesagt, getan!

Am nächsten Tag saß der König majestätisch in seinem Audienzsaal. Seine Mutter, die ihn sehr liebte und verzweifelt war, nichts gegen seine Launen tun zu können, saß neben ihm. Der König befahl seinem Wesir, die Schwestern eine nach der anderen hereinzulassen.

Als Erste trat die Älteste ein. Sie war ärmlich gekleidet, aber sehr hübsch. Ihr stolzer Gang und ihr starker Blick gefielen der erfahrenen Mutter, und sie wünschte, ihr Sohn würde sie heiraten wollen.

Der König fragte die älteste Tochter nach ihrem Wunsch, und sie wiederholte, sie wolle so gerne einen Bäcker heiraten. »Nur den besten«, betonte sie.

»Du heiratest meinen Bäcker. Er ist der beste und noch ledig!«, antwortete der König bestens gelaunt. Die Mutter war enttäuscht.

»Lass die Zweite herein«, befahl der König, während die erste Schwester zum Bäcker begleitet wurde.

»Und was ist dein Wunsch?«, fragte der König, obwohl er ihn ja bereits kannte. Die Mutter fand die zweite Schwester nicht schlecht, aber nicht so faszinierend wie die erste. Vielleicht war das ein Instinkt. Die Mutter war strenge Vegetarierin.

Die zweite Schwester sagte wieder, sie wünsche sich einen Metzger zum Mann.

»Leider ist mein Metzger schon verheiratet und noch dazu viel zu alt für dich«, erwiderte der König.

»Majestät«, rief der Wesir, »da gibt es noch einen sehr guten außerhalb deines Palastes, einen jungen Metzger namens Hamid, und er ist ledig.«

»Dann soll man die junge Frau zu diesem Metzger bringen und ihm befehlen, sie zu heiraten«, sagte der König, und die Frau strahlte übers ganze Gesicht.

»Nun lass die jüngste Schwester herein«, befahl der König. Als die jüngste Schwester den Raum betrat, war die Mutter begeistert von ihrer Schönheit und beschloss, egal, was das Mädchen sich wünschen sollte, würde sie dafür sorgen, dass ihr Sohn sie heiratete. Deshalb war sie nicht empört, sondern begeistert, als sie den Wunsch der jungen Frau hörte.

»Ich will dich heiraten«, sagte die jüngste Schwester. »Und dann werde ich dir eine Ohrfeige geben, damit du einen Befehl ausführst, der ähnlich absurd ist wie deine Befehle. Welcher Herrscher befiehlt schon, alle Lichter in der Stadt auszumachen?«

»Du wirst sterben, wenn du dich nicht sofort entschuldigst«, zürnte der König.

»Wofür soll ich mich entschuldigen? Du hast mich nach meinem Wunsch gefragt, und ich antworte ehrlich. Sollen auch unsere Wünsche durch Verstummen verderben?«

Die Mutter des Königs hatte Tränen der Rührung in den Augen angesichts der Tapferkeit und Aufrichtigkeit dieser Frau. Sie stand auf und bat ihren Sohn leise, der jungen Frau drei Tage Bedenkzeit zu gewähren. Vielleicht sei sie jetzt nur übermutig und würde vor der tödlichen Konsequenz zurückschrecken und vernünftig werden. Sie übernehme die Überzeugungsarbeit, denn die junge Frau sei ein Juwel.

Der König liebte seine Mutter sehr. Er stimmte zu und sprach ungerührt: »Ich gebe dir drei Tage, um deine Antwort zu überdenken. Wenn du so frech bleibst, bist du selbst schuld, dein Leben zu verlieren.«

Die Mutter des Königs nahm Alia, so hieß die jüngste Schwester, mit in ihren Palast. Er befand sich am anderen Ende des Schlossgartens. Dort angekommen, sagte sie zu ihr: »Wir wollen gemeinsam als vernünftige

Frauen handeln, aber erst einmal erfrisch dich und erhol dich von dem Schreck.«

Zwei Dienerinnen begleiteten Alia ins Bad. Sie genoss die Wärme und die Düfte der edlen Essenzen. Als sie fertig war, stellte man ihr schöne Wäsche und Kleider zur Verfügung.

Zwei Stunden später begleitete sie eine Dienerin zur Mutter des Königs. Diese war glücklich, Alia so entspannt wiederzusehen.

»Nichts erfreut mich mehr, als deine Wünsche zu erfüllen. Mein Sohn ist launisch, und ich glaube fest daran, dass nur die Liebe ihn erziehen wird. Deshalb soll er meinen, du seist eine Prinzessin, und sich in dich verlieben. Danach können wir sehen, was zu machen ist. Jeden Nachmittag trinkt mein Sohn seinen Tee auf seiner Terrasse, die auf den Schlossgarten hinausgeht. Dort sollst du fern von ihm und doch gut sichtbar spazieren gehen, bis er dich bemerkt. Dann verschwindest du rasch in meinem Schloss. Viel Glück«, rief die Mutter und umarmte die junge Frau.

Alia ging in den Park und wanderte umher. Der König wurde auf sie aufmerksam und wunderte sich, dass eine Prinzessin zu Besuch bei seiner Mutter war, ohne dass er davon wusste. Er schickte einen seiner Diener, er solle sie zu einem Tee auf seine Terrasse einladen, doch als dieser den Schlossgarten erreichte, war die Prinzessin spurlos verschwunden.

Am nächsten Tag erschien die junge Frau in noch schöneren Kleidern. Wieder wanderte sie zwischen den Bäumen und Blumenrabatten hin und her, und als der Diener sie suchte, war sie nicht mehr zu finden.

Als die Mutter des Königs an diesem Abend in ihr Schloss zurückkehrte, war sie bester Laune und sagte zu Alia: »Er ist vollkommen verliebt in deine Erscheinung. Jetzt musst du den letzten Tag so bestehen, wie wir ihn geplant haben.«

Am dritten Tag ging die Prinzessin erneut spazieren, da stand der König auf und rief nach ihr. Sie näherte sich der hohen Terrasse und schaute hinauf.

»Komm hoch zu mir, ich möchte mit dir einen Tee genießen«, rief der König. Seine Stimme klang weniger wie ein Befehl als vielmehr wie eine Bitte.

Alia stieg die Treppe hinauf. Sie trank den Tee und genoss die Unterhaltung mit dem König. Der erkannte sie nicht, sondern war fasziniert von ihrer Stimme und ihrer Klugheit. Sie erzählte ihm, sie sei zu Besuch bei einer Kindheitsfreundin, da habe sie durch Zufall den Schlossgarten entdeckt, und seine Mutter habe ihr freundlicherweise erlaubt, in diesem Park spazieren zu gehen.

Unversehens glitt ihr das Teeglas aus der Hand, und der Tee benetzte ihr Kleid. Sie bat den jungen König um sein Taschentuch, trocknete den Fleck und steckte, wie sie es mit seiner Mutter vereinbart hatte, das Tüchlein in die Tasche.

»Darf ich Ihr Taschentuch behalten? Es ist wunderschön«, sagte sie mit so schmeichelnder Stimme, dass jeder Mann bereit gewesen wäre, ihr auch seine Augen zu schenken.

»Selbstverständlich, Prinzessin!«, antwortete der König. Bald darauf wollte die Prinzessin gehen. Der verliebte König begleitete sie, ihre Hand haltend, zur Treppe. Plötzlich aber stolperte sie, und ihr Schuh flog mehrere Stufen weit hinunter.

»Würdest du mir bitte meinen Schuh holen?«, bat Alia ihren Gastgeber.

Der König beeilte sich, ihr den Schuh zu bringen.

»Kannst du ihn mir auch wieder binden? Aber bitte, tu es mit der linken Hand, da es sich um den linken Schuh handelt, sonst bringt es Unglück.«

Der König hielt das zwar für Unsinn, aber er kniete vor ihr nieder und versuchte, mit der linken Hand den Schnürsenkel wieder zu binden. Es gelang ihm nicht. Die angebliche Prinzessin gab ihm einen zärtlichen Klaps auf die Wange, streichelte ihn dann und sagte: »Schau mal, wie ich es mache!« Und der König staunte, wie geschickt sie den Schuh band und wie ihr sogar eine schöne Schleife gelang.

Am Fuß der Treppe angekommen, umarmte sie den König zum Abschied. »Du bist ein feiner Mann«, sagte sie, »man muss gegen das eigene Herz kämpfen, um sich nicht in dich zu verlieben. Ich komme morgen wieder«, sie zögerte einen Moment, »... aber nur, wenn du es willst.«

Es war eine vorbereitete Rede wie der ganze Vorfall, dennoch spürte sie, dass sie dabei ehrlich war. Der junge König war hilflos wie ein Kind, das eine starke Hand braucht, und sie fühlte, dass sie diese starke Hand besaß.

Am nächsten Morgen betrat Alia den Audienzsaal. Wie bei der ersten Begegnung war sie ärmlich gekleidet. Die Königsmutter lächelte ihr zu.

»Nun, bist du zur Vernunft gekommen?«, fragte der König.

»Ja«, antwortete Alia. »Und da alle meine Wünsche bereits erfüllt sind, kann ich dich jetzt heiraten.«

Der König wollte sie wieder wütend beschimpfen, doch da wedelte die junge Frau ihm lachend mit seinem Taschentuch zu. »Und mit der linken Hand kann ich besser als du Schuhe binden«, rief sie freundlich.

Jetzt erkannte der König die Prinzessin. Er sprang auf und rannte zu ihr hin, nahm sie in die Arme und drehte sich mit ihr vor Freude im Kreis.

Alles lief so, wie die erfahrene Mutter des Königs es erhofft hatte. Alia machte den jungen König glücklich, und er vergaß seine Launen. Die Bevölkerung atmete erleichtert auf.

»Das ist eine wunderbare Geschichte!«, rief der König, seine Wesire aber lächelten nur schwach und gaben einen ersterbenden Beifall. Die Frauen im Saal dagegen ließen ihren Beifall zu einem Feuerwerk anschwellen. Am Fuß der Treppe angekommen, verneigte sich Karam dankbar.

Die Lehrerin meldete sich jetzt wieder zu Wort. »Ich bin Malika. Mich hat die Geschichte der mutigen Nadira an eine interessante Geschichte erinnert, die mir meine Mutter erzählt hat. Solche Geschichten über mutige Frauen werden oft unterschlagen, weil die Männer darin keine gute Figur machen.«

»Stimmt nicht!«, »Das ist nicht wahr!«, riefen mehrere Männer.

»Eine kleine Information möchte ich den Herren geben«, fuhr die Lehrerin fort. »Frauen haben zwei gänzlich unbedeutende Eigenschaften. Erstens stellen sie die Hälfte der Gesellschaft, und zweitens gebären sie und erziehen auch die andere Hälfte.«

Viele Frauen klatschten. Ein Mann aber rief zornig: »Du sollst nicht predigen, sondern eine Geschichte erzählen.«

Die meisten Männer klatschten und lärmten.

Als es Karam zu lang vorkam, stand er auf und hob die Hand. Die Leute wurden ruhig. Er richtete seinen Blick auf die Lehrerin und sagte mit freundlicher Stimme:

»Wir lieben interessante Geschichten, und wenn sie so selten sind, dann noch mehr.«

Die Lehrerin Malika erzählte:

Der wundersame Zufall

Einst lebte ein junger Mann namens Omar mit seiner verwitweten alten Mutter am Rande der Wüste. Sie besaßen nur ihr Zelt und ein paar Ziegen, mit denen sie auf der Suche nach Weideplätzen durch die Steppe wanderten. Aus der Milch machte die Mutter guten Käse, und Omar verkaufte ihn auf den Dorfmärkten.

Doch in einem Jahr geizte der Himmel mit Regen, und die Ziegen gaben kaum noch Milch, um daraus Käse zu machen.

So musste Omar eine Ziege nach der anderen verkaufen, um mit seiner Mutter zu überleben.

Eines Abends machten vier Jäger bei ihm Halt. Sie waren müde und hungrig. Er bot ihnen ein paar Stückchen von ihrem wenigen Käse an, Oliven und das frische Brot, das seine Mutter für die kommenden Tage gebacken hatte. Dazu einen Teller voller Datteln. Die Männer waren dankbar für die Gastfreundschaft, zumal sie merkten, wie arm Omar und seine Mutter waren. Sie aßen und schliefen in seinem Zelt, das er für sie hergerichtet hatte. Er und seine Mutter lagen auf dünnen Decken unter freiem Himmel.

Omar aber konnte nicht schlafen. Was sollte er den vier Männern am nächsten Tag anbieten? Er beratschlagte leise mit seiner Mutter, und sie riet ihm, sich eines der Pferde der Gäste zu nehmen, hinauszureiten und nach etwas Essbarem zu suchen.

Er ritt, bis er die Zelte eines großen Beduinenstammes erreichte. Omar band sein Pferd an eine Palme und schlich in das erste große Zelt. Er hatte Glück. Es war das Vorratszelt dieser Sippe.

Dort wurden Mehl, Butterfett, Weizengrütze, Käse, Oliven und Datteln in großen Behältern aufbewahrt. Als Omar den Deckel eines Behälters abhob, fiel dieser krachend zu Boden, und er fuhr zusammen.

Durch den Krach geweckt, trat eine junge Frau ins Zelt. Sie erschrak bei Omars Anblick, doch der beruhigte sie und flehte sie an, ihm zu helfen. Die Frau lächelte und füllte ihm mehrere kleine Säcke und Töpfe mit Lebensmitteln. Dann bat sie ihn, schnell zu verschwinden, bevor jemand etwas merkte.

Er bedankte sich und ging hinaus.

Die junge Frau aber konnte nicht einschlafen, denn rings um das Lager der Beduinen gab es Fallen für Tiere und umherschleichende Diebe. Sie hatte Sorge, dass der Fremde in eine dieser Fallen geraten könnte. Deshalb stahl sie sich heimlich hinaus.

Und sie hatte sich nicht geirrt. Als sie zu einer der Fallen kam, sah sie, dass Omar unten in der tiefen Grube stand. Zum Glück war er nicht verletzt. Rasch holte sie ein Seil und warf es ihm zu. Sie versuchte, ihn damit heraufzuziehen, doch anstatt ihn zu retten, rutschte sie selbst ab und fiel auf ihn in die enge Grube.

Sie wusste genau, wenn das ihr Vater, ihre Brüder, die gerade unterwegs waren, oder einer ihrer Verwandten erführe, würde man ihre Erklärung nicht glauben und sie beide töten. Plötzlich standen sie und Omar sich nicht nur körperlich nahe. Ihnen drohte das gleiche Schicksal. Vor Angst umarmten sie einander fest, so wie ein Ertrinkender Rettung an einem Holzbalken sucht.

Aber sie hatten Glück, ein Schäfer, der seine Herde in der Morgendämmerung hinausführte, hörte ihr Geflüster und zog sie aus der Grube. Die junge Frau erzählte ihm, wie sie in die Falle geraten waren, und bat ihn, das Geheimnis zu hüten, um ihr Leben nicht zu gefährden.

Omar ritt schneller als der Wind zurück zu seiner Mutter, und am nächsten Morgen konnten sie den vier Gästen ein gutes Frühstück bereiten. Die Jäger genossen erneut die Gastfreundschaft, dann ritten sie davon. Nur einer wunderte sich, dass sein Pferd so verschwitzt war.

»Wer weiß«, sagte er und lachte, »vielleicht hat es im Traum an einem Pferderennen teilgenommen und verloren. Wie oft bin ich selbst nach einem Albtraum total durchgeschwitzt.«

Nun zurück zu der jungen Frau. Sie hieß Samar und zeigte sich sehr großzügig. Sie schenkte dem Schäfer, der sie gerettet hatte, immer wieder etwas, was er sich wünschte, und erfüllte ihm jede Bitte. Und sie erzählte ihren zurückgekehrten Brüdern, wie nett er sei, dass er mehrere Kinder habe und kaum von seinem Lohn als Schäfer eines reichen Beduinen leben könne.

Doch Geheimnisse brauchen einen starken Willen und ein Herz voller Aufrichtigkeit, und beides besaß der Schäfer nicht. Er begann, die junge Frau zu erpressen. Nun wollte er kein Geld und keine Kleider mehr, er wollte mit ihr schlafen. Samar erschrak sehr und lehnte ab.

Eines Tages schwafelte er ihrem ältesten Bruder etwas vor von Moral und Ehre und dass sie durch die Frauen manchmal in Gefahr gerieten. Samars Bruder langweilte sich und fragte den Schäfer, warum er ihm das erzähle. Da antwortete der Schäfer, er sei eigentlich schüchtern und wolle nicht petzen, aber eines Nachts habe er Samar zusammen mit einem Fremden gesehen.

Zum Glück stand Samar hinter dem Zelt und hörte alles mit. Der Schäfer setzte seine Erzählung fort und spickte sie mit Erfindungen, wie ihm die Zunge half. Samar aber sprang auf ihr Pferd und ritt davon.

Samars Brüder begannen sie in den Zelten zu suchen. Bald erfuhren sie von ihrer Flucht, und nun glaubten sie dem Schäfer. Sie schworen, sie würden sie finden und töten. Samar aber wusste, wo Omar mit seiner Mutter lebte, und sie erreichte deren Zelt, einen Tag bevor sie weiterwanderten.

Sie erzählte Omar vom Verrat des Schäfers und weinte. Er nahm sie in die Arme und küsste sie. Dann erzählte er ihr, wie arm er sei und dass er überglücklich wäre, wenn sie sein Leben mit ihm teilte, denn seit jener Umarmung in der tiefen Grube hatte er sie ins Herz geschlossen. Samar, die zwar in einer wohlhabenden Familie aufgewachsen war, willigte ein.

Von nun an zogen sie zu dritt durch die Steppe und machten immer wieder Halt an guten Weideplätzen für ihre Ziegen.

Ein Jahr später tauchten die vier Jäger, die schon einmal bei Omar zu Gast gewesen waren, wieder bei ihm auf. Sie brachten ihm sogar Geschenke mit. Diesmal seien sie nicht auf der Jagd, sagten sie, sondern suchten ihre Schwester, die ihre Ehre mit einem Fremden befleckt habe. Und sie seufzten, wie schwer es sei, die Ehre der Frauen zu beschützen.

Omar widersprach. Es gebe Frauen, die ein Herz hätten so groß wie die Erde. Sie könnten einen Fremden mit offenen Armen empfangen, nicht nur, ohne ihre Ehre zu beflecken, sondern sie würden dadurch noch mehr Ehre verdienen. Er könne ihnen von einer Frau erzählen, die ihn vor großer Schande gerettet habe, damals als sie ihn besuchten und er nichts mehr besaß, um sie am nächsten Tag zu bewirten. Und er erzählte ihnen von seinem nächtlichen Abenteuer mit der fremden jungen Frau, die ihm geholfen hatte, und wie sie in die Falle geraten waren und von einem Schäfer gerettet wurden.

»Erinnerst du dich, wie du dich letztes Jahr so gewundert hast, dass dein Pferd morgens sehr verschwitzt war?«, fragte einer der Jäger seinen Bruder.

Der andere Jäger nickte. »Natürlich«, sagte er und lächelte. Der älteste Jäger fragte Omar, wo dieser Ort sei, an dem er diese junge Frau getroffen habe. Omar beschrieb ihnen den Weg, und da erkannten die Jäger, dass die Frau niemand anderes war als ihre Schwester.

Samar, die mit Omars Mutter im Nachbarzelt saß, hörte das Gespräch. Sie kam mit dem Kaffee und begrüßte ihre Brüder stolz erhobenen Hauptes.

»Der Schäfer, der Omar und mir damals geholfen hat, verlangte immer mehr, und ich gab ihm immer etwas, damit er mich nicht verriet. Erinnert ihr euch?«, fragte sie. Die Brüder nickten. »Schließlich verlangte er etwas, das ich ihm verweigert habe. Er wollte mit mir schlafen.«

Die Brüder entschuldigten sich bei ihr. Sie sagten, sie hätten nun für ihr Lebtag gelernt, Frauen zu achten und deren Mut nicht in Abrede zu stellen. Sie gaben alles Geld, das sie bei sich trugen, Samar, Omar und seiner Mutter und ritten zurück zu ihren Zelten.

Der Schäfer musste nach ein paar Peitschenhieben vor dem versammelten Beduinenstamm zugeben, dass er gelogen und Samar erpresst hatte. Er wurde aus dem Stamm verstoßen.

Der Beifall war, anders als Karam erwartet hatte, eher verhalten.

Der Stadtkutscher bat ums Wort. Die Leute lachten und klatschten begeistert, wie wenn sie seinen Entschluss begrüßen wollten.

Der Stadtkutscher erzählte:

Der mutige Sünder

Der zweite Kalif Omar (634–644) pflegte der Legende zufolge nachts durch die Stadt zu gehen und sich persönlich über seine Untertanen zu informieren.

Eines Nachts erreichte er ein Haus, in dem noch Licht brannte. Er hörte Lachen und Gesang, und bald konnte er durch ein niedriges Fenster beobachten, dass drinnen drei Männer Alkohol tranken.

Die Haustür war verschlossen. Er stieg über die niedrige Brüstung durchs Fenster und überraschte die Saufkumpane. »Ihr Sünder«, schrie er. Die Gäste konnten trotz des Schreckens schnell entkommen. Nur der Hausbesitzer sah sich gegenüber dem strengen Kalifen in der Falle. Dieser zeigte auf die Gläser.

»Du sündigst. Alkohol zu trinken ist streng verboten, deshalb verdienst du eine harte Strafe«, sagte der Kalif mit vor Zorn heiserer Stimme.

Der Gastgeber bat um Verzeihung, doch der Kalif bestand auf der Strafe. Da nahm der Sündige seinen ganzen Mut zusammen und sagte: »Entschuldige bitte, ich habe einmal gesündigt, und du willst mich auspeitschen lassen. Aber du hast dreimal gesündigt ...«

»Wieso habe ich dreimal gesündigt?«, fragte der Kalif verdutzt.

»Ja, du hast uns ausspioniert, und das ist im Koran streng verboten, du hast mein Haus ohne meine Genehmigung betreten, was ausdrücklich verboten ist, und du bist durchs Fenster bei uns eingestiegen, was Gott ebenfalls verboten hat. Hat nicht unser Prophet, Gott segne ihn, befohlen, Häuser nur durch die Tür zu betreten, und erst, wenn man die Hausbewohner begrüßt hat? Du bist weder durch die Tür gekommen, noch hast du uns begrüßt. Also!«

Der Kalif war beeindruckt vom Mut des Mannes und beschämt über seine Sünden. Er verließ schweigend das Haus, und der Hausbesitzer trank stillvergnügt den restlichen Wein aus.

Einige, die zum ersten Mal dabei waren, klatschten begeistert. Ihre Nachbarn flüsterten ihnen etwas zu. Der Kutscher schaute sie an. »Bitte nicht klatschen, dann verliere ich den Faden«, sagte er ernst.

Der Spatz und das Feuer

Als Abraham auf Befehl des brutalen Königs Nimrod ins Feuer geworfen wurde, eilte ein Spatz zur Quelle und brachte in seinem kleinen Schnabel ein paar Tropfen Wasser, die er über dem Feuer fallen ließ. Dann flog er zurück zur Quelle. Unermüdlich flatterte er hin und her, während das Feuer von den Soldaten des Herrschers noch stärker entfacht wurde.

Ein anderer Vogel beobachtete ihn. »Was willst du mit deinem mickrigen Schnabel gegen das Feuer bewirken?«, rief er und lachte den Spatz aus.

»Ich weiß, dass meine paar Tropfen nicht viel ausrichten«, antwortete der Spatz, »aber wenn der Tag des Jüngsten Gerichtes kommt und ich gefragt werde, was hast du getan, als der große Prophet ins Feuer geworfen wurde, dann will ich nicht beschämt dastehen, sondern antworte dem Herrn der Welten: Ich habe getan, was ich konnte.«

Der Wunsch eines Aufrichtigen

Der Jugendfreund eines Gelehrten wurde aufgrund politischer Umwälzungen zum Kalifen. Der ehemals sanfte Gelehrte herrschte gnadenlos.

Nach einiger Zeit erinnerte sich der Herrscher an seinen klugen Freund, und ihm fiel auf, dass dieser ihn noch nie besucht oder ihm zu seinem politischen Erfolg gratuliert hatte. Der Kalif lud ihn ein. Der Gelehrte nahm die Einladung an, und beide freuten sich, nach so vielen Jahren wieder beieinander zu sein. Der Kalif fragte den Freund in vielen Angelegenheiten nach seiner Meinung, und der Gelehrte antwortete aufrichtig. Es gab einiges, was ihm an der Herrschaft des Kalifen nicht gefiel. Der Kalif aber leugnete die Untaten seiner Beamten, Polizisten und Soldaten gegen die hilflose Bevölkerung und nahm keinerlei Kritik an. Als der Gelehrte sich schließlich verabschiedete, wollte der Kalif ihm tausend Golddinare schenken. Der Gelehrte lehnte ab.

»Dann sage mir, was du dir wünschst, und ich schenke es dir«, sagte der Kalif.

»Dass du mich nie wieder zu dir rufst«, antwortete der Gelehrte ruhig.

»Warum nicht?«, fragte der Kalif.

»Ich strebe nicht nach einem besseren Diesseits, und meine Hoffnung auf ein gutes Jenseits kannst du nicht erfüllen.«

»Du könntest mich doch einfach begleiten und mir Ratschläge geben.«

»Wer auf ein besseres Jenseits hofft, begleitet keinen Herrscher, und wer auf ein besseres Diesseits Wert legt, gibt dem Herrscher keinen ehrlichen Rat.«

»Aber dann werden wir uns nicht mehr sehen«, sagte der Kalif traurig.

»Und das ist genau mein Wunsch«, antwortete der Gelehrte den Tränen nahe und verließ den Palast.

Mut bis zum letzten Augenblick

Ibn al Rumi war ein großer Dichter. Seine oft satirische Kritik machte ihn unbeliebt, ja, bei manchem Herrscher verhasst. So auch beim Großwesir Ibn Wahb, den der Dichter für seine hartherzigen Taten gnadenlos kritisierte. Dieser hatte davon erfahren und hasste den Dichter dafür, doch tat er so, als wäre er über Kritik und Satire erhaben. Zugleich lauerte er auf eine Möglichkeit, es dem Dichter heimzuzahlen. Die ergab sich, als der Kalif zu seinem Geburtstag die Gelehrten, Dichter und Philosophen einlud. Sie kamen alle, auch der Dichter Ibn al Rumi. Er setzte sich so weit entfernt vom Herrscher wie möglich. Er war nie ein Hofdichter gewesen und lebte in Armut.

Der Wesir beauftragte einen ihm ergebenen Diener, auf Ibn al Rumis Teller die Süßigkeit, die allen Gästen nach dem Essen gereicht wurde, zu vergiften. Ahnungslos aß der Dichter seinen Nachtisch, doch bald spürte er die Schmerzen, die das Gift in seinem Inneren auslöste. Er stand auf und verließ langsam den Audienzsaal. Die Gäste erstarrten, eine schwere Stille senkte sich über den Raum.

»Wohin gehst du?«, fragte der Großwesir Ibn Wahb und lachte dabei.

»Dorthin, wohin du mich geschickt hast«, antwortete der Dichter laut.

»Dann grüße meinen Vater und Großvater«, rief ihm der Großwesir zu.

»Ich gehe nicht in die Hölle«, antwortete der Dichter und verließ den Saal. Er starb, kurz bevor er sein Haus erreichte.

Die Meinung der anderen

Einst wollte ein Bauer in der nahen Stadt einige notwendige Geräte und Lebensmittel kaufen, also ritt er auf seinem Esel hin, und sein vierzehnjähriger Sohn lief neben ihm her. Sie unterhielten sich, das Wetter war mild und die Landschaft schön. Da kamen ihnen zwei alte Frauen entgegen.

»Was für ein hartherziger Vater! Er sitzt mit seinem dicken Hintern auf dem Esel und lässt seinen Sohn laufen«, sagte die eine leise, aber so, dass der Bauer und sein Sohn es hören konnten.

»Schau, das Gesicht des Jungen ist blass vor Müdigkeit. Was sind das für Eltern!«

Der Bauer schämte sich. Er hielt an, stieg ab und ließ seinen Sohn auf dem Esel reiten. »Das Gehen tut mir gut«, tröstete er den Sohn. Nicht einmal fünfhundert Meter ritt der Sohn, da kamen ihnen drei Männer entgegen.

»Mein Gott, was für eine Jugend heutzutage! Der Sohn genießt das Reiten und lässt seinen armen Vater zu Fuß gehen!«

»So eine Unverschämtheit, und dafür ernährt und beschützt man die

Jungen. Ich glaube, das ist ein Zeichen unserer verdorbenen Zeit«, sagte der dritte.

Der Sohn stieg ab.

Der Vater schlug vor, sie sollten zusammen auf dem Esel reiten. »Ich hätte früher darauf kommen sollen, dann werden weder alte Weiber noch angeberische Männer sich das Maul zerreißen.« Also saßen beide auf.

Da kamen ihnen ein Lehrer und seine Frau entgegen. »Was sehe ich da, das arme Tier! Ja, haben Sie denn kein Herz für Tiere, dass sie diesen kleinen Esel quälen?«

»Arme Tiere. Gestern habe ich gesehen, wie einer seinen Hund zu Tode geprügelt hat«, sagte die Frau.

Da stiegen Vater und Sohn ab und gingen neben dem Esel her. Doch nicht lange, da tauchte eine Familie auf.

»Schau mal die blöden Bauern! Sie gehen zu Fuß und schleppen den Esel hinter sich her«, sagte der Vater.

»Das arme Tier! Bei dieser Hitze!«, ergänzte die Mutter.

Vater und Sohn warfen sich einen verzweifelten Blick zu. »Es bleibt uns nur eins, den Esel zu tragen«, sagte der Vater.

»Nein, dann werden die Leute uns für verrückt halten. Am besten, du gehst allein zum Markt«, entgegnete der Sohn und eilte nach Hause.

An diesem Tag dachte der junge Mann noch lange darüber nach, warum sein Vater so viel Angst vor der Meinung anderer Leute hatte. Er beschloss, diese Angst abzuschütteln und nie wieder der Meinung anderer Beachtung zu schenken.

Der Kutscher genoss sichtlich den Beifall. Er blieb noch eine Weile auf der Kanzel stehen, verneigte sich dankbar in alle Richtungen und ging dann langsam die Treppe hinunter.

Ein Konditor namens Dimaschki hob die Hand. Er war vielen bekannt und berühmt für sein Gebäck, leckere Spezialitäten mit Pistazien und anderen Nüssen. Das Erstaunliche war, seine Süßigkeiten trieften nie vor Sirup, sondern man konnte alle Bestandteile einzeln auf der Zunge schmecken.

»Viele kennen meine Süßigkeiten, aber nicht so viele kennen mich«, begann der Konditor. »Meine Eltern stammten aus Damaskus. Ich muss jedes Jahr im Herbst einmal hinfahren, denn dann ist die Stadt am schönsten.

Die Damaszener lieben das Gespräch, und sie lieben das Feilschen. Fragt man jemanden, wie viel vier und vier ist, und er antwortet, ›Kommt darauf an‹, so ist er mit Sicherheit ein Damaszener.«

Der König und viele andere lachten.

»Ich könnte eine unglaubliche Geschichte erzählen«, rief der Konditor laut, »die vor ein paar Jahrhunderten in Damaskus passiert ist. Sie zeigt, wie fortschrittlich und offen die Damaszener damals waren.«

»Wir bitten dich darum«, rief ihm Karam entgegen. Der beleibte Konditor schritt durch die Reihen und alle, an denen er vorbeiging, atmeten genüsslich den süßen Duft ein, der hinter ihm herwehte.

»Ich könnte hineinbeißen«, rief der Kutscher, als der Konditor an ihm vorbeikam. Die anderen lachten.

Der Konditor erzählte:

Eine ungewöhnliche Anklage

In Damaskus lebte einst ein Richter, der bekannt war für seinen Humor und seinen Mut. Eines Tages suchte ihn ein armer Mann auf. Als der Richter ihn fragte, was er wolle, antwortete der Mann: »Ich komme, um Gott anzuklagen.«

»Gott anklagen?«, staunte der Richter.

»Ja, ich bin gläubig. Gott hat mich geschaffen, ohne mich zu fragen, ob ich es will. Und er hat zugelassen, dass ich mich in eine Frau verliebe, die bei jedem Kuss schwanger wird. Inzwischen habe ich so viele Kinder, dass ich mit ihnen eine Schule eröffnen könnte. Aber Gott hat mir keine Erbschaft zukommen oder mich eine vernünftige Arbeit finden lassen. All das hat er mir zugemutet, ohne dass ich irgendetwas Böses gemacht habe.«

»Gib mir Zeit«, sagte der Richter, »und ich werde dich zu einer Gerichtssitzung gegen Gott vorladen.«

Der Richter ging zum Bürgermeister und erzählte ihm, welche Klage der arme Mann erhoben hatte.

»Und was willst du machen?«

»Ich werde den Prozess führen, aber nur ausgesuchten Zuhörern erlauben, ihm beizuwohnen. Der Mann hat viel zu sagen, aber ich bin mir sicher, nur belesene, freigeistige Menschen, die außerdem gute Nerven haben, können diesen Prozess ertragen. Machst du mit?«

Der Bürgermeister lachte. »Klar, mache ich mit, so ein Prozess kommt in tausend Jahren nur einmal vor.«

Der Richter wählte fünfzehn Männer und fünf Frauen aus, die er gut kannte, und bat sie um absolute Diskretion. Denn wenn Fanatiker erführen, worum es in dem Prozess ging, würden sie den Ankläger und wahrscheinlich auch ihn selbst töten.

Zum vereinbarten Termin schickte er nach dem armen Mann. Als alle Zuhörer versammelt waren, eröffnete er den Prozess.

»Nun, guter Mann, brauchst du einen Rechtsanwalt?«

»Nein, ich habe selber Zunge und Hirn.«

»Kannst du mir den Angeklagten hierherbringen?«

»Er ist überall, auch hier«, erwiderte der arme Mann ganz ruhig. Und er führte wieder seine Beschwerde gegen Gott. Ein aufgeklärter, aber sehr gläubiger Gelehrter meldete sich als Verteidiger und rezitierte Sprüche über die Gnade Gottes. Der arme Mann ließ sich nicht beeindrucken.

»Das sind wohlgesetzte Worte, aber daraus kann ich keine Suppe kochen oder Kleider für meine frierenden Kinder nähen. Gott hat etwas gegen mich, und dafür klage ich ihn an. Ich habe ihm doch nichts Böses getan! Er soll sich gegen die Mächtigen wenden und nicht gegen die kleinen Leute.«

Der Richter war beeindruckt.

»Seit wann existiert diese Feindseligkeit zwischen dir und Gott?«

»Seit etwa zwanzig Jahren. Plötzlich wurden alle Türen vor mir zugeschlagen, und ich bekam keine Anstellung mehr.«

»Und heute erhebst du das erste Mal Anklage gegen Gott?«

Der arme Mann nickte.

»Warum bist du damit nicht zu einem meiner drei Vorgänger gegangen?«

»Weil keiner von denen so mutig und frech war wie du. Die anderen hatten Schiss vor Gott.«

Die Zuhörer lachten. Auch der Richter, den die Antwort sprachlos machte, lachte mit.

»Wärest du bereit, die Anklage fallen zu lassen, wenn ich dir einen guten Vergleich vorschlage?«

»Aber nicht, wenn ich dafür eine Reise nach Mekka bekomme! Davon haben meine Kinder nichts zu essen und meine Frau nichts zum Anziehen«, antwortete der Mann selbstbewusst.

Wieder erntete er Lachen. Man bewunderte den Witz des armen Mannes und die Geduld und den Humor des Obersten Richters.

»Nein, nein, du kannst dich auf mich verlassen. Ein Vergleich bedeutet, dass beide Seiten mit der Lösung zufrieden sind.«

»Wenn das so ist, stimme ich zu und ziehe die Anklage zurück.«

»Dann komm heute Abend zu mir. Hier ist meine Adresse.«

Der Gerichtsdiener übergab dem armen Mann einen Zettel mit der Anschrift.

Man ging heiter auseinander.

Abends kam der arme Mann zum Haus des Richters. Dieser gab ihm fünf Golddinare, Kleider, sackweise Mehl, Reis und Zucker, mehrere Flaschen Olivenöl und eine Kiste voller Kinderspielzeug.

»Hier ist die Adresse eines der Zuhörer im Saal. Er besitzt ein großes Anwesen und braucht dringend einen Hausmeister, der sich um Haus, Stall und Garten kümmert. Und jetzt unterschreibe mir diese Bestätigung.«

»Was für eine Bestätigung?«

»Du sollst mir bestätigen, dass ich den Vergleich zwischen dir und Gott gewissenhaft geführt habe. Den Zettel hebe ich auf bis zum Ende meiner Tage, und wenn mir der Herr der Welten dann irgendwelche Sünden vorhält, zeige ich ihm diese Bescheinigung und wir sind quitt.«

Der Mann unterschrieb. Vom nächsten Tag an arbeitete er fleißig als Hausmeister auf dem großen Anwesen und klagte Gott nie wieder an.

Manche, aber nicht viele waren begeistert von dieser Geschichte. Ein Vertreter der Humorlosen, ein Religionslehrer in der Nähe von Karam, sagte halb laut zu seinem Nachbarn: »Er soll lieber seine Süßigkeiten backen und den Mund halten ... Gott anklagen! Das fehlte noch!«

Karam stand auf und drückte dem Konditor demonstrativ lange die Hand, dankbar für seinen Mut.

Eine Lehrerin meldete sich zu Wort.

»Ich heiße Nahla, bin Lehrerin und unterrichte die kleineren Kinder«, begann sie noch an ihrem Platz, »und immer wieder erzähle ich ihnen Geschichten, die sie zum Lachen bringen, aber ihnen auch die Werte der menschlichen Gesellschaft näherbringen sollen. Das versuche ich, eher beiläufig zu tun, ohne erhobenen Zeigefinger. Oft fragen mich die Eltern, ob ich manche Geschichte etwas milder formulieren würde, damit ich den Kindern nicht so viel Angst mache.« Die Lehrerin schaute um sich, und viele nickten.

»Selten tue ich das«, rief die Frau, »sehr selten sogar. Nur dort, wo Mord und Totschlag verherrlicht werden, wo Lug und Betrug gelobt werden, versuche ich, etwas abzumildern. Aber die Kinder sollen das Leben und keinen lächerlichen Ersatz davon kennenlernen, und je schneller, desto besser. Wenn ihr wollt, erzähle ich euch eine Geschichte, die meinen Schülern sehr gefallen hat.«

»Ich bitte darum«, rief Karam. »Nur wenn wir im Herzen Kinder bleiben, werden wir die Geschichten genießen und weise werden«, fügte er hinzu. Die Frau machte sich auf den Weg zur Kanzel.

Die Lehrerin Nahla erzählte:

Man erzählte von einer Maus, die in dem üppigen Garten eines fleißigen jungen Bauern lebte. Sie wohnte vergnügt in ihrem Mauseloch und hatte alles, was sie zum Leben brauchte.

Eines Tages entdeckte eine Schlange das Loch, fand die Behausung bequem und besetzte das gepflegte Heim der kleinen Maus.

Diese bekam große Angst, als sie bei ihrer Rückkehr die Schlange in ihrer Behausung entdeckte. Sie ging zu ihrer Mutter und erzählte ihr, was geschehen war. Der aber fiel nichts Besseres ein, als ihr eine Predigt zu halten.

»Kind, du hast bestimmt eine Sünde begangen. Deshalb hat Gott dir die Schlange geschickt, damit du Heim und Frieden verlierst. Du musst die Schuld nicht bei der Schlange, sondern bei dir selbst suchen.«

Die Maus überlegte lange, aber sie vermochte sich beim besten Willen an keine Sünde zu erinnern. Schließlich erkannte sie, dass ihre Mutter wohl aus Hilflosigkeit und Angst so reagiert hatte. Sie machte sich auf den Weg zum König der Mäuse, dessen Palast unter der Gartenmauer lag. Die Maus trug ihm ihr Anliegen vor und bat ihn um Hilfe, die Schlange zu vertreiben.

»Ach, nein«, rief der König, »schon oft habe ich gehört, dass du eine nachlässige Person bist. Wärst du daheim geblieben, hätte die Schlange keinen Platz bei dir gefunden.«

»Aber Euer Ehren, sie hätte mich gefressen«, widersprach die Maus in höflichem Ton.

»Gefressen oder nicht, das ist nicht sicher. Sicher ist, dass du selbst schuld bist, weil du dein Haus vernachlässigt hast.«

»Aber Majestät, mein Urgroßvater, mein Großvater und mein Vater haben deinen Eltern und Vorfahren gedient, und nun brauche ich einmal deine Hilfe ...«

»Hilfe!«, schrie der König, »das nennst du Hilfe? Wenn ich mit meinen tapferen Soldaten die Schlange vertreibe, und das kann ich wohl, dann wird sie zu ihrem König gehen und mich anschwärzen, und dann greift er mein Königreich mit seiner fürchterlichen Armee an, und ich bin erledigt.

Besser, du gehst in eine andere Ecke des Gartens und schaufelst dir ein neues Mauseloch. Es gibt Platz genug.«

»Das ist deine Antwort? Wenn du mir in dieser Notlage nicht hilfst, wann willst du es dann tun, und warum soll ich deine Untertanin bleiben?«

»So eine bist du also! Das habe ich mir schon gedacht. Verschwinde schnell, bevor ich dich der Katze übergebe«, rief der König.

»Auch das noch!«, schimpfte die Maus und rannte hinaus. Es war ein sonniger Frühlingstag. Der junge Bauer, der an dem Tag nichts zu tun hatte und sich freute, dass die Kälte und Nässe der letzten Tage vorbei waren, legte sich in der Nähe des duftenden Mandelbaums auf die Wiese. Auch die Schlange lag in der Sonne vor dem Mauseloch.

Die Maus zwickte den Bauern in den großen Zeh. Als er sich aufrichtete, entdeckte er sie. Sie blickte ihn frech an. Er lächelte und legte sich wieder hin. Die Maus schlich erneut zu ihm hin und biss ihn mit aller Kraft ins Ohrläppchen. Der Mann schrie vor Schmerz auf, fuhr hoch, nahm einen Stock und wollte die Maus erschlagen. Sie aber lief ganz langsam auf ihr Loch zu. Der Bauer kam immer näher, und als er sehr nahe an dem Mauseloch war, verschwand sie blitzschnell unter dem Jasminbusch. Da sah der Bauer die Schlange. Er konnte Schlangen nicht ausstehen, denn sie hatten immer wieder die Küken seiner Hühner gefressen.

Der Bauer erschlug die Schlange und warf das Aas seinem Hund vor. Dann legte er sich hin und genoss seine Siesta. Die Dankesworte der Maus: »Gut gemacht, Junge, ich ernenne dich hiermit zu meinem Leibwächter«, hörte er nicht mehr.

»Schön!«, riefen viele, auch der König, der sehr kräftigen Beifall gab. Dann schaute er auf seine roten Handflächen, lachte und zeigte sie dem Großwesir, Nuras Vater, neben ihm, und dieser lachte auch und zeigte dem König seine ebenfalls geröteten Hände.

Karam ging die Treppe hinauf zur Kanzel. Noch bevor er dort angekommen war, rief eine Frau: »Und morgen? Was für ein Thema soll morgen drankommen?«

Karam lächelte.

»Gnädige Frau, Sie sind jünger als ich und deshalb auch schneller. Morgen soll von Klugheit und Dummheit erzählt werden.«

»Oh, da brauchen wir zehn Abende dafür«, rief die Frau, und viele lachten.

»Meinetwegen«, setzte Karam seine Rede fort. »Klugheit und Dummheit sind eigentlich Gegensätze. Jeder von uns ist überzeugt, er könne leicht zwischen ihnen unterscheiden, doch abgesehen von ein paar offensichtlichen Fällen ist die Grenze zwischen beiden Eigenschaften fließend. Nicht selten begehen für klug gehaltene Menschen Dummheiten, die der dümmste Hornochse nicht fertigbringt.

Also seid morgen großzügig, schenkt uns Geschichten, die von beiden Extremen berichten.«

Sadek, der den ganzen Abend still in der zweiten Reihe gesessen hatte, kam auf Karam zu. »Ich habe heute einiges gelernt«, sagte er und drückte ihm zum Abschied dankbar die Hand. »In Zukunft werde ich mich mutiger verhalten, wenn es darum geht, mit Freunden offen zu sprechen und ihnen, wenn nötig, auch zu widersprechen. Kommst du morgen zu mir auf einen Kaffee? Wir können dann länger reden«, sagte er.

»Gerne«, erwiderte Karam. Er war gerührt, aber mehr konnte er nicht sagen, da er von Frauen und Männern umringt war, die sich ebenfalls dankend verabschieden oder einfach nur ein paar Worte mit ihm wechseln wollten.

Als sich Karam an diesem Abend von König Salih und von Jasmin verabschiedete, bedankte die Prinzessin sich sehr freundlich bei ihm.

»Ich habe schon lange nicht mehr so viel gelacht und gelernt wie heute«, sagte sie.

Er wollte sich auch von Nura verabschieden und reichte ihr die Hand, doch sie zog ihn an sich und umarmte ihn herzlich. Sie duftete nach Zimt und Koriander. Sie flüsterte ihm ins Ohr: »Warte auf mich, ich will mit dir essen gehen.«

Dritte Nacht

VON SCHLAUKÖPFEN
UND EINFALTSPINSELN

Karam schlenderte mit Nura durch die nächtlichen Straßen. Er winkte seiner Tante zu, die mit ihrem Freund Nader an einem Tisch neben dem Sternenplatz saß. Irgendwo am Rande der Innenstadt fanden beide einen freien Tisch. Sie holten sich Essen und Wein und genossen die Frische der Nacht. Es war Vollmond. Beiden gefielen der Ort und die Stille. Sie holten einen zweiten Wein und eine Schale mit Pistazien und gesalzenen Kürbiskernen.

»Ich weiß nicht warum«, sagte Nura, »seit meiner Kindheit liebe ich den Mond in all seinen Formen. Du auch?«

»Sicher, so wie alle Araber. Schon die alten Araber mochten die Sonne nicht, denn sie brannte erbarmungslos auf sie nieder. Sie liebten den Mond, der in ihrem Gedächtnis mit der Stille und Kühle der Nacht verbunden war, so wie jetzt. Die Nacht ist die Erzählzeit in der Wüste, und bei Vollmond ist sie am schönsten. Der Mond glich den arabischen Nomaden auch in seiner mageren Gestalt. Wie sie war er klein und verloren in der Unendlichkeit seiner himmlischen Wüste, und Tag für Tag wuchs er zur Vollkommenheit, die wie jede andere Vollkommenheit vergänglich war.«

»Du bist wirklich ein wunderbarer Erzähler«, sagte Nura und zögerte, sie schien mit sich zu kämpfen, ob sie die nächsten Worte aussprechen sollte. Karam blieb still. »Doch von dir erzählst du nicht«, fuhr sie fort, als Karam ihre Hand streichelte.

»Das stimmt«, sagte Karam, »weil ich von einem weisen alten Mann gelernt habe, ein guter Erzähler muss seine Traurigkeit, seinen Hass und seine Wut für sich behalten und den Zuhörerinnen und Zuhörern Liebe und Zuversicht schenken. Er muss sich von Trauer, Wut und Zorn befreien. Erst dann ist er ein weiser Erzähler.«

»Das leuchtet mir ein«, sagte Nura. »Aber außerhalb des offiziellen Rahmens kann ein Erzähler einem interessierten Menschen doch ohne weise Rücksicht auch von sich erzählen, sodass der- oder diejenige erfährt, mit wem er oder sie es zu tun hat. Oder irre ich mich?«, fragte Nura.

Karam streichelte ihr wieder die Hand. »Nein, du irrst dich überhaupt nicht«, sagte er, und als ob er mit sich selbst spräche, fragte er: »Wo soll ich anfangen?« Nura blieb still. »In meiner Kindheit und Jugend bin ich ein glücklicher Junge gewesen. Meine Mutter war eine starke Frau und mein Vater ein eher sanfter, arbeitsamer Mann. Mutter war Schneiderin, und Vater gehörte das Café, das ich später weiterführte. Ich war ihr einziges Kind.

Bei ihm habe ich den Hakawati, den Kaffeehauserzähler, von Kind auf bewundert. Ich hielt ihn für einen Zauberer, der Menschen zum Lachen und Weinen bringen konnte, und so war es für mich klar, dass ich Erzähler werden wollte. Vater empfahl mir, zuerst Lesen, Schreiben und Rechnen zu lernen. Er war nicht religiös, deshalb schickte er mich nicht zu einem Scheich, wie es damals üblich war, sondern zu seinem Freund, einem armen Gelehrten. Dieser lebte vom Unterrichten mehr schlecht als recht. Er freute sich wie ein Kind über die kleinen Geschenke meiner Mutter, die den Lohn begleiteten, den ich ihm von meinem Vater brachte. Die Zeit bei ihm hat mich bereichert, denn der Gelehrte besaß eine kleine, aber feine Bibliothek, und ich las ein Buch nach dem anderen.

Ich war zwanzig, als mein Vater starb, und merkwürdigerweise verlor meine Mutter kurz darauf jedwede Lust am Leben. Sie starb drei Jahre nach ihm. In diesen Jahren verliebte ich mich in meine spätere Frau Farida. Soll ich weitererzählen?«, fragte er, weil er es selbst nicht angebracht fand, einer Frau, deren Zuneigung zu ihm deutlich war, von seiner großen Liebe zu erzählen.

»Unbedingt. Ich will dich genau kennenlernen«, antwortete Nura und streichelte ihm über die Wange. Karam fand wieder Mut weiterzusprechen.

»Farida war einzigartig. Sie war mutig und ängstlich zugleich. Ihr Mut ließ sie aufrecht gehen, ihre Angst machte sie nachdenklich.«

Und Karam erzählte Nura offen von seinem Leben mit Farida.

Jahrzehntelang hatten Farida und er erfolgreich das Café geführt. Karam ging seiner zweiten Leidenschaft nach, dem Kochen, und Farida übernahm die Leitung des Lokals. Im Gegensatz zu ihm war sie sehr gut organisiert, diszipliniert und hatte eine gute Nase für Helferinnen und Helfer. Zu fortgeschrittener Stunde zog er sich um und trat auf die Bühne, um seiner ersten Leidenschaft zu frönen. Viele Gäste kamen erst zu dieser späten Stunde. Das Lokal war gerammelt voll, zwei Frauen und ein Mann halfen jetzt beim Bedienen. Durch die Getränke verdienten Karam und seine Frau mehr als durch das Essen.

Die Jahre des Glücks vergingen schneller als ein Wimpernschlag.

Weil es inzwischen spät geworden war, begleitete Karam Nura, immer noch erzählend, zu ihrem Haus. Dort erreichte sein Bericht einen dramatischen Höhenpunk: den Augenblick seiner Verhaftung.

Er hielt inne. »Morgen erzähle ich dir die Geschichte weiter. Sie ist traurig und brutal und zu dieser Stunde nicht gut zu ertragen.«

»Ich will sie aber hören, und bin nicht müde. Komm, ich begleite dich zu dir nach Hause und du erzählst mir weiter«, schlug sie vor, und um ihn zu überzeugen, küsste sie ihn auf die Wange.

»Wenn du unbedingt willst«, sagte Karam.

Die Straßen waren in dieser lauen Sommernacht voller Menschen.

Und Karam berichtete Nura von seinem sehr intensiven Leben, das in jener Nacht einen Bruch erfuhr, als er eine Fabel über einen dummen Löwen erzählte. Ein Spitzel zeigte ihn an, er habe den Sultan lächerlich gemacht, der zufällig Assad al Din, Löwe des Glaubens, hieß. Die Verhaftung wurde als Schauspiel für die Nachbarschaft so inszeniert, als gäbe es im Haus des Kaffeehauserzählers eine bewaffnete Widerstandsgruppe oder eine Mörderbande, dabei lagen nur zwei erschöpfte Menschen, Karam und Farida, glücklich beieinander. Die Nachbarn wurden durch dieses übertriebene Vorgehen mitbestraft und eingeschüchtert. Sie standen im Dunkeln hinter den Fenstern und beobachteten zitternd die Soldaten, die auf Karam einschlugen.

Als die beiden Tante Samias Haus erreichten, wollte Karam aufhören und sich verabschieden, doch Nura umarmte ihn. »Erzähl weiter und bring mich nach Haus«, und sie küsste ihn, diesmal auf die Lippen.

Karam hatte ebenfalls große Lust, bei Nura zu bleiben, und begleitete sie bis zur Tür ihres Hauses. Der Morgen dämmerte bereits, und die Frische wurde zur Kälte.

»Komm rein, ich mache uns einen Pfefferminztee. Das ist gut bei diesen Temperaturen«, sagte Nura.

Beim Tee erzählte er vom bitteren Tod seiner Frau und wie die Nachbarn sein Haus und Café geplündert hatten. An einer Stelle seiner Erzählung, wo er seine eigene Verbitterung über das Geschehene nicht mehr zurückhalten konnte, ertranken seine Worte in Tränen. Nura stand auf und küsste ihn innig und weinte mit ihm.

Am nächsten Morgen wachte Karam sehr spät auf. Nura lächelte ihn an und küsste ihn zärtlich. Es war das erste Mal seit Jahren, dass er wieder Liebe zu einer anderen Frau fühlte und die Zärtlichkeit mit ihr genoss.

»Heute Abend erzähle ich dir von meinem bisherigen Leben. Ich hoffe, es wird dich nicht langweilen«, sagte Nura beim Abschied und lachte. Es war bereits Mittag.

Karam zog sich an und ging im Park spazieren. Er brauchte Ruhe, nicht wegen der Vorbereitung des Erzählabends, sondern um sich über sich selbst klar zu werden. Wie konnte es passieren, dass er von der ersten Begegnung mit Nura an eine solche Anziehung zu ihr empfand? Hatte er nicht hoch und heilig geschworen, niemanden außer Farida zu lieben?

Kann man zwei Menschen lieben, ohne einen von ihnen zu verraten? Das hatte er auch Nura gefragt, und sie hatte geantwortet: »Ja, das kann und darf man, wenn man durch die Liebe zu dem einen den anderen Menschen nicht verletzt oder demütigt.«

Eine starke Antwort, die ihm neu war. Tatsächlich liebte er Farida immer noch, und er wunderte sich über sich selbst, wie er, sie vergessend, das Liebesspiel mit Nura genießen konnte. Aber schadete das Faridas Liebe in seinem Herzen oder gar ihrem Andenken?

Er wusste es nicht. Lange ging er spazieren und suchte absichtlich ruhige Ecken auf, wo er nicht dauernd jemanden begrüßen musste. Aber er kam nicht zu einer befriedigenden, eindeutigen Antwort. Als wohnten zwei Seelen in seiner Brust. Die eine Seele warf ihm Untreue vor – er folge seiner animalischen Begierde nach der hübschen jungen Nura. Die andere beruhigte ihn, dass Farida, die ihn liebte, ihm nichts anderes gewünscht hätte, als dass er glücklich würde, eben mit Nura.

Auch seine Tante Samia, die ihren Mann geliebt hatte, genoss ihre Liebe mit Nader, sogar in ihrem eigenen Haus, das einem Besucher eher wie ein Tempel des heiligen Ehemannes vorkam. Überall hingen Erinnerungen an ihn. Deshalb wollte Karam nicht mit ihr über diese Frage reden, denn er kannte ihre Antwort im Voraus.

Als Karam in den Palast kam, war der Saal bereits voll. Er grüßte den König, Prinzessin Jasmin und Nura und stieg zur Kanzel empor.

Karam erzählte:

Wie einer vier besiegen konnte

Maher, ein junger Bauer, lebte nach dem Tod seiner Frau allein. Er trauerte sehr über sein bitteres Schicksal und das Pech, dass seine geliebte Frau in so jungen Jahren unheilbar erkrankt war. Er hatte alles versucht, aber keine Medizin und keine weise Heilerin konnte dem Tod die Tür zu ihr verwehren.

Um die Schwere der Trauer zu lindern, arbeitete der Bauer Tag und Nacht in seinem großen Garten. Weinreben, Obstbäume und Gemüse gediehen bei ihm prächtig. So konnte er es zu einem gewissen Wohlstand bringen, und der Anblick seiner Blumen und Bäume ließ ihn bisweilen so etwas wie Glück fühlen. Der Garten wurde ihm zu einem Ersatz für die Liebe.

Der Bursche hatte einen athletischen Körper und ungeheure Kraft, aber er war sehr friedlich und mied jeden Streit.

Doch von Mund zu Mund übertragen machte ein Gerücht aus ihm einen ängstlichen Mann.

Sein großes Anwesen hatte zwar Zaun und Tor, doch wann waren solche Maßnahmen ein Hindernis gegen Übergriffe?

Eines Tages beschlossen vier Freunde, Maher zu belästigen und zu verspotten. Ein Gelehrter, ein Händler, ein Offizier und ein Adliger.

Bereits in der Morgendämmerung hatte Maher eine große Lieferung Obst und Gemüse auf seinem großen Karren in die Lebensmittelgeschäfte der Stadt gebracht, und nach ein paar Einkäufen machte er sich auf den Weg nach Hause.

Inzwischen hatten die vier lästigen Männer so lange gegen das Tor getreten, bis das Schloss herausgerissen war, und drangen in den Garten ein. Die Nachbarn sahen das zwar, aber sie hatten Angst, vor allem vor dem Adligen und dem Offizier. Sie hatten von diesen vier arroganten Männern schon so einiges gehört, die nach Lust und Laune Restaurants, Lebensmittelgeschäfte, Textilgeschäfte, Gärten, Gewürzläden und sogar Apotheken heimsuchten und stets ein Chaos hinterließen.

So auch an diesem Tag. Sie verwüsteten alles, zertrampelten Kräuter- und Gemüsebeete und bewarfen sich gegenseitig mit Obst.

Als Maher zurückkam, war er beim Anblick der vier Berserker schockiert. Die Liebe zu seinem Garten und seine Wut über die Verluste aber gaben ihm den Mut, Ruhe zu bewahren. »Willkommen!«, rief er mit offenen Armen, und die Männer staunten über seine Reaktion.

»Kommt in die lauschige Ecke da hinten, dort habe ich einen Tropfen edlen Weins und den besten Käse, den die Milch meiner Schafe hergeben konnte, Oliven in drei würzigen Ölen und eine Menge sauer Eingelegtes für euch!«

Die vier folgten ihm zu einer Ecke im Garten, wo ein großer Tisch stand. Er war von drei großen runden Steinbänken umgeben. »Nehmt Platz, ich bin gleich bei euch. Euer Besuch ist mir eine große Ehre, und das will ich mit euch feiern.«

Die vier Herren fühlten sich geschmeichelt und hielten Maher für einen naiven Feigling. Also beschlossen sie, ihn auszunützen. Bald erschien er mit einem großen Tablett, setzte es ab und verschwand wieder, um kurz darauf mit einem zweiten zu kommen, das noch reichlicher beladen war. Dann brachte er Brot und Wein und bediente die Herren vor allem mit dem schweren hochprozentigen Wein, dessen süßer Geschmack seine Gefährlichkeit für das Hirn tarnte.

Während die vier es sich gut gehen ließen, begann Maher über den Händler zu witzeln und ihn lächerlich zu machen.

»Der Offizier schützt unser Leben durch seinen Mut, der Gelehrte erleuchtet uns den Weg mit seinem Wissen, und der Adlige ist von Geburt an erhaben und ein Vorbild für uns einfache Leute, aber was bist du? Ein Mann, der von dem Gewinn lebt, den andere mit Mühe erzeugt haben.« Und er fuhr damit fort, alle geläufigen Witze über Händler zu erzählen, bis die Stimmung der anderen drei auf seiner Seite war, denn der Witz vereint immer die Lachenden gegen den Verlachten.

»Wenn wir nun ein Spielchen machten und wir vier Richter wären, so befände ich dich schuldig, meinen Garten ohne meine Erlaubnis betreten und so viel zerstört zu haben. Nur im Spiel frage ich also jetzt die anderen drei Richter: Befindet ihr ihn schuldig, dann fessele ich ihn bis zum Ende des Spiels. Befindet ihr ihn schuldig?«

»Ja, er ist es!«, riefen die drei, jeder aus einem anderen Grund. Der Gelehrte, weil er trotz seiner Gelehrsamkeit tief in Schulden bei dem simplen, aber reichen Händler steckte, der Adlige, weil er Händler nicht sonderlich moralisch fand, und der Offizier, weil er ein erotisches Verhältnis zur Frau des Händlers hatte und ihn sehr gern gedemütigt sehen und der Frau davon erzählen wollte.

Also fesselte Maher den Händler und schleppte ihn weg. Keiner der Eindringlinge sah, dass er ihn in den Kuhstall warf, nachdem er ihn geknebelt hatte, um ihn am Schreien zu hindern.

Gelassen kehrte Maher zurück, schenkte Wein nach und erzählte heitere Geschichten, sodass die bewirteten Männer Vertrauen und Sympathie für ihn fühlten. Immer mehr Brot, Wein und Nüsse trug er herbei, und die drei fühlten sich wohl. Nach einer weiteren halben Stunde rief er seinen Gästen zu: »Ich bewundere euren Sinn für Humor. Der Händler liegt jetzt auf dem Sofa und schläft seinen Rausch aus. Nun zu dir, Gelehrter der Scharia und Philosophie. Wo steht denn bei unserem Propheten, dass es erlaubt ist, den Besitz anderer zu missachten? Hast du nicht oft in der Moschee bei deinen Freitagsreden Sprüche über Moral und Respekt geklopft? Hast du nicht so laut geschrien, dass die Engel erschraken und die Moschee verließen, als du die Sündigen mit dem ewigen Feuer bedroht hast? Vor allem hast du wohl die Ehebrecher gemeint.« Beim letzten Satz schaute er den Offizier an. »Und nun, bekennst du dich schuldig, meine schwer erarbeitete Ernte beschädigt zu haben?«

Der Gelehrte nickte ahnungslos und mimte weiter den Moralischen.

»Wollen wir ihn fesseln? Was meinen die zwei ehrenhaften Richter?«

»Ja, er gehört gefesselt, und zwar hart«, sagte der Adlige, der als Atheist an nichts glaubte, außer dass ihm seine Herkunft alles erlaubte.

»Genau!«, rief der Offizier, der solchen Reden des Gelehrten oft beiwohnte und immer mit schlechtem Gewissen aus der Moschee nach Hause kam, da er um den üblen Charakter des Gelehrten wusste.

Maher fesselte den Gelehrten und schleppte ihn in den Schafstall. Dort warf er ihn auf den Misthaufen, den er am Vortag zusammengekehrt hatte. Und genau wie den Händler knebelte er auch den Gelehrten, damit dieser nicht um Hilfe schreien und seinen Plan verderben könnte.

Er kehrte zu den anderen zurück, schenkte wieder Wein nach und sagte: »Die zwei lachen sich kaputt, weil sie noch nie gefesselt in einem Salon lagen. Es ist ein herrliches Spiel!«

Nach einer weiteren halben Stunde waren die beiden übrigen Gäste völlig betrunken.

»Herr Adliger, hast du einmal überlegt, warum du adlig bist? Mag dein Vater, Großvater oder irgendeiner deiner Vorfahren großartige Leistungen vollbracht haben, sodass der Sultan ihn in den Adelsstand erhob. Du aber hast diesen nur geerbt. Was kannst du, was wir beide, der großartige, mutige Offizier und ich, nicht können? Der Offizier schützt mit seinem Leben unser Vaterland, damit du in deinem Palast ruhig schläfst, und ich schufte Tag und Nacht, damit du all diese schmackhaften Produkte mit deinen gepflegten Händen genießt. Hast du etwa zwei Köpfe oder gar drei Hoden?«

Der Offizier lachte Tränen. Er kam aus kleinen Verhältnissen und war zweimal bei der Verteidigung des Landes verletzt worden. Nicht zufällig wurde er von seinem adligen Vorgesetzten immer wegen seiner einfachen Herkunft gehänselt. Der Wein weckte bei ihm einige bittere Erinnerungen.

»Zwei Köpfe hat er nicht, aber vielleicht drei Hoden. Zeig mal her!«, rief er und stürzte sich auf den schmalen Adligen, riss ihm die Hose herunter und rief: »Nein nur zwei und ein kleines Würmchen!«

»Also, sollen wir ihn fesseln?«, fragte Maher.

»Ja, aber mit heruntergelassener Hose, damit die anderen zwei auch etwas zum Lachen haben«, sagte der Offizier und trank sein Weinglas leer.

Maher fesselte den Adligen und schleppte ihn in den Eselstall. Dort warf er ihn auf den Boden.

»Hör zu, gütiger Bauer«, flehte der Adlige, »ich weiß, wir haben dir Unrecht getan, aber lass mich frei und ich werde dir den gesamten Schaden bezahlen.«

»Gern, aber erst morgen in Anwesenheit des Obersten Richters und des Gouverneurs und von hundert Nachbarn. Und jetzt sage ich dir dasselbe, was ich zu deinen blöden Kumpanen gesagt habe, die im Kuhstall und Schafstall im Mist liegen wie du. Sollte die Gerechtigkeit euch nicht bestrafen, so werde ich dich und die anderen umbringen, denn das Gefängnis ist mir lieber als ein Leben, in dem ihr vier wütet. Behaupte später nicht, ich hätte dich nicht gewarnt.«

Als Maher zu dem Offizier zurückkam, lag dieser schnarchend auf der Bank. Er fesselte ihn ganz besonders stark, da der Offizier ein Koloss war.

Danach reparierte er das Türschloss und ging alle Nachbarn benachrichtigen. Haus für Haus lud er sie für den nächsten Morgen ein, die Bestrafung der vier Rabauken zu erleben.

Am nächsten Morgen kleidete sich Maher ganz fein und ging zum Gouverneur. Er bat ihn, mit einer Gruppe Polizisten zu ihm zu kommen, da er vier Verbrecher gefesselt habe. Anschließend ging er zum nahen Gerichtsgebäude und lud auch den Obersten Richter zu sich ein.

Beide waren überrascht, als sie vor dem Tor des Anwesens Hunderte von Menschen – Frauen, Männer und Kinder – sahen.

Maher geleitete den Gouverneur und den Richter zuerst zum Eselstall, wo der Adlige lag. Er nahm ihm den Knebel aus dem Mund. »Wiederhole vor dem Gouverneur und dem Richter, was du mir gestern versprochen hast«, forderte er ihn auf.

»Ja, es war eine Dummheit, was wir getan haben, und ich bedauere es sehr und zahle für alle Schäden, die wir dem Bauern verursacht haben.«

»Nun, das haben jetzt genug Zeugen gehört«, sagte der Richter laut. »Dazu bekommt ihr auch noch eine Gefängnisstrafe, da ihr so viele Menschen gedemütigt habt«, fügte er hinzu: Die Nachbarn jubelten. Und bald lachten sie Tränen, als sie sahen, wie auch der Händler und der Gelehrte im Mist lagen, und am Ende führte Maher sie zu dem Offizier, der vor Wut kochte. Man hörte ihn schon von Weitem schimpfen.

Als ihn die Menschenmenge erreichte, verstummte er. »Ach, sieh einer an«, rief der Gouverneur, der den Offizier nicht ausstehen konnte. »Der Verteidiger des Vaterlandes gefesselt wie ein Dieb. Du bist auf der Stelle aus der Armee entlassen.«

»Und eine Gefängnisstrafe kommt dazu«, ergänzte der Richter.

Die vier wurden hinter Gitter gebracht. Fünfundachtzig Familien erhoben Klage gegen sie wegen Beleidigung und Zerstörung. Sie wurden zu hohen Geldstrafen und je drei Jahren Gefangenschaft verurteilt, und nachdem sie die Strafe verbüßt hatten, wurden sie aus der Stadt ausgewiesen.

Ein herzlicher Beifall belohnte Karams Erzählung.

Eine ältere Frau stand auf und wartete, bis Karam am Fuße der Treppe Platz nahm.

»Ich heiße Batul, und alle kennen mich, die jemals meinen Hammam betreten haben, den besten weit und breit. Ich möchte von einem klugen Händler aus Damaskus erzählen. Die Geschichte habe ich von meinem Großvater gehört. Er war ebenfalls Händler und musste oft mit seiner Karawane die Wüste durchqueren. Dreimal wurde er ausgeraubt. Sein Leben lang war er dankbar für eine besondere Rettung, die ihm widerfuhr. Und da er die Geschichte bei jeder Gelegenheit wiederholte, je älter er wurde, umso öfter, haben wir Enkelkinder sie alle auswendig gekonnt. Und so möchte ich, in Verehrung meines Großvaters, die Geschichte so getreu wiedergeben, als würde er selbst sie euch erzählen.«

»Bitte«, sagte Karam, der die Frau kannte und sich über die Eigenwerbung für ihren Hammam amüsierte. Sie war mit seiner Tante befreundet, und die hatte sie mit den Worten gelobt: »Seitdem Batul das Dampfbad von ihrem Mann geerbt hat, ist das Haus absolut sauber und gepflegt. Sie hat die Frauentage von einem auf drei erweitert. Noch nie in der Geschichte der Hauptstadt haben so viele Frauen gebadet.«

Batul erzählte:

Das rettende Gebäck aus Damaskus

Auf einer langen Reise durch die Wüste schloss sich bei einer Station ein Händler unserer Karawane an. Wir waren nur Reisende ohne viel Gepäck, er aber ritt auf einem Pferd und zog hinter sich zehn Maulesel her, vollbeladen mit Damaszener Seide. Drei weitere Tiere trugen Lebensmittel und Wasser auf ihren Rücken. Wir sagten dem Mann, er solle sich lieber einer von bewaffneten Soldaten geschützten Karawane anschließen. Wir hätten keine Waffen, aber auch nichts, was Räuber verführte, uns zu überfallen.

»Keine Sorge«, sagte der Händler und lächelte, »ich bin so gut bewaffnet, dass ich es mit dreißig Räubern aufnehmen kann.«

Wir staunten über seine Ruhe und hielten ihn für verrückt, denn er trug sichtlich keine Waffe bei sich und war so beleibt, dass er nicht einmal den Kampf gegen einen fünfzehnjährigen Jungen hätte gewinnen können.

Am nächsten Tag sahen wir eine Staubwolke in der Ferne, die immer näher kam, und bald erkannten wir etwa zehn bewaffnete Räuber. Als sie uns umzingelten, ermahnte uns der Händler, keinen Widerstand zu leisten und alles weitere ihm zu überlassen.

Er stieg ab und legte ein großes Tuch auf den Boden. Dann stellte er seelenruhig viele Teller in eine Reihe und füllte sie aus seinen vielen Taschen mit trockenen Früchten, Nüssen und anderen Leckereien.

»Ihr seid meine Gäste«, sprach er zum Anführer der Räuber, »ich lade euch ein, und nach dem Essen regeln wir die Angelegenheit friedlich miteinander. Ich gebe euch zwei Drittel meiner Seide, und ihr lasst mir ein Drittel, sodass ich weiter Handel treiben kann.«

Der Anführer nickte und stieg vom Pferd. Er ließ sich mit seinen Männern nieder, und wir staunten, wie lustig und gelassen der Händler sie unterhielt und von seinen Reisen erzählte.

Als sie genug gegessen hatten, rief der Händler: »Und nun zu den berühmten Damaszener Süßigkeiten mit Pistazien, Honig und Butter. Ich habe sie für die Hochzeit meiner Tochter mitgebracht, aber euch edlen Männern opfere ich sie gerne. Jeder nimmt bitte nur ein Stück.« Die Räuber stürzten sich darauf, und wenn ihr Anführer sie nicht dauernd ermahnt hätte, hätte jeder drei Stück auf einmal in den Mund gesteckt.

Plötzlich fielen die Räuber in einen tiefen Schlaf. Manch einer erstarrte mitten im Lachen und sank auf seinen bereits darniederliegenden Nachbarn. Der Händler stand auf, klatschte in die Hände und rief: »Dieses starke Betäubungsmittel wirkt jetzt einen ganzen Tag. Also nehmt ihnen die Waffen und die Pferde weg und lasst uns weiterreiten.«

Wir schulterten die Waffen und stopften unsere Taschen mit dem Geld der Räuber voll, das wir gerecht unter uns aufteilten. Nur der Händler wollte nichts davon nehmen.

Von nun an und auf der ganzen weiteren Reise mieden uns alle Räuber, wenn sie unsere Waffen sahen, und schlichen unauffällig an uns vorbei.

Und der Händler? Er wollte keinen Dank, sondern lächelte gütig und verabschiedete sich unauffällig und bescheiden von uns.

Ein lauter Beifall donnerte gegen die Saaldecke.

»Was für ein großer Mensch ist dieser Händler!«, rief Karam, nachdem es wieder ruhig geworden war.

Der Vogelhändler Elias stand auf. Er trug eine weiße Galabija, die seine dunkle Haut betonte. Sein Gesicht hatte große Lachfalten. Viele kannten ihn, denn Singvögel, vor allem der Distelfink, wurden gern gekauft, aber er handelte auch mit edlen Tauben, die nicht weniger beliebt waren.

Der Vogelhändler Elias erzählte:

Der falsche Erzengel Gabriel

In Aleppo lebte einst ein junger Geldwechsler. Nachdem er in kürzester Zeit zwei Ehen in den Sand gesetzt hatte, wohnte er wieder bei seiner alten verwitweten Mutter. Um seine Misere zu vergessen, soff und feierte er Nacht für Nacht mit Freunden. Als Sohn eines reichen Geldwechslers wusste er genau, wie man trotzdem die Kontrolle über sein Geschäft behält. Tag für Tag brachte er nach der Arbeit die Kasse mit nach Hause. In dem großen Haus bewohnte er eine eigene Wohnung, die Schatzkammer aber befand sich im Wohnzimmer. Es war ein abgetrennter kleiner Raum mit eisernen Wänden und einer durch drei Riegel und Schlösser gesicherten Tür.

Barbara, die alte Mutter, ließ ihren Sohn sich austoben, damit er nicht am Kummer über sein Scheitern bei Frauen erstickte.

Eines Tages verfolgte ein Einbrecher den jungen Geldwechsler, als er sich und seine Kasse in einer vornehmen Kutsche nach Hause bringen ließ. Dort beobachtete der Dieb aus seinem Versteck, wie die Mutter die große Kasse in die Schatzkammer brachte.

Als der Sohn später das Haus verließ, schlich der Einbrecher hinein und versteckte sich im Kleiderschrank. Da die alte Frau gerade zu Abend aß, wartete er und dachte: Alte Frauen gehen sowieso früh ins Bett. Doch die Frau las erst noch eine Weile auf dem Sofa sitzend in einem Buch, dann begann sie in aller Ruhe zu beten. Allmählich hatte der Einbrecher Sorge, dass der kräftige Sohn schon bald wieder heimkommen würde.

Er hörte die Mutter laut beten: »Heilige Maria, ich, deine hilflose Barbara, flehe dich an, schütze meinen Sohn.«

Im Kleiderschrank entdeckte der Dieb eine Galabija des verstorbenen Vaters, und nach kurzer Suche fand er auch eine große Kerze. Er zündete sie an und rief laut: »Gott der Herr, ich werde deinen Willen ausführen, wie du mir befohlen hast.«

Die Frau unterbrach ihr Gebet. Sie war gläubig, aber nicht abergläubisch. Sie ahnte, dass ein Einbrecher sie hinters Licht führen wollte, und spielte die Ahnungslose.

»Oh, Gesandter des Himmels. Wer bist du?«

»Ich bin der Erzengel Gabriel. Gott hat Mitleid mit deinem Mann, der im Schweiße seines Angesichts sein Vermögen verdient hat, und nun gefährdet es der Sohn.«

»Ja, das stimmt, Erzengel Gabriel«, sagte sie, kniend und die Stirn auf den Boden gelegt.

»Warum schaust du mich nicht an, fromme Frau?«

»Weil ich in einem Buch gelesen habe, wer in das Gesicht eines Engels blickt, erblindet. Sage mir, was du von mir wünschst, aber tue meinem einzigen Sohn nichts an«, erwiderte sie mit ängstlicher Stimme.

»Dein Mann will das Vermögen bei sich im Himmel aufbewahren, bis der Sohn fromm wird, dann werde ich es zurückbringen«, antwortete der angebliche Erzengel.

»Ich habe die Schatzkammer noch nicht abgeschlossen. Geh ruhig hinein. Die Kasse mit den Einnahmen von heute steht links, und auf dem Regal rechts liegen die Reserven der letzten Jahre in einem großen Holzkasten.«

Der Einbrecher ging grinsend mit der Kerze in die Kammer, und während er damit beschäftigt war, den Inhalt der Kasse in einen mitgebrachten Sack zu leeren und den schweren Kasten vom Regal herunterzuheben, knallte die Frau, die wie eine Löwin auf leisen Sohlen herangeschlichen war, die eiserne Tür zu, schob die drei Riegel vor und hängte die Schlösser daran.

»Liebe Frau, mach bitte wieder auf. Ich muss zum Himmel zurück««, flehte der Einbrecher.

»Genau dafür werde ich sorgen, und damit dich mit so viel Geld auf dem Weg zum Himmel niemand überfällt, werden dich Polizisten begleiten«, sagte sie lachend, holte eine Flasche Rotwein und setzte sich seelenruhig auf das Sofa.

»Er wird Augen machen«, sagte sie, als sie an ihren Sohn dachte, und nahm einen kräftigen Schluck, um sich von dem Schrecken zu erholen.

Ein erleichtertes Lachen begleitete den Vogelhändler auf dem Weg zu seinem Platz.

Der bekannte Lautenspieler David Murad hob die Hand. Er war ein dreißigjähriger kleiner Mann mit zarten Gliedern. Einige seiner Bewunderer riefen: »Aber bitte mit Laute!« David lächelte. »Wenn ich auch noch Laute dazu spielen soll, werde ich erst morgen Abend fertig.«

»Wir haben ja Zeit«, riefen einige Männer und Frauen.

»Nein, nein. Ich möchte eine Geschichte erzählen, die ich als Kind gelesen habe.«

»Wir freuen uns sehr darüber«, ermunterte ihn Karam.

Der Lautenspieler David erzählte:

Der rettende Rat des Papageis

Ein reicher Händler lebte einst in einer großen Stadt. Er hatte einen schönen und klugen Papagei. Der Händler reiste oft nach Indien und trieb erfolgreich Gewürzhandel. Eines Tages wollte er wieder nach Indien fahren und fragte seine Frau, Kinder und Bedienstete, ob sie sich etwas Schönes von dort wünschten. Er schrieb all ihre Wünsche auf einen Zettel. Dann ging er zu seinem Papagei, den er sehr liebte.

»Und dir, was soll ich dir mitbringen?«

»Nichts, ich habe hier alles«, antwortete der Papagei, »aber es wäre schön, wenn du meine Familie und Freunde besuchen könntest, die in einem kleinen Wald leben, nicht weit von der Stadt, wo du mich vor drei Jahren gekauft hast. Grüße sie von mir und frag sie, was ich tun soll, damit ich glücklich werde. Ich lebe hier in einem schönen Käfig und werde verwöhnt, und doch bin ich sehr traurig.«

»Verstehen denn deine Verwandten und Freunde meine Sprache?«, wollte der Händler wissen.

»Sicher. Sie verstehen fünfzehn Sprachen und deine am besten«, antwortete der Papagei.

Der Händler reiste ab. Als er in der indischen Stadt seinen Handel abgeschlossen und alle Geschenke gekauft hatte, die auf seiner Liste standen, erinnerte er sich an den Wunsch des Papageis.

Er ging in den nahen Wald. Dort rief er den Papageien laut zu: »Euer Bruder lässt euch grüßen und fragt euch, was er tun soll, damit er glücklich wird. Er lebt in einem wunderschönen Käfig und wird verwöhnt, und trotzdem ist er traurig.«

Der Händler hatte den Satz noch nicht zu Ende gebracht, als die Papageien ein großes Geschrei erhoben, und einer fiel tot vor ihm auf den Boden. Der Händler erschrak. Er rannte weg und schämte sich, dass er mit seiner Botschaft für den Tod eines schönen Papageis verantwortlich war. Auf der ganzen Rückreise plagte ihn sein Gewissen.

Zu Hause angekommen, musste er dem Papagei die traurige Nachricht schonend beibringen.

»Als ich deinen Freunden und Verwandten von deiner Traurigkeit erzählte, fiel einer der Papageien tot vom Baum. Wahrscheinlich war er ein herzkranker guter Freund oder Bruder von dir. Die tiefe Trauer über eure Trennung hat sein Herz wohl tödlich getroffen.«

»O nein!«, schrie der Papagei und fiel im Käfig tot um.

Der Händler trug den Kadaver hinaus und wollte ihn auf den Müll werfen. Doch noch bevor der Papagei den stinkenden Haufen erreichte, flatterte er davon. Er machte kurz Halt auf einem Baum in der Nähe des Hauses.

»Was?! Was? Du bist nicht tot?«

»Nein, so wenig wie du. Stirb, damit du frei wirst. Das war der Ratschlag meines Freundes«, antwortete er und flog in Richtung Indien davon.

»Ich werde mich totstellen, wenn mich das von meinem Mann befreit«, rief eine Frau belustigt.

»Du musst dich nicht totstellen, morgen lassen wir uns scheiden«, erwiderte der Mann.

»O nein!«, spielte die Frau die Entsetzte, küsste die Glatze ihres Mannes und lachte, und das Publikum lachte auch.

Ein Olivenölhändler meldete sich zu Wort. Er war groß und hatte einen mächtigen Bauch. »Ich heiße Yuhanna, Johannes. Für die muslimischen Freunde: Das war einer der zwölf Jünger Jesu.

Nun, Tiere sind klug, nur anders als wir, deshalb verstehen wir sie oft nicht. Ich kenne eine Geschichte, die zeigt, wie klug ein Esel sein kann. Sicher, das ist eine Fabel. Mein Vater hat selbst einmal erlebt, wie klug sein Esel war. Das hätte ihn allerdings fast das Leben gekostet. Seitdem verehrte er alle Esel bis auf die Zweibeinigen. Aber das ist eine sehr lange Geschichte, lieber erzähle ich euch die kurze Fabel«, sagte er.

»Bitte«, rief ihm Karam zu und lachte, da war der Mann bereits auf dem Weg zur Kanzel.

Der Olivenölhändler erzählte:

Der kluge Esel und der alte Wolf

Ein alter Wolf hungerte. Was er noch erjagen konnte, war nur kleines Getier, das ihn knapp vor dem Verhungern rettete. Er konnte weder rennen noch kämpfen. So trottete er schlecht gelaunt und ausgemergelt durchs Land, da traf er einen alten Fuchs. Füchse können Wölfe nicht ausstehen und haben große Angst vor ihnen, aber der Fuchs erkannte schnell, dass der Wolf zu nichts mehr fähig war.

»Wollen wir nicht ein Stück gemeinsam gehen?«, fragte der Wolf, seine Stimme klang wie jämmerliches Flehen.

»Gern, auch ich bin hungrig. Aber wir bleiben auf Distanz, und du läufst vor mir her, sodass ich dich immer im Blick habe.«

»Alter Fuchs, du solltest nicht so misstrauisch sein, aber meinetwegen. Ich brauche deine Hilfe. Wir Wölfe sind stark im Rudel. Da kämpfen wir mit der Stärke unserer gemeinsamen List. Ein Wolf allein aber ist schwach, und ist er noch dazu alt wie ich, so ist er zu nichts mehr fähig. Ihr Füchse seid dagegen Einzelgänger und jeder für sich listenreich. Komm, lass uns eine Schafherde suchen. Dann kannst du mit deiner List ein Lamm bis zu meinem Versteck treiben, einen tödlichen Biss bringe ich immer noch zustande.«

Sie suchten und suchten, doch weit und breit war keine Herde zu sehen. Schließlich entdeckten sie einen Esel, der allein auf einem großen Feld stand. Er war nicht angebunden, und in der Nähe gab es weder einen Bauern noch einen Hund. Dem Wolf lief das Wasser im Maul zusammen. Den Fuchs aber ließ der Anblick des kräftigen Esels kalt.

»Na, was für eine List hast du, um diesen Esel hereinzulegen?«, fragte der Wolf.

»Gar keine, ich mag kein Eselfleisch.«

»Was? Du hast keine Ahnung. Es schmeckt sehr würzig, weil die Esel viele Kräuter fressen.«

Der Fuchs schien davon wenig überzeugt, aber er schlug dem Wolf eine todsichere List vor.

»Wir schleichen uns unbemerkt zu diesem Busch hinter dem Esel und führen dort ein Gespräch, von dem ihm kein Wort entgehen wird. Ich bin krank, und du bist ein bekannter Heiler und sagst mir, wie ich gesund werden kann. Ich frage: Wie soll das gehen? Und du sagst: Es gibt eine Stelle am Hals, und wenn man sie kurz drückt, verschwindet die Krankheit aus dem Körper. Der Patient furzt sie weg. Ich sage: Nun gut, fass die Stelle bei mir an! Du kommst mir zwar nicht näher, aber ich furze laut. Und rufe: Meine Güte, ich fühle mich so stark, dass ich es mit jedem Hund aufnehmen könnte! Nach diesem Gespräch marschierst du in der Nähe des Esels auf und ab. Du sagst ihm, er sehe krank aus, und wenn er dich an seine Gurgel lässt, dann hast du leichtes Spiel.«

Also schlichen sie zum Busch und machten ihr Heiler-Patient-Spielchen. Der Esel hörte alles mit.

»Und du, kommst du nicht mit?«, fragte der Wolf schließlich flüsternd und eher aus Höflichkeit, weil er die Beute am liebsten für sich allein haben wollte. Er warf einen Blick auf das Hinterbein seiner Beute. Allein dieses Bein würde ihm für Tage reichen.

»Nein, nein. Ich bleibe hier und beobachte dich«, antwortete der Fuchs ganz leise.

Der Wolf marschierte los.

»Guten Tag, Esel. Du siehst aber abgemagert aus, und dein Fell erst, das war mal ganz dunkel, jetzt ist es hellgrau. Du bist auch in die Jahre gekommen.«

»Und wer bist du?«, fragte der Esel.

»Ich bin ein Wanderheiler für Tiere. Eine kleine Behandlung würde dir guttun, denke ich. Dadurch wirst du wieder so kräftig, wie du damals, als junger Esel, warst. Du hast nur so vor Kraft gestrotzt. Ich kenne dich schon lange.«

»Wirklich? Ich erinnere mich nicht an dich, verehrter Heiler. Und du kennst mich wirklich schon seit meiner Jugend?«

»Ja, sicher, und du wirst dich wundern, wie schnell du deine frühere Kraft wiedererlangen wirst.«

»Wenn du mich so gut kennst, wie heiße ich denn?«, fragte der Esel unbeeindruckt von dem schönen Angebot.

Der Wolf überlegte schnell.

»Der Graue«, sagte er.

»Nicht ganz, mein Name ist Oneinoweh, was in der Eselsprache ›der Hellgraue‹ bedeutet.«

»Ach, ja. Mag sein. Ich glaube dir«, heuchelte der Wolf. Es war ihm gleichgültig, ob der Esel der Hellgraue oder der Blaue hieß.

»Gut. Du darfst mich behandeln. Aber offenbar glaubst du mir die Sache mit dem Namen nicht. Also überzeuge dich selbst, dass ich nicht gelogen habe. Das ist mir wichtig, denn gegenseitiges Vertrauen ist eine wichtige Voraussetzung für die Heilung. Oder irre ich mich, verehrter Heiler?«, fragte der Esel mit einer an Naivität und Gutgläubigkeit nicht zu überbietenden Stimme.

»Du hast recht, wo steht dein Name denn geschrieben?«, fragte der Wolf.

»Hier auf der Innenseite meines rechten Hufes«, antwortete der Esel und hielt seinen rechten Huf in die Höhe. Der Wolf kam ein wenig näher, und da er das Hufinnere nicht richtig entziffern konnte, noch näher. Als er nahe genug war, schlug der Esel kräftig aus. Er traf den Wolf zuerst aufs Maul. Nach einem weiteren Tritt in den Magen flog der Wolf mehrere Meter durch die Luft und landete auf dem Bauch. Mühsam rappelte er sich hoch und eilte »Oneinoweh« jaulend davon. Der Fuchs trat aus seinem Versteck und machte sich langsam in die Gegenrichtung auf den Weg.

»Grüß dich, alter Fuchs!«, rief ihm der Esel nach. »Willst du nicht meinen Namen lesen?«

»Nein, das kann ich nicht, ich bin Analphabet, und mein Unterkiefer tut mir immer noch weh, immer wenn ich an unsere erste Begegnung zurückdenke.«

Und er lief in den Wald, in der Hoffnung, dort etwas Essbares zu finden.

Lachend verließ der Olivenölhändler die Kanzel und ging an Karam vorbei, der stehend Beifall gab.

Eine Lebensmittelhändlerin hob die Hand. Als Karam zu ihr hinsah, stand sie auf. »Ich heiße Nassima. Ich habe den Mann geheiratet, den ich liebe. Hier sitzt er«, sagte sie und zeigte auf den Mann neben ihr. Der wurde verlegen, winkte kurz und senkte seinen Blick. »Er ist mutiger als ein Löwe, aber er ist stiller Natur. Deshalb rede ich für zwei. Wir haben unser Leben aufs Spiel gesetzt, als wir es in unserem Dorf wagten, uns zu unserer Liebe zu bekennen, anstatt den vorgesehenen Cousin oder die vorgesehene Cousine zu heiraten. Ich war sehr ängstlich als Kind, doch eine Geschichte hat mir Mut gemacht, die meine Großmutter erzählt hat. Sie gab mir die Kraft, mit meinem Geliebten hierher zu flüchten. Noch nie habe ich eine bessere Entscheidung getroffen. Also, ihr jungen Frauen und Männer, habt keine Angst, der Engel der Liebe schützt euch!«

Ein Beifall der Jugendlichen im Saal belohnte die Frau. Die meisten

Erwachsenen aber schauten zur Decke, als suchten sie eine Öffnung, durch die sie flüchten könnten.

»Darf ich nun diese Geschichte erzählen?«

»Ja, bitte«, riefen viele, auch Jasmin und der König.

Die Frau machte sich auf den Weg zur Kanzel. Ihr Gang verriet ihren Stolz. Karam stand auf und gab ihr respektvoll die Hand.

Die Lebensmittelhändlerin Nassima erzählte:

Die Farbe der Steine

Diese Geschichte ereignete sich in einem Dorf, allerdings in einer fernen Zeit. Meine Großmutter hatte sie von ihrer Großmutter gehört, die dabei war, als sich diese Ereignisse zutrugen.

Ein armer verwitweter Bauer lebte in diesem Dorf mit seiner jungen Tochter. Er gab ihr alles, was er konnte, um sie über den Verlust ihrer Mutter zu trösten.

Als die Ernte zweimal in Folge schlecht ausfiel, musste der arme Mann Geld leihen. Der Geldverleiher aber war dreierlei in einer Person: Großgrundbesitzer, Geldverleiher und Muchtar, Dorfvorsteher.

Also ging der gutgläubige Bauer zu ihm, bat ihn um ein Darlehen und berief sich auf die Bruderschaft in der gemeinsamen Religion. »Gott und sein Prophet sollen dich und deine Kinder dafür mit Glück und Gesundheit segnen«, sprach der Bauer leise.

»Lass Gott in seinem Himmel, du kannst von mir Geld bekommen und zahlst zwanzig Prozent Zinsen. Das ist ein Sonderpreis für fromme Menschen, sonst verlange ich dreißig«, sprach der Geldverleiher und versuchte nicht einmal, Mitleid zu heucheln.

Der Bauer musste die Bedingung schweren Herzens akzeptieren. Mit dem Geld konnte er Saatgut kaufen und mit seiner Tochter das Jahr überleben. Doch im nächsten Jahr fiel die Ernte wieder miserabel aus.

Der Geldverleiher kam, nun als Dorfvorsteher von zwei Polizisten begleitet, zum Bauern und forderte sein Geld und die Zinsen, sonst würde der Schuldner Feld und Hof verlieren. Der Bauer bettelte mit demütiger Stimme um Aufschub, doch der Geldverleiher stellte sich taub.

Als die Tochter ihren Vater weinen hörte, ließ sie das Nähzeug, mit dem sie beschäftigt war, fallen und eilte zur Tür. Da erblickte der Geldverleiher die wunderschöne junge Frau und wollte sie unbedingt als vierte Frau in sein großes Haus holen. Er legte eine sanfte Stimme auf seine Zunge. »Hör zu«, sagte er schmeichelnd zu dem Bauern, »deine Tränen haben mich gerührt. Ich komme dir entgegen. Gib mir deine Tochter zur Frau. Sie wird in Reichtum und Wohlstand leben, und du musst mir keinen Dinar zurückzahlen. Ist das etwa kein großzügiger Vorschlag?«

Beide, Tochter wie Vater waren so überrascht, dass sie kein Wort über die Lippen brachten. Der Geldverleiher merkte aber, dass die Tochter eine tiefe Abneigung gegen ihn empfand. Also fuhr er fort:

»Pass auf. Ich komme dir noch einen weiteren Schritt entgegen: Wir überlassen dem Schicksal die Entscheidung. Kommt beide morgen auf den Platz vor der Moschee, und dort lassen wir vor Zeugen das Schicksal, das heißt den Willen Gottes, entscheiden.«

Die Tochter wunderte sich über die Frechheit des reichen Mannes, der glaubte, Gott auf seiner Seite zu wissen. Sie willigte ein. Ihr Vater war voller Sorge und überrascht vom starken Willen seiner Tochter. Er schämte sich sehr, sie in solch eine miserable Lage gebracht zu haben, und machte sich viele Vorwürfe. Lieber wollte er zum Bettler werden, als seine geliebte Tochter dem gierigen Mann zu opfern.

»Hab keine Angst, Vater«, beruhigte sie ihn, »ich bin sicher, das Schicksal wird mich vor diesem widerlichen Halsabschneider beschützen.«

Die ganze Nacht konnte der Bauer nicht schlafen. Als der Morgen dämmerte, stand er auf und kochte für sich und seine Tochter einen Tee.

Nach dem Gebet versammelten sich viele Frauen und Männer auf dem Platz vor der Moschee. Die Nachricht hatte sich im Dorf wie ein Lauffeuer verbreitet.

Der Dorfvorsteher ergriff das Wort.

»Hier vor euch schwöre ich bei Gott, dass ich das Schicksal entscheiden lassen möchte, ob ich diese junge Frau heiraten darf oder nicht. In diesen Beutel hier werde ich einen schwarzen und einen weißen Stein legen. Wenn das Mädchen den weißen Stein zieht, dann wird sie meine Frau. Zieht sie den schwarzen, so hat das Schicksal gegen mich entschieden, der Bauer aber wird trotzdem frei von seinen Schulden.«

Die junge Frau bemerkte, dass der gemeine Kerl blitzschnell zwei weiße Steine in den Beutel gesteckt hatte.

»Das also soll Gottes Hand sein?«, dachte sie bei sich. Sie zögerte nicht lange und ging mutig auf den Mann zu, der in seiner Selbstsicherheit breitbeinig und mit vorgewölbtem Bauch dastand. Sie streckte ihre Hand aus, fasste einen Stein und zog ihn mit geschlossener Faust aus dem Beutel. Dabei schaute sie den grinsenden Mann fest an. »Jetzt bin ich gespannt, wie das Schicksal entscheiden wird«, sagte sie und marschierte zurück zu ihrem Vater. Plötzlich aber rutschte sie aus und fiel zu Boden. Dabei verlor sie den Stein, der unter Tausenden von Kieselsteinen auf dem staubigen Platz sogleich verschwand. Sie richtete sich auf.

»Es tut mir leid«, sagte sie, »dass ich den Stein verloren habe, aber das sollte kein Problem sein. Wir müssen ja nur den übrig gebliebenen Stein ansehen, dann habe ich sein Gegenteil gezogen.« Die Leute bewunderten den Scharfsinn und die starken Nerven der Tochter.

»Jawohl, zeig uns, welcher Stein noch in dem Beutel ist«, forderten mehrere Männer vom reichen Geldverleiher, der wie gelähmt dastand. Ein Mann schnappte sich den Beutel und nahm den übrig gebliebenen Stein heraus. »Weiß!«, rief er und zeigte den Versammelten den Stein. »Das Schicksal hat gesprochen. Du bekommst die Frau nicht, und der Bauer ist frei von seinen Schulden«, fügte er laut hinzu.

Die umstehenden Frauen und Männer klatschten begeistert, denn viele von ihnen hatten ebenfalls Schulden beim Geldverleiher.

Die Tochter verliebte sich bald darauf in einen jungen Schäfer, der ihre Liebe erwiderte. Er war wohlhabend und half seinem Schwiegervater bereitwillig, wieder auf die Beine zu kommen.

Die Jugendlichen klatschten begeistert, die Erwachsenen weniger. Karam stand auf, gab der Lebensmittelhändlerin die Hand und bedankte sich bei ihr.

Ein Apotheker meldete sich zu Wort. Sein Aussehen entsprach seinem Beruf. Er glänzte fast vor Sauberkeit, und alles an ihm, ob Haare oder Kleider, war akkurat geordnet.

»Ich bin Ali und handle mit Heilkräutern und Medikamenten. Ich habe als Chemiker und Mediziner angefangen und geniale Menschen getroffen, die herzlos waren wie der Geldverleiher, von dem wir eben gehört haben, oder naiv wie ein vierjähriges Kind. Und ich habe mich gefragt: Macht das Wissen Herz und Hirn nicht weiser? Im Laufe der Jahre fand ich Hunderte Beweise für die Antwort. Sie lautet: Nein. Darf ich eine Geschichte über einen genialen Architekten erzählen?«

»Aber sicher!«, erwiderte Karam und wies auf die Kanzel.

Der Mann machte sich sofort auf den Weg.

Der Apotheker erzählte:

Ein genialer, aber naiver Architekt

Ein berühmter Architekt baute für einen König ein wunderbares Schloss mit Türmen, großen Sälen, Verliesen, Bädern, Küchen, Ställen und vielen Schlafzimmern für Gäste und Bedienstete.

Als es fertig war, führte der Architekt den König stolz durch das Schloss. Im Innenhof zeigte er auf einen Stein in einer Säule und sagte zum König: »Hier ist ein großes Geheimnis verborgen. Wenn man diesen Stein herauszieht, stürzt das ganze Schloss zusammen.«

Der König wollte das nicht glauben.

»Majestät. Ich werde Euch beweisen, dass ich nicht übertreibe. Kommt mit mir in mein Atelier. Dort zeige ich Euch ein Modell Eures Schlosses«, sagte der Architekt. Der König stieg mit dem Architekten in seine königliche Kutsche, und gemeinsam fuhren sie zum Atelier des Architekten. Dort schickte dieser alle seine Mitarbeiter weg und zeigte auf eine große hölzerne Kiste. »Hier drin befindet sich das Modell«, sagte er und öffnete die Kiste. Da stand das Schloss im Kleinstformat absolut genau nachgebildet. Der König staunte. Der Architekt beugte sich über den Bau und zeigte auf die Säule im Innenhof. »Sehen Eure Majestät die Säule und hier diesen kleinen Stein? Möchten Eure Majestät es ausprobieren?«

Der König zog vorsichtig den Stein aus der Säule, und noch bevor er seine Hand aus dem kleinen Innenhof wegbewegen konnte, stürzte der Bau Stück für Stück zusammen, bis nur noch ein Trümmerhaufen übrig war.

Ein Siegeslächeln überzog das Gesicht des Architekten.

»Und weiß das jemand außer dir?«

»Um Gottes willen. Das weiß nur ich«, sagte der Architekt. Der König erkannte die unausgesprochene, aber bedrohliche Macht eines solchen Geheimnisträgers und fasste einen blitzschnellen Entschluss. Mit schmeichelnder Stimme wandte er sich an den Architekten:

»Bedauerlicherweise habe ich heute einen Fehler entdeckt, als wir auf dem Flachdach umhergewandert sind. Ich wollte dich nicht beleidigen, aber ich wunderte mich doch, wie einem so genialen und erfahrenen Architekten ein solcher Fehler unterlaufen kann.«

»Ein Fehler?! Das ist unmöglich! Was für ein Fehler?«, empörte sich der Architekt.

»Komm mit, ich kann dir die Stelle zeigen«, sagte der König und gab dem Kutscher Anweisung, sie zum neuen Schloss zu bringen. Dort angekommen, schickte der König den Kutscher weg und stieg mit dem Architekten die vier Stockwerke hinauf bis zum Flachdach.

Er ging bis zur Dachkante, blickte vorwurfsvoll geradeaus, und sein ausgestreckter Arm zeigte zu der Mauer auf der gegenüberliegenden Seite des Innenhofs.

»Was soll da sein? Wo? Ich sehe keinen Fehler«, sagte der Architekt und beschirmte seine Augen mit der Hand gegen das Licht. Der König aber trat leise einen Schritt zurück und gab dem Architekten einen kräftigen Stoß, sodass er kopfüber in den Innenhof stürzte und auf der Stelle tot war.

Am nächsten Tag beauftragte der Herrscher einen Baumeister, alle zehn Säulen, die den Innenhof umsäumten, mit Marmorplatten zu verkleiden.

Der Saal blieb ruhig.

Ein Fliesenleger meldete sich zu Wort. »Ich kann nicht so gut erzählen. Aber wenn ihr erlaubt, möchte ich meine Meinung über diesen Architekten sagen«, rief er mit lauter Stimme.

»Ja bitte«, erwiderte Karam.

»Das ist ein Fall von Selbstüberschätzung und Verachtung anderer. Für wie einfältig hielt der Architekt den König, dass er sein Leben und seine Sicherheit von den Launen eines Architekten abhängig machen sollte?«

Der Fliesenleger setzte sich. Einige klatschten, andere murmelten ihre Zustimmung. Da stand der Mann wieder auf und verbeugte sich dankend.

Ein Mann, Mitte zwanzig, erhob sich. Er hatte einen athletischen Körper und ein offenes, freundliches Gesicht. »Ich heiße Sabah und bin dreisprachig aufgewachsen. Mein Vater war Perser, meine Mutter Aramäerin, und hier in der Schule und auf der Straße lernte ich Arabisch. Daher liegt es nahe, dass ich den Beruf des Übersetzers ausübe, und das tue ich leidenschaftlich gern. Oft begegne ich in den verschiedenen Sprachen Geschichten, die fast dasselbe Thema behandeln, aber je nach Sprache anders verlaufen. Mit den Jahren habe ich gelernt, dass die Geschichten jahrhundertelang mündlich von Land zu Land, von Zeit zu Zeit weitergewandert sind und mit jedem Weitererzählen einen Wandel durchmachten.

Nehmen wir die Geschichten von sprechenden Papageien. Davon gibt es viele, weil diese Fähigkeit des bunten Vogels Menschen schon immer faszinierte. Man vermutete dahinter eine große Klugheit. Auch Papageien, die als Hausdetektive eifersüchtigen Männern Bericht erstatteten, gab es genug.

Das Papageienbuch, *Tuti Nameh*, ist weltberühmt geworden. Es ist eine indische Märchensammlung, die im 12. Jahrhundert in Sanskrit niedergeschrieben wurde. Später wurde sie ins Persische und Türkische übertragen, und von da gelangte sie im 15. Jahrhundert nach Europa.

Die Rahmenhandlung geht so: Ein Händler will wegfahren, doch er hegt den Verdacht, dass seine Frau einen Liebhaber hat. Und tatsächlich hat sie einen. Der Papagei soll die Frau vom Seitensprung abhalten. Das erreicht er angeblich durch Erzählungen, die so spannend sind, dass die Frau ihren Liebhaber nicht mehr trifft.

Aber mein Vater, auch er ein Übersetzer, meinte, das sei nicht wahr, und erzählte eine andere Geschichte. Wollt ihr sie hören?«

»Ja, sicher«, erwiderte Karam.

Sabah erzählte:

Die kluge Frau und der Papagei

Es war einmal ein reicher Händler, der heiratete eine junge Frau, die ihn nicht liebte. Sie wurde zwangsverheiratet. Das Schlimmste an diesem Händler aber war, dass er Frauen verachtete. Bald behandelte er die junge Frau wie eine Hausklavin.

Kein Wunder also, dass sich die Ehefrau in einen jungen Mann aus der Nachbarschaft verliebte. Die Zungen der Neider reichten so weit, dass die Kunde davon bis zu dem Händler in seinem Geschäft im Zentrum des Bazars gelangte. Tragischerweise hatte sich dieser kurz zuvor tatsächlich in seine Frau verliebt. Verliebtheit kann man weder erklären noch begründen. Sie stürmt ins Herz ohne Genehmigung und klopft nicht einmal an.

Als der Händler erfuhr, dass seine Frau einen anderen liebte, wurde er wütend. Ein Freund, der eine Tierhandlung betrieb, riet ihm, nicht übereilt und kopflos zu handeln, und verkaufte ihm einen klugen Papagei, der überdies ein guter Beobachter war.

Der Händler tat so, als machte er seiner Frau den schönen Vogel zum Geschenk. Aber als sie zwei Tage später am Abend in der Küche stand, hörte sie, wie der Papagei ihrem Mann im Wohnzimmer über sie Bericht erstattete. Sie war erleichtert, dass sie an diesem Tag den Liebhaber nicht empfangen hatte.

Der Papagei folgte ihr auf Schritt und Tritt: ins Schlaf-, Wohn- und Gästezimmer, in die Küche und in den Vorratsraum. Nur in den Korridor zwischen Haustür und Wohnzimmer kam er nicht. Der Vogel fürchtete sich vor dem schwarzen Kater, der dort grimmig auf der Lauer lag. Bereits am ersten Tag hatte der Kater dreimal nach dem Papagei geschnappt, der den scharfen Krallen knapp entkommen war. Deshalb würde er der Frau nie mehr folgen, wenn sie zur Haustür ging.

Sie traf ihren Liebhaber unauffällig auf dem Markt und sagte ihm, er könne sie zwar weiterhin besuchen, aber sie könnten sich nur im Korridor lieben. Dabei solle er dann dauernd miauen und sie müsse laut beten, als wolle sie die Seele des Katers retten. Der Liebhaber wunderte sich zunächst, aber als ihm seine Geliebte von dem spionierenden Papagei und seiner Angst vor dem Kater erzählte, lachte er und fand es abenteuerlich.

Noch am selben Tag liebten sie sich im Eingangsbereich, und der Liebhaber miaute so lustvoll, dass der Kater sich ängstlich gegen die Wand drückte und seinerseits erbärmlich miaute. Die Frau schrie vor Lust ihre Stoßgebete heraus und bat den Kater, milder und gnädiger zu werden und nicht mehr so heftig zu beißen.

Als der Händler nach Hause kam, meldete der Papagei: »Frau betet stundenlang und Kater miaut fürchterlich.«

»Hast du mit dem Kater gebetet?«, fragte der Mann erstaunt.

»Nein, nicht mit dem Kater. Ich bete jeden Tag, und der Kater miaut ab und zu.«

Als der Ehemann von einer Reise zurückkehrte, erzählte der Papagei wieder, dass die Frau gebetet und der Kater miaut habe. Bald wurde es dem Händler langweilig. Er hatte nun Vertrauen zu seiner Frau und gab dem befreundeten Tierhändler den Papagei für den halben Preis zurück.

»Frau betet, Kater miaut«, krächzte der Papagei.

»Er wiederholt nur noch diesen Satz und langweilt sich bei meiner frommen Frau«, erklärte der Händler auf die Frage des Freundes.

»Gott schütze deinen Mund«, riefen viele Frauen, eine alte arabische Dankesformel, wenn ein Spruch, eine Weisheit oder eine Erzählung den Zuhörern gefällt. Der König lachte, einige seiner Wesire verdrehten die Augen.

»Wo ist der nächste Papageienhändler?«, rief ein Mann laut. Das Publikum lachte. Auch seine Frau, die neben ihm saß und ihm lachend auf den Rücken schlug.

Ein Jäger hob die Hand. »Ich heiße Abdullah, aber alle nennen mich Abdo. Mein Freund Suleiman ist Fallensteller und dazu ein wunderbarer Erzähler. Zu jedem Ereignis oder Erlebnis denkt er sich eine Geschichte aus. Einmal hat er mir eine wunderbare Geschichte über Füchse erzählt. Ob sie so geschehen ist, dafür kann ich nicht bürgen. Schade, dass Suleiman sie heute und hier nicht selbst erzählen kann. Er ist vor einer Woche beim Klettern gestürzt, hat sich beide Beine und den linken Arm gebrochen und liegt in Gips. Wie das passiert ist, ist eine andere Geschichte. Aber nun erzähle ich euch, was er mit zwei Füchsen erlebt hat, und wie der eine, als er ihn bereits in seiner Falle hatte, doch noch entkam.«

Der Jäger Abdullah erzählte:

Vierzig Listen gegen eine

Zwei Füchse trafen sich auf einer Wanderung.

»Ich war bei einem Meisterfuchs in Bagdad und habe vierzig Listen gelernt«, gab der Erste stolz an.

»Leider konnte ich nie bei einem Meister lernen, deshalb kenne ich nur eine List, die habe ich von meiner Mutter«, antwortete der andere Fuchs, der aus der Nähe von Damaskus stammte.

Auf einer Waldlichtung sahen sie ein großes Stück Fleisch an einer Schnur hängen.

»Kannst du das Fleisch holen?«, fragte der Fuchs mit den vierzig Listen.

»Nein, das ist mir zu gefährlich. Du siehst doch die Falle«, sagte der andere.

»Ja, aber es gibt eine List. Langsam näher kommen und blitzschnell die Beute schnappen. Schau mir nur zu, damit du es lernst«, antwortete der Angeber. Er schlich langsam heran, und bei jedem Schritt schaute er um sich, damit er seine Pfoten sicher auf den Boden setzte. Dann sprang er schnell wie ein Blitz und schnappte zu, aber die Falle war schneller, und er hing darin fest. Der andere Fuchs zog nun bedächtig das Fleisch aus dem Haken und genoss es noch bedächtiger.

»Hol mich hier raus«, flehte der Angeber.

»Das kann kein Fuchs. Aber ich sehe den Jäger näher kommen. Wenn du jetzt meinen Ratschlag befolgst, dann kann ich dich befreien. Stell dich einfach tot.«

Gesagt, getan. Der Angeber machte sich steif und rührte sich auch dann nicht, als mein Freund, der Fallensteller Suleiman, die Falle aufklappte und ihn herausholte. Er freute sich über das herrliche Fell, spannte die Falle wieder, hängte ein neues Stück Fleisch an den Haken darüber, schwang den toten Fuchs über die Schulter und machte sich auf den Heimweg. Bald sah er zu seiner Überraschung einen Fuchs mitten auf dem Weg liegen.

Der Jäger legte Gewehr, Schultertasche und den toten Fuchs in einigem Abstand auf den Boden und wollte auch diesen Fuchs holen. Aber er hatte noch nicht einmal ein Dutzend Schritte gemacht, als sich der Fuchs auf dem Weg aufrichtete und davonrannte.

Der Jäger schüttelte den Kopf und machte kehrt. Da lagen Gewehr und Schultertasche, den totgeglaubten Fuchs aber sah er gerade noch in den dichten Wald entschwinden.

Viele im Publikum klatschten, einzelne interessierten sich wohl nicht für dieses Thema und schauten unbeteiligt in die Gegend.

Eine Schmuckkünstlerin hob die Hand, Karam nickte ihr zu. Sie war fein angezogen und mit Schmuck überladen, ein wandernder Verkaufsstand. »Viele Frauen und Männer kennen mich. Ich heiße Maliha und fertige seit meiner Jugend leidenschaftlich gerne Schmuck an. Meine Familie stammt aus Persien, mein Urgroßvater war Teppichhändler und hat sich hier in eine Frau verliebt. Er war ein großer Künstler und

schlechter Händler, und er war fasziniert von der raffinierten Handels-
kunst meiner Uroma. Faszination ist der erste Schritt in die Falle der Verliebtheit, um an einen meiner Vorredner anzuschließen. Mein Großvater
hat die Geschichte, die ich euch erzählen möchte, angeblich selbst erlebt.
Da aber meine Oma beim Erzählen immer wieder grinste, hatte ich das
Gefühl, der Großvater hat diese Geschichte erfunden. Also erzähle ich sie
auch so«, sagte sie und marschierte mit festem Schritt zur Kanzel.

Die Schmuckkünstlerin erzählte:

Die Weisheit eines Gerechten

Ein junger Mann namens Halim wollte eine Reise nach Persien antreten,
um dort Verwandte zu besuchen und das Land kennenzulernen. Er hatte
aber Angst um sein Vermögen, denn nicht selten wurden Karawanen von
Räubern überfallen. Der junge Mann besaß eintausend Golddinare. Das
war damals ein großes Vermögen. Er legte die Dinare in einen festen Stoff-
beutel, nähte ihn zu und versiegelte die Naht. Dann bat er einen Richter,
der für seine Frömmigkeit bekannt war, das Geld für ihn aufzubewahren.

Halim reiste ab, voller Hoffnung, endlich seine Verwandten kennenzulernen. Doch schon drei Tage nach seiner Abreise wurde er krank, und
nach einer kurzen Erholung machte er kehrt.

Zurück in der Hauptstadt seines Landes, lief er zum Richter und bat um
sein Geld. Der Richter übergab ihm den großen Beutel. Halim bedankte
sich und ging nach Hause. Dort aber stellte er schockiert fest, der Beutel
war voller Kupfermünzen billigster Währung, der ganze Inhalt hätte nicht
einmal einen Dinar gebracht. Doch die Naht war nicht berührt, sie war genauso versiegelt, wie als er den Beutel abgegeben hatte.

Entsetzt ging er zu dem Richter, um sich zu beschweren. Doch dieser
wurde wütend und warf Halim Undankbarkeit und Gier vor. Er stellte die
zu frühe Rückkehr Halims als Teil einer gemeinen Verschwörung dar, nur
dazu bestimmt, den wohlhabenden Kadi auszunehmen. Alle, die den Streit
hörten, standen dem Richter bei, denn der Beutel wies keinen Riss und

keinerlei Beschädigung auf. Halim musste sich allerlei Beschimpfungen gefallen lassen. Er verließ das Gericht und wusste nicht, was er tun sollte. Ein Nachbar empfahl ihm, direkt zum König zu gehen. Er sei bekannt für seine Klugheit und Bereitschaft, ungerecht behandelten kleinen Leuten beizustehen.

Halim machte sich auf den Weg. In der Tat empfing ihn der König ohne viele Umstände. Halim zeigte ihm den Beutel, und der König überprüfte ihn sorgfältig. »Daran ist nichts zu bemerken«, sagte er. Als der junge Mann weinte, schlug der König vor: »Geh nach Haus. In einer Woche, denke ich, werde ich das Problem gelöst haben.«

Halim ging, und eine kleine Hoffnung entflammte in seinem Herzen.

Der König betrachtete den Beutel lange. Dann kam ihm eine Idee. Am nächsten Morgen rief er einen jungen Diener zu sich und teilte ihm mit, er wolle drei Tage lang allein durchs Land reisen, um sein Volk aus der Nähe zu sehen und zu hören. Er solle ihm seinen Esel vorbereiten. Der König hatte die Gewohnheit, sich immer wieder wie ein armer Mönch verkleidet unter das Volk zu begeben. Für diese Reisen nahm er nie ein edles Pferd.

Während der Diener Esel und Proviant vorbereitete, zerriss der König die edle seidene Hülle seines Kopfkissens.

Als der junge Diener nach der Abreise des Königs das Schlafgemach aufräumen wollte, entdeckte er die zerrissene Kissenhülle.

»Um Gottes willen«, rief er entsetzt, da er erst vor einem Monat versehentlich ein edles Weinglas zertrümmert und vor zwei Monaten den Fenstervorhang mit Schwung aus der Verankerung gerissen hatte. Der König hatte davon erfahren, ihn jedoch nur freundlich getadelt, da beide zu ersetzen waren. Diese Kissenhülle aber war ein Geschenk des Kaisers von China. Man konnte sie nirgends kaufen. Der junge Diener zitterte vor Angst, und als er keinen Ausweg fand, suchte er seinen Vorgesetzten auf.

Der erfahrene alte Mann lächelte.

»Du hast zu viel Schwung. Du musst bald heiraten. Trag die Hülle zu meinem Freund Jusuf Beiruti, er ist der beste Darner der Stadt.«

»Was ist ein Darner, Meister?«

soll den Waisenheimen zugutekommen, und jagt ihn aus der Stadt. Ich ertrage es nicht, dass er weiterhin in meiner Hauptstadt lebt. Bei Zuwiderhandlung soll er lebenslänglich im Gefängnis schmachten.«

Und so geschah es. Der Überführte widersetzte sich nicht.

»Unser König ist auch gerecht«, rief einer, und viele klatschten. König Salih nickte dankend.

Isam, der Stadtkutscher, hob die Hand. Karam lächelte und rief: »Nun lade ich euch ein zu einer Fahrt in einer zauberhaften Kutsche, die Platz genug für uns alle hat. Die Fahrt kostet nur genaues Hinhören. Und bitte, solange Isam erzählt, dürft ihr weder klatschen noch schimpfen. Er mag das überhaupt nicht.«

Lachend ging der Kutscher an Karam vorbei, klopfte ihm liebevoll auf die Schulter und eilte zur Kanzel hinauf.

Der Kutscher erzählte:

Die Begleitung des Herrschers

Wer einen gnadenlosen Herrscher begleitet, verliert entweder sein Leben oder sein Rückgrat, sagte ein Philosoph. Als ihn seine Schüler fragend anschauten, lächelte er und erzählte: In einem Wald lebte einst ein Löwe. Er wurde begleitet und hofiert von einem Wolf und einem Fuchs. Sie freuten sich, in seinem Schutz zu leben, denn so brauchten sie sich weder vor dem Tiger noch vor dem Panther zu fürchten. Ja, sie fühlten sich manchmal selbst fast so mächtig wie der König der Tiere, wenn einer ihresgleichen mit eingezogenem Schwanz vorbeischlich. Sie ernährten sich von den Resten, die der Löwe übrig ließ, wenn er satt war.

Eines Tages war die Jagd anstrengend gewesen, am Ende aber konnten sie sich freuen. Ein Zebra erlegte der Löwe, einer Gazelle hatte der Wolf den Garaus gemacht, und ein kleiner Hase fand seinen Tod durch den Fuchsbiss.

»Nun, Wolf«, rief der Löwe, »teile du die Beute unter uns auf!« Der

Wolf hatte zum ersten Mal in seinem Leben die Nase voll von den Resten und dachte, dass der Löwe allein von dem Zebra reichlich satt werden würde.

»Oh, König der Tiere, das Zebra gehört dir, die Gazelle mir und für den Fuchs genügt der kleine Hase.« Ein Schlag traf den Wolf auf den Kopf, die Krallen des Löwen zerschlugen sein Hirn. Er fiel tot um.

»Nun, Fuchs, willst du die Teilung übernehmen?«, fragte der Löwe. Am liebsten hätte der Fuchs abgelehnt, aber er wagte es nicht. »Klar, Eure Majestät. Nichts leichter als das«, sagte er und zitterte. »Das Zebra soll Euer Mittagessen sein und die Gazelle Euer Abendessen, und zwischendurch könntet Ihr den Hasen als Häppchen nehmen.«

»Woher hast du diese Gerechtigkeit des Teilens gelernt?«, fragte der Löwe arrogant.

»Vom blutigen Schädel des Wolfes, Eure Majestät«, sagte der Fuchs untertänig.

Die Einsamkeit der Vernunft

Ein König ritt mit seinem Wesir und einigen Begleitern zur Jagd. Drei Tage waren sie unterwegs. Als sie zurückkamen, hatten die Menschen in der Hauptstadt den Verstand verloren. Ein böser Zauberer, hieß es, habe den Fluss vergiftet, und wer von diesem Wasser trank, wurde verrückt. Der König stand verloren abseits. Keiner hatte ihn erkannt.

»Was machen wir nun?«, fragte der König seinen Wesir.

»Eure Majestät, wenn Ihr auch aus dem Fluss trinkt, werden Euch die Menschen wieder als ihren König erkennen. Wenn nicht, werdet Ihr ein einsames Leben führen.«

»Und was willst du selbst tun?«, fragte der König.

»Ich werde vom Flusswasser trinken und in dieser Stadt als Verrückter unter Verrückten leben.«

Der Wesir trank, und siehe da, die Menschen erkannten ihn und tanzten mit ihm. Auch die anderen Begleiter des Königs tranken das Wasser und wurden verrückt.

Der König aber beschloss, seine Vernunft zu behalten. Er zog traurig davon und lebte einsam und verlassen an einem anderen Ort. Und wenn er manchmal betrunken seinen Bekannten erzählte, er sei einst ein König gewesen, dann haben einige über ihn gelacht und ein paar hatten Mitleid mit ihm.

Poetisches Betteln

Ein blinder Bettler saß auf dem Bürgersteig nicht weit von einem Café. Vor ihm sein Teller und eine schäbige Holztafel, auf der stand: »Bitte helfen Sie einem Blinden.« Der Teller blieb meistens leer. Eines Frühlingstages ging ein Dichter vorbei, schaute eine Weile auf den leeren Teller und kniete sich vor den Blinden hin. Er nahm aus seiner Ledertasche einen Stift und schrieb auf die Rückseite der Tafel: »Wie ich höre, ist es Frühling. Leider kann ich seine Schönheit nicht genießen.«

Bald regnete es Münzen auf den Teller.

Wer ist verrückt?

Ein gerechter Herrscher hatte Mitleid mit den Verrückten, die ohne jede Hoffnung in der Stadt herumliefen, misshandelt und ausgelacht wurden und sich von Abfällen ernährten. Er ließ ein großes Haus bauen, in dem die Verrückten betreut und menschlich behandelt wurden. Zwanzig Betreuerinnen und Betreuer, Ärzte, Handwerker und Gärtner sorgten dafür, dass sich die Verrückten erholen konnten. Der Leiter des Hauses war Arzt und Philosoph. Eines Tages fiel ihm auf, dass einer der Verrückten, ein großer Mann in den Fünfzigern, völlig entspannt und ruhig sprach und handelte. Er suchte eine geeignete Möglichkeit, um mit diesem Mann zu reden und zu sehen, ob er ihn nicht vielleicht entlassen könnte.

Eines Morgens saß der Mann auf einer Bank im Schatten einer Trauerweide. Er hielt eine Rose in der Hand und genoss mit geschlossenen Augen ihren Duft. Der Leiter des Hauses kam zu ihm und redete und diskutierte eine Stunde lang mit ihm. Danach war er vollkommen überzeugt, der Mann sei ein Philosoph, der wohl wegen einer Krise für eine Zeit die Nerven verloren hatte.

»Mich hat eine Frage beschäftigt, auf die ich keine Antwort gefunden habe«, sagte der Verrückte und fragte lächelnd: »Wann genießt man den Schlaf?«

Der Leiter dachte nach. »Kurz vorm Einschlafen?«, sagte er.

»Aber da ist man doch noch wach, wie kann man etwas genießen, das man noch nicht hat?«

»Dann unmittelbar nach dem Aufwachen«, antwortete der Leiter.

»Nein, das geht auch nicht«, erwiderte der Verrückte, »man kann doch nicht etwas genießen, das bereits verschwunden ist.«

»Du hast recht. Die Frage ist nicht einfach zu beantworten«, sagte der Arzt.

Der Verrückte lächelte.

Der Leiter war begeistert von der Klugheit seines Gesprächspartners. Er ließ von einer Bediensteten eine Flasche Wein und zwei Gläser bringen.

»Lass uns etwas genießen, das wir haben«, sagte er und lachte.

»Ich trinke nicht«, erwiderte der Verrückte.

»Warum nicht? Du bist doch Christ, oder? Der Wein ist ein Glücksbote fürs Herz«, antwortete der Leiter und wollte das Glas seines Patienten füllen. Dieser stieß die Hand zurück.

»Er ist ein schlechter Bote. Man schickt ihn in den Magen, und stattdessen geht er ins Hirn. Wenn du trinkst, wirst du langsam wie ich, aber auch wenn ich die ganze Flasche trinke, werde ich nicht wie du«, antwortete der Verrückte.

Der Leiter erstarrte. Da stand der Verrückte auf und küsste den Arzt auf die Stirn.

»Du bist mir sehr sympathisch«, sagte er und lächelte freundlich. »Sag mal, schnarchst du?«

»Nein ... warum?«, fragte der Arzt irritiert.

»Dann kannst du zu mir ins Doppelzimmer ziehen. Meinen Mitbewohner habe ich heute Nacht erwürgt, weil er nicht aufhören wollte zu schnarchen«, erwiderte der Verrückte und ging langsamen Schrittes davon.

Wie an jedem Abend jubelte das Publikum nach Isams Geschichten, und aus allen Ecken hörte man: »Noch eine ... noch eine.«

Aber der erfahrene Kutscher winkte lachend ab und ging zu seinem Platz.

Eine Frau stand auf. »Mein Name ist Fatmeh. Ich bin Mutter von fünf Kindern, das sechste Kind sitzt heute hier neben mir«, sagte sie und küsste ihren Mann lachend auf den Kopf, »und das ist mir Beruf genug.«

Die Frauen klatschten, die Männer dagegen hatten ihre Hände tief in den Taschen vergraben, damit diese sich nicht erdreisteten, Beifall zu spenden.

»Ich habe in meiner Nachbarschaft eine Geschichte erlebt, die werdet ihr nicht glauben«, fuhr sie fort.

»Doch, wir glauben dir alles, erzähle«, rief Karam ihr entgegen.

Fatmeh erzählte:

Der rettende Einfall

Der Vollmond breitete seinen silbernen Mantel über die Welt. Die Rosen im Innenhof atmeten nach einem heißen Tag genüsslich die frische Brise der Nacht.

Oben im ersten Stock lag eine Mutter auf ihrem Teppich auf der Terrasse unter freiem Himmel, den Kopf auf dem Bein ihrer dreizehnjährigen Tochter. Beide unterhielten sich und lachten gelegentlich. Von hier aus konnte man in die Nachbarhäuser schauen, und auch dort saßen die Leute in dieser Sommernacht, spielten Karten, unterhielten sich oder lagen draußen und betrachteten den Sternenhimmel.

Plötzlich sah das Mädchen einen Einbrecher durch die Haustür schleichen. Er warf einen Blick zur Terrasse hinauf und stellte fest, dass Mutter und Tochter noch wach waren. Also zog er sich in die Küche zurück und wartete, dass die zwei einschliefen.

Die Tochter sagte: »Mama, wenn ich älter werde, möchte ich den Mann heiraten, den ich liebe.«

Die Mutter, wohlhabend, aber seit drei Jahren Witwe, hatte die Tochter sehr lieb.

»Natürlich, mein Herz, auch ich habe deinen Vater wegen einer stürmischen Liebe geheiratet. Nichts Schöneres gibt es auf der Welt, als neben einem Menschen aufzuwachen, den man liebt.«

»Und ich werde nur drei Kinder bekommen«, fuhr die Tochter fort. »Den ersten Sohn nenne ich Hussein, den zweiten Ali und den dritten Samer, und ich werde sie hüten wie mein Augenlicht.«

»Das glaube ich dir«, sagte die Mutter und fühlte ein sonderbares Glück.

»Und weißt du, warum?«, fragte die Tochter, und ohne auf die Antwort zu warten, fuhr sie fort: »Damit sie auch lernen, anderen beizustehen, wenn es nottut. Wenn zum Beispiel jemand mich angreift oder ich in eine Grube falle, dann rufe ich: ›Oh, Hussein, hilf mir! Bitte hilf mir!‹« Der letzte Satz klang fast wie ein Schrei, und die Mutter war besorgt, dass die Tochter die Nachbarn stören könnte, die wenige Meter entfernt auf dem Flachdach oder den Terrassen saßen.

»Und wenn Hussein nicht kommt, so rufe ich noch lauter: ›Ali, bitte komm schnell und hilf mir! Beeile dich!‹« Und dieser Ruf war noch lauter als der vorherige.

»Aber Mädchen, leise doch, was schreist du so herum, als würde man dich erwürgen.«

»Und sollte auch Ali nicht kommen oder nicht hören, so rufe ich verzweifelt noch lauter: ›Samer, zu Hilfe! Samer, Samer bitte hilf mir!‹«

Und schon standen im Nebenhaus die drei kräftigen Nachbarn Hussein, Ali und Samer bereit, die der Witwe und ihrer Tochter schon öfter geholfen hatten. Das Mädchen zeigte auf die Küche und flüsterte: »Ein Dieb hat sich da unten versteckt.« Mit einem Sprung waren die Männer auf der Terrasse der Witwe, der Abstand zwischen den beiden Häusern betrug nicht einmal einen Meter. Sie rannten die Treppe hinunter und ergriffen den Dieb. Und dieser wusste in seiner Überraschung gar nicht, woher die Schläge kamen.

Karam stand auf. »Was für eine kluge Frau!«, rief er und applaudierte herzlich, als Fatmeh an ihm vorbeiging, und das Publikum folgte seinem Vorbild und klatschte.

»Vielen Dank«, rief Karam, und nach einem kurzen Nachdenken fuhr er fort: »Euch allen vielen Dank, den Zuhörinnen und Zuhörern und vor allem den Erzählerinnen und Erzählern. Ich habe heute so viele neue Geschichten über Schlauköpfe und Einfaltspinsel gehört wie noch nie in meinem Leben.

Für morgen wünsche ich mir, dass wir Geschichten über Geiz, Neid, Gier und deren Erzfeinde erzählen. Es gibt kaum eine menschliche Eigenschaft, die die Araber mehr verachten als den Geiz. Die Wüste hat sie dazu erzogen, denn Geiz gegenüber Bedürftigen kommt in der lebensfeindlichen Wüste einem Todesurteil gleich. Doch kaum ein andres Thema ist auch die Zielscheibe von so vielen Witzen, Anekdoten und satirischen Erzählungen, und so wie der Pfeil nur kurze Zeit benötigt, um die Zielscheibe zu treffen, sind die meisten Geschichten über Geiz, Gier und Neid ziemlich kurz.

Also seid bitte nicht knauserig und erzählt uns morgen, was ihr so von Geizigen, Neidhammeln und Gierschlünden wisst.

Bitte sagt das heute Abend und morgen euren Verwandten und Freunden, sodass wir möglichst viele verführen, hierher zu kommen, um uns ihre Geschichten zu erzählen.«

Vierte Nacht

VON GEIZ, NEID, GIER
UND IHREN ERZFEINDEN

Als Karam aufwachte, duftete es nach Kaffee und Kardamom. Nura schaute zur Tür herein. »Guten Morgen, Liebster. Kommst du ins Wohnzimmer?«

Sie war bereits angezogen. Er beeilte sich. Als er das lichtdurchflutete Wohnzimmer betrat, strahlte sie ihn an. »Ich muss zu Jasmin, sie will heute mit mir ausreiten.«

Karam küsste sie innig. »Du hast mich gestern für meine Bemühungen um die Gesundung der guten Jasmin gelobt, aber so wie du hat niemand ihr beigestanden.«

»Ich schulde Jasmin die Rettung meiner Kindheit und meiner Seele. Ich weiß nicht, wohin ich ohne sie geraten wäre«, erwiderte Nura. »Wir werden heute zum Wadi al Chair reiten. Dort werden wir an einem kleinen See spazieren gehen. Aber ich möchte am frühen Nachmittag zurück sein, bevor die Massen in den Garten strömen. Ich vertraue meinen Leuten, doch ruhig bin ich erst, wenn ich sehe, dass alle zufrieden und glücklich die Geschichten genießen.«

»Und ihr reitet ohne Leibwächter aus?«

»Nein, der König erlaubt es nicht, er sagte, eine Katastrophe reiche ihm.«

»Mit Recht«, erwiderte Karam.

Nach dem Kaffee machte sich Karam auf den Weg zu seiner Tante. Sie hatte mit ihrem Freund Nader gerade das Frühstück vorbereitet und strahlte ihn an. »Ich hoffe, du hast etwas Hunger und frühstückst mit uns«, rief sie.

»Wenn ich nicht störe, gerne«, erwiderte Karam.

Samia umarmte ihn. »Du glaubst nicht, wie froh ich über dein Glück bin. Du hast es verdient.«

Karam küsste seine Tante auf die Wange und setzte sich an den Tisch.

Sie aßen und unterhielten sich. Als sie danach auf der Terrasse den schwarzen Tee genossen, fiel Karam der Albtraum der letzten Nacht wieder ein.

»Es erstaunt mich ungeheuer«, begann er, »dass ich mitten im Glück Albträume bekomme.« Er nahm einen Schluck Tee. »Heute Nacht habe ich vom Gefängnislager geträumt. Es war genau so, wie ich es damals erlebt habe. Ich sah meine Kameraden und mich selbst unter ihnen, wie sie gefoltert wurden und um Gnade bettelten. Als ob ich für die Wärter und Gefangenen unsichtbar wäre, schwebte ich von einer Baracke in die andere und musste mitansehen, dass ehemals feine Männer wie Raubtiere übereinander herfielen. Es ging um ein Stück Brot oder einen Apfel, und ich erlebte, wie mein Freund Hassan auf dem staubigen Platz vor den Baracken einem Wärter die Peitsche aus der Hand riss und auf ihn einschlug. Die Gefangenen hielten den Atem an. Sogar die Spatzen hörten auf zu lärmen. Sie saßen wie versteinert auf den Mauern und beobachteten das Geschehen. Hassan schlug so lange auf den Mann ein, bis die Speere und Schwerter der drei anderen Wärter ihn durchbohrten. Er schrie, die Spatzen schwirrten davon, und ich wachte auf. Ich war schweißgebadet. Nura schlief neben mir. Der Morgen dämmerte, und ich atmete erleichtert auf.

Ist das nicht irrsinnig, dass ich hier mitten in meinem Glück solche schrecklichen Träume bekomme?«

»Das beste Gedächtnis der Welt«, sagte Samia, »ist das der Gefolterten und das schlechteste das der Folterer.«

»Ich glaube eher«, begann Nader, »dass gerade jetzt, da du glücklich bist und frei von Ängsten und Bedrohungen das Leben genießt, deine Seele die Bremse löst, die sie bisher gegen solche grausamen Träume gezogen hatte, um dich zu schonen und damit du überlebst. Jetzt weiß deine Seele, dass diese Träume zwar unangenehm sind, aber dich nicht mehr bedrohen, und entfesselt die in deinem Gedächtnis gespeicherten Katastrophen. Das ist, wenn du mich fragst, sehr weise von der Seele, weil sie dadurch dein Gedächtnis reinigt. Bald werden die schrecklichen, wie die guten Erlebnisse jener Zeit in Vergessenheit geraten.«

Karam und Samia nickten nachdenklich.

»Heute soll es um Geschichten über Geiz gehen und über seine Geschwister Neid und Gier«, sagte Samia leise, als würde sie zu sich selbst sprechen.

»Sind Neid, Gier und Geiz wirklich verschwistert?«, fragte Nader.

»Ja«, antwortete Karam mit Bestimmtheit. »Wenn man jemanden beneidet, so gönnt man ihm den Genuss oder Erfolg nicht, und nicht einmal die Gesundheit. Neid ist noch schlimmer als Geiz, weil der Neider anderen etwas missgönnt, das weder ihm gehört noch von ihm abhängt. So ist es auch mit der Gier. Der Gierige will alles besitzen und den anderen am liebsten nichts übrig lassen, er würde ihnen alles wegnehmen und sie aushungern, wenn er könnte. Gier ist die übelste Krankheit der Menschheit. Sie verursacht Kriege und das Elend von Millionen, nur damit einige wenige alles an sich reißen können. Und bei der Begrenztheit des Lebens ist das für mich die absolut größte Dummheit der menschlichen Kultur.«

»Das ist klug beobachtet!«, murmelte Samia leise, fasziniert von diesen Zusammenhängen zwischen drei üblen Eigenschaften, die sie nie miteinander in Verbindung gebracht hatte.

»Gibt es denn bei diesem Thema trotzdem etwas zum Lachen?«, fragte Nader.

»Sehr viel sogar. Man kann nie genug über die Geizigen, Gierigen und Neider lachen. Ihr kennt doch das satirische Werk unseres großen Gelehrten al Dschahis, *Die Geizigen*. Ich habe es als Jugendlicher verschlungen, Geschichte für Geschichte.«

»Und was hast du jetzt vor?«, fragte Samia.

»Ich gehe spazieren und überlasse die Bude den zwei verliebten jungen Leuten. Nein, im Ernst. Ich muss im Stadtpark eine ruhige Ecke suchen, um den Abend vorzubereiten.«

»Wie bereitest du dich denn vor?«, fragte Nader neugierig.

»Ich muss mir die Geschichten selbst erzählen, denn beim mündlichen Erzählen schleifen sich die Ideen und Formulierungen, bis sie glänzen, und nur so entdecke ich auch ihre Schwächen. Auf jeden Fall muss ich ausreichend viele Geschichten aus meinem Gedächtnis hervorholen und auffrischen, damit ich, falls sich einmal niemand findet, der oder die erzählen will, selbst den Faden aufnehmen und damit andere animieren kann.«

»Das ist sicher nicht einfach«, meinte Samia.

»Aber es bereitet mir eine besondere Freude, jeden Abend als einzigartig zu erleben und zu sehen, wie sich Erwachsene in lauschende Kinder verwandeln.«

Am Abend, im großen Saal, begrüßte Karam zuerst den König und die Prinzessin, dann Nura und das Publikum.

»Als Jugendlicher habe ich den Gelehrten al Dschahis sehr bewundert. Er schrieb wichtige Werke über Tiere und Menschen, über Moral, Religion und Sprache. Und dabei ist er als armes Waisenkind aufgewachsen, hat am Tag Brot verkauft und ist nachts in den Läden der Kopisten untergeschlüpft. Dort hat er viele Übersetzungen aus dem Griechischen und Persischen gelesen. Am Ende seines langen Lebens hatte er eine Stellung in der arabischen Kultur erlangt, die bis heute ihresgleichen sucht. Von ihm habe ich gelernt, dass nur solches Wissen wertvoll ist, das Herz und Geist der Menschen gleichermaßen erreicht. Die Schriften von al Dschahis sind sehr ernst, aber auch bei den heikelsten Themen humorvoll. Sein berühmtestes Werk ist ein dokumentarisches und zugleich satirisches Buch über die Geizigen. Erstaunlich dabei ist, dass er die Geizigen unter seinen Zeitgenossen namentlich nannte. Nicht selten gehörten sie zu den Mächtigen, aber sein besonderer Humor wurde auch von seinen Gegnern anerkannt. Wenn ich mich recht erinnere, berichtet er von einem Wettbewerb der Geizigen. Deshalb möchte ich vorschlagen, dass auch wir heute mit unseren Geschichten über die Geizigen und ihre Erzfeinde, die Großzügigen, wetteifern.«

»Bei diesem Thema könnte ich allein den Abend füllen, aber ich möchte nicht gierig alle Zeit für mich beanspruchen, denn Gier und Geiz sind Zwillinge«, rief ein Mann und lachte.

»Und der Neid ist der dritte Bruder, denn der Neider will alles für sich haben und gönnt den anderen nichts«, rief sein Sitznachbar.

»Dann sind es die hässlichen Drillinge«, erwiderte der Mann.

»Am Ende des Abends«, nahm Karam den Faden wieder auf, »werden wir nicht abstimmen, welche Geschichte die beste sei. Das soll uns gleichgültig sein. Wir wollen die Geschichten genießen und vielleicht da und dort eine Lehre mit nach Hause nehmen. Wenn ihr erlaubt, fange ich an.«

Das Publikum klatschte zustimmend.

Karam erzählte:

Abu Qassims Schuh

Geizige glauben, durch ihren Geiz glücklich zu werden, doch nicht selten bringt er ihnen Unglück. In Bagdad lebte einst ein reicher Gewürzhändler namens Abu Qassim. Er war so geizig, erzählt man, dass die Erde einen zweiten Menschen wie ihn nicht hätte ertragen können. Man sagte von ihm, am liebsten würde er nicht ausatmen, um keine Luft zu verlieren. Als Kind soll er ins Wasser gefallen sein, und die Retter im Boot riefen: »Gib uns deine Hand, gib uns deine Hand.« Doch er weigerte sich und kämpfte gegen das Wasser, bis einer der Retter auf die Idee kam zu rufen: »Nimm meine Hand!« Da streckte ihm Abu Qassim beide Hände entgegen.

Über seinen Geiz wurde in Bagdad viel erzählt, aber die Leute übertreiben manchmal. Ich will euch eine wahre Geschichte erzählen, die verbürgt ist durch Hunderte von Nachbarn.

Abu Qassim trug seine Schuhe fünfzehn Jahre lang, und da sie von schlechter und billiger Qualität waren, musste er sie immer wieder flicken lassen. Er bestand darauf, all die Schichten früherer Reparaturen an den Schuhen zu belassen, damit sie noch besseren Widerstand gegen Witterung und Wege leisteten.

So wurden seine Schuhe bunt und mächtig und in der ganzen Stadt bekannt, nur Abu Qassim wusste nichts von ihrer Berühmtheit.

Als er einmal im Hammam war, sagte ein Bekannter zu ihm: »Abu Qassim, kauf dir doch endlich neue Schuhe, und wenn du kein Geld hast, schenke ich dir welche.« Die erste Hälfte des Satzes war ehrlich, die zweite ironisch gemeint, da der Freund ein einfacher Lehrer war, dessen Gehalt ihn und seine Familie nur knapp vor der Armut schützte.

Abu Qassim verließ an diesem Tag das Bad früher als sein Bekannter, und da standen nagelneue Schuhe neben seinen. Er dachte, sie seien das Geschenk des Lehrers. Und da sie genau passten, war er sicher, sie seien für ihn bestimmt und ging fröhlich damit nach Hause. Es waren aber die Schuhe des Richters. Der musste nicht lange raten, wer seine Schuhe mitgenommen hatte, denn die gewaltigen, nur aus Flicken bestehenden Schuhe, die auf ihn warteten, waren stadtbekannt. Der Kadi schickte zwei Polizisten zu Abu Qassim. Sie fanden die Schuhe bei ihm und nahmen ihn als Dieb fest.

Der Kadi verurteilte ihn zu fünf Tagen Haft.

Als Abu Qassim aus dem Gefängnis kam, band er die Schuhe zusammen und schleuderte sie in den Tigris. Am nächsten Tag warf ein Fischer sein Netz aus, und als er es herauszog, waren nur die zwei gewaltigen Schuhe darin. Er ärgerte sich sehr, nahm die Schuhe und begab sich zum Haus des geizigen Gewürzhändlers. Dort angekommen, schleuderte er seine schwere Last durch ein offenes hohes Fenster, nicht ahnend, dass dieser Raum das Lager für die teuren ätherischen Öle war, die dort in großen Glasballons aufbewahrt wurden. Zwei Behälter mit Zitronenblütenöl und Rosenöl gingen zu Bruch.

Abu Qassim jammerte so laut, dass seine Frau zwei Stunden lang spazieren gehen musste, so weh taten ihr die Ohren. Auch die Nachbarn erschraken über sein Geschrei, aber kaum jemand fühlte Mitleid mit dem Geizkragen. Seine Frau wartete auf einer Bank im Schatten einer Eiche, bis sein Geschrei abebbte. Dann ging sie nach Hause zurück und räumte auf. Da war Abu Qassim schon unterwegs. Er suchte sich in einem fernen Viertel einen Gully, hob den Deckel hoch und warf seine Schuhe hinein.

Die Schuhe aber verstopften das Rohr, und bald sprudelte das stinkende Abwasser auf die Straße. Als die Nachbarn nachschauten, entdeckten sie die berühmten Schuhe und zeigten Abu Qassim bei der Polizei an. Die verhaftete ihn und führte ihn abermals zum Richter, der ihn verärgert anschrie: »Denkst du, wir haben nichts anderes zu tun, als uns mit deinen dreckigen Schuhen zu beschäftigen?« Und der brummte ihm zwei Wochen Knast auf.

Als Abu Qassim entlassen wurde, bekam er einen stinkenden Sack ausgehändigt, in dem man seine Schuhe aufbewahrt hatte. Zu Hause angekommen, weigerte sich seine Frau, die stinkenden Schuhe zu waschen. Also wusch er sie selbst und stellte sie zum Trocknen auf die Terrasse. Ein Bussard kreiste hungrig über dem Viertel. Als er die fleckigen Schuhe erblickte, die wie kleine Tiere aussahen, stürzte er sich darauf und trug sie davon. Er stieg hoch in den Himmel hinauf, doch dann waren ihm die nassen Schuhe doch zu schwer, und er konnte sie nicht mehr halten. Sie sausten in die Tiefe und landeten auf dem großen Esstisch eines reichen Wesirs. Gerade in diesem Augenblick hieß der Wesir auf der Terrasse seine Gäste willkommen und dankte dem Himmel, der so gnädig sei, ihnen diesen milden, sonnigen Tag zu schenken. Feinste Gerichte und edles Geschirr waren auf dem Tisch wie ein Gemälde angeordnet. Die Schuhe zerschmetterten mehrere Glasgefäße, deren Inhalt sich auf Gesicht und Kleider der Gäste verteilte.

Ein Diener erkannte die Schuhe und nannte den Namen des Besitzers. Für den Wesir aber war es sehr schwer, seinen ausländischen Gästen zu erklären, wie es passieren konnte, dass stinkende Schuhe auf sie herabregneten. Sie standen auf und verließen beleidigt das Haus.

Der Wesir schickte seinen Diener zum Kadi. Der Diener erzählte ihm von dem Vorfall mit den Schuhen und übertrieb die Folgen. Nach seiner Darstellung wäre es zwischen den beleidigten Gästen und seinem Herrn beinahe zu einer Schlägerei gekommen. Der Richter kochte jetzt vor Wut.

Der Polizeichef, der gerade mit dem Richter Kaffee trank, schlug vor, Abu Qassim vor allen Nachbarn fünfzigmal mit den Schuhen auf den Kopf zu hauen. Doch der Richter verabscheute Gewalt. Er wollte Abu Qassim diesmal nicht ins Gefängnis bringen, sondern beauftragte zwei Polizisten, ihm folgendes Urteil zu überbringen: Er habe hundert Golddinare zu bezahlen, mit denen am Freitag nach dem Gebet Essen für die Armen gespendet werden sollte.

»Das schmerzt ihn mehr als alle Schläge«, sagte der Richter zum Polizeichef. Und in der Tat, diesmal dauerte Abu Qassims Gejammer über drei Stunden, ging es doch um seine verlorenen Dinare. So lange harrte seine Frau bei den Nachbarn aus.

Noch in derselben Nacht nahm Abu Qassim den Sack mit den Schuhen und einen Spaten und marschierte Richtung Friedhof. Dort begann er eine Grube auszuheben, nicht ahnend, dass Räuber ihn dabei die ganze Zeit beobachteten. Sie überfielen ihn und prügelten auf ihn ein. Sie wollten wissen, was für einen Schatz er auf dem Friedhof suche. Abu Qassim schwor bei Allah, dass er nur seine Schuhe begraben wolle.

»Schuhe begraben! Habt ihr das gehört?«, fragte der Chef der Bande und lachte hämisch. Und ohne die Antwort abzuwarten, fuhr er fort: »Der Kerl hat noch nicht genug Prügel bekommen!« Schon wollte er wieder auf Abu Qassim losschlagen, doch dieser flehte mit weinerlicher Stimme: »Es sind wirklich nur meine Schuhe. Ihr könnt selbst nachschauen, da hinten in dem Sack hinter dem Busch.«

Als die Räuber den Sack und seinen Inhalt sahen, waren sie enttäuscht. Plötzlich verwandelte sich der Bandenchef in einen Moralprediger:

»Und du störst die Totenruhe wegen deiner stinkenden Schuhe? Nimm sie und hau ab, bevor ich dich mit ihnen zusammen in die Grube werfe«, schrie der Mann zornig.

Abu Qassim eilte mit Spaten und Sack nach Hause.

»Wirf sie doch in den Müll!«, sagte seine Frau, als sie ihn mit dem geschwollenen Gesicht kommen sah. Zum ersten Mal hatte sie wirklich Mitleid mit diesem Pechvogel.

»Nein, dann holt sie am Ende irgendein Hund ... Nein, nein. Ich weiß, was ich tun muss«, erwiderte er.

Er setzte sich an den Tisch und schrieb eine Erklärung, die er am nächsten Morgen dem Richter vorlegen wollte. Er würde vor Zeugen erklären, dass er sich von diesem Tag an von seinen Schuhen distanziere und nicht verantwortlich sei für ihre Taten.

Als die Frau das las, lachte sie Tränen. Sie wartete, bis Abu Qassim schlafen gegangen war, dann nahm sie eine große Schere und ein scharfes Messer und begann, die Schuhe in kleine Stücke zu schneiden. Es dauerte Stunden, bis von den Schuhen nur noch ein großer Haufen kleiner, winziger Lederstücke übrig war.

Am nächsten Morgen trank sie seelenruhig Kaffee mit ihrem Mann. Dann nahm sie ihn an der Hand, ging mit ihm in die Küche und zeigte ihm den dunklen Haufen auf dem Tisch.

»Diese Fetzen wird keiner als deine Schuhe erkennen. Sie kommen heute noch in den Müll.«

Abu Qassim staunte, nahm seine Frau in den Arm und küsste sie mit Tränen in den Augen.

»Mit diesem Haufen wirfst du heute auch meinen Geiz in den Müll«, sagte der Gewürzhändler.

Man erzählt, von diesem Tag an habe Abu Qassim mit seiner Frau vergnügt gelebt, und wenn Freunde und Nachbarn ihn nach dem erstaunlichen Wandel fragten, sagte er lachend: »Meine Frau hat meinen Geiz in den Müll geworfen.«

Das Publikum, das während Karams Erzählung herzlich und laut gelacht hatte, spendete nur einen höflichen, fast unwilligen Beifall, als wünschten viele, dass Abu Qassim noch weiter bestraft werden und nicht durch seine Frau dem Geiz abschwören sollte.

Samia hob die Hand. Karam nickte. Sie verließ ihren Platz und bestieg die Kanzel.

»Mein Name ist Samia«, sagte sie, »ich bin die Tante dieses wunderbaren Erzählers«, fügte sie hinzu und blieb eine Weile still. Nader, ihr Freund, nickte ihr zu.

Samia erzählte:

Eine alte arabische, vorislamische Geschichte erzählt, dass Gott, nachdem er sich am siebten Tag ausgeruht hatte, beschloss, am achten Tag die Lebensdauer seiner Geschöpfe zu bestimmen. Er schaute Adam an und sagte: »Dir gebe ich dreißig Jahre.« Adam aber wurde traurig, als er hörte, dass der Rabe siebzig und die Schildkröte sogar hundert Jahre bekommen sollte.

»Gott, dreißig Jahre sind mir zu wenig«, jammerte Adam. Die Tiere lachten.

Gott schüttelte den Kopf.

»Geh mir aus dem Weg, ich muss weiterarbeiten«, sagte er und gab dem Hund, vielleicht wegen seines schlechten Gewissens gegenüber dem Menschen, ebenfalls dreißig Jahre. Da rief der Hund entsetzt: »O gnädiger Gott! Das ist mir zu viel. Eines Tages werde ich nur noch dem Menschen als Sklave dienen, für ihn Haus und Hof, Herd und Familie beschützen und am Ende Undankbarkeit als Lohn bekommen und lediglich magere Knochen und Reste zum Fraß. Mir reicht die Hälfte der Zeit.«

»O lieber Gott, schenk mir die fünfzehn Jahre«, flehte Adam.

»Du sollst sie haben, aber nun sei still«, sagte Gott und wandte sich dem Esel zu.

»Auch du bekommst dreißig Jahre Leben«, sagte er. Der Esel aber schüttelte ebenfalls den Kopf.

»Gott, du bist so großzügig und gerecht, und wenn ich dir dienen sollte, dann wäre die Ewigkeit zu kurz, aber ich werde, das sehe ich klar vor mir, der Diener des Menschen sein. Er wird mich mit seinen Lasten und mit sich selbst beladen und gnadenlos auf mich eindreschen. Meinen Rücken wird er schinden, meine Beine mit seinem Stock traktieren, und am Ende muss ich all das für eine Handvoll Futter in einem stinkenden Stall ertragen ... Und wehe, ich wage es, um einen Tag Ruhe zu bitten, geschweige denn um Liebe, da antwortet nur die Zunge seiner Peitsche. Nein, lieber Gott, mir reicht die Hälfte.«

»Gib mir bitte die andere Hälfte«, flehte Adam.

»Du sollst sie haben«, sagte Gott, erstaunt über die Gier des Menschen.

Dazu bekam Adam noch ein paar Jahre vom Affen, ein paar von der Ratte und ein paar vom Papagei.

»Und mich fragst du nicht«, protestierte Eva.

»Du sollst Adam immer überleben«, sagte Gott. Adam und Eva wunderten sich über das Grinsen, das Gottes Gesicht überzog, nicht ahnend, dass all diese von den Tieren übernommenen Jahre sie prägen würden.

Ein Lachen rollte kräftig wie ein Donner durch den Saal.

Der Mann, der zu Beginn gesagt hatte, dass er einen ganzen Abend mit Geschichten füllen könnte, meldete sich zu Wort.

Karam lächelte ihm aufmunternd zu. Er stürmte zur Kanzel. Oben angekommen rief er: »Ich heiße Latif und bin so freundlich wie die Bedeutung meines Namens. Ich bin Kupferstecher. Das ist eine Kunst, die Geduld und Genauigkeit verlangt. Schon leichte Fehler kann man mehr oder weniger schlecht tarnen, aber große Fehler niemals, und das ist auch eine Weisheit fürs Leben. Mein Vater lehrte mich: Geld ist ein guter Diener und ein schlechter Herr. Ich fand durch meine Erfahrungen heraus, Geiz ist der größte Fehler, den der Mensch begeht. Darf ich nun eine Geschichte darüber erzählen?«

»Latif, o Latif, du bist mittendrin, geize bitte nicht mit der Fortsetzung«, scherzte Karam.

Latif erzählte:

Der Geiz bestraft den Geizigen

In der alten Stadt Damaskus lebte ein Geiziger. Er wurde »Scheich der Geizhälse« genannt, weil sein Geiz nicht zu übertreffen war. Er war berühmt dafür, dass er seinen Kindern nicht erlaubte, eine Olive auf einmal zu essen, sondern jede Olive sollte von zwei Kindern geteilt und gegessen werden. Dabei waren Oliven in Damaskus immer schon spottbillig.

Eines Tages hörte der Geizkragen, dass sein Kollege, der Scheich der Geizhälse in Aleppo, seine Kinder die Olive dritteln ließ. Er glaubte das nicht und wollte es mit eigenen Augen sehen. Also fuhr er nach Aleppo. Als er das Haus des Konkurrenten erreichte, erfuhr er von den Nachbarn, dass dieser vor einer Woche gestorben war. Er dachte, da er nun schon da war, sollte er den Kindern des Verstorbenen und seiner Witwe sein Beileid aussprechen. Er klopfte und hörte laute Musik und fröhliche Rufe. Die Dienerin ließ ihn herein. »Die Herrschaften feiern im Garten«, sagte sie.

Als er in den Garten kam, war er schockiert. Die drei Söhne und die Witwe tranken Wein, grillten Fleisch und schlemmten mit Freunden und Nachbarn.

»Ich wollte euch mein herzliches Beileid aussprechen ...«, sagte der Geizkragen zum ältesten Sohn des Verstorbenen

»Beileid?«, rief dieser und lachte. »Es ist ein Grund zum Feiern, dass wir endlich leben dürfen, wie wir wollen. Geld genug haben wir geerbt. Der Geiz ist die schlimmste Strafe für den Geizigen. Komm feiere mit!«, rief er laut. Doch der Geizkragen konnte diese fröhliche Gesellschaft nicht ertragen. Er sah sich selbst, wenn er tot wäre, und seine Kinder feierten gelassen auf seine Kosten und tanzten um sein Grab.

Als er in Damaskus ankam, wunderte sich seine Frau über die vielen Geschenke, die er ihr und den Kindern mitbrachte.

»Ich habe gesehen, wie der Geiz den Geizigen bestraft«, sagte er zu seiner Frau.

Von nun an war er immer großzügig zu seiner Familie.

Ein schwacher, fast unwilliger Beifall erreichte Karams Ohren.

Eine Frau meldete sich nach dem sehr kurzen Applaus zu Wort. Karam bat sie mit einem Nicken auf die Kanzel. Die Frau hinkte beim Gehen, aber sie hatte einen stolzen Blick und einen kräftigen Körper.

»Ich heiße Muna und bin Musikerin. Ich spiele Qanun, Zither, oft werde ich zu Frauenfesten und auch zu Hochzeiten eingeladen, nicht selten mit meinem Mann Milad, der Darbuka, Handtrommel, spielt. Meine Geschichte ist sehr kurz.« Sie räusperte sich.

»Ich weiß nicht, ob es stimmt«, begann Muna, »aber es scheint ganze Regionen zu geben, deren Bewohner geizig sind. Ich kenne ein Gebiet im Norden unseres Landes, dort geizen die Menschen sogar mit dem Lächeln, denn sie fürchten, es könnte kostspielige Folgen haben und sie beispielsweise zu Gastfreundschaft verpflichten. Deshalb treten mein Mann und ich in dieser Gegend nicht auf.«

Ein Lachen eilte durch die Reihen.

»Jetzt weiß ich, woher mein Schwiegervater stammt«, rief ein junger Mann. Viele lachten.

Muna erzählte:

Der kluge blinde Bettler

Ein blinder Bettler bat die Passanten um eine kleine Spende. Ein Mann gab ihm ein warmes, frisches Brot. »Gott schütze dich vor allen bösen Taten der Menschen und Geister und schenke dir bald das Glück, in deine Heimat zurückzukehren«, sagte der Bettler.

Der Spender staunte. »Woher weißt du, dass ich ein Fremder bin?«, fragte er.

»Ich bettle hier seit zehn Jahren, und noch nie hat mir ein Mensch ein warmes, frisches Brot geschenkt«, antwortete der Bettler.

»Und ich kenne noch eine weitere Geschichte, die in jener Stadt passierte. Wenn es erlaubt ist, erzähle ich sie. Auch sie ist sehr kurz«, fügte die Frau schnell hinzu.

»Bist du die Schwester von Isam, dem Kutscher?«, rief ein alter Mann und lachte. Muna lachte zurück. »Nein, aber ich fahre oft mit ihm, weil er so witzig ist«, erwiderte sie. Isam stand auf und verbeugte sich in ihre Richtung.

»Ich bitte darum«, erwiderte König Salih, den die Geschichte mit dem Blinden sehr bewegt hatte.

Muna erzählte weiter:

Geizen mit Licht

Vier Geizhälse mieteten ein Zimmer. In der Herberge gab es Zimmer mit dem Licht einer Öllampe und billigere ohne Licht. Sie nahmen das billigere Zimmer. Um trotzdem etwas Licht zu haben, wollten sie eine Kerze kaufen. Doch einer der vier sah das nicht ein und zahlte seinen Anteil nicht. Die drei kauften also die Kerze, und als es dunkel wurde, verbanden sie ihm zuerst die Augen und zündeten dann die Kerze an. Sie ließen sie brennen, bis sie ins Bett gehen wollten, dann löschten sie das Licht und nahmen dem vierten Kameraden die Binde ab.

»Mein Gott, gibt es denn so was?«, rief der König laut und klatschte vor Bewunderung für Muna. Er hatte sie als Musikerin oft mit ihrem Mann bei Feierlichkeiten erlebt, aber er wusste nicht, dass sie so gut erzählen konnte.

Der bekannte Geschichtslehrer Mosche Eliazar, ein Nachbar von Karams Tante Samia, erhob sich. Er war alt und hatte schneeweiße, dichte Haare.
»Ich weiß nicht, ob ihr die Geschichte vom Kalifen, dem Beduinen und dem Neider kennt?«
Keiner kannte eine solche Geschichte.
»Erzähle sie uns, lieber Mosche«, sagte Karam.

Der alte Geschichtslehrer Mosche erzählte:

Des Neiders Pfeil trifft ihn selbst

Ein Kalif ging einmal im Monat verkleidet und ohne Wächter durch Bagdad, die Hauptstadt seines gewaltigen Reiches, um sich den Kummer der Menschen anzuhören, ihr Lob und ihre Kritik an seiner Herrschaft direkt aus erster Hand zu erfahren. Bei einem solchen Spaziergang traf er einen klugen, witzigen, aber armen Beduinen, der auf dem Markt seine magere Ziege zum Verkauf anbot. Beide Männer verstanden sich auf Anhieb. Der Kalif zahlte den verlangten Preis und bat den Beduinen, ihn mit der Ziege zu begleiten. Dieser war verwundert, als sie das Tor des Kalifenpalastes erreichten und der Unbekannte ihn bat, hier zu warten. Bald kamen zwei Diener, der eine nahm die Ziege und der andre führte den erstaunten Beduinen zum Audienzsaal.

Von nun an war der Beduine ein Berater des Kalifen. Ein anderer Berater wurde neidisch auf ihn, und er steigerte sich so sehr in seinen Neid hinein, dass dieser zu bitterem Hass wurde.

Er lud den Beduinen zu sich ein und ließ mehrere Gerichte auftragen, die Unmengen von frischem Knoblauch enthielten. Am nächsten Morgen eilte der Neider zum Kalifen und teilte ihm mit, der Beduine verbreite im Palast Gerüchte über den Mundgeruch des Kalifen. Dabei gehe er so weit zu behaupten, der Geruch sei so stark, dass er Fliegen und Mücken aus einem Fuß Entfernung töten könne. Es sei ein Gestank, bei dem jede Milch sauer werden müsste.

Der Kalif war erbost über diese Lüge, da er sich und seinen Mund täglich pflegte, und noch mehr über die Undankbarkeit des Beduinen.

Vor dem Audienzsaal passte der Neider den ahnungslosen Beduinen ab, und als dieser ihn begrüßte, stöhnte er über den ekligen Knoblauchgestank und ermahnte den Beduinen, dem Kalifen nicht näher zu kommen, und wenn, dann mit dem Ärmel vor dem Mund, denn der Kalif habe drei Minister entlassen, weil sie Knoblauch gegessen hatten und ihm zu nahe kamen. »Er hasst Knoblauch«, betonte der Neider und rieb sich die Hände, als er aus der Ferne beobachtete, wie der Beduine immer wieder den Kopf vom Kalifen abwandte und den Ärmel vor den Mund hielt. Der Kalif war nun überzeugt, dass der Beduine das Gerücht über seinen Mundgeruch verbreitet hatte. Er schrieb einen Brief, ließ ihn versiegeln und gab ihn dem Beduinen.

»Nimm dieses geheime Schreiben und begib dich zu meinem Provinzverwalter in Ägypten. Er wird dich reichlich belohnen für deine Dankbarkeit und Treue«, sagte er. Der Beduine war zutiefst gerührt, aber er mochte

Ägypten nicht. Für ihn war seine Stadt Bagdad der schönste Ort der Welt. Er nahm das Schreiben und eilte hinaus. Der Neider fing ihn ab. Er war sehr enttäuscht, dass der Kalif den Beduinen nicht bestrafte, sondern reichlich belohnte, und er hatte von der Großzügigkeit des Verwalters in Ägypten gehört.

»Was hältst du davon, ich gebe dir fünfhundert Golddinare, und du gibst mir das Schreiben, denn dann kann ich nach Ägypten, in mein Traumland, umziehen? Du darfst dann allerdings nicht mehr zum Kalifen gehen.«

Der Beduine, der den Kalifen schätzte, aber die heuchlerische Atmosphäre im Palast satthatte und lieber auf dem Markt Handel treiben wollte, nahm das Angebot an. Der Neider verließ also Bagdad und reiste nach Ägypten, wo der Gouverneur des Kalifen, nachdem er den Brief gelesen hatte, ihn hinrichten ließ, wie es der Kalif befahl, da der Überbringer ein charakterloser undankbarer Mensch sei.

Der Beduine hingegen hatte mit den fünfhundert Golddinaren, die er bekam, großes Glück auf dem Markt und wurde binnen eines Jahres wohlhabend. Und wie es der Zufall wollte, kam eines Tages der Kalif in die Ecke des Marktes, wo sich nun der große Laden des Beduinen befand, und er staunte nicht wenig, den Mann, den er für tot gehalten hatte, hier anzutreffen.

Der Beduine aber erzählte ihm, wie der Neider ihm den Brief abgekauft hatte. Und als der Herrscher ihn fragte, warum er behauptet habe, er verbreite einen unerträglichen Mundgeruch, da lachte der Beduine Tränen und erzählte ihm von dem vielen Knoblauch und der Mahnung des Neiders, er solle dem Kalifen nicht näher kommen, und wenn, dann nur mit dem Ärmel vor dem Mund.

Nun lachten beide, und der Kalif bat den Beduinen, zurückzukommen und wieder sein Berater zu werden, doch der Beduine lehnte höflich ab.

»Nein, Eure Majestät. Hier auf dem Markt und in der Wüste bin ich das, was ich sein will, und bei dir bin ich nur das, was du willst, dass ich bin.« Und er verneigte sich zum Abschied.

»Großartig«, riefen viele, und ein herzlicher Beifall begleitete den alten Geschichtslehrer.

Der Stadtkutscher hob die Hand. Als er auf der Kanzel stand, grüßte er den König und die Prinzessin mit einer leichten Verbeugung. Diese erwiderten den Gruß mit einem freundlichen Winken.

»Ich möchte den Geizigen verteidigen«, begann der Kutscher, »denn er ist der größte Spender aller Zeiten. Er knausert sein Leben lang, um am Ende seinen Verwandten, auch denen, die er nicht ausstehen kann, alles zu vererben. Wer könnte noch großzügiger sein?«

Das Publikum lachte lange.

»Übrigens«, rief Isam mit einem Blick zur Musikerin, »die Geschichte von dem blinden Bettler, der in dem großzügigen Spender den Fremden erkennt, kenne ich auch, aber du, liebe Muna, hast sie schöner erzählt, als ich sie hätte erzählen können«, sagte er und klatschte in die Hände. Viele folgten seinem Beispiel. Auch der König. Muna war sichtlich gerührt.

Der Stadtkutscher erzählte:

Ein gelehrter Bettler

Firas war ein Bettler. Einst war er ein bekannter Theologe gewesen, bis er Zweifel an der Existenz Gottes bekam.

Eines Tages stand er vor dem großen Tor eines Reichen und bat um eine milde Gabe. Da hörte er den Geizkragen drinnen ausrufen: »Sagt dem Diener Fadi, er soll den Diener Ismail bitten, dass er den Diener Salman beauftragt, diesen Bettler wegzuschicken.«

Da rief Firas ganz laut: »Gott, wenn es dich da oben im Himmel gibt, sag bitte deinem Erzengel Michael, er soll den Engel Gabriel bitten, dass er den Todesengel Azrael beauftragt, die Seele dieses Geizhalses zu holen.«

Als der Diener Salman zum Tor kam, war der Bettler bereits weg. Der Hausherr soll noch in derselben Nacht gestorben sein. Und Firas gewann wieder Vertrauen zu Gott. Aber frech ist er geblieben.

»Das kann nur Nader gewesen sein«, rief Junan, der Metzger. Die Leute lachten, und Nader stand auf und rief dem Metzger zu: »Wer hat es dir verraten?« Und die Leute lachten wieder.

Der Kutscher wartete, dass die Heiterkeit nachließ.

Karam überlegte, das Publikum um Ruhe zu bitten, doch der Kutscher hatte schon begonnen weiterzuerzählen:

Eine Lehre fürs Leben

Faris Malas hieß einer der reichen Männer in Damaskus. Er war geizig, nicht nur Fremden gegenüber, Gastfreundschaft schien ihm eine lebensgefährliche Bedrohung. Selbstverständlich war sie das – für sein Geld. Daher achtete er darauf, dass kein Gast sein Haus betrat.

Gut, wenn es nur das gewesen wäre. Er war aber auch äußerst geizig gegenüber seiner Frau und den drei Kindern. Nur das billigste Gemüse und Fleisch kaufte er, und er tat es fast zögernd, als überlegte er noch, ob seine Familie nicht auch ohne Essen auskommen könnte.

Eines Tages erkrankte er. Die Stadt witzelte über seine Weigerung, einen Arzt aufzusuchen, geschweige denn Medikamente zu kaufen. Stattdessen beschloss er, spazieren zu gehen. Es wurde ein langer Spaziergang. Als er eine Ortschaft nahe bei Damaskus erreichte, war er so müde und hungrig, dass er kaum noch laufen konnte. Er setzte sich auf eine Bank und hoffte auf Hilfe. Wie gerufen kam ein junger Mann und blieb bei ihm stehen.

»Guten Abend. Kann ich dir helfen?«

»Ja, bitte. Ich bin müde und hungrig, und der Weg nach Hause ist weit«, sagte Faris.

»Du bist bei mir willkommen. Mein Haus ist ganz in der Nähe. Komm mit und beehre mich mit deinem Besuch«, erwiderte der Mann.

Der Geizkragen wurde wie ein König empfangen. Nachdem er sich erfrischt und etwas ausgeruht hatte, wurde er ins Esszimmer geführt. Dort warteten viele Leckereien auf ihn, die er nur vom Hörensagen kannte. Er aß gierig. Zeitweilig hielt er ein Hähnchenbein in der rechten und eins in der linken Hand. Sein Mund war bis zum Bersten voll mit Reis, gebratenen Mandeln und Pistazien. Der Gastgeber wunderte sich über diesen Mann, der Stunden davor fast am Krepieren gewesen war und jetzt für drei Männer aß. Er trank den besten Wein, als wäre er Wasser. Bald wurde er betrunken und musste ins Bett gebracht werden.

Am nächsten Morgen erwachte Faris in dem feinen Gästebett. Er schaute verwirrt um sich und dachte einen Augenblick lang, er sei gestorben und ins Paradies gekommen. Ein Diener brachte ihn wieder ins Diesseits zurück. Er rief:

»Mein Herr wartet auf dich, um mit dir Mokka zu trinken.«

Faris beeilte sich.

»Warum bist du so großzügig?«, fragte er den Gastgeber nach dem zweiten Kaffee.

»Weißt du, ich habe Glück. Meine erste Frau habe ich als armer Arbeiter durch meine Großzügigkeit gewonnen. Sie war Witwe und hatte ihr halbes Leben mit einem reichen Geizkragen vergeudet. Wir kamen uns näher, heirateten und lebten gemeinsam glücklich und im Überfluss in ihrem herrlichen Haus, bis sie gestorben ist. Ich verkaufte Haus und Gut und zog hierher um, weil ich gehört hatte, dass eine junge Witwe nach dem passenden Mann suchte. Ihr Mann hatte ihr das Herz gebrochen, denn er war nicht nur geizig, sondern auch gewalttätig gewesen. Ich entsprach ihren Wünschen, weil ich großzügig war, und wir lebten eine Weile glücklich zusammen. Aber nun ist leider auch sie vor einem Jahr gestorben.

Gestern kam einer meiner Späher aus Damaskus und berichtete mir, dass sich dort wieder ein Geizkragen kurz vorm Abkratzen befindet. Ich werde sicher bald seine Witwe heiraten. Sie scheint sehr unter ihm zu leiden«, erzählte der Gastgeber.

Und wie heißt dieser Unglücksrabe?«

»Faris Malas oder Balas. Ich weiß es noch nicht, aber bald werde ich es erfahren.«

Faris stand auf, verabschiedete sich und eilte nach Hause. Er fühlte Kraft und Lebenswille wie noch nie und ging festen Schrittes, der genussvolle Spaziergang erfüllte ihn mit Lust. Doch er schaffte es nur bis zum Gartentor seines Hauses. Dort fiel er auf die Straße tot um. Was aus der Witwe geworden ist, weiß ich leider nicht.

Viele stöhnten. Man hörte: »Ach, nein!«, »Was für Pech!«, »Der arme Teufel!«, dann aber klatschten die meisten. Als der Kutscher nach dem Beifall zu seinem Platz ging, erhob sich eine Frau in der dritten Reihe. Sie war eine von vier bekannten Hebammen der Hauptstadt. »Mein Name ist Hiyam, ich bin Hebamme. Man hat heute gesagt, Neid, Gier und Geiz sind Drillinge. Darf ich eine Fabel über den Neid erzählen? Sie ist lustig«, versicherte sie.

»Ja, bitte, gerne«, ermunterte sie Karam.

Die Hebamme Hiyam erzählte:

Doch lieber ein Esel bleiben

Ein Bauer kaufte ein Schwein und wollte es mästen. Er brachte es in seinen Stall, wo schon eine Eselin und ihr Fohlen lebten. Beide bekamen trockenes Heu und selten eine Handvoll Gerste zu fressen. Von nun an aber brachte der Bauer dem Schwein bestes Futter: Obst, Gemüse, Brotreste, Kräuter ... täglich einen bunten Korb. Das Fohlen roch den Duft und wollte mit dem Schwein aus dem Trog futtern, doch der neue Bewohner stieß es so kräftig mit seinem Rüssel in die Seite, dass das Fohlen bis in die Ecke zu seiner Mutter flog.

»Blödes Schwein, das ist doch noch ein Kind!«, schimpfte die Mutter.

Ab und zu ergatterte das Fohlen ein paar Reste, die aus dem Trog zu Boden fielen und die das Schwein nicht beachtete. Sie schmeckten herrlich.

»Mama, warum bekommen wir nur trockenes Heu, während das Schwein das beste Futter bekommt?«

»Keine Ahnung«, erwiderte die Mutter, »aber du kannst sicher sein, der Mensch gibt einem Tier nichts umsonst.«

Ein paar Monate später zog der Bauer das fette Schwein zum Stalleingang, und als ahnte das Tier, was ihm bevorstand, quiekte es erbärmlich.

Der Bauer schlachtete das Schwein, und das Fohlen sah entsetzt zu.

»Mama, Mama«, rief es mit zittriger Stimme, »schau doch, ob noch irgendein Rest vom Schweinefutter zwischen meinen Zähnen steckt, bevor der Bauer sie entdeckt!« Und es sperrte sein Maul auf. Die Mutter schaute belustigt in das kleine Maul und lachte. »Keine Angst, du hast keine Reste zwischen den Zähnen, und der Bauer wird dir nichts antun.«

Das Publikum lachte herzhaft. Ein Friseur stand auf. »Ich bin Ayman, der beste Friseur der Stadt«, rief er.

»Wenn du mich rasierst oder mir die Haare schneidest, wünsche ich immer, dass du meinen Schwiegervater so quälst wie mich«, rief ein junger Mann.

»Und mich erst«, erwiderte ein älterer Herr, »jedes Mal komme ich nach dem Besuch bei dir mit so vielen Wunden im Gesicht nach Hause, dass meine arme Frau mich ermahnt, ich solle mich nicht so oft in Schlägereien verwickeln lassen.«

Die Leute lachten. »Was kann ich dafür, dass du dauernd lachst und dich bewegst, wenn ich dich rasiere?«, erwiderte der Friseur unbeeindruckt und bat Karam um das Wort. Dieser nickte ihm freundlich zu.

Der Friseur Ayman erzählte:

Seltsame Neider

Ein Kadi fragte einen Freund, warum ihn seine Nachbarn bei ihm anschwärzten, und der Freund antwortete: »Weil ich sie als die schlimmsten Neider aller Zeiten beschimpft habe.«

»Du übertreibst«, beschwichtigte der Richter.

»Ich untertreibe! Komm mit, damit ich dir eine Form von Neid vorführe, die in keinem Buch steht. Du brauchst nur zuzuhören.«

Er ging mit dem Richter zu den Nachbarn, die in einem großen Haus mit einem Innenhof genau ihm gegenüber wohnten. Der Freund klopfte bei ihnen und machte ein geknicktes und trauriges Gesicht.

»Was ist mit dir?«, fragten zwei Nachbarinnen und ein Nachbar Sorge heuchelnd wie im Chor.

»Ich wollte mich verabschieden. Ich habe gerade die Nachricht bekommen, dass ich morgen früh hingerichtet werde. Es soll eine Verschwörung gegen den Kalifen aufgedeckt worden sein, an der neben mir angeblich ein Wesir, ein Philosoph, ein berühmter Arzt und der größte Händler der Stadt beteiligt sind. Wir werden auf dem Hauptplatz nach dem Morgengebet hingerichtet. Der Kadi wurde geschickt, um mir das mitzuteilen und mich zum Gefängnis zu begleiten. Er hat dem Polizeichef sein Wort gegeben, sonst müsste ich in Ketten durch die Stadt geschleppt werden. Ich bin unschuldig, glaubt mir«, sprach er, wie wenn er nur mit letzter Kraft die Worte hervorstoßen könnte.

»Mein Gott«, rief ein Nachbar, »ein berühmter Kadi begleitet dich, und du wirst mit solchen Berühmtheiten zusammen sterben!«

»Und weil solche ehrenhaften Persönlichkeiten mit dir hingerichtet werden, wirst du Nichtsnutz als ein Kämpfer in die Geschichte eingehen, der sich gegen den ungerechten Kalifen erhoben hat. Dein Name wird in den Geschichtsbüchern stehen!«, sprach der zweite Nachbar, wobei ihm der Neid aus den Mundwinkeln triefte.

»Meine Güte, so einen edlen Tod hat nicht jeder«, rief eine Frau.

»Unsereins wird schon zu Lebzeiten vergessen!«, sprach eine andere Nachbarin und schlürfte ihren Neidspeichel laut.

Der Richter konnte so viel Gehässigkeit nicht mehr ertragen.

»Auch noch neidisch wegen einer Hinrichtung! Verflucht sollt ihr sein«, rief er und verließ das Haus, hinter ihm der Freund, der sich vor Lachen krümmte.

»Was für ekelhafte Gestalten«, rief Karam, als es nach dem lauten Beifall ruhiger wurde.

Der Gewürzhändler Burhan, ein dunkelhäutiger Mann, stand auf. »Mein Urgroßvater kam aus Afrika. Er war ein Gewürzhändler, verliebte sich hier in eine Kundin und blieb dann für immer in diesem Land.

Ich bin in vierter Generation Gewürzhändler und habe nach dem Tod meines Vaters dessen Geschäft übernommen. Wenn die Menschen mich trotzdem fragen, woher ich komme, antworte ich: ›Aus dem Bauch meiner Mutter.‹ Nein, nein, so sei das nicht gemeint, entgegnen sie, sondern aus welchem Land. Dann pflege ich zu antworten, aus Lulu, der Hauptstadt unseres Landes Sitt Hudud, Schlossergasse, drittes Haus rechts. Dort lebt meine Familie seit über hundertfünfzig Jahren.

Diese Fragen sind mir manchmal lästig, auch meine Frau wird oft von den anderen Frauen gefragt, wie es denn so sei, einen Schwarzen zum Mann zu haben.

Aber solange es bei der lästigen Neugier bleibt, kann man damit leben. Nicht aber, wenn wir zur Zielscheibe des Neids werden. Davon sind wir in unserem Land Gott sei Dank weit entfernt, nicht aber der Held dieser Geschichte, die ich euch gern erzählen möchte, weil der König in der Geschichte einige Ähnlichkeit mit unserem gerechten König hat«, sagte er.

»Danke dir, junger Mann«, rief der König, »es ist die heilige Pflicht eines Herrschers, gerecht zu bleiben.«

Karam gab dem Gewürzhändler ein Zeichen.

Der Gewürzhändler erzählte:

Gib mir meine Jugend zurück

Man erzählt von einem armen jungen Mann, der auswanderte. In der Hauptstadt eines reichen Landes fand er Arbeit bei einem Gemüsehändler.

Er war wissbegierig und lernte die Kunst des Handels schnell. Nach ein paar Jahren eröffnete er einen kleinen Gemüse- und Obstladen. Er war nicht nur freundlich, sondern hatte eine gute Hand für seine Mitarbeiter, ein gutes Auge und eine gute Nase für Gemüse und Obst. Bald wurde sein Laden berühmt, er vergrößerte sein Geschäft und wurde mit den Jahren reich.

Anders als die Kunden aber waren die Gemüse- und Obsthändler der Stadt sehr unzufrieden, denn sie verloren viele Kunden, die nun nur noch bei dem Fremden einkauften.

So machte sich eine Delegation auf den Weg zum König und bat um eine Audienz.

Der König war ein Gerechter, er hörte sich den Kummer der Leute an und hatte Mitleid mit ihnen. Die Delegation behauptete, der Fremde verzaubere die Kundschaft. Deshalb solle er, wenn man ihn schon nicht als bösen Zauberer hinrichten wolle, wenigstens mit leeren Händen das Land verlassen, so wie er gekommen sei.

Der König schickte nach dem Fremden. Dieser eilte in großer Sorge herbei, und die war berechtigt. Der König beschrieb ihm die Notlage der anderen Händler und forderte ihn auf, das Land zu verlassen. Er dürfe in Ruhe sein Haus und Geschäft verkaufen und all sein Geld mitnehmen, sodass er in seiner Heimat einen guten Neubeginn hätte.

Da war der Fremde sehr traurig. Er versuchte, dem König zu erklären, dass er das Land liebte. Hier seien seine Frau und Kinder glücklich, aber der König blieb hart.

»Ich habe die Händler davon abgehalten, Anklage gegen dich zu erheben wegen der Zauberei, mit der du ihre Kunden verführt und an dich gebunden hast. Die Händler haben genügend Zeugen dafür. Auf eine solche Klage hin würdest du zum Tode verurteilt, aber ich habe ihnen mein Wort gegeben, dass du das Land verlassen musst«, antwortete der König.

Traurig und niedergeschlagen verließ der Fremde den Königspalast. Da sah er in der Nähe einen Bettler, der mit einer hinreißenden Stimme die Schönheit des Tages besang. Der Gemüsehändler staunte nicht wenig. Er schenkte dem Bettler eine Goldmünze, von deren Kaufkraft man einen ganzen Monat satt werden konnte.

»Du bist bunt und vornehm angezogen, aber dein Herz ist grau vor Schmerz. Was ist dir widerfahren?«, fragte ihn der Bettler.

Der Fremde setzte sich zu ihm und erzählte ihm seine traurige Geschichte, die er mit den Worten beschloss: »Und nun muss ich nach dreißig Jahren das Land verlassen.«

»Du solltest zu dem König zurückkehren und ihm sagen, du schenkst den Händlern dein Gold und dem König deinen Besitz und wirst mit leeren Händen das Land verlassen, wenn sie dir deine Jugend zurückgeben, die du in diesem Land verloren hast.«

Als der Fremde dem König vortrug, was ihm der Bettler geraten hatte, staunte dieser und wurde nachdenklich. Lange dachte er nach, dann verkündete er sein Urteil: Der Händler solle weiter im Lande bleiben und seinen Handel treiben, und wehe einer komme und verleumde ihn wegen seiner Tüchtigkeit. Falls es sich wirklich um einen Zauber handele, so sollten die Händler bei ihm lernen, wie man Kunden verzaubert.

Dann schickte der König seine Wächter hinaus, um den weisen Bettler zu suchen. Er wollte ihn zum Wesir machen, doch der Bettler war spurlos verschwunden.

»Großartig!«, rief Nura spontan. Jasmin lächelte sie an. Nuras Vater, der Großwesir, behielt sein starres Gesicht trotz des begeisterten Beifalls für seine Tochter.

Ein Schlosser meldete sich zu Wort: »Ich heiße Chalil. Mein Großvater war ein sehr frommer Mann, und er hat uns immer vor der Gier gewarnt, weil sie keinem anderen etwas Gutes gönnt und oft tödlich endet. Und er hat uns damals eine Geschichte erzählt. Ich war erst zehn oder zwölf Jahre alt, aber die Geschichte hat sich mir ins Gedächtnis gebrannt. Soll ich sie erzählen?«

»Selbstverständlich!«, rief Karam.

Der Schlosser Chalil erzählte:

Die tödliche Gier

Drei Freunde wanderten einst durch einen Wald am Rande einer kleinen Stadt. Plötzlich entdeckten sie im Unterholz etwas Glänzendes. Ein Haufen Goldmünzen lag da. Womöglich in Panik und Eile zurückgelassen, nur notdürftig mit Laub und Zweigen bedeckt.

Die Männer berieten sich kurz und schickten dann den Jüngsten in die Stadt, um eine kleine Kiste zu kaufen.

Als der junge Mann hinter den ersten Häusern verschwand, beschlossen die zwei Zurückbleibenden, ihn bei seiner Rückkehr umzubringen, sodass sie die Goldmünzen dann zu zweit statt zu dritt teilen würden.

Als der Jüngste nach einer Stunde zurückkam, empfingen sie ihn freundlich und bedankten sich bei ihm, dass er nicht nur die Kiste, sondern auch Essen mitgebracht hatte. Er habe seinen Hunger gestillt und wolle ihnen auch etwas Leckeres gönnen, meinte er.

Die zwei fielen über ihn her und töteten ihn. Danach ruhten sie sich eine Weile aus und aßen den Proviant, den ihr Kamerad aus der Stadt mitgebracht hatte.

Kurz darauf starben sie an dem vergifteten Essen, denn auch der Jüngste war auf einen üblen Gedanken gekommen – es könnte der Zwillingsbruder des teuflischen Gedankens seiner Freunde gewesen sein.

Ein Ehepaar fand das Gold neben den drei Leichen. Der Mann packte die Goldmünzen in die Kiste, während die Frau Wache hielt. Als er gerade die letzte Münze in die Kiste gleiten ließ, schaute er zu seiner in die Jahre gekommenen Frau hinüber und dachte, er könnte doch eine schöne junge Frau heiraten, falls seine Frau plötzlich durch einen Unfall sterben sollte ... Aber das ist eine andere Geschichte.

Einige lachten, aber die meisten schwiegen angesichts dieser Tragödie. Doch bald debattierten die Leute heftig miteinander.

Ein bekannter Gelehrter stand auf. Er wartete geduldig, bis der Lärm abebbte. »Ich heiße Ali Sahlani. Die bisher erzählten Geschichten beeindrucken mich sehr. Aber es ist, als ob sich mein Kopf gegen Geiz, Neid und Gier wehrt. Und um ihnen etwas entgegenzusetzen, steigt aus meinem Gedächtnis eine Geschichte vom Erzfeind dieser üblen Charaktere herauf. Darf ich diese Geschichte von der edlen Großzügigkeit, der Erzfeindin der üblen Drillinge, erzählen?«

»O ja«, erwiderte der König.

Der Gelehrte Ali Sahlani erzählte:

Die kursierende Spende

Ein armer Gelehrter stand beim großen islamischen Opferfest mit leeren Händen da. Er schämte sich, dass er keinem Menschen mit einem Geschenk eine kleine Freude machen konnte. Seine kluge Frau riet ihm, zu dem bekannten Kollegen Haschemi zu gehen und ihn um Hilfe zu bitten, denn sie hatte gehört, dass dieser Philosoph noch nie einen Bedürftigen abgewiesen habe.

Der arme Gelehrte machte sich auf den Weg, und seine Frau hatte sich nicht geirrt. Haschemi reichte dem armen Gelehrten seinen Geldbeutel: »Nimm ihn«, sagte er gütig, »mehr habe ich nicht.«

Der Gelehrte nahm gerührt den Geldbeutel und ging hinaus. Ein paar Straßen weiter sah er einen Dichter, den er sehr schätzte, auf dem Markt betteln. Er zögerte einen Augenblick, dann ging er auf ihn zu und gab ihm den Geldbeutel. Der Dichter kannte den Gelehrten und wollte das Geld nicht annehmen, doch dieser bat ihn herzlich darum. Also nahm der Dichter den Geldbeutel und ging nach Hause. Gerade erzählte er seiner Frau von dem großzügigen Gelehrten, da klopfte es an der Tür. Sein Freund Haschemi stand davor und lächelte verlegen.

»Hast du etwas Geld für mich?«, fragte er schüchtern.

»Klar«, sagte der Dichter, der Haschemi über alle Maßen liebte und bewunderte. Er brachte ihm den Geldbeutel. »Hier«, sagte er. »Ich glaube es ist genug Geld darin«, fügte er noch hinzu. Haschemi erkannte seinen Geldbeutel, und der Dichter erzählte ihm, wie er in seinen Besitz gelangt war.

Sie gingen gemeinsam zu dem Gelehrten, und dieser berichtete, dass es der Vorschlag seiner Frau gewesen war, der ihn zu Haschemi geführt hatte.

»Lasst uns das Geld aufteilen«, meinte Haschemi. Ein Viertel gehört mir, und jeweils ein Viertel gehört jedem von euch.« Dann wandte er sich dem Gelehrten zu: »Und ein Viertel gehört deiner Frau, denn sie hat diesen wunderbaren Kreislauf angestoßen.«

»Ja, so sind die edlen Menschen!«, rief die Hebamme Hiyam, und viele Frauen und Männer klatschten gerührt.

Der Richter Salem Abdullatif stand auf. Er fiel auf durch einen sehr großen Kopf auf seinen schmalen Schultern.

»Ich kenne eine Geschichte, die von zwei Erzfeinden erzählt: Großzügigkeit und Geiz.«

»Die wollen wir gern hören«, sprach Karam.

Der Richter Salem erzählte:

Der Preis der Hartherzigkeit

In Sanaa, der Hauptstadt des Jemen, lebte einst ein großzügiger Händler. Er war es gewohnt, stets den Armen zu helfen, egal, ob sie auf der Straße bettelten oder zu ihm ins Geschäft kamen. Manchmal reagierte er auch, wenn er eine arme Frau oder einen armen Mann erblickte, ohne dass die Person ihn darum bat, und schenkte ihr oder ihm Geld.

Sein Sohn ärgerte sich darüber. »Vater«, sagte er, »die Leute halten dich zum Narren. Sie tun so, als wären sie arm, nur um an dein Geld zu kommen.«

»Nein, das ist nicht wahr. Vielleicht sind einige wenige so raffiniert, die Mehrheit aber ist wirklich arm. Ich habe Augen und Hirn im Kopf und Herz und Seele in der Brust.«

Am nächsten Tag verkleidete sich der Sohn so geschickt als Bettler, dass er nicht mehr wiederzuerkennen war, und stand trotz der Kälte barfuß an einer Straßenecke, wo sein Vater täglich vorbeiging.

»O Herr, Gott segne deinen Tag. Meine Frau ist schwanger, und ich habe kein Geld.«

Der Händler zückte seinen Geldbeutel und gab dem Bettler so viel Geld, dass er einen Monat davon leben konnte.

Eine Stunde später kam der Sohn nach Hause und zeigte das erbettelte Geld. Er lachte Tränen über den verärgerten Vater.

»Ich habe dich gewarnt. Nun hast du erlebt, wie leicht es ist, dich reinzulegen«, sagte er mit stolzgeschwellter Brust.

»Und du bleibst von nun an keine Minute länger untätig unter meinem Dach. Du behältst deine Verkleidung als Bettler und suchst so lange, bis du eine Frau findest, die gerade ein Kind zur Welt gebracht hat und bettelarm ist. Ihr schenkst du das Geld, das ich dir zu diesem Zweck gegeben habe. Du überreichst ihr das Geld in Anwesenheit des Viertelvorstehers, der die Schenkung schriftlich bestätigt. Erst dann darfst du hierher zurückkommen.«

Der Sohn machte sich auf den Weg. Es war ein eiskalter Dezembertag. Er suchte nach einer armen Frau, die gerade ein Kind zur Welt gebracht hatte, und fand lange keine geeignete Person. Verzweifelt lief er herum und fragte jeden, den er traf. Erst bei Dunkelheit und total erschöpft brachte ihn ein Viertelvorsteher zu einer Hütte, in der eine arme Familie lebte. Die Frau weinte vor Freude und hielt den Sohn des Händlers für einen Engel, und der Ehemann küsste ihm die Hand. Gerührt versuchte der junge Mann seine Beschämung wegzulächeln und eilte dann nach Hause.

Der Saal blieb still.

Ein Wirt stand auf. »Mein Name ist Said, ich habe ein kleines Wirtshaus. Offenbar gibt es Geizhälse, die einen besonderen Genuss dabei empfinden, ihre Gäste zu quälen. Vor Kurzem kam Jusuf bin Ali, der bekannte Satiriker, zu mir ins Restaurant und rief: ›Essen! Essen! Bitte beeile dich, sonst verrecke ich!‹

Ich dachte, er macht Spaß, aber er war wirklich sehr hungrig. Ich überreichte ihm einen Teller mit gebratenen Gemüsen, einen mit Reis und einen mit vier gegrillten Fleischspießen. Er schaufelte alles in sich hinein und stöhnte vor Genuss. Ich schaute ihm amüsiert zu, kochte dann einen Mokka mit Kardamom für uns beide und setzte mich zu ihm. Das Restaurant war zu dieser Stunde am frühen Nachmittag fast leer. Und er erzählte mir, was er gerade erlebt hatte. Wollt ihr das hören?«

Karam lächelte, wohl wissend um solche Tricks.

Der Wirt Said erzählte:

Ein vergesslicher Geizhals

Der Satiriker Jusuf bin Ali wurde zu einem bekannten Geizkragen zum Mittagessen eingeladen. Er wunderte sich darüber. Etwa zehn Leute saßen hungrig um den großen Tisch, aber das Essen kam nicht.

Eine Stunde später, dem Satiriker knurrte der Magen, kam der Diener und stellte einen Topf mit Linsensuppe vor den Hausherrn. Das Gericht duftete nach Koriander, Muskat, Kreuzkümmel und Thymian.

Der Hausherr probierte und verzog den Mund. »Ach, nein. Wie oft muss ich es euch noch sagen, Knoblauch und Zwiebel gehören da nicht hinein. Schaff das weg!«

Der Diener zitterte vor Angst. Er trug den großen Topf zurück in die Küche. Der Satiriker hätte gern protestiert, dass Knoblauch und Zwiebel sehr wohl zu jeder Linsensuppe gehören, aber es war nichts mehr zu machen.

Nun trugen zwei Diener eine große Platte mit einem gegrillten Truthahn herein. Er war in der Mitte aufgeschlitzt, sodass man die herrliche Füllung sah: Reis, geröstete Mandeln, Pinienkerne und Sultaninen. Das Gericht duftete nach Curry.

»Ach, nein – mit Curry! Wer hat euch denn das beigebracht, Reis mit Curry zu verderben? Weg damit!«, schrie der Geizhals. Nicht nur der Satiriker, sondern auch die anderen Gäste folgten dem Truthahn mit traurigen Blicken, als wäre es der Trauerzug eines Freundes.

Kurz darauf kamen die Bediensteten mit dem Nachtisch, einer Platte mit allen möglichen süßen Verführungen. Der Hausherr wartete gar nicht, bis die Bediensteten den Tisch erreichten, sondern schrie sie an: »Was? Ein Nachtisch, nachdem das Mittagessen ausgefallen ist? Das gibt es nicht! Zurück!«

Der Satiriker stand auf, nahm seinen Löffel und schlug dem Gastgeber damit kräftig auf die Glatze.

»Ein Geizhals kann nicht den Gastgeber spielen, vergiss das nicht, du Geizkragen! Er ist kein Gastgeber, sondern höchstens ein Gastausnehmer.« Und er haute ihm noch einmal kräftig den Löffel auf den Kopf und machte sich auf und davon. Die anderen hungrigen Gäste verließen mit ihm das Haus.

»Ich kriege langsam Hunger!«, rief ein beleibter Mann.
»Ich auch ... ich auch«, hallte es im Saal wider.

Ein Arzt und Philosoph hob die Hand. Karam erteilte ihm das Wort.
»Mein Name ist Hadi Asmar. Manchmal habe ich mich gefragt, ob Geiz erblich ist. Doch nicht selten waren die Kinder der Geizigen, wie uns Latif, der Kupferstecher, erzählt hat, großzügige Menschen, daher glaube ich nicht an die Vererbung solcher Eigenschaften. Denn Geiz ist keine Grundvoraussetzung des Lebens wie Atmen, Essen, Fortpflanzung oder Schlafen, deshalb gibt es keine geizigen Tiere. Der Geiz ist ein Kulturprodukt, wie das Lesen oder Schreiben, Musizieren oder Malen.

Doch ich kenne eine Geschichte, in der der Sohn den Vater in seinem Geiz übertrifft.«

Der Arzt Hadi Asmar erzählte:

Der wahre Sohn seines Vaters

Ein Geizkragen wurde vom Besuch eines uralten Freundes überrascht. Er empfing ihn freundlich, bat ihn jedoch, die Schuhe auszuziehen, damit die teuren Teppiche nicht abgerieben und schneller unansehnlich würden.

Als es Mittag wurde, schickte der Herr des Hauses seinen vierzehnjährigen Sohn zum Metzger. »Hol ein Pfund Fleisch«, beauftragte er ihn, »damit uns deine Mutter etwas zu essen macht.«

Der Junge kam nach einer halben Stunde mit leeren Händen zurück und berichtete: »Der Metzger hat zu mir gesagt, er würde uns so gutes Fleisch geben, dass es wie Butter auf der Zunge schmilzt. Da bin ich lieber gleich zum Milchgeschäft gegangen. Dort sagte mir der Händler, er würde mir eine Butter geben, die wie Honig aussieht, da bin ich stattdessen zum Imker gegangen. Dort sagte mir dieser Mann, er habe einen sauberen Honig, der sei so durchsichtig wie Wasser, und da dachte ich mir, Wasser haben wir selber, das können wir dem Gast doch anbieten.«

Der Gast war entsetzt, denn er war inzwischen sehr hungrig geworden. Er stand auf und verließ das Haus ohne Abschied.

»Das hast du gut gemacht, Junge«, lobte der Geizkragen, »aber leider hast du wegen diesem lästigen Mann deine Schuhsohlen etwas abgelaufen.«

»Nein, Vater, das habe ich nicht. Ich habe bei meinem Gang durch die Stadt einfach die Schuhe des Gastes angezogen«, antwortete der Junge.

Der Arzt schien sich entschlossen zu haben, noch weiter zu erzählen. Er blieb auf der Kanzel stehen. Als der Beifall abebbte, sagte er:

»Ich habe sogar eine Geschichte gehört, wo der Bedienstete eines Geizkragens seinen Herrn in dieser Eigenschaft noch übertrifft.«

»Dann möchten wir die bitte auch noch hören«, sagte Karam.

Der Arzt erzählte:

Geiziger als der Geizige

In Damaskus lebte einst ein geiziger Händler, man spottete über ihn und nannte ihn den Meister aller Geizigen. Es hieß, er lebe allein, weil er es nicht ertragen könne, dass eine Frau mit ihm das Essen teilen sollte.

Eines Tages sagte er zu seinem Diener: »Bring das Essen und verriegele die Tür.« Da widersprach der Diener: »Mein Herr, es muss heißen: Verriegele die Tür und bring das Essen.«

Der Herr war so gerührt, dass er ausrief: »Man lernt doch nie aus. Du hast mich übertroffen! In zehn Jahren kriegst du eine Gehaltserhöhung.«

»Wir wollen nicht leichtsinnig werden, o Herr. Hetzen Sie sich nicht«, erwiderte der Diener.

Die Leute lachten, kaum einer hatte geklatscht.

Eine Textilhändlerin stand auf. Sie trug ein buntes Kleid mit einem weißen Seidenschal.

»Ich heiße Warde und möchte keine Sekunde Geiz, Neid oder Gier verteidigen, aber es gibt auch Gäste, vor denen es mir graust. Solche, die sich selbst einladen, aber nie auf die Idee kommen, eine Gegeneinladung auszusprechen. Es gibt Gäste, die sich wie Schweine verhalten, andere, die Zwietracht säen, und wieder andere, die über ihre Freunde lästern, und bei denen kann man todsicher sein, sie werden genauso schlecht über jeden anderen reden. In meinem Textilladen berichten mir meine Kundinnen über ihr Leid mit solchen Gästen, aber auch früher wurde schon viel über lästige Gäste erzählt. Darf ich eine solche Geschichte erzählen?«

»Bitte schön, gnädige Frau«, sagte Karam.

Die Textilhändlerin Warde erzählte:

Die kleinen Fische sind unschuldig

Einst saßen Gäste bei einem großzügigen Gastgeber zu Tisch, und sie wollten gerade gegrillte Fische essen, als ein aufdringlicher Mann vor der Tür stand. Solche Menschen kommen gern ungeladen zu Essenszeiten. Nicht selten laden sie sich selbst ein. Diese Krankheit ist öfter unter Männern anzutreffen als unter Frauen.

Einer dieser Männer klopfte also an die Tür, gerade als der Hausherr die große Fischplatte auf den Tisch stellen wollte.

»Lasst uns erst die kleinen Fische essen, und dann werde ich ihn unter dem Vorwand hinausbitten, dass wir nach dem Essen ein wichtiges Gespräch führen wollen. Erst wenn er gegangen ist, holen wir die großen Fische.«

Die Bediensteten versteckten also die Platte mit den großen Fischen und brachten einen Teller mit den kleinen.

Der aufdringliche Gast trat ein. »Der Geruch der gegrillten Fische hat mich hierhergeführt, und wisst ihr warum?«

Niemand antwortete, aber das hatte der aufdringliche Mann auch nicht erwartet. Er hatte seine Rechtfertigung parat.

»Weil ich mich an den Fischen rächen will, die meinen Vater gefressen haben, als er im Meer ertrunken ist.«

»Na, bitte«, erwiderte der Hausherr, »dann nimm Rache an diesen Fischen.«

Der Aufdringliche nahm einen kleinen Fisch in die Hand und hielt den Fischkopf an sein Ohr. Dann nickte er bedeutsam. »Wisst ihr, was dieser Fisch sagt?«

Weder der Hausherr noch seine Gäste wussten, was sie antworten sollten.

»Er sagt, er sei viel zu jung. Aber er habe gehört, es waren die großen Fische, die sich irgendwo hier im Haus versteckt halten, die damals meinen Vater gefressen haben. Darf ich auf die Suche gehen?«, fragte er und stand auf. Dem Hausherrn war das zu viel. Er sprang hoch, nahm den aufdringlichen Mann an der Hand und rief: »Am besten gehst du zum Meer und suchst dort die Mörder deines Vaters, aber nicht hier bei mir!« Und er führte ihn aus dem Haus, schlug die Tür zu und befahl den Bediensteten, dem Aufdringlichen nicht mehr zu öffnen.

Erst dann wurden die leckeren Fische genossen. Dabei musste der eine oder andere immer wieder über den unverschämten Trick des Aufdringlichen lachen.

»Das ist ihm recht geschehen!«, riefen mehrere und klatschten, was auch andere zu Beifall animierte.

Als die Textilhändlerin die Kanzel verließ, hob ein Bauer die Hand. Er trug wie viele Bauern eine weite schwarze Hose und ein altes helles Hemd. Täglich bot er die Produkte von seinen Feldern nahe der Hauptstadt auf dem großen Marktplatz feil. »Viele hier kennen mich, ich bin täglich auf dem Markt. Heute übernachte ich bei einem Freund hier in der Stadt, denn ich wollte einen Abend lang eure Geschichten hören. Mein Name ist Hassan, und ich kenne eine Geschichte über einen unersättlichen Gast«, rief er ein bisschen zu laut.

»Unersättlich?«, wunderte sich der König.

»Ja, Eure Majestät, der hat meinen Onkel heimgesucht.«

»Dann erzähle uns bitte von ihm«, rief Karam.

Der Bauer Hassan erzählte:

Der Unersättliche

Ein Fremder klopfte bei meinem verwitweten armen Onkel. Der lebte am Rande seines Dorfes nahe der Straße, die in den Süden führt. Mein Onkel öffnete die Tür und hieß den Fremden willkommen. Er war immer großzügig und hielt die Gastfreundschaft für eine heilige Pflicht.

»Hast du Hunger, Bruder?«, fragte er höflich.

»Ja, ein bisschen«, antwortete der Fremde. Mein Onkel ging in seine bescheidene Küche und holte den Brotlaib, den er an jenem Tag gebacken hatte und der für eine Woche reichen sollte. Er legte ihn vor dem Fremden auf den Tisch. Dann fragte er: »Ich habe eine Kichererbsensuppe gekocht. Magst du etwas davon?«

»Ja, ein bisschen«, erwiderte der Fremde.

Als mein Onkel mit dem Suppentopf kam, hatte der Fremde den Brotlaib schon restlos aufgegessen. Der arme Gastgeber bekam vor Schreck fast einen Schluckauf. Er stellte den Topf auf den Tisch.

»Ich habe ein wenig Durst«, sagte der Fremde. Als mein Onkel mit dem Wasser kam, das er aus dem Brunnen in seinem Hof holte, war der Suppentopf bereits sauber ausgeschleckt.

Der Fremde trank das Wasser und stand auf.

»Wohin des Weges?«, fragte mein Onkel mehr aus Höflichkeit als aus Neugier.

»Ich muss in den Süden. In der Stadt Gabra gibt es einen berühmten Arzt, der mir vielleicht helfen könnte. Seit einem halben Jahr ist mein Appetit zurückgegangen, und keiner weiß warum.«

Mein Onkel konnte sein Lachen nicht bremsen.

»Darf ich einen Wunsch äußern?«

»Selbstverständlich. Bitte.«

»Kannst du auf deinem Rückweg nach der Heilung bitte eine andere Route nehmen?«

Die Zuhörinnen und Zuhörer lachten, am längsten König Salih. Und immer wieder, sobald der Saal ruhiger wurde, begann er zu lachen und steckte damit das Publikum an.

»Schon möglich«, rief ein Dichter und stand auf. Er war sehr ärmlich gekleidet. »Das mag alles stimmen, und ich kenne mehr als genug solcher Gäste. Man muss jedoch sagen, es gibt auch Gastgeber, die zwar großzügig sind, aber dafür immer eine Gegengabe haben wollen, deshalb besuche ich kaum noch jemanden. Sobald ich ein Glas Wasser oder eine Tasse Tee getrunken habe, ruft der Gastgeber: ›Kannst du uns ein paar lustige Gedichte aufsagen?‹

Ich antworte immer: ›Nein, das kann ich nicht‹, und dann ist der Herr sauer.«

Der Mann hielt kurz inne, als erinnerte er sich an etwas. »Ich habe vergessen zu erwähnen, dass ich Munir Horani heiße. Ich schreibe gerne lustige Gedichte, oft sind sie satirisch und kritisch, und wahrscheinlich ist das der Grund, weshalb man mich selten einlädt. Wie dem auch sei, ich möchte euch eine kleine Geschichte über die Erzfeindin des Geizes erzählen: die Großzügigkeit. Ich habe diese Geschichte vor etwa zwanzig Jahren gehört und kein Wort davon vergessen, weil sie mir eine Lehre war. Behaltet sie in eurem Herzen und erzählt sie weiter.«

Der Dichter Munir Horani erzählte:

Wer ist großzügiger?

Ein Adliger namens Abdullah fiel beim hartherzigen Kalifen al Mansur in Ungnade, und dafür muss man bei einem Kalifen nichts Böses tun. Bei solchen ewig misstrauischen Männern genügt eine Verleumdung. Und schon wird man gnadenlos bestraft. Abdullah aber, der berühmt für seine

Großzügigkeit und Freundlichkeit war, hatte Glück. Durch Beziehungen im Palast des Kalifen erfuhr er bereits zwei Stunden vor der Bekanntmachung von seinem Haftbefehl. Er tauchte bei Freunden unter. Der Kalif wurde zornig, als seine Polizisten mit leeren Händen zurückkehrten, und setzte eine Belohnung von hundert Golddinaren – damals ein Vermögen – für denjenigen aus, der die Verhaftung des Adligen ermöglichte.

Die Geheimpolizei lauerte überall, und die gierigen Spitzel fingen an, die Häuser von Abdullahs Verwandten und Freunden zu belagern. Der arme Adlige hatte Sorge nicht nur um sich, sondern auch um seine Freunde, denn wer einen Gegner des Kalifen versteckte, wurde noch härter bestraft als der Gesuchte. Das tat man, um die Bevölkerung einzuschüchtern. So beschloss Abdullah, Bagdad zu verlassen. Er rasierte Bart und Schnurbart ab, verkleidete sich wie ein armer Beduine und verließ die Stadt auf einem Kamel.

Als er gerade durch das Stadttor hinausritt, bemerkte er, dass ein Mann ihm folgte. Sobald sie weit genug entfernt vom Tor und seinen Wächtern waren, rannte der Fremde los und holte Abdullah ein. Er hielt die Kamelzügel mit der linken Hand und in der rechten ein großes Schwert.

»Ich habe dich erkannt, du bist der gesuchte Abdullah«, rief er atemlos. Der dunkelhäutige Mann zwang ihn abzusteigen, band das Kamel fest und richtete sein Schwert auf den Gesuchten. »Du hast dich verkleidet, aber ich habe dich erkannt. Mit hundert Golddinaren belohnt unser Kalif jeden, der dich ausliefert.«

Der athletische Bursche war zwar bewaffnet, aber er war bettelarm, nicht einmal Sandalen trug er. Seine Kleider waren zerrissen. Mit hundert Dinaren wäre seine Rettung vom Elend garantiert.

Abdullah zog einen Diamanten aus einem samtenen Beutel und bot ihn dem armen Mann an.

»Hier, dieser Diamant ist über tausend Golddinare wert. Ich schenke ihn dir. Mein Leben ist mir teurer als alles Geld der Welt«, sagte er. Der Verfolger nahm den Diamanten, schaute ihn fasziniert an und erwiderte: »Ich nehme das Angebot an, wenn du mir ein paar Fragen ehrlich beantwortest.«

Abdullah atmete erleichtert auf.

»Stimmt es, dass du, wie ein Dichter behauptet, der großzügste Mann in Bagdad bist?«

Abdullah nickte. Er war in der Tat berühmt für seine Großzügigkeit.

»Hast du jemals dein ganzes Vermögen verschenkt? Oder auch nur die Hälfte oder ein Viertel davon?« Abdullah schüttelte den Kopf.

»Dann bist du nicht der großzügigste. Ich bin es. Ich habe nicht einmal genügend Geld für das Essen morgen und schenke dir deinen Diamanten und deine Freiheit. Wer ist also großzügiger, du oder ich?«

Abdullah schämte sich seiner Eitelkeit. Er war im Begriff, den armen Mann zu bitten, wenn er den Diamanten nicht wolle, so solle er stattdessen Geld von ihm nehmen, doch dieser verschwand so schnell, wie er gekommen war. Abdullah sah ihn in der Ferne Richtung Stadt eilen.

Später wurde Abdullah begnadigt, kehrte nach Bagdad zurück und bemühte sich jahrelang, den dunkelhäutigen, athletischen Mann zu finden. Vergeblich. Seitdem wollte er nie wieder einen Dichter empfangen.

»Schöne Geschichte«, rief ein bekannter Juwelier. »Anfang nächsten Monats feiern wir die Hochzeit meines Sohnes, und einen Monat später die meiner Tochter. Könntest du ein paar schöne Gedichte, meinetwegen auch satirische und kritische über die Liebe vortragen?«

»Natürlich, sehr gerne«, erwiderte der Dichter.

»Er zahlt großzügig«, rief Isam, der Stadtkutscher, von seinem Platz aus. Die Leute klatschten, und viele freuten sich für den armen Dichter.

Als es wieder ruhiger wurde, stand eine junge Frau auf, um eine weitere Geschichte anzukündigen.

»Ich heiße Fadia und will Dichterin werden. Unser großer Dichter Abu Nuwas hat einst gesagt, erst wenn man sich bei sechzig Dichterinnen und Dichtern geschult hat, darf man sich Dichter nennen. Ich habe die Werke von zwanzig Dichterinnen und dreißig Dichtern studiert und gehe täglich zu drei Dichterinnen, um diese Kunst zu lernen. Wenn man mir die Geschichte erzählt hätte, die ich hier vortragen will, dann hätte ich sie für einen Witz oder gar eine kluge Lüge gehalten, aber ich habe sie selbst erlebt«, sagte die Frau.

»Auch Lügen sind willkommen, wenn sie uns unterhalten und unauffällig belehren. Aber so, wie du sprichst, bin ich sicher, du wirst eine große Dichterin werden«, bemerkte Karam. Der König und ein paar Frauen im Saal klatschten.

Fadia erzählte:

Ein Schuldschein auf dem Weg ins Jenseits

Meine kluge Freundin Samira war mit einem ekelhaft geizigen Mann verheiratet. Er erkrankte sehr schwer. Eines Tages rief er sie zu sich und sagte zu ihr: »Haus und Felder kannst du behalten, aber meine dreitausendneunhundertfünfundachtzig Dinar legst du mir bitte unauffällig in den Sarg. Pass auf, dass niemand es sieht, denn sonst kommen die Grabräuber, schänden meine Ruhestätte und stehlen mir mein Vermögen. Ich habe nämlich gehört, dass man sein Leben im Paradies mit Geld schöner machen kann und in der Hölle durch Bestechung weniger Qualen erleidet.«

Meine Freundin ist genau wie ich Christin, und unsere Toten werden, wie ihr wisst, anders als bei den Muslimen, in einem Sarg begraben.

Zwei Tage später starb der Mann. Freunde und Verwandte kamen, um sich von ihm zu verabschieden und der Witwe ihr Beileid auszusprechen. Auch ich, ihre beste Freundin, saß bei ihr und sorgte dafür, dass die Kondolenzbesucher gastfreundlich empfangen wurden, ohne dass sich Samira darum bemühen musste. Als alle gegangen waren, erzählte sie mir vom letzten Wunsch ihres Mannes und sagte, sie müsse nun sein Vermögen in den Sarg legen und den Deckel schließen, bevor die Sargträger kämen.

Ich war entsetzt. »Bist du verrückt? Sein ganzes Vermögen in den Sarg! Warum?«

»Das war sein letzter Wunsch, und ich bin eine fromme Frau, deshalb muss ich ihn ihm erfüllen«, sagte sie und eilte aus dem Zimmer. Bald kehrte sie mit einer winzigen Schachtel zurück, legte sie in den Sarg und schloss den Deckel.

»Was? Das soll sein Vermögen sein?«, fragte ich ungläubig.

»Ja, ich habe mir das Geld genommen und ihm einen Schuldschein in den Sarg gelegt. Im Jenseits werde ich ihm alles zurückzahlen«, antwortete sie und konnte das Lachen nicht mehr zurückhalten. Wir lachten Tränen, sodass die Männer erschraken, die höflich klopften, um den Sarg abzuholen.

»Der Trauerzug wird in zwei Minuten beginnen«, sagte der älteste der vier Träger.

Wir gingen hinter dem Sarg, zuerst in die Kirche und dann zum Friedhof, und sahen verheult aus.

Zwiebeln hatte Samira mehr als genug!

Die Leute zeigten der Dichterin ihre Begeisterung deutlich.

Karam stand auf, aber er konnte vor Lachen nicht sprechen. Sein Lachen steckte viele im Saal an, auch den König und Prinzessin Jasmin. Er brauchte eine Weile, bis er sich wieder in den Griff bekam. Er stieg zur Kanzel hinauf. »Morgen«, rief er in den Saal, »wollen wir Geschichten über Gerechtigkeit und Ungerechtigkeit erzählen. Ich habe mich gefragt: Was führt eigentlich einen Richter zu einem gerechten Urteil über Menschen, die er nicht kennt? Wer nimmt ihn im Labyrinth der Verführungen zu falschen Entscheidungen an der Hand und führt ihn zum richtigen Urteil? Ich fand die Antwort: Es ist die unbestechliche Liebe eines Weisen, die sich nie vom Äußeren täuschen lässt.

Dabei fand ich genügend Beispiele sowohl im Leben wie auch in den Geschichten, die zeigen, dass die Gerechten nicht selten einsam bleiben.

Gestern begegnete mir ein Mann auf der Straße. Er forderte mich auf, mich umzuschauen. ›Siehst du, wie friedlich die Menschen geworden sind?‹, fragte er. Er hatte recht.

›Ich wünsche mir, dass die Erde wie unsere Hauptstadt Lulu wird‹, sagte er.

Dies, Eure Majestät, verdanken wir alle Eurem weisen Herzen.

Sagt euren Freudinnen und Freunden Bescheid, wer etwas zu unserem Thema beitragen kann, ist herzlich willkommen.«

»Ich könnte euch die ganze Nacht lang von der Ungerechtigkeit meiner Schwiegermutter erzählen«, rief ein junger Mann, und alle lachten.

Karam begab sich durch die drängende Menge zum Ausgang.

Er sprach noch kurz mit Jasmin, während Nura ein paar Worte mit den Märchenerzählerinnen wechselte, die am nächsten Tag im Schlossgarten die Geschichten von Geiz, Neid, Gier und ihren Erzfeinden nacherzählen wollten.

»Die Frauen sind total begeistert«, sagte sie zu ihm, als sie das Schloss verließen. Auf einem Tablett holten sie sich ein paar Leckereien, Brot und Wein und wollten gerade nach einem freien Platz suchen, da winkten ihm seine Tante und ihr Freund Nader, bei denen noch zwei Plätze frei waren.

»Jetzt weiß ich, wo du gestern Nacht warst«, sagte die Tante und lachte, »und ich freue mich so sehr für euch beide«, fügte sie hinzu. Nura bedankte sich für die freundliche Begrüßung.

Nach dem zweiten Wein flüsterte ihm Nura zu: »Heute bin ich mit meiner Geschichte dran.« Karam stand auf.

»Viel Spaß«, rief Nader ihnen nach, als sich die beiden verabschiedeten. Die Tante schaute ihnen nach, wie sie Hand in Hand Richtung Schloss gingen.

»So wie ich mich über dich und deine Zuneigung zu mir freue, freue ich mich für die zwei. Ich hoffe, sie werden gemeinsam endlich das Glück finden.«

»Ich habe ein gutes Gefühl. Sie werden es schaffen«, antwortete Nader ernst.

Auch Nura hatte schon viel Leid erfahren. Die Tochter des Großwesirs hatte als Kind ein trauriges Leben. Ihr Vater war ein harter, kalter Mann, der sie nicht liebte. Er hatte sich einen Sohn gewünscht, und seine Frau gebar Nura. Als dann das nächste Kind, ein Junge, zur Welt kam, wurde Nura auch von ihrer Mutter nicht mehr beachtet.

Die Mutter stammte aus ärmlichen Verhältnissen und war überglücklich gewesen, einen jungen Richter zum Mann zu bekommen. Später stieg er zum Obersten Richter auf, und da er sehr klug und mutig war, ernannte ihn der König zum Großwesir. Da wurde dieser Mann für Nuras Mutter zu einem irdischen Gott. Sie betete ihn an und wiederholte seine Worte, wie wenn sie aus den heiligen Schriften stammten. Sie liebte, was ihr Mann schätzte, und vertrieb alles aus ihrem Herzen, was dem Gatten nicht gefiel. Und das war in der Familie die kleine Nura. Ihr Bruder Mustafa hatte den ganzen Platz in den Herzen seiner Eltern besetzt. Schenkte die Mutter der kleinen Nura aus Mitleid auch nur ein wenig Aufmerksamkeit, brüllte er wie ein Stier, lief rot an und bekam keine Luft mehr. Und schon ließ die Mutter Nura wieder stehen.

Die einzige Liebe, die Nura als Kind bekam, war die ihrer Freundin Jasmin. Nura fühlte ein großes Bedürfnis nach Wärme und Zuneigung, und die schenkte ihr Jasmin.

Da die Väter miteinander befreundet waren, segneten sie diese Freundschaft. Die beiden Mädchen waren unzertrennlich.

Mit achtzehn wurde Nura die offizielle Zofe der sechzehnjährigen Prinzessin Jasmin und bekam ein schönes kleines Haus am südlichen Ende des großen Schlossparks zugewiesen. Es hatte zwei Eingänge. Einer führte von der Straße direkt ins Haus, und durch den anderen konnte Nura über einen Weg durch den Park schnell zu Jasmin gelangen.

So nah die zwei Freundinnen einander auch waren, so unterschiedlich empfanden sie in der Frage der Liebe. Während Jasmin lange nicht das Bedürfnis nach einer Liebesbeziehung hatte, ließ Nura keine Gelegenheit aus, nach Männern Ausschau zu halten. Vor allem Männer, die mindestens zwanzig Jahre älter waren, interessierten sie. Männer, die ihre Väter hätten sein können. Warum zogen sie vor allem verheiratete Männer an? Jasmin meinte eines Tages, das sei kein Zufall, Nura wolle keine feste Beziehung zu ihren Liebhabern aufbauen. Die Ehefrauen im Hintergrund waren eine gewisse Sicherheit für sie.

Doch das stimmte nicht ganz. Zweimal verliebte sich Nura in verheiratete Männer, von denen sie wünschte, dass sie sich von ihren Frauen trennen würden. Doch diese Männer waren erfahrene Schürzenjäger. Der erste behauptete: »Meine Frau ist todkrank, und es ist nur eine Frage von Monaten, bis sie stirbt. Dann werde ich dich sofort heiraten.«

Nura erfuhr bald, dass die Frau kerngesund war und ihr Liebhaber diesen Vorwand bei all seinen Seitensprüngen benutzte. Sie trennte sich von ihm. Der zweite, ein reicher Holzhändler, war noch dreister. »Meine Frau«, log er, »würde sich sofort das Leben nehmen, wenn ich mich von ihr trenne, und das bräche mir das Herz, denn ich würde mich für immer schuldig fühlen.«

Ein halbes Jahr bevor sie Karam kennenlernte, hatte sich Nura von ihm getrennt. Danach war sie intensiv mit der feurigen Verliebtheit von Jasmin und Amir beschäftigt, und ihr Geist ging ganz in den Überlegungen auf, wie sie die zwei Liebenden beschützen und unterstützen könnte.

In dieser Zeit trennte sich die Frau ihres letzten Liebhabers, des besagten Holzhändlers, von ihm und heiratete ihren verwitweten Nachbarn.

Als der Verlassene nun wieder bei Nura auftauchte, schickte sie ihn weg mit dem Rat: »Jetzt musst du dich umbringen, damit das Herz deiner geschiedenen Frau bricht.« Und sie lachte laut über den verblüfften Mann.

Dann traf sie Karam. Seine Augen, seine tiefe Stimme, seine selbstlose Hingabe gegenüber Jasmin ließen alle Dämme der Vorsicht brechen. Sie wusste, das war der Mann, von dem sie immer geträumt hatte. Und sie war überglücklich, wie offen Karam mit ihr sprach und wie zärtlich er war.

Fünfte Nacht

VON GERECHTIGKEIT UND UNGERECHTIGKEIT

Karam ging am Ufer eines Meeres spazieren. Er ließ kleine, flache Kieselsteine über das Wasser springen und zählte die Hüpfer. Plötzlich hörte er jemanden seinen Namen rufen. Langsam erkannte er die Stimme. Es war Farida. Er schaute um sich, konnte sie aber nicht finden. Da sah er in der Ferne ihren Arm im Wasser versinken und wusste, er konnte sie nicht retten.

Erschrocken wachte er auf. Nura schlief neben ihm. Sie hat einen gesegneten, tiefen Schlaf, dachte er. Weil er starken Durst verspürte, schlich er auf Zehenspitzen in die Küche, trank kühles Wasser aus dem Tonkrug und kehrte ins Bett zurück.

Nach dem Frühstück bat Nura ihn um Rat. Sie erzählte Karam offen von der Liebe, die Jasmin mit dem Fischer Amir verband und die, nach ihrer Meinung, auch eine der Ursachen von Jasmins Krankheit sei, da sie die Ablehnung ihres Vaters fürchte. Denn sie liebe auch ihren Vater und habe Angst, zwangsläufig einen von beiden zu verlieren.

Karam dachte lange nach. Nura gewährte ihm die Ruhe und kochte einen herrlichen Mokka aus jemenitischen Kaffeebohnen und grünem indischen Kardamom.

»Ich denke«, begann Karam, »Jasmins Angst ist berechtigt, aber sie sollte sie nicht lähmen. Der König besitzt so viel Güte und empfindet zugleich große Liebe für Jasmin. Ich glaube fest daran, dass er durch diese Liebe die Hürde der Herkunft ihres Auserwählten überwinden wird. Er wird zustimmen, wenn er sieht, dass Amir nicht nur Jasmin liebt, sondern hoffentlich auch ein vernünftiger Mann ist, sodass der König über die Zukunft seiner Tochter beruhigt sein kann.«

»Amir ist sehr vernünftig. Ich habe oft mit ihm gesprochen. Sagenhaft, was er alles weiß. Er hat sich selbst Lesen, Schreiben und Rechnen beigebracht. Jede freie Minute verbringt er bei einem Astronomen und lässt sich unterweisen. Den Mann haben Jasmin und ich kennengelernt. Er ist begeistert von seinem Schüler und hofft, dass er später ebenfalls ein guter Astronom und Wissenschaftler wird. Amir ist eher stiller Natur. Er kann nicht so gut erzählen wie du, aber er ist ein exzellenter Zuhörer ...«

»Das ist genauso wichtig wie das Erzählen«, unterbrach sie Karam.

»Ich versuche, meiner liebsten Jasmin Mut zu machen«, fuhr Nura fort. »Sie soll nichts überstürzen, aber die Suche nach einem passenden Weg und Augenblick auch nicht aufgeben!«

»Ja, genau. Der richtige Augenblick ist wichtig. Wenn du mich fragst, könnte das nach einem Abend mit Liebeserzählungen sein, wo man vom Glück und Leid der Liebenden hört und vielleicht ein offenes Herz für ungewöhnliche Liebesbeziehungen bekommt.«

»Und hast du vor, so einen Abend zu gestalten?«, fragte Nura.

»Klar, seitdem du mein Herz erobert hast und noch mehr, seit du mir heute von Jasmins Liebe erzählt hast«, erwiderte Karam. Nura konnte sich nicht mehr bremsen. Sie schmiegte sich an ihn und küsste ihn innig.

Den Nachmittag verbrachte Karam zuerst in Sadeks Café und dann im Garten bei Nura und den Erzählerinnen. Er war fasziniert, wie sich die Geschichten mit jedem Vortrag leicht veränderten. Je nach Erzählerin verschob sich das Gewicht, der rote Faden der Handlung blieb, aber jede gab dem Stoff ihre eigene, sehr persönliche Farbe.

Seine Tante Samia und ihr Freund Nader lächelten Karam zu, als er auf die Bühne kam. Er verneigte sich vor dem König und grüßte Jasmin und Nura, dann eilte er auf die Kanzel.

»Eure Majestät, liebe Jasmin, liebe Nura, meine Damen und Herren. Heute haben wir ein wichtiges Thema, Gerechtigkeit und Ungerechtigkeit. Es ist im kleinen privaten und großen gesellschaftlichen Bereich von größter Bedeutung, um gegenseitige Achtung und einen wahren Frieden aufzubauen.«

König Salih klatschte und löste einen begeisterten Beifall aus. Einige wohlhabende Wesire und Herren, die man an ihren teuren Kleidern und goldenen Ringen erkennen konnte, wollten sich nicht anschließen und blieben stocksteif.

Karam erzählte:

Beschuldigung einer Unschuldigen

Eine Frau namens Huda liebte einen Mann und hatte das Glück, dass sie ihn heiraten durfte. Er hieß Fakih und war einer der großzügigsten Menschen der Stadt. Seine Haustür stand immer offen für Fremde und Freunde, für Gäste und Hilfesuchende. Fakih war berühmt für seine edlen Eigenschaften. Auch deshalb liebte Huda ihn. Nach ihrer Hochzeit lebten sie zwei Jahre lang vergnügt und friedlich miteinander.

Eines Tages kam ein junger Mann vorbei. Er war ein guter Freund von Fakih und wollte ihn etwas fragen. Die Tür stand offen, denn es war an dem Tag stickig heiß. Der junge Mann, der sehr religiös war, trat ins Haus und sah Huda im Bett liegen. Sie schlief noch und hatte nur ein dünnes Nachthemd an, das ihren Körper mehr entblößte als bedeckte.

Der junge Mann erschrak, sprach einen Satz aus dem Koran, um seine Seele vor der Versuchung zu retten, und machte kehrt. Dabei stolperte er über einen Blecheimer und stürzte aus der Tür. In diesem Augenblick kam Fakih um die Ecke. Er sah seinen Freund aus seinem Haus rennen und wollte ihm einen Gruß zurufen, doch plötzlich ahnte er etwas Böses. Er eilte ins Haus und erblickte seine Frau im Bett, die von dem Krach gerade aufgewacht war.

»Was hat der Kerl bei dir gemacht? Habt ihr etwas miteinander?«

»Wer?«, fragte sie. »Ich bin gerade erst von dem Krach aufgewacht«, erwiderte sie arglos.

»Du lügst«, schrie er wütend, »du hast mich mit meinem Freund betrogen.«

Huda verschlug es die Sprache. »Du beschuldigst mich des Ehebruchs?«, fragte sie weinend vor Wut und Enttäuschung.

»Ja, ich will dich nicht mehr sehen«, schrie er. »Keine Minute länger lebe ich mit einer Verräterin unter einem Dach. Geh zurück zu deinen Eltern. Ich will dich nicht mehr sehen!«

Und er wiederholte dreimal die Formel: »Du bist geschieden!«, wonach die Ehe nach islamischem Recht geschieden ist. Die Hausbediensteten waren entsetzt, das mitansehen zu müssen.

Huda schmerzten Fakihs Worte ungeheuer. Es gibt nichts Schlimmeres für einen Unschuldigen als die Anklage aus dem Mund eines geliebten Menschen.

Huda packte ihre Sachen und ging zurück zu ihren Eltern. Sie wurde von ihrer Familie liebevoll aufgenommen.

Doch die Zungen der Schmäher und Neider waren Schlangen. Auf der Jagd nach dem Ruf der Frau schlichen sie durch die Gassen und vergifteten ihn.

Immer wieder fragten Freunde den Vater, ob es wahr sei, dass seine Tochter diesen frommen religiösen Fanatiker verführt habe.

»Tochter«, sagte der Vater leise und traurig zu ihr, »falls das, was mir heute ein Freund erzählt hat, wahr ist, so lasse ich deinen Liebhaber umbringen, und damit endet diese Geschichte. Ist es aber nicht wahr, so werde ich deinen geschiedenen Mann Fakih vor Zeugen bei einem Hellseher wegen Rufschädigung anklagen. Bitte, sei dir bewusst, dieser Hellseher irrt sich nie.«

»Vater, ich habe Fakih nie betrogen, nicht einmal in Gedanken, außerdem ist dieser religiöse Fanatiker ein Langweiler. Sprich fünf Minuten mit ihm, und du wirst erkennen, dass er dich eher einschläfert als anregt. Der Idiot hat mich immer gemieden, weil ich keinen Schleier tragen will und er denkt, das Anschauen eines Frauengesichts sei eine Sünde«, sagte sie und lachte mit ihrem Vater. Er küsste sie auf die Augen, denn er war sehr erleichtert, nachdem ihn das Gerede der Leute verunsichert hatte.

Der Vater schickte also nach Fakih und forderte ihn auf, vor Zeugen mit ihm zu dem anerkannten Hellseher zu gehen. Sie ritten mit ein paar Verwandten und Freunden in die nahe Stadt, wo der berühmte Mann lebte.

Huda ritt auf einem schönen Rappen und ihr Vater auf seinem Lieblingspferd, einem dunkelroten Fuchs mit weißer Blesse.

Kurz vor der Stadt merkte Hudas Vater, wie unruhig seine Tochter war. »Was hast du, meine Schöne?«, fragte er fürsorglich.

»Hast du etwa Angst vor der Wahrheit?«, fragte ihr Bruder fast wütend, »dann hätten wir uns den Ritt und den Skandal vor den Leuten ersparen können.«

Der Vater hob die Hand, um dem Sohn zu bedeuten, er solle aufhören. Huda wandte sich dem Vater zu. »Nein, Vater, niemand hat mich auch nur angefasst außer meinem Ehemann, aber Menschen können sich irren, und da der Hellseher ein Mann ist und Fakih ein bekannter Angehöriger einer adligen Sippe, könnte es auch gegen mich ausgehen, obwohl ich unschuldig bin.«

»Hab keine Angst, meine Tochter. Dieser Mann ist berühmt für seinen Mut und seine Ehrlichkeit. Er glaubt nur das, was seine prophetischen inneren Augen ihm zeigen, denn er ist blind und sieht das Unsichtbare besser als wir. Und nun pass gut auf.«

Er griff in die Satteltasche und holte einen Apfel heraus. Er reichte ihn dem Rappen, das Pferd schnappte danach und verschlang ihn in Sekunden.

Der Fuchs des Vaters wieherte neidisch, doch dieser beachtete ihn nicht.

Als sie ankamen, waren bereits viele Leute versammelt, die den Rat des Hellsehers suchten.

Sie mussten mehrere Stunden warten, bis sie an der Reihe waren. Der Vater begrüßte den Hellseher und sagte: »Wir haben auf dem Weg hierher kurz angehalten, und ich wüsste gern, ob du sehen kannst, weshalb wir das getan haben.«

»Ja, ich sehe ein Pferd einen Apfel fressen«, erwiderte der Hellseher. Er dachte kurz nach, seine Stirn lag in Falten, dann fügte er hinzu: »Und außerdem sehe ich, dass ein zweites Pferd neidisch war.« Huda atmete erleichtert auf.

Ihre Mutter bestand darauf, dass Huda zusammen mit vier anderen Frauen vor den Hellseher treten sollte, um zu prüfen, ob er sie erkennen würde.

Sie gingen also zu fünft zum Hellseher. Er saß auf einem großen Kissen. Die Frauen kamen eine nach der anderen schweigend zu ihm, gingen in die Hocke und streckten ihm beide Hände entgegen. Er berührte jede kurz und sagte:»Du bist es nicht.« Das wiederholte er, bis sich Huda als Letzte vor ihn hinhockte. Er griff nach ihrer Hand, drehte die Handfläche hin und her und rief laut:»Diese Frau hat ein reines Herz. Ich sehe, sie ist unschuldig in allem, was ihr vorgeworfen wurde. Und noch etwas kann ich sehen: Du wirst bald einen Mann treffen, der dich bis zu seinem Tod liebt und verehrt.«

Die Familie klatschte begeistert. Huda begann vor Freude zu weinen. Auch ihre Mutter und ihr Vater weinten vor Erleichterung.

Fakih, der mit mehreren Angehörigen seiner Sippe ebenfalls gekommen war, schämte sich. Er trat zu ihr und fiel vor ihr auf die Knie.»Bitte verzeih mir meine Dummheit«, sagte er und wollte ihre Hand ergreifen, doch Huda stieß ihn von sich.»Ich verzeihe dir alles, aber nur wenn du mich in Ruhe lässt. Du hast meine Liebe nicht verdient!«, rief sie und eilte zu ihrem Pferd.

Ob sie bald darauf tatsächlich einen Mann traf, der sie liebte, und mit ihm glücklich wurde, ist nicht überliefert, und ich möchte am Ende dieser wahren Geschichte nicht lügen.

Ein verhaltener Beifall erklang, in der Mehrheit von den Frauen. Nur wenige Männer beteiligten sich daran.

Karam hatte das geahnt, deshalb war er weder verlegen noch sauer. Als erfahrener Erzähler wusste er, nur Schleimer wollen allen gefallen. Auch damals in seinem Kaffeehaus hatte er seine Geschichten ohne Rücksicht darauf erzählt, wie viele Gäste sie gut finden würden. Langsamen Schrittes stieg er die Treppe hinunter.

Ein Mann stand auf.»Ich habe eine ähnliche Geschichte gelesen. Die Heldin hieß Hind. Sie heiratete später einen mächtigen Mann, der sie sehr respektierte, und brachte einen Sohn zur Welt, den sie Mu'awia nannte.

Er wurde der erste Kalif der Omaijadendynastie und einer der klügsten, gerissensten Herrscher der Geschichte. Einer seiner berühmten Sprüche lautete: ›Ich ziehe mein Schwert nicht, wenn meine Peitsche reicht, und auch die nicht, wenn meine Zunge reicht.‹ War das dieselbe Frau?«

»Keine Ahnung, aber so eine Frau hat es verdient, in Ehren zu leben«, antwortete Karam.

Samia, Karams Tante, stand auf, sie drehte sich zum Publikum. »Mich wundert es nicht, dass viele Männer mit dieser Geschichte unzufrieden sind, in der eine unschuldige Frau durch ein gerechtes Urteil freigesprochen wird. Offenbar fällt ihnen nicht auf, dass die meisten Ungerechtigkeiten Frauen treffen«, sagte sie. Ihre Stimme klang hart. Einige Männer zeigten ihren Unmut durch Pfiffe oder abfällige Kommentare. Samia beachtete sie nicht. »Von meinem Vater hörte ich einst eine Geschichte über die Beschuldigung einer unschuldigen Frau durch ihren eifersüchtigen Mann, der nicht einmal vor einem Mordversuch zurückschreckte, und wenn die Herren gute Nerven haben und mich nicht musikalisch mit ihren Pfiffen begleiten, so erzähle ich sie«, fügte sie mit entschlossener Stimme hinzu.

»Wir hören dir, liebe Samia, gerne zu, und das Minimum an Höflichkeit muss ich bei den Zuhörerinnen und Zuhörern voraussetzen. Niemand wird dich stören«, versicherte Karam. Der König klatschte, und viele im Saal taten es ihm gleich.

Samia erzählte:

Der Apfel und der eifersüchtige Ehemann

In Ägypten lebte einst ein reicher Mann namens Adel. Er besaß ein großes Haus unmittelbar am Nil. Von seiner Terrasse aus hatte man einen wunderschönen Blick über den lebenspendenden Fluss. Adel verfügte über ein großes Erbe von seinem Vater, der mit Baumwolle ansehnliche Gewinne gemacht hatte. Adel handelte mit Textilien. Er besaß ein großes Geschäft im berühmten Chan-al-Chalili-Marktviertel.

Er heiratete, wie es Sitte war, seine Cousine Fatmeh, die Tochter des Obersten Richters in Kairo. Fatmeh aber fand das Eheleben mit dem äußerst eifersüchtigen Mann langweilig. Er vergnügte sich täglich mit seinen Freunden in den Kaffeehäusern, die damals in Mode kamen. Ihr aber erlaubte er nicht einmal, allein spazieren zu gehen.

Doch im dritten Jahr ihrer Ehe freuten sich beide über die Geburt eines gesunden Sohnes. Sie nannten ihn Fadi.

Eines Tages kam ein Freund, der gerade Äpfel gekauft hatte, Adel im Geschäft besuchen. Beide waren seit der Kindheit befreundet. Ismail war Eisenhändler, ein bildschöner, humorvoller Mann und ein stadtbekannter Schürzenjäger. Er trank einen Kaffee, und bevor er ging, schenkte er Adel einen schönen roten Apfel. Doch dieser hasste Äpfel, sie hätten Adams Vertreibung aus dem Paradies verursacht, meinte er. So abergläubisch kann mancher sein.

Fadi war gerade sechs geworden, und er besuchte seinen Vater täglich. Das war Adels Wunsch, denn er wollte den Sohn in das Geschäftsleben einführen, wie auch sein Vater ihn täglich für eine Stunde ins Geschäft hatte bringen lassen.

Fadi liebte Äpfel. Er schaute den roten Apfel auf dem Tresen sehnsüchtig an. Ismail bemerkte das. Er gab dem Jungen den Apfel, den sein Freund gar nicht beachtet hatte, und verließ das Geschäft. Fadi wusste von der Abneigung seines Vaters gegen diese herrliche Frucht. Er steckte den Apfel schnell in die Tasche. Später brachte ein Diener den Jungen nach Hause. Dort erwarteten ihn ein leckeres Mittagessen und Süßigkeiten als Nachtisch. Deshalb versteckte Fadi, als er sich mit seiner Mutter zur täglichen Siesta ins Bett legte, den Apfel unter dem Kopfkissen. Er wollte ihn nach dem Aufstehen und vor der Rückkehr des Vaters genießen.

Über eine Stunde schlief der Junge. Die Dienerin weckte ihn mit der Nachricht, sein Freund Jussri stehe vor der Tür, er sei gekommen, um mit ihm am Nil zu spielen. Fadi sprang auf und eilte hinaus.

Der Apfel war vergessen.

Als Adel nachts ins Bett ging, spürte er etwas Hartes unter seinem Kopf. Er fand den Apfel.

»Genau der, den mir Ismail angeboten hat, o mein Gott! Aber meine Frau wird mich nicht aus meinem Paradies vertreiben, sie wird alleine hinausgeworfen«, sprach er leise zu sich.

Er konnte nicht schlafen. Fatmeh wunderte sich.

»Was bedrückt dich?«, fragte sie besorgt.

»Ich habe große Probleme mit den Lieferanten ... und die Hitze macht mich noch unruhiger. Lass uns auf die Dachterrasse gehen und die frische Brise genießen«, sagte er.

Die arglose Fatmeh hatte nichts dagegen, denn auch sie konnte nicht schlafen. Beide gingen leise hinauf. Der kleine Fadi war bereits in seinem Traumland, und das Personal hatte sich in ein bescheidenes Häuschen am Ende des großen Parks zurückgezogen.

Oben angekommen, trat Adel ans Geländer. Fatmeh folgte ihm. Sobald sie bei ihm war, schubste er sie von der Terrasse in den Nil. Fatmeh stürzte schreiend ins tiefe Wasser.

Ein Fischer saß dort in seinem Boot, der gute Fänge an diesem Abschnitt des Flusses machte. Die Reichen warfen so viele Lebensmittel hinein, dass große Fischschwärme angelockt wurden. Er musste aber immer in der Nacht fischen, weil die Bediensteten und Wächter der Häuser ihn sonst mit Steinen bewarfen. Sein schäbiger Anblick verschandele die Aussicht, behaupteten sie.

Der Fischer hörte einen Schrei und das Aufklatschen eines Körpers und dann die Rufe einer Frau. Er ruderte schnell zu der Stelle und entdeckte Fatmeh, die in ihrem weißen Schlafrock über dem dunklen Wasser gut zu erkennen war. Sie kämpfte und schlug um sich, da sie nicht gut schwimmen konnte.

Der Fischer Hilal drehte bei und zog sie aus dem Wasser. Sie begann zu weinen, doch Hilal, der Fischer, ruderte einfach weiter, bis er zu Hause war. Seine Hütte lag ebenfalls am Nil, aber weit außerhalb der Stadt Kairo.

Am nächsten Morgen erinnerte sich Fadi an seinen Apfel und suchte ihn unter dem Kissen des Elternbetts, doch er fand nichts. Der Junge begann erbärmlich zu weinen.

»Was hast du denn?«, fragte der Vater.

»Jemand hat mir meinen Apfel gestohlen«, sagte er und erzählte, dass er den Apfel von Ismail bekommen hatte.

Adel war vor Scham wie betäubt. Den Bediensteten erzählte er, seine Frau sei verreist.

Er schickte einen Diener mit seinem Jungen auf den Markt, er solle ihm zehn Äpfel kaufen, schloss sich selbst im Schlafzimmer ein und begann zu schreien und sich ins Gesicht zu schlagen.

»Was für ein Dummkopf bin ich?«, rief er und schlug seinen Kopf gegen die Wand.

Die Dienerschaft begann sich zu sorgen. Einer von ihnen holte einen bekannten Arzt, der in der Nähe wohnte und mit Adel befreundet war.

Der Arzt stand vor der verschlossenen Schlafzimmertür und redete so lange auf Adel ein, bis dieser die Tür öffnete.

Stundenlang saß der Arzt bei ihm, und Adel vertraute ihm an, was er getan hatte.

»Hoffen wir, dass sie den Sturz überlebt hat«, sagte der Arzt beim Abschied. Adel war jetzt viel ruhiger geworden. Er bedankte sich bei seinem Freund und wollte ihm Geld geben, doch dieser lehnte ab.

Sorgen machten sich auch Fatmehs Eltern, denen Adel sagte, Fatmeh sei in den letzten Monaten seltsam geworden und dann plötzlich abgereist. Er wolle öffentlich nicht darüber reden, doch er lasse im ganzen Land nach ihr suchen, log er den Eltern vor.

Fatmehs Vater glaubte ihm kein Wort, doch was konnte er tun?

Nun aber zurück zu dem Fischer. Er verliebte sich in diese kluge und freundliche Frau, die anscheinend vom Himmel zu ihm gekommen war, und Fatmeh liebte ihren Retter nicht minder. Hilal war sehr offen und konnte, da er seit dem Tod seiner Mutter allein lebte, gut kochen. Bereits am ersten Abend bereitete er für Fatmeh eine leckere Fischsuppe zu, und sie durfte weder spülen noch aufräumen.

Eine Woche lang verwöhnte er sie. Er hatte Glück beim Fang und konnte durch den Verkauf seiner herrlichen Fische Gemüse, Obst und frisches Brot kaufen. Täglich kochte er ein neues Gericht für Fatmeh.

»Mein Gott, bei all deiner Güte und Offenheit lebst du immer noch allein?«, fragte Fatmeh ihn erstaunt.

»Ja, ich habe eine große Schwäche, die viele Frauen erschreckt«, antwortete Hilal.

»Eine Schwäche? Du siehst eher aus wie ein Athlet. An was leidest du?«

»An bitterer Armut«, antwortete der Fischer. »Schon öfter fand mich eine meiner Kundinnen nett, doch ihre Eltern entschieden gegen mich, wenn ein reicher Mann um ihre Hand anhielt. Ich verstehe die Eltern, die sich um die Sicherheit ihrer Tochter sorgen, aber keiner denkt daran, dass auch ich ein Mensch mit Herz und Verstand bin«, sagte Hilal und konnte seine Tränen nicht mehr zurückhalten. Fatmeh eilte zu ihm, nahm ihn in die Arme und küsste ihn auf den Mund. »Doch, ich finde dich wunderbar.«

Und beide liebten sich die ganze Nacht.

»Mein Schutzengel«, sagte sie zu ihm, und er nannte sie »Oase meines Herzens«.

Fatmeh wollte die kleine Hütte ein wenig renovieren und ein paar neue Möbel, Kleider, Geschirr und andere notwendige Dinge für den Haushalt kaufen. Deshalb gab sie Hilal zwei ihrer mehr als zehn goldenen Armreife, er solle dafür all das kaufen, was sie fürs Leben bräuchten.

Hilal ging zu einem Goldschmied in Chan al Chalili, und dieser prüfte die Armreife. Sie waren echt, doch bei genauem Hinsehen entdeckte er eine Gravur: *Von Adel für Fatmeh.* Der Goldschmied verwickelte den Fischer in ein Gespräch, um ihn aufzuhalten, und schickte einen Laufburschen zum Textilhändler Adel. Er dachte, der Fischer sei ein Einbrecher. Adel eilte herbei und wäre beim Anblick der Armreife beinahe in Ohnmacht gefallen. Aber er beherrschte sich, da er nicht vorhatte, dem Goldschmied etwas vom Verschwinden seiner Frau zu erzählen.

»Wie viel sind diese Armreife wert?«, fragte er den Goldschmied kühl.

»Ich würde pro Stück vier Golddinare dafür geben«, antwortete der Goldschmied.

»Gut«, sagte Adel und wandte sich an den Fischer: »Komm mit mir zu meinem Laden, dort händige ich dir das Geld aus.« Und er ging mit den Armreifen in der Hand voraus.

»Junger Mann«, sagte er, nachdem er dem Fischer zehn Golddinare übergeben und ihm einen Kaffee hatte bringen lassen, »wo hast du diese Armreife gefunden?«

»Ich bin Fischer, und wenn ich mein Netz auswerfe, kommen manchmal mit den Fischen allerlei Sachen herauf, Schuhe, Teller, auch den Schädel eines Kindes fand ich einmal. Diese Armreife hingen am Rest eines Frauenarms, der wohl von einem Krokodil zerrissen worden ist.« Diese Geschichte hatte Hilal mit Fatmeh vorbereitet.

»Wo genau hast du den Arm gefunden?«

»Im Norden der Stadt«, antwortete Hilal. Er fühlte sich unwohl bei dem Textilhändler. Langsam dämmerte ihm, dass dieser Fremde der Mann von Fatmeh sein könnte.

Doch Adel ließ ihn unbehelligt ziehen und verabschiedete sich freundlich von ihm.

Erleichtert atmete Hilal auf und begann die Sachen zu kaufen, die Fatmeh sich wünschte. Zwei große Karren wurden mit Gegenständen beladen.

Glücklich setzte sich Hilal neben den Kutscher und zeigte ihm den Weg, der zweite Karrenführer folgte. Doch Hilal ahnte nicht, dass ihnen in gewissem Abstand auch ein Mann auf einem Pferd folgte.

Glücklich kam er zu Hause an und erstattete Fatmeh Bericht. Sie ahnte, dass ihr eine unangenehme Begegnung bevorstand. Und sie irrte sich nicht. Am nächsten Tag tauchte Adel auf.

Hilal fürchtete sich, doch Fatmeh küsste ihn innig. »Keine Angst, ich übernehme das! Bleib du hier im Haus. Ich werde das allein schaffen, dann bin ich endgültig frei.«

Sie trat aus der Hütte und musterte Adel mit zornigem Blick.

»Was willst du hier, du Mörder?«

»Du bist meine Frau und nach dem Koran ...«

»Nimm den Koran nicht in deinen schmutzigen Mund. Du hast versucht, mich umzubringen. Verschwinde für immer, oder ich werde meinem Vater alles erzählen und du kannst den Rest deines Lebens im Knast verbringe.«

»Aber unser Fadi!«

»Dreckskerl, hast du an Fadi gedacht, als du mich von der Terrasse gestoßen hast?«, schrie sie ihn an. »Behalte den Jungen, er sieht dir ähnlich und wird mich immer an das langweilige Leben mit dir erinnern.«

»Ich bitte dich um Verzeihung. Vor Wut habe ich die Beherrschung verloren.«

»Verschwinde von hier, bevor ich meine Geduld verliere und die Nachbarschaft zu Hilfe rufe!«, schrie sie ihn an.

Adel erschrak, ging zwei Schritte rückwärts und drehte sich noch einmal um. »Hure«, rief er und eilte davon.

Eine Woche später wanderten Fatmeh und Hilal aus. Niemand erfuhr, dass sie mit einem kleinen Schiff in den Süden umsiedelten, wo man sie nicht kannte.

Diesmal klatschte das Publikum, Frauen wie Männer, begeistert. Samia lächelte und ging zu ihrem Platz. Nader empfing sie mit offenen Armen und küsste sie auf die Stirn, bevor sie sich setzten.

Ein Winzer hob die Hand. Er war groß und hatte breite Schultern und grobe Hände. »Ich heiße Ismail. Mein Vater, ebenfalls Winzer, erzählte gerne seinen Gästen und Kunden eine kuriose Geschichte von einem Winzer, bei dem der Zufall für Gerechtigkeit sorgte.« Er hielt kurz inne. »Mein Vater schwor, dass diese Geschichte wahr ist. Ich selbst zweifele daran, aber wenn ihr wollt, erzähle ich sie euch. Sie ist wirklich einzigartig.«

Karam lachte über die raffinierte Einleitung des Winzers. Er wusste als langjähriger Kunde der Winzer in seinem Land, bei denen er jährlich eine große Menge guter Weine für sein Kaffeehaus gekauft hatte, dass Winzer hervorragende Geschichtenerzähler sind. Sie können mit ihren Worten aus einem gewöhnlichen Wein ein göttliches Getränk machen.

»Wir bitten dich darum, mein Herr«, erwiderte er.

Der Winzer Ismail erzählte:

Die drei Dummen

In einem fernen Land und einer noch ferneren Zeit herrschte ein kluger, ja gerissener König über ein friedliches Volk. Der König konnte mit seiner Klugheit und List alle seine Gegner mundtot machen oder sogar töten. Auch war er so geschickt, die Nachbarkönige gegeneinander aufzuhetzen, sodass sie sein Land in Ruhe ließen.

Weinberge überzogen den Norden des Landes, und Diamanten und Gold wurden im Süden aus dem Bauch der Erde geschürft.

Der König aber war berühmt für seine wechselnden Launen und deren Tochter, die Unbarmherzigkeit. Seine Laune wechselte umso schneller, je mehr er getrunken hatte. Und mindestens einmal im Monat trank er sehr viel. Er genoss vor allem den Rotwein, was ja nicht schlimm gewesen wäre, wenn er ihn vernünftig und in Maßen getrunken hätte, aber der König soff.

Man mag es kaum glauben, manchmal ließ der König Tiere und Menschen grundlos töten, weil sie seine unmöglichen Wünsche nicht erfüllten. Seine Untertanen fürchteten seine Launen und seine Sauferei. Man erzählte sich die irrsinnigsten Geschichten. Einmal musste sein Pferd daran glauben, weil das Tier sich weigerte, senkrecht auf den Vorderbeinen zu stehen. Aber er ließ auch Bedienstete und sogar drei Wesire umbringen, weil sie ihn mit ihren Witzen nicht zum Lachen brachten oder irgendwelche Rätsel nicht lösen konnten.

Die Bewohner seines Landes nahmen dieses Verhalten mehr oder weniger gleichgültig hin. Sie sagten sich, der Herrscher sei ein Sohn der Götter, und als solcher könne er von Normalsterblichen nicht verstanden werden.

An einem Wintertag aß der König zu Mittag und betrachtete die Schneeflocken, die wie Federn eines himmlischen Vogels lautlos zur Erde fielen. Der König war zwar nicht betrunken, aber das Essen schmeckte ihm nicht. Also ließ er in der großen Halle den Koch und seine Gehilfen auspeitschen.

Die Halle besaß hohe Fenster, die auf die Schlafräume seiner Frauen und Kinder gingen. Der König hatte dreißig Frauen und zweiundneunzig Kinder, und die standen oft an den Fenstern und amüsierten sich, wenn in der Halle die Strafen vollzogen wurden. Nur bei Hinrichtungen durften die Kinder nicht zuschauen. An diesem Tag lachten sie vor allem über den Koch und seine Gehilfen, die all das zuvor Zubereitete unter Peitschenhieben kochend heiß essen mussten.

Als diese Quälerei zu Ende war, lehnte sich der König zurück und ihn überkam die Lust auf Trauben. Seine Lieblingsorte waren die weißen, edlen Muskatellertrauben.

»Hol mir weiße Trauben von Karim«, rief der König seinem Minister zu. Dieser erstarrte vor Angst. Zwar war Karim durch seine Weißweine berühmt, aber Trauben im Dezember!

»Aber, Eure Majestät«, wollte der Wesir einwenden, doch seine Worte blieben ihm im Hals stecken, als der König brüllte: »Noch ein Wort, und dein Kopf liegt zwischen deinen Beinen! Ich will Trauben! Und sollte der verfluchte Karim keine herausrücken, wird er hier und heute geköpft!«

Der Wesir ließ also vier Polizisten zu dem Winzer schicken, der mehrere Weinberge besaß. Dieser ahnte die Gefahr, als er die Polizisten in den Hof reiten sah. Er beeilte sich, sie willkommen zu heißen.

»Der König wünscht auf der Stelle weiße Trauben!«, sagte der Anführer und kam sich lächerlich vor. Der Winzer schaute auf die schneebedeckten Felder und Dächer und fragte verzweifelt: »Trauben im eisigen Winter? Nicht einmal Blätter tragen die Reben zu dieser Jahreszeit.«

»Es ist der Wunsch Seiner Majestät!«, erwiderte der Anführer trocken.

»Leider kann ich damit nicht dienen«, sagte der Winzer aus heiserer Kehle.

»Dann bleibt dir nichts anderes übrig als mitzukommen. Da der Weg lang ist und wir dich nicht vor allen Neidern demütigen wollen, darfst du dein Pferd nehmen und mit uns zum Palast reiten. Aber missbrauche nicht meine Großmut und versuche nicht zu flüchten.«

»Nein, das werde ich nicht tun, vielen Dank«, sagte Karim und holte sein Pferd aus dem Stall. Seine Frau und Kinder waren gerade bei seinen Schwiegereltern in einer fernen Stadt, und er war dankbar, dass sie diese Szene nicht miterleben mussten.

Karim ritt also mit den vier Polizisten aus dem Hof. Sein Nachbar, ein neidischer Zeitgenosse und übler Weinpanscher, lief herbei, ergriff die

Pferdezügel und hielt ihn auf. »Halt«, rief er. »Wenn du eine Belohnung bekommst, so gehört mir die Hälfte davon, weil ich immer Werbung für dich gemacht habe.«

»Schon gut, geh mir jetzt bitte aus dem Weg. Der König wartet auf uns«, antwortete Karim. Einer der Polizisten näherte sich mit seinem Pferd und trat den Lästigen mehrmals in den Rücken, sodass dieser bald am Boden lag.

Die Polizisten ritten mit Karim zum Palast und waren ihm gegenüber sehr freundlich. Er sollte vor dem Audienzsaal warten. Ihr Anführer informierte den Wesir, sie hätten den Weinbauern mitgebracht, da er keine Trauben habe anbieten können.

Der König erfuhr es und brüllte augenblicklich: »Her mit dem Verfluchten!«

»Tut uns leid, aber wir müssen dich vor den König schleppen, so wie er sich das vorstellt«, sagte der Polizeioffizier. Er gab seinen Männern einen Wink, und sie schleiften den Winzer in die Halle. Der staunte nicht wenig über den großen Kuppelsaal, der auf drei Seiten von hohen Fenstern umgeben war, an denen Kinder und Frauen lehnten und das Geschehen verfolgten.

Als Karim nun gefesselt vor dem König auf dem Boden lag, fragte dieser, als hätte er keinen Verstand: »Warum weigerst du dich, mir Trauben zu schicken?«

»Ich weigere mich nicht. Die Natur gibt jetzt keine her.«

»Du willst mich also auch noch belehren?«, schrie der König. »Du wirst hingerichtet, weil du meinen Wunsch nicht erfüllst und auch noch frech bist. Holt die Lederdecke und ruft den Henker«, rief der König.

Da der Verurteilte damals mit einem Schwert geköpft wurde, musste er bei der Enthauptung auf einer ledernen Decke knien, damit der Marmorboden nicht beschmutzt wurde.

Man holte die Decke, und Karim kniete sich hin, mit dem Rücken zum König. Doch der Henker befand sich gerade nicht im Palast, also schickte man drei Polizisten los, um ihn zu suchen. Alle Fenster waren dicht besetzt mit Neugierigen, die zuschauten und dabei Nüsse knackten.

Beim Warten schlief der König ein. Nach einiger Zeit richtete sich Karim auf, da erblickte er in einem der Fenster, das bisher dunkel war, eine junge Frau, die nun Licht machte und nackt vor dem Spiegel stand. Niemand außer Karim konnte die Frau sehen. Plötzlich wurde Karims Penis vor Erregung so steif, dass er mit seiner gesegneten Länge die Galabija in der Mitte zu einem Zelt spannte. Karim lachte laut auf und vergaß für einen Moment, wo und weshalb er da stand. Von dem Lachen wachte der König auf.

»Was? Wie? Warum lachst du, Verrückter?«, sprach er, sichtbar freundlicher gestimmt.

»Weil ich heute drei Dumme getroffen habe: Dich, o König, der ausgerechnet im Dezember Trauben essen will. Meinen Nachbarn, dessen Neid ihn ebenfalls dumm werden ließ. Anstatt sich zu erkundigen, wohin die Polizisten mich bringen, wollte er die Hälfte meiner Belohnung haben, Also bitte, wenn du mich geköpft hast, lass ihn holen und ihm den Hals bis zur Hälfte durchschneiden. Der dritte Dummkopf ist mein Penis, der nicht kapiert, dass ich kurz vorm Tod stehe und ausgerechnet jetzt, wie du siehst, geil wird.«

Der König lachte und ließ dem Winzer ein Geschenk bringen. Tausend Dinar, als Wiedergutmachung für den Schrecken, den er ihm eingejagt hatte. Und zum Abschied rief er dem Winzer zu: »Denk an meine Traubenbestellung, sobald sie reif sind! Und gib dem Nachbarn keinen einzigen Dirham deines Geldes. Ich bezahle nur meine Schulden bei dir.«

Ein Lachen, das sich beim letzten Teil dieser Geschichte unkontrolliert ausbreitete, sprang nun wild und munter von Mund zu Mund, sogar der König amüsierte sich und klatschte begeistert.

Ein Schneider hob die Hand. Karam nickte ihm zu. Der Mann stand auf. »Ich heiße Nabil und bin Schneider. Den Spruch: *Hüte dich vor der Boshaftigkeit derer, denen du geholfen hast*, habe ich schon als Kind oft gehört. Er ist sehr berühmt. Man schreibt diese klugen Worte verschiedenen Philosophen oder weisen Frauen und Männern zu. Ich habe ihn lange nicht verstanden, bis ich selbst Opfer eines Mannes wurde, dem ich geholfen hatte.

Dankbarkeit verlangt eine starke Seele. Schwache Naturen empfinden sie als Belastung und bilden sich ein, wenn sie Dankbarkeit zeigten, würden sie noch tiefer sinken, und der Wohltäter stiege auf ihre Kosten noch höher auf. Deshalb reagieren sie mit Bosheit. Nun, genug der Einleitung! Ich erzähle euch gerne eine kurze Geschichte über die Undankbarkeit.«

Karam deutete auf die Kanzel. Der gebeugt gehende Mann stieg langsam hinauf.

Der Schneider erzählte:

Gerechte Strafe gegen die Undankbarkeit

Ein Mönch brach frühmorgens zu einer Reise auf. Er genoss die Stille und das Erwachen der Natur. Die Wanderung sollte den ganzen Tag dauern, deshalb hatte er ein Bündel mit Brot und Käse mitgenommen.

Er ging auf einem ihm bekannten Pfad durch den Wald, da hörte er das verzweifelte Jammern eines Tieres. Bald entdeckte er eine tiefe Grube und darin einen Tiger.

»Hilf mir, bitte, ich sterbe hier vor Hunger und Durst«, flehte der Tiger. Der Mönch war bekannt dafür, dass er die Sprache der Tiere verstand.

»Wie bist du in diese Grube geraten?«, fragte er mitleidvoll.

»Es war eine Falle. Die Grube war gut getarnt. Man wird mich töten, um mein Fell zu verkaufen. Bitte hilf mir«, flehte der Tiger.

»Gerne tue ich das, Bruder. Alle Tiere der Erde sind meine Freunde«, erwiderte der Mönch. Er suchte in der Umgebung, bis er einen Baum fand. Mühsam schleppte er den Stamm zu der tiefen Grube.

»Hier, edler Tiger. Ich stelle den Stamm so in die Grube, dass du einfach daran heraufklettern kannst.«

»Oh, ich danke dir, lieber Bruder«, rief der Tiger gerührt.

Der Mönch ließ den Baumstamm in die Grube gleiten und lehnte ihn schräg an die Grubenwand. Jetzt konnte der Tiger leicht über den Stamm hinaufklettern, und mit einem letzten Sprung gelangte er in die Freiheit.

Der Mönch freute sich und streichelte dem Tiger über den Kopf, doch dieser hatte sich noch keine fünf Minuten erholt, als er schon mit seiner Pranke nach dem Mönch schlug. Dieser wich zur Seite aus. Atemlos vor Schreck rief er: »Aber Bruder, was machst du da?«

»Was mach ich da wohl? Ich habe Hunger und will dich fressen.«

»Aber ... aber ich habe dir das Leben gerettet. Und der Wald wimmelt doch von kleinem Getier!«

»Ja, und? Ich habe keine Lust auf eine anstrengende Jagd, wenn hier das Futter vor meiner Nase steht. Ich habe Hunger, und mein Hunger ist stärker als jede Dankbarkeit. Dich und nicht irgendeinen Hasen zu fressen verlangt schon meine Klugheit.«

»Mag sein. Mir aber erscheint das sehr ungerecht. Lass uns ein Stück zusammen gehen und die ersten drei Tiere fragen, die uns begegnen, ob es gerecht ist, dass du mich frisst.«

»Einverstanden«, rief der Tiger und lachte. Er war sicher, dass alle Tiere den Menschen hassten.

Sie gingen zusammen durch den Wald und trafen nach einer Weile einen Fuchs. Der Mönch erzählte ihm, wie er den Tiger gerettet habe, und dass der Tiger ihn jetzt fressen wolle.

»Warum nicht? Das ist mehr als gerecht. Die Gesetze des Waldes achten nicht auf die blöden Ansichten der Menschen. Und die Gattung Mensch ist die letzte, die nach Gerechtigkeit verlangen darf, denn seit Tausenden von Jahren ist sie uns, den Tieren, gegenüber ungerecht. Also, lieber Tiger, du hast alles Recht auf das Fleisch des Menschen, und wenn du mir ein paar Knochen zum Abnagen übrig lässt, bin ich dir dankbar.«

Der Tiger lächelte zufrieden.

Sie gingen weiter und trafen eine große Schlange. Nachdem sie die Schilderung des Mönchs gehört hatte, sagte sie zum Tiger: »Worauf wartest du? Der Mensch schmeckt gut, nur der Kopf ist verdorben.« Der Tiger bedankte sich bei der Schlange und sagte zu dem Mönch: »Wie du siehst, gibt es offenbar keinen Grund, einem Menschen dankbar zu sein.«

»Mag sein, aber was kann ich dafür? Ich habe dir auch nicht vorgehalten, was Tiger schon für Verbrechen begangen haben, sondern bin einfach meinem Herzen gefolgt und habe dich gerettet.«

»Gut reden kannst du ja, aber mein Hunger versteht keine Sprache außer der des Zubeißens. Nun wollen wir noch ein drittes Tier fragen.«

Schweigend gingen sie nebeneinander her. Da kam ihnen ein großer Hund entgegen. Sie erzählten ihm, was geschehen war.

»Ich muss sagen, ich halte das für einen Scherz. So ein schwacher Mann soll einen Baumstamm schleppen können? Und wie soll ein Tiger über einen schrägen Stamm klettern? Ich muss es sehen, dann kann ich es beurteilen. Ich bin ein berühmter Richter und will meinen Ruf nicht ruinieren.«

»Gut«, sagte der Tiger genervt, »dann gehen wir zurück zu der Grube und zeigen es dir. Sie ist ganz in der Nähe.«

Die drei gingen zu der Grube zurück, der Tiger kletterte über den Stamm in die Tiefe, und der Mönch zog den Stamm heraus.

»Und nun sieh zu, dass du hier schnell wegkommst«, sagte der Hund zu dem Mönch. Dann wandte er sich dem Tiger zu: »Deine eigene Undankbarkeit hat dich wieder in die Grube gebracht.«

Der Mönch bedankte sich beim Hund und schenkte ihm seine Tagesration an Brot und Käse. In Verehrung des Hundes wollte er an diesem Tag fasten.

»Geschieht dem undankbaren Tiger recht«, rief ein beleibter Mann in der dritten Reihe und klatschte. Samia, Jasmin und König Salih nickten und klatschten ebenfalls kräftig.

Eine wohlhabende Schneiderin meldete sich zu Wort. Sie hatte ein männliches Gesicht, aber sie war äußerst fein angezogen und hatte ihre langen schwarzen Haare kunstvoll zu einer Krone hochgesteckt. »Ich bin Sarifa. Meine Mutter stammte aus Marokko, aber wie und vor allem warum sie hierher nach Sitt Hudud kam, das ist eine unglaubliche Geschichte. Wenn sie euch interessiert, könnte ich sie erzählen.«

»Da bin ich aber neugierig«, rief der König.

»Wir bitten darum«, sagte Karam und zeigte auf die Kanzel.

Die Schneiderin Sarifa erzählte:

Die gerechte Verteilung

Ein alter Holzhauer hatte drei Töchter. Nach dem Tod seiner Frau wollte er nicht mehr heiraten. Er sagte, er sei bereits mit der Armut verheiratet, und das Christentum erlaube keine Vielweiberei.

Er lebte in einem kleinen Dorf nahe einer Großstadt. Da seine Töchter bereits erwachsen waren, konnten sie sich um den Haushalt kümmern und da und dort durch Stricken etwas dazuverdienen. Dennoch lebten sie in Armut.

In der Großstadt, deren Bürgermeister ein Schwächling war, herrschte ein Gewalttäter namens Radi. Mit vier Schlägertypen terrorisierte er die Stadt und verlangte nicht nur Schutzgeld von den Geschäften, sondern auch von jedem Händler, der dort etwas verkaufen wollte. Keiner wagte, ihm Widerstand zu leisten, geschweige denn, ihn zu bestrafen.

Eines Tages erwischte es den alten Holzhauer. Am Eingangstor der Stadt nahm ihm einer der Schläger die Hälfte seines Holzes weg. Dem armen Mann half weder Flehen noch Weinen. Drei Burschen stapelten das Holz auf einen der großen Karren, die abseits standen und auf denen sich bereits Kichererbsen, Bohnen, Mehl, Mais und Krüge mit Olivenöl und Wein befanden, die sie beschlagnahmt hatten.

»Wir nehmen das Holz nur zu deinem Schutz, sonst bist du verloren«, sagte einer der Grobiane und lachte widerlich.

»Aber ihr habt mich ruiniert!«, rief der Holzhauer. Die Männer antworteten nicht, sondern schnappten sich einen Bauern, der getrocknete Früchte in die Stadt brachte. Auch dieser jammerte laut. Vergeblich!

Als der alte Holzhauer am Abend nur mit etwas Brot nach Hause kam, erzählte er seinen Töchtern, was ihm passiert war. Die Älteste, sie hieß Rania, meinte, das sei ein Schicksalsschlag, die Zweite, sie hieß Malake, sagte, es sei einfach Pech gewesen, die Jüngste, sie hieß Saide, aber schüttelte den Kopf. »Ich habe viel über diesen Gewalttäter und seine Bande gehört. Unsere Polizei ist ebenso korrupt wie der Bürgermeister. Sie tun so, als könnten sie nichts gegen dieses Unrecht unternehmen. Also bleibt uns nichts anderes übrig, als uns selbst zu wehren«, sagte sie entschlossen.

»Und wie stellst du dir das vor?«, fragte der Vater besorgt.

»Die List, Tochter der Vernunft, besiegt die Gewalt, Tochter der Dummheit«, erwiderte Saide. Tagelang überlegte sie mit ihren zwei Schwestern, was sie am besten machen könnten. Ihr Vater transportierte unterdessen das Holz auf seinem Maulesel in eine andere nahe Stadt und verkaufte es dort für gutes Geld.

Die drei Schwestern zogen Erkundigungen über den Erpresser Radi ein. Er war fünfzig und lebte in einem großen Haus mit drei Bediensteten und vier Leibwächtern. Seine Frau war vor Jahren nach nur einem Monat Ehe geflüchtet.

Eines Tages machten sich die drei Schwestern fein, schminkten sich, fuhren in die Stadt und flanierten an dem Lokal vorbei, wo Radi jeden Nachmittag auf der Terrasse saß. Er lachte ihnen zu, und sie erwiderten sein Lachen. Dann folgte er ihnen, und sie zeigten Interesse. Sie blieben stehen und unterhielten sich mit ihm. Er war äußerst charmant.

»Wer seid ihr?«, fragte er.

»Kannst du ein Geheimnis für dich behalten? Wir sind die Töchter eines Wesirs und leben eigentlich in der Hauptstadt Baaldan. In fernen Städten suchen wir Abenteuer mit mutigen Männern. Wir haben von dir gehört, deshalb sind wir hergekommen«, erzählte Saide und legte einen so verführerischen Klang in ihre Stimme, dass Radi große Lust auf sie und die anderen zwei Frauen bekam.

»Wollen wir zu mir gehen?«, fragte er.

»Nur langsam«, bremste ihn Rania genau nach Plan, »so einfach ist es nicht. Wir verlangen weder Geld noch Geschenke, sondern nur absolute Diskretion. Du hörst richtig: absolute Diskretion. Wenn du das nicht schaffst, tut es uns leid, und wir werden unverrichteter Dinge zurückreiten. Unsere Pferde warten vor dem Stadttor.«

»Ich schaffe alles! Was soll das heißen, absolute Diskretion?«, fragte er arrogant.

»Das heißt, wir kommen am frühen Morgen zu dir. Keiner deiner Bediensteten, ob Helfer, Wächter oder Stallmeister, darf da sein. Wir kochen und tanzen und amüsieren uns mit dir bis Mitternacht, dann reiten wir zurück. Und wenn es uns gefällt, kommen wir wieder«, erklärte Malake.

»Das soll schwierig sein?«, erwiderte Radi hochnäsig, fast gereizt. »Auf einen Wink meiner linken Hand entfernen sich alle. Aber sagt mir bitte, wie ihr heißt«, fragte er mit etwas gekünstelter Höflichkeit.

»Ich heiße Diedie«, antwortete Rania

»Und ich heiße Gerechte«, sagte die Malake.

»Und mich hat meine Mutter Rache genannt«, sagte Saide, »weil ihre Schwiegermutter eine Hexe beauftragt hatte, meine Mutter unfruchtbar zu machen. Meine Geburt war die Rache an der bösen Schwiegermutter, die danach Selbstmord beging.« Radi interessierte das nicht.

»Gut, dann treffen wir uns morgen früh bei mir. Ich wohne in dem weißen Haus mit dem großen Garten. Ihr könnt ...«

»Wir wissen Bescheid«, unterbrach ihn Malake. »Wir haben uns erkundigt«, ergänzte Saide und lachte so aufreizend, dass Radi geil wurde.

»Also bis morgen«, sagte Radi und eilte zum Friseur und zum Hammam.

Die drei Schwestern kehrten heim. Sie erzählten ihrem Vater von ihrem Plan. Er war voller Sorge, und doch lachte er mit ihnen herzlich über den geilen Trottel. Sie beschrieben ihm den Weg genau. Er kannte das Haus.

»Morgen Vormittag kutschierst du deinen großen Planwagen zu Radis Haus. Du fährst durch das Tor, dann durch den Garten bis zur Haustür. Dort warten Malake und ich, während Saide den Kerl in der Stadt mit Einkäufen aufhält. Wir werden diesem Verbrecher alles wegnehmen. Geld, Schmuck, teure Kleider, feine Lebensmittel, Geschirr und alles, was er sonst noch geraubt hat«, erklärte Rania.

»Gott sei Dank steht das Haus etwas abseits, geschützt von hohen Mauern und Zypressen. Da wird keiner mitkriegen, was wir treiben«, beruhigte Malake ihren Vater.

»Wenn wir Glück haben, kannst du dich danach zur Ruhe setzen. Wir könnten mit dir in die Hauptstadt umsiedeln und dort einen Textilladen eröffnen«, warf Saide ein.

»Vor allem aber ist der Ruf dieses Schurken ruiniert. Wie sollte ihm noch einer etwas für seinen Schutz bezahlen, wenn er sich nicht einmal selbst schützen kann«, fügte Rania hinzu.

Die drei bereiteten die Aktion Schritt für Schritt vor, und der Vater saß still dabei und fühlte ein seltsames Glück.

»Hast du das Betäubungsmittel?«, fragte Rania. Saide nickte und zeigte auf eine kleine blaue Flasche. »Das betäubt einen Stier«, sagte sie und lachte.

Am nächsten Morgen wachten die drei Frauen früh auf, schminkten sich noch sorgfältiger als am Vortag und stiegen in den Planwagen ihres Vaters, der von zwei kräftigen Maultieren gezogen wurde. Er brachte sie bis zum Stadttor und machte dann kehrt.

Die drei gingen zum Haus des Erpressers. Er war elegant gekleidet. Sie schlugen ihm vor, dass die zwei älteren Schwestern sein Schlafgemach zu einer herrlichen Lasterhöhle umgestalten würden, und zeigten ihm den mitgebrachten Weihrauch. Er solle unterdessen mit Saide in die Stadt gehen. Sie habe eine Liste mit all den Sachen, die sie benötigten, um von Mittag bis Mitternacht zu essen, nackt zu tanzen, zu singen und sich zu lieben.

So etwas habe er noch nie erlebt, meinte Radi.

»So etwas lernen wir in den reichsten Familien von Kind auf. Das führt unser Vater uns mit seinem Harem täglich vor«, erwiderte Rania.

Radi begleitete Saide, die ihm schöne Augen machte und ihn immer wieder anzüglich berührte. Wenn dieser Mann ein Herz gehabt hätte, wäre er auf der Stelle verliebt gewesen, aber er war nur geil auf ihren sehr erotischen Körper. Sie wanderten von Geschäft zu Geschäft, und Saide wählte die teuersten Lebensmittel aus, Weine, gesalzene Pistazien, erlesene Süßigkeiten, und immer wieder führte sie lange Gespräche mit den Verkäufern. Radi wurde das bald langweilig. Gegen Mittag fragte er sie, ob sie nicht Lust hätte, mit ihm ein Gläschen Wein zu trinken, so zur Einstimmung.

»Gerne«, erwiderte Saide und sie gingen in ein Lokal. Drei Laufburschen trugen ihnen die Lebensmittel hinterher. Radi bestellte teuren Wein und trank ihn gierig. Saide nippte nur wie ein Spatz an ihrem Glas. Radi trank schnell aus und bestellte noch einen Wein. Als er kurz auf die Toilette ging, tröpfelte Saide ihm so viel Schlafmittel in sein Glas, dass man einen Elefanten damit hätte betäuben können. Danach prostete sie ihm tüchtig zu. Bald schlief er ein. Sie nahm unauffällig seinen Geldbeutel, bezahlte den Wirt großzügig und sagte: »Radi ist etwas müde. Lassen Sie ihn ausschlafen. Ich bringe nur schnell die Sachen nach Hause und komme ihn dann holen. Aber wecken Sie ihn nicht. Sonst schlägt er hier alles kurz und klein. Sie kennen ja seine schlechte Laune.«

»Und wie!«, sagte der Wirt ängstlich.

»Ich bin seine Braut, und wir haben die ganze Nacht nicht geschlafen. Sie wissen schon, was ich meine«, sagte sie augenzwinkernd und eilte davon.

Im Haus des Erpressers strahlten ihre Schwestern sie an. »Es ist kaum zu glauben! Wir haben dreitausend Golddinare und eine Menge Juwelen und beste Seide gefunden und schon eingeladen«, riefen sie.

Die drei Frauen stiegen in den Planwagen und machten sich auf den Weg.

In dem Lokal wurde es inzwischen immer voller, doch Radi schlief und schlief. Erst kurz vor Mitternacht schickte der Wirt seinen Laufburschen zur Wache, um die Polizisten um Hilfe zu bitten. Diese kamen und rüttelten Radi wach. Er schaute erschrocken um sich.

»Wo ist Diedie?«, rief er.

»Wer ist Diedie?«, fragte der Polizeioffizier.

»Das ist seine Braut«, antwortete der Wirt.

»Und wo ist mein Geld? Die verfluchte Hexe hat mich bestohlen!«, schrie er wie von Sinnen.

»Aber sie hat bezahlt. Sie ist doch deine Braut«, betonte der Wirt nicht ohne Ironie, aber voller Verachtung.

»Oh, dann haben die drei das alles im Voraus geplant. Sie sind sicher noch bei mir zu Hause!«

»Wer ist bei dir zu Hause?«, fragte der verwirrte Offizier.

»Diedie, Gerechte und Rache. So heißen die drei Frauen«, antwortete Radi mit wirrem Blick.

»Lass uns gehen. Der Wirt ist müde. Wir begleiten dich nach Hause und dann sehen wir weiter«, sagte der Offizier und half Radi aufzustehen. Der ging wie betrunken auf wackligen Beinen, sodass ihn ein Polizist stützen musste.

»Mein Gott«, seufzte der Wirt, »wie heruntergekommen der plötzlich wirkt.«

Zu Hause angekommen, drehte Radi fast durch. Geld und Juwelen waren verschwunden. Er schrie wie am Spieß.

»Beruhige dich doch. Wer waren die drei?«

»Die ... die, Gerechte und Rache.«

Der Offizier konnte damit nichts anfangen. Er wiederholte: »Die gerechte Rache! Bist du sicher, dass es Frauen waren? Nicht etwa Dschinn?«, fragte er. Da explodierte der Erpresser und schmiss die Polizei samt Offizier aus seinem Haus.

Die drei Polizisten und ihr Offizier rächten sich auf ihre Weise. Sie ließen verbreiten, dass Radi selber Schutz bräuchte und niemandem mehr Angst einjagen könne.

Auch der Bürgermeister sah den Augenblick gekommen, um sich von dem Schurken zu befreien. Er ließ Radi und seine vier verbrecherischen Helfer verhaften und wegen Erpressung anklagen. Dafür gab es ausreichend viele Zeugen.

Ach ja, was aus den Schwestern wurde, ist nicht bekannt. Man hat weder sie noch ihren Vater in dieser Gegend je wiedergesehen.

Ein Beifall an der falschen Stelle und witzige Kommentare über Angeber und Erpresser hatten die Erzählung unterbrochen. Karam ärgerte sich, stand auf und gab mit beiden Händen ein Zeichen, dass die Leute still sein sollten. Die Schneiderin wartete einen Augenblick. Das Publikum verstand die Andeutung und wurde still. Die Schneiderin fuhr fort:

»Die drei Schwestern und ihr Vater ließen sich wie geplant in der Hauptstadt ihres Landes nieder und zählten dort bald zu den reichsten Familien. Die zwei Schwestern Rania und Malake eröffneten ein großes Textilgeschäft. Sie heirateten und brachten jeweils Zwillinge zur Welt. Der ehemalige Holzhauer hatte nun als Großvater alle Hände voll zu tun und freute sich darüber.

Die jüngste Schwester Saide wollte Schneiderin werden und brachte es in diesem Beruf nach ein paar Jahren zu großem Erfolg.

Eines Tages verliebte sie sich in einen armen Dichter, der gerade aus dem Gefängnis gekommen war. Dort hatte er drei Jahre gesessen, weil er ein giftiges Gedicht gegen den Sultan des Landes geschrieben hatte. Sie siedelte mit ihm nach Lulu um. Sie heirateten, und ich kam schon fünf Monate nach der Hochzeit zur Welt.«

Die Erzählerin lachte, und das Publikum stimmte ein.

»Leider starb mein Vater, als ich gerade zehn wurde, und meine Mutter konnte und wollte keinen anderen mehr lieben. Sie war für mich Mutter, Lehrmeisterin und Freundin in einer Person. Nichts auf der Welt kann sie ersetzen.«

Bei diesen Worten begann sie laut zu weinen. Der Saal wurde absolut still. Karam lief die Treppe hinauf und nahm die Frau in den Arm, streichelte ihr den Kopf und küsste sie auf die Stirn. Kaum jemand merkte, dass er ebenfalls weinte.

Über die Schulter der zierlichen Frau blickte er den Stadtkutscher an und nickte ihm zu. Der Stadtkutscher verstand die Aufforderung zu erzählen und stand auf. Er näherte sich langsam der Kanzel, während Karam die Frau behutsam Stufe für Stufe hinabbegleitete.

Der Stadtkutscher erzählte:

Davids Urteil und Salomos Korrektur

Eine alte arabische Legende berichtet, dass König David sehr gerecht und streng war. Eines Tages kamen zwei Männer zu ihm. Der eine besaß einen Gemüsegarten und der andere eine Schafherde. Der Bauer klagte den Schäfer an, dessen Herde sei in seinen Garten eingedrungen und habe alles bis auf die Wurzeln kahlgefressen.

David fragte den Schäfer, ob das stimme, und dieser weinte und sagte, er habe die hungrige Herde nicht mehr zurückhalten können, der Gemüsegarten habe ja weder Mauer noch Zaun.

König David urteilte, der Bauer solle als Entschädigung die Schafherde bekommen, und dies solle eine Mahnung an alle Schäfer sein, die Gärten der Bauern zu meiden. Das fanden alle Städter und Bauern gerecht, weil sie seit Langem unter den Herden der Nomaden und Schäfer litten.

Der Schäfer ging weinend hinaus. Draußen spielte Davids Sohn Salomo. Er war nicht einmal zehn Jahre alt.

»Warum weinst du?«, fragte er den Schäfer neugierig.

»Ich weiß, es war ein dummer Fehler, aber jetzt bin ich ruiniert«, sagte der Schäfer und erzählte Salomo von dem Fall und dem Urteil.

Salomo ging zu seinem Vater und bat ihn um Erlaubnis, öffentlich zu sprechen. David liebte Salomo und erfüllte ihm den Wunsch, vor allen Gästen aufzutreten.

»Vater, dein Urteil ist gerecht, aber besser wäre es, wenn der Bauer die Herde nur so lange behalten und nutzen würde, bis er den Garten wieder mit Gemüse bebaut hat. Dann kann der Bauer sein Gemüse verkaufen und der Schäfer seine Herde zurückbekommen.«

»Mein Urteil habe ich gefällt, und es ist gut, wenn es gerecht ist. Gerechtigkeit kann manchmal ungnädig sein«, erwiderte David. Aber die Menschen im Saal wussten, dass der Junge sehr weise war, und darin irrten sie sich nicht.

Einige klatschten begeistert. Karam stand auf. »Ich bitte euch, nicht zu klatschen. Unser großartiger Erzähler wünscht keine Unterbrechungen, solange er erzählt. Danach könnt ihr die Erde beben lassen. Er freut sich dann umso mehr ... also spart bitte eure Begeisterung bis zum Ende auf.«

Ein Philosoph bekam vom Kalifen al Mahdi, der ihn schätzte, den Posten eines Richters in Bagdad. Bald wurde er über die Grenzen der Stadt hinaus für seine Gerechtigkeit bekannt.

Eines Tages kam er zum Kalifen und bat ihn um Entlassung.

»Warum?«, fragte der Kalif erstaunt.

»Es ist ein komplizierter Streit zwischen zwei Männern entbrannt. Jeder von ihnen hatte genug Zeugen und Argumente, um zu zeigen, dass er im Recht ist. Ich vertagte die Sitzung, schickte beide weg und gab ihnen einen Termin in einem Monat in der Hoffnung, ihre Freunde würden eine Versöhnung herbeiführen.

Drei Wochen später schickte mir der eine einen Korb mit den teuersten Datteln, die es je in Bagdad gab, solche, die nur Eurer Majestät serviert werden.

Ich schickte die Datteln zurück und bat um Verständnis, dass ein Richter keine Geschenke annehmen darf, schon gar nicht von gegnerischen Parteien vor dem Gesetz.

Bei der nächsten Sitzung des Gerichts wurde mir klar, dass ich kein guter Richter bin. Ich dachte immer wieder, der Dattel-Schenker sei im Unrecht, da er mich hatte bestechen wollen. Ich vertagte die Sitzung. Das war gestern. Ich bitte dich, einen Richter zu ernennen, der Bestechungen ablehnt und trotzdem unbeeinflusst bleibt. Ich muss zugeben, die erste Tugend habe ich, die zweite leider nicht.«

Der Kalif war gerührt, musste aber den Rücktritt annehmen.

Für wen ist der Preis?

Ein kluger König ließ im ganzen Land einen Wettbewerb der Künste durchführen. Anschließend sollten die Sieger zu ihm kommen. Er würde sie alle belohnen und jeden bitten, ihm etwas von seiner Kunst vorzutragen, damit er dann den absoluten Sieger der Künste bestimmen könnte.

Vor Beginn des Wettbewerbs bat er die Zuschauer, nach jedem Auftritt kräftig oder leise zu klatschen oder auch ganz still zu bleiben, je nachdem, ob die Darbietung ihnen sehr, weniger oder überhaupt nicht gefallen habe.

Eine Dichterin, ein Maler, ein Musiker und ein Erfinder hatten das Finale erreicht und kamen zum König. Der Saal war voll.

Die Dichterin trug ein eindrucksvolles, langes Gedicht über die Göttlichkeit der Kinder vor. Es war mutig, gewagt und dabei ungeheuer schön.

Der Maler zeigte dem König und dem Publikum ein Gemälde, aus dem die dargestellten Menschen, Tiere und Pflanzen vor Lebendigkeit fast herauszuspringen schienen. Der Musiker spielte auf seiner Laute so gut, dass viele zuerst den Tränen nahe waren und bald darauf am liebsten tanzen wollten. Auch der König musste sich bremsen, um nicht vor Trauer oder Freude die Kontrolle zu verlieren.

Der Erfinder hatte eine seltsame Maschine gebaut, die das Weben erleichtern würde.

Der König hatte den Eindruck, dass der Erfinder und der Musiker die Lieblinge des Publikums waren. In seinem Herzen aber neigte er zu dem Erfinder.

Während der Vorführung hatte er eine alte Frau beobachtet, die in der ersten Reihe saß und bei allen heftig klatschte.

Er rief sie zu sich.

»Du klatschst immer so begeistert. Warum?«

»Weil alle vier meine Kinder sind«, antwortete die alte Frau stolz.

»Damit ist mein Urteil gefällt. Die Krone gehört der Mutter, die diese wunderbaren Menschen geboren und erzogen hat«, rief der König. Der Beifall ließ den Saal erbeben.

Gerechtigkeit erfordert Genauigkeit

In den Geschichten und Fabeln vieler Völker wird folgende Geschichte in verschiedenen Variationen erzählt:

Zwei Katzen hatten ein großes Stück Käse geraubt. Keine vertraute der anderen bei der Aufteilung. Also suchten sie ihren Nachbarn auf, einen

Affen, mit der Bitte, die Beute gerecht zu verteilen. Der Affe besaß nämlich eine gute Waage. Er teilte den Käse in zwei Hälften, doch die eine Hälfte war schwerer. Er biss ein Stück davon ab und legte den Rest wieder in die Waagschale, da war das andere Stück schwerer. Also biss er auch davon ein Stück ab, und es ging genau wie vorher schief. Also nahm er wieder von der anderen Waagschale ein Stückchen, und er tat das so oft, dass sich am Ende nur noch zwei winzige Stücke auf den Waagschalen befanden.

»Das reicht«, rief die eine Katze, die Schlimmeres ahnte. »Wir nehmen die Teilung an.«

»Das geht nicht«, sagte der Affe. »Auch wenn die Streitenden sich zufrieden zeigen, die Gerechtigkeit erfordert Genauigkeit.« Und er aß die letzten Stücke.

Das Publikum klatschte wie immer bei den Geschichten des Kutschers besonders heftig und lange. Der Kutscher hob, immer noch auf der Kanzel stehend, die Hand. Als das Publikum ruhig wurde, rief er: »Ihr wisst, wo meine Kutsche steht. Wenn ihr miteinander um eine Beute streitet, ich besitze eine gute Waage.«

Er beeilte sich, die Kanzel freizumachen.

Ein Rechtsgelehrter meldete sich zu Wort. Karam nickte ihm zu. Der etwa sechzigjährige Mann stand auf. »Ich heiße Tarek und beschäftige mich wissenschaftlich mit dem Recht. Ich habe aber eine Leidenschaft, nämlich Geschichten über ungewöhnliche Fälle zu sammeln, in denen das Recht gegen mächtige Gegner gesiegt hat. Habt ihr Lust, eine solche Geschichte zu hören?«

»Aber sicher«, rief Karam, auch mehrere Ja-Rufe kamen aus dem Saal.

Tarek erzählte:

Der siebte Abbasiden-Kalif al Ma'mun, Sohn des legendären Kalifen Harun al Raschid, war ein liberaler Herrscher und Förderer der Wissenschaft. Eines Tages betrat eine alte Frau in ärmlichen Kleidern den Audienzsaal des Kalifen. Die Wächter hatten ihr den Eintritt zunächst nicht erlauben wollen, aber nach zwei Tagen zwang sie die Hartnäckigkeit der Frau nachzugeben.

Die Frau war erschöpft. Sie grüßte höflich.

»Was führt dich hierher?«, fragte der Wesir.

»Ich will bei Seiner Majestät gegen das Unrecht, das mir angetan wurde, protestieren, in der Hoffnung, dass unser Kalif gerecht ist, sonst bleibt mir nur die Zuflucht zu Gott.«

»Wer hat dir Unrecht getan?«, fragte der Herrscher.

»Der junge Mann zu deiner Rechten, o Kalif der Gläubigen«, gab sie zur Antwort. Das war niemand anderer als Abbas, der Sohn des Kalifen.

Der Kalif befahl dem Sohn, seinen Platz zu verlassen und neben die Frau zu treten.

Fast empört schritt Prinz Abbas, wie ihm befohlen wurde, zum genannten Platz.

»Und nun erzähle, was für ein Unrecht dir mein Sohn angetan hat.«

»Er hat mir angeboten, meine Obstgärten zu kaufen, um sie zu einer großen Rennarena für seine Pferde umzugestalten. Als ich mich geweigert habe, ließ er meine Felder beschlagnehmen. Seine Männer haben mich aus meinem Haus vertrieben und meinen ganzen Haushalt auf die Straße geworfen. Nach einem Tag war ich vollständig ausgeraubt, und so stehe ich jetzt vor dir.«

»Nun, Abbas!«, rief der Kalif. »Was hast du dazu zu sagen?« Als der Prinz begann, seine Tat zu rechtfertigen, unterbrach ihn die Frau und bezichtigte ihn der Lüge. Sie erklärte laut und deutlich, warum sie nicht verkaufen wolle. Prinz Abbas schwieg.

»Sei nicht so unverschämt, du unterbrichst den Prinzen ja dauernd und hinderst ihn am Reden«, mahnte der Wesir sie zornig.

»Lass sie. Das Recht hat ihre Zunge befreit und seine verstummen lassen.«

Der Kalif befahl, der Frau die Felder zurückzugeben, und der Prinz musste ihren Haushalt auf seine Kosten wiederherstellen.

Eigentlich war dieser Abbas als Kronprinz vorgesehen gewesen. Aber er war ungerecht, arrogant und eher dem Wein als der Wissenschaft und der Literatur, geschweige denn der Philosophie zugeneigt. Deshalb warf ihn der Kalif hinaus und ernannte seinen Bruder al Mu'tassim zum Nachfolger.

Einzelne Zuhörer klatschten, aber die meisten blieben ruhig.

Der junge Scheich einer kleinen Moschee meldete sich zu Wort. »Ich heiße Mahmud. Unser König ist gerecht. Ich habe in einem alten Buch eine Geschichte gelesen, die auch von solch einem gerechten Herrscher handelt. Ich schenke sie dir, o König, aber da du großzügig bist, dürfen die anderen mithören.«

Das Äußere des jungen Scheichs war tadellos, seine Worte wirkten vom Klang und Rhythmus her fast musikalisch, doch für sensible Ohren hatte seine Stimme etwas Gekünsteltes.

Der König lächelte. Nura hatte Karam vor ein paar Tagen erzählt, dass der Scheich ein berühmter Redner sei.

»Da du ein großer Redner bist, bitte ich dich, beim Schöpfer ein gutes Wort für mich einzulegen. Er hört bestimmt auf dich«, rief Karam dem jungen Scheich entgegen.

Viele lachten. Auch der Scheich.

Mahmud, der junge Scheich, erzählte:

Die gütige Frau und der gerechte Herrscher

Vor der Ernte geriet ein wohlhabender Bauer in finanzielle Schwierigkeiten. Er ging zu einem bekannten Geldverleiher in der nahen Stadt. Als Pfand übergab er ihm eine sehr teure Perlenkette, die er von seiner Mutter geerbt hatte, und nahm einen Kredit auf, um seine Schulden zu begleichen.

Die Zinsen waren ungeheuer hoch, aber in seiner Bedrängnis musste der Bauer sie akzeptieren und hoffte auf einen guten Ertrag seiner Obstgärten und Felder. Der Geldverleiher bestätigte ihm schriftlich den Erhalt der Perlenkette.

Der Bauer hatte sich nicht geirrt. Die Ernte fiel so gut aus, wie er nicht einmal zu träumen gewagt hatte. Nach drei Monaten hatte er so viel Geld verdient, dass er gern seine Schulden bezahlen und die Perlenkette zurückerhalten wollte.

Als er das Pfandleihhaus erreichte, sagte ihm der tüchtige Helfer, der Geldverleiher sei in der Moschee. Er war bekannt für seine Frömmigkeit. Der Bauer wartete geduldig vor dem Haus. Als der Geldverleiher zurückkam, streckte ihm der Schuldner die Bescheinigung und den entsprechenden Betrag sowie die beachtlichen Zinsen für drei Monate entgegen und bat höflich um seine Perlenkette. Der Geldverleiher aber wollte davon nichts wissen. In Windeseile nahm er das Geld an sich, zerriss das Dokument und warf es in den Müll. »Hau ab, du Lügner«, rief er.

Der Bauer war zu Tode erschrocken. Er schrie und schimpfte vor dem Haus, aus dem der Helfer ihn rasch hinausgedrängt hatte.

Auch die Nachbarschaft zeigte sich empört über diesen Fremdling, der ihren gläubigen und ehrlichen Nachbarn offenbar zu betrügen versuchte.

Der Bauer war verzweifelt. Er setzte sich nicht weit vom Pfandleihhaus auf den Bürgersteig und jammerte über sein Schicksal. Eine alte Dame beobachtete ihn eine Weile, dann kam sie zu ihm und fragte nach dem Grund seines Kummers. Der Bauer erzählte von dem Betrug des Geldverleihers.

»Komm mit«, sagte die alte Dame, die von der Frömmigkeit des Geldverleihers nicht viel hielt, »ich kann dir wohl helfen.«

Sie ging nach Hause, schrieb das Anliegen des Mannes mit schöner Schrift auf ein Blatt und übergab es ihrem Diener. »Bring dieses Schreiben unserem Herrscher! Heute, Mittwoch, empfängt er am Nachmittag alle, die eine Beschwerde oder Bitte vorzutragen haben.«

Einen anderen Diener bat sie, den Bauern in das Gästezimmer zu bringen und dafür zu sorgen, dass er sich erhole.

Der Bauer war erleichtert. Er wurde verwöhnt und gepflegt, bekam etwas Leckeres zu essen, konnte sich erfrischen und sich eine Stunde hinlegen. Dann weckte ihn der Diener der Dame.

»Der Herrscher will dich sofort persönlich anhören.«

»Hab keine Angst. Dein Recht soll dein Herz stärken«, sagte die alte Frau beim Abschied.

Der Herrscher hörte dem Bauern genau zu, und er glaubte dem zitternden Mann.

»Geh morgen und setz dich gegenüber dem Pfandleihhaus auf die Straße. Ich reite vorbei und grüße dich und frage dich, warum du mich diesmal nicht besucht hast. Du bleibst sitzen und sagst, du hättest diesmal keine Zeit für mich ... mehr nicht. Hast du verstanden?«

Der Bauer hatte wohl verstanden, aber er war sehr verwundert.

»Und ich soll nicht aufstehen und mich vor dir, o Herrscher, verbeugen, und ich soll obendrein auch noch sagen, ich hätte keine Zeit für dich?«

»Genau das sollst du tun«, sagte der Herrscher.

Am nächsten Tag eilte der Bauer zum Pfandleihhaus und setzte sich auf den Bürgersteig gegenüber. Eine Stunde später kam der Herrscher geritten, umgeben von einer bewaffneten Reitereskorte. Viele Menschen säumten die Straßen. Der Herrscher hielt kurz vor dem Bauern an. Alle Menschen, ob Passanten oder Geschäftsleute, verbeugten sich beim Anblick des Herrschers.

»Oh, mein Freund, du bist in der Stadt? Warum bist du nicht zu mir gekommen?«

»Ich hatte diesmal keine Zeit für dich«, sprach der Bauer. Er hatte den Satz vorher hundertmal leise wiederholt.

»Kann ich etwas für dich tun?«

Das war eine neue Frage, auf die der Bauer nicht vorbereitet war. Er brachte kein Wort über die Lippen, sondern winkte nur mit der Hand, was so viel bedeutete wie: Nein danke, ich brauche nichts. Die Menschen erstarrten vor der Frechheit dieses Mannes.

»Solltest du dennoch irgendeine Hilfe brauchen, lass es mich wissen«, sagte der Herrscher und ritt mit seinen Begleitern weiter. Da eilte der Geldverleiher zum Bauern.

»Sag mal, in was für ein Tuch war die Perlenkette gewickelt? Ich suche sie sofort.«

»In ein blaues Tuch«, sagte der Bauer.

Innerhalb weniger Minuten war der Geldverleiher zurück und übergab dem Bauern seine Perlenkette. Auch behielt er nur das geliehene Geld, die Zinsen gab er dem Bauern zurück.

Der Bauer wollte die Perlenkette der alten Dame schenken, doch diese lehnte dankend ab.

»Bitte behalte unsere Stadt in guter Erinnerung. Das ist mein schönster Lohn.«

»Wunderbar! So eine gütige Frau!«, rief Samia und klatschte. Viele waren von dem gerechten Herrscher und der Güte der alten Dame begeistert.

Der bekannte Arzt Mosche Levi hob die Hand. »Selbstverständlich kann man beten und den Allmächtigen um Gnade bitten. Ich glaube aber, er schätzt gute Taten mindestens genauso sehr wie das Gebet eines ehrlichen Gläubigen. Ich kenne eine Geschichte darüber. Wollt ihr sie hören?«

»Ja!«, riefen viele.

Karam zeigte dem Mediziner den Weg.

Der Arzt Mosche erzählte:

Die pure Gerechtigkeit

Der Gelehrte Ibrahim Bin Maimun al Sayegh lebte zur Zeit des Kalifen al Mansur. Eines Tages pilgerte er nach Mekka. Er wollte gerade mit dem Gebet anfangen, da sah er eine Frau, die in Tränen aufgelöst sang:

Amru, warum hast du mich verlassen?
Du hast mein Herz geraubt, und das quält mich.
Wenn ich das geahnt hätte,
Ich hätte die Tür meines Herzens besser bewacht.

Der Gelehrte näherte sich der Frau und fragte sie: »Wer ist dieser Amru?«

»Er ist mein Mann. Er hat mich lange Zeit umworben, bis ich mich in ihn verliebte und ihn heiratete. Eine Weile blieb er bei mir. Es war eine paradiesische Zeit. Dann verschwand er und ließ mich hier allein.«

»Und weißt du, wo er jetzt ist?«

»In der Hafenstadt Jeddah. Er arbeitet bei einem Bootsbauer«, antwortete die Frau. »Dort lebt er wie ein Sklave und wohnt mit vielen Männern in einer Baracke.«

»Kannst du ihn mir beschreiben?«, fragte der Gelehrte.

»Ja, er ist ein hübscher großer Mann mit dunkler Haut.«

»Soll ich versuchen, euch wieder zusammenzubringen?«

»Wie sollst du das können?«, fragte die Frau leicht entrüstet, weil sie dachte, der Fremde mache sich lustig über sie.

»Ich will es versuchen«, rief der Mann. Und so schnell er konnte, ritt er auf seinem edlen Kamel bis Jeddah. Dort ging er von Bootsbauer zu Bootsbauer und rief laut: »Amru! Ist hier jemand, der Amru heißt?«

Beim dritten Bootsbauer kam ein großer junger Mann mit dunkler Haut heraus. Er sah tatsächlich sehr gut aus.

»Deine Frau ist sehr traurig. Sie sehnt sich nach dir.«

»Mag sein. Auch ich sterbe vor Sehnsucht nach ihr, aber was soll ich tun? Ich habe in Mekka keine Arbeit gefunden.«

»Wie viel brauchst du im Jahr?«

»Dreihundert Dirham.«

Ibrahim Bin Maimun gab dem Mann dreitausend Dirham.

»Das ist dein Lohn für zehn Jahre. Geh sofort zu deiner Frau, und wenn du das Geld verbraucht hast, komm mit ihr zu mir nach Bagdad. Dort werde ich Arbeit für dich finden.«

Der Arbeiter erstarrte.

»Beeile dich«, sagte der Gelehrte.

»Und du bist extra aus Mekka zu mir gekommen und hast deine Pilgerschaft unseretwegen unterbrochen?«

»Euch zusammenzubringen ist wichtiger als alle Gebete. Es ist die

Gerechtigkeit in ihrer reinsten Form. Und sie gilt bei Gott viel mehr als das fromme Gebet. Deshalb kehre ich von hier aus nach Bagdad zurück«, sagte der Gelehrte und ritt davon.

König Salih rief: »Großartig!«, und viele klatschten. Der Arzt verneigte sich und ging vergnügt die Treppe hinunter.

Nader, Samias Freund, meldete sich zu Wort. »Ein Irrtum herrscht in vielen Köpfen, dass man seine Liebe dem Partner umso überzeugender zeigt, indem man eifersüchtig ist, aber Eifersucht ist eine Krankheit wie die Sucht nach Alkohol oder dem Glücksspiel. Wollt ihr eine Geschichte darüber hören?«

»Selbstverständlich, lieber Nader«, rief Karam ihm zu.

Nader erzählte:

Der Eifersüchtige und der weise Richter

Ein armer, einsamer Mann saß auf einem Stein, müde nach seinem schweren Arbeitstag auf dem Feld eines reichen Bauern. Er saß unter einer Palme und beobachtete die Passanten auf dem Sandweg, der um die Stadt führte. Viele Menschen gingen, sobald die Hitze abebbte, hier spazieren und genossen die Frische bis zum Einbruch der Dunkelheit.

Das war die einzige kleine Freude, die sich der arme Kerl leisten konnte. Ab und zu blieben Männer bei ihm stehen und unterhielten sich mit ihm. Das freute ihn an solchen Tagen sehr.

Eines Tages ging eine schöne Frau an ihm vorbei. Sie lächelte ihn an und ging weiter. Es war das erste Mal, dass eine Frau ihn anlachte. Er stand auf und küsste die Spur ihres Fußes im Sand. Ein Spaziergänger sah das. Er kannte die Frau. Sie war die Frau des Bäckers und eine bekannte Schönheit. Ihr Mann war berühmt für seine guten Brote und seine übertriebene Eifersucht. Nicht selten beschimpfte er andere Männer nur deshalb, weil sie zweimal an einem Tag an seinem Haus vorbeigingen. Mehrmals schlug er auf junge Burschen ein, die seiner Frau Komplimente zuriefen. Er war ein starker Mann und konnte es mit jedem Gegner aufnehmen.

»Was machst du da?«, fragte der Spaziergänger erheitert.

»Ich küsse die Spur einer wunderschönen Frau, die mir ein Lächeln schenkte. Diese Sandkörner haben ihre Haut berührt.«

»Du bist aber ein komischer Vogel«, antwortete der Mann.

»Wie gerne wäre ich ein Vogel, anstatt auf dem Feld zu ackern«, schwärmte der arme Kerl.

Der Fremde schüttelte den Kopf und ging weiter. Am selben Abend erzählte er seinen Saufkumpanen von dem Verrückten, der die Fußspur der bekannten Schönheit und Gattin des Bäckers geküsst hatte.

Die Männer lachten, rissen Witze über den Bäcker und stellten Vermutungen an, was er wohl machen würde, wenn er davon erführe.

Es verging keine Woche, und der Bäcker erfuhr es.

Er suchte den armen Feldarbeiter auf, klopfte an die Tür seiner Hütte, und als dieser öffnete, bekam er einen Schlag ins Gesicht. Der Bäcker brüllte ihn an: »Du Teufelsbrut, wenn du noch einmal meine Frau belästigst und noch einmal deinen gierigen Blick auf sie wirfst, bringe ich dich um!« Dabei fuchtelte er mit einem riesigen Schlagstock.

»Was habe ich denn Schlimmes gemacht?«, fragte der arme Kerl erschrocken. »Ich habe doch nur ihre Fußspur geküsst. Deine Frau war längst weg!«

»Die Fußspur meiner Frau ist ein Teil von ihr«, brüllte der Bäcker. Die Nachbarn, auch die armen Leute, kannten den gewalttätigen und eifersüchtigen Mann. Er war ein Koloss, deshalb blieben sie wie Gipsfiguren an ihren Türen stehen.

»Ich kann die Erde und Bäume, die Steine und den Himmel küssen. Sie gehören uns allen«, rief der Feldarbeiter. Seine Verzweiflung war die Mutter seines Mutes. »Wer bist du, dass du mir das verbietest?« Aus seiner Stimme klang deutlich sein verletzter Stolz.

»Ich zeige dich an, du Halunke. Es ist verboten, die Fußspur einer verheirateten Frau zu küssen«, rief der Bäcker, packte den Mann am Kragen und zerrte ihn zum Kadi.

Die Nachbarschaft, die alles mitbekam, hatte Mitleid mit dem freundlichen, arbeitsamen Mann. Und eine junge Witwe verliebte sich in ihn wegen seines Mutes.

Beim Richter angekommen, erzählte der Bäcker immer noch empört von der unmoralischen Tat des Feldarbeiters, die bereits zum Stadtgespräch geworden war. Der Richter, berühmt für seine Weisheit, hörte genau zu und betrachtete den eingeschüchterten Angeklagten mit der aufgeplatzten Unterlippe.

»Hör zu«, sagte er zu dem Bäcker. »Du gehst mit dem Arbeiter zum sonnigen Vorplatz, zwei Polizisten werden euch begleiten. Dort lässt du den Schatten deines Stockes dreimal auf den Schatten seines Kopfes fallen. Dann kommst du wieder hierher und zahlst für den Schlag, den du ihm ins Gesicht versetzt hast, hundert Dirham und für die Demütigung des Mannes zweihundert. Wenn du dich weigerst, stecke ich dich drei Monate ins Gefängnis, damit du aufhörst, deinen Ruf als eifersüchtiger Mann zu pflegen. Eifersucht ist die Schwäche der Seele und die Armut des Selbstvertrauens. Das kannst du im Gefängnis lernen. Dort hast du Zeit genug.«

»Was ist das für ein Urteil?«, empörte sich der Bäcker.

»Ungewöhnliche Taten verlangen nach ungewöhnlichen Urteilen.«

»Aber ...«, wollte der Bäcker protestieren.

»Kein Aber. Du machst, was ich dir sage und zahlst sofort, oder du wirst abgeführt«, sagte der Richter streng.

Der Bäcker ging hinaus zum sonnigen Vorplatz und hatte Mühe, mit dem Schatten seines Stockes den Schatten des Feldarbeiterkopfes zu treffen. Es war nicht leicht, weil der Feldarbeiter dauernd den Kopf bewegte. Unter dem Gelächter der Zuschauer führte er endlich die Schattenschläge aus und kehrte in Begleitung der Polizisten in den Gerichtssaal zurück. Dort zahlte er fluchend die dreihundert Dirham. Der arme Feldarbeiter weinte vor Rührung.

Er wollte sich beim Richter bedanken.

»Nein, geh mein Sohn«, sagte der Kadi, »ich wünsche dir, dass du bald eine Frau triffst, die dich liebt.«

Der Feldarbeiter ging nach Hause und lud seine Nachbarn zu einem deftigen Abendessen ein. Er konnte nicht kochen, aber er kaufte für fünf Dirham alles an Zutaten, was die Nachbarinnen für die Zubereitung brauchten, und es war ein rauschendes Fest für alle. Gemeinsam wünschten sie dem weisen und gerechten Richter ein langes Leben und aßen so viel wie noch nie ...

In derselben Nacht noch schlich die verliebte junge Witwe zu dem Feldarbeiter, und beide verbrachten eine herrliche Liebesnacht, die erste von unzähligen, die sie nach ihrer Heirat genießen sollten.

Ein begeisterter Beifall begleitete den Abgang des gelehrten Bettlers.

Nader eilte hinunter zu Samia. Sie drückte ihn fest. Er verneigte sich zuerst vor dem König, dann drehte er sich zum Publikum und verneigte sich wieder.

Karam wartete ab, und als es ruhiger wurde, rief er: »Ich wollte für morgen eigentlich das Thema Freundschaft, Feindschaft, Treue und Verrat vorschlagen. Doch beim Eintreten hielt mich ein Mann auf und bat mich, wir sollten vom Aberglauben erzählen. Er selbst habe durch den Aberglauben und allerlei Scharlatane sehr gelitten. Also verschieben wir die Freundschaft auf übermorgen und erzählen stattdessen morgen alles über Vernunft und Aberglaube.

Eines ist sicher, Vernunft und Aberglaube sind grundsätzlich verfeindet. Natürlich gibt es harmlose Formen des Aberglaubens, wie etwa, dass mit der Geburt eines Menschen ein Stern geboren wird oder dass wir, wenn wir nicht schlafen können, in dieser Zeit im Traum eines anderen auftreten. Auch dass das Tragen von blauen Steinen gegen Neid helfen soll, gehört dazu.

Doch Aberglaube kann auch gefährlich werden, Scharlatane benutzen ihn, um Menschen zu betrügen. Nicht nur das, ganze Völker führt er ins Verderben, und es gibt im privaten wie im gesellschaftlichen Handeln nur eine Retterin: die Vernunft.

Macht das Thema bitte in eurer Umgebung bekannt. Wir sind dankbar für jede Geschichte.«

Sechste Nacht

VOM ABERGLAUBEN UND SEINER TODFEINDIN, DER VERNUNFT

Eine große Unruhe hatte Karam befallen, und er konnte an diesem Vormittag an nichts anderes als an Nura denken. Sie war nach dem Frühstück zu sehr früher Stunde auf ihr Pferd gestiegen und in das Nachbarland zu Amir geritten. Sie sollte ihm einen Brief von Prinzessin Jasmin überbringen. Jasmin hatte ihr den Inhalt anvertraut. Karam drängte nicht darauf zu erfahren, was das Schreiben bezweckte, aber er hatte Angst um Nura. Die Strecke war zwar kurz, wie Nura immer wieder betonte, aber sie verlief teilweise über schmale, in den Sandstein gemeißelte Pfade, die sich am Rande einer tiefen Schlucht entlangwinden wie eine rötliche Schlange. Was Karams Unruhe während Nuras Abwesenheit noch steigerte, war, dass man ihm von Überfällen durch Wegelagerer erzählt hatte. Aber Nura hatte es abgelehnt, dass er sie begleitete. Ihm und Jasmin dürfe nichts zustoßen, nicht nur weil sie ihn liebe, sondern auch weil ihre Freundin Jasmin ihn so dringend brauche.

»Wenn einem von euch etwas passiert, möchte ich keinen Tag länger leben«, sagte sie mit Tränen in den Augen.

Karam war gerührt und aufgewühlt. Er ging durch die Stadt und eilte zu seiner Tante Samia. Sie spürte seine Unruhe sofort. Sie versuchte, ihn zu erheitern, und vermied es, neugierige Fragen zu stellen, da sie ahnte, dass seine Sorge mit Nura zu tun hatte.

Dann musste Samia eine kranke Freundin besuchen. Karam blieb allein im Haus zurück. Die Stille umgab seine unruhige Seele wie ein Mantel. Aber sie brachte ihn auch zum Grübeln. Was kann einem Menschen im Leben nicht alles widerfahren? Erst die Zeit der Liebe mit Farida, die er und sie für ungefährdet und unerschütterlich hielten. Von heute auf morgen wurde sie zerstört durch seine Verhaftung und Faridas zu frühen Tod. Im Gefangenenlager sah er sie vor seinen inneren Augen leiden und weinen, so wie er täglich weinte, wenn er an sie in ihrem Elend und an Tausende von glücklichen Paaren dachte. Und er stellte sich die Nachbarn vor, die auf den Tod der kranken Farida warteten wie die Geier auf ein schwerverletztes Tier. Sobald Farida beerdigt war, hatten sie es eilig, ihr Hab und Gut an sich zu reißen. Leute, die Haus und Café nie zuvor betreten hatten, kamen nun und plünderten alles. Ein neu ins Gefängnis gekommener Gefangener, der in derselben Straße wohnte, hatte ihm kurz vor seiner Flucht davon erzählt.

Warum ich? Diese Frage wurde Karam nicht los. Er fand keine Antwort.

Dann wusch er sein Gesicht und ging in den Stadtpark, wählte eine ruhige Ecke und trug die Geschichte, die er an diesem Abend erzählen wollte, leise vor. Er entdeckte zwei Schwachstellen, wo der Fluss der Erzählung stockte. Nach mehreren Versuchen fand er eine befriedigende Fassung, die ruhig dahinplätscherte.

Zu Mittag konnte er nichts zu sich nehmen. Er ging bis zu Nuras Haustür und schaute die ansteigende Straße hinauf, die zum Eingang des Hauses im Schlossgarten führte ... und plötzlich sah er ihren Rappen. Sein Herz raste.

Als sie von ihrem verschwitzten Pferd stieg, empfing er sie in seinen Armen.

»Endlich bist du da!«, rief er und küsste sie wild. Sie drückte ihn fest.

»Und?«

»Alles in Ordnung«, sagte sie. »Amir ist zu allem bereit. Er liebt Jasmin sehr. Aber er ist zurzeit sehr traurig«, ergänzte sie.

»Sehr traurig? Warum?«, fragte Karam besorgt.

»Seine Mutter ist vor einer Woche gestorben«, erwiderte Nura.

»So traurig dieser Tod für Amir ist, so befreiend wird er auf seine Entscheidung für Jasmin wirken«, erwiderte Karam. »Es bindet ihn jetzt nicht mehr viel an seine Heimat.«

Nachdem sich Nura erfrischt und Jasmin Amirs Brief ausgehändigt hatte, ging sie mit Karam durch die Stadt. Sie aßen und lachten viel.

Abends begrüßte Karam den König, Prinzessin Jasmin, Nura und das Publikum.

»Heute will ich euch eine Geschichte meiner Großmutter erzählen«, fing er an.

»Warum? Hast du selbst keine Geschichten mehr?«, fragte ein Spaßvogel und lachte.

»Doch, doch, aber bei mancher Geschichte weiß ich zufällig noch, wer sie mir erzählt hat. Und wenn man das weiß, dann soll man so fair sein und den Namen nennen.«

Das Publikum klatschte, am heftigsten der Spaßvogel.

Karam erzählte:

Der Hellseher und die kluge Frau

In Bagdad lebte einst ein einfältiger, sehr gläubiger Mann. Er handelte mit edlen Hölzern und war wohlhabend. Fast jeden Tag ging er in die Moschee beten. Eines Tages kehrte er nach Hause zurück und schwärmte von Scheich Ali, der gerade aus der südirakischen Stadt Basra nach Bagdad umgesiedelt war. Dabei übertrieb er nicht, denn Scheich Ali Kamhari war eine Berühmtheit. Man erzählte Wundersames von ihm.

Eines Tages hatte er in der Hafenstadt Basra beim Gebet mitten in einem Zitat aus dem Koran gestockt und sitzend angefangen, sich mit geschlossenen Augen hin und her zu wiegen. Dann streckte er die Hände aus und begann kräftig stöhnend an einem unsichtbaren Seil zu ziehen. Die Männer in der Moschee erstarrten.

Während Scheich Ali an dem unsichtbaren Seil zog, wurde seine Galabija unterhalb des Bauches nass. Langsam öffnete er seine Augen, als sei er gerade aus einem tiefen Schlaf aufgewacht.

»Ich habe sie gerettet«, rief er, und bevor die versammelten Männer fragen konnten, was oder wen er gerettet hatte, fuhr er fort: »Ein Schiff wäre beinahe gekentert, aber ich habe es dank der Hilfe Gottes mit einem Seil gerettet. Leider habe ich mein Gewand mit dem Meereswasser nass gemacht.«

Die Männer stürmten zu ihm, rieben ihre Hände an seinem Gewand und schmierten sich das Nass der wundersamen Rettung ins Gesicht. Manch einer aber bemerkte, dass das salzige Wasser nach Urin stank. Manch anderer merkte es erst daheim, als seine Frau ihn anschrie, ob jemand auf ihn gepinkelt hätte.

»Na klar«, antwortete ein eifriger Ehemann. »Die Seeleute in ihrer Not haben mit Sicherheit in die Hose gepinkelt, und das mischt sich mit dem Meereswasser.«

Eine Woche später kam ein Schiff in Basra an, und der Kapitän erzählte, ein Sturm hätte sein Schiff beinahe zum Kentern gebracht, aber seine Männer hätten es mit Mut und Kraft geschafft, das Schiff zu retten. So war es tatsächlich gewesen, aber daraus wurde bald die Legende, Scheich Ali habe das Schiff gerettet.

Von da an verging kaum eine Woche, ohne dass ein Schiff im großen Hafen Basra ankam, das im letzten Augenblick vor Sturm oder Piraten gerettet worden war. Und wenn wieder einmal ein Seemann erzählte, sein Schiff sei in ein Unwetter geraten und wie durch ein Wunder heil herausgekommen, sagte manch ein Zuhörer: »Das war wieder der Scheich Ali.«

Die Geschichte verbreitete sich, ausgeschmückt und übertrieben, wie ein Lauffeuer in der Stadt und trieb immer mehr Abergläubische in die Arme des Gauners.

Eines Tages verstieg sich der Scheich dazu, Grundstücke im Paradies zu verkaufen. Er erklärte, der Erzengel Gabriel habe ihm hundert Grundstücke für die Einwohner von Bagdad geschenkt. Innerhalb von drei Tagen waren alle hundert Grundstücke verkauft. Ein Goldschmied, der auf Reisen gewesen war, eilte gleich nach seiner Rückkehr in die Moschee und bat darum, auch noch eines zu bekommen.

Der Scheich antwortete: »Es tut mir leid, alle Grundstücke sind weg. Ich habe aber in einem Stall einen Platz für mein Pferd gekauft. Wenn du bereit bist, in diesem paradiesischen Stall zu wohnen, so verkaufe ich ihn dir. Er kostet nur halb so viel wie ein Grundstück für ein Haus.« Der Goldschmied bezahlte und küsste dem Scheich dankbar die Hand.

Bei einer anderen Gelegenheit unterbrach der Scheich das Gespräch im Hof der Moschee, indem er schrie: »Komm raus aus dem Fluss und sieh zu, dass dein Kleid deine Beine bedeckt! Schamlose Sünderin!«

Den erstaunten Männern erzählte er, gerade habe er im Norden Bagdads eine Frau erblickt, die in den Fluss ging und dabei ihr Kleid so hochhob, dass man ihre schneeweißen, verführerischen Beine sehen konnte.

Solche Hellsehereien wiederholten sich immer wieder.

Eines Tages kam der Holzhändler nach Hause und erzählte fasziniert wie ein Kind, Scheich Ali habe mit ihnen in der Moschee, mitten in Bagdad, gesessen und die Hunde aus Mekka vertrieben. Das heißt, er hatte Hunde gesehen und sie aus einer Entfernung, die fünfunddreißig Reisetage verlangte, verjagt.

Der Holzhändler beschloss, seine vier besten Freunde und Scheich Ali am Freitag nach dem feierlichen Gebet zum Essen einzuladen. Er kaufte sechs große Hühner und bat seine Frau, sie für seine Gäste zuzubereiten. Neben Scheich Ali waren das die angesehensten Männer von Bagdad: der Oberste Richter, der reichste Juwelier, der Polizeichef und der wohlhabende Züchter edler arabischer Pferde. Scheich Ali hielt wie ein König Hof, beanspruchte den besten Platz im großen Esszimmer und nahm die Lobeshymnen der Männer entgegen, die sich befleißigten, angebliche Philosophen und Theologen zu zitieren, die alle der Meinung waren, wer wie Scheich Ali bis Mekka hellsieht, ist für das Paradies bestimmt, ein Heiliger auf Erden.

Die Frau briet die Hühner, dazu gab es als Beilage Reis mit gerösteten Pinienkernen und Pistazien. Sie bereitete alles sorgfältig zu mit Muskatnuss, Koriandersamen, Kardamom, Pfeffer und anderen duftenden Gewürzen. Am Abend servierte sie den Gästen jeweils einen großen Teller aus teurem Porzellan, auf dem eine Halbkugel aus buntem Reis prangte und darauf die schönsten Fleischstücke der Hühner. Sie und ihre Kinder begnügten sich außer dem Reis mit den weniger schönen Stücken.

Den Teller für Scheich Ali brachte sie als letzten, und er starrte entsetzt auf den dampfenden Reis.

»Warum bekomme ich nur Reis?«, rief er. Und bevor der verblüffte Holzhändler noch reagieren konnte, fuhr der Scheich fort: »Ich sehe in das Herz deiner Frau. Sie ist ungläubig und wollte mich beleidigen.«

»Aber nein«, erwiderte die Frau. »Ich glaube an Gott, aber nicht an Scharlatane. Du willst bis Mekka hellsehen? Du erkennst ja nicht einmal das Hühnerfleisch unter dem Reis.«

Der Scheich schob mit einem Löffel den Reis beiseite, und schon kamen die herrlichen Bruststücke heraus. Die Männer lachten ihn aus.

»Sie hat ihm eine schallende Ohrfeige gegeben«, rief der Polizeipräsident.

»Der pinkelt in seine Galabija und erzählt vom Meer«, sagte der Juwelier und brachte die Anwesenden noch mehr zum Lachen.

»Spaß beiseite, du gehörst als Betrüger bestraft«, meldete sich der Oberste Richter zu Wort.

»Dann werden wir dich im Knast besuchen«, rief der Juwelier.

Der Scheich sprang auf und verließ wutentbrannt das Haus. Die Frau nahm seinen Teller, wünschte den Gästen guten Appetit und freute sich über die deftige Portion, die sie mit ihren Kindern später genoss.

Seit diesem Tag hat man Scheich Ali nie wieder in Bagdad gesehen, und jeder, der in die Stadt kam und auch nur andeutete, er könne hellsehen, wurde so lange verprügelt, bis er seinen Weg gerade noch herausfand.

Das Publikum lachte und spendete herzlichen Beifall.

Nura hob die Hand. »Ich heiße Nura und habe die Ehre, Prinzessin Jasmin als Zofe zu dienen«, sagte sie. Karam wusste, dass sie sich an diesem Abend melden wollte, sie hatte es ihm verraten und ihn darum gebeten, die Geschichte anzuhören und ihr zu sagen, ob sie gut sei. »Bitte, liebe Nura, wir sind gespannt auf deine Geschichte«, rief er ihr entgegen. Die Leute klatschten, auch der König und noch heftiger Prinzessin Jasmin. Nur Nuras Vater, der neben dem König saß, verdrehte die Augen.

Nura erzählte:

Heilung vom Aberglauben

Man erzählt von einem König namens Nu'man bin Munzir (582–609), Herrscher von Hira (heute im Irak), der berühmt war für einen schrecklichen Aberglauben. Er bestimmte einen Tag im Jahr zum Pechtag und einen zum Glückstag. Niemand wusste, welche Tage das waren. Gewöhnlich setzte er sich ans Fenster und betrachtete die Landschaft, um seinen Palast, und wenn er an seinem Glückstag einen Menschen sah, ließ er ihm hundert Golddinare schenken, weil er glaubte, dieser Mann würde ihm Glück für ein Jahr bringen. Sah er an seinem Pechtag einen Passanten, so ließ er ihn hinrichten, um mit diesem Opfer das Pech fern von seinem Palast zu halten.

Die Menschen fürchteten diesen Herrscher, und kein Bewohner der Stadt wollte sein Leben aufs Spiel setzen. Daher mieden sie die Seite des Palastes, wo der König jeden Morgen am Fenster saß. Pechvogel und Glückspilz waren in der Regel Fremde, die keine Ahnung von diesem mörderischen Aberglauben des Königs hatten.

Eines Tages kam wieder ein Fremder am Palast vorbei. Plötzlich sprangen zwei Wächter auf ihn zu und fesselten ihn. Die Nachricht verbreitete sich in der Stadt wie ein Lauffeuer. Und bald versammelten sich Tausende Menschen auf dem Platz vor dem Palast. Der König erschien mit seinem Gefolge, setzte sich auf den hohen Thron und befahl dem Richter, dem armseligen Mann zu erklären, warum er sterben müsse.

Als der Richter zu Ende gesprochen hatte, sagte der Fremde: »Ich bin ein Pechvogel, ich bin gekommen, um in dieser großen Stadt für meine hungernde Familie etwas Geld zu verdienen. Ich ahnte nicht, dass hier der Tod auf mich lauert. Lasst mich, o König, meine Frau und Kinder ein letztes Mal sehen. Sie warten auf mich. Ich verabschiede mich von ihnen und komme zurück, um mein Schicksal anzunehmen. Mein Dorf ist zwei Tagesritte von hier entfernt. Gebt mir ein Pferd, und ich bin in vier Tagen zurück.«

Ein Gemurmel machte unter den Zuschauern die Runde. Da und dort erklang ein Lachen über den naiven Trick, mit dem der Mann seinen Hals retten wollte. So dachte auch der König.

»Für wie dumm hältst du uns eigentlich? Wenn du dich einmal aus dem Staub gemacht hast, kommst du nie wieder, und dazu lässt du dir auch noch ein Pferd schenken!«

»Eure Majestät«, erwiderte der Mann unerschrocken, »wenn ich Euch mein Wort gebe, dass ich zurückkomme, dann komme ich zurück. Gibt es hier jemanden, der für mich bürgt?« Flehend schaute er in die Menge, es herrschte Totenstille. Manch einer wünschte, unsichtbar zu sein.

Ein Mann namens Scharik hob die Hand. »Ich bürge für den Fremden«, rief er. Ein Raunen erhob sich auf dem Platz.

»Gut, aber wenn er nicht zurückkommt, büßt du mit deinem Leben«, warnte ihn der König.

»Ich bürge mit meinem Leben für den Mann.«

Der König ließ dem Fremden ein gutes Pferd bringen sowie Proviant und Wasser für die Reise. Der Fremde ritt davon. Viele hielten Scharik für sehr leichtsinnig.

Am frühen Morgen des vierten Tages versammelten sich noch mehr Leute als beim letzten Mal auf dem Platz vor dem Palast.

»Wenn die Sonne hinter dem Berg im Westen untergeht, ohne dass der Fremde zurück ist, wird Scharik hingerichtet«, verkündete der Richter.

Die Menschen harrten stundenlang auf dem Platz aus. Kurz vor Sonnenuntergang kamen der König und sein Richter. Viele hatten Mitleid mit dem tapferen Scharik, der schicksalergeben vor dem Henker stand. Die Sonne näherte sich bereits dem Berg, als man in der Ferne einen Staubwirbel sah.

»Warten wir, bis sich der Staub gelegt hat«, sagte der König mit einer Geste, als würde er eine große Gnade gewähren. Bald schälte sich aus dem Staub ein Reiter, der seinem Pferd die Sporen gab. Ein Schrei ging durch die Menge der Menschen, als sie den Fremden erkannten. Der brachte sein Pferd mitten auf dem Platz zum Stehen und stieg verschwitzt und staubbedeckt ab.

Er trat zu seinem Bürgen und umarmte ihn.

»Da bin ich, o König«, rief er, noch atemlos.

Der Herrscher brauchte eine Weile, bis er Worte fand.

»Du warst doch gerettet, warum bist du zurückgekommen?«

»Ich weiß, o König, aber ich wollte mein gegebenes Versprechen halten.«

»Und du, Scharik«, wandte sich der König an den Bürgen, »warum hast du dein Leben für einen Fremden eingesetzt?«

»Ich wollte, o König, nicht, dass man schlecht über unsere Stadt spricht und sagt, unter Tausenden gab es keinen, der einem Fremden geholfen hätte.«

Der König weinte vor Rührung und beschloss, von nun an sollten ihm Glückstag und Pechtag einerlei sein, und er schickte seinen Aberglauben zur Hölle.

»Wunderbar!«, rief König Salih und klatschte. Im Saal war die Begeisterung nicht weniger groß. Nura stand gerührt auf der Kanzel. Sie verneigte sich und ging langsam die Treppe hinunter. Karam umarmte sie herzlich, aber er küsste sie nicht, denn ihr Vater musterte ihn schlecht gelaunt, ja fast empört. Und zum ersten Mal merkte Karam, dass das Gesicht von Nuras Vater keine einzige Lachfalte besaß.

Ein Mathematiker hob die Hand. Karam nickte ihm zu. Der fünfzigjährige Mann mit Vollbart stand auf. »Mein Name ist Abdo Halabi. Ich glaube an Gott, doch keine Sekunde an all das Schnörkelwerk des Aberglaubens. Glaube ist wie der Wein, eine kleine Menge tut gut, zu viel davon ist schädlich. Und Aberglaube ist immer zu viel!

Gott ist klar wie die Sonne, diese Weihrauch- und Talisman-Betrüger aber errichten Wegsperren zu ihm und führen die Leichtgläubigen in die Irre. Eines Tages kam eine Frau zu mir und behauptete, nachdem sie ein Glas mit duftendem Saft getrunken hätte, sei sie von einem Heiligen ins Paradies gebracht worden. Dort wanderte sie nackt herum und fühlte sich ungeheuer wohl. Als sie wieder zu sich kam, lag sie noch immer nackt auf dem Sofa und der Heilige habe im Nebenzimmer gebetet. Wie kann man bloß so einfältig sein? Ein ähnlich törichter Cousin von mir meinte, mit meiner ganzen Mathematik könne ich ihm keine Verlängerung seines Lebens um zehn Jahren schenken. Ein langbärtiger Zauberer aber habe das für lächerliche zehn Dirham geschafft. Ich sagte ihm, ich könnte nicht einmal mein eigenes Leben um eine Minute verlängern. Der Mann lachte mich aus.

Von solchen einfältigen Menschen will ich euch eine Geschichte erzählen«, sagte der Mann.

»Wir bitten darum«, ermunterte Karam ihn.

Der Mathematiker Abdo Halabi erzählte:

Der wahre böse Geist

Einer meiner Onkel war ein extrem abergläubischer Mensch. Das ärgerte seinen Sohn Elija sehr. Dieser war Naturforscher. Eines Tages erkrankte seine Schwester Salma. Sie war einem hohen Offizier versprochen worden, der fast so alt wie ihr Vater war. Der Vater hatte sein Ja-Wort gegeben, ohne Salma zu fragen. Auf einmal fiel sie täglich in Ohnmacht, und wenn ihr Verlobter kam, rief sie: »Es riecht nach Leichen, es riecht nach Leichen.« Ihre Eltern hatten Sorge, dass sich der Verlobte bald aus dem Staub machen würde. Deshalb bemühten sie sich mit allen Mitteln, Salmas Krankheit zu heilen, doch weder Ärzte noch Apotheker konnten der jungen Frau helfen. Elija, ihr Bruder, war auf einer langen Seereise und hatte von der ganzen Geschichte nichts erfahren.

Da schickte mein Onkel nach Scheich Karami, der damals als berühmter Heiler galt, und dieser berechnete das Geburtshoroskop der jungen Frau anhand der Daten, die der Vater ihm gab. Dann erkundigte er sich in den Büchern des arabischen Astrologen al Kindi nach der Konstellation der Sterne. Er berichtete den besorgten Eltern, Salma sei von bösen Geistern befallen. Er habe aber bereits den günstigsten Augenblick für die Heilung berechnet. Das sei an einem Montag im Februar. Er sehe große Hoffnung, und man müsse mit der Behandlung sofort beginnen, da gerade Februar sei und ein Montag. Und es war an einem Montag im Februar jenes Jahres. Der Scheich ging also mit Salma in ein Zimmer und verbot den Eltern, die Tür aufzumachen, während er mit dem Dschinn kämpfe, sonst würde die Tochter verrückt.

Die Eltern hörten den Scheich wütend unverständliche Worte sprechen und den Dschinn mit krächzender Stimme antworten. Bald kam der Scheich heraus. Das Mädchen lag auf dem Boden und heulte. »Es sind drei Dschinn, die in ihr wohnen, zwei konnte ich austreiben, der dritte wäre auch beinahe herausgekommen, aber dann brach er sich ein Bein und stellte sich quer. Er verlangt, dass ich ihm erst das Bein behandle, danach werde er freiwillig herauskommen. In dieser Zeit darf der Verlobte aber nicht herkommen. Der Dschinn ist eifersüchtig auf ihn.«

Es dauerte zwei Wochen. Der Scheich kam täglich und ließ sich die besten Mahlzeiten für den Dschinn bringen. Er behandelte Salma so lieb und massierte sie die ganze Zeit mit ätherischen Ölen, dass sie danach sanft und glücklich aussah und nicht selten mit einem engelhaften Lächeln einschlief. Und sie schrie auch nicht mehr.

Unangekündigt kam der Sohn Elija von seiner Reise zurück. Die Eltern erzählten ihm ehrfürchtig von Scheich Karami. Er hörte mehrere Stimmen im Zimmer seiner Schwester einander beschimpfen. Die Eltern erklärten ihm, der Scheich kämpfte jeden Tag eine Stunde mit dem Dschinn und wolle dafür kein Geld. Der Vater aber zwinge ihn, pro Tag zehn Dirham als Geschenk anzunehmen. Ein Blick durchs Schlüsselloch genügte dem Bruder. Er stürmte ins Zimmer. Salma lag nackt und betäubt auf dem Fell. Und der Scheich massierte sie. Er hatte eine deutliche Erektion. Elija packte den Scheich am Kragen und zog ihn hinaus.

»Hier, das ist der Dschinn, persönlich«, rief Elija und ohrfeigte den Heiler. Der Scharlatan verließ fluchend das Haus, zwei Hausschuhe der Mutter verfehlten ihn nur knapp. Salma kam langsam zu sich. Sie weinte lange und vertraute ihrem Bruder ihr Geheimnis an. Sie liebe einen jungen Floristen, und sie könne den Offizier nicht leiden, der fürchterlich aus dem Mund rieche, wie wenn er Leichen im Bauch begraben hätte.

Der Bruder verständigte die Mutter, und diese beeinflusste den Vater, dass er den Offizier fortschickte und erlaubte, dass seine Tochter den jungen Floristen heiratete.

»So ist es richtig«, riefen mehrere Frauen, die Männer schüttelten den Kopf. Sie klatschten, wenn überhaupt, halbherzig.

Ein alter Scheich hob die Hand. Karam bat ihn, nach vorne zu kommen.

»Mein Name ist Karim. Man sagt«, begann der Scheich, »der Glaube versetzt Berge. Das geschieht selten, doch der Aberglaube versetzt leider oft ganze Völker. Er führt sie ins Verderben!

Warum manches Tier oder manche Pflanze übernatürliche Eigenschaften haben soll, wissen nur die Scharlatane. Vernünftige können darüber nur lachen.

So behaupten die Scharlatane, der Granatapfel sei eine Paradiesfrucht und nur Gläubige könnten einen Granatapfel restlos aufessen. Versucht es aber ein Ungläubiger, so schickt Gott einen Engel, der einen Kern wegnimmt, versteckt oder zerdrückt. Bei Milliarden Granatäpfeln auf unserer Erde hätte eine gewaltige Armee von Engeln genug zu tun.

Eines Tages, so erzählte mein Großvater, kam ein Mann mit langem Bart zu einer Männerversammlung vor der Moschee. Er trug einen Granatapfel in der Hand.

›Ihr denkt, nur Gläubige können einen Granatapfel restlos aufessen. Ich glaube an gar nichts und werde euch zeigen, dass ich den Granatapfel voll und ganz verzehren werde.‹

Die Männer zeigten ihre Empörung und schauten zu, wie der Mann den Granatapfel sorgfältiger als ein Chirurg aufspaltete und Kern für Kern genoss. Am Ende zeigte er die leeren Schalen und wollte gerade ausrufen: ›Seht ihr, ich habe es geschafft!‹, da fiel ein Granatapfelkern, der in seinem langen Bart hängen geblieben war, zu Boden. Ein Gockel, der den Mann die ganze Zeit beobachtet hatte, stürzte sich auf den Kern, pickte ihn auf und rannte davon. Der Mann schrie laut vor Schreck und eilte hinter dem Gockel her, gefolgt vom Gelächter der gläubigen Männer. Sie werden ihr Leben lang denken, dass der Gockel ein Engel in Tiergestalt war.

Mein Großvater hatte ein großes Faible für solche Geschichten. Schade, dass er nicht mehr lebt, die folgende Geschichte hätte ihm wohl gefallen.«

Der alte Scheich erzählte:

Der wundersame Granatapfel

Vor nicht allzu langer Zeit gab es ein Volk, das an eine Gottheit namens Sukur glaubte. Für den Gott wurde ein großer Tempel mitten in der Hauptstadt gebaut. Im Mittelpunkt des Tempels stand eine riesige Marmorfigur, die stellte Gott Sukur dar, einen großen, athletischen Mann, der in seiner Hand glänzende Blitze aus reinem Gold trug. Und in jedem Dorf stand ein etwas bescheidenerer Tempel mit der gleichen Figur.

In diesem Land aber gab es auch eine Minderheit, die eine Göttin anbetete. Die Göttin hieß Inas. Ihr Bildnis zeigte eine Frau, die Weizenähren in der Hand hielt. Ihre Anhänger glaubten, dass ihre Göttin die Erde fruchtbar mache.

Die Angehörigen dieser Minderheit waren besonders fleißig, und sie unterstützten einander, sodass keiner von ihnen unter bitterer Armut litt. Es kursierte der Spruch: Inaser kennen das Wort Hunger nicht.

Man bewunderte die Frauen und Männer der Minderheit und lobte ihre Tüchtigkeit. In Krisenzeiten aber verwandelten sich die Bewunderung in Neid und die Lobeshymnen in Beschimpfungen.

Der König dieses Landes hatte einen bösen Großwesir namens Subhi. Der konnte die Inaser nicht leiden. Als es wieder einmal kriselte und er die schlechte Stimmung gegen die Minderheit spürte, kam er auf eine teuflische Idee.

Im Herbst brachte der Gärtner dem König zwei große, rote Granat-äpfel, auf denen in heller Schrift stand: *Ich bin Sukur, euer Gott!* Der König betrachtete die helle Schrift auf dem roten Hintergrund. Er war sprachlos vor Verwunderung.

»Das ist ein Zeichen Gottes. Unsere Ernte ist schlecht ausgefallen, und unser Handel läuft so schlecht wie noch nie. Das kann nur der Zorn Gottes verursacht haben«, behauptete der böse Großwesir.

»Was sollen wir tun?«, fragte der einfältige König.

»Ihr müsst diese verfluchten Ungläubigen herholen, ihnen die Para-diesfrucht zeigen und sie auffordern, in Zukunft nur noch den Gott Sukur anzubeten und alle Figuren ihrer Göttin Inas zu zerstören.«

Der König war völlig überrascht. »Und was machen wir, wenn sie es ablehnen?«

»In diesem Fall würde ich ihre Männer, Frauen und Kinder gefangen nehmen und töten, oder du kannst sie an Sklavenhändler in den Nachbar-ländern verkaufen und ihren Besitz der Staatskasse zuführen, dann hast du für zehn Jahre ausgesorgt«, antwortete Subhi.

»Aber sie sind doch friedliche Bürger«, gab der König zögerlich zu be-denken.

»Friedlich oder nicht. Als König bist du im Namen unseres Gottes Su-kur verpflichtet, sein Volk zu retten, sonst sehe ich einen Aufstand der Hungernden kommen. Sie werden diese Inaser vernichten und ausrauben, aber deine Kasse bleibt leer. Und schlimmer noch, nach ihrem leichten Sieg gegen die Minderheit werden die Anführer des Aufstands ihre Hand nach dir ausstrecken und deinen Thron stürzen, weil sie keinen Respekt mehr vor dir haben«, erwiderte Großwesir Subhi mit drohendem Unterton.

Der König dachte lange nach. Am nächsten Tag ließ er die obersten Ge-lehrten, Richter und reichen Männer der Minderheit zu sich kommen. Er zeigte ihnen den Granatapfel mit der Schrift und wiederholte die Forde-rung des Großwesirs, aber bedeutend höflicher.

Die Männer der Minderheit baten um sieben Tage Frist, um zu über-legen, was sie machen sollten.

Der Großwesir rieb sich erfreut die Hände.

Die Angehörigen der Minderheit, Frauen, Männer und Kinder, erfuhren in der Hauptstadt von der heranrollenden Katastrophe. Die Höflichkeit des Königs war eine dünne Decke, unter ihr lauerte der Tod.

»Was sollen wir machen?«, fragte der oberste Priester im bis zur letzten Ecke gefüllten Gebetssaal ihres Tempels.

»Beten!«, riefen einige.

»Auswandern!«, riefen andere.

»Das hilft nichts. Sie werden uns vernichten, noch bevor wir den ersten Schritt gemacht haben. Beten können wir natürlich immer, aber was sollen wir tun?«

Eine junge Frau hob die Hand. »Ich glaube kein Wort davon, dass der Gott Sukur etwas auf den Granatapfel geschrieben hat. Ich weiß, wie man so etwas macht. Letztes Jahr habe ich den Namen meines Mannes Rida aus dunklem Papier ausgeschnitten und auf einen noch grünen Apfel geklebt. Die Äpfel reiften und bekamen rote Wangen, dort aber, wo der Name klebte, blieben sie grün. Die Idee kam mir, als ich ein Jahr zuvor beim Ernten einen wunderschönen Apfel in die Hand bekam. Auf einer Seite klebte, aus welchem Grund auch immer, ein kleines Ahornblatt. Als ich das Blatt entfernte, war sein Abbild darunter noch fast weiß.

Als mein Mann den Apfel mit seinem Namen sah, bekam er zuerst einen Schreck. Hatten die Götter etwa auf diese Weise seine Treue zu mir belohnt? Ich habe ihn beruhigt und gesagt, nicht die Götter, sondern ich hätte seine Treue belohnt.«

Der Saal bog sich vor Lachen.

»Du meinst also, die Schrift stammt von Menschenhand?«

»Ja, ich bin mir sicher«, sagten die junge Frau und ihr Mann wie im Chor.

»Was sollen wir tun?«

»Beten, dass die Göttin Inas den bösen Menschen, der das getan hat, bestraft«, rief der Priester.

»Dann wirst du noch während deines Gebets von den Schurken geköpft«, erwiderte ein Gelehrter. »Nein, wir müssen sofort handeln. Wir sollten dem König in seiner finanziellen Not unter die Arme greifen. Einen Teil unseres Vermögens zu spenden, um unsere Sicherheit zu garantieren und der Enteignung zu entgehen, ist gar kein schlechter Handel. Und ich habe noch einen zweiten Vorschlag, aber den möchte ich noch nicht äußern. Ich muss mir das genau überlegen«, sagte der Gelehrte. Der Gemeindevorsteher der Minderheit verstand ihn auf Anhieb. Er erhob sich. »Also, liebe Leute, nun könnt ihr nach Hause gehen und ruhig schlafen. Wir schicken morgen früh eine Delegation zum König, und der wird unser Angebot bestimmt gut aufnehmen.«

Die Menschen atmeten erleichtert auf. Sie hatten Vertrauen, weil der Vorsteher mehrmals bewiesen hatte, dass er beim König ein offenes Ohr fand.

Er ließ der klugen Frau und ihrem Mann leise ausrichten, dass sie sich zum Gemeindehaus begeben sollten. Er und ein paar Frauen und Männer vom Gemeinderat warteten, bis die Menschen nach Hause gegangen waren, dann eilten sie ebenfalls dorthin.

»Ich bin überzeugt«, begann die junge Frau, »hinter diesen Worten auf dem Granatapfel steckt ein böser Mensch. Er sucht einen Grund, um uns zu vernichten. Sicher ist es richtig, dass wir dem König Geld spenden, aber wir sollten dafür Zeit gewinnen. Im nächsten Sommer kann ich viel Obst beschriften. Nur so werden wir den Anschlag auf uns vereiteln. Geld allein genügt nicht.«

»Das ist ein sehr kluger Plan«, meinte der Gelehrte und wandte sich an den Vorsteher. »Kannst du erreichen, dass wir beim König durch die Spende Zeit gewinnen, um auf die göttliche Botschaft zu antworten?«, fragte der Gelehrte.

»Sicher kann ich das«, antwortete der Gemeindevorsteher, »der König ist einfältig, aber gütig. Sein Großwesir dagegen ist ein böser Mensch, und er hasst uns.«

»Und was sollen wir auf die Früchte schreiben?«, fragte die junge Frau. Die Frauen und Männer berieten lange. Am Ende kamen sie zu dem Schluss, einfach zu schreiben: *Großwesir Subhi ist ein Lügner* und darunter sollte der Name seines Gottes stehen: *Sukur*.

Am nächsten Tag brachte der Gemeindevorsteher dem König Geld und Schmuck im Wert von mehreren tausend Dinare. Der König war gerührt, als der alte Vorsteher sagte: »Uns bedrückt es, dass Eure Majestät so traurig sind. Das sind all unsere Reserven. Wir schenken sie Euch, o König, damit Eure Majestät wieder lächeln.«

»Du warst immer ein edler Mensch«, sagte der König, »Was kann ich für dich tun?«

»Wir brauchen ein Jahr Zeit und den Schutz Eurer gnädigen Hand, damit wir die richtige Antwort auf die göttliche Botschaft finden.«

»Den gewähre ich euch sogleich«, sagte der König. Er wandte sich zu seinem Schreiber und diktierte: »An alle Gouverneure. Die Anhänger der Göttin Inas stehen unter meinem direkten Schutz. Wer sie auch nur zu beleidigen wagt, wird hart bestraft.«

Der Großwesir erstarrte wie eine Salzsäule. Zum ersten Mal dachte er, er müsse den König erwürgen.

Die Monate flossen dahin. Im Sommer aber sah man plötzlich Wassermelonen, auf denen stand: *Großwesir Subhi ist ein Lügner* und darunter *Sukur*. Andere Melonen trugen Sprüche wie: *Meine liebste Göttin ist Inas*, oder: *Wer zum Tod anderer aufruft, ist mein Feind*, oder: *Liebt euch, dann liebe ich euch* ... und darunter der Name Sukurs. Im Herbst tauchten auch Äpfel und Granatäpfel mit solchen Sprüchen auf, bis der König schließlich begriff, dass sie genau wie der Granatapfel seines Großwesirs von Menschenhand beschriftet waren. Er ließ den Großwesir ins Gefängnis werfen und beschlagnahmte dessen ganzen Besitz. Der nächste Großwesir war vorsichtiger und weniger abgeneigt gegen die Göttin Inas und ihre Anhänger.

Nur wenige klatschten. Viele schauten fast verwirrt den Erzähler an. Vor allem Nuras Vater, der Großwesir, schüttelte zornig den Kopf, als bedauere er, den alten Scheich nicht verhaften zu dürfen.

Ein Mann mittleren Alters meldete sich zu Wort. »Mein Name ist Hani. Ich bin Steinmetz. Ich kann eigentlich gar nicht gut erzählen, aber ich habe eine Geschichte gehört, die mich außerordentlich fasziniert hat und deshalb hat sie sich in mein Gedächtnis eingemeißelt.

In Bagdad habe ich einmal einen alten, vornehmen Herrn kennengelernt. Ich fragte ihn nach seinem Beruf, da überraschte er mich mit der Antwort: ›Ich bin der Meister und Richter der Bettler.‹

Da ich noch nie von einem solchen Beruf gehört hatte, fragte ich ihn, was das sei, und er war redselig und berichtete, früher hätten sich die Bettler oft an falschen Orten und mit falschen Methoden um eine Spende bemüht. ›Es kam auch oft zum Streit‹, erklärte er, ›weil ein Bettler in das Gebiet eines anderen eindrang. Die Viertel sind hinsichtlich der Almosen ja nicht gleich ergiebig. Deshalb habe ich alle Bettler so organisiert, dass sie friedlich und vernünftig ihre Arbeit verrichten können. Einmal im Monat tauschen sie die Gebiete unter meiner Aufsicht, und wenn ein neuer, fremder Bettler auftaucht, wird er nicht beschimpft, sondern zu mir geschickt, und ich sorge dafür, dass er nicht leer ausgeht.‹

›Und bekommst du etwas dafür?‹

›Nein, das brauche ich nicht. Ich habe genug für mich und meine Frau gespart. Wir sind alt und kinderlos. Also gibt es keinen Grund, gierig zu sein.‹

›Aber wie kamst du zu dieser Ehre?‹

›Das hat mit dem Ruf zu tun, der mir vorauseilte, und dieser Ruf hat eine Geschichte.‹

Ich habe diese kuriose Geschichte wortwörtlich im Gedächtnis behalten, und zwar genau so, wie er sie mir erzählt hat.«

Karam konnte sein Lachen kaum unterdrücken. Er mochte diese raffinierte Art einiger Erzählerinnen und Erzähler, die Leute gespannt und neugierig zu machen.

»Wir bitten dich darum, lieber Hani«, rief er dem Steinmetz entgegen, der bereits auf dem Weg zur Kanzel war.

Der Steinmetz Hani erzählte:

Eines Tages hatte ich als Bettler in Basra die Nase voll. Ich bin Muslim, aber im Norden Syriens aufgewachsen, wo viele Christen leben, und habe dort als Kind Aramäisch gelernt, die Sprache der Urchristen in Syrien und im Irak.

Eines Tages habe ich mir eine schwarze Priesterkutte gekauft und bin in den Norden des Irak gewandert, bis ich eine Stadt erreichte, deren Herrscher ein Frömmler war. Ich suchte ihn auf. Sein Audienzsaal war voller Leute. Das war mir recht.

»Was führt dich zu mir, Mönch?«, fragte der Herrscher.

»Eure Majestät, ich bin ein christlicher, aramäischer Mönch und habe zwanzig Jahre in einem Kloster nahe bei Damaskus gelebt. Da erschien mir der Prophet Muhammad im Traum und rief mir zu, ich solle dem Islam beitreten, denn für mein Seelenheil wäre es schade, als ungläubiger Christ zu sterben. Er nannte deinen Namen und meinte, dass du meinen islamischen Glauben bezeugen sollst, weil du so fromm bist und ins Paradies kommen wirst. Auf dem Weg hierher ließ ich mich als Vorbereitung für meinen Übertritt zum Islam beschneiden.«

Der Herrscher wäre fast geplatzt vor Stolz.

»Dann sprich die Schahada«, sagte er, und ich sprach sie, und als ich fertig war, befahl er, man solle mir neue Kleider bringen und mir hundert Dinar als Geschenk für meine Frömmigkeit überreichen.

Dann bin ich in die nächste Stadt gegangen, habe mir wieder eine Kutte gekauft und bei deren Herrscher dasselbe Schauspiel aufgeführt, und er war noch großzügiger, da seine Stadt wohlhabender war.

Mit dem Geld kehrte ich nach Bagdad zurück, kaufte ein schönes Haus und machte mich auf die nächste Reise durch drei Städte zu drei weiteren heuchlerischen Herrschern. Die Ausbeute war noch reicher. Immer wieder kehrte ich nach Bagdad zurück und kaufte mit dem Geld Läden, Felder und Obstgärten. Bald beteiligte ich mich auch an einem Gewürzhandel, und in einem Jahr verdoppelte sich mein Vermögen.

Aber ich habe einen Fehler gemacht. Nach mehr als zwanzig Übertritten zum Islam hätte ich aufhören sollen. Doch ich konnte es nicht lassen und ritt eines Tages wieder in den Westen des Irak. Natürlich hatte ich mir eine Liste der Städte angelegt, bei deren Herrschern ich bereits zum Islam übergetreten war. Als ich in die neue Stadt kam, suchte ich den Herrscher auf. Ich führte mein Theater vor und bekam reichlich Geld und Geschenke, nicht ahnend, dass einer der Gäste schon bei zwei meiner früheren Übertritte mit dabei war. Es war ein reicher Händler.

Draußen wartete sein Helfer auf mich. Er ergriff mich und rief: »Du bist ein Betrüger. Das wird dich das Leben kosten! Mein Herr hat noch zu tun, aber du bleibst sein Gefangener, bis er entscheidet, was er mit dir macht.«

Der Bursche war kräftig, aber einfältig. Ich beruhigte ihn zuerst einmal und bot ihm die Hälfte meiner Beute an. Er solle sich damit aus dem Staub machen und mit den vielen Dinaren in irgendeiner anderen Stadt ein neues Leben anfangen.

»Was hast du davon, wenn ich ausgepeitscht werde? Ich habe zehn Kinder und muss sehen, wie ich sie durchbringe. Und was ist daran so schändlich, dass ich immer und immer wieder in den Islam, die wahre Religion, eintrete?«

Sein Griff lockerte sich. Er dachte nach.

»Hör mal«, fuhr ich fort, »bleib ehrlich. Wie oft hättest du am liebsten deinen Herrn erwürgt? Hab keine Angst. Ich werde dem widerlichen Typen nichts verraten. Wie oft hat er dich gedemütigt?«

»Oft«, brummte der armselige Kerl.

»Na, also, worauf wartest du?«

Der Mann nickte schweigend, und ich teilte das Geld gewissenhaft. Sein Anteil betrug hundertfünfzig Dinar. Damit konnte er wirklich in Wohlstand leben. Er umarmte mich und rief mit Tränen der Rührung: »Du bist kein Betrüger, sondern ein wahrer Bruder«, und eilte davon. Und ich kehrte noch schneller zurück nach Bagdad.

Dort lebe ich vergnügt mit meiner Frau und helfe den Bettlern, um ihr Leid zu lindern.

Großer Beifall begleitete den Steinmetz. Er verneigte sich mehrmals und wäre vor Aufregung beinahe auf der Treppe gestolpert. Karam empfing ihn mit offenen Armen. Er drückte dem Mann die Hand: »Wunderbare Geschichte«, rief er.

Die Heilerin Sahar, eine Frau in den Fünfzigern, ihre Hände waren mit Henna gefärbt, meldete sich zu Wort. Sie war bekannt und beliebt in der Stadt. Karam nickte, sie stand auf und sprach, mit dem Gesicht zum König gewandt: »Mein Name ist Sahar, ich bin Heilerin. Meine Eltern stammen aus einem Dorf am Euphrat. Mein Großvater erzählte, sein Vater sei noch christlich gewesen, wie damals das ganze Dorf. Und wie sie zu Muslimen wurden, das ist eine kuriose Geschichte. Aber bevor ich anfange, muss ich sagen: Ich habe von meinen Eltern etwas Wichtiges gelernt. Alle Religionen sind gleich viel wert.«

König Salih, Jasmin, Karam und Nura klatschten und stoppten damit die Welle der Empörung, die sich im Saal ausbreiten wollte. Die Frau stand still auf der Kanzel, bis es ruhig wurde.

Die Heilerin Sahar erzählte:

Ausweglosigkeit

Es gab einmal ein kleines christliches Dorf. Die Einwohner lebten bescheiden und zufrieden, bis der Bischof einer nahen Stadt ihnen Pfarrer Batticha schickte. Der war ein Grobian mit Händen wie Schaufeln und einer Stimme, die nicht nur die Lüster der Kirche erzittern ließ. Er griff gern zu drastischen Methoden: Bei der Predigt jagte er den versammelten Bauern Angst ein, indem er ihnen die Pfähle, Ketten, Zangen und Nägel vorführte, mit denen sie in der Hölle gequält würden. Und dies am Sonntag auf nüchternen Magen, weil man damals vor der Kommunion nichts essen durfte.

Vor der Kommunion mussten alle zur Beichte gehen, und wehe, einer zögerte. Batticha brüllte ihn an und zog ihn hinter sich her, als wäre der Gläubige ein sturer Esel.

Ob freiwillig oder nicht, alle hörten den Tadel des Pfarrers mit. Nicht selten zählte er laut die Sünden auf, die der Gläubige gerade flüsternd gestanden hatte. »Was?«, donnerte die Stimme des Pfarrers, »einen gierigen Blick auf die Schwiegertochter geworfen. Nur einen Blick? O Gott, erbarme dich dieses Armseligen, der sich beinahe an seiner Schwiegertochter vergangen hat.«

Zermürbt durch Battichas Launen und seinen Sadismus marschierten eines Tages alle Erwachsenen, etwa zweihundert Frauen und Männer, zum Bischof in die nahe Stadt, um sich über den Pfarrer zu beschweren. Dieser aber ließ sie drei Stunden in der Sonne stehen, um ihnen danach kurz angebunden mitzuteilen, sie sollten froh sein um diesen »Heiligen«, andere Dörfer bettelten darum, ihn als Pfarrer zu haben.

Enttäuscht kehrten die Einwohner in ihr Dorf zurück.

Nach langer Beratung beschlossen sie, zum Islam überzutreten, um den Pfarrer loszuwerden. Wieder gingen sie in die Stadt. In der Nähe des Bischofssitzes gab es eine Moschee, und der Scheich freute sich über die große Versammlung von Männern und Frauen, die alle Muslime werden wollten. Er feierte diese neuen Mitglieder seines Glaubens mit einem üppigen gemeinsamen Mittagessen. »Beim Bischof haben wir nicht einmal ein Glas Wasser bekommen!«, sagte der Dorfälteste, und sie lachten bei dem Gedanken an das dumme Gesicht, das ihr Pfarrer am kommenden Sonntag vor den leeren Kirchbänken machen würde.

Die Männer mussten sich nach islamischem Ritus beschneiden lassen. Vier erfahrene Friseure übernahmen diese Aufgabe. Die Frauen konnten sich das Lachen beim Gejammer ihrer Männer und Söhne nicht verkneifen.

Fröhlich machten sie sich auf den Heimweg, doch ihre Freude währte nur zwei Stunden, so lange wie der Marsch von der Stadt ins Dorf zurück. Am Eingang des Dorfes hörten sie den Muezzin zum Nachmittagsgebet rufen. Männer mit guten Augen erkannten den Pfarrer, der nun als Scheich im Glockenturm »Allahu Akbar« rief.

Ein Lachen ging durch die Reihen, auch viele Männer lachten nun mit.

Der Kutscher Isam hob die Hand. Er war heute besonders gut gekleidet. »Ich habe mit fünf weiteren Kutschern an einer großen Hochzeit teilgenommen. Dank meiner feierlichen Kleidung bekam ich doppelt so viel Trinkgeld wie die anderen, die so aussahen, als kämen sie gerade aus der Wüste«, erzählte er, lachte und machte sich auf den Weg zur Kanzel.

Der Kutscher erzählte:

Der Gottesretter

Ein armer Mann suchte Arbeit und stieß überall auf Ablehnung. Eines Tages wanderte er am Rande der Stadt durch die Ruinen eines griechischen Tempels, da sah er einen Mann, der aus einem Klumpen Bienenwachs kleine Figuren formte, etwa so groß wie eine Hand. Als er mit einer fertig war, rief er: »Adam, Adam, warum hast du auf deine Frau gehört und uns das Leben im Paradies versaut?« Er hob die Faust und schlug auf die wachsweiche Figur ein, da wurde Adam zu einem Klumpen. Dann formte der Mann das Wachs zu einer kleinen Frau mit übertriebenem Busen. »Und du, Eva«, rief er, »warum hast du auf den Teufel gehört und deinem Mann und euren Kindern den ganzen Schlamassel eingebrockt?« Und genau wie vorher schlug er Eva auf den Kopf, und auch sie wurde wieder zu einem elenden Klumpen. Sodann formte er die nächste kleine Figur, und der arme Mann beobachtete aus seinem Versteck gespannt die Hände des anderen, die nun der Gestalt Hörner und Schwanz gaben. »Und du, verdammter Teufel«, rief der Mann, »warum hast du Eva verführt? Hättest du nicht irgendeine Ziege oder Kuh verführen können und unsere Mutter in Ruhe lassen?« Die Faust des Mannes sauste wütend herab und machte aus dem Teufel eine dicke Scheibe.

Nun formte der Mann eine Figur mit einem langen Bart.

»Und jetzt zu dir, Gott«, rief der Mann. »Warum bist du so engstirnig? Nur weil unsere Eltern, Adam und Eva, mal von der Frucht der Erkenntnis genascht haben, hast du gleich einen Wutanfall bekommen. Ich mache dich fertig!« Und er hob die Faust.

»Nein, das machst du nicht!«, schrie der arme Mann aus vollem Halse. Der Figurenmacher sprang auf wie von einem Skorpion gestochen, rannte zu seinem Pferd und ritt fluchtartig davon. Sein Mantel lag auf dem Boden. Als der arme Mann aus seinem Versteck trat und den Mantel aufhob, fand er in der Manteltasche einen Beutel mit zwanzig Dinaren. Er nahm ihn mit, ebenso wie den Wachsklumpen, und ging nach Hause. Dort angekommen, gab er seiner Frau einen Dinar und bat sie, endlich etwas Gutes zu kochen. Sie bewunderte den schönen Mantel und war über das viele Geld sehr glücklich.

»Woher hast du das?«

»Ich habe Gott gerettet«, antwortete der Mann und erzählte seiner Frau die ganze Geschichte.

»Vergiss bitte nicht, beim Einkaufen auch einen Docht mitzubringen«, sagte er zu ihr, als sie sich auf den Weg in die Stadt machte. Sicherheitshalber gab er ihr einen Kuss. Die Frau lachte. »Die Fortsetzung bei Kerzenschein«, sagte sie.

Die zweiundsiebzigste Jungfrau

Ein bekannter Scheich hielt an einem Freitag eine lange Moralpredigt. Die Moschee war gerammelt voll, und es war stickig heiß. Die Männer trösteten sich damit, dass am Ende eine große Überraschung auf sie warten würde, wie der Scheich am Anfang versprochen hatte.

Endlich vernahmen die dreihundert schon sehr erschöpften Männer, dass die Rede nun zu Ende sei. »Und nun, liebe Männer«, rief der Scheich laut, »garantiere ich euch, ihr werdet den Himmel betreten, wenn ihr meine Ratschläge befolgt. Falls ihr neugierig seid, wie dieser Augenblick, dieser erste Tag im Paradies aussehen wird, verspreche ich einem jeden:

Wenn du das Paradies betrittst, begleiten dich zehn Engel, geführt von einem mächtigen Erzengel. Sie nehmen dich sanft an der Hand und führen dich zu deinem Palast, denn für jeden von euch ist dort ein Palast reserviert, wenn er dem wahren Glauben folgt und nicht sündigt.

Zweiundsiebzig Frauen warten auf dich. Und was macht dieser Erzengel? Er ist dein Beschützer und Ratgeber. Er geht mit dir durch Gärten, in denen Milch, Honig und Wein fließen, und du probierst die himmlischen Getränke. Dann erreichst du den ersten Saal deines Palastes. Fünfunddreißig Frauen, nackt und schön, umtänzeln dich verführerisch, lange Beine, runder Hintern, der dir bei jedem Schritt winkt, die Brüste, reife große Birnen, lassen sie vor deinem Mund schaukeln, und ihr Mund ist eine einzige Einladung zum Genuss. Der Erzengel aber sagt dir: ›Gedulde dich mein Herr, denn im nächsten Raum sind noch schönere.‹

Du nickst und lässt dich in den nächsten Raum führen. Dort stehen sechsunddreißig Huris, und in der Tat sind sie unbeschreiblich schön. Sie strahlen vor Erotik. Sie schlürfen vor Begehren. Du willst zu einer von ihnen gehen, die sich bereits verführerisch auf dem Bett räkelt, aber der Erzengel ermahnt dich: ›Mein Herr, fange mit der Besten an, und wenn du sieben Ewigkeiten mit ihr genossen hast, kannst du die anderen alle haben.‹ Mit diesen Worten bringt er dich in den Garten deines Palastes. Und nun kommt die große Überraschung. Ein himmlischer Weg führt dich aus diesen Vorräumen hinaus zu einem erhöhten Bau auf einem Hügel mitten im Garten. ›Hier wohnt die schönste und zärtlichste aller Frauen. Du wirst mit ihr sieben Ewigkeiten im Bett verbringen, und sie wird all deine sinnlichen Wünsche erfüllen‹, sagt dir der Erzengel.

Du gehst durch die Tür, der Engel bleibt draußen. Er versiegelt die Tür, damit man euch Liebende sieben Ewigkeiten nicht stört, und du siehst eine Frau in einem Bett mit Baldachin. Und beim Näherkommen entdeckst du, dass die Frau im Bett keine andere ist als deine Frau. Welch eine Freude, du wirst …«

Ein entsetzter Schrei erstickte die Stimme des Redners. Ein Tumult brach aus unter den versammelten Männern.

»Oh, großer Scheich. Du hast alles verdorben«, schrie ein großer Mann und richtete sich auf. »Hör mit der blöden Rede auf, fürchte doch Gott! Das ist eine Frechheit. Die ganze Zeit sitzen wir gespannt wie kleine

Kinder, die auf ein Geschenk warten, und nun das! Meine Frau soll mich noch im Paradies sieben Ewigkeiten quälen? Nein!«, rief er und verließ den Raum ... nicht alleine, sondern alle Männer bis auf einige Schwerhörige verließen die Moschee, und der verdutzte Imam erstarrte wie eine blasse Gipsfigur mit Bart.

Der Kutscher stieg von der Kanzel. Viele schüttelten, wie wenn sie beleidigt wären, wütend den Kopf.

»Geh doch in die Hölle und lass dich rösten, vielleicht schmeckst du dann nach etwas. Auch ich will dich nicht sieben Ewigkeiten ertragen!«, schrie eine Frau ihren Mann an. »Stellt euch vor, er sagte mir gerade, lieber würde er in die Hölle gehen.«

Die Leute lachten, und man hörte den Mann noch seine Frau beschwichtigen: »Das war doch nur Spaß!«

»Diese Geschichte ist eine geschmacklose Gotteslästerung«, rief ein Mann.

»Das ist sie nicht. Sie zeigt, wie einer die religiösen Texte missbraucht und Männer billig verführen will, indem er den Himmel zum Puff macht. Du bist zu humorlos, um das zu verstehen«, erwiderte der Metzger Junan.

Eine Frau hob die Hand. Karam nickte ihr zu, sie stand auf. Sie war groß, hellhäutig und hatte rote Wangen. Ihre Augen strahlten Sicherheit aus, ohne Arroganz. »Mein Name ist Na'ime«, begann sie. »Ich bin Bienenzüchterin. Ist es nicht absurd, dass viele Leute behaupten, Gott zu lieben, und hören nicht auf ihn, und den Teufel beschimpfen sie und gehorchen ihm?«

»Das ist wahr! ... Sie hat recht! ... Einen solchen Frömmler kenne ich auch!«, hörte man es im Saal rufen.

Die Bienenzüchterin machte sich auf den Weg zur Kanzel.

Na'ime erzählte:

Die Haare der Ziege

In einem kleinen Dorf lebte einst eine kluge Frau. Bald bekam sie mit ihrem Mann einen hübschen Jungen, sie nannten ihn Salem. Der Junge wuchs in einem Haus voller Liebe und Zärtlichkeit auf. Beide, Mutter wie Vater, kümmerten sich um den Jungen.

Salems Vater war der Weber des Dorfes. Er verdiente gut. Seine Frau hielt eine Menge Hühner, dazu ein paar Schafe und Ziegen in einem Stall. Sie besserte das Einkommen der Familie auf durch den Verkauf der Eier und Milchprodukte.

Als Salem sieben wurde, schickten sie ihn in die einzige Schule des Dorfes, damit er schreiben und lesen lernte. Der Lehrer, ein junger Bursche von etwa dreißig Jahren, unterrichtete alle Fächer und war zugleich Direktor der Schule.

Vor den Bauern gab sich der Lehrer fromm und betete jeden Tag am frühen Morgen in der Moschee, bevor er in die Schule ging. Es hielt sich jedoch das hartnäckige Gerücht, dass der Lehrer erotische Beziehungen zu mehreren Frauen hatte. Er wirkte sehr männlich und kam aus einer fernen, großen Stadt, was den armen Bauern damals sehr viel Respekt und Ehrfurcht einflößte.

Doch nicht seine Männlichkeit oder Herkunft verhalf ihm zum Erfolg bei Frauen und jungen Männern, sondern er war ein Meister der Schwarzen Kunst. Mit seinem teuflischen Zauber konnte er Menschen gefügig machen.

Salem war auffällig gepflegt, klug und hübsch. Der Lehrer, der nur Salems Vater, einen Mann von durchschnittlichem Äußeren, kannte, vermutete, dass die Schönheit des Jungen von seiner Mutter stammte, und er irrte sich nicht. Eines Tages sah er sie zusammen mit Salem beim Einkaufen auf dem Markt. Sie trug keinen Schleier und war noch schöner als ihr Bild in seiner Phantasie. Nun spürte er ein heißes Verlangen nach ihr.

Um sein Ziel zu erreichen, begann er Salem zu verwöhnen und bevorzugt zu behandeln. Auch schenkte er ihm immer wieder Leckereien, die er heimlich essen sollte, damit die anderen Kinder nicht neidisch würden. So gewann er das Vertrauen des Jungen. Wenn jemand davon erführe, drohte der Lehrer, wäre es vorbei mit den leckeren Süßigkeiten. Salem aber berichtete seiner Mutter alles, mit der natürlichen Arglosigkeit eines Kindes und weil in dieser Familie Offenheit herrschte. Die Mutter horchte auf und bat Salem, außer ihr niemandem davon zu erzählen.

Eines Tages forderte der Lehrer Salem auf, ihm vier oder fünf Haare von seiner Mutter mitzubringen, die er in ihrem Kamm oder auf ihrem Kopfkissen fände. Er solle es aber niemandem verraten, denn es wäre eine schöne Überraschung für die Mutter. Salem erzählte seiner Mutter vom merkwürdigen Wunsch seines Lehrers. Die Frau dachte nach, sie hatte von dem teuflischen Zauber dieses Mannes gehört, dann grinste sie. Sie hatte pechschwarzes Haar. Sie zupfte aus dem langhaarigen Fell einer großen schwarzen Ziege vier, fünf Haare, wickelte sie in ein Papier und gab sie Salem. »Bring deinem Lehrer diese Haare und sag ihm, sie seien von mir.«

Salem nahm das Papier und übergab es unauffällig dem Lehrer, wie dieser ihm am Vortag befohlen hatte. »Damit die anderen Schüler nicht neidisch werden«, hatte er gesagt, und Salem verstand nicht, warum seine Schulkameraden wegen vier, fünf Haaren neidisch werden sollten.

Als Salems Vater nach Hause kam, erzählte ihm seine Frau von dem geilen Lehrer und seinem Wunsch. Und noch am selben Abend, als Salem zu Bett ging, merkte der Mann, als er die Schafe und Ziegen im Stall fütterte, dass die große schwarze Ziege vibrierte und merkwürdig meckerte. Er bekam einen Schreck, doch seine Frau begriff sofort, was mit dem Tier los war, und handelte schnell. Sie schloss die unruhige Ziege in eine kleine Kammer ein und hörte, wie sie die ganze Nacht mit den Hörnern gegen die Tür stieß, als wollte sie hinaus.

Zusammen mit ihrem Mann lachte sie Tränen über den geilen Lehrer, und sie stellten sich vor, wie groß am nächsten Tag wohl sein Entsetzen über die scharfe Ziege wäre.

Am nächsten Morgen stand Salem am Küchenfenster und verstand nicht, warum seine Mutter die Ziege einfach hinausrennen ließ.

»Sie will zu ihrem Liebhaber«, sagte die Mutter, als sie zum Küchentisch zurückkehrte, um weiter zu essen. »Ziegen wissen genau, was sie wollen«, fügte sie hinzu und lachte.

Wenig später tauchte mitten im Dorfzentrum plötzlich eine große schwarze Ziege auf, sie rammte die Haustür des Lehrers und meckerte dabei sonderbar. Nach drei, vier Stößen mit den Hörnern drehte sie sich um und rieb ihren Hintern an der Tür und brüllte so laut, dass man hätte denken können, sie würde gerade geschlachtet. Nach einer Weile öffnete der Lehrer die Tür und schaute entsetzt auf die Menge, die vor seinem Haus zusammengeströmt war. Als die Ziege ihn sah, kniete sie sich auf die Vorderbeine und hob ihm obszön ihr Hinterteil entgegen, wedelte mit dem Schwanz und meckerte, dass sich die Zuschauer vor Lachen bogen. Der Lehrer wurde blass. Er trat gegen die Ziege, aber sie wich ihm geschickt aus und rannte im Kreis, um sich dann in sicherer Entfernung wieder hinzuknien und zu meckern.

»Die will mit dir ins Bett«, rief einer.

»Ziegenficker«, rief ein anderer.

Der Lehrer rannte ins Haus und schlug die Tür hinter sich zu, aber die Ziege rammte erneut ihre Hörner gegen die Tür, und als er versuchte, das Haus unbemerkt durch die Hintertür zu verlassen, lief sie meckernd hinter ihm her und stieß ihm ihre scharfen Hörner in die Kniekehle. Der Lehrer stolperte und fiel, da hockte sich die Ziege auf seinen Bauch und leckte sein Gesicht. Unter dem Gelächter der Zuschauer rettete er sich schnell wieder ins Haus.

In Windeseile ging das Gerücht von Gasse zu Gasse und von Haus zu Haus. Als der Bürgermeister erfuhr, dass der Lehrer es nicht nur mit Männern und Frauen, sondern auch noch mit Ziegen trieb, schickte er zwei Polizisten zu dessen Haus.

Die Polizisten bahnten sich mit Mühe einen Weg durch die Masse der versammelten Schüler, Frauen und Männer, die amüsiert der unermüdlichen Ziege zuschauten, die mit ihren Hörnern die Tür des Lehrers traktierte.

Er wurde abgeführt. Die Ziege brauchte Tage, bis sie sich beruhigte.

»Ist das wahr?«, entfuhr es einem bekannten Süßigkeitenverkäufer.

»Nein, du Dummkopf«, erwiderte sein Nachbar laut, »es ist doch nur eine Geschichte.«

Die Danebensitzenden lachten.

Ein Tischler erhob sich. »Viele hier kennen mich noch nicht. Ich bin erst vor einem halben Jahr in die Hauptstadt gezogen. Ich heiße Muhammad Badri.« Er wischte sich mit der Hand die nasse Stirn. »Vor Aufregung schwitze ich hier so, wie ich in meiner Werkstatt nie schwitze.« Er lachte und fuhr fort: »Oft sind die Listigen gar nicht besonders raffiniert, aber ihre Opfer sind abergläubisch. Das lässt die Gauner genial erscheinen, aber sie sind es nicht. Wenn ihr wollt, erzähle ich euch dazu eine kurze Geschichte.«

»Deine Sicht der Dinge ist interessant«, erwiderte Karam. »Wir wollen dir gerne zuhören.«

Der Tischler erzählte:

Die Gräber der Heiligen

Ein einfältiger Mann namens Farag diente einem bekannten Imam. Dieser residierte in einer großen Moschee, die den Schrein eines berühmten gottesfürchtigen Gelehrten barg. Der Schrein war als wundertätig bekannt, und so pilgerten alle dorthin, die irgendeinen Wunsch hatten, ob ein Kranker geheilt werden wollte oder eine Frau verzweifelt darum bat, endlich nach zehn Jahren Ehe schwanger zu werden, oder ein Verfolgter den Heiligen anflehte, seine Unschuld klar und deutlich zu zeigen. All diese Bittsteller trugen Geld und andere wertvolle Geschenke zu dem heiligen Schrein, der mit Ornamenten aus Silber und Gold geschmückt war und hinter einer hohen Absperrung aus kunstvollem Schmiedeeisen stand. Der Imam, der diesen Schrein betreute, nahm selbst kein Geld oder wertvolle Geschenke an, was den Respekt der Besucher noch vermehrte.

»Gebt lieber alles dem großen Gottesliebling, damit er eure Wünsche erhört«, sagte er mit leiser Stimme. Und die Leute warfen durch das eiserne Gitter Geld, Gold- und Silberschmuck zu dem Schrein.

Abends, wenn die Tore der Moschee geschlossen wurden und beide, der Imam und sein Helfer Farag, einen Kontrollgang machten, um sicher zu sein, dass keiner mehr da war, ließ der Imam seinen Helfer alle Gaben einsammeln und überwachte ihn streng, damit er ja keinen Dirham, geschweige denn einen Dinar bei sich behielt. Tag für Tag nahm der Imam einen Sack voller Geld und Schmuck mit nach Hause.

Es brauchte nur einer durch Zufall geheilt oder eine Frau schwanger oder eine für verloren gehaltene Wertsache gefunden zu werden, so verstärkte die Nachricht davon den Aberglauben, und die Leute suchten massenhaft den Schrein auf.

Mit den Jahren wurde der Imam steinreich. Er besaß in der Stadt mehrere Häuser und bewohnte selbst ein Prachtgebäude.

Der Helfer Farag aber blieb arm. Er schlief in einer bescheidenen Kammer in der Moschee. Eines Tages wollte er seine Mutter besuchen, da gab ihm der Imam eine alte Eselin, die er Schahba nannte, weil sie ein weißes Fell mit ein paar grauen Flecken und Streifen hatte.

Farag ritt auf der Eselin los, aber unterwegs wurde das alte Tier krank, und nach ein paar Tagen starb es. Farag schaufelte nicht weit vom Weg entfernt ein großes Loch und begrub sie.

Er zögerte, zu seinem misstrauischen Meister zurückzukehren, da er fürchtete, dass dieser ihn bestimmt bestrafen würde. Er war gnadenlos und verdächtigte jeden der Untreue und Unterschlagung, dabei war er selbst ein gieriger Räuber im Kleide eines Imams. Farag konnte aber auch nicht zu seiner Mutter gehen, da es bis dorthin noch sehr weit war. In seiner Verzweiflung und Hilflosigkeit begann er, Steine um die Grube zu setzen, dann befestigte er sie mit Lehm und strich das entstandene Grab schneeweiß. Reisende und Bauern aus der Gegend fragten ihn neugierig, wer da bestattet sei. Farag antwortete, zunächst nur im Scherz, das sei das Grab der heiligen Schahba. Die Leute trösteten ihn, und einige gaben ihm Geld. Er solle die Grabstätte pflegen. Von nun an setzte Farag absichtlich eine traurige Miene auf und erzählte von den Wundertaten der Heiligen. Die Spenden häuften sich, und als ein Mann durch Zufall geheilt wurde und eine Frau, die bis dahin keine Kinder bekam, Zwillinge gebar, regnete es milde Gaben. Der gute Ruf der Heiligen verbreitete sich wie ein Lauffeuer. Farag bekam nicht nur viel Geld, sondern Handwerker aller Baukünste boten sich an, einen kleinen Tempel um das Grab zu errichten. Nach sechs Monaten stand da ein Prachtbau, umgeben von einem hübschen Garten. Das schöne Haus des Imam Farag, denn so nannte er sich nun, war prächtig und entsprechend groß war sein Turban.

Ob es Zufall war oder die Strafe Gottes, Farags ehemaliger Meister verarmte unterdessen wegen falscher Spekulationen, einem Einbruch und der Wirkungslosigkeit seines heiligen Gelehrten.

Da hörte er durch Reisende von einer Heiligen, die wirklich Wunder vollbringe. Aus Neugier ritt er an den genannten Ort. Dort standen die Menschen Schlange. Er betrat den Tempel und erkannte seinen ehemaligen Mitarbeiter kaum, der elegant und fröhlich die Geschenke entgegennahm und seinen Segen erteilte. Die Leute knieten vor dem Grab, das inzwischen ein silbernes Gitter hatte, und sprachen flehend ihre Wünsche.

»Alle Achtung«, rief der Imam. Farag hatte inzwischen so viel Selbstbewusstsein, dass er seinem alten Meister erhobenen Hauptes in die Augen sah. »Brauchst du vielleicht einen Helfer?«, fragte der.

»Warum? Willst du nicht in deiner Moschee bleiben, am Schrein des heiligen Gelehrten?«

»Nein, der tut nichts mehr, und die Leute verlangen ihr Geld zurück, das sie gespendet haben. Außerdem habe ich mein Vermögen verspekuliert, dumm, wie ich war. Ich möchte dich unterstützen und verlange dafür nur ein Dach überm Kopf und etwas zu essen, um den Hunger aus meinem Magen zu vertreiben. Kannst du mir helfen?«

»Selbstverständlich«, antwortete Farag, »aber ich muss dir ehrlich gestehen, in dem Grab liegt keine Heilige, sondern die Eselin Schahba.«

»Das soll mir recht sein, denn in meinem Schrein liegt auch nur deren Vater«, antwortete der ältere Gauner, und beide lachten Tränen.

Die Leute lachten, und ein paar klatschten auch, aber Karam merkte, dass viele offenbar eine Abneigung gegen die Erzählung hatten. Wahrscheinlich, dachte er, weil sie irgendein Grab eines »Heiligen« verehren, und davon gab es in der Nähe des großen Friedhofs einige.

Ein Pfarrer hob die Hand. Die Christen im Saal kannten ihn. »Ich bin Pfarrer Luca. Ich unterrichte die christlichen Kinder im Lesen und Schreiben, bin selbst hier geboren und habe im Kloster der heiligen Maria Theologie studiert. Ich bin zutiefst beeindruckt, in welcher Eintracht und mit wie viel Respekt die Religionsgemeinschaften in unserem Land miteinander leben.

Ich möchte euch eine Geschichte erzählen, die ich von einem Freund gehört habe. Ich fand sie kurios und hoffe, sie wird euch gefallen.«

»Vielen Dank, Herr Pfarrer. Wir sind gespannt«, rief ihm Karam zu.

Pfarrer Luca erzählte:

Startkapital

Man erzählt, und nur Gott kennt die Wahrheit, dass es in unserer Welt früher eine Gegend gab, deren Menschen von einer solchen Güte waren, wie sie nur im Traum existiert. Sie waren hilfreich, gastfreundlich, aber vor allem logen sie nie und glaubten deshalb alles, was man ihnen sagte.

Eines Tages stritt ein junger Mann mit seinen Eltern. Er fühlte sich zu Unrecht getadelt, wofür wusste später niemand mehr zu sagen. Der junge Mann, Adnan, zog aus dem Elternhaus aus und ging auf Wanderschaft. Er wollte sich rächen, an wem, war ihm egal. Als er an einer Tenne vorbeiging, nahm er ein Weizenkorn.

Er ging damit zum Müller. »Kannst du mir dieses Weizenkorn bis morgen aufbewahren?«, fragte er.

Der Müller fand das lustig. Er stimmte zu. Adnan wanderte in der Gegend umher, ließ sich von großzügigen Gastgebern verwöhnen. Er durfte bei ihnen übernachten.

Am nächsten Tag kam er wieder zum Müller.

»Wo ist mein Weizenkorn?«, fragte er.

»Ach, Gott, das hat irgendjemand mit seinem Weizen mahlen lassen. Hier hast du ein anderes dafür«, sagte der Müller und nahm aus einem Sack ein Weizenkorn.

»Nein, ich will mein Weizenkorn. Das hat meine Mutter vor ihrem Tod gesegnet. Ich bin Waise und arm, und du weißt, was unser Prophet gesagt hat über jeden, der Waisenkinder betrügt.«

Der Müller wusste nichts davon, aber er war trotzdem bereit, dem armen Waisenjungen zu helfen. Als Entschädigung schaufelte er großzügig eine Menge Mehl in eine Tüte und gab sie dem Fremden. Dieser zeigte sich halbwegs zufrieden und zog davon. Er erreichte ein Dorf, dort suchte er eine Bäckerei und fragte den Bäcker, ob er das Mehl bei ihm für einen Tag lagern könnte.

»Selbstverständlich«, antwortete der gütige Mann. Adnan stellte die Stofftüte mit dem Mehl ab und wanderte umher und fand wieder ein gastfreundliches Haus. Am nächsten Morgen kam er nach einem deftigen Frühstück zum Bäcker und verlangte sein Mehl.

Der Bäcker suchte und suchte, doch er fand die Tüte nicht. »Die muss irgendjemand versehentlich mitgenommen haben. Ich gebe dir so viel Mehl, wie du brauchst.«

»Das kann ich nicht annehmen«, erwiderte Adnan mit brüchiger Stimme, »das Mehl hat mir meine Mutter eigenhändig gemahlen, und beim Mahlen starb sie.«

»Das tut mir aber leid«, sagte der Bäcker aufrichtig. »Hier, ich gebe dir drei Brote. Sie sind klein, aber fein: eins mit Koriander, eins mit Sesam und eins mit Kürbiskernen.«

»Na gut«, sagte Adnan und nahm das Säckchen mit den Brotlaiben.

Adnan marschierte weiter. Im nächsten Dorf kam er zu einem Bauernhof. Eine Bäuerin mit zehn Kindern begrüßte ihn über den Zaun. Sie hatte schöne Hühner, die gefielen Adnan.

»Liebe Frau, kann ich das Säckchen mit den Broten über Nacht bei dir lassen? Ich hole es morgen früh«, sagte er. Die arme Bäuerin nickte freundlich, und Adnan wanderte weiter umher. Er übernachtete bei großzügigen Gastgebern und frühstückte am nächsten Morgen fürstlich, dann kam er zum Bauernhof.

Die Bäuerin sah geknickt aus. »Meine Kinder rochen das duftende Brot und konnten sich nicht beherrschen. Zusammen haben sie die drei Brote aufgegessen. Es tut mir leid.«

»Was heißt, es tut dir leid? Das sind Brote, die meine Mutter für mich gebacken hat. Eine Stunde später starb sie. Weißt du, was der Prophet über diejenigen gesagt hat, die das Brot der Waisenkinder essen?« Die Frau wusste nichts davon.

»Ich kann dir als Entschädigung ein Huhn schenken, obwohl ich und meine Kinder vom Verkauf der Eier leben.«

Also nahm Adnan das schöne Huhn und wanderte weiter. Bald traf er einen Schäfer, bei dem er das Huhn über Nacht zurückließ, und am nächsten Tag, da der Hirtenhund das Huhn totgebissen hatte, bekam er einen Hammel, weil der gläubige Hirte die Strafe Gottes fürchtete. Für den Hammel erhielt er einen Tag später bei einem Bauern ein Kalb, nachdem der Hammel über Nacht an merkwürdigen Verletzungen qualvoll verendet war. Der gläubige Bauer atmete erleichtert auf, als er dem Waisenjungen das Kalb aushändigte und dieser ihm verzieh.

Mit dem prächtigen Kalb machte Adnan sich fröhlich auf den Weg. Gegen Mittag erreichte er einen großen Bauernhof. Die Leute waren in festlicher Stimmung. Ein Diener rannte ihm entgegen, hieß ihn willkommen und nahm ihm das Kalb ab. Adnan warf einen Blick auf die edlen Pferde im Gatter, und sogleich erwachte sein Wunsch nach einem kräftigen Rappen. Dann aß und trank er ausgelassen mit den anderen Gästen. Bald erfuhr er, dass dies der erste von sieben Tagen war, an denen der Bauer die Hochzeit seines Sohnes feiern wollte.

Adnan wusste nicht, dass der Hausherr von einem Händler ein Kalb bestellt hatte. Der Metzger und die Köche warteten schon darauf, denn es sollten mehrere deftige Gerichte aus dem Kalbfleisch zubereitet werden. Adnan tanzte, sang und war sehr vergnügt. Mit anderen Gästen übernachtete er in dem weitläufigen Saal, den der Gastgeber für mehr als hundert Personen vorbereitet hatte.

Am nächsten Morgen frühstückte er ausgiebig. Er ahnte nicht, dass sein eleganter Tischnachbar niemand anderer war als der Müller, der ihm die Tüte Mehl gegeben hatte. Kleider machen Leute!

Als Adnan erfuhr, dass sein Kalb geschlachtet wurde, fing er an, erbärmlich zu weinen. »Meine Mutter hat das Kalb Tag für Tag gefüttert«, schluchzte er. Dann wandte er sich an den Gastgeber. »Weißt du, was der Prophet über Leute gesagt hat, die Waisenkinder um ihren Besitz bringen?« Dem Gastgeber war das nicht bekannt, doch fürchtete er mehr als den Propheten um das Gelingen seines Festes.

»Beruhige dich, mein Junge, und wünsche dir etwas, was ich dir anstelle des Kalbes schenken kann«, sagte er freundlich.

»Halt«, rief der Müller und heftete seine Augen auf Adnan.

»Ich gebe ihm etwas, womit er bestimmt zufrieden sein wird. Ich kenne nämlich seine Mutter.«

Der Gastgeber war gerührt und dankbar für die Rettung.

»Komm mit mir, mein Junge«, rief er Adnan zu und packte ihn so kräftig am Arm, dass der sich nicht losreißen konnte. Adnan lächelte blass und folgte dem Müller. Dieser ging mit ihm in die Küche und fragte den Koch, ob er irgendwo ungemahlene Weizenkörner habe.

»Selbstverständlich«, erwiderte der Koch und stellte dem Müller einen Tonkrug voller Weizen hin. Der Müller nahm ein Weizenkorn und gab es dem Betrüger Adnan.

»Das ist dein Startkapital. Und nun mach, dass du hier wegkommst, sonst prügele ich dich windelweich, und da rettet dich kein Prophet.«

Adnan lief davon, so schnell er konnte.

Doch diese und andere Geschichten verbreiteten sich in der Gegend, sodass die Leute misstrauisch wurden und Fremden kaum noch halfen. Heute kann man diese ehemals so gütigen Menschen von anderen kaum noch unterscheiden.

Die Hände hoben sich zu einem zögerlichen Beifall. Man spürte die Freude über den Sieg des Müllers gegen den Gauner, aber man trauerte zugleich dem Verlust solcher wunderbaren Tugenden nach.

Langsam stieg Karam zur Kanzel hinauf. »Das war eine beeindruckende und bedrückende Geschichte. Sie zeigt sehr schön, wie unsere Gesellschaft durch solche gewissenslosen Gauner an Güte verarmt.

Morgen lade ich euch zu einem sehr wichtigen Thema ein: Freundschaft und Feindschaft, Treue und Verrat.

In meinem Leben habe ich erfahren, dass gegenseitiger Respekt die unentbehrliche Voraussetzung für eine gute Freundschaft ist. Mag die Liebe auch einseitig existieren und in dieser Form manchmal sogar lebenslang andauern, die Freundschaft ist dazu niemals imstande.

In der schwersten Zeit meines Lebens, die ich unschuldig im Gefängnis verbrachte, habe ich viel über die Freundschaft nachgedacht. In meinem Land herrscht ein grausamer Tyrann, der die Menschen wie Tiere einer gesichtslosen Herde behandelt. Selbstständige Menschen, die ihre Würde verteidigen, sind der Regierung ein Dorn im Auge. Freundschaft wird dort auch deshalb bekämpft, weil sie nur unter selbstständigen Menschen existiert und sie stärker macht.

Bitte sagt euren Freundinnen und Freunden Bescheid. Wir freuen uns über jede Erzählerin und jeden Erzähler.«

Später aßen Karam und Nura auf dem Platz der Freiheit. Einige wollten Karam unbedingt sofort ihre Geschichten über Freunde und Feinde erzählen, doch er blockte ab. »Bitte hebt euch das für morgen auf. Da haben alle etwas davon.«

Bald verließ er mit Nura den Tisch, und beide machten sich auf den Weg zu Sadeks Café. Als sie oben auf dem Hügel ankamen, wunderten sie sich über die vielen Gäste. Sadek kam mit dem Bedienen kaum nach. Einen freien Tisch fanden sie nicht, und so verschwanden sie unauffällig und kehrten in die Stadt zurück.

»Lass uns zu mir gehen und dort einen Wein trinken und in Ruhe reden.«

Das machten sie und genossen die Zweisamkeit.

Siebte Nacht

VON FREUNDSCHAFT
UND FEINDSCHAFT

Als Karam aufwachte, lag er auf der linken Seite, aber nicht auf einer Wiese, sondern im Bett. Er hatte geträumt, dass er im Gras läge, Nura neben sich, und sie lächelte. Er wollte sie gerade nach dem Grund fragen, da war er aufgewacht. Mit geschlossenen Augen tastete er nach ihr, doch das Bett war leer. Er richtete sich auf und dachte, Nura wäre in der Küche oder in ihrem schönen Wohnzimmer mit der Terrasse zum Schlossgarten. Er richtete sich auf und ging barfuß in die Küche, doch weder dort noch im Wohnzimmer war sie. Plötzlich hörte er sie im Badezimmer weinen. Er klopfte vorsichtig. »Nura«, rief er, »was ist los? Darf ich reinkommen?«

Die Tür ging auf, und die verweinte Nura warf sich in seine Arme. Er küsste und streichelte sie. »Mein Herz. Was ist passiert? Komm, wir setzen uns in die Küche«, sagte er leise und küsste sie auf den Mund. Ihre verheulten Augen lächelten.

»Nimm Platz. Ich mache erst einmal einen Mokka für uns«, sagte Karam und küsste Nura auf den Kopf.

»Heute früh bin ich aufgewacht und war so glücklich. Ich habe dich geküsst, und du hast im Schlaf gelächelt«, begann sie. »Da dachte ich, ich gehe in die Stadt und hole dein Lieblingsgebäck, die Nachtigallennester vom Konditor Dimaschki, damit wir sie zum Kaffee genießen können.

Plötzlich überquerte mein Vater die Straße, er war auf dem Weg zum König. Er hielt an, musterte mich verächtlich, spuckte auf den Boden und zischte: ›Wann hört das endlich auf mit deinen Skandalen, die meinen Ruf ruinieren? Erst musstest du dich mit verheirateten Männern einlassen und vor aller Augen deine Unmoral vorführen, und jetzt schmust du auch noch mit diesem Ausländer in aller Öffentlichkeit herum.‹

Merkwürdigerweise bin ich nicht erschrocken, sondern blieb ganz ungerührt. Ich sagte ihm mit ruhiger Stimme: ›Die verheirateten Männer habe ich gesucht, weil ich nie einen richtigen Vater hatte. Aber jetzt ist es zum ersten Mal in meinem Leben passiert, dass ich einen wunderbaren Menschen liebe, der mich ebenfalls aufrichtig liebt.‹

›Aufrichtig liebt!? Du warst und bist dumm. Hast du keine Augen im Kopf? Er wird von Frauen nur so umschwärmt. Bald verlässt er dich und macht sich aus dem Staub. Und du wirst von allen ausgelacht werden‹, sagte er und lachte zynisch.

›Warum bist du denn plötzlich so besorgt um mich? Bitte, sei so gut und lass mich wie in den letzten fünfundzwanzig Jahren einfach in Ruhe!‹ Ich habe ihn angeschrien und bin zurückgerannt. Ich fühlte mich so elend«, rief sie und schluchzte. »Was ist das nur für ein Vater? Er gönnt mir mein Glück nicht.«

Karam nahm sie fest in den Arm. »Mach dir keine Sorgen. Er wird dich in Ruhe lassen und vor Neid über unser Glück noch zu einer schrumpeligen Gurke werden.«

Nura musste lachen. Sie war schön mit ihren noch von Tränen glänzenden Augen, die nun wieder vor Glück strahlten.

»Ich werde alles Jasmin erzählen, und du wirst sehen, er wird kuschen. Seitdem ich mit ihr befreundet bin, hat er mich nicht mehr misshandelt. Als ich sechs Jahre alt war, erzählte ich ihr einmal, dass er mich geschlagen hat. Jasmin weinte vor Rührung und ließ ihn durch den König verwarnen.«

»Nein, nein«, erwiderte Karam. »Lass bitte Jasmin aus dem Spiel. Sie braucht ihre Ruhe. Nur so kann sie zu sich kommen. Ich werde mich darum kümmern, dass dein Vater dich nie wieder belästigt«, sagte er entschlossen.

Sie küsste ihn und drückte ihn fest.

Während sie sich ankleidete und zu Jasmin ging, machte sich Karam auf den Weg zu seiner Tante. Dort war Nader gerade vom Markt zurück und hatte frische Fische gekauft.

Nach dem Mittagessen wollte Karam Samias und Naders Meinung über das Verhalten des Vaters hören. Ein Fremder kann in heiklen Fragen nie genug Rat von befreundeten Einheimischen einholen. Die beiden waren empört über die Reaktion des Großwesirs und bestärkten ihn in seinem Vorhaben, Nuras Vater zur Rede zu stellen.

Gut gelaunt und voller Kraft schlenderte Karam am frühen Nachmittag zum Palast und begab sich zum Sitz des Großwesirs. Dieser war überrascht, ihn zu sehen, aber als geübter Diplomat hatte er seine Nerven im Griff. »Wie kann ich Ihnen helfen, Herr Hakawati? Fehlt es Ihnen als Ausländer in unserem Land an irgendetwas?«, fragte er mit geheuchelter Freundlichkeit, die aber von Verachtung triefte.

»Im Gegenteil, ich komme, um Ihnen zu helfen. Ich bin kein Ausländer, denn ich bin ein Bewohner dieser Welt, genau wie Sie. Ich liebe Nura, und Liebe, Herr Großwesir, ist die Heimat der Liebenden. Ich komme, um Ihnen freundlichst zu sagen: Zwingen Sie mich nicht, mich beim König über Sie zu beklagen. Ich hasse Petzer, aber auch Neider, die einem kein Glück gönnen. Sollten Sie Nura noch einmal beschimpfen, werde ich zu Seiner Majestät gehen und mich beschweren. Ich kann nicht frei erzählen, wenn meine geliebte Nura gequält wird. Sie wohnt in meinem Herzen, und wenn mein Herz leidet, kann ich Jasmin nicht helfen. Haben wir uns verstanden?«

»Ach, der Märchenerzähler kann auch böse werden und wagt es, mir zu drohen«, sagte der Großwesir. Aber seine Unsicherheit war durch Überheblichkeit nicht mehr zu tarnen.

»Ich drohe Ihnen nicht, ich verteidige Nura. Sie wissen, welche Aufgaben ich zurzeit zu bewältigen habe. Alles, was Sie mir oder Nura antun, richtet sich letztendlich gegen Jasmin und den König. Ist das jetzt klarer?«

Der Großwesir schwieg. Karam verließ den Raum ohne Abschied.

Er brauchte eine Stunde im Stadtpark und das Gelächter spielender Kinder, um sich wieder zu beruhigen. Erst jetzt fiel ihm der Rat eines erfahrenen Hakawatis wieder ein: »Vor den Auftritten nie streiten!«

Er trank noch einen Kaffee bei Sadek, dann war die Welt wieder im Lot.

Auch an diesem Abend war der Saal voll. Nura strahlte vor Glück. Jasmin lächelte ihn an. Der König winkte ihn herbei. »Man hat mir berichtet, du hättest dem Großwesir eine Lektion erteilt. Er hat sich gerade bei mir entschuldigt, dass er sich heute Abend unwohl fühle und deshalb nicht kommen könne. Es ging um Nura, wie ich hörte«, flüsterte der König und schaute zu Nura hin.

»Das stimmt, Eure Majestät, aber ich denke, das Problem ist gelöst. Ihr braucht Euch nicht darum zu kümmern.«

»Schon gut, aber gehe ich richtig in der Annahme, dass eure Herzen im gleichen Takt schlagen?«

»Oh, wie poetisch formuliert, Eure Majestät. Ja, genauso ist es, und ich hätte selbst am wenigsten damit gerechnet«, erwiderte Karam, fast entschuldigend.

»Liebe trifft immer unerwartet ein. Sie kündigt ihren Besuch nicht an und bittet nicht um Erlaubnis. Ich freue mich für euch beide«, sagte der König.

Karam stand eine Weile auf der Kanzel, doch der Lärm wurde nicht weniger. Der König merkte es und hob die Hand. Der Saal wurde ruhiger und bald ganz still. Er lächelte Karam zu, und der begann:

»Über das heutige Thema kann man viele Tage lang erzählen, denn Freundschaft ist eines der wichtigsten Dinge im Leben. Es gibt Philosophen, die sie über die Liebe stellen. Ich bin gespannt, was ihr zu erzählen habt. Ich freue mich darauf und mache wie immer den Anfang.«

Das Publikum jubelte.

Karam erzählte:

Der Mann, der seinen Bart verkaufte

In Damaskus lebten einst zwei Händler, deren Geschäfte in derselben Straße lagen. Said handelte mit Lebensmitteln und war ziemlich arm, und Fatih war ein stadtbekannter Seidentuchhändler, zu dem Kunden aus allen Landesteilen kamen, denn die Damaszener Seide war in der damaligen Welt sehr berühmt.

Trotz ihres unterschiedlichen Wohlstands waren die beiden Männer durch die Nachbarschaft Freunde geworden. Ihre Läden lagen zwar nebeneinander, aber sie konkurrierten ja nicht miteinander. Oft, wenn es ruhig war, saßen sie vor der Tür, tranken gemeinsam einen Kaffee und plauderten vertraulich.

Said hatte wunderschöne Haare, blauschwarz schimmerten sie im Licht. Sein Bart war nach Ansicht vieler Männer – und vor allem Frauen – der schönste in Damaskus. Der Seidenhändler dagegen hatte schütteres Haar. Sein Bart ähnelte einem spärlichen Buschwerk in einer Wüste, deshalb hatte er Kopf wie Bart kahl rasiert.

Sehr oft jammerte Said über sein Schicksal, ewig knapp bei Kasse zu sein und an der Grenze zum Hunger zu leben, und dass er seiner Frau seit Jahren nicht einmal ein neues Kleid kaufen konnte.

Eines Tages steigerte er sich in seinen Kummer hinein und seufzte: »Wenn ich nur etwas hätte, was ich verkaufen könnte, sodass ich mehr Geld hätte, um meinen Laden zu erweitern und auch Gewürze und Kräuter anzubieten, da ist der Gewinn beträchtlich und nicht so gering wie bei Kartoffeln und Zwiebeln!«

Fatih hörte sich das an und lächelte vielsagend. »Du hast doch einen prächtigen Bart, den könntest du verkaufen, so kannst du zu Geld kommen und deinen Laden erweitern.«

»Du scherzt wohl!«, erwiderte Said. »Wer sollte denn den Bart kaufen? Und wozu?«

»Ich kaufe ihn«, antwortete Fatih.

»Du? Was willst du mit einem Häuflein Haare anfangen?«, fragte Said erstaunt.

»Nein, ich will kein Häuflein Haare, sondern du behältst den schönen Bart, aber er gehört mir. Schon das Darüberstreichen, was ich leider bei mir nie tun konnte, ist der reinste Genuss. Und ich zahle dir eine gute Summe.«

Als Said den Betrag erfuhr, war er begeistert. Er wollte sofort mit seinem Nachbarn zum Kadi gehen und dort den Kaufvertrag aufsetzen und amtlich beglaubigen lassen, doch Fatih riet ihm, sich die Nacht noch zum Nachdenken zu nehmen. Wenn er den Bart kaufe, dürfe er mit ihm machen, was er wolle, und zu jeder Zeit an den Bart kommen, denn dann gehöre er ihm. Said sei nur mehr der Träger, so wie seine Holzregale die Seide tragen, die ihm und nicht ihnen gehöre.

»Meinetwegen, Hauptsache, ich beende meine Armut«, erwiderte Said.

Am Abend erzählte er seiner Frau fröhlich und begeistert von dem bevorstehenden Handel. »Unsere Armut ist morgen vorbei. Mein Freund Fatih wird mir Geld schenken«, rief er und erzählte vom Verkauf seines Bartes.

Seine Frau Malake war entsetzt. Sie konnte nicht glauben, dass die Armut ihren klugen, sensiblen Mann so dumm und ehrlos werden ließ. »Fatih ist kein Freund. Bald wird er gar zu deinem Feind werden, und du wirst bedauern, dass du so dumm gehandelt hast. Wir sind arm, aber unsere Ehre hat bis jetzt niemand angetastet. Die willst du nun verkaufen?«

»Frau, übertreibe nicht, ich will nicht meine oder gar unsere Ehre, sondern lediglich meinen Bart verkaufen. Er kann mir gestohlen bleiben.«

Lange stritten sie. Dann versuchte Malake, ihrem Said friedlich und ruhig zu erklären, dass man nicht ohne Folgen einen Teil seines Körpers verkaufen kann. Die ganze Nacht redete sie sich den Mund fusselig, doch Said hielt ihre Einwände für übertrieben.

Am nächsten Morgen eilte er zu Fatih, und gemeinsam suchten sie einen Richter auf, der den Vertrag amtlich beglaubigen sollte. Der Richter las die Bedingungen vor, die Fatih, der Seidentuchhändler, diktiert hatte: Er dürfe jederzeit zu seinem Bart, Said sei bloß der Träger. Wie der Bart aussehen solle, bestimme einzig und allein Fatih. Er dürfe den Bart jederzeit berühren, aber dem Träger weder Schmerz noch Schmach zufügen. Auch dürfe der Besitzer des Bartes das Haus des Trägers ohne dessen Genehmigung nicht betreten. Fatih zahle hundert Golddinare als Preis für den Bart. Wenn der Träger aber seinem Besitzer den Bart verweigern sollte, müsse er nicht nur die hundert Dinare zurückzahlen, sondern dazu weiter fünfzig als Strafe.

Das Geld wurde von einem Mitarbeiter des Richters nachgezählt. Glücklich verließen Fatih und Said das Gericht.

Die Tage und Wochen vergingen. Said konnte seinen Laden ausbauen und nicht nur die besten Gewürze und Kräuter, sondern auch edles Olivenöl, Nüsse, trockene Früchte und Honig anbieten. Die Kunden standen Schlange. Said schwebte auf einer Wolke und war dem Nachbarn und Freund Fatih zutiefst dankbar. Täglich prahlte er vor seiner Frau mit dem Verdienst des Tages und warf ihr vor, sie wolle ihm bloß Angst machen.

Malake schwieg. In manch einer Nacht konnte sie nicht schlafen, denn ihr Mann verhielt sich seit dem Verkauf seines Bartes sehr abfällig und grob zu ihr.

Eines Abends saßen sie schweigsam beim Essen, da hörten sie erst einen Lärm, dann heftiges Klopfen an der Tür.

Said eilte hin. Draußen stand Fatih mit mehreren Männern. Die Truppe schien einiges getrunken zu haben.

»Meine Freunde haben mir nicht geglaubt, dass ich einen Bart besitze. Ich wollte ihn ihnen zeigen«, sagte Fatih, drehte sich zu seinen heiteren Begleitern und rief: »Habe ich übertrieben? Ist der Bart nicht wunderschön?« Und ohne auf eine Antwort seiner Freunde oder auf Saids Erlaubnis zu warten, griff er nach Saids Bart. Dieser schrak zurück.

»Hey, hab keine Angst«, sagte Fatih, »ich will meinen Bart nur streicheln!« Und Said musste den Kopf hinhalten.

»Entschuldige bitte die Störung«, rief Fatih, wandte sich ab und torkelte mit seinen Freunden die Straße hinunter. Immer wieder drehte sich einer von ihnen lachend zu Said um.

Seine Frau weinte vor Wut und Scham. Sie verließ das Zimmer und schloss sich in einer Kammer ein. Sie wollte nicht mit Said reden, doch dieser sprach durch die Tür beruhigend auf sie ein, es sei doch alles nur passiert, weil Fatih so betrunken gewesen sei. Sie kam heraus und sah elend aus.

Nach ein paar Wochen bemerkten die Nachbarn den sich ausbreitenden Wohlstand des ehemaligen Lebensmittelhändlers und fingen an, ihn zu beneiden.

Auf dem Markt nervten Bekannte und Nachbarinnen die arme Malake mit ihren Sticheleien. Ihre beste Freundin Samiha tadelte sie, was für ein unglückliches Gesicht sie mache. Sie wäre bereit, ihren Mann ganz zu verkaufen, wenn er so viel Geld brächte, dass man ein paar Tage davon richtig satt werden könnte. Samihas Mann war ein armer Schlosser.

Doch Malake schämte sich wegen ihres Mannes. Immer wieder bemerkte sie, wenn er nach Hause kam, dass sein Bart eine andere Form hatte. »Ja«, musste er zugeben, Fatih habe einen Friseur geholt und seinen Bart so gestutzt, aber was soll's, der Bart wachse ja nach.

Eine Nachbarin berichtete amüsiert in der Frauenrunde, sie habe gerade bei Said Olivenöl kaufen wollen, da sei Fatih gekommen und habe gerufen, er wolle seinen Bart besuchen. Er ging auf Said los und streichelte ihm den Bart. Die Kundschaft lachte, und Said bekam ein rotes Gesicht.

Das war zu viel für Malake. Sie packte ihre Siebensachen und machte sich auf den Weg zu ihren Eltern. Dort erzählte sie, was geschehen war. Ihre Eltern stritten heftig über die Sache. Der Vater war auf ihrer Seite und fand Said charakterlos. Die Mutter dagegen meinte, Said sei klug, denn er habe ein elendes Häuflein Haare für ein Vermögen verkauft und bald würde er in ein schönes Haus umziehen und auf seine alte Gasse und ihr Gerede pfeifen.

Die Mutter hatte wahr gesprochen. Nachdem seine Frau gegangen war, hatte Said das kleine alte Haus verriegelt, denn es war das Haus seiner Frau. Sie hatte es von ihren Großeltern geerbt. Stattdessen kaufte er sich ein prächtiges Haus im Viertel der Reichen. Hier hatte er seine Ruhe. Kaum ein Nachbar kannte ihn und die Geschichte seines Bartes.

Said lebte vergnügt und verschwenderisch. Er wollte allen vorgaukeln, er stamme aus einer reichen Familie, dabei verriet er – für Kenner – bloß, wie arm seine Seele war.

Fatih aber wurde immer neidischer. Er konnte ja dabei zusehen, wie schnell sein Nachbar in den Ruf kam, ein großzügiger Gastgeber und Spender zu sein. Und Fatih ließ sich von seinem Neid leiten und nahm sich gegenüber seinem früheren Freund immer mehr heraus.

Eines Tages verhandelte Said mit einem besonders wichtigen Kunden, einem bekannten Konditor, der große Mengen Kardamom, Zimt, Anis und Zucker kaufen wollte, da stürmte Fatih in das Geschäft und wollte zu Saids Entsetzen dessen Bart kämmen und mit einer mitgebrachten Schere stutzen. Said schob ihn von sich.

»Hör auf, was machst du mit meinem Bart? Siehst du nicht, dass ich Kundschaft habe?«

»Erstens ist es mein Bart, und zweitens, was soll dein Kunde so komisch daran finden, dass ich meinen Bart pflege?«

Der Kunde erstarrte vor Überraschung. Er dachte, Fatih sei ein gewalttätiger Verrückter, aber dieser erklärte ihm sachlich, er könne dem Konditor den Vertrag zeigen, er habe den Bart gekauft. »Für hundert Golddinare!«, betonte er. Arrogant drehte er sich zu dem geknickten Said und fragte laut: »Ist das wahr oder nicht?«

Said verstummte. Der Konditor fand die Situation äußerst peinlich. Er drehte sich um und verließ das Geschäft. Said fiel in sich zusammen wie ein leerer Sack.

Nach ein paar Tagen erholte er sich von dem Schock. Fatih ließ ihn in Ruhe, aber nicht lange. Er wiederholte seine Beleidigungen vor allem, wenn Saids Laden voller Menschen war. Das hämische Lachen der Kunden amüsierte ihn. Danach ließ er Said wieder ein paar Tage in Ruhe.

Eines Tages aber wagte Fatih etwas ganz Gemeines. Er kam zu Said nach Hause, und als Said die Tür nicht öffnete, begann er ihn laut zu beschimpfen, das sei ein Vertragsbruch und er wolle ihn beim Kadi anzeigen. Einige Nachbarn wurden aufmerksam und fragten Fatih, was das für ein Vertrag sei, und der erzählte laut von der Abmachung. Said hörte im verdunkelten Zimmer alles mit an und schämte sich unendlich. Erst jetzt verstand er, wie recht seine Frau gehabt hatte, und fühlte eine unendliche Sehnsucht nach ihr.

Bald zog der gemeine Fatih ab, aber Said konnte kaum schlafen. In der Morgendämmerung stand sein Entschluss fest. Er duschte und rasierte seinen Bart ab.

Said trank seinen Kaffee und machte sich auf den Weg zum Geschäft. Dort angekommen, grinste er Fatih an.

»Da staunst du, nicht wahr? Ab heute ist Schluss mit deinem Theater. In keinem Teil unserer Abmachung steht, dass du mich dauernd beleidigen darfst. Ich bin auf dem Weg zum Kadi. Mit dir gehe ich keinen Schritt mehr zusammen.«

Fatih staunte nicht wenig, aber er fing sich schnell wieder. »Das wird dich ein Vermögen kosten«, brüllte er und eilte hinter Said her.

Der Richter hörte sich die Beschwerden des Klägers in Ruhe an. Bei jedem der geschilderten Fälle fragte er, ob Said Zeugen habe. Der nannte die Namen und bat den Richter, Fatih mit der Hand auf dem Koran schwören zu lassen, dass er diese Untaten nicht begangen habe, erst dann wollte er die Zeugen holen.

Fatih musste Fall für Fall seine Untaten zugeben.

»Das ist unanständig!«, rief der Kadi zornig.

»Herr Richter, ich kann ihm das Geld zurückzahlen und verzeihe ihm all seine Gemeinheiten. Mein großes Haus wird über hundert Golddinare einbringen. Ich verkaufe es und zahle ihm das Geld in einem Monat hier bei dir. Ich werde mein Geschäft aufgeben und im Zentrum der Stadt einen neuen Laden eröffnen. Ich möchte sein Gesicht nicht mehr sehen, weil es mir täglich vorhält, wie naiv ich war.«

Der Richter war beeindruckt. »Das ist großzügig, doch die Gerechtigkeit kennt keine Emotionen. Fatih bekommt nur fünfzig Golddinare, die anderen fünfzig gehören dir als Schmerzensgeld. Denn er soll immer daran denken, wie klein seine Seele war. Wenn er ohne Strafe aus diesem Fall herauskommt, lernt er nichts.«

Fatih war so zornig, dass er dem Kadi beinahe an die Gurgel gesprungen wäre, aber er hatte Angst vor dem danebenstehenden Wächter. Der war groß und breit wie ein Schrank und blickte ihn böse an.

Said machte sich auf den Weg zu seinen Schwiegereltern. Er erzählte ihnen alles und sagte, er wolle sich bei Malake entschuldigen. Die Eltern waren glücklich. Sie lachten und sagten: »Leider wohnt Malake nicht mehr bei uns.«

Saids Herz sank bis beinahe auf den Boden.

»Wo, wo ... ist ... sie denn?«, stotterte er.

»Seit einer Woche wohnt sie wieder in ihrem Haus«, antworteten die zwei wie im Chor und lachten. Said rannte durch die Straßen. Bei seiner Frau angekommen, fiel er ihr um den Hals. In ihren Augen glänzten Freudentränen.

»Ich wusste«, sagte sie und schluchzte, »dass du bald kommen würdest, da dachte ich, ich bereite unser Häuschen schon mal vor.«

Said weinte. Er küsste Malake innig und bat sie um Verzeihung ...

Malake aber hatte ihm längst verziehen, sonst wäre sie nicht zurückgekommen.

Viele Frauen klatschten. Die meisten Männer blieben eher ruhig, aber es gab keine bissigen Kommentare.

Der Geschichtslehrer Mosche Eliazar meldete sich zu Wort. Karam nickte ihm zu. »Ich habe mich bereits beim Abend über den Geiz vorgestellt. Ich heiße Mosche und bin Geschichtslehrer«, sagte er und machte sich auf den Weg zur Kanzel.

Der Geschichtslehrer Mosche erzählte:

Eine weise Antwort auf den Krieg

Man erzählt, der griechische Eroberer Alexander der Große sei, nachdem er Afghanistan eingenommen hatte, weitermarschiert, und nach der Gründung der Stadt Alexandria Eschate wollte er ganz Asien erobern. Er überquerte die Grenze Chinas. Die Chinesen reagierten nicht auf seine Ankunft. Alexander ließ seine Armee ihr Lager unweit von der Mauer der ersten großen chinesischen Stadt Kaxgar aufschlagen. Die Soldaten sollten sich vor dem großen Angriff erholen, da sie erschöpft waren. Alexander beriet sich in seinem Zelt mit seinen Armeeführern, wie eine Eroberung mit möglichst geringen Verlusten zu erreichen wäre.

Am nächsten Morgen verkündete sein Sekretär die Ankunft eines Gesandten des chinesischen Kaisers. Alexander befahl, den Mann hereinzulassen. Dieser schritt erhobenen Hauptes bis zur Zeltmitte.

»Was ich Ihnen zu sagen habe, soll keiner hören. Das ist der Befehl meines Kaisers«, sprach der Chinese in verständlichem Griechisch, wenn auch mit starkem Akzent.

Alexander befahl allen Beratern hinauszugehen. Es blieben nur vier athletische Leibwächter im Zelt.

»Majestät, niemand soll hier sein außer uns«, sagte der Chinese lächelnd. Alexander, der für seinen Mut bekannt war, zog sein Schwert aus der Scheide und legte es vor sich auf den kleinen Tisch.

»Du kannst mir jetzt deine Botschaft mitteilen, aber du bleibst stehen, wo du bist.«

Als auch die Leibwächter hinausgegangen waren, sagte der Chinese: »Majestät. Ich bin nicht der Gesandte des Kaisers, sondern der Kaiser selbst. Ich weiß von deiner Großmut, aber wer garantiert für meine Sicherheit, wenn irgendein anderer das erfährt?«

Alexander wunderte sich über den Mut des Mannes.

»Nun, ich bin gekommen, um dir und uns den Krieg zu ersparen. Ich habe alles über dich gelesen und weiß, wie siegreich du in deinen Kriegen bist. Wir aber haben unsere Kultur seit Jahrtausenden errichtet, und ich als Kaiser will alles tun, um deren Zerstörung zu vermeiden. Was verlangst du dafür?«, fragte er und lächelte.

Das Lächeln irritierte Alexander mehr als der Mut des Kaisers. Er dachte eine Weile nach und bewunderte eine solche Weisheit, die er nie zuvor erlebt hatte.

»Dreimal die Einkünfte deines Reiches und danach jährlich die Hälfte der Einkünfte.«

»Ich stimme zu. Und darüber hinaus?«, fragte der Chinese.

»Nichts, aber wie wird es dir ergehen?«

»Man wird mich zu Hause umbringen, aber ich bin zufrieden, dass ich versucht habe, den Krieg zu vermeiden«, antwortete der Chinese und lächelte friedlich, als hätte er ein Gedicht über den Frühling vorgetragen.

»Nein, ich will nicht, dass du stirbst«, erwiderte Alexander. »Wie wäre es, wenn ich mich mit den Einkünften eines Jahres begnüge?«

»Dann werde ich gefeiert. Ich muss zwar auf alle Genüsse und Feierlichkeiten verzichten, damit mein Volk nicht leidet, aber das geht«, sagte der Chinese.

»Und wie wäre es bei einem Zehntel der Einkünfte?«, fragte Alexander.

»Das zahle ich dir bereits morgen mit Freude, und mein Volk wird mich abgöttisch lieben, weil ich ihm Tod, Leid und Zerstörung erspart habe«, sagte der Kaiser von China.

Der Kaiser bedankte sich, verbeugte sich nach chinesischer Art und verließ das Zelt.

Am nächsten Morgen weckte der erste Offizier der Armee seinen Feldherrn Alexander mit einer erschreckenden Nachricht: »Die Chinesen haben uns umzingelt mit einer Armee, zehnfach so groß wie unsere, und alle sind bis zu den Zähnen bewaffnet. Sie machten ihren Ausfall durch sieben Tore, und wie unsere Späher mir berichteten, haben sie schon vor Tagen mit Brieftauben Depeschen in die Provinzen geschickt. Weitere große Armeen schneiden uns den Rückweg ab. Wir sind verloren. Das sage ich nicht aus Angst, ich werde bis zum letzten Soldaten kämpfen.« Die Stimme des Offiziers klang beschwörend.

Alexander sprang auf, schnallte sein Schwert um und eilte bis in die vorderste Reihe seiner Armee, wo der chinesische Kaiser gesichtet worden war.

»Hast du unsere Abmachung verraten?«

»Nein, keineswegs«, antwortete der Kaiser von China freundlich.

»Und was ist das dann für eine Umzingelung?«

»Ich wollte auf unsere chinesische Art zeigen, dass ich den Kompromiss mit dir nicht aus Angst geschlossen habe, sondern in der Überzeugung, dass unsere Kulturen ohne Krieg besser gedeihen. Das vereinbarte Geld habe ich dir mitgebracht«, antwortete der Kaiser und lächelte.

»Einen wie dich besiegt man nicht, sondern man ist froh, von ihm zu lernen. Ich wünsche mir nichts mehr als deine Freundschaft«, sagte Alexander und breitete die Arme aus.

Der Kaiser von China stieg von seinem Pferd, übergab seine Waffen einem Diener und umarmte Alexander. Beide Armeen jubelten.

Und so kehrte Alexander zurück, in seiner Seele bereichert von der Begegnung mit dem Kaiser vor den Toren Chinas.

Als Erster klatschte König Salih. Er war sichtlich begeistert von dieser Geschichte. Dann folgten viele. Der Lehrer verneigte sich gerührt noch auf der Kanzel, dann ging er langsamen Schrittes zu seinem Platz.

Ein Mann hob die Hand. Karam, der das Publikum aufmerksam beobachtete, entdeckte auch eine Frau, die sich gleich darauf zu Wort meldete. »Erst er, dann du«, rief er ihr zu. Sie nickte.

»Ich heiße Bassem Hindi und bin Diamantenschleifer. Meine Urgroßeltern stammen aus Indien. Ich weiß nicht, wie sie dort mit Nachnamen hießen. Aber hier nannte man unsere Familie Hindi, Inder, und das wurde später zu unserem Familiennamen. In der alten Heimat hatten meine Vorfahren eine Diamantenschleiferei. Diese Kunst beherrschten die Inder seit Jahrtausenden. Man erzählte, dass der große geschliffene Diamant Koh-i-Noor, Berg des Lichtes, bereits vor über dreitausend Jahren in alten Mythen erwähnt wurde.

Warum meine Vorfahren Indien verließen und nach Arabien kamen, ist nicht ganz klar. Darüber gab es ganz unterschiedliche Geschichten. Aber ich möchte lieber eine traurige Fabel zum Thema Freundschaft erzählen, die ich von meiner Mutter gehört habe. Sie war eine phantastische Erzählerin. Sie sagte mir einst: ›Freundschaft ist eine Pflanze, sie wächst und gedeiht, wird krank, kann geheilt werden oder nicht. Sie stirbt auch wie jedes Lebewesen.‹«

»Wir freuen uns. Ich glaube, auch Geschichten werden durch das Erzählen wie Diamanten geschliffen«, erwiderte Karam.

Der Diamantenschleifer Bassem erzählte:

Die drei Stiere und die große Intrige

Drei kräftige junge Stiere lebten in der Nähe eines Waldes. Sie waren unter den Tieren berühmt für ihre Kraft und ihren Zusammenhalt, aber auch für ihre einzigartigen Farben: Der eine Stier war schwarz, der andere weiß und der dritte rot.

In der Nähe lebte ein Löwe, der nicht mehr der Kräftigste war, und er wagte es nie, die Stiere anzugreifen, denn allein der Anblick ihrer riesigen Köpfe und scharfen Hörner ließ ihn den Hunger vergessen. Doch der Hunger, dieser Folterknecht, vergaß ihn nicht und fuhr fort, den Geplagten zu martern. So beschloss der Löwe eines Tages, als er es satthatte, kleinen Mäusen und winzigem Getier hinterherzurennen, die Stiere frontal anzugreifen in der Hoffnung, sie würden auseinanderstieben. Dann könnte er einen von ihnen isolieren und überwältigen. Doch kurz bevor er auf die Jagd ging, sah er, wie die drei Stiere gemeinsam wie ein Fels mit sechs Hörnern einen Leoparden abwechselnd in die Luft schleuderten und mit ihren Hörnern aufspießten, bis er verblutete, und als ob das nicht genug gewesen wäre, trampelten die drei feierlich auf dem armen Kerl herum, als führten sie einen Siegestanz auf.

Ein Fuchs, der genau wie der Löwe hungrig war und seit Tagen nur noch das zum Überleben Nötigste gefunden hatte, sah seinen Augenblick gekommen. Er blickte auf die Waden der Stiere, und ihm lief das Wasser im Maul zusammen. »Eure Majestät scheinen die Gefährlichkeit der drei Stiere gut erkannt zu haben, aber wenn Ihr meine Dienste in Anspruch zu nehmen gedenkt, so will ich Euch die Stiere einen nach dem anderen zum Mahle bereiten. Wenn Eure Majestät es erlauben, erbitte ich mir dafür ein Hinterbein von jedem Stier.«

»Schwätzer, vorgestern haben sie zwei Hyänen erledigt, gestern schlitzten sie einen dummen, unerfahrenen jungen Löwen auf, der nicht auf mich hören, sondern angeben wollte, und heute diesen unglaublich starken Leoparden, und du willst mir die drei liefern, wo du doch mehr Schwanz als Muskeln hast. Mach, dass du weiterkommst, aber schnell ...«, brüllte der Löwe und entblößte seine schrecklichen Reißzähne.

Das Erschrecken des Fuchses war groß, aber noch größer war sein Hunger. »Eure Majestät, bitte geruht zu bedenken, ich habe mehr Verstand als Muskeln und Schwanz zusammen. Gebt mir Euer Wort, ein Hinterbein für mich, und der weiße Stier kommt freiwillig in Eure Höhle.« Der Löwe musste lachen angesichts von so viel Übertreibung. »Meinetwegen, du bekommst ein Hinterbein, Angeber!«

Es wurde Mittag. Der Fuchs schlich zu den Stieren hinüber, die in einiger Entfernung voneinander dalagen und ihre Mahlzeit wiederkäuten. Zuerst ging er zum weißen Stier. »Guten Tag, Kamerad. Ich wollte gerade zu dir gehen, um dich zu begrüßen, da hörte ich deine zwei Freunde über dich lästern. Sie sagten, du seist eingebildet, weil du der Schönste seist, und dass heute Nacht ...«, und der Fuchs hielt inne.

»Was ist heute Nacht? Was haben sie vor?«

»Das weiß ich nicht genau, ich möchte dich nicht belügen. Aber wenn du willst, schleiche ich mich noch einmal näher heran und höre, was sie gegen dich im Schilde führen.«

»Ja, sei so gut. Irgendwie bemerke ich seit einer Weile, dass sie mich scheel ansehen.«

»Gut, ich bin gleich wieder zurück«, sagte der Fuchs und schlich sich davon. Er ging zu den zwei anderen Stieren hinüber.

»Guten Tag, ihr Tapferen. Darf ich kurz eure Mittagsruhe stören?«

»Was gibt's denn?«, fragte der rote Stier schläfrig.

»Habt ihr nicht bemerkt, wie oft ihr in den letzten Tagen angegriffen wurdet?«

»Doch, fast täglich und zweimal sogar in der Nacht.«

»Ja, und heute hörte ich auf meinen Streifzügen durch den Wald mehrere Raubtiere sagen, sie würden euch überall finden, weil der weiße Stier wie eine Fahne im Dunkeln leuchtet. Und als ich gerade dem weißen Stier empfohlen habe, sich durch Schlamm etwas zu tarnen, da schimpfte er auf euch und sagte, die Idee könne nur von euch stammen, da ihr neidisch auf seine schöne Farbe seid. Stimmt das? Seid ihr neidisch?«

»Ach was, der eitle Gesell. Er hat sich immer schon viel zu viel auf seine weiße Farbe eingebildet. In der Tat blitzt sie in der Dunkelheit auf, und ich bin es müde, dauernd in der Nacht kämpfen zu müssen«, sagte der schwarze Stier.

Sein roter Freund nickte zustimmend.

»Dann erlaubt mir, noch einmal zu ihm zu gehen und ihm ausdrücklich zu befehlen, sich im Schlamm zu wälzen.«

»Warum nicht, wir danken dir«, sagte der rote Stier.

Der Fuchs trollte sich.

»Nun, was haben sie vor?«, fragte ihn der weiße Stier.

»Sie beneiden dich sehr wegen deiner weißen Farbe und wollen dir den Bauch aufschlitzen, heute Nacht. Aber ich habe ein Versteck für dich, wo du sicher übernachten kannst, und morgen früh begleite ich dich zu einer Weide am See, wo viele weiße Stiere in Eintracht leben. Dort bist du unter deinesgleichen.«

»Ich danke dir, lieber Kamerad. So sag: Wo kann ich mich verstecken?«

Der Fuchs lief durch den Wald, und der weiße Stier folgte ihm. Sie gingen, bis es dämmerte und der Stier sehr müde wurde. »Hier können wir übernachten«, sagte der Fuchs und zeigte auf den Eingang einer Höhle.

Kaum dass der weiße Stier die Höhle betreten hatte, wurde er von dem hungrigen Löwen überwältigt. Der Kampf währte nicht lange, rasch war es um den gutgläubigen Stier geschehen.

Der Löwe vergaß sein Versprechen nicht, der Stier war gut genährt und reichte ihm, genau wie das Hinterbein dem Fuchs, eine Woche lang, um seinen Hunger zu stillen.

Den anderen Stieren erzählte der Fuchs, der weiße Stier sei, verärgert über sie, zu seinen Verwandten am See gegangen, wo, wie er sagte, nur die edlen Stiere leben würden und nicht dieses rote und schwarze Gesindel.

Dem Fuchs gelang es bald, den schwarzen Stier davon zu überzeugen, dass der rote Freund mit seiner leuchtenden Farbe eine Gefahr für ihn darstelle, und mit dem roten Stier, der dem Fuchs ebenfalls in die Höhle folgte, hatte der Löwe, wieder zu Kräften gekommen, leichtes Spiel. Als er den dritten einsamen Stier angriff, rief dieser, bevor der Löwe ihn an der Gurgel packte: »Ich habe diesen Tod verdient an dem Tag, an dem ich meinen Freund, den weißen Stier, verriet.«

Einen Augenblick lang herrschte eine mit Trauer gemischte Ruhe, dann lösten Jasmin und Nura mit ihrem Beifall das Publikum aus seiner Starre. »Fabelhaft«, rief ein Mann und klatschte. Er sprang dabei auf. Er blieb stehen und schaute Karam an, der gerade der Frau von vorhin ein Zeichen gegeben hatte. Sie stand auf, da warf der Mann rasch ein: »Ich möchte nach ihr eine Geschichte erzählen, eine ganz, ganz, ganz kurze Geschichte.« Karam nickte, »Du kannst auch eine ganz, ganz lange Geschichte erzählen!« Das Publikum lachte, am lautesten der Mann selbst.

Die Frau blieb an ihrem Platz stehen und wartete, bis die Leute ruhig wurden. »Ich heiße Sarah und bin Tänzerin. Einige kennen mich, da ich oft auf Hochzeiten tanze. Mein Vater war ein armer Gelehrter, und er liebte es, uns Geschichten von aufrechten Gelehrten zu erzählen«, sie hielt inne und lächelte, »deshalb wollte ich nie gelehrt sein. Darf ich euch eine dieser Geschichten erzählen?«

»Wir bitten dich darum«, sagte Karam, stand auf und klatschte zur Ermutigung, weil er gemerkt hatte, dass die Frau etwas ängstlich war. Ihre Stimme zitterte.

Die Tänzerin Sarah erzählte:

Der gutherzige Gelehrte

Ein verwitweter armer Gelehrter wurde eines Nachts durch einen Krach aus dem Schlaf gerissen. Er dachte, eine Mauer sei eingestürzt oder ein großer Stein niedergegangen. Aber es war sein noch ärmerer Nachbar, der mit einer Leiter über die Mauer gestiegen war. Als er die Leiter von der Straße in den Garten hieven wollte, hatte er das Gleichgewicht verloren und war mitsamt der Leiter in den Garten des Gelehrten gekracht.

»Mein Gott, hast du dir weh getan?«, fragte der Gelehrte.

Der Nachbar war beschämt. Er stand mit gesenktem Kopf da und antwortete nicht.

»Komm mit. Ich habe noch etwas Tee. Wir trinken in dieser kalten Nacht einen Tee zusammen.«

»Statt die Polizei zu holen, machst du einen Tee für mich, den Einbrecher?«, fragte der Nachbar mit Tränen in den Augen.

»Lass die Polizei bitte heute Nacht in ihrer warmen Stube. Du bist nun Gast in meinem Haus, und es wäre schlimm, dich abzuweisen, aber leider habe ich nichts außer Tee und etwas Honig.«

Die zwei gingen langsamen Schrittes in die warme Küche. Der Gelehrte ließ den Einbrecher an seinem Tisch Platz nehmen und begann, den Tee zu bereiten.

»Bist du etwa auch arm?«, fragte der Einbrecher den Gelehrten, als er sich in der leeren Küche umsah.

»Ja, leider«, antwortete der Gastgeber.

»Aber du bist ein berühmter Gelehrter und hast ein großes Haus ...«

»Ein Gelehrter, ja, aber einer, der in Ungnade gefallen ist, weil er einmal, ein einziges Mal, dem Sultan furchtlos die Meinung gesagt hat. Ich wurde rausgeschmissen wie ein räudiger Hund und verlor mein Gehalt und meine Freunde, die mich seitdem meiden, als hätte ich die Pest. Geblieben sind mir nur ein paar Schüler, die ich unterrichte, das reicht für Brot, Tee, Honig, etwas Gemüse und Oliven. Alle Möbel, die ich nicht brauche, habe ich verkauft. Nun sind meine Bücher an der Reihe. Ich muss monatlich drei, vier wichtige Bücher verkaufen, und sie bringen gutes Geld. Das Haus hat meine selige Frau geerbt, und es wird mich am Ende retten. Ich werde es verkaufen und in einer bescheidenen Hütte leben.«

Schweigsam tranken die zwei ihren Tee. Danach sagte der Gelehrte zu seinem Gast: »Komm mit in meine Bibliothek.« Der Einbrecher ging hinter dem Gelehrten an einigen leeren Zimmern vorbei, bis sie die gewaltige Bibliothek erreichten Drei, vier Regale waren bereits leer.

»Hier«, sagte der Gelehrte und übergab dem Einbrecher eine dicke Enzyklopädie. »Du solltest zwanzig Dinar dafür verlangen. Ich habe seinerzeit fünfzig Dinar dafür bezahlt. Und dieser Band der Philosophie von Ibn Ruschd ist ledergebunden und bringt mindestens zehn Dinar. Dieses Geld sollte für ein halbes Jahr reichen. Und wenn du und deine Familie wieder Hunger habt, kommst du zu mir«, sagte er und steckte in jedes der beiden Bücher einen Zettel, auf dem stand, dass er es dem Gast geschenkt hatte.

»Das, damit dir Händler und Polizei keine Probleme machen.«

Der Einbrecher fing an zu weinen. Als er sich beruhigt hatte, erzählte er von seinem bitteren Schicksal. Und er schloss mit einem persönlichen Wunsch, den der Gelehrte ihm erfüllen solle.

»Gerne, wenn ich kann«, erwiderte dieser.

»Mit den Büchern werde ich so viele Lebensmittel wie seit Jahren nicht mehr kaufen. Es wäre eine Ehre für mich und meine Frau, wenn du zu uns zum Essen kommst. Unser Haus ist klein, aber meine Frau ist eine phantastische Köchin.«

»O ja, sehr gerne«, antwortete der Gelehrte, der nicht einmal eine Suppe kochen konnte.

Am nächsten Tag holte ihn der Einbrecher zum Essen ab, und der alte Gelehrte fand die Mahlzeit köstlich.

»Darf ich nun auch einen Wunsch äußern?«, fragte die Frau nach dem Essen.

»Bitte, gerne«, antwortete der Gelehrte.

»Dass du täglich zu uns zum Essen kommst. Es wäre für mich eine große Ehre, einen edlen Menschen zu verwöhnen.«

»Um Gottes willen. Ist es dir mit den drei Kindern nicht zu viel, auch noch ein viertes, bald siebzigjähriges Kind zu ernähren?«

Die Frau lachte. »Das vierte Kind ist der Schutzengel meiner drei Kinder«, antwortete sie.

Und so kam der Gelehrte täglich und aß, trank Kaffee und ging danach nach Hause, um darüber zu schreiben, wie aus Armut Reichtum werden kann.

Riesenbeifall für die Tänzerin. Sie stand noch einen Moment gerührt auf der Kanzel und ging dann langsam die Treppe hinunter. Karam drückte ihre Hand mit seinen beiden Händen.

Der Mann, der vor der Erzählung aufgesprungen war, meldete sich wieder. Karam nickte ihm zu, und er kam nach vorn. »Ich heiße Gibran und bin Hufschmied und Tierheiler. Schäfer und Reiter kennen mich. Von meinem Vater habe ich gelernt, Tiere zu achten. Auch wenn sie nicht sprechen können, sind sie klug genug, um ihr Leben zu meistern. Ich habe viele Bücher über Tiere gesammelt, und in einem Buch mit Tierfabeln habe ich eine Geschichte gelesen, die mich sehr beeindruckt hat. Als Karam heute betonte, dass mancher Philosoph die Freundschaft über die Liebe stellt, fiel sie mir wieder ein. Mag sein, dass die Freundschaft der Liebe manches voraushat, aber nicht immer ist die Freundschaft stärker als die Liebe. Manchmal kann die Liebe sogar eine Freundschaft zerstören. Versteht ihr mich?«

»Klar«, murmelten viele, auch Karam und der König nickten zustimmend.

Der Hufschmied Gibran erzählte:

Verrat der Freundschaft um der Liebe willen

Einst wurde Maher, der Herrscher der Affen, von einem seiner Söhne, einem kraftstrotzenden jungen Rivalen, besiegt und vertrieben. An mehreren Stellen verletzt und im Herzen gedemütigt, zog er allein durch die Wälder, bis er das Meer erreichte. Der Wald erstreckte sich bis zum Wasser. Hier fühlte Maher sich besser. Weit und breit war keine Bedrohung in Sicht, und die Waldbäume trugen reichlich Früchte.

Eines Tages hockte er nahe dem Ufer auf einem Feigenbaum, wo er sich mit Zweigen und Blättern einen Schlafplatz eingerichtet hatte. Der Baum trug so viele Früchte, dass Maher mutwillig eine Feige ins Wasser warf, und da der Klang ihm gefiel, warf er eine zweite, dann eine dritte und vierte Feige hinterher.

Eine Schildkröte schwamm nahe dem Ufer, sie liebte Feigen. Früher hatte sie kaum eine gefunden, nun strahlten sie ihr entgegen wie kleine Sterne. Sie fraß sie genüsslich und dachte, der Affe hätte ihr die Feigen absichtlich zugeworfen.

»Du bist sehr nett«, rief sie ihm zu, »noch nie hat man mir so viele Geschenke gemacht, ohne etwas dafür zu verlangen.«

»Ach, du sprichst meine Sprache?«, wunderte sich der Affe.

»Wir leben lange und lernen die Sprache der anderen Tiere sehr leicht. Übrigens, mein Name ist Sahra, das bedeutet Blume.«

»Und ich heiße Maher, und das heißt: einer, der seine Sache sehr gut macht. Na ja, so einer war ich mal. Ich war einst der König der Affen, aber das ist eine lange Geschichte ...«

»Ich liebe lange Geschichten, bitte erzähle sie mir«, bat Sahra. Und der Affe erzählte von seiner jahrelangen Herrschaft und wie einer seiner Söhne, nun ein kräftiger Bursche, ihn besiegt und vertrieben hatte.

Die Schildkröte fühlte Mitleid mit dem alten Affen.

»Hier kannst du in Frieden leben, und wenn du Fische magst, kann ich dir welche fangen«, schlug Sahra vor, weil sie nicht wusste, wie sie ihre Dankbarkeit anders zeigen sollte.

»Nein, nein, Fische mag ich nicht, aber wenn du immer mal wieder vorbeikommst, dann fühle ich mich weniger allein«, sagte Maher. »Im Wald gibt es noch mehr Früchte. Sie schmecken noch süßer als die Feigen.«

»Ich komme gerne wieder«, rief die Schildkröte und tauchte in die Tiefe. Maher bewunderte ihre elegante Art.

Tag für Tag trafen sich die zwei, und bald waren sie eng befreundet. Die Besuche der Schildkröte wurden immer länger. Der Affe suchte den ganzen Tag nach Früchten und Nüssen, die er für die Schildkröte aufbrach, sodass sie das Fruchtfleisch mühelos genießen konnte.

Der Mann der Schildkröte aber war sehr misstrauisch, und als seine Frau dauernd von dem klugen und witzigen Affen schwärmte, wurde er richtig eifersüchtig. Er beriet sich mit seinen Freunden. Sie empfahlen ihm, sich als Schwerkranken auszugeben, und sein bester Freund, ein weiser Mediziner unter den Schildkröten, war bereit zu behaupten, nur das frische Herz eines Affen könne seine Krankheit heilen.

Die Schildkröte Sahra hatte schlaflose Nächte, als sie hörte, dass ihr Mann sehr krank sei und ohne Affenherz bald sterben müsste. Sie mochte den Affen gern, aber ihren Mann liebte sie. Er hatte sie oft vor Gefahren gerettet und sein Leben für sie aufs Spiel gesetzt.

Von Tag zu Tag wurde ihr Mann schwächer. In den letzten dreißig Jahren hatte sie ihn nie so krank erlebt. Er konnte nichts mehr essen und sich kaum noch bewegen. Dass der gemeine Kerl sich den Bauch vollschlug, sobald seine Frau unterwegs war, hat sie nicht erfahren.

Nach Tagen schwamm sie schweren Herzens wieder zu dem Ufer, wo der Affe auf sie wartete. Er hatte sich tausend Sorgen gemacht.

»Wo warst du so lange?«, fragte er.

»Mein Mann ist krank und hat mir erst heute erlaubt, zu dir zu kommen. Ich möchte dir gern eine paradiesische Insel zeigen, wo wir unsere Eier legen, sodass unsere Kinder im Paradies zur Welt kommen. Hast du Lust?«

»Ja, aber ich kann nicht so gut schwimmen«, erwiderte der Affe.

»Kein Problem, steig auf meinen Rücken und klammere dich an meinen Panzer, dann kann die Reise losgehen.«

Der Affe stieg vorsichtig auf den Rücken der Schildkröte, und sie schwamm mit ihm davon. Mitten im Meer, wo weit und breit keine Insel in Sicht war, hielt sie an.

Der Affe wunderte sich, und ein erster Zweifel beschlich sein Herz.

»Lieber Freund«, sagte die Schildkröte, »es tut mir leid, dass ich dich belogen habe. Es gibt keine Paradiesinsel. Mein Mann ist todkrank, und nur das Herz eines Affen kann ihn heilen. Ich muss mit dir in die Tiefe tauchen.«

»Warte, warte«, rief der Affe, »ich will deinem Mann gern mein Herz schenken. Nichts täte ich lieber für eine treue Freundin wie dich! Doch hättest du mir das gleich am Ufer gesagt, dann hätte ich mein Herz mitgebracht. Wir Affen haben die göttliche Gabe, unser Herz an dem Baum aufzuhängen, zu dem wir zurückkehren wollen, sonst könnten wir uns im Dschungel zu Tode verirren. Und da ich dachte, du bringst mich ja zurück, habe ich mein Herz in eine Mulde des Baumstamms gelegt. Kehren wir also dorthin zurück. Ich schenke es dir gerne. Seit ich am Ufer dieses Meeres lebe, brauche ich es nicht mehr, um mich zurechtzufinden. Und wenn es deinen Mann heilt, dann freut mich das.«

Die Schildkröte war erleichtert und gerührt. »Du bist ein wahrer Freund«, sagte sie, »mein Mann wird dir sein Leben lang dankbar sein.

»Keine Ursache«, erwiderte der Affe. Er erinnerte sich an den Rat seines Vaters, der zu sagen pflegte: Auch ein Freund kann zum Verräter werden, und der Schaden, den er uns zufügt, ist um ein Vielfaches größer als bei einem Feind, weil wir ihm vertraut haben.

Die Schildkröte schwamm zurück. Als sie das Ufer erreichte, sprang der Affe von ihrem Rücken und kletterte in die Baumkrone.

»Wo bleibst du? Wir verspäten uns«, rief die Schildkröte nach einiger Zeit.

»Warte nicht auf mich, geh zu deinem Mann, er ist nicht krank, sondern bloß eifersüchtig. Sag ihm, der Affe ist gestorben, meinetwegen sag ihm, ich sei von einem Löwen gefressen worden, aber komm nie wieder her. Ich verschwinde in den Wald, wo ich kein Meer sehen muss, das mich an dich erinnert. Du hast mich hereingelegt, um deine Liebe zu retten, und ich habe dich belogen, um mein Leben zu retten. Du hast unsere Freundschaft deiner Liebe geopfert, deshalb sind wir keine Freunde mehr.«

Die Schildkröte schwamm weinend davon und wurde bald von der Tiefe verschluckt. Auch der Affe beweinte den Verlust seiner Freundschaft. Er wanderte durch den Wald, bis er an einem wilden Fluss eine ruhige Ecke fand. Dort verbrachte er seine letzten Tage.

Eine Trauerwolke schwebte über den Köpfen, aber Karam ließ sich dadurch nicht lähmen und wollte dem Hufschmied seine Anerkennung für die phantastische Geschichte kundtun. Er stand auf und klatschte und ihm folgten nach und nach immer mehr Leute. Als der Hufschmied seinen Platz erreichte und sich hinsetzte, war der Beifall so stark, dass er sich noch einmal erheben und sich nach allen Seiten verneigen musste.

Da war der Kutscher bereits aufgestanden.

Karam winkte ihm zu und verbeugte sich etwas übertrieben. »Meister der Fahr- und Erzählkunst, wir bitten dich, uns auf deine Reise mitzunehmen«, rief er ihm zu.

»Sei froh, die Fahrten hier kosten nichts!«, erwiderte dieser. Das Publikum lachte.

Der Kutscher erzählte:

Schweigen tötet die Gastfreundschaft

Der mächtige Kalif Walid Bin Abdulmalik spielte gerade Schach mit einem Freund, als sein Sekretär kam und ihm mitteilte, ein angesehener Onkel des Kalifen sei auf der Durchreise und wolle den Neffen kurz besuchen. Der Kalif befahl, ein Tuch über das Spiel zu legen.

Der Onkel, ein streng religiöser Mann mit langem Bart und ernstem Blick, begrüßte den Kalifen und seinen Freund und setzte sich schweigend zu ihnen. Der Kalif wollte die Starre lösen und ließ dem Gast erfrischende Getränke mit Eis aus den Bergen bringen. Dieser trank und schwieg weiter vor sich hin. Da ermunterte ihn der Kalif: »Onkel, erzähl uns ein paar Weisheiten aus dem Koran.«

»Leider hatte ich immer zu viel zu tun und kam nicht dazu, sie zu sammeln«, sagte der Onkel und schwieg.

»Vielleicht hast du etwas von der Geschichte des Propheten oder seinen Sprüchen behalten? So erzähle uns doch bitte davon.«

»Leider kann ich auch das nicht. Ich war viel zu beschäftigt, um mir etwas davon zu merken.«

»Kannst du irgendeine Geschichte oder ein Gedicht der alten Araber vortragen?«

»Nein, es tut mir leid. Ich las nie Gedichte.«

»Auch keine Anekdote aus deiner Stadt oder aus deiner Kindheit? Aus deiner Familie?«

»Nein.«

»Auch keine Episode aus Persien, Indien, China oder Afrika?«

»Auf die Geschichten fremder Völker habe ich nie geachtet«, antwortete der Mann.

Der Kalif hob das Tuch vom Schachbrett, machte einen Zug und rief seinem Freund zu: »Schach!«

»Aber der Gast!?«, sagte der Freund des Kalifen leise.

»Bei Gott, in diesem Raum ist niemand außer uns beiden und dem Schachbrett«, antwortete der Kalif.

Der Onkel verließ beleidigt den Saal und beide spielten weiter.

Eine kleine, junge Maus wusste noch nichts über die Gefahren der Welt. Eines Tages traf sie eine kleine, junge, bunte Katze vor dem Mauseloch, und beide gefielen einander und spielten den ganzen Tag zusammen.

Sie trafen sich von nun an täglich und lachten viel. Eines Tages waren sie so vertieft in ihr Spiel und ziemlich weit entfernt von dem Haus, wo die Katze wohnte und in dessen Nähe auch das Mauseloch war. Sie kamen spät zurück und hatten noch Glück, den Weg in der Dunkelheit gefunden zu haben.

Als die junge Katze zu ihrer Mutter kam, schimpfte diese mit ihr. »Bist du verrückt, bis zu dieser späten Stunde draußen zu bleiben? Wo warst du?«

»Ich habe mit meiner Freundin gespielt, und es war so lustig, dass wir die Zeit vergessen haben«, antwortete die kleine Katze.

»Eine Freundin? Was für eine Freundin?«, fragte die Mutter ungehalten.

»Eine süße kleine Maus«, antwortete die kleine Katze arglos.

Die Mutter miaute und fauchte wütend: »Bist du noch zu retten? Eine Maus hast du als Freundin?«

Die kleine Katze nickte, erschrocken über die Wut der Mutter.

»Eine Maus ist deine Nahrung. Mäuse schmecken besser als Hühner- und Schweinefleisch, sogar besser als Fisch. Du darfst nicht mit ihr spielen, das ist so schwachsinnig, wie wenn eine Katze mit einer Fischgräte oder einem Hühnerbein befreundet wäre. Hast du verstanden: Du ... musst ... sie ... fressen!«, schrie die Mutter und betonte jedes ihrer letzten Worte.

»Ich soll meine Freundin fressen? Mama, das kann ich nicht«, sagte die kleine Katze.

»Hör mal gut zu«, rief die Mutter, »du bringst sie mit List hierher, und den Rest überlässt du mir. Ich zeige dir, wie gut sie schmeckt, aber wenn du sie erwischt hast, lass sie nicht mehr los, hast du verstanden?«

»Ja, Mama. Ich versuche es!«, sagte die kleine Katze.

Am nächsten Morgen erinnerte sie die Mutter noch einmal an ihre Aufgabe: »Ohne Maus darfst du nicht zurückkommen. Dann musst du draußen schlafen, und da freuen sich die Wölfe und werden dich fressen.«

Die kleine Katze zitterte vor Angst. Sie war entschlossen, ihrer Mutter die Maus zu bringen, aber sie schwor sich, an diesem Abend nichts von dem Fleisch ihrer Freundin zu probieren.

Auch die kleine Maus hatte ihre Mutter noch nie so wütend erlebt wie an dem Abend, als sie zu spät nach Hause kam. »Ich habe mir große Sorgen gemacht. Wo warst du bis zu dieser späten Stunde?«, rief sie immer noch ängstlich.

»Ich habe mit meiner Freundin gespielt. Sie ist so nett und lässt mich auf ihrem Rücken reiten, und außerdem singt sie so schön ...«

»Was für eine Freundin?«, unterbrach die Mutter die redselige Tochter.

»Eine sehr schöne kleine Katze vom Haus nebenan«, antwortete die vertrauensselige Maus.

»Eine Katze ist deine Freundin?«, schrie die Mutter entsetzt. »Katzen sind unsere Feinde, du Dummkopf. Sie wollen uns fressen. Sie fressen Fleisch und am liebsten Mäuse.«

»Aber doch nicht meine Freundin. Ich spiele mit ihr seit einer Ewigkeit, und sie hat mich nicht gefressen, wie du siehst«, antwortete die Maus trotzig.

Die Mutter beruhigte sich und erklärte der kleinen Maus ganz ausführlich, wie gefährlich es für sie sei, wenn die Katze bald von ihrer Familie lernen würde, Mäuse zu jagen. Auch sie habe vor Jahren drei leichtsinnige Brüder verloren, die nicht vorsichtig genug waren. Da bekam die Maus große Angst.

Am nächsten Morgen kam die kleine Katze zum üblichen Treffpunkt, aber die Maus war nicht da. Die kleine Katze machte sich Sorgen um ihre Freundin, sie lief bis zum Eingang des Mauselochs.

»Hallo!«, rief sie. »Wo bleibst du?«

»Hier bin ich, aber ich darf nicht mehr mit dir spielen. Mama sagt, Katzen sind die schlimmsten Feinde der Mäuse.«

»Aber ich doch nicht«, erwiderte die Katze. »Komm nur heraus, wir spielen miteinander wie immer, und dann zeigst du deiner Mama, dass ich deine Freundin bin, die dich liebt.« Die letzten Worte sprach die kleine Katze aus ehrlichem Herzen.

Die Maus stand gerührt in ihrem Versteck. Am liebsten wollte sie sofort zu der Freundin rennen, sie umarmen und um Verzeihung bitten, doch die Worte ihrer Mutter steckten ihr in den Knochen.

»Ich gebe dir mein Ehrenwort«, sprach die kleine Katze, »und hier ist meine Pfote, schlag ein, und ich verspreche dir, mein Wort zu halten.«

Bei diesen herzlichen Worten vergaß die Maus alle Ermahnungen und legte ihre Pfote in die der Katze. Diese packte sie und zog sie aus dem Mauseloch.

»Ich muss dich leider zu meiner Mutter schleppen. Sie hat mir befohlen, dich mitzubringen, sonst lässt sie mich nicht mehr ins Haus. Weißt du, ich liebe dich sehr, aber nicht mehr als mich selbst. Es tut mir leid.«

Die Maus sah in den Augen ihrer Freundin die Angst. Ihre Umklammerung war vor Unsicherheit sehr fest. Die Maus wusste, dass sie verloren war, aber in ihrem Kopf überschlugen sich die Ideen, wie sie sich aus dieser tödlichen Gefahr befreien könnte.

»Weißt du, meine Mama sagt, wir alle, ob Katzen oder Mäuse, werden sterben. Und mir, ich muss es dir ehrlich sagen, ist es am liebsten, wenn du mich frisst, denn dein schöner Bauch ist mein liebstes Grab.«

»Du bist wahnsinnig nett«, antwortete die kleine Katze etwas entspannter.

»Du musst nur wissen«, fuhr die Maus fort, »ich bin sehr fromm erzogen worden. Darf ich noch mein letztes Gebet sprechen? Ich möchte in deinem Schoß sitzen wie vor ein paar Tagen, als wir Mutter und Kind gespielt haben, und ich bete nur kurz, danach kannst du mich fressen oder deiner Mutter bringen.«

Die Katze zögerte einen Moment, dann aber hatte sie Mitleid mit der kleinen Freundin und wollte ihr diesen letzten Wunsch nicht abschlagen. Sie legte sich hin und die Maus setzte sich auf ihren Schoß zwischen die Hinterbeine.

»Gott im Himmel«, begann die Maus mit erhobenen Vorderpfoten, »ich bitte dich um Verzeihung, denn ich habe eine Sünde begangen, dass ich meiner Mutter nicht gehorcht habe. Nun sterbe ich gerne bei meiner besten Freundin. Ich bitte dich um Vergebung, geheiligt sei dein Name in Ewigkeit.«

»Amen«, rief die Katze mit erhobenen Vorderpfoten, da sprang die kleine Maus blitzschnell von ihrem Schoß, und bevor die Katze begriff, was geschah, war sie in ihrem Mauseloch in Sicherheit.

Ein erleichtertes Lachen und Beifall begleiteten den beliebten Stadtkutscher zu seinem Platz.

Ein äußerst vornehm gekleideter Mann, Mitte vierzig, meldete sich zu Wort. Karam nickte ihm zu. Der Mann stand auf. »Ich bin Suleiman Bubakir. Ich bin Kalligraphielehrer. Manchmal erzähle ich meinen Schülern Geschichten, damit sie sich ein wenig entspannen, dann können sie besser arbeiten. Kalligraphie ist eine große Kunst, Musik für die Augen, aber sie braucht Talent, eine ruhige Hand und vor allem Geduld.

Am liebsten hören die Jungen Geschichten über Räuber oder über kluge Tiere. Darf ich eine Geschichte erzählen, die von beiden etwas hat?«

»O ja, bitte!«, rief Karam und viele mit ihm. Nura rieb sich begeistert die Hände. Sie liebte Räuber- und Tiergeschichten.

Suleiman, der Kalligraphielehrer, erzählte:

Wie ein Hund Dieben Glück brachte

Einst lebten zwei Brüder, sie waren wohlhabende Hirten. Chaled hieß der ältere und Isa der jüngere. Eine Krankheit hatte ihre Schafherde innerhalb einer Woche hinweggerafft. Dreihundert Tiere waren tot. Es halfen weder Weihrauch noch Gebete. Das Schlimmste für die Brüder aber war, dass ihnen von ihren Verwandten nicht geholfen wurde, obwohl sie in Gefahren die Sippe immer mutig verteidigt hatten. Jetzt aber lästerte man über sie, sie hätten irgendeine Sünde begangen und der Tod der Herde sei die Strafe Gottes. Also verließen sie verbittert das Zeltlager und schlugen den schweren Weg der Räuberei ein, um sich zu ernähren. Und da sie mutig und klug waren, hatten sie viel Erfolg dabei.

Eines Abends erreichten sie eine große Oase, an deren Rand ein reicher Beduinenstamm seine Zelte aufgeschlagen hatte. Die Nacht warf ihren dunklen Mantel rasch über die Gegend. Die Brüder hatten gesehen, wo die Kamele angebunden waren, und lauerten auf eine passende Gelegenheit. Dann schlich Chaled zu ihnen, während sein Bruder Isa Schmiere stand.

Chaled konnte zwei Kamele aus ihren Fesseln befreien und wollte sie gerade wegführen, da stürzte sich ein großer weißer Hund auf ihn, leckte ihm Hände und Gesicht, stieß ihn zu Boden und wollte mit ihm spielen. Er tat seine Freude so übermütig kund, dass sich Chaled nach dem ersten Schock nur wunderte. Der Hund bellte überhaupt nicht und begleitete, immer noch mit dem Schwanz wedelnd, Chaled und die zwei Kamele zu seinem Bruder. Dort sprang er auf Isa zu und begrüßte ihn ebenso stürmisch. Chaled stand dabei, die Seile der zwei Kamele in der Hand, und war sprachlos.

»Das ist doch Wolfzahn, der Hund von Muhammad, mit dem wir vor Jahren befreundet waren«, rief Isa und kraulte dem Hund den Kopf. Chaled erinnerte sich. Einst hatten er und sein Bruder die Schafherde auf die Weide eines großzügigen Gastgebers namens Muhammad geführt, und daraus war eine Freundschaft entstanden. Wolfzahn war zu der Zeit noch ein Welpe, und beide Brüder hatten ihn geliebt und immer wieder gestreichelt und verwöhnt.

Chaled und Isa waren beschämt. Sie küssten den Hund und fütterten ihn. Etwas später brachten sie die Kamele zurück. Sie warteten, bis der Morgen dämmerte, dann gingen sie mit dem Hund zu Muhammads Zelt. Der war gerade aufgestanden und freute sich über den Besuch der zwei Brüder, die er seit Jahren nicht mehr gesehen hatte und von deren Unglück er nichts wusste.

Sie erzählten ihm alles und gestanden ihm, dass sie als Diebe gekommen waren. Erst als der Hund sie wiedererkannte und sie ihn auch, hätten sie sich ihrer Tat geschämt. Chaled, der ihre Geschichte vortrug, begann darüber zu weinen, dass das Elend sie gezwungen hatte, Diebe zu werden.

»So jetzt ist Schluss mit der Räuberei! Ich gebe euch Geld, damit ihr eine neue Schafherde kaufen könnt. In zehn Jahren werdet ihr mir den Betrag zurückzahlen. Sollte ich vorher sterben, so gebt ihr ihn meiner Witwe und meinen Kindern.«

Die Brüder wurden von Muhammads Stamm freundlich aufgenommen und lebten glücklich bei den Beduinen. Bereits nach fünf Jahren konnten sie ihre Schulden zurückzahlen. Als der Hund Jahre später starb, weinten beide wie kleine Kinder. Sie errichteten ihm ein schönes Grab und sagten jedem, der Ohren hatte, dass sie ihr Glück diesem Hund verdankten.

Als der Saal nach dem Beifall ruhiger wurde, hob König Salih die Hand. Karam strahlte ihn an. »Eure Majestät wollen erzählen?«

»Ja, gerne«, erwiderte der König und stand auf. Der Saal wurde ruhig. Jasmin schaute bewundernd zu ihrem Vater.

»Ich habe viel gelernt durch das Lesen alter Geschichten von früher, vor allem Geschichten über gute und schlechte Herrscher, und über beide gibt es eine Menge glaubwürdige Berichte und Legenden.«

König Salih erzählte:

Edelmut

Nach blutigen Kämpfen hatten die Abbasiden den letzten Kalifen der Omaijaden gestürzt, des Geschlechts, das fast neunzig Jahre lang über das arabische Imperium geherrscht hatte. Da kam ein Mann zum zweiten Abbasiden-Kalifen al Mansur, der für seine Gelehrsamkeit, seine Härte und seinen Hass gegen die Omaijaden bekannt war. Er bezichtigte seinen Nachbarn, er habe Juwelen und Gold des letzten Kalifen der Omaijaden versteckt. Der Kalif sandte seine Wächter aus, und alsbald brachten sie ihm den Nachbarn.

»Es wurde uns hinterbracht, dass du Schätze der verfluchten Omaijaden bei dir versteckst. Gib sie heraus, oder du wirst bestraft.«

»Eure Majestät«, sagte der Mann ohne eine Spur von Angst, »seid Ihr mit den Omaijaden verwandt?«

»Nein«, erwiderte der Kalif.

»Haben sie Euch zum Verwalter ihrer Erbschaft ernannt? Oder zum Vollstrecker ihres Testaments?«

Der Kalif schüttelte den Kopf.

»Gemäß welchem Gesetz soll ich dann einen mir anvertrauten Schatz einem Fremden aushändigen?«

Der Kalif schwieg lange, dann antwortete er: »Die Omaijaden haben das Volk ausgeraubt, und deshalb muss ihr Besitz in die Staatskasse zurückgeführt werden.«

»Aber die Omaijaden waren seit Jahrhunderten eine reiche Sippe, die auch vor der Islamisierung schon Grund und Boden, Paläste und Häuser, Gold und Juwelen besaß. Könnt Ihr beweisen, dass der Schatz, den ich bei mir verwahre, zu Unrecht erworben worden ist?«

Der Kalif wurde nachdenklich. »Du hast recht«, sagte er schließlich, »du kannst gehen, und da du ein mutiger Bursche bist, darfst du noch einen Wunsch äußern.«

»Von Herzen gern, Eure Majestät. Ich wäre Euch dankbar, wenn Ihr den Mann hierherholen lasst, der mich angezeigt hat. Denn ich schwöre bei Allah und beim Leben meines einzigen Sohnes, dass ich gar keinen Herrscher oder Prinzen der Omaijaden gekannt habe, geschweige denn einen Schatz für ihn aufbewahrte.«

Der Denunziant wurde geholt, und als al Mansur ihn zornig nach Beweisen fragte, gab der Mann zu, er schulde dem Nachbarn tausend Dinar und habe gehofft, ihn durch Verleumdung loszuwerden.

Der Kalif schaute den Unschuldigen an. »Du darfst ihn für all das Unrecht, das er dir angetan hat, verurteilen.«

»Ich bitte Euch, Majestät, ihn freizulassen. Ich erlasse ihm die Schulden. Wir waren eng befreundet und gute Nachbarn, nun aber hat er unsere Freundschaft verraten und mein Leben in böser Absicht aufs Spiel gesetzt. Er verdient weder meine Freundschaft noch meine Nachbarschaft. Er möge wegziehen, weil ich seine Nähe nicht mehr ertragen kann«, antwortete der Mann.

Sein Wunsch wurde erfüllt.

Noch Jahre später schwärmte al Mansur von diesem aufrechten Mann, der eine so große Seele besaß wie kaum ein anderer.

»Großartig! Was für ein Mut!«, rief Mosche Eliazar, der Geschichtslehrer. Viele klatschten.

Eine alte, aber energische Frau hob die Hand. Karam nickte ihr zu. Sie stand auf. »Ich bin Malak. Von Beruf Märchenerzählerin. Leider war ich einige Wochen bei meinem Sohn im Norden und bin erst gestern zurückgekommen. Ich war gerührt, als ich von den Erzählabenden und von der Großzügigkeit unseres Königs gehört habe, durch die keiner in der Stadt mehr hungert. Ich möchte gerne eine Geschichte über den größten Feind der Freundschaft, den Verrat, erzählen. Mein Vater war der geborene Satiriker. Am Ende eines jeden Gebets rief er: ›Lieber Gott, ich flehe dich an, schütze mich vor meinen Freunden.‹ Eines Tages fragte ich ihn, warum Gott ihn nicht eher vor seinen Feinden, sondern vor seinen Freunden schützen solle. Er sagte mir, und das vergesse ich nie: ›Mit meinen Feinden werde ich allein fertig, aber die Freunde kennen all meine Schwächen, und wenn sie Feinde werden, dann sind sie lebensgefährlich.‹«

Karam hatte schon von der bekannten Märchenerzählerin gehört. Er war erstaunt über ihre jugendliche Art, obwohl sie über siebzig war.

»Liebe Kollegin Malak, ich bin glücklich und fühle mich sehr geehrt, dich kennenzulernen. Wir freuen uns auf deine Geschichte.«

Die Märchenerzählerin machte sich festen Schrittes auf den Weg zur Kanzel.

Malak erzählte:

Man erzählt diese Geschichte in nüchternen Sätzen über einen Kalifen. Man schwört sogar, es sei eine historisch belegte Affäre, die durch den Verrat eines Freundes im Jahre 708 ihr tragisches Ende fand, doch diese abenteuerliche Liebesgeschichte hat die Phantasie der Dichter und Erzähler in vielen Ländern entzündet. Mal ist die Heldin die Frau des Königs, mal seine Schwester und mal wie hier seine Tochter.

Man erzählt, und nur Gott weiß die Wahrheit, ein mächtiger arabischer König habe jahrelang darunter gelitten, dass er keine Kinder bekam. Damals war es üblich, dass Könige und mächtige Männer mehrere Frauen heirateten.

Eines Tages lernte er die Tochter eines jemenitischen Fürsten kennen und verliebte sich in sie. Sie fand ihn zwar hässlich, aber die Aussicht, eine mächtige Königin zu werden, ließ ihr vieles an ihm angenehm erscheinen. Macht übt auf manche Menschen eine erotische Anziehungskraft aus. Also willigte sie ein, ihn zu heiraten, und zog zu ihm in die Hauptstadt seines Reiches.

Bald jedoch war die Frau des Königs ernüchtert, weil die Macht, die sie aus der Ferne magnetisch anzog, aus der Nähe kalt und erschreckend war. Die junge Frau war zwar jetzt Königin, aber sie hatte nichts zu sagen.

Nicht selten träumte sie von Flucht und noch öfter von einer Affäre mit einem dieser hübschen jungen Burschen am Hof, doch sie hatte Angst vor dem König, den sie aus nächster Nähe als brutalen Mann und Herrscher kennenlernen musste.

Fünf Jahre lang hatte sie Fehlgeburten, erst im siebten oder achten Jahr schenkte sie dem König ein gesundes Mädchen. Man munkelte, es sei die Frucht einer Affäre mit dem Stallmeister, aber das ist eine andere Geschichte. Jedenfalls freute sich der König über die Tochter und wollte sie zu einer wahren Königin erziehen.

Seine Frau fand Trost bei diesem kleinen Wesen. Sie nannte es Salwa, was so viel bedeutet wie Trost, Ablenkung, aber auch Amüsement.

Der König hatte genaue Vorstellungen, wie das Mädchen erzogen werden sollte, um später eine mächtige Königin zu werden. Er hörte nicht auf seine Frau, die vorschlug, der Tochter die Freiheit zu gönnen, eigene Erfahrungen zu machen und aus den Fehlern zu lernen.

Der König ließ der Tochter ein großes Haus in unmittelbarer Nähe seines Schlosses errichten. Und sobald die Tochter zehn Jahre alt war, verbot er der Mutter, sich in ihre Erziehung durch Lehrerinnen und Religionsmänner einzumischen. Die Mutter wurde vor Verzweiflung krank und starb einsam und verbittert, als die Tochter Salwa gerade zwölf geworden war.

Ein Heer von Dienerinnen umgab die Prinzessin und erfüllte ihr jeden Wunsch, eine Mannschaft von erfahrenen alten Philosophen und Wissenschaftlern übernahm die Aufgabe ihrer Bildung, und das fiel ihnen leicht, weil Prinzessin Salwa sehr intelligent war. Nicht selten hat sie den Gelehrten widersprochen oder sie sogar korrigiert, was den alten Herren gar nicht schmeckte.

Eine alte Gouvernante unterwies sie humorvoll in den guten Umgangsformen und erzählte ihr von den Tricks der Männer, um Frauen hereinzulegen. Sie wiederholte lachend: »Schau mich an, fünfmal bin ich drauf reingefallen!«

Sie war fünfmal geschieden.

Salwa lachte Tränen über die Witze ihrer Gouvernante, und diese liebte die kluge junge Frau wie eine eigene Tochter, die sie nie bekommen hatte.

Des Königs Plan war, Salwa mit dem Sohn eines befreundeten Königs zu vermählen. Er stellte sich vor, dass seine Tochter dann die starke Königin eines mächtigen Reiches würde, zumal der als Ehemann vorgesehene Kronprinz ein Schwächling war.

Da Salwa kaum aus ihrem Haus kam und nie gleichaltrigen Männern begegnete, da ihre Umgebung nur aus Frauen und greisen Männern bestand, hatte sie ein Herz wie ein weißes unschuldiges Blatt Papier.

Eines Tages aber hörte sie den Gesang eines Dichters, der nicht weit von ihrer Terrasse am Flussufer entlangging und mit seiner schönen Stimme ein Gedicht über die Schönheit der Natur laut zum Besten gab. Salwas Herz klopfte wie nie zuvor. Die Ohren, sagt man, verlieben sich schneller als die Augen. Doch es gibt eine Schönheit, die jede und jeden auch wortlos umwirft.

Am nächsten Tag besang der Dichter am Fluss die Liebe als göttliches Geschenk für alle Lebewesen. Als er sich beim Gesang umdrehte, sah Salwa sein herrliches Gesicht, und da sie so viele Märchen gelesen hatte, in denen die Liebe mit dem Anblick eines schönen Gesichts begann, war es nun endgültig um ihr Herz geschehen. Sie rief ihre Gouvernante zu sich und fragte, wer dieser Mann sei.

»Das ist Faris, der schönste Dichter des Landes. Er sieht so gut aus, dass er manchmal eine Gesichtsmaske trägt, um nicht von neidischen Blicken getroffen zu werden.«

Salwa wusste nicht, wie sie den Dichter näher kennenlernen könnte, denn ihr Vater hatte ihr jeden Umgang mit Männern untersagt. Er stand wegen ihrer Verheiratung bereits in Verhandlungen mit dem König des Nachbarlandes. Dieser durfte Salwa bei einem Besuch wie zufällig genauer beobachten, und er fand sie bezaubernd. Seinem Sohn war sie gleichgültig, aber er stimmte der Ehe zu.

Beide Könige vereinbarten, dass die Hochzeit ein Jahr später stattfinden sollte. Und ein Jahr nach der Hochzeit sollte die Union beider Länder zu einem mächtigen Königreich unter der Herrschaft des jungen Königspaares vollzogen werden.

Salwa erfuhr das alles von ihrem Vater und wurde krank vor Kummer, denn sie war in den Sänger und Dichter Faris verliebt. Sie konnte kaum noch essen und überhaupt nicht mehr lachen.

Ihre Gouvernante redete ihr gut zu, die Sache nicht so tragisch zu nehmen, sie solle den langweiligen Kronprinzen heiraten und sich den Dichter Faris als Liebhaber nehmen. Das sei üblich in Königshäusern.

Aber Salwa wollte mit niemandem außer Faris leben. Die Gouvernante warnte sie, Faris sei ein Schürzenjäger, dem die Frauen nachliefen. Treue sei für ihn ein Fremdwort. Salwa lachte. Das schreckte sie nicht ab, sondern steigerte ihr Verlangen nach Faris. Sie wollte nicht nur ihr Herz, sondern auch ihre Eitelkeit befriedigen und über alle anderen Frauen triumphieren, indem sie Faris für sich allein gewann.

Die Gouvernante war besorgt um Salwas Gesundheit. Sie suchte deren Vater auf und bat ihn, die Hochzeit zu verschieben, doch das wollte dieser aus diplomatischen Gründen nicht tun.

So begann die alte Frau, Liebesbriefe zwischen der Prinzessin und dem Dichter hin und her zu tragen. Die Briefe von Faris ließen Salwas Gesundheit und Laune wieder besser werden, doch nun brannte sie noch mehr nach ihrem Schwarm.

Eines Tages traf die Gouvernante den Dichter in sehr trauriger Stimmung an.

»Was hast du denn?«

»Ich werde sterben. An gebrochenem Herzen, wenn ich nicht mit Salwa leben darf, und mit gebrochenem Genick, wenn ich sie in die Arme schließe und der König es erfährt«, sagte er. Die alte Dame hielt das für die Übertreibung eines Dichters. Sie ahnte nicht, dass Faris in diesem Moment ein Hellseher war. Das sind gute Dichter tatsächlich, wenn auch nur für kurze Augenblicke.

»Du lebst in deiner Dichtung. Im Leben geht es weniger dramatisch zu. Du kannst die Prinzessin heimlich treffen, und wenn sie verheiratet ist, umschmeichelst du ihren Mann mit Lobeshymnen und wirst Hofdichter bei ihm. So kannst du mit Salwa die Liebe genießen und durch den reichen Lohn ein angenehmes Leben führen.

Statt Hunderte von Briefen zu schreiben, triff sie heimlich und genieße die Stunden mit ihr. Ihr Schlafgemach darf außer mir keine Seele betreten. Und ich werde lieber sterben, als euch zu verraten.«

»Aber wie soll ich an den vielen Wächtern des Hauses vorbeikommen? Sie kontrollieren jede Mücke, die hinein oder heraus fliegt.«

»Keine Angst, ich werde einen Weg finden«, sagte die alte Frau und ging zu Salwa, um ihr die gute Nachricht zu überbringen.

Die Gouvernante war vom König eingeweiht, dass sowohl das Haus der Prinzessin wie auch der Palast über einen Fluchttunnel verfügte. Der Tunnel der Prinzessin endete am Ufer des Flusses. Dort befand sich in einer steinernen Mauer eine kleine, unauffällige eiserne Tür. Man konnte sie nur von innen aufschließen.

Hier wartete der Dichter an einem Freitag zur vereinbarten Abendstunde, bis die alte Dame ihm aufschloss. Er trat in den Tunnel und ließ sich ins Schlafgemach der Prinzessin führen.

Dort erwartete ihn die verliebte Salwa sehnsüchtig und sie genoss zum ersten Mal in ihrem Leben die körperliche Liebe.

Falls unerwartet jemand klopfen würde, so sollte Faris schnell in eine große rote Truhe springen und sich dort still verhalten, bis die Gefahr vorüber wäre, hatte die Gouvernante geraten.

Kurz nach Mitternacht holte die Gouvernante Faris bei der Prinzessin ab und führte ihn durch den geheimen Tunnel unbemerkt hinaus. Das war eine sehr günstige Zeit, da der König jeden Freitagabend bis Mitternacht für die wohlhabenden Händler, Dichter und Philosophen Audienz hielt.

So genossen die Liebenden jeden Freitag die gemeinsame Zeit und lebten ganz im Augenblick, ohne irgendeinen Gedanken an die Zukunft zu verlieren.

Doch eines Tages beging Faris einen großen Fehler. Er vertraute einem Freund an, dass er eine Liebesbeziehung mit der Prinzessin habe und nicht wisse, ob er mit ihr fliehen oder auch nach der Ehe mit dem Kronprinzen des Nachbarlandes ihr Liebhaber bleiben solle, wie die Gouvernante empfahl.

Der Freund aber glaubte Faris nicht. In der Dichtung schätze man Lügen als Phantasie, meinte er, im Leben spräche daraus nichts als Verachtung für die Zuhörer. Er bestand darauf, dass Faris ihm Beweise liefere, und fragte ihn nach Details. Der Dichter war leicht angetrunken, und der Vorwurf, er würde lügen, verletzte seine Eitelkeit.

»Ich lüge nicht! Wie sollte ich dir ihr Schlafgemach beschreiben können, wenn ich nicht dort gewesen wäre?«

»Schlafgemach, Schlafgemach«, höhnte der Freund, »ich kann dir das Schlafgemach von Scheherazade und Alexander dem Großen beschreiben. Wie willst du das überprüfen?«

»Aber niemand, der die Prinzessin nicht nackt gesehen hat, kann wissen, dass sie drei schwarze Leberflecken unter ihrem rechten Busen hat«, antwortete der Dichter. »Glaub mir bitte. Ich lüge nicht«, sagte er fast flehend.

»Ich glaube dir, aber sag mal, du besuchst sie jede Woche am Freitag, wenn die Bediensteten frei haben und der König seine wöchentliche Audienz hält ... Das ist klug und vorsichtig. Was aber macht ihr, wenn unerwartet jemand kommt?«

»Das ist eine gute Frage. Die Prinzessin besitzt eine große rote Truhe, die hat sie zu diesem Zweck leer geräumt. Sobald Gefahr im Verzug ist, springe ich hinein und bleibe dort still und bequem liegen, bis Salwa sie öffnet.«

»Das ist großartig«, sagte der angebliche Freund. Aber der kalte Neid in seinem Herzen ließ ihn fast erfrieren.

Man sagt, jedwede Feindschaft kann versöhnt werden, nur nicht die mit einem Neider. So einer aber war der Trinkkumpan des Sängers, der einsam lebte.

Am Freitag, zwei Tage nach seinem Gespräch mit Faris, ging er am späten Vormittag zum Palast und verkündete dem Empfangschef, er habe eine wichtige Botschaft für den König.

Der Empfangschef eilte zum Sekretär des Königs und dieser zum Herrscher. Der König hatte Erfahrung mit solchen Wichtigtuern. »Frage ihn, um was es sich handelt«, sagte er leise zu seinem Sekretär. Auf die Frage des Sekretärs aber antwortete der Verräter kalt: »Es geht um die Prinzessin Salwa, und ich werde dieses Geheimnis nur dem König verraten. Ich erwarte dafür eine großzügige Belohnung.«

Der Verräter sprach so arrogant, dass der erfahrene Sekretär vor Sorge erstarrte. Leise überbrachte er dem König die Botschaft.

Der König, der seine Tochter über alles auf der Welt liebte, ließ den Verräter rufen und seine ganze Entourage hinausschicken.

»Ich höre«, sagte der König streng.

»Der bekannte Dichter und Sänger Faris ist der Liebhaber Ihrer Tochter, mein König. Ich habe ihm das zuerst nicht geglaubt, aber er legte mir Beweise vor, die er nicht erfunden haben kann.«

»Welche Beweise?«

»Dass er jeden Freitag durch den Tunnel zu ihr schleicht, wenn die Bediensteten frei haben, mit Ausnahme der Gouvernante, die eingeweiht ist. Ferner beschrieb er mir, dass die Prinzessin drei Leberflecken unter ihrem rechten Busen hat und dass er, sobald jemand an der Tür klopft, in eine große rote Kiste oder Truhe springt und dort bleibt, bis die Gefahr vorüber ist. Majestät. Ich komme zu euch, weil ich in Sorge um den Ruf des Königshauses bin. Sollte der Dichter Faris lügen, gehört ihm die Zunge herausgerissen, damit jeder sieht, welche Strafe so ein abtrünniger Gauner verdient. Sollte er die Wahrheit gesagt haben, so muss er dafür sterben. Das könnt ihr, o König, heute Abend überprüfen, denn er besucht sie jeden Freitagabend, da beide wissen, dass ihr an dem Tag Audienz haltet.«

»Gut, ich werde dich hier in meinem Palast gefangen halten, bis ich die Sache persönlich geklärt habe. Von dieser Angelegenheit darf niemand etwas erfahren. Sage mir, hast du jemandem davon erzählt?«

»Nein, Majestät, nur euch«, sagte der Verräter, und in der Tat hatte er mit niemandem darüber gesprochen, nicht aus einem ehrenhaften Motiv, sondern damit niemand schneller als er zum König eilen und die fällige Belohnung bekommen könnte.

»Sehr gut, mein Junge, sehr gut. Solltest du die Wahrheit gesagt und meine Ehre gerettet haben, so fülle ich dir den Mund mit Gold«, sagte der König und rief nach seinem Sekretär.

»Dieser junge Mann ist mein edler Gefangener für einen Tag. Du bringst ihn in meine Gebetswohnung und lässt ihm Leckereien und Wein servieren und achtest darauf, dass niemand mit ihm redet. Die Wohnung verschließt du und übergibst mir später den Schlüssel.«

Es geschah, wie der König es wünschte. Er glaubte dem jungen Mann, denn all die Dinge, die dieser aufgezählt hatte, trafen zu. Salwa hatte drei Leberflecken unter dem rechten Busen, und außer der Königin und ihm wusste das niemand. Auch die rote Truhe kannte der König. Es war eine Truhe aus edlen Hölzern, die ihm einst ein indischer Fürst geschenkt hatte.

Ein feuriger Hass loderte in ihm auf, den alle Meere der Erde nicht hätten löschen können. Dieser verfluchte Dichter sollte ihm nicht seinen

Traum zerstören! Und diese verräterische Gouvernante, die er so gut behandelte, würde seine Tochter nicht ins Verderben führen.

Er ließ den Sekretär die Gäste zum abendlichen Treffen willkommen heißen, als wäre es ein ganz gewöhnlicher Freitag. Er fühle sich nicht ganz wohl, behauptete er, der Sekretär solle den Gästen ausrichten, der König verspäte sich, aber er würde kommen.

Dann ließ er am Strand von zehn Arbeitern eine Grube ausheben. Sie sollte sehr tief sein und so nahe am Meer, dass bei Flut das Wasser hineinschlug. Ein Wächter sollte dafür sorgen, dass keiner der Grube näher käme.

Bei Einbruch der Dunkelheit ging er, von fünf kräftigen Wächtern begleitet, zum Haus seiner Tochter. Er öffnete mit seinem Schlüssel die Tür und trat ein. In der Eingangshalle traf er auf die blasse Gouvernante, die die Haustür bewachte.

»Du Verräterin«, sprach er leise zu ihr, »ist das deine Dankbarkeit? Du fällst mir in den Rücken!«

»Majestät, ich habe es getan, um Salwas Leben zu retten!«

Der König lachte zynisch. »Das bezahlst du mit dem Leben«, sagte er und winkte einem der Wächter, der, ohne zu wissen weshalb, die alte Frau erwürgen musste. Er drückte lange zu, dann ließ er den leblosen Körper fallen.

Der König marschierte durch die Gänge zum Schlafgemach seiner Tochter. Den Wächtern befahl er, vor der Tür stehen zu bleiben, und klopfte an. Er hörte das Geräusch hastiger Schritte, dann das Auf- und Zuklappen des Truhendeckels. Seine Tochter fragte ängstlich: »Wer ist da?«

»Ich bin es, dein Vater. Ich wollte nach dir schauen«, antwortete der König.

Die Prinzessin öffnete langsam die Tür. Sie war kreidebleich.

»Was ist mit dir? Fühlst du dich nicht wohl?«, fragte der König, trat ins Zimmer und schaute seine Tochter nicht zornig, sondern eher mitleidvoll an.

»Ich fühle mich unwohl«, sagte Salwa, der Ohnmacht nahe.

»Dann leg dich ins Bett. Eigentlich bin ich gekommen, weil ich einen seltsamen Traum hatte. Eine weise Frau riet mir, ich solle die rote Truhe, die ich dir geschenkt habe, wieder zu mir nehmen, damit dir und mir kein Unglück passiert«, sagte er und rief zwei Wächter herbei, sie sollten die Truhe hinaustragen.

»Nein«, schrie Salwa und begrub ihren Kopf in den Kissen. Sie schrie und weinte die ganze Nacht.

Draußen ließ der König die Truhe verschließen und zu der Grube am Meer bringen. Von Fackeln begleitet, blickte er in die Tiefe. Etwa einen Meter hoch stand das Meereswasser bereits in der Grube. Er befahl den Männern, die Truhe langsam hinabzulassen und dann den Sand darüber zu schütten.

Es ging alles sehr schnell. Der König klatschte in die Hände, als wollte er Sand davon abschütteln, dann schritt er erhobenen Hauptes zum Audienzsaal. Dort applaudierten die Gäste erleichtert, dass der König, gesund und fröhlich, doch noch gekommen war.

Sie debattierten mit ihm bis Mitternacht.

Danach verabschiedete er sich und ging, von einem kräftigen Leibwächter begleitet, in seine Gebetswohnung. Der Verräter lag bereits im Bett.

»Es war alles, wie du es beschrieben hast«, sagte der König zu dem erschrockenen Mann, den der Leibwächter grob geweckt hatte, »aber ich habe Verräter noch nie gemocht. Weißt du warum? Weil sie für mich eine Gefahr bedeuten, solange sie leben. Nun belohne ich dich mit Gold, wie versprochen.« Der Leibwächter musste sich auf die Brust des Mannes setzen und ihm eine Menge Golddinare in den Mund stopfen. Dann schloss er ihm Mund und Nase, bis der Mann keine Regung mehr zeigte.

Und wie ist es Salwa ergangen?

Ich will am Ende nicht lügen. Doch sind die Berichte sehr widersprüchlich, manche sagen, sie beging noch in derselben Nacht Selbstmord, andere sagen, sie blieb eine Weile apathisch, heiratete dann den Kronprinzen und hatte laufend Affären mit Dichtern und Sängern.

Absolute Stille herrschte, und ein unsagbares Entsetzen bemächtigte sich vieler Gesichter. Die Grausamkeit dieses Königs hinterließ ihre Spuren.

Nach einigem Zögern erhob sich ein alter Rechtsgelehrter. »Darf ich eine kurze Geschichte erzählen?«, fragte er.

»Selbstverständlich«, erwiderte Karam.

Der Mann stieg rasch auf die Kanzel. Als er oben stand, lächelte er dem König und der Prinzessin zu und verneigte sich. Sie winkten ihm freundlich. Dann schlug er sich mit der flachen Hand auf die Stirn. »Vor lauter Aufregung habe ich ganz vergessen, mich vorzustellen. Ich bin Fahim Istanbuli.

Seit dreißig Jahren forsche ich über das Recht. Ich will nicht jammern, aber das ist in der Tat eine schwere Arbeit, und um meine Müdigkeit zu vertreiben, lese ich in den Pausen Texte, die mir Spaß machen. Die Freundschaft hat mich am längsten beschäftigt und fast genauso lange die Gastfreundschaft, die uns Arabern heilig ist.

Die Gastfreundschaft hat viele Ähnlichkeiten mit der Freundschaft: Offenheit, Hilfsbereitschaft, Wohlwollen, Großzügigkeit. Sie ist aber kurzlebiger, und meist gibt es eine feste Rollenaufteilung. Der Gastgeber schenkt dem Gast Schutz, Freude, Kraft und Zuversicht, ohne im Gegenzug etwas von ihm zu erwarten. Gastfreundschaft kann gegenüber Freunden und Bekannten geübt werden, am besten bewährt sie sich aber gegenüber Fremden. Hier liegt einer der Gründe, weshalb sie von manchen Philosophen als mutige und nicht selten leichtsinnige Tochter der Freundschaft betrachtet wird.

Die Größe seiner Gastfreundschaft ist ein Maß für die Souveränität und Freiheit des Gastgebers. Nur wer einen Fremden schützen und bewirten kann, ist frei von Angst und Sorge. Diese Moral rettete schon Hunderten, wenn nicht Tausenden Fremden, ob Flüchtlinge oder Reisende, das Leben und schenkte ihnen Freude.

Geiz gilt bei den Arabern als entwürdigend, feige, lust- und lebensfeindlich, weil er das Überleben in der Wüste verhindert. *Ein Haus, das keine Gäste beherbergt, meiden die Engel*, schrieb der Weise Anas Bin Malik, der den Propheten Muhammad von der ersten Stunde an begleitete.

Der Schutz des Gastes ist eine uralte, vorislamische Sitte der Wüstenbewohner. Für alle Sippen der arabischen Wüste gilt dieselbe eiserne Regel: Wer Schutz in einem Zelt oder Haus sucht, dem wird er auch gewährt. Der Gastgeber muss sich mit seiner Person, mit seinem eigenen Leben vor den Gast stellen. Diese Sitte war ein notwendiges Regulativ, ein Gegengewicht zur Blutrache, die mancherorts sehr lange gewütet und ganze Stämme ausgelöscht hat.

Der Gastgeber ist berechtigt und zugleich verpflichtet, das Leben seines Gastes zu verteidigen. Das wussten die Verfolger zu allen Zeiten, und außer in verachtenswerten Ausnahmen wurde diese Regel respektiert.

Nun aber höre ich mit meiner Vorrede auf und erzähle euch lieber eine wahre Geschichte über die Gastfreundschaft. In diesem Fall ist sie die edle, mutige Tochter der Freundschaft.«

König Salih hob die Hand. »Darf ich dich darum bitten, ein Buch über die Freundschaft in all ihren Erscheinungsformen zu schreiben? So ein Buch würde ich gerne lesen«, rief er Fahim zu.

»Eure Majestät, das Buch habe ich gerade zu Papier gebracht. Es heißt *Auf die Freundschaft*. Morgen gebe ich es dem berühmten Kopisten Abdullah Manesse, damit er es ordentlich und leserlich abschreibt, denn mit meiner scheußlichen Handschrift würde ich Euch keinen Dienst erweisen.«

Viele lachten, auch der Rechtsgelehrte. Der König klatschte begeistert.

Der Rechtsgelehrte Fahim erzählte:

Eine einmalige Gastfreundschaft

Ein Gouverneur war bei einem unbarmherzigen Kalifen in Ungnade gefallen und musste deshalb fliehen. In der Hoffnung, bei alten Freunden Unterschlupf zu finden, kam er in die Nachbarstadt. Seine Freunde aber hatten Angst und weigerten sich, ihn bei sich aufzunehmen. Die Suchtrupps des Kalifen kamen immer näher, deshalb flüchtete er blind vor Angst in letzter Sekunde in das nächstbeste Haus.

Der adlige Gastgeber nahm ihn auf, ohne ihn nach seinem Namen oder dem Grund seiner Flucht zu fragen, vielmehr ließ er ihm in einem bequemen Versteck die allerbesten Speisen auftragen. Der Gast erholte sich, und bald merkte er, dass der Herr des Hauses Tag für Tag ausritt und erst am Abend erschöpft zurückkehrte. Er fragte ihn, was es mit seinen Ausritten auf sich hätte.

»Ich suche den Mörder meines Vaters. Man sagt, er sei auf der Flucht, nachdem er beim Kalifen in Ungnade gefallen ist. Vor einem Jahr hat er meinen Vater wegen einer angeblichen Verschwörung hinrichten lassen. Vielleicht habe ich Glück und erwische ihn, bevor die Suchtrupps ihn finden.«

Als der Gast das hörte, erkannte er, dass Gottes Hand ihn zu seinem Henker geführt hatte, denn er selbst war jener Gouverneur gewesen, der den Vater des edlen jungen Mannes hatte hinrichten lassen. Um sicherzugehen, fragte er den Gastgeber nach seinem genauen Namen und dem seines Vaters, und danach gab es keinen Zweifel mehr. Er war der Gesuchte. Als er diese Erkenntnis aber dem Gastgeber eröffnete, wollte der nichts davon wissen. »Bin ich etwa ein so schlechter Gastgeber, oder bist du deines Lebens müde oder deines Zufluchtsorts schon überdrüssig?«

Der Gouverneur versicherte dem Gastgeber, natürlich wäre er am liebsten unerkannt geflohen, aber da der Hausherr ihn aufgenommen und beschützt habe, empfinde er es als seine Pflicht, ihn seinerseits nicht zu belügen. Und er erzählte dem immer einsilbiger werdenden Gastgeber den genauen Hergang der Auseinandersetzung, an deren Ende sein Vater mit drei anderen Verschwörern hatte sterben müssen. Die Details, die der Gast dabei erwähnte, hätte sich niemand aus den Fingern saugen können.

Der Gastgeber wurde aschfahl. Lange schwieg er. Der Gouverneur war sich sicher, dass ihm nun sein eigener Tod unmittelbar bevorstand, doch der Gastgeber blickte ihn nur freundlich an. »Dir wird beim himmlischen Richter ein gerechtes Urteil zuteilwerden. Ich selbst kann dich nicht bestrafen, weil ich dir Gastfreundschaft und Sicherheit versprochen habe, doch ich möchte, dass du mein Haus verlässt«, sagte er schließlich. »Ich habe Angst um dich, sollte ich mich eines Tages nicht beherrschen können.«

Zum Abschied bot er dem Gast eine große Geldsumme an, damit er sich unterwegs versorgen könne, doch der Gast lehnte ab. Es gelang ihm, sich an einem anderen Ort zu verstecken, bis der Kalif ihn schließlich begnadigte.

Der Beifall hielt lange an. Der Rechtsgelehrte Fahim verneigte sich vor dem Publikum, vor dem König und der Prinzessin.

Karam stieg langsam zur Kanzel empor. Er wartete, bis der Saal ruhiger wurde.

»Morgen«, rief er, als es wieder ruhig wurde, »morgen ist ein besonderer Abend. Ihr habt tapfer bei allen Themen mitgemacht und Freundinnen und Freunde zum Kommen animiert, wenn sie zu einem Thema eine Geschichte erzählen konnten. Mehrere Frauen und Männer haben mir unabhängig voneinander gesagt, dass sie gern etwas erzählen würden, nur wären ihre Themen noch nicht vorgekommen, deshalb hätten sie sich nicht getraut. Wann sie wohl ihre Lieblingsgeschichten erzählen dürften? Also dachte ich: Warum nicht? Wir können gemeinsam einen herrlichen Abend gestalten. Er soll frei sein wie eine Schwalbe, frech wie ein Spatz, schön wie eine Turteltaube ...«

»Ich möchte wie ein Rabe singen«, unterbrach ihn ein Mann mit Ziegenbart.

»Du bist eher ein Geier!«, erwiderte ein anderer. Die Leute lachten laut. Karam hob die Hand. »Ob Rabe oder Geier, Adler oder Ente. Alle sind Geschöpfe Gottes, und alle sind auf ihre Art klug und schön.

Nun aber, bevor ich es vergesse: Durch meine Erfahrung habe ich gelernt, dass eine gute Erzählerin oder ein guter Erzähler über drei Voraussetzungen verfügen muss: eine gute Stimme, ein gutes Gedächtnis und vor allem großen Respekt vor seinem Publikum. Diesen Respekt empfinde ich, und deshalb möchte ich den Wunsch meines Publikums nach einem freien Erzählabend erfüllen.

Wir können uns morgen alle Geschichten erzählen, die uns gefallen, wovon auch immer sie handeln.

Also lebt wohl, bis morgen! Auch du, Rabe!«

Der Jubel war unbeschreiblich.

König Salih rief Karam zu sich. »Wenn du nicht zu müde bist, würde ich heute gerne mit dir, Jasmin und Nura mein Abendbrot genießen«, sagte er leise.

Der redegewandte Karam war sprachlos. Er stand da und wusste nicht, was er sagen sollte.

»Das ist eine große Ehre für mich«, sagte er dann leise mit hölzerner Stimme.

Es wurde ein sehr entspannter, herzlicher Abend. Nie im Leben hatte Karam gedacht, dass ein König aus der Nähe so freundlich, bescheiden und friedfertig sein könnte. Er redete kein Wort über Politik, sondern sprach über allgemeine Themen, und zwischendurch erzählte er freimütig Anekdoten aus seinem Leben und lachte über gewisse Dummheiten, die er manchmal beging.

Auch Jasmin erzählte von ihren Kindheitserlebnissen und einigen Abenteuern mit Nura. Sie wirkte herrlich gelöst, wie sie da neben ihrem Vater saß, Karam und Nura gegenüber. »Pass auf«, sagte sie zu später Stunde an Karam gewandt, »er macht dich noch zum Wesir.« Und sie lachte herzlich,

»Nein«, erwiderte der Vater, »er erzählt so schön, dass ich und meine Minister und Berater dann nicht mehr zum Arbeiten kämen.«

»Halt, halt«, rief Karam und lachte ebenfalls. »Ich will nicht in die Politik. Ich träume davon, eine Erzählschule zu eröffnen, die ich durch ein Kaffeehaus finanzieren kann. Gute Erzählerinnen und Erzähler bringen den jugendlichen Schülerinnen und Schülern die Kunst des mündlichen Erzählens bei. Abend für Abend können die besten unter ihnen auf der Bühne in meinem großen Kaffeehaus auftreten. Aber erst, wenn sie mir vorher verraten haben, was sie erzählen wollen, denn bei aller Zuneigung und Unterstützung, die Geschichten müssen faszinieren, sonst scheitert das Ganze.«

Der König nickte. Er bewunderte Karam, der alles so sorgfältig plante. Nura hatte wirklich Glück, und er wünschte, Jasmin würde einen ähnlich tüchtigen Mann finden.

Achte Nacht

FREI WIE EINE SCHWALBE
UND FRECH WIE EIN SPATZ

Karam war schockiert, als er hörte, dass sich inzwischen kleine Diebesbanden gebildet hatten, die von den großzügig gedeckten Tischen Obst, Süßigkeiten, Olivenöl und Pistazien in großen Mengen raubten und in anderen Städten verkauften. Nura hatte ihm davon berichtet. »Stell dir das vor! Was für eine Gemeinheit!«, sagte sie beim morgendlichen Mokka. »Von heute an stellt der Polizeipräsident an den dreiundzwanzig Essensausgabestellen Beobachter in Zivil auf. Und jeder, der erwischt wird, soll ein Jahr Gefängnisstrafe bekommen, hat mir Jasmin erzählt.«

»Es ärgert mich, aber wir hätten damit rechnen müssen. Mein Vorschlag, den der König unnachahmlich großzügig realisiert hat, könnte gierige Seelen und egoistische Idioten dazu verleiten, alles kostenlos Dargebotene als eine Art Beute zu betrachten. Es sitzt seit der Steinzeit tief in uns, seitdem ein Mensch erstmals seinen Besitz mit der Waffe verteidigt hat, dass alles, was nicht überwacht wird, geraubt werden kann.« Er hielt kurz inne. »Ich finde die Strafe gerecht, denn diese feigen Diebe zerstören die gute Tat.«

Karam suchte gegen Mittag seine Tante auf, und sie und ihr Freund Nader waren nicht weniger empört.

Nach einem langen Gespräch mit beiden ging er in die Stadt, besuchte Sadek und trank mit ihm einen Kaffee, ohne ihm von den Diebesbanden zu erzählen. Danach begab er sich in den Palastgarten, um Nura zu treffen, die dort mit den Erzählerinnen den Erzählnachmittag vorbereitete. Als sie fertig war, gingen beide zu ihr und genossen zusammen die Ruhe.

Als Karam abends den Saal betrat, war er bereits voll. Jasmin und Nura saßen da, nur der König fehlte noch. Karam ging zu Jasmin, streichelte ihr die Hand und flüsterte: »Deinen Vorschlag, dass die Diebe ein Jahr Gefängnis bekommen sollen, finde ich mehr als gerecht.«

»Ja, die Frucht einer mutigen und zukunftsweisenden Entscheidung darf doch nicht von ein paar rücksichtslosen und gierigen Verbrechern zerstört werden«, antwortete sie entschlossen. Karam wandte sich Nura zu. »Und dein Vater, wird er heute kommen?«

»Das weiß ich nicht. Für mich ist er nur noch der Großwesir«, antwortete sie.

In diesem Augenblick kam der König, begleitet von seinem Großwesir und von Beratern und Beamten.

»Eure Majestät«, begann Karam oben von der Kanzel, »liebe Prinzessin Jasmin, liebe Nura, meine Damen und Herren. Heute dürfen Sie erzählen, was Sie wollen, nur Predigt und Langweile sind nicht erwünscht.« Er schaute um sich. »Ist der Rabe auch da?«

»Klar«, erwiderte der Mann, der an diesem Tag ganz hinten saß.

»Ich freue mich besonders auf deinen Gesang«, sagte er, und die Leute lachten.

Karam erzählte:

Der Zauber der Worte

Mein Urgroßvater lebte in der alten Stadt Damaskus, er war Schuster. Eines Tages kam eine arme Frau mit ihrem kleinen Sohn zu ihm. Er hieß Sami, und Großvater war fasziniert von den klugen Augen des Jungen. Die Mutter flehte meinen Großvater an, ihn als Lehrling aufzunehmen. Sein Zwillingsbruder Hadi sei vor der Armut geflüchtet, er lebe jetzt in Kairo und schicke ab und zu etwas Geld. Sie hatte Sorge, auch Sami an die Fremde zu verlieren.

Großvater nahm den Jungen auf, nicht aus Mitleid, sondern weil er in der Tat Unterstützung brauchte.

»Vielleicht war es dein Herz, vielleicht ist es der Wille Gottes, dass du zu mir gekommen bist. Ich kann tatsächlich einen jungen Helfer gebrauchen«, sagte er zu der besorgten Mutter, »und ich werde ihn so gut behandeln, dass er nicht mehr an Ägypten denkt.«

Sami war ein intelligenter Junge, der das Schusterhandwerk sehr schnell erlernte. Er verdiente bald so gut, dass die Mutter keine Not mehr hatte.

Nach ein paar Jahren starb sie friedlich in ihrem Bett, Sami war inzwischen zwanzig Jahre alt. Großvater hatte als Erster bemerkt, wie fasziniert er selbst und die Kundschaft zuhörten, wenn Sami etwas erzählte. Es war nicht nur seine warme Stimme, sondern seine Worte hatten einen Zauber, dem keiner widerstehen konnte.

Eines Tages überraschte Großvater Sami mit einer Nachricht. »Hast du gehört? Der Hakawati, der Kaffeehauserzähler, ist gestorben. Der Wirt ist verzweifelt«, begann er seine Rede und lächelte verschmitzt.

»Schade. Er war ein guter Erzähler«, sagte Sami arglos.

»Aber nicht halb so gut wie du«, erwiderte Großvater, und sein Lächeln wurde breiter.

»Was meinst du damit?«

»Ich meine genau das, was du vermutest. Du solltest ins Kaffeehaus gehen und dort als Hakawati arbeiten. Besser, du erfreust die Herzen als die Füße der Menschen.«

»Aber ...«

»Hör gut zu, mein Junge. Du weißt, dass ich dich genauso sehr liebe wie meine beiden Söhne. Schuster ist kein leichtes Brot, deshalb ist einer der beiden Goldschmied und der andere Heiler geworden. Du bist der beste Hakawati der Stadt, und wenn du Erfolg hast, darf ich bei dir immer Geschichten hören und kostenlos Tee trinken. Einverstanden?«

Sami weinte vor Rührung. Er hatte seinen leiblichen Vater nicht gekannt, der starb, als Sami zwei Jahre alt war.

Sami wurde ein beliebter Hakawati, und er verdiente sehr gut, da das Lokal Nacht für Nacht bis auf den letzten Platz besetzt war. Großvaters Stuhl stand in der ersten Reihe, und auch als er starb, durfte niemand anderer darauf sitzen, da Sami ihn aus Dankbarkeit für den Großvater freihielt.

Sami war der erste Hakawati in Damaskus, der wünschte, dass auch Frauen seine Geschichten hörten. Einige Männer protestierten, andere wollten nicht mehr kommen, aber Sami bestand darauf, und so musste der Wirt gegen seinen Willen auch Plätze für Frauen freihalten.

Ein Jahr nach dem Tod meines Großvaters erzählte Sami eine sehr spannende Geschichte, bei der die Zuhörinnen und Zuhörer so hemmungslos weinten und lachten wie Kinder. Als die Geschichte zu Ende war, gingen die meisten schnell nach Hause, denn es war kurz vor Mitternacht. Nur eine junge Frau saß noch da und schaute Sami liebevoll an.

Er kam zu ihr und fragte sie, ob er etwas für sie tun könne.

»Nein, ich bin diejenige, die etwas für dich tun kann«, antwortete die Frau. »Durch deine Geschichte habe ich die Antwort auf eine Frage gefunden, die mich nicht mehr schlafen ließ, und aus Dankbarkeit möchte ich dir einen Wunsch erfüllen. Ich bin eine Glücksfee, die aber bis vor einer Stunde eine traurige Fee war. Was immer du dir wünschst, Gold oder Juwelen, ich werde es dir schenken«, sagte sie.

Sami, der eine brennende Sehnsucht nach seinem Zwillingsbruder hatte, fragte vorsichtig: »Kannst du mich nach Kairo bringen? Ich liebe meinen Bruder und möchte ihn gern besuchen.«

»Nichts leichter als das«, sagte die Fee und umarmte ihn. Sami verlor das Bewusstsein. Als er wieder zu sich kam, dämmerte gerade der Morgen über Kairo.

Sami fror vor Angst. Ihm wurde klar, er hatte sich von seiner Sehnsucht überrumpeln lassen und sich ohne Vorbereitung zu leichtsinnig die Fahrt nach Kairo gewünscht. Die Fee war verschwunden.

Er fragte ein paar Passanten, ob sie seinen Bruder kannten, und nannte seinen Namen, aber Hadi hießen hier viele. Da man seinen Damaszener Dialekt erkannte, fragte man ihn, wann er nach Kairo gekommen sei, und ob die Reise anstrengend gewesen wäre. Sie dauerte damals in der Regel vierundzwanzig Tage. Er aber antwortete ehrlich: »Ich war gestern noch bis Mitternacht in Damaskus, und heute bin ich hier in Kairo.«

Die Leute lachten ihn aus, und da er bei seiner Aussage blieb, nannten ihn die Passanten »den Damaszener Lügner«. Eine Meute Jugendlicher umringte ihn, die laut wiederholte: »Nach Mitternacht in Damaskus, am Morgen in Kairo. Das ist gelogen, gelogen, auf dem Spatzenrücken ist er geflogen.« Und sie klatschten und bewarfen ihn mit faulem Obst und Dreck. Sami versuchte, seinen Kopf zu schützen, doch mehrfach wurde er schmerzhaft getroffen.

In seiner miserablen Lage ahnte er nicht, dass die gütige Fee ihn direkt vor dem Haus seines Bruders Hadi abgesetzt hatte. Dieser war inzwischen ein bekannter Friseur.

Zwillinge sind besondere Menschen. Manchmal sind sie auf wundersame Weise miteinander verbunden, auch wenn sie weit entfernt voneinander leben. Hadi hatte in jener Nacht einen Traum, sein Bruder stehe unter seinem Fenster und rufe nach ihm. Am Morgen ging er mit einer Tasse Mokka in der Hand zum Fenster, und da erkannte er seinen Bruder, denn Sami und Hadi glichen sich wie ein Ei dem anderen. Sami kämpfte verzweifelt gegen die lästigen Jugendlichen, die ihren Spaß daran hatten, ihn zu quälen. Sie zerrten an ihm, und er musste auf schwankenden Beinen durch ihren Kreis laufen. Keiner der Passanten half ihm.

Hadi erstarrte, aber nur für eine Sekunde, dann nahm er einen Stock und eilte auf die Straße. Er schlug auf die lästige Meute ein, dass sie schreiend und lachend das Weite suchten.

»Geliebter Bruder«, rief er. Sami hatte sich auf den Boden gekauert und seinen Kopf mit beiden Armen geschützt. Als er Hadis Stimme hörte, blickte er hoch und lächelte. »Hadi!«, rief er und sprang auf.

»Was machst du hier? Wann bist du angekommen?«, fragte Hadi und erkannte sofort, dass sich sein Bruder erst einmal erholen musste. Er führte ihn zu sich ins Haus.

Hadi ließ seinem Bruder schöne Kleider bringen, und als dieser sich frisch gemacht hatte, schnitt er ihm die Haare. Nun sah Sami sehr vornehm aus.

Hadi erfuhr nun die ganze Geschichte seines Bruders und spürte den Zauber seiner Worte.

»Hier, nimm diesen Geldbeutel mit fünfhundert silbernen Dirhams und geh in die Stadt. Sei großzügig, und wenn man dich fragt, so sag nie, du seist über Nacht mit einer Fee gekommen, sondern du bist schon seit drei Wochen da und wartest auf das Schiff mit deinen Waren. Bei deiner raffinierten Zunge und deiner Großzügigkeit werden sich dir Tür und Tor von alleine öffnen.«

Sami folgte dem Rat seines Bruders. Es vergingen nicht einmal drei Tage, bis die Händler von dem großzügigen Damaszener Kollegen erfuhren, der mit Dirhams angeblich nur so um sich warf.

Einige suchten ihn auf und fragten neugierig, was er in Kairo treibe, und er antwortete, er sei ein Händler und warte auf ein Schiff mit seinen Waren. Olivenöl von der Küste, Seife aus Aleppo, Rosenwasser und Seide aus Damaskus und vieles mehr.

Die Händler suchten seine Freundschaft und luden ihn zu sich nach Hause ein.

Er faszinierte seine Gesprächspartner mit seinem Wissen, und sein Bruder streckte ihm immer wieder Geld vor, sodass er stets vornehm und großzügig auftreten konnte. Sein Ruf eilte ihm voraus.

Als der Herrscher durch seine Spione von dem großen syrischen Händler hörte, der wie keiner vor ihm alle Bettler und Bedürftigen der Stadt liebevoll beschenkte, wurde er neugierig auf diesen edlen Fremden und ließ ihn durch seinen Großwesir zum Essen einladen. Sami, der immer in engster Absprache mit seinem Bruder handelte, nahm die Einladung an.

Sein Charme betörte auch den Herrscher. Und da dieser schon lange auf der Suche nach einem sympathischen Schwiegersohn für seine Tochter Hala war, dauerte es nicht lange, bis er Sami die Hand seiner Tochter anbot.

Der Herrscher staunte nicht schlecht, als der junge Händler antwortete: »Eure Majestät, wer sollte das Angebot eines erhabenen Herrschers ablehnen, sein Schwiegersohn zu werden, doch ich wurde von meiner tapferen Mutter zum Respekt vor Frauen erzogen. Ich möchte Euch deshalb bitten, mir zu erlauben, Eure Tochter Hala zu besuchen und einen Tag mit ihr zu verbringen, ohne dass außer uns jemand davon erfährt. Wenn sie mir dann sagt, sie könne mich ertragen, werde ich Euch, o Herrscher, dankbar dafür sein, wenn Ihr die Ehe segnet.«

Der König war noch nicht ganz überzeugt von diesem ungewöhnlichen Vorschlag. Er sagte Sami, er solle am nächsten Tag wiederkommen, dann würde er ihm seine Entscheidung mitteilen. Sami verneigte sich respektvoll und verließ den Palast.

Die Frau und vor allem die Tochter des Königs aber fanden die Forderung des Fremden absolut vernünftig, und Prinzessin Hala brannte darauf, diesen großzügigen Händler kennenzulernen. Nichts auf der Welt fasziniert Menschen so sehr wie die Großzügigkeit.

Also erlaubte der Herrscher den beiden, sich in aller Ruhe zu treffen, und sorgte für absolute Geheimhaltung.

Hala und Sami fanden großen Gefallen aneinander. Hala war belesen und dazu eine starke Persönlichkeit wie ihre Mutter.

Bald darauf heirateten sie. Sami lebte in Saus und Braus und ersetzte seinem Bruder jeden silbernen Dirham, den er ihm geschenkt hatte, durch einen Golddinar.

Der Herrscher gab Sami so viel Geld, wie er brauchte. Sobald seine Ware ankäme, sollte er seine Schulden begleichen. Der Großwesir aber wurde langsam misstrauisch, und als nach drei Monaten noch kein Schiff aus Syrien gekommen war, hetzte er den Herrscher auf, er solle diesen Lügner verhaften.

Doch der König fürchtete den Skandal und entschied sich für einen anderen Weg. Er wusste, dass ihm seine Tochter in allen Fragen gehorchen würde.

»Liebe Tochter, ich fürchte, ich habe einen Fehler gemacht«, gestand der Vater. »Dein Mann ist ein Charmeur, und langsam glaube ich nicht mehr, dass er ein Händler ist. Ich will aber keinen zweiten Fehler machen und kein Unrecht begehen. Kannst du für mich herausfinden, ob er in der Tat ein Händler ist? Ich wäre dir dankbar.«

Hala war äußerst besorgt. Sie eilte zu Sami und sagte: »Wir haben uns gemeinsam geschworen, einander immer die Wahrheit zu sagen. Erinnerst du dich daran?«

»Selbstverständlich«, antwortete Sami.

»Bist du ein Händler? Und erwartest du Schiffe mit Waren aus Syrien, die aus irgendeinem Grund nicht ankommen?«

»Nein, ich bin Geschichtenerzähler und habe nie mit etwas anderem als mit Worten gehandelt.«

Hala wirkte sehr beunruhigt. Sie küsste Sami auf die Augen. »Dann musst du sofort abreisen, denn mein Vater würde dich umbringen, wenn er das erfährt. Ich werde ihm erzählen, dass du nach Syrien geritten bist, um zu erfahren, wo die Ware geblieben ist.«

Sie packte für ihn genug Geld und Proviant in eine Satteltasche und bereitete mit einem Diener das beste Pferd vor.

»Denk daran, ich werde auf dich warten, solange ich lebe«, sagte Hala zum Abschied und weinte.

Sami eilte schneller als der Wind Richtung Damaskus.

Drei Tage lang ritt er von Sonnenaufgang bis Sonnenuntergang und übernachtete bei freundlichen Beduinen und Bauern. Am vierten Tag fühlte er gegen Mittag großen Hunger.

Als er eine kleine Hütte sah, stieg er ab und bat die armen Bauern um etwas zu essen. Die Frau hatte gerade eine Linsensuppe gekocht und teilte die Mahlzeit auf drei statt auf zwei Personen auf. Sami war beeindruckt von dieser Großzügigkeit, und als er erfuhr, dass sie ihren einzigen Sohn letztes Jahr in einem Krieg verloren hatten, beschloss er, dem Ehepaar zu helfen.

»Nehmt mich an Sohnes statt auf. Ich werde euch helfen.« Er gab dem Bauern ausreichend Geld, um kräftige Esel und Maulesel für die Arbeit auf dem Acker zu kaufen, außerdem für Schafe, Ziegen und Hühner, sodass sie genug zum Leben hätten.

Er arbeitete überall mit, und langsam erholten sich der Bauer und seine Frau. Auf einmal wirkten sie richtig jung. Sie nannten Sami ihren Engel. Er lachte und dachte, wenn ihr wüsstet!

Im dritten Monat musste er das Feld pflügen, das lernte er schnell. Die zwei großen Esel, die er vor den Pflug spannte, waren kräftig, und er drückte den Pflug so tief in den Boden, wie es der Bauer mit seinem alten schwachen Esel nie gekonnt hätte. Die Furchen waren knietief. Plötzlich blieb der Pflug hängen. Sami dachte, es läge wie die letzten Male an alten, harten Wurzeln. Die kräftigen Esel zogen, und dann tauchte eine Metallkiste aus der Erde auf.

Sami kniete sich hin und öffnete die Kiste. Darin lagen drei schwere, seidene Beutel. Sami trug die Kiste in die Hütte und holte den Bauern und seine Frau. Sie trauten ihren Augen nicht. Dreitausend Golddinare befanden sich in jedem Beutel.

»Ich nehme mir einen Beutel und überlasse euch zwei. Ich muss endlich zu meiner Frau zurück.«

Sie fielen ihm um den Hals vor Rührung.

Sami eilte auf seinem Pferd in die nächste Stadt und ließ hundert Kamele mit jeder Menge Waren beladen. Zehn bewaffnete Männer begleiteten ihn nach Kairo. Dort ließ er die Kamele vor dem Palast anhalten, bezahlte großzügig die Begleiter und suchte seine Frau auf, die unter seiner Abwesenheit sehr gelitten hatte. Von ihr erfuhr er, dass der Großwesir angeordnet hatte, seinen Bruder Hadi ins Gefängnis zu werfen, »als Geisel, bis sich der Lügner stellt«, wie er dem König empfahl.

Hala umarmte Sami und küsste ihn.

»Das Schiff hat durch einen Sturm verheerende Schäden erlitten, aber die Ware war im Hafen für mich deponiert«, erzählte Sami dem König und zahlte der Staatskasse die tausend Dinar zurück, die er vor seiner Abreise erhalten hatte.

Der König war beschämt, auf den Großwesir gehört und Sami und seinen Bruder Hadi verdächtigt zu haben. Er befahl seinem Großwesir, Hadi für jeden Tag im Gefängnis einen Dinar Entschädigung zu zahlen. Das war damals das Gehalt eines Wesirs.

Und wie ich von meinem Großvater, dem besagten Schuster, gehört habe, lebten Sami und Hala lange und glücklich miteinander.

»So ist es gut! Das ist mehr als gerecht!«, rief Samia ganz laut. Viele gaben feurigen Beifall.

Der König hob die Hand, Karam nickte ihm zu, der Saal wurde ruhig. »Ich habe mich in den letzten Tagen an ein paar Geschichten erinnert. Mein Vater war ein absoluter Gegner von Wein. Er war sehr fromm. Ich aber mag Wein, und heute möchte ich ein paar kurze Geschichten darüber erzählen. Ich habe die Titel auf einen Zettel geschrieben«, sagte er und lächelte, »mein Gedächtnis ist nicht besonders gut. Ich habe hier zehn Geschichten notiert, aber ich möchte nur zwei oder drei davon erzählen, damit auch noch genug Zeit für die anderen bleibt«, sagte er und lachte.

Einige Zuhörerinnen und Zuhörer in den letzten Reihen konnten ihn nicht gut verstehen. Der König merkte das. Er stand auf und machte sich auf den Weg zur Kanzel, von Beifall begleitet.

König Salih erzählte:

Vater, Sohn und Heiliger Geist

Ein strenger Pfarrer traf einen Dichter betrunken an einem Tisch sitzend, vor ihm zwei Teller und ein Glas Rotwein. Auf dem rechten Teller lagen Trauben, auf dem zweiten Teller Rosinen, und links von ihm stand das volle Weinglas.

»Was ist das?«, fragte der Pfarrer empört und fuchtelte wild mit den Händen, weil er den Dichter wegen seiner Sauferei oft tadelte.

»Das sind Vater, Sohn und der Heilige Geist!«, antwortete der Dichter ruhig.

Auch seine große Frömmigkeit konnte das Lachen des Pfarrers nicht bremsen. Er ging schnell davon und beschloss, diese poetische und gleichzeitig christliche Ausrede aufzuschreiben, für den Fall, dass der strenge Bischof ihn bei seinem Lieblingsgetränk erwischen sollte.

Als das Lachen abebbte, rief ein Mann: »Aber ich dachte, die Christen dürfen Alkohol trinken.«

»Ja, das schon, aber nicht so viel wie dieser Dichter«, erwiderte der König, und als er einige sah, die den Kopf schüttelten, als wären sie nicht überzeugt, fuhr er fort: »Ich weiß auch, dass Jesus Wein getrunken hat, sogar beim letzten Abendmahl mit seinen Jüngern. Sein erstes Wunder war ja die Verwandlung von Wasser in Wein auf einer Hochzeit in Kana.«

»Wasser in Wein verwandeln, herrlich«, rief ein alter Mann.

»Wasser in Wein tun die Wirte«, rief ein anderer. Viele lachten.

»Aber wenn in Arabien nur die winzige Minderheit der Christen Wein trinken würde, wäre der Wein so billig wie Wasser«, rief ein Moslem, viele lachten.

»Das ist wahr«, fuhr der König fort. »Ich bin auch Muslim und trinke gerne, aber nicht, bis ich besoffen werde. Doch nun zu meiner nächsten Geschichte über den Wein.« Er hielt kurz inne. »Kennt ihr die Geschichte von dem Kalifen al Mahdi und den Beduinen? Übrigens, er war der Vater des legendären Kalifen Harun al Raschid.«

»Nein«, hörte man aus allen Ecken.

König Salih erzählte weiter:

Was der Wein aus den Menschen macht

Der Kalif al Mahdi führte im Gegensatz zu seinem Vater, dem berühmten, strengen und asketischen Kalifen al Mansur, ein Prachtleben. Als der Kalif einmal auf der Jagd war, scheute sein Pferd vor einer Schlange. Andere erzählen, er verirrte sich bei der Verfolgung einer Gazelle. Nur Gott kennt die Wahrheit. Auf jeden Fall entfernte er sich von seinen Begleitern und erreichte kurz vor dem Verdursten das Zelt eines Beduinen. Der Beduine gab ihm Wasser, ein Stück frisches Brot und einen kleinen Topf mit kühlem Joghurt. Der Kalif trug seine schlichten Jagdkleider und war von Kopf bis Fuß verstaubt. Das interessierte den Beduinen nicht. Er bewirtete ihn sehr gastfreundlich. Als der Kalif satt war, bot ihm der Beduine ein Glas Wein an. Der Kalif trank das Glas leer und fragte den Beduinen:

»Weißt du, wer ich bin?«

»Du bist mein Gast.«

»Ja, das schon, aber ich bin ein Diener des Kalifen.«

»Gut für dich«, sagte der Beduine desinteressiert und schenkte dem Fremden ein zweites Glas ein. Dieser trank den Wein in einem Zug und fragte erneut: »Weißt du, wer ich bin?«

»Du hast gerade gesagt, du bist ein Diener des Kalifen.«

»Nein, ich bin mehr als das, ich bin sein Armeeführer.«

»Gut für dich«, sagte der Beduine und schenkte diesmal ganz langsam, zögerlich ein. Der Kalif trank das Glas leer und fragte wieder: »Weißt du, wer ich bin?«

»Du hast doch gerade gesagt, du bist der Armeeführer.«

»Nein, ich bin der Kalif al Mahdi selbst«, sagte der Fremde und streckte seine Hand mit dem leeren Glas dem Gastgeber entgegen.

Dieser schnappte ihm das Glas fast zornig weg.

»Schluss jetzt! Es gibt keinen Wein mehr. Noch ein Glas und du behauptest, du bist der Prophet Muhammad.«

Da ritten die Begleiter heran und waren erleichtert, ihren Kalifen zwar angeheitert durch den Wein, aber wohlbehalten anzutreffen. Er befahl seinem Großwesir, dem erschrockenen Beduinen hundert Golddinare zu schenken, stieg in den Sattel und lachte, dass er beinahe vom Pferd gefallen wäre.

»Der Wein ist ein schlechter Bote. Ich schicke ihn in den Magen und er geht ins Hirn«, rief Nader, Samias Freund. Ein paar Leute in seiner unmittelbaren Umgebung lachten. Samia aber war unzufrieden und flüsterte ihm etwas zu. Ihr Gesicht verriet ihren Ärger. Der König schaute um sich. »Zum Schluss werde ich euch ein Geheimnis verraten. Wisst ihr, warum der Wein auf diese Weise wirkt?«

Viele verneinten.

»Das macht der Alkohol!«, riefen einige.

Der König schüttelte den Kopf. »Nein, meine Lieben. Der Alkohol erklärt nicht alles, was man beim Trinken erlebt. Die Wirkung hat eine Geschichte«, sagte er und lächelte verschmitzt.

König Salih erzählte:

Das Weingeheimnis

Man erzählt, Adam hatte heimlich eine Weinrebe aus dem Paradies mitgenommen, denn ihre Früchte schmeckten ihm besonders gut.

Gott sah, wie Adam die Rebe einpflanzte, und lächelte. Er gönnte dem Bestraften die süßen Früchte.

Auch der Teufel sah es und grinste.

Als die Pflanze im Frühjahr ihre ersten Blätter trieb, schlachtete der Teufel einen Pfau und goss sein Blut um die Rebe, einen Tag später schlachtete er einen Affen, danach einen Löwen und zuletzt ein Schwein, und die Rebe saugte sich voll mit dem vergossenen Blut.

Das erklärt, weshalb ein Mensch, der Wein trinkt, zuerst so stolz und erhaben wie ein Pfau wirkt, dann wird er lustig und belustigt andere wie ein Affe. Trinkt er noch mehr, so brüllt er oder wird aggressiv wie ein Löwe, und wenn er weiter trinkt, wird er zum Schwein.

»Noch eine! Noch eine!«, hallte es durch den Saal, aber der König winkte dankbar ab und ging langsam zu seinem Platz zurück.

Der Mann, der mit dem Raben wetteifern wollte, hob die Hand. Karam nickte ihm zu. »Ich heiße Magdi und bin Winzer. Von heute an werde ich meinen Kunden die Geschichten erzählen, die unser König gerade erzählt hat. Wenn die Kunden lachen, feilschen sie nicht lang«, rief er und machte sich auf den Weg zur Kanzel.

Der Winzer Magdi erzählte:

Ein frommer Gelehrter lebte einsam und arm. Er las viel und betete oft.

Freunde wie Fremde suchten ihn auf und baten um Rat, und er hörte zu und sagte ihnen dann, wie sie ihr Problem lösen könnten. Eine Belohnung wollte er dafür nicht. Er hatte eine schöne Schrift und verdiente sein Geld als Kopist. Das war zwar ein Hungerlohn, aber er war damit zufrieden. Aber er kaufte viele Bücher und las sie immer wieder.

Und weil er oft dafür gelobt wurde, wie weise er sei, war er überzeugt, dass er alles wüsste und ihn nichts mehr überraschen könnte. Das aber war eitle Selbstüberschätzung.

Eines Nachts hörte er einen Einbrecher. Der Gelehrte versteckte sich in seinem großen, leeren Schrank. Der Einbrecher suchte überall und suchte und fand nichts Brauchbares. Als er ins Schlafzimmer kam, sah er den Schrank und hoffte, darin etwas zu finden. Er öffnete die Schranktür und erschrak sich fast zu Tode.

»Entschuldige bitte, dass ich dich erschreckt habe, aber ich besitze nichts, und aus Scham habe ich mich versteckt«, sagte er.

Der Einbrecher lachte Tränen. Bevor er ging, zückte er seinen Geldbeutel und gab dem Gelehrten hundert Dirham.

»Kauf dir Tee und Zucker. Wenn du beim nächsten Mal einen Einbrecher hörst, geh nicht in den Schrank, sondern in die Küche und koch einen ordentlichen Tee für euch beide«, sagte er und verließ das Haus.

Nur wenige gaben zögerlich einen schwachen Beifall. Karam dachte sich, bei aller Liebe zum Humor, das Erlebnis des Gelehrten lud nicht gerade zu freudigen Reaktionen ein, was aber nicht bedeutete, dass die Geschichte uninteressant gewesen wäre.

Ein junger Mann hob die Hand. »Ich heiße Elias Suri und bin Schüler beim Naturforscher Jusuf Bin Burhan. Der Unterricht macht mir große Freude. Ich möchte eine Geschichte erzählen, die mir mein Großvater über seinen Freund Omar erzählt hat«, rief er etwas zu laut und aufgeregt. »Es ist immer eine Gefahr, wenn man zu früh auf die Welt kommt, und noch dazu am falschen Ort. Vielleicht kennen viele solche und ähnliche Geschichten. Soll ich meine trotzdem vortragen?«

Karam lachte.

»Natürlich, lieber Elias, weil sich nie zwei Geschichten so sehr gleichen, dass man nicht beide hören will.«

Der Mann ging auf die Kanzel.

»Omar starb leider auf sehr brutale Art. Soll ich trotzdem weitererzählen?«, fragte er. »Natürlich, weiter, weiter bitte«, halten die Rufe im Saal. Ein schüchternes, fast unmerkliches Lächeln umspielte den Mund des Erzählers. Aber Karam merkte die Unsicherheit des jungen Mannes.

Elias Suri erzählte:

Zur falschen Zeit und am falschen Ort

Mein Großvater kannte Omar gut. Er wohnte nicht weit von seinem Hof in einem Dorf nahe der Stadt Firfil im Norden unseres Landes. Beide freundeten sich bereits als Kinder an, und Omar vertraute meinem Großvater sehr, deshalb konnte dieser uns Sachen von seinem Freund erzählen, die kaum einer, nicht einmal seine Frau, wussten.

Omar war der geborene Erfinder. Er besuchte weder eine Schule, noch lernte er bei den Gelehrten in der Moschee, weil er sehr arme Eltern hatte. Er wurde der Mechaniker des Dorfes und lebte nicht schlecht davon. Er heiratete die Tochter des Dorfrichters, die ihn vergötterte, und sie hatten zwei Kinder.

Eines Tages beobachtete Omar, wie ein Stück Papier, das er in die Flammen warf, Feuer fing, aber nicht verbrannte, sondern in seiner Werkstatt hochflog, um etwas weiter entfernt von der Feuerstelle zu landen. Das brachte ihn auf die Idee, eine Tüte aus Papier zu basteln, an deren Öffnung er ein kleines Gefäß mit einer Kerze befestigte. Er zündete sie an, und nach einer Weile trug die heiße Luft die Tüte bis zur Decke. Dort verharrte sie kurz, bis sie Feuer fing und wieder herabsegelte.

Omar experimentierte weiter und erkannte langsam, dass der Ballon beim Flug im Freien, von der Luft gekühlt, anders als in seiner Werkstatt, viel länger fliegen konnte. Und noch mehr. Der Ballon landete, nachdem die Flamme ausgegangen war, sogar heil auf der Erde.

Als Nächstes tüftelte Omar am Ballon. Die neuen Modelle, aus mehreren Papierschichten, die er mit ein wenig Leim zusammenklebte, brachten den Vorteil, dass der Ballon widerstandsfähiger wurde und nicht knickte.

Nun nahm er ein größeres Gewicht und legte es in ein Körbchen, das mit vier Schnüren am Ballon befestigt wurde. In einer kupfernen Schale über dem Korb entzündete er glühende Kohle und trockene, dünne Hölzer. Bald flog der Ballon hoch hinauf und landete auf einer Wiese nicht weit vom Dorf.

Jetzt wollte Omar seinen Traum realisieren. Von allen unbemerkt baute er in seiner Lagerhalle einen Heißluftballon. Das gründlich verstärkte Papier überzog er mit einer seidenen Hülle und befestigte darunter einen Korb. Es gelang ihm, alles in großer Heimlichkeit vorzubereiten, nicht einmal seiner Frau, die er liebte, verriet er seinen Plan. Er fürchtete, dass sie aus Sorge um ihn seinen Flug verhindern könnte. Obwohl er bekannt war für seinen Mut, konnte er einer einzigen Träne seiner Frau nicht widerstehen.

In der Morgendämmerung startete er. Nur ein Bauer, der früh auf seinem Feld arbeitete, sah ihn von der Wiese vor dem Dorf in den Himmel aufsteigen.

Es war windig an diesem Tag. Der Ballon stieg schnell hoch und wurde vom Wind fortgetrieben. Er überflog Täler und Berge. Irgendwann, weit vom Dorf entfernt, wurde das Feuer schwächer, und der Ballon sank langsam auf die Erde. Doch leider war der Ort der Landung ein verfluchtes Dorf, dessen Bewohner weder Juden noch Christen noch Muslime waren. Sie glaubten an irgendwelche Götter, und in ihren Büchern stand, dass am Ende der Zeiten der Teufel vom Himmel herabkäme und sie nur am Leben blieben, wenn sie ihn töteten. Tausende von Pfeilen durchbohrten Omar und seinen Heißluftballon.

Erst zwei Wochen später erfuhr seine Frau von einem reisenden Händler, dass diese Barbaren Omar getötet hatten. Die Witwe und eine Delegation aus dem Dorf konnten nur ein Häuflein Asche aus einer Grube nach Hause holen, in der die Barbaren Omars Leiche und Ballon verbrannt hatten.

Die Zuhörer schwiegen, und als wären ihnen die Hände gefesselt, klatschte keiner.

»Ich wusste es, die Geschichte wird euch schockieren«, hörte Karam den Erzähler leise und mit einem bedauernden Ton sagen.

Ein zweiter junger Mann hob die Hand. Karam freute sich sehr. »Die Jugend sei willkommen!«, rief er.

Der junge Mann stand auf. »Ich heiße Schadi und bin bei dem berühmten Mathematiker Muhammad bin Salim in die Lehre gegangen. Von ihm habe ich eine Geschichte gehört, die mit Mathematik und Weisheit zu tun hat. Schade, dass er heute nicht dabei sein kann. Er ist seit drei Wochen krank, und ich bitte euch, ihm Gesundheit zu wünschen«, sagte er und machte sich auf den Weg zur Kanzel. Ein herzlicher Beifall begleitete ihn.

Der Schüler Schadi erzählte:

Ein Weiser löst ein mathematisches Problem

Ein reicher Pferdezüchter starb und hinterließ drei Söhne, drei Häuser und siebzehn edle Araberpferde. In seinem Testament hatte er die Aufteilung seines Reichtums so aufgelistet:

Der älteste Sohn bekommt ein Haus und die Hälfte der Pferde.

Der Zweitälteste ein Haus und ein Drittel der Pferde.

Der jüngste Sohn bekommt ein Haus und ein Neuntel der Pferde.

Bei den Häusern hatten die Söhne kein Problem, doch wie sollten sie die Pferde aufteilen? Ein halbes Pferd! Das ging ja gar nicht. Sie fragten den besten Mathematiker der Stadt, doch dieser fand genauso wenig wie sie eine Lösung.

»Euer Vater hat sich geirrt«, sagte er abschließend und ging.

Doch die Söhne hatten so großen Respekt vor ihrem Vater, dass sie sich bei anderen Männern und Frauen erkundigten, die pfiffig und klug waren. Auch diese scheiterten an der Aufgabe.

Ein Metzger, der früher Mathematiklehrer gewesen war, berechnete etwas auf einem Zettel, dann schlug er vor: »Der erste sollte acht Pferde und ein halbes Pferd bekommen. Das ist genau die Hälfte, wie es der Vater gewünscht hat. Ich schlachte das Pferd für euch kostenlos. Der zweite bekommt fünf Komma sechs Pferde, na ja, sagen wir fünf und ein halbes Pferd, und der dritte Sohn bekommt ...«

»Hör doch auf, unsere Pferde schlachten wir nicht«, mahnte ihn der älteste Sohn.

Da kam eine Woche später ein Fremder auf seinem Pferd geritten und erzählte, er sei ein Kunde des Vaters gewesen und habe dieses edle Pferd vor zwei Jahren bei ihm gekauft. Er sei nun in die Stadt gekommen, um seine kranke Schwester zu besuchen, und wolle dem freundlichen Pferdezüchter »Guten Tag« sagen. Die drei schauten betroffen zu Boden, dann erzählten sie dem Gast vom Tod des Vaters und seinem schwer zu erfüllenden Testament.

»Was für ein Testament?«, fragte der Fremde, und der jüngste Sohn erzählte ihm von der Schwierigkeit bei der Aufteilung von siebzehn Pferden.

»Nichts leichter als das«, sagte der Mann. »ich schenke euch provisorisch mein Pferd, dann habt ihr achtzehn Pferde. Der Älteste bekommt die Hälfte. Das sind neun Pferde, der Zweite bekommt ein Drittel von achtzehn, das sind sechs Pferde, und der Jüngste bekommt ein Neuntel von achtzehn, das sind zwei Pferde. Übrig bleibt mein Pferd.« Die Söhne strahlten vor Glück, und der weise Mann stieg auf sein Pferd und ritt davon.

»Das verstehe ich nicht. Wie soll das gehen?«, riefen mehrere, aber ihre Stimmen gingen in den Beifallswogen unter.

Batul, die Hammam-Besitzerin meldete sich zu Wort. Karam lächelte sie an und nickte. Sie stand auf. »Ich bin Batul, die Hammam-Besitzerin. Ich habe schon mal eine Geschichte erzählt. Es war an dem Abend über

Klugheit und Dummheit. Mir erzählen die Frauen sehr viel im Hammam, wahrscheinlich, weil sie sich dort entspannen können und sich nicht von Männern beobachtet fühlen. Manche Geschichten sind ziemlich tragisch, wenngleich auch spannend und lehrreich. Heute Abend sind nur Erwachsene hier, da kann ich eine solche Geschichte erzählen. Morgen im Palastgarten sollten die Märchenerzählerinnen sie auslassen, da viele Leute ihre Kinder zu den Nachmittagserzählungen mitbringen.«

Nura nickte verständnisvoll.

»Liebe Batul, wir freuen uns auch über tragische Geschichten, das Leben ist kein Spaziergang im Blumenfeld«, rief Karam ihr zu, als sie sich auf den Weg zur Kanzel machte.

Batul erzählte:

Der weise Mediziner

Eines Tages kamen die Eltern einer fernen Cousine von mir, einer jungen schönen Frau, zu einem weisen Heiler. Ihre einzige Tochter sei plötzlich, kurz nach der Verlobung, verrückt geworden. Die Hochzeit stand kurz bevor. Der künftige Bräutigam, ein gelehrter junger Mann, sei zum Glück auf Reisen, denn sie fürchteten, wenn er sie in diesem Zustand sähe, würde er sich auf und davon machen.

Der Heiler begleitete die besorgten Eltern nach Hause.

Der Anblick der jungen Frau rührte ihn. Sie schrie in ihrem Zimmer in einem fort wie ein verängstigtes, verletztes Tier.

»Lasst mich allein mit der jungen Frau«, befahl er, und die Eltern zogen sich zurück.

»Kann ich dir irgendwie helfen? Du kannst mir vertrauen«, sagte er leise zu der jungen Frau. Sie wurde langsam ruhiger, schaute ihn aber immer noch misstrauisch an.

»Keine Angst, wenn du nicht willst, musst du nichts sagen, aber ich möchte dir helfen«, beruhigte er sie weiter und streichelte ihr über den Kopf.

Meine Cousine weinte leise.

»Und du sollst wissen, ich bin Mediziner geworden, weil ein gütiger Arzt mich geheilt hat. Bei dem bin ich in die Lehre gegangen, und das Erste, was er mir beibrachte, war, niemals das Vertrauen eines Patienten zu missachten oder zu missbrauchen. Entweder ist man ein Heiler oder ein Schwätzer und Petzer. Du kannst mir glauben, ich würde eher sterben, als deinen Eltern zu verraten, worüber wir gesprochen haben.«

Die junge Frau hörte auf zu weinen und hörte aufmerksam zu. »Ich habe einen jungen Mann geliebt«, sagte sie leise, »und ich habe mich der Liebe hingegeben und ... nun bin ich keine Jungfrau mehr ... und der Halunke hat mich im Stich gelassen. Wenn mein Bräutigam es erfährt, wird er weglaufen und mich und meine Familie in Schande zurücklassen. Meine Eltern werden vor Kummer sterben oder jemanden beauftragen, mich umzubringen, um ihre Ehre mit meinem Blut zu waschen ...«

»Ich verstehe, und ich verachte diese blöde Sitte mit dem Blutwaschen der Ehre«, sagte der Arzt und dachte nach.

»Hab keine Angst«, sagte er dann, »ich weiß eine Lösung. Ich werde deinen Eltern eine kleine Notlüge auftischen«, fügte er hinzu und ging hinaus. Und er erzählte den Eltern so laut, dass die junge Frau es hören konnte: »Ich habe sie in Schlaf versetzt und entdeckte, dass ein Dschinn in ihr wohnt, ein ziemlich übler Kerl. Er hat sie auserwählt, weil sie nicht nur schön ist, sondern die reinste Seele weit und breit besitzt. Er will nicht raus. Ich habe ihm gedroht, dass ich ihn umbringe, auch um den Preis, dass eure Tochter dabei stirbt, und ich besitze die notwendigen Mittel dazu. Er bekam Angst und hat zugestimmt, eure Tochter zu verlassen. Aber durch welche Öffnung?

Wenn er durch die Augen hinausgeht, wird sie für immer blind. Wenn er durch die Nasenlöcher geht, zerreißt er ihr die Nase, durch die Ohren wird sie taub, durch den Mund wird sie für immer stumm, und durch den After wird er ihr die Gedärme zerreißen. Am besten verschwindet er durch die Vagina, da wird nur die Jungfernhaut zerrissen. Was wollt ihr?«

Die Eltern antworteten wie benommen: »Durch die Vagina, bitte!«

»Aber, was sagen wir dem Bräutigam, wenn er ...«

»Keine Angst«, antwortete die Mutter, »genug Wein für den jungen Mann haben wir, und auch genug Hühnerblut für das Bettlaken, um ihre Jungfräulichkeit zu feiern.«

»Bist du sicher?«, fragte der Vater misstrauisch.

»Lass das meine Sorge sein«, antwortete die Mutter, und ein Lachen umspielte ihren Mund, sodass ihr Mann an ihrer Jungfräulichkeit vor fünfundzwanzig Jahren zu zweifeln begann.

»Und nun, habt bitte keine Sorge, wenn es laut wird, denn ich werde den Dschinn beim Herausholen erwürgen. Das habe ich ihm verschwiegen.«

Die Eltern nickten ängstlich.

Der Arzt ging zu der jungen Frau. Die Eltern hörten ihn toben, und seine erregte Stimme rief: »Raus mit dir, oder ich töte dich im Bauch der Jungfrau!« Dann hörten sie eklige, beängstigende Würgegeräusche, danach trat Stille ein.

Verschwitzt und mit blutiger Hand kam der Arzt heraus.

»Er hat mich gebissen, bevor er starb und wieder unsichtbar wurde.«

Die Tochter lag friedlich im Bett, ein großer Blutfleck war auf dem Bettlaken zu sehen.

Die Hochzeit fand statt, und der Bräutigam war stolz auf die edle, wohlerzogene Braut. Er wunderte sich ein wenig über den riesigen Blutfleck, den eine so zierliche Frau hinterließ, und dass sie dabei trotzdem munter und fröhlich blieb. Der Vater der Braut aber wurde den Zweifel nicht mehr los, ob seine Frau damals, in der ersten Nacht, vielleicht auch Hühnerblut eingesetzt hatte.

Viele Frauen lachten. Der eine oder andere Mann blickte zornig um sich und fauchte irgendetwas, was aber seine Umgebung eher belustigte.

»Ah, jetzt weiß ich, warum auf meiner Hochzeit Hühnerfleisch serviert wurde«, rief ein Witzbold, und das Lachen explodierte regelrecht im Raum. Auch König Salih wischte sich die Lachtränen mit einem kleinen Taschentuch weg.

Der Kutscher hob die Hand. Viele fingen an zu klatschen. Er drehte sich zum Publikum und hob beide Hände, um Ruhe bittend: »Ich werde mich heute, unseren großartigen König zum Vorbild nehmend, kurzfassen, damit auch genügend andere zu Wort kommen. Für die Zuhörinnen und Zuhörer, die zum ersten Mal hier sitzen, wiederhole ich meine Bitte, solange ich erzähle, nicht zu klatschen, denn das verwirrt mich.«

Der Kutscher erzählte:

Der alte Löwe und der kluge Fuchs

Ein Löwe war alt geworden und konnte nicht mehr jagen und Beute machen. Er legte sich in seine Höhle und beauftragte die Elster, sie solle im Wald verkünden, er sei todkrank. Die Elster verbreitete die Nachricht vom nahen Ende des Königs. Manche hatten Mitleid mit dem sterbenden Herrscher des Waldes, andere wollten sich aus Höflichkeit verabschieden, und wieder andere waren neugierig zu erleben, wie ein so mächtiges Tier enden würde. Doch sobald eines der anderen Tiere in die dunkle Höhle ging, überfiel es der Löwe und fraß es.

Eines Tages tauchte der Fuchs auf. Er stand in sicherer Entfernung vom Eingang, grüßte den Löwen höflich und fragte ihn, ob es ihm nun besser ginge.

»Komm doch herein, mein Freund, ich höre dich schlecht, meine Ohren sind bereits halb tot«, sagte der Löwe.

»Nein, lieber nicht«, erwiderte der Fuchs. »Der Boden hier ist bedeckt mit den Spuren der Tiere, die zu dir hineingingen, aber keines ist wieder herausgekommen.«

Der Fluch des guten Gedächtnisses

Diese Geschichte, meine Damen und Herren, kursiert in vielen Kulturen. Arabische, aramäische, persische und jüdische Freunde haben mir Varianten davon erzählt.

Ein Gelehrter namens Ali hielt in der Moschee von Damaskus eine Rede, und während er sich ereiferte, entfuhr ihm ein mächtiger, mehrfacher Furz. Viele lachten. Der Gelehrte schämte sich und konnte seine Rede nicht mehr fortsetzen, weil einige immer wieder laut lachten und beleidigende Kommentare machten. Er stieg von der Kanzel und verließ die Moschee.

In den nächsten Tagen hörte er die Leute an allen möglichen Orten flüstern: »Das ist Ali, der bei seiner Rede gefurzt hat.«

Bald wurde aus dem Furz ein richtiges Beben der Moschee, für das die schamlosen Erzähler sogar Beweise in den Mauerrissen finden wollten, die jahrhundertealt waren, aber das scherte die Gerüchteverbreiter nicht.

Der Gelehrte verließ Damaskus und lebte zehn Jahre in Marokko. Er wurde dort wohlhabend, doch die Sehnsucht trieb ihn, nach so vielen Jahren nach Damaskus zurückzukehren. Der Spruch der Damaszener ist nicht übertrieben: Wer länger als sieben Jahre in dieser Stadt wohnt, wird von ihr bewohnt. Die Reise war sehr anstrengend, deshalb erfrischte er sich bei seiner Ankunft in einem Lokal. Er setzte sich und bestellte ein kaltes Getränk. Danach wollte er für seinen ehemaligen Nachbarn ein kleines Geschenk besorgen. Er ging zu einem berühmten Süßigkeitengeschäft. Dort warteten viele Kunden.

Zwei Frauen unterhielten sich in seiner Nähe, da fragte die eine die andere: »Wie alt ist deine schöne Tochter Aische mittlerweile?«

»Zehneinhalb Jahre«, antwortete die andere. »Sie ist sechs Monate nach dem Furz von Ali geboren.«

Da stürzte der Mann aus dem Geschäft und reiste mit der nächsten Karawane zurück nach Marokko.

Der Kutscher beeilte sich, von der Kanzel zu seinem Platz zu kommen. Rufe, er solle weitererzählen, und Beifall begleiteten ihn.

Eine Frau, etwa Mitte fünfzig, hob die Hand. Karam nickte ihr zu. »Ich heiße Salam und unterrichte in der Mädchenschule Geschichte. Leider war ich wie die Märchenerzählerin Malak verreist und bin erst vorgestern zurückgekommen. Gestern habe ich unsere Stadt erlebt, wie wenn ich im Paradies gelandet wäre. Überall Tische mit herrlichen Speisen und fröhliche Geselligkeit. Ich danke Euch, Eure Majestät, es ist wie ein schöner Traum. Gestern Abend war ich hier und habe die herrlichen Geschichten über die Freundschaft gehört. Darf ich heute noch eine ziemlich nüchterne Geschichte zu diesem Thema erzählen? Gestern kam ich nicht mehr dazu. Ich bin in allem sehr langsam.«

»Wir freuen uns, verehrte Lehrerin. Wer langsam lebt, lebt intensiver«, rief ihr Karam zu.

Die Lehrerin Salam erzählte:

Charakterlos

Ein Sultan befahl seinem Polizeipräsidenten, einen mutigen und kritischen Gelehrten zu verhaften und zu quälen, weil der Gelehrte behauptete, ein Sultan oder König sei niemals der Schatten Gottes auf Erden.

Dieser Gelehrte war aber der beste Freund des hohen Beamten. Sie waren von Kindesbeinen an befreundet. Der Sultan wusste von dieser Freundschaft und wollte seinen Polizeipräsidenten auf die Probe stellen. Deshalb hatte er genau ihm befohlen, den Gelehrten zu verhaften. Der Polizeipräsident gehorchte. Er ließ dem Gelehrten nach einer demütigenden Verhaftung grobe und schmutzige Gefangenenkleider überziehen, ihn in Eisenfesseln und Ketten legen und zum Sultan führen. Dort beleidigte er seinen Freund vor aller Welt. Der Sultan war zufrieden.

Auch berichteten ihm seine Spitzel, dass der Polizeipräsident alles tat, um den in Ungnade gefallenen Gelehrten in seiner Haft zu quälen, genauso wie er andere Gefangene quälen ließ.

Wenn es aber Nacht wurde, und das wussten die Spitzel nicht, holte der Polizeipräsident seinen Freund zu sich. Seine Diener nahmen ihm die Fesseln ab, ließen ihn baden und massieren, zogen ihm seidene Kleider an, und danach aß und trank der Kindheitsfreund mit dem Polizeipräsidenten wie ein vornehmer Gast. Eine Sklavin spielte auf der Laute und sang herrliche Liebeslieder.

Der arme Gelehrte war wie benommen. Er spielte zwar eine Weile mit, verstand aber die Welt nicht mehr. Nach ein paar Tagen fragte er verdutzt: »Was soll das alles bedeuten?«

Der Polizeipräsident antwortete: »Der Tag gehört dem Sultan, und da sollst du gedemütigt werden. In der Nacht aber bist du bei mir, um dich mit mir zu amüsieren.«

Der Gelehrte stand auf. »Ich will ins Gefängnis zurück«, sagte er und ließ nicht mehr mit sich reden.

»Wunderbar! ... Es lebe der mutige Gelehrte«, hallte es durch den Saal.

Nader, Samias Freund, hob die Hand. Karam lächelte ihn an. Er stand auf. »Ich heiße Nader. Am Abend der Gerechtigkeit habe ich auch schon eine Geschichte erzählt.

Es gibt Sitten und Gebräuche in anderen Ländern, die uns fremd erscheinen, aber sehr weise sind. Darf ich darüber kurz etwas erzählen?«

»Selbstverständlich, lieber Nader«, rief ihm Karam zu und zeigte mit der Hand auf die Kanzel. Einige Zuhörerinnen und Zuhörer erinnerten sich an die bewegende Geschichte über den gerechten Richter, der einen armen Feldarbeiter gegen die Anklage eines krankhaft eifersüchtigen Ehemannes in Schutz genommen hatte.

Nader, der Bettler, erzählte:

Die gelebten Tage

Ein Mann reiste gerne durch viele Länder, um seine Trauer zu vergessen, denn Pech und Unglück verfolgten ihn seit seiner Kindheit.

Eines Tages verweilte er in einer großen Stadt und bewunderte ihre Gärten und Straßen. Da entdeckte er zufällig einen großen Friedhof. Er ging hinein und bewunderte die gepflegten Wege und Gräber. Doch als er näher kam und die Namen und Daten auf den Grabsteinen und Stelen las, war er völlig überrascht. Da stand auf einem Stein: geboren 1250, gestorben im Alter von drei Jahren im Jahre 1290. Auf einem anderen Grab las er: geboren 1195 gestorben im Alter von drei Monaten im Jahre 1261.

»Haben die Leute das Rechnen nicht gelernt?«, dachte er bei sich. Da sah er den Friedhofsgärtner. Er fragte ihn nach den vielen Rechenfehlern. Der Gärtner lachte. »Nein, wir können sehr gut rechnen, aber wir haben hier die Sitte, dass man nur die glücklichen Zeiten als Lebensjahre zählt«, antwortete er und wandte sich wieder seiner Arbeit zu.

»Dann soll auf meinem Grab stehen: direkt aus dem Bauch seiner Mutter in den Bauch der Erde zurückgekehrt«, erwiderte der Mann.

Aber das hörte der Gärtner nicht mehr.

»Deine Tage mit mir zählen hoffentlich dazu!«, rief Samia ihm entgegen, und die Leute lachten.

Eine Frau hob die Hand, Karam nickte ihr zu. »Ich bin Mariam und Mutter von sechs Kindern. Ich habe das Glück, dass ich mit einem großzügigen, klugen und treuen Mann leben darf. Da ich meinen Kindern oft Geschichten erzähle, habe ich meine früheren Hemmungen verloren. Als Mädchen war ich vor Scheu fast stumm.

Heute will ich euch eine Geschichte erzählen, die mein Mann im Gefängnis gehört hat. Er ist Gefängniskoch, aber er spricht nicht gern vor Publikum.« Sie küsste ihren Mann, der neben ihr saß, und kam nach vorn.

»Willkommen«, rief Karam.

Mariam erzählte:

Der Ziegenbart

Eines Tages wurde ein sehr frommer Religionslehrer wegen eines Missverständnisses verhaftet und in das Gefängnis eingeliefert, wo mein Mann arbeitet. In der großen Gefängniszelle saßen zehn weitere Gefangene. Es waren Diebe, Mörder, Gauner, Betrüger, die dauernd beteuerten, dass sie unschuldig wären, aber alle vergnügten sich mit unmoralischen Witzen und Erzählungen. Selbstverständlich betonte jeder, er habe das Erzählte selbst erlebt. Die meisten glaubten diese Beteuerungen zwar nicht, aber sie hatten ihren Spaß an den Geschichten. Der religiöse Mann sah es als seine Pflicht an, die Männer auf den richtigen Weg zu leiten, und er hielt eine moralische, fromme Rede, doch neun der Gefangenen hörten nicht zu, zwei lachten ihn sogar aus, er sei doch ein Verbrecher wie sie und solle mit der Heuchelei aufhören. Nur ein Gefangener hockte vor ihm, starrte ihn an und weinte die ganze Zeit.

Mehrere Tage wiederholte der Religionslehrer seine Predigt, und jedes Mal weinte der junge Mann bitterlich.

»Meine Ermahnung hat deine Seele berührt. Ich hoffe, dass deine Tränen dein Herz reinigen und du danach ein anständiges Leben führst«, sagte der fromme Mann nicht frei von Stolz.

»Entschuldige bitte. Ich habe von deinen Reden kein Wort verstanden, aber dein Gesicht und dein Bart erinnern mich an meinen Ziegenbock, den ich wie kein anderes Wesen geliebt habe. Wenn er meckerte, zitterte sein Bart wie deiner beim Reden. Ich habe den Metzger umgebracht, der ihn im Auftrag meines Vaters geschlachtet hat, und nun schickt dich Gott mit deinem Gesicht und deinem Bart, um mich zu trösten. Rede nur weiter«, sagte er, und der Religionslehrer verspürte zum ersten Mal selbst die Lust, einen Menschen umzubringen.

Die Leute lachten lange. Der junge Rabbiner Samuel Nuh wartete geduldig an seinem Platz und lächelte. Erst als Karam ihm mit der Hand ein Zeichen gab, wurde der Saal ruhig, »Ich bin Rabbiner Samuel Nuh, ich habe bereits am ersten Abend etwas erzählt. Heute habe ich euch eine

Geschichte über einen klugen Trick mitgebracht, mit dem einer einen Gierigen hereingelegt hat.«

»Wir hören dir gerne zu, lieber Samuel«, sagte Karam.

Rabbiner Samuel Nuh erzählte:

Eine Falle für die Gier

Ein Blinder hatte nach Jahren zehn Golddinare gespart, und da sein Haus nicht sicher war, beschloss er, das Geld in einer dichten, großen Dose unter seinem Lieblingsbaum, einer Quitte, zu vergraben. In einer Sommernacht setzte er sich unter den Baum und grub vorsichtig, sehr leise ein nicht allzu tiefes Loch, setzte die Dose hinein und drückte die Erde darüber fest. Sicherheitshalber stellte er seinen großen, bequemen Bambussessel auf die Stelle, damit niemand mehr aus der Ferne das Versteck erkennen könnte.

Nach ein paar Monaten, es war inzwischen Oktober, brauchte er etwas Geld. Er ging nachts zu dem Versteck, aber er fand die Dose nicht. Er ebnete die Erde wieder ein und überlegte lange, wer ihm das Geld gestohlen haben könnte. Schließlich war er überzeugt: Es konnte nur der Nachbar zur Rechten gewesen sein, dessen Garten von seinem eigenen nur durch einen niedrigen Holzzaun getrennt war.

Da musste dieser Heuchler, der dauernd so freundlich tat, ihn doch heimlich beobachtet haben! Wie sollte er ihn aber dazu bewegen, das Geld herauszurücken? Er würde sich bei allen lächerlich machen, wenn er, zumal er ja blind war, so sicher auftrat und den Nachbar beschuldigte.

Die ganze Nacht überlegte er. Dann kam er auf eine Idee. Ob sie funktionieren würde, wusste er nicht. Aber wenn der Nachbar der Täter wäre, gäbe es keine bessere Falle.

Er ging zu ihm und bat ihn um ein vertrauliches Gespräch. Der Nachbar schickte seine Frau und seine Tochter aus dem Zimmer und sagte leise: »Nun sind wir allein. Die Familie ist im Garten.«

Der Blinde legte sehr leise los.

»Ich habe gestern eine große Summe geerbt, dreitausend Golddinare. Soll ich sie irgendwo bei mir verstecken oder jemand anderem anvertrauen? Als zuverlässigen Menschen, bei dem ich das Geld verstecken könnte, betrachte ich meinen Cousin, einen reichen Teppichhändler. Ich vertraue deinem Rat. Was soll ich tun?«

»Vielen Dank«, erwiderte der Nachbar, »dein Vertrauen ehrt mich sehr. Aber das ist eine zu große Verantwortung, die ich deinem Cousin nicht zumuten würde. Stell dir vor, das Geld wird ihm bei einem Einbruch geklaut. Wie steht er dann vor dir da? Auch einem anderen würde ich eine so große Summe nicht anvertrauen. Am besten versteckst du das Geld in deinem Haus. Niemand wird darauf kommen, dass in deinem bescheidenen Haus so viel Geld verborgen ist.«

»Du hast recht«, sagte der Blinde. »Ich weiß sogar einen unauffälligen Platz, auf den niemand kommt. Dort habe ich bereits vor Monaten etwas Geld versteckt. Ich werde das Versteck überprüfen, und wenn die Dose noch da ist, ist der Platz sicher. Dann werde ich die Golddinare einfach dazutun, sodass ich genau weiß, wo sie sind. Die Dose ist ja groß genug. Es ist wirklich ein sicherer Platz. Keiner kommt darauf«, sagte der Blinde und verließ das Haus.

Der Nachbar dachte, ebenfalls schlau: Na, da bringe ich die Dose mit den zehn Dinaren zurück zu ihrem Platz, damit der Blinde sie findet und dort auch die dreitausend Dinare begräbt. Ein kleiner Fisch ist der beste Köder für einen großen Artgenossen. Und er lachte über sein Glück, so einen naiven Nachbarn zu haben.

In der Nacht hörte der Blinde leise Schritte im Garten und grinste zufrieden. Am nächsten Morgen ging er zu seinem Versteck, buddelte die Dose aus und ging damit ins Haus.

Der Stadtkutscher stand auf und rief: »Ich kenne den Blinden, und er hat auch mir die Geschichte erzählt. Danke dir, Samuel.« Er klatschte. Ihm folgten viele, nur der Rabbiner wunderte sich, da er die Geschichte als Kind von seinem Großvater gehört hatte, der angeblich mit dem Blinden befreundet gewesen war.

Der alte Metzger Junan hob die Hand. »Ich heiße Junan und bin Metzger«, rief er im Gehen. Mit einiger Mühe erklomm er die Kanzel, begrüßte das Publikum und begann:

»Einmal bekam mein Vater Besuch von einem Beduinen. Sie waren seit ihrer Jugend befreundet. Mein Vater stammte ebenfalls aus einer beduinischen Sippe. Bei einem kurzen Aufenthalt in Homs, am Rande der syrischen Wüste, hatte er sich dort in eine Frau verliebt. Sie heirateten und mein Vater wurde Metzger in Homs. Als ich zwanzig war, gerieten mein Vater und der Gouverneur der Stadt aneinander, da die Stadt seine Rechnungen nicht bezahlen wollte und der Gouverneur meinen Vater tyrannisierte. Also zogen wir hierher.

Mit etwa siebzehn habe ich diese Geschichte von dem beduinischen Freund meines Vaters gehört, und da heute keine Kinder da sind, kann ich sie ganz offen erzählen.

An jenem Tag war mein Vater bester Laune und freute sich über den Besuch. Nach dem Essen fragte er seinen Freund, er hieß Firas, ob er auf seinen weiten Reisen eine komische Geschichte erlebt habe, und das hatte er. Ich habe sie Wort für Wort in meinem Kopf gespeichert und werde sie so erzählen, als wäre ich Firas.«

»Dann bitten wir dein gutes Gedächtnis darum«, rief Karam.

Der Metzger Junan erzählte:

Die nächtliche Überraschung

Der Beduine Firas erzählte uns: Eines Tages suchte ich eines meiner teuersten Kamele, das sich vom Seil befreit hatte und weggelaufen war. Ich ritt los und fragte jeden, den ich traf, und in der Tat hatte ich Glück. Ein junger Schäfer hatte in der Ferne ein Kamel Richtung Westen rennen sehen.

Ich eilte rasch hinterher, und siehe da, ich fand das Tier, es stand nicht weit von mir entfernt an einem Strauch und knabberte. Kamele sind intelligent und haben das beste Gedächtnis der Welt, deshalb sind sie misstrauisch. Es erkannte mich und sauste davon. Ich hinterher. Die Sonne sank und wollte schon untergehen, irgendwann wurde das Kamel müde und hielt an. Ich näherte mich ihm vorsichtig mit einem frischen Grasbüschel. Es wollte nichts mehr fressen, aber es rannte auch nicht mehr weg. Also band ich es am Sattel meines Kamels fest und ritt davon. Der Himmel hing voller Wolken, es drohte zu regnen, und da es schon dunkel wurde, war ich froh, in der Ferne ein Feuer zu sehen. Die Beduinen zünden in der Nacht Feuer an, damit die Fremden den Weg zu ihnen finden. Und wenn es windig ist oder stark regnet, so binden sie ihre Hunde draußen an, damit sie durch ihr Bellen den Umherirrenden den Weg zeigen.

An diesem Abend fand ich großartige Gastgeber, die mich bewirteten und mir gratulierten, dass ich das edle Kamel wiedergefunden hatte. Sie fragten mich, wo ich herkäme, und ich nannte ihnen eine bekannte Oase, in deren Nähe meine Sippe ihre Zelte aufgeschlagen hatte. Sie wunderten sich, da diese Oase mindestens eine Tagesreise entfernt war. Ich musste mit unglaublicher Geschwindigkeit hinter dem flüchtenden Kamel hergeritten sein.

An dem wärmenden Feuer vergaß ich die Strapazen. Es waren viele Männer da: der Sippenvorsteher, seine zwei erwachsenen Söhne und ein paar Freunde der Familie. Wir tranken Dattelwein bis spät in die Nacht. Als ich müde wurde, ließ der Scheich der Sippe eine seiner Töchter wecken. Sie sollte zu den anderen Frauen umziehen.

»Ihr Zelt ist sehr ruhig und nicht zu dicht beim Gatter der Tiere. Du kannst dich dort ausschlafen und von dem anstrengenden Ritt erholen«, sagte er.

In der Tat lag das kleine Zelt etwas entfernt von den anderen. Es war sehr schön eingerichtet, alles duftete nach Zitronenblüten. Auch die große Matratze.

Ich war erschöpft, aber glücklich, doch eine Sorge ließ mich nicht einschlafen. Was, wenn das Kamel wieder flüchtete und ich hier gar nichts davon mitbekam? Was, wenn Räuber das edle Tier stahlen?

Und während ich noch so im Dunkeln überlegte, hörte ich jemand in mein Zelt kommen. Es war ein Mann. Er flüsterte: »Ich bin's, Adnan, meine Schöne, und ich bringe dir einen herrlich fetten Hasen, den ich mit

Kräutern für dich gegrillt habe.« Er stellte eine Metalldose oder einen Topf, der stark nach Thymian und Fett duftete, neben mich und legte sich zu mir.

Dann nahm er meine Hand und führte sie zu seinem erregten Glied. Meine Güte! Es war wie das eines Esels, ihr versteht, was ich meine. Ich weiß bis heute nicht, wie ich in diesem Moment vergessen konnte, wo ich war und wer da bei mir lag. Mein Ding wurde zu Eichenholz. Ich nahm seine Hand und ließ ihn fühlen. Da sprang der Mann wie von einem Skorpion gestochen auf und ließ dabei seinen schönen seidenen Umhang zurück. Merkwürdigerweise duftete auch der Umhang nach Zitronenblüten. Ich lachte Tränen. Am nächsten Morgen verabschiedete ich mich und reiste ab, erfreut über den Umhang und den gegrillten Hasen in seiner sauberen Metalldose.

Ich ritt einen halben Tag, da spürte ich Hunger und sah eine winzige Oase. Dort war ein junger, hübscher Schäfer mit einer kleinen Herde, etwa fünfzig Schafe und ebenso viele Ziegen. Ich hielt an, trank aus der kühlen Quelle und lud den jungen Mann zum Essen ein, da der Hase mit Sicherheit uns beide satt machen würde.

Als der Schäfer den Hasen sah, erstarrte er.

»Das warst du?«, fragte er. Einen kurzen Augenblick verstand ich nicht, was er meinte, doch da er seinen Zeigefinger auf den Hasen richtete, lachte ich.

»Ja, das war ich, aber hab keine Sorge, ich habe niemandem etwas erzählt.«

»Mensch, bin ich erleichtert«, sagte er. »Alia und ich lieben uns, und ich schleiche so oft ich nur kann zu ihr. Wir wollen bald flüchten, unsere Sippen sind verfeindet. Doch gestern Nacht dachte ich, sie sei in einen Mann verwandelt worden. Deine Hand ist so klein wie ihre ... Wenn einer ihrer Brüder oder Verwandten da gewesen wären, hätte sie mich mit einem querliegenden hellen Stock vor dem Zelteingang gewarnt. Auch dass du nicht geschrien oder mich angegriffen hast, hat mich verblüfft. Ich war mir sicher, es konnte nur der Teufel sein. Was bin ich erleichtert ...«, und er fing an zu lachen.

Ich genoss den wirklich guten Hasen und gab dem jungen Schäfer seinen teuren Umhang.

»Flüchtet in eine Stadt, dort könnt ihr ein Restaurant aufmachen. *Zum gegrillten Hasen* soll es heißen.«

»Keine schlechte Idee«, sagte der junge Schäfer. »Wir dachten, bis zum Roten Meer zu fliehen und dort unser Glück als Fischer zu suchen. Aber ein Restaurant gefällt mir auch sehr. Ich koche gerne und gut und bringe Alia immer etwas mit. Sie liebt meine Gerichte.«

Ich ritt erheitert davon.

Ein Lachen begleitete den Metzger auf dem Weg zu seinem Platz.

Ein Mann hob die Hand. Er war erst Mitte vierzig, hatte aber schneeweiße Haare und einen sehr langen Bart. Karam winkte ihm. »Ich heiße Farhan und bin Alchimist, ein Anhänger von Ibn Sina und al Razi. Ich glaube nicht an die Umwandlung von billigen Metallen in Gold oder Silber, sondern sehe meine Aufgabe in dem unendlich großen Gebiet der Destillation und Extraktion von ätherischen Ölen aus Pflanzen, die vielleicht in der Medizin nützlich sein können. Ich möchte eine Geschichte über einen klugen Wissenschaftler erzählen.«

»Wir bitten darum«, rief ihm Karam zu.

Der Alchimist Farhan erzählte:

Die Rosenblatt-Akademie

Es heißt, die iranische Stadt Hamadan genoss einst große Berühmtheit durch ihre Gelehrten. Dort liegt auch das Grab des weltberühmten Universalgelehrten, Arztes und Philosophen Ibn Sina.

In Hamadan gründeten die Gelehrten eine Akademie. Sie nannten sie »Die Akademie der hundert Gelehrten«, denn am Tag der Gründung zählte sie genau hundert Personen. Sie beschlossen, die Akademie solle nie mehr als hundert Mitglieder haben. Und erst wenn ein Mitglied starb, durfte ein neuer Gelehrter aufgenommen werden. Bald wurde ihr jährliches Treffen zu einem großen Ereignis im Land. Hunderte von Gelehrten kamen aus allen Landesteilen und dem Ausland nach Hamadan und erlebten eine Woche mit offenen Debatten. Für viele Gäste waren sie der Beginn einer langen Arbeit über ein wichtiges Thema. Die Stadt feierte die hundert Gelehrten und die Gäste mit ihrer unnachahmlichen Gastfreundschaft. Und zum Abschluss gab es immer ein großes Fest, bei dem die Gäste in einem großen kupfernen Topf großzügig Geld spendeten. Dadurch konnte die Stadt sich zu einer der schönsten Städte des Landes entwickeln.

Eines Tages hörte ein Arzt und Philosoph, dass ein bekannter Historiker und Mathematiker der Akademie gestorben sei. Er selbst träumte schon lange davon, dort Mitglied zu werden, und so reiste er nach Hamadan, was damals vier Tage dauerte.

Als er ankam, erfuhr er, dass einen Tag zuvor bereits ein Gelehrter der Astronomie und Chemie aufgenommen worden war.

Trauer übermannte ihn. Er dachte tagelang nach und war hin und her gerissen. Sollte er abreisen oder doch versuchen, die Akademie um Aufnahme zu bitten? Am Ende siegte sein Wunsch, zu der Akademie zu gehören, und er schrieb einen langen Brief an deren Vorsteher Azad.

Dieser las den Brief und war beeindruckt. Er trug dem Vorstand die Bitte vor, doch der beharrte darauf, bei allem Respekt vor dem fremden Gelehrten, dass es in der Akademie für diesen Fall eine unumstößliche Regel gab. Man wolle den Mann jedoch einladen und ihm einen ehrenhaften Empfang bereiten, sodass er stolz nach Hause zurückkehren könnte.

Der Arzt erfuhr von alldem nur, dass der Vorstand ihn zum Tee empfangen wolle. Er freute sich riesig. Entsprechend vornehm kleidete er sich und betrat hoffnungsvoll den Saal, in dem die sieben Gelehrten des Akademievorstandes und der Vorsteher Azad ihn erwarteten. Er wurde äußerst freundlich empfangen und zu seinem Tisch geführt. Neun Tische waren in Kreisform aufgestellt.

Nur auf seinem Tisch prangte ein Rosenstrauß in einer schönen Vase. Der Arzt fühlte sich sehr geehrt und verlor bald seine Unsicherheit, weil alle Gelehrten ihn mit Handschlag und einem freundlichen Lächeln begrüßten. Nun wurden Tee und Gebäck serviert und man unterhielt sich eine Weile.

Plötzlich erhob Azad sich und stellte ein Glas auf den Tisch des Gastes. Er füllte es langsam und geschickt mit Wasser, bis es randvoll war, so voll, dass die Wasseroberfläche sich über dem Glasrand wölbte.

»Siehst du, Bruder, unsere Akademie zählt nur hundert Mitglieder, und damit ist sie voll wie dieses Glas. Ein Tropfen bringt das Ganze zum Überlaufen«, sagte er. Seine Stimme war voller Mitgefühl, weil er sich selbst in die Lage dieses Mannes versetzte, der nun mit Enttäuschung und vielleicht Bitterkeit im Herzen die lange Heimreise antreten musste.

In diesem Augenblick segelte ein rotes Rosenblatt vom Rosenstrauß auf den Tisch. Der traurige Fremde nahm das winzige Blatt zwischen die Finger und legte es vorsichtig auf das Wasser. Es schwamm obenauf, und das Glas lief nicht über. Azad erstarrte, und die Mitglieder des Vorstands klatschten begeistert und stehend Beifall für diesen klugen Einfall. Bald schloss sich der Vorsteher seinen Freunden an.

»Lasst mich euer Rosenblatt sein, es wäre mir eine große Ehre«, sagte der Gast, als der Applaus abebbte.

»Dann schlage ich vor, den weisen Herrn aufzunehmen und die Zahl in der Satzung auf Hunderteins zu erhöhen.«

»Nein, ich muss sagen, erst heute habe ich begriffen, dass unsere Regelung nicht mehr zeitgemäß ist. Warum genau hundert Mitglieder? Warum schauen wir in Zukunft nicht vor allem auf die Fähigkeiten eines Bewerbers? Das ist auch deshalb ratsam, weil wir alle inzwischen über siebzig sind. Unser Gast scheint mir gerade mal vierzig zu sein«, sagte Azad mit bewegter Stimme.

»Fünfundvierzig«, korrigierte der Arzt.

»Meinetwegen, aber damit erneuert sich die Akademie und wird nicht mit uns sterben.«

Stürmischer Beifall erhob sich.

»Also, verstehe ich das richtig? Wir wollen den Paragraphen der Zahl abschaffen. Und vielleicht sollten wir unsere Institution in Erinnerung an diesen bedeutenden Tag in Rosenblatt-Akademie umbenennen. Wie findet ihr das?«, fragte ein alter Mediziner.

Ein noch mächtigerer Beifall brandete auf.

Dem Fremden kamen vor Rührung die Tränen.

»Sehr schön, lieber Farhan, aber ich habe noch eine Bitte an dich. Könntest du bitte meinem Leibarzt ein paar ätherische Öle schenken, die angenehm riechen?«, rief König Salih. »Er verpasst mir dauernd ekelhaft stinkende Tinkturen. Sie heilen mich zwar körperlich, aber machen mich seelisch krank«, fuhr er fort und klatschte herzlich. Viele lachten. Der Leibarzt saß an diesem Abend hinter dem König. Er verdrehte die Augen. Der Alchimist wartete, bis die Leute ruhiger wurden.

»Sicher, Eure Hoheit. Heilpflanzen riechen leider oft nicht gut. Aber ich kann Eurem Leibarzt ein Paar Extrakte schenken, die man den übel riechenden und -schmeckenden Elixieren beifügt, sodass sie erträglich riechen und schmecken, ohne ihre Wirkung zu verlieren.«

»Danke dir, edle Seele«, rief der König und klatschte. Eine Frau meldete sich zu Wort. Karam bat sie auf die Kanzel. Die Frau war Mitte vierzig, dunkelhäutig und stämmig. Sie hieß Magda. Viele kannten sie als Lehrerin und große Vorkämpferin für die Rechte der Frauen. Die meisten Männer mochten sie nicht. Sie behaupteten, sie sei auch deshalb alleinstehend, weil sie zu frech sei für ein harmonisches Zusammenleben.

»Mein Name ist Magda. Bevor ich mit meiner Geschichte anfange, muss ich leider den Männern eine bittere Pille verabreichen. Die Frau ist dem Mann ebenbürtig«, begann sie. Empörte Rufe überdeckten ihre darauffolgenden Worte. Keiner verstand etwas. Der König hob die Hand. Stille senkte sich wie eine bleierne Decke auf die Lärmenden. Karam drehte sich zu Magda und bat sie fortzufahren.

»Viele Männer wünschen sich eine Frau, die alles in einer Person ist: strahlende Schönheit, Köchin, Erzeugerin der Nachfahren, Putzfrau, Geliebte, Zuhörerin, Trösterin, Wäscherin, Erzieherin der Kinder und Enkelkinder. All diese Aufgaben, meinen sie, kann die Frau ohne Klugheit erfüllen. Überrascht sie die Männer einmal mit einer Handlung oder Meinung, die zeigt, was für ein kluges Wesen sie ist, so bezeichnen diese sie als ›listig‹. List kann aber ohne Klugheit nicht bestehen. Das sollte schon ein Zehnjähriger wissen.«

Wieder murrten einige Männer. Der König und Karam hoben gleichzeitig die Hand, und die Kommentare erstarben auf den wütenden Lippen.

Magda lächelte und erzählte:

Wie einem Angeber das Lachen verging

Eines Tages saßen fünf Händler am Eingang einer Moschee. Dort standen mehrere Stühle. Der Platz unter einer uralten Eiche war schattig, und die Nähe zu einem Springbrunnen ließ die Luft frischer werden, vor allem an heißen Tagen, denn in Bagdad kann der Sommer gnadenlos sein. Auch Frauen und Kinder saßen gern auf der dreistufigen Treppe rings um den Springbrunnen.

Eine der Frauen hörte die Unterhaltung der Männer und ärgerte sich sehr, denn die Herren sprudelten nur so von Witzen über die Dummheit der Frauen. Ein reicher Gewürzhändler, der gerade von einer einjährigen Reise durch Asien und Afrika zurückgekommen war, prahlte, mit welchen Listen er Kundinnen immer wieder hereingelegt habe. Hunderte von Frauen in Pakistan, Afghanistan, Indien, Afrika und China habe er mit Leichtigkeit verführt und sechs von ihnen sogar offiziell geheiratet. Die Ehefrauen habe er dann einfach sitzengelassen und sei weitergereist ...

Als die Männer aufstanden und sich verabschiedeten, folgte die Frau dem Gewürzhändler, und nach ein paar Schritten hielt sie ihn an.

»Mein Herr, kannst du mir helfen?«

»Worum geht es«, antwortete der Händler. Er musterte die hübsche Frau und vermutete, dass die Schönheit nur ihre Dummheit tarnte.

»Mein Mann lebt seit zwei Jahren mit einer anderen Frau im Ausland. Er hat mir die richterliche Scheidungsurkunde geschickt, und die habe ich verloren. Nun habe ich zum ersten Mal Glück in meinem Leben, ein reicher Mann hat sich in mich verliebt und will mich heiraten, doch kann ich die Ehe erst eingehen, wenn ich dem Kadi ein Dokument vorlege, dass ich bereits geschieden bin.«

»Klar«, bestätigte der Mann.

»Kannst du mit mir zum Kadi gehen und die Rolle meines Mannes spielen und dich von mir scheiden lassen? Du weißt ja, du brauchst nur dreimal zu wiederholen: Du bist geschieden, du bist geschieden, du bist geschieden, dann bekomme ich die Urkunde und kann endlich in einer neuen Ehe glücklich werden. Gern schenke ich dir einen Golddinar für deine Güte«, sagte die Frau.

»Sehr gut«, erwiderte der Gewürzhändler und dachte, wie witzig seine Freunde es finden würden, wenn er sie für den Golddinar, den er von dieser simplen Frau bekommen hatte, zum Abendessen in ein feines Lokal einladen würde. Mit einem Golddinar kann man zehn Gäste königlich bewirten.

»Aus menschlichen Beweggründen bin ich dazu bereit, aber den Dinar hätte ich gerne im Voraus. Den Namen deines Mannes werde ich nicht annehmen, da ich hier bekannt bin, aber es geht niemanden etwas an, wenn ich mich von einer meiner Frauen trenne. Also, ich mache es«, sagte er und streckte die Hand aus. Die Frau legte ihm einen Golddinar hinein, und sie gingen zusammen zum Kadi. Unterwegs übten sie ein paar notwendige Sätze.

»Ich heiße Fatmeh Abdullah, und wie heißt du?«

»Subhi Samman«, antwortete der Mann. »Ich bin Gewürzhändler und erst vor einer Woche von einer großen Reise zurückgekommen. Obwohl ich viel Geld verdient und drei Schiffe voller Gewürze mitgebracht habe, sind meine drei Frauen sauer auf mich. So sind die Frauen nun einmal: undankbar! Vielleicht sollten wir das als Scheidungsgrund angeben. Das ist glaubwürdig.«

»Das ist sehr klug«, schmeichelte ihm die Frau.

Beim Gerichtshof angekommen, stritten sie theatralisch laut vor dem Kadi. Dieser versuchte vergebens, sie zu versöhnen. Dann rief er drei Beamte herbei, damit sie die Aussage des Mannes bezeugen sollten, wie das islamische Gesetz es vorschrieb.

»Und du schwörst bei Allah, dass dies deine Frau ist?«, fragte der Richter routiniert. Der Gewürzhändler bejahte.

»Dann sprich die Formel«, befahl der Richter, und der Mann wiederholte laut und deutlich den Spruch: »Du bist geschieden, du bist geschieden, du bist geschieden.«

»Damit ist die Scheidung vollzogen«, sagte der Richter und ließ den Schreiber das knappe Dokument zweimal ausfertigen, unterschrieb beide Blätter und übergab sie den Geschiedenen.

»Ich wünsche euch Glück«, sagte er.

»Aber Exzellenz«, rief die Frau unter Tränen. »Ein Jahr lang hat dieser Mann mich in einer Hütte am Rande der Stadt wie eine Gefangene gehalten, damit seine drei Frauen nichts von unserer Ehe erfahren. Ein Jahr ohne Geld! Ich bin hochverschuldet. Ich bitte um Gnade. Er ist hartherzig und wird mir keine Wiedergutmachung gönnen«, und sie weinte, dass die Säulen des Gerichts fast dahinschmolzen.

Der Richter wusste, dass der Gewürzhändler, der sehr reich und geizig war, mit seinen drei Frauen in einem Palast im Zentrum der Stadt lebte. Und er wusste auch, dass der Händler ein Jahr auf Reisen gewesen war.

»So, so«, sagte der Kadi und warf einen zornigen Blick, nicht frei von Neid, auf den erstarrten Gewürzhändler. Der Richter lebte ziemlich bescheiden mit seiner Frau und sechs Kindern. »Das ist unmenschlich!«, fügte er hinzu und räusperte sich. »Du zahlst der armen Frau für das Jahr hundert Dinar, oder du sitzt ein Jahr im Gefängnis.«

»Aber Exzellenz. Ich ...« Der Gewürzhändler wollte sagen, die Frau sei eine Betrügerin, aber er schluckte die Bemerkung rasch hinunter, da er ja gerade geschworen hatte, die Frau sei seine Gattin. Auf Meineid standen fünf Jahre Gefängnis.

»Wird's bald? Ich habe zu tun.«

»Ich habe aber nur fünfzig Dinar bei mir«, jammerte der Gewürzhändler.

»Gib sie der armen Frau und schick nach deinem Mitarbeiter, er soll dir die fehlenden fünfzig Dinar sofort hierherbringen. Bis dahin bleibst du Gast des Gerichtes«, sagte der Richter und winkte zwei Gerichtsdiener herbei, die an der Tür standen.

Der Gewürzhändler bat einen der beiden, seinem treuen Mitarbeiter einen von ihm unterschriebenen Zettel zu bringen, und dieser eilte damit in die Stadt. Er kannte das große Geschäft im Zentrum. Es war nicht weit vom Gerichtshof entfernt.

»Nehmt unseren Gewürzhändler mit in unser Gästezimmer und seid nett zu ihm«, sagte der Richter zu den umstehenden Polizisten. Das Gästezimmer war eine nasse Gefängniszelle im Keller des Gerichtshofs.

Die Polizisten folgten seiner Anweisung.

Bald darauf kehrte der Gerichtsdiener zurück, gefolgt vom Mitarbeiter des Gewürzhändlers, der Zweifel hatte, ob die Geschichte stimmte. Nachdem der Richter diese Zweifel ausgeräumt hatte, übergab er ihm das Geld.

Der Richter seinerseits übergab das Geld der Frau.

»Exzellenz«, sagte die Frau leise, »wenn ich Ihnen *vor* dem gerechten Urteil ein Geschenk gemacht hätte, wäre das Bestechung gewesen. Bitte nehmen Sie mein Geschenk nun als Dank für Ihre Gerechtigkeit an und lassen Sie damit Ihre Kinder verwöhnen. Ich werde diese Stadt verlassen.«

Sie drückte dem Richter einen kleinen Beutel mit zwanzig Dinaren in die Hand und verschwand aus der Stadt. Sie wurde nie wieder gesehen.

Der Richter war zutiefst erfreut über die Dinare und sah die lachenden Gesichter seiner Frau und Kinder vor seinem inneren Auge. Und vor lauter Freude dachte er nicht mehr an den Gewürzhändler in der Gefängniszelle, doch der Gerichtsdiener, der gerade aus dem Keller kam, machte ihn aufmerksam, dass der Gewürzhändler immer noch im »Gästezimmer« sei.

»Ach Gott, den hätte ich fast vergessen!«, rief der Richter und ließ den Angeber nach Hause gehen. Zerknirscht schlich dieser davon und erzählte seinen Freunden nie von seiner Demütigung.

Karam wartete lächelnd, bis der Beifall abebbte. »Eure Majestät, liebe Prinzessin, verehrtes Publikum. Morgen kommen wir zum schönsten aller Themen: die Liebe in all ihren Erscheinungsformen. Und auch, wenn man von ihrem Feind, dem Hass, erzählt, lernen wir daraus, wie wertvoll die Liebe ist.

Der beste Freund meines Vaters war ein armer Gelehrter. Und Vater zitierte gerne seine Sprüche. Ein Spruch, der mich beeindruckt hat, lautet: ›Liebe ist eine Tochter der Natur. Und die Liebe zur Mutter ist die erste Regung des Herzens, die schon ein neugeborenes Baby fühlt. Sie erhöht seine Überlebenschancen.‹

Die Liebe gedeiht am schönsten, wenn sie in den Seelen und Herzen zweier Liebender gleichermaßen wächst. Doch anders als die Freundschaft kann sie tragischerweise auch ein Leben lang einseitig bleiben.«

Nura senkte den Blick.

»Ist euch aufgefallen«, fuhr Karam fort, »dass unsere Dichter ihre Geliebte immer nur so lange besingen, bis sie sie heiraten, und dann verstummen sie? Die Suche nach einem Gedicht über die Ehefrau oder den Ehemann ist so vergeblich wie die Suche nach einer kleinen Perle in einem Sandhügel.

Ich freue mich also sehr auf morgen und auf eure Geschichten.«

Danach gingen Karam und Nura essen. Ein Tischnachbar erzählte ihnen, seit dem Mittag habe man sechs Personen beim Diebstahl erwischt. Sie waren in aller Öffentlichkeit getadelt und zum Richter gebracht worden.

Neunte Nacht

LIEBE ODER DIE
WEISHEIT DES HERZENS

Nura war am frühen Morgen äußerst angespannt, Karam merkte es bereits beim Aufstehen. Sie war schon angezogen und erwartete ihn auf der Terrasse. Er küsste sie, doch sie wirkte wie abwesend.

»Heute«, begann sie, als Karam die Kaffeekanne und zwei Tassen auf den Tisch stellte, »ist der gefährlichste Tag meines Lebens.«

»Ich weiß, mein Herz, ich weiß, aber was auch immer geschehen sollte, ich bin für dich da.«

Karam wusste, dass Amir, Jasmins Geliebter, an diesem Vormittag kommen und bei Nura im Gästezimmer wohnen sollte.

Karam sollte neben der großen Moschee am Sternenplatz auf ihn warten und ihn zu Nura bringen. Amir würde eine weiße Galabija tragen und auf einem Rappen reiten. Am Nachmittag würde Jasmin ihn abholen und mit ihm zu ihrem Vater gehen.

Auch Karam fühlte zwar eine gewisse Anspannung, aber irgendetwas in seinem Innern beruhigte ihn, dass alles gut gehen würde. Nicht so Nura, die Angst vor dem Einfluss ihres Vaters und den sehr konservativen Beratern des Königs hatte.

»Es wird alles gut, bleib optimistisch. Das hilft. Der König ist sehr weise und liebt Jasmin über alle Maßen, und da sie so fest entschlossen ist, wird er nicht riskieren, sie zu verlieren.«

»Wenn Jasmin flüchtet, werde ich mitgehen. Was wirst du dann tun?«, fragte Nura ängstlich.

Karam lachte. »Ich komme natürlich mit, irgendjemand muss euch ernähren, und als Hakawati kann ich wenigsten den Hunger fernhalten.«

Nura konnte ihre Tränen nicht mehr unterdrücken. Sie stand auf und umarmte ihn weinend. Er streichelte ihr den Kopf und küsste sie innig.

»Es war eine dumme Frage, oder?«, sagte sie und wischte ihre Tränen ab.

»Nein, deine Sorge hat dir diese Frage diktiert. Und jetzt Schluss mit dem Traurigsein. Steh auf, erfrisch dein Gesicht und deine Seele und mach, dass du zu Jasmin kommst, um ihr zu versichern, dass wir ihr beistehen, koste es, was es wolle.«

Lange musste Karam nicht warten, kurz nach dem Ruf des Muezzins zum Mittagsgebet trabte Amirs Pferd langsam durch die breite Straße, die – wie immer – zu dieser Zeit voll von Reitern und Fußgängern war. Als er Karam erblickte, strahlte er übers ganze Gesicht.

»Willkommen«, rief Karam mit offenen Armen, als Amir vom Pferd stieg und auf ihn zuging. Er umarmte den verschwitzten Gast.

»Es wird alles gut gehen. Ich bin sicher«, sprach er zu Amir, der seine Unsicherheit vergeblich mit Liebenswürdigkeit zu tarnen versuchte.

»Ich hoffe es von ganzem Herzen«, erwiderte Amir. »Ich bin zu allem bereit, was Jasmin glücklich macht.«

Zu Hause angekommen, bereitete Karam einen Kaffee vor, während Amir badete und die neuen Sachen anzog.

Als er aus dem Gästezimmer kam, sah er blendend aus. »Meine Güte«, scherzte Karam, »du siehst wirklich wie ein Prinz aus! Darf ich dich noch Amir nennen oder muss ich Hoheit zu dir sagen?«

»Wenn dein Kaffee gut schmeckt, dann darfst du mich nennen, wie du willst«, erwiderte Amir und lachte. Der Kaffee schmeckte ihm hervorragend.

»Nach dem Kaffee gehen wir essen«, verkündete Karam.

»Ja, gerne. Ich habe großen Hunger«, antwortete Amir.

Zwei Stunden später holte ihn Jasmin bei Nura ab. Es war ein bewegender Abschied. Jasmin umarmte Nura. »Was auch immer geschieht, ich werde stark bleiben. Deine Freundschaft ist meine Stütze.«

Nura weinte vor Rührung. Jasmin streichelte ihr über den Kopf und küsste sie auf die Stirn. Dann wandte sie sich Karam zu: »Danke dir für alles«, sagte sie, und als Karam sie umarmte, weinte auch sie. Amir stand einen Augenblick unbeholfen daneben, dann rief er:

»Komm, mein Herz, es wird alles gut gehen. Ich habe gestern davon geträumt.«

»Was hast du geträumt?«

»Dass ich mit dem König Murmeln spiele.«

»Murmeln?«, riefen Nura und Jasmin wie im Chor.

»Ja, wirklich«, antwortete Amir.

»Und wer hat gewonnen?«

»Das weiß ich nicht, denn plötzlich kam Jasmin und rief uns, wir sollen endlich zum Essen kommen«

Alle lachten, und Jasmin umarmte Amir. Beide verabschiedeten sich und gingen durch den Garten zum Königpalast. Kurz vor der Treppe drehte sich Jasmin um und winkte Nura und Karam, die an Nuras Haustür standen, noch einmal zu. Beide winkten zurück.

Als der Erzählabend beginnen sollte, verspäteten sich König Salih, Jasmin, Nura und Amir. Karam wartete geduldig und versuchte, seine Aufregung zu verbergen. Als der König hereintrat, empfing ihn das Publikum mit Beifall. Der König nickte kurz und setzte sich. Jasmin und Nura trafen gleich darauf ein. Getrennt von ihnen ging Amir in die letzte Reihe und setzte sich auf einen freigehaltenen Stuhl.

Nura gab Karam wortlos zu verstehen, dass alles gut gelaufen war. Er atmete erleichtert auf.

Karam stieg auf die Kanzel. Er lächelte und wartete, bis der Saal ruhiger wurde.

»Wie ich gestern angekündigt habe«, begann er dann, »wollen wir heute Abend von der Liebe erzählen. Viele haben mir am Nachmittag fröhlich mitgeteilt, sie würden gerne eine Liebesgeschichte erzählen. Es kann also ein langer Abend werden, aber da wir ab morgen vier Feiertage haben, können wir danach lange genug ausschlafen. Man kann wirklich nie genug Liebesgeschichten hören.«

König Salih nickte lächelnd, auch Jasmin lächelte.

»Liebe ist ein Lebewesen«, setzte Karam seine Rede fort, »das geboren wird, wächst, krank und gesund werden kann, kleinwüchsig und groß sein kann, und wie jedes Lebewesen stirbt auch die Liebe, spätestens mit dem Tod der Liebenden.

Und so wie jedes Lebewesen hat auch die Liebe Gegner, wie die Kälte der Herzen, und Feinde, wie den Hass.

Ich möchte euch ein paar Zeilen über die Liebe vortragen, die von dem chinesischen Philosophen Laotse stammen sollen. Er lebte vor etwa zweitausend Jahren. Das ist eine Poesie der Weisheit, und mich hat beeindruckt, wie viel man – so früh schon – über die Liebe gewusst hat. Das Gedicht habe ich als junger Mann auswendig gelernt, um Eindruck bei jungen Frauen zu schinden:

Liebe

Pflichtbewusstsein ohne Liebe macht verdrießlich
Verantwortung ohne Liebe macht rücksichtslos
Gerechtigkeit ohne Liebe macht hart
Wahrhaftigkeit ohne Liebe macht kritiksüchtig
Klugheit ohne Liebe macht betrügerisch
Freundlichkeit ohne Liebe macht heuchlerisch
Ordnung ohne Liebe macht kleinlich
Sachkenntnis ohne Liebe macht rechthaberisch
Macht ohne Liebe macht grausam
Ehre ohne Liebe macht hochmütig
Besitz ohne Liebe macht geizig
Glaube ohne Liebe macht fanatisch

Heute Nachmittag habe ich Seiner Majestät dieses Gedicht vorgetragen. König Salih hat angeordnet, dass die Kalligraphen es mehrfach kopieren und dass diese Abschriften dann am Eingang aller Behörden und Schulen angebracht werden sollen.«

Das Publikum klatschte. »Heute«, fuhr Karam fort, »möchte ich euch aus Liebe beim Erzählen den Vortritt lassen, und ich verspreche euch, ich werde am Ende eine Geschichte erzählen, die eine kleine Überraschung birgt.«

Ein lauter Beifall donnerte durch den Saal, und gleich darauf hoben so viele Leute wie noch nie die Hand.

Karam schaute glücklich zu Nura und Jasmin. »Was habe ich gesagt? Eine Nacht ist viel zu kurz für Liebesgeschichten. Lasst uns anfangen«, sagte er und bat mit einem Zeichen Nader, den Freund seiner Tante, auf die Kanzel.

»Ich bin Nader und habe bereits mehrmals erzählt. Ach ja, ich war Bettler, aber König Salih hat mich mit seiner Großzügigkeit arbeitslos gemacht«, fügte er lachend hinzu.

Der König klatschte, und viele lachten und klatschten mit.

Nader erzählte:

Gott liebt die Liebenden

Der weise Prophet Salomo bemerkte eines Tages in seinem großen Audienzsaal einen jungen Mann, der immer schweigend und in sich versunken dasaß, wenn Salomo die Bittsteller empfing. Einmal in der Woche wollte er persönlich vom Kummer seines Volkes hören. Doch dieser Mann sprach nie und ging, sobald die Sitzung zu Ende war, nach Hause. Er war ärmlich gekleidet und kannte anscheinend niemanden unter den Besucherinnen und Besuchern. Eines Tages kam der Todesengel zu Salomo und flüsterte dem weisen Propheten zu: »Den Mann, der so traurig dasitzt, werde ich in genau drei Wochen holen, sieh zu, dass du ihm hilfst, noch ein paar Tage zu genießen.«

Als die Audienz zu Ende war, ließ Salomo den jungen Mann zu sich bringen.

»Was ist los mit dir? Du siehst so traurig aus, aber du sagst nie, was dir fehlt oder dich bedrückt. Irgendetwas muss passiert sein. Hat jemand dir Unrecht getan?«

»Ja, großer Prophet. Die Armut und der Vater meiner Freundin quälen mich. Wir lieben uns innig seit unseren Kindertagen. Nach dem frühen Tod meines Vaters aber sind meine Mutter und ich in Not geraten. Ich arbeite als Fischer alle Tage, und kann uns beide gerade noch ernähren. Der Vater meiner Geliebten aber ist der angesehene Holzhändler Moses, und er will uns nicht erlauben, miteinander zu leben.«

»Bleib hier«, sagte Salomo, und er schickte einen Boten, den Händler Moses zu holen. Der Gerufene kam eilig herbei.

»Ich habe beschlossen, diesem jungen Mann zu helfen, damit er sich als Fischer ein eigenes großes Boot kaufen und eine Familie gründen kann. Ich bitte dich, die Ehe deiner Tochter mit ihm zu segnen.«

Der Händler war gerührt. »Deine Bitte, o Prophet, ist ein Befehl. Heute noch sollen sie heiraten.«

Nach einer Woche kam der junge Mann zu Salomo. Er war völlig verändert. Nicht nur war er besser gekleidet, sondern auch fröhlich und gesprächig. Er bedankte sich sehr höflich für die Hilfe.

»Und wie lebst du jetzt?«

»Wie im Paradies«, antwortete der junge Mann.

Beinahe wäre dem großen Propheten die Bemerkung herausgerutscht, dass der junge Mann die Tage genießen solle, da sein Ende nah sei, doch die Vernunft verknotete seine Zunge. Er nickte nur zustimmend und glücklich mit dem Kopf.

Salomo hatte erwartet, dass die junge Frau ein paar Tage oder Wochen später als klagende Witwe zu ihm käme, stattdessen kam sie mit ihrem Mann, um sich noch einmal zu bedanken. Sie wirkten sehr glücklich und verliebt. Auch weitere zwanzig Tage vergingen, ohne dass der junge Mann vom Todesengel geholt wurde.

Endlich kam der Sensenmann wieder einmal bei Salomo vorbei.

»Was ist geschehen? Mehrere Monate sind vergangen, und der junge Mann ist immer noch gesund und fröhlich.«

»Entschuldige bitte, ich hätte es dir sagen sollen. Als ich ihn abholen wollte, rief mich Gott zu sich und sagte: ›Du lässt den jungen Mann und seine geliebte Frau in Ruhe. Ich habe ihnen gerade fünfzig weitere Jahre geschenkt.‹

Gott liebt eben die Liebenden«, schloss der Todesbote.

»Ich auch«, sagte Salomo und atmete erleichtert auf.

Als Nader seine Geschichte beendet hatte, klatschten die Leute begeistert. Karam merkte, dass Prinzessin Jasmin vor Freude weinte, aufsprang und stehend applaudierte. König Salih schaute seine Tochter glücklich an. Er winkte Nader zu, und dieser verbeugte sich zu ihm gewandt, bevor er sich hinsetzte.

Wieder streckten sich die Hände vieler Frauen und Männer im Saal hoch. Eine Frau lächelte Karam verschwörerisch an. Er bedeutete ihr, sie solle zur Kanzel gehen. Die Frau hüpfte vor Freude und stand dann atemlos oben. »Ich bin«, rief sie und hechelte nach Luft, »ich bin Aida. Mein Mann und ich betreiben ein Geschäft für salzige Leckereien, die wir von den besten Röstereien holen. Nüsse, Melonen-, Kürbis- und Sonnenblumenkerne. Das sind treue Begleiter bei langen Unterhaltungen. Deshalb liebe ich auch Geschichten und erzähle sie der Kundschaft, dann feilschen sie nicht bis zum letzten Dirham und kaufen mehr.«

Aida erzählte:

Der rettende Kuss

Ein reicher Mann starb und hinterließ eine junge Witwe namens Nasme, *Windböe*, und einen kleinen Jungen von drei Jahren. Dieser hieß Said. Der Bruder des verstorbenen Mannes übernahm dessen gesamte Geschäfte mit dem Versprechen, der Witwe monatlich eine Rente zukommen zu lassen. Doch dieser geschickte Schachzug reichte seiner gemeinen Seele nicht. Er versuchte, der Witwe seines Bruders, die er von Anfang an nicht gemocht hatte, das Leben schwer zu machen. Sein Bruder hatte sie auf einer Geschäftsreise kennengelernt und nach einer stürmischen Liebe geheiratet. Sie war eine Fremde und hatte im Land keine Verwandten und Freunde. Und der Bruder konnte Fremde nicht ausstehen.

Er geizte mit dem monatlichen Geld für die Witwe so sehr, dass sie bereits nach einem Jahr mit ihrem Sohn in dem großen Haus in Armut lebte. Nasme begann, einen Teil der Möbel zu verkaufen, um nicht vollends ins Elend zu stürzen. Sie war einsam und so schüchtern, dass sie nicht einmal dagegen protestierte, sondern sich auf Bitten und Flehen beschränkte. Doch die Gemeinheit ihres gierigen Schwagers war noch immer nicht befriedigt. Er beauftragte einen Schönling nach dem anderen, die Witwe zu verführen. Jedem der Verführer versprach er: »Ich jage sie durch den Druck der Armut, und du brauchst sie nur in deine Arme aufzunehmen. Die prächtige Hochzeit zahle ich.« Aber alle scheiterten, denn die Frau liebte ihren Mann noch immer. Wenn Said nach seinem Vater fragte, sagte sie, er sei auf Reisen, und schwärmte von seinem Mut und seiner Kraft.

Eines Nachts kam dem herzlosen Schwager der Gedanke, dass auch der kleine Sohn eines Tages erwachsen sein würde, und falls ihn jemand über das Unrecht aufklärte, würde er ihn sicher anklagen. Denn Said und seine Mutter waren die einzigen rechtmäßigen Erben.

Also beschloss er, den Jungen umbringen zu lassen, um seinen einzigen ernsthaften Feind loszuwerden. Die Witwe sollte verdorren.

Er beauftragte einen jungen Verbrecher mit dem Mord. Dem zahlte er im Voraus hundert Dinar und versprach ihm weitere zweihundert nach der Tat.

Der gedungene Mörder beschloss, in einer Winternacht durch die Hintertür ins Haus zu schleichen, das Kind zu entführen und in den großen Fluss zu werfen. Es war sehr kalt, und wenn der Junge nicht ertrinken würde, so würde er in der Eiseskälte innerhalb weniger Minuten erfrieren.

Der Verbrecher schlich sich wie geplant ins Haus, doch die Frau lag noch wach neben ihrem Jungen im Bett und erzählte ihm beim Licht einer

Kerze schöne Märchen. Die Tür des Schlafzimmers stand offen. Als Nasme den Einbrecher sah, rief sie »Oh, Gott« und fiel in Ohnmacht.

Der Junge aber schaute auf und hielt den jungen Mann für seinen Vater, der gerade von einer seiner Weltreisen zurückgekommen war.

»Papa!«, rief Said und streckte seine Ärmchen dem Verbrecher entgegen. Dieser zerrte den Jungen aus dem Bett, und Said küsste ihn innig. »Papa, endlich bist du da, endlich kann ich mit dir spielen, Papa! Papa!«

Der Verbrecher hatte noch keine fünf Schritte in Richtung Haustür gemacht, da war es um sein Herz geschehen. Der Junge drückte seine warme, unschuldige Wange an die seine, und der junge Mann spürte zum ersten Mal in seinem Leben, dass jemand ihm ehrliche Zuneigung zeigte. Dazu duftete der Junge sehr appetitlich nach Jasmin und Kardamom.

Er blieb stehen und hob den Jungen hoch, der jauchzte vor Freude. »Papa, du bist so stark!«, rief er. Der Verbrecher, er hieß übrigens Simon, küsste Said und drückte ihn an seine Brust.

Dann kehrte er mit ihm ins Schlafzimmer zurück. Sie weckten die Mutter behutsam und zärtlich, und Simon erzählte Nasme, nachdem sie gemeinsam den glücklichen Said ins Bett gebracht hatten, warum er bei ihr eingebrochen sei. Ausführlich berichtete er ihr, wie gemein der Schwager gegen sie vorgehen wollte. Tränen traten ihm in die Augen, als er erzählte, wie der kleine Junge ihm mit seiner Umarmung und Liebe gezeigt habe, dass es etwas anderes als Geld im Leben gäbe, wofür man kämpfen sollte.

Er versprach ihr, den verbrecherischen Schwager zu entlarven und ihr Recht zu verteidigen. Nasme war sehr gerührt, aber sie hielt sich zurück, obwohl ihr Herz bereits für den jungen Mann schlug.

Am nächsten Tag tauchten drei von Simons Kumpeln beim Schwager auf und verprügelten ihn so lange, bis er sich bereit erklärte, seine Schandtaten zu gestehen und sich bei der Witwe seines Bruders zu entschuldigen. Sie würden ihm dafür freies Geleit garantieren, sodass er die Stadt unbehelligt verlassen könnte. Falls er aber später noch irgendetwas gegen die Witwe zu unternehmen wagte, würden sie ihn umbringen. Der Schwager hatte höllische Angst und ging mit ihnen zu seinem Geschäft. So hatte Simon es mit seinen Freunden vereinbart. Als er und Nasme eintrafen, hatte der Schwager keine Wahl. Er entschuldigte sich in aller Form bei Nasme und erklärte ihr, wo das Geld lag, das er ihr vorenthalten hatte.

Bald darauf verließ der Schwager die Stadt, und Nasme heiratete Simon, der nun tatsächlich Saids Adoptivvater wurde.

»Was für eine schöne Liebesgeschichte«, rief Karam laut, und die Leute klatschten.

Viele hoben die Hand. Karam entschied sich für einen älteren Mann. Er machte ihm ein Zeichen. Der Mann stand auf. »Ich heiße Mustafa Kabbuschi und unterrichte seit dreißig Jahren Erdkunde. Der Jemen ist nach wie vor mein Lieblingsland. Deshalb habe ich in meiner großen Bibliothek eine Ecke mit über zweihundert Büchern über den Jemen. Eines davon voller Volkssagen. Aus dem erzähle ich euch gerne meine Lieblingsgeschichte, wenn ich darf.«

»Wir sind sehr neugierig, lieber Lehrer«, rief Karam, und der Mann ging schnellen Schrittes auf die Kanzel.

Mustafa Kabbuschi erzählte:

Der Liebhaber der Toten

Die jemenitische Stadt Sabid ist heute ein kleiner, bescheidener Ort. Für die, die sie nicht kennen, Sabid liegt zwei Tagesritte entfernt von der Hafenstadt al Hudaida. Vom 13. bis zum 15. Jahrhundert aber war sie die Hauptstadt des Jemen. Und sie wurde berühmt durch ihre islamische Universität.

Dort lebte einst ein junger Textilienhändler namens Faruk. Er war ledig und suchte unter seinen Kundinnen nach einer Frau, mit der er eine Familie gründen könnte. Eines Tages erblickte er Nada, Morgentau, die Tochter seines Nachbarn Hischam. Dieser war ein wohlhabender Papierhändler. Papier war damals sehr begehrt und teuer. Nada eroberte das Herz des jungen Händlers auf den ersten Blick. Er schrieb für sie ein Gedicht über die Flammen, die ihr Blick bei ihm entzündet hatte. Auch sie schien

Gefallen an ihm gefunden zu haben, denn sie lächelte ihm immer wieder zu, und er merkte, dass sie nun öfter zu ihrem Vater ins Geschäft kam. Wie alle Verliebten waren die beiden arglos und leichtsinnig. Nadas Vater erkannte ziemlich schnell, dass seine Tochter in den jungen Nachbarn verliebt war.

Und der verliebte Faruk bemerkte, wie sein Nachbar von Tag zu Tag unfreundlicher zu ihm wurde.

Damals war es allgemein verpönt und galt als unmoralisch, wenn sich eine junge Frau in einen Mann verliebte, den ihre Eltern nicht zuvor zum Bräutigam bestimmt hatten. Noch schlimmer war es, wenn Liebesgedichte über diese Beziehung bekannt wurden. Faruk war Waise, seine Eltern waren kurz nach seiner Geburt bei einem Brand ums Leben gekommen. Deshalb bat er bekannte und angesehene Persönlichkeiten der Stadt, ihm dabei zu helfen, um Nadas Hand anzuhalten. Nadas Vater aber wies die Fürsprecher strikt ab. Auch der Gouverneur konnte gegen die väterliche Mauer der Ablehnung nichts ausrichten. Faruk war verzweifelt, auch deshalb, weil Nadas Vater ihr nun verbot, zu ihm ins Geschäft zu kommen.

Eines Tages aber hörte er den Vater laut schreien. Ein Bote hatte ihm die Nachricht vom plötzlichen Tod seiner Tochter Nada gebracht, mit der er an jenem Morgen noch gefrühstückt hatte.

Faruk war wie von allen guten Geistern verlassen. Er schloss seinen Laden und weinte sich in seinem kleinen Haus am Rande der Stadt die Augen wund.

Wie ihr wisst, schreibt der islamische Glaube vor, die Toten noch am selben Tag zu begraben. So lief Faruk an diesem Tag zusammen mit Hunderten Freunden und Verwandten der Familie hinter der toten Nada her, die nach islamischem Brauch nicht in einem Sarg, sondern von Kopf bis Fuß in ein weißes Leichentuch gehüllt auf einem Brett zum Friedhof getragen wurde. Nadas Vater sah, dass Faruk so untröstlich wie ein Kind weinte, und bereute, so hartherzig gewesen zu sein.

»Aber jetzt ist es zu spät«, sagte er sich und vergoss bittere Tränen vor Schmerz und Schuldgefühlen.

Es war windig und kalt an jenem Nachmittag, der Himmel hing voller dunkler Wolken. Und man war nur erleichtert, dass es während der Beerdigung nicht regnete.

In der Nacht aber schlich Faruk auf den Friedhof. Mit der Kraft von zehn Männern schaufelte er die Erde weg, nahm die tote Nada aus dem Grab, schüttete es wieder zu und trug die von ihrem Leichentuch umhüllte Nada auf den Schultern nach Hause. Draußen begann es zu donnern und zu blitzen.

Faruk zog seine Geliebte aus, wusch sie und hüllte sie in die herrlichsten Kleider, die er als Händler auf Lager hatte. Er setzte sie aufs Sofa, stützte sie rechts und links mit Kissen. Sie war schöner als der Mond. Er zündete Kerzen an, schenkte sich Wein ein und küsste Nada immer wieder.

Plötzlich klopfte es an der Tür. Faruk bekam fürchterliche Angst, dass man den Raub der Leiche seiner Geliebten bemerkt haben könnte, obwohl er die Erde wieder geglättet und jede Spur seiner Tat getilgt hatte.

Er schlich zu einem kleinen Fenster neben der Tür, schaute ängstlich nach, wer der Besucher war, und atmete erleichtert auf. Es war sein Freund, ein bekannter Arzt, der in der Stadt Aden lebte. Sie waren seit der Kindheit befreundet. Doch Faruk fürchtete, sein Freund würde nicht verstehen, was er getan hatte. Er öffnete die Tür und geleitete den Freund in die Küche, wo ein bescheidener Tisch und vier Stühle standen. Der Arzt wunderte sich, weil ihn Faruk sonst immer im Salon und nicht in der Küche empfing.

»Komme ich ungelegen? Hast du Besuch?«

»Nein, nein, um Gottes willen, ich freue mich sehr, dass du gekommen bist«, erwiderte Faruk, servierte eilig Wein, Oliven und Erdnüsse. Nach dem ersten gemeinsamen Schluck verschwand er, aber nur für ein paar Minuten. Er kehrte zurück und trank weiter mit seinem Freund, doch dieser merkte, wie zerstreut sein Gastgeber war. Aber es war nichts aus ihm herauszubringen.

Als Faruk zum fünften oder sechsten Mal die Küche verließ, lief der Freund hinter ihm her. Da erblickte er Nada und sah Faruk vor ihr knien. Seinen erfahrenen Augen entging nicht, dass irgendetwas mit der jungen Frau nicht stimmte. Er trat ein und fasste sie am Handgelenk. Er spürte einen äußerst schwachen Puls. Schnell zückte er sein scharfes Messer und ließ sie zur Ader. Sie öffnete die Augen. Da schob ihr der Arzt ein Stück Zucker in den Mund und gab ihr ein Glas Wasser zu trinken, danach verband er ihr die Wunde.

Nada kam langsam zu sich. Sie schaute erschrocken um sich. »Was mache ich hier? Das ist nicht mein Zimmer! Wer seid ihr? Seid ihr Menschen oder Geister?«

Nicht einmal ihren Liebhaber erkannte sie in ihrer Verwirrtheit.

Faruk und sein Freund redeten ganz sanft mit ihr. Faruk erzählte ihr, wie er sie aus dem Grab geholt hatte, und das beruhigte sie ein wenig. Nun konnte sie etwas essen und schlief bald erschöpft am Tisch ein. Die Freunde trugen sie ins Bett und schlossen das Schlafzimmer ab.

Am nächsten Morgen frühstückten sie gemeinsam, und der Arzt machte sich auf den Weg zum Friedhof. Dort beteten Nadas Eltern und ein Scheich vor ihrem Grab.

Nadas Vater kannte den berühmten Arzt. Als das Gebet zu Ende war, bat der Arzt den Scheich, noch einen Augenblick zu bleiben, und richtete seine Worte an den Vater: »Mein bester Freund möchte deine Tochter heiraten, du aber hast die Ehe verhindert. Ich bitte dich, der Ehe meines Freundes mit deiner Tochter zuzustimmen, sonst stirbt mein Freund vor Kummer.«

»Ja, ich war hartherzig und habe mir für Nada einen reichen Ehemann gewünscht, aber jetzt ist es zu spät. Sie ist tot.«

»Hast du etwas dagegen, dass Faruk sie heiratet? Er ist vor Trauer fast verrückt geworden. Genehmige die Ehe, und der Scheich soll die Zeremonie vollziehen. Das kostet dich nichts.«

»Wenn das deinen Freund tröstet, bin ich einverstanden«, sagte der Vater. Der Scheich sprach die religiösen Texte. Er war etwas verwundert über das Schauspiel, aber die zwei Golddinare, die der Arzt unauffällig in seine Hand gleiten ließ, überzeugten ihn.

»Du datierst das Dokument auf vorvorgestern«, flüsterte der Arzt dem Scheich zu und ließ zwei weitere Dinare geräuschlos in seine Hand gleiten.

»Na, wenn das so ist, dann schreibe ich das Datum von vorvorvorgestern«, sagte der Scheich leise und lachte.

Eine Stunde später händigte er dem Arzt das Dokument aus, und damit waren Nada und Faruk offiziell und legal verheiratet.

Nadas Eltern kamen zu Faruk, um ein feierliches Hochzeitsessen mit Faruk, dem Arzt und ein paar Freunden zu genießen. Sie waren voller Mitleid mit dem jungen Mann.

Als Faruk den Eltern die wahre Geschichte erzählte, um sie auf die bevorstehende Überraschung vorzubereiten, lachte Nadas Vater über die Phantasie des jungen Gastgebers. Die Mutter aber erblasste, weil sie ihm jedes Wort glaubte. Der laut lachende Vater fiel in Ohnmacht, als seine Tochter plötzlich quicklebendig das Zimmer betrat. Der Arzt ließ ihn zur Ader und gab ihm einen großen Löffel Honig zur Beruhigung.

Ein etwas zwiespältiges Lachen wurde laut. Es war nicht nur Begeisterung, sondern auch Häme gegen den Vater der Braut dabei, wie aus verschiedenen Kommentaren hervorging.

Wieder streckten sich viele Hände in die Höhe.

Karam winkte einer Frau zu. Sie stand auf. »Ich heiße Maria und bin Schneiderin«, begann sie. »Ich glaube an Wunder und an die Magie, was meinem Mann nicht schmeckt. Er ist sehr gläubig und arbeitet als Hausmeister in der Kirche des heiligen Petros. Heute bleibt er bei den Kindern, deshalb kann ich ohne Angst vor seinem Tadel erzählen.«

Karam lachte. Er stand auf, verbeugte sich theatralisch und zeigte dann auf die Kanzel. Viele lachten.

Maria erzählte:

Die geschenkten Jahre

In uralten Zeiten, erzählen die Großväter, lebte ein Ehepaar in Aleppo. Sie hieß Samia und er hieß Farid. Welcher Religion sie angehörten, ist nicht überliefert. Samia und Farid waren ein Vorbild für viele. Ihre Liebe, ihre Treue und ihre gegenseitige Achtung faszinierten ihre Freunde und plagten ihre Feinde.

Eines Tages erkrankte Farid sehr schwer. Da sie wohlhabend waren, Farid handelte mit Seide und Samia hatte von ihrem Vater ein großes Vermögen geerbt, konnten sie eine bekannte Medizinfrau und Zauberin bitten, Farid zu helfen.

Die Frau untersuchte den kranken jungen Händler, befragte ihre Bücher und die Sterne und erzählte Samia leise, dass Farid nur noch eine Woche zu leben hätte.

Samia erschrak fürchterlich. »Wie? Nur eine Woche?«

»Ja, leider, ich darf dich nicht belügen. Aber merkwürdigerweise stand da auch, dass er gerettet werden kann, wenn du ihm eine gewisse Zeitspanne von deinem Leben schenkst«, sagte die weise Frau und zeigte Samia irgendwelche Zeichnungen und Worte in einer fremden Sprache, die sie nicht lesen konnte.

»Das will ich gerne tun. Ich schenke ihm die Hälfte der mir vergönnten Zeit auf Erden«, erwiderte Samia.

»Tapfere Frau«, rief die Zauberin, »man hat nicht übertrieben, als man mir von eurer Liebe erzählt hat.«

»Und was muss ich dafür tun?«

»Wenn du wirklich vorhast, ihm etwas von deiner Lebenszeit zu schenken, komm zu mir. Dann rufe ich mit bestimmten Gebeten einen Engel, der dein Geschenk annimmt und es deinem Mann überbringt.«

Samia wollte ihr Vorhaben sofort in die Tat umsetzen.

Die weise Frau zündete ein Feuer an, warf Weihrauch hinein und las laut Verse aus einem Buch. Samia bemerkte nur, dass der Text gereimt war, aber sie verstand kein Wort. Bald wurde ihr schwindlig, und sie schloss die Augen. Aus dem Dunkeln kam eine Frau in weißem Gewand auf sie zu. Sie strahlte hell und lächelte Samia an.

»Deine Tapferkeit gefällt mir, dein schneller Entschluss weniger, aber solltest du es bereuen, lass mich herbeirufen, ich helfe dir. Wie viele Jahre deines Lebens auf Erden willst du deinem Mann schenken?«

»Die Hälfte der mir noch verbleibenden Zeit«, erwiderte Samia entschlossen.

»So viel?«, fragte die Frau in Weiß.

»Ja, damit ich nach seinem Tod nicht mehr lange ohne ihn leben muss«, antwortete Samia.

»Gut, so soll es geschehen. Du bist zwar verrückt, aber was wäre Liebe ohne Verrücktheit!«, sagte die Frau in Weiß, streichelte Samia liebevoll den Kopf und verschwand.

Als sie nach Hause kam, lag Farid wach im Bett. Er war verschwitzt und erzählte: »Ich hatte einen merkwürdigen Traum. Eine Frau im weißen Kleid besuchte mich und sagte, du hättest mir die Hälfte deines Lebens geschenkt. Ich wachte auf und fühlte keine Schmerzen mehr in der Lunge.«

»Das freut mich sehr«, sagte Samia und konnte ihre Freudentränen nicht zurückhalten.

Nun fühlte sich Samia als die glücklichste Frau der Welt. Sie dankte der Zauberin und wünschte sich nun nichts anderes, als das Leben zu genießen. Als sie ihrem Geliebten Farid erzählte, was sie für ihn getan hatte, dankte er ihr mit Tränen in den Augen und küsste sie lange. Samia freute sich, doch ihre Freude war nur von kurzer Dauer. Nicht einmal einen Monat später verliebte sich ihr Mann in eine hübsche Kundin, die Tochter eines Wesirs, und diese war von dem charmanten Händler nicht weniger angetan. Als sie immer öfter zu ihm ins Geschäft kam, gab er vor, er wolle ihr die seltenen Stoffe im Lager zeigen. Sie war glücklich über diese Ehre und begleitete ihn in den großen Raum hinter dem Laden. Farid aber sperrte den Laden so lange zu, damit niemand ihn bei seinen Plänen störte.

Dann nahm er die junge Frau in den Arm und küsste sie, und sie küsste ihn ebenso leidenschaftlich, und aus dem Kuss erwuchs ein zärtlicher Beischlaf und aus dem wiederum eine Schwangerschaft.

Von nun an kam die junge Frau aus adliger Familie fast täglich und genoss das Liebesspiel mit Farid. Das blieb den Nachbarn natürlich nicht verborgen, und die Zungen der Lästerer wurden immer länger, bis sie Samias Ohren peitschten.

Farid aber stritt alles ab und schimpfte auf die Neider, die ihm seinen Erfolg nicht gönnten.

Doch Schwangerschaft und geklaute Kamele lassen sich nicht unter einer Stoffhülle verbergen. Die Tochter des Wesirs berichtete Farid, dass sie ein Kind von ihm erwartete, und dieser handelte schnell und rücksichtslos.

Er kam nach Hause und erklärte Samia, dass er schon lange keine Liebe mehr für sie empfinde. Er habe sich in die Tochter des Wesirs verliebt und wolle sie heiraten.

Samia fühlte sich elend. »Aber ich habe dir doch die Hälfte meines Lebens geschenkt? Das soll nun dein Dank dafür sein?«

»Ach was, du bist eine Träumerin. Ich bin durch die Medikamente gesund geworden. Mach dich nicht lächerlich. Niemand würde dir glauben, wenn du sagst, du hättest mir etwas von deiner Lebenszeit geschenkt.«

Samia weinte einen ganzen Tag lang, und als ein Bote ihr die schriftliche Scheidungsbestätigung des Richters brachte, schloss sie sich eine Woche ein. Sie fühlte sich nicht nur betrogen, sondern kam sich dazu dumm und einfältig vor.

Als sie wieder zum Markt ging, hörte sie von Farids bevorstehender Hochzeit. Das Brautpaar hatte es eilig, bevor die Schwangerschaft noch deutlicher würde, was als Schande für die Familie der Frau galt.

Samias Hass kannte keine Grenzen. Sie suchte die Zauberin auf und erzählte ihr weinend von der bevorstehenden Hochzeit des undankbaren Mannes. Sie wünschte sich ihr Geschenk zurück.

»Ich weiß nicht, ob das geht, aber ich will es versuchen«, sagte die weise Frau. Kurz darauf sah Samia wieder die Frau im weißen Gewand, die mit kummervollem Gesicht auf sie zukam.

»Ich will die geschenkte Zeit meines Lebens wieder zurück, weil Farid mich betrogen hat.«

»Du arme Seele! Dann wirst du die Zeit zurückbekommen. Ich tue das nicht gerne, denn der Todesengel ist sehr streng, doch ich kriege es schon hin. Mach's gut und schenke niemandem auch nur eine Minute deines Lebens, der das nicht verdient.«

Samia kam wieder zu sich, und ob man es glaubt oder nicht: Mitten auf der Hochzeitsfeier fiel Farid um und war auf der Stelle tot.

Samia aber lernte bald einen sympathischen Lehrer kennen. Es war eine stürmische Liebe, und bald darauf heirateten sie.

Wie lange Samia lebte, ist leider nicht überliefert.

Ein eher schüchterner Beifall der Frauen erhob sich. Viele Männer klatschten nicht, und Karam staunte über einige gehässige Kommentare gegen die Heldin der Geschichte.

Ein bekannter Hundezüchter hob die Hand.

»Ich heiße Abdullah Asmar, aber meine Freunde nennen mich Abdo«, fing er an, als Karam ihm ein Zeichen gab. »Ich finde, auch Tiere können lieben, und Ausdruck ihrer Liebe ist die Treue. Darf ich eine Geschichte über diese Art von Liebe erzählen?«

»Wir bitten darum«, rief Karam und lachte.

Der Hundezüchter erzählte:

Die Treue der Hunde

Ein Großwesir namens Hamid rügte seinen launischen Sultan, weil er einige Jugendliche hinrichten ließ, die ein satirisches Lied gegen das Königshaus gesungen hatten. Sie waren betrunken gewesen. Der Sultan geriet in Wut über den Widerspruch und befahl, den Großwesir den Kampfhunden vorzuwerfen. Das war die schlimmste Todesart. Die Kampfhunde waren vom Züchter zu Bestien gedrillt, die keine Gnade kannten.

Am ersten Sonntag eines jeden Monats strömten die Zuschauer zu einem kleinen Stadion, in dessen Arena ein großer eiserner Käfig stand. Der zum Tode Verurteilte wurde in den Käfig gebracht, und danach kamen die Hunde in den Käfig und zerfetzten den Mann unter dem Jubel der herzlosen Zuschauer.

Hamid hatte noch etwas mehr als drei Wochen bis zu diesem Termin, und der Sultan erlaubte ihm, frei in der Stadt herumzulaufen. Sicherheitshalber hielt der Herrscher den einzigen Sohn des Großwesirs als Geisel gefangen.

»Falls du dich aus dem Staub machst, werden die Hunde Gefallen an deinem Sohn finden. Sein Fleisch ist noch zarter.«

Hamid ging zu dem Hundezüchter und bestach ihn, sodass dieser ihm erlaubte, von nun an täglich zu ihm zu kommen und die Hunde zu füttern und zu pflegen.

Am Anfang bellten die Hunde aggressiv, wenn der Großwesir kam. Er mied ihren Blick, fütterte sie und sprach beschwichtigend auf sie ein. Nach ein paar Tagen freuten sich die Hunde, wenn sie Hamid sahen, denn sie wussten, jetzt gibt es Leckereien und gute Behandlung. Bald fand er selbst Gefallen an den Hunden, die so traurige Augen hatten, dass ihm die Tränen kamen, wenn er sie streichelte. Und die Hunde erkannten sein großes Herz. Täglich verbrachte der Großwesir viele Stunden bei ihnen.

Am besagten Sonntag erschien Hamid pünktlich beim Sultan und bat ihn, seinen Sohn freizulassen, was dieser sofort veranlasste.

Das Stadion war bis zum letzten Platz besetzt. Der Großwesir wurde in den Käfig gebracht, dann ließ man die zehn Hunde herein. Die Zuschauer jubelten, doch bald wurden sie still. Die Hunde griffen Hamid nicht an, sondern schmiegten sich an ihn, wedelten heftig mit dem Schwanz und leckten ihm die Hände. Hamid setzte sich auf den Boden und umarmte die Hunde einen nach dem anderen.

Totenstille herrschte im Stadion.

»Majestät«, rief der Großwesir, »nur zwanzig Tage habe ich den Hunden gedient, und jetzt sind sie mir zugetan und dankbar, wie Ihr seht. Euch aber habe ich zwanzig Jahre treu gedient und wegen einer Meinungsverschiedenheit wollt Ihr mich bestialisch töten lassen.«

Beschämt verließ der Sultan die Ehrentribüne und befahl, dem Großwesir alle Titel und Ehren zurückzugeben und ihn wieder zu seinem ersten Berater zu ernennen.

Aber noch während der Kalligraph das Schreiben ausfertigte, war Hamid samt seiner Familie aus dem Land geflüchtet.

Ein Riesenbeifall erhob sich. Auch der König klatschte begeistert. Der Hundezüchter wartete, bis der Saal ruhiger wurde.

»Der Großwesir wurde später ein berühmter Hundezüchter, und mein Vater lernte diesen Beruf bei ihm. Bei einem Besuch in unserer Hauptstadt Lulu hat er sich in meine Mutter verliebt und ist hiergeblieben. Da ich sein einziger Sohn bin und Hunde mag, übernahm ich das Geschäft.«

Der Stadtkutscher Isam hob die Hand. Als er oben auf der Kanzel stand, erzählte er:

Hoffnungslos im Diesseits und Jenseits

Eine christliche Frau verliebte sich in einen jungen Kalligraphen, der Muslim war, und er erwiderte ihre Liebe. Beide trafen sich immer wieder heimlich, und allmählich wuchs die Verliebtheit zur Liebe. Doch in ihrem Land stand die Todesstrafe darauf, einen Andersgläubigen zu lieben. Und beide waren so brav, dass sie von einer Flucht nicht einmal zu träumen wagten. Als der Mann plötzlich schwer erkrankte, bat er seinen Freund, einen Pfarrer zu holen. Er würde nun kurz vor dem Tod zum Christentum konvertieren, und wenn er auf Erden nicht mit seiner Geliebten leben dürfe, so würde er im Paradies mit ihr vereint sein. Er ließ sich taufen, und kurz darauf starb er.

Doch am Eingang zum christlichen Himmel wartete er vergeblich. Müde schaute er in die Gesichter der Ankömmlinge und flüsterte: »Wo bleibst du bloß?«

Erst zwei Wochen später erfuhr seine Geliebte von seinem Tod. Sie wurde ebenfalls krank und verweigerte jede Nahrung, bald lag sie auf dem Sterbebett. Sie bat ihre jüngere Schwester, den Scheich der Moschee zu holen. Als dieser kam, sprach sie die Schahada, die Glaubensformel, die man beim Eintritt in den Islam spricht: »*Aschhadu anna la-ilaha-ill-allah wa aschhadu anna muhammadan rasulullah.* Ich bezeuge: Es gibt keinen Gott außer Allah und ich bezeuge, dass Muhammad der Gesandte Allahs ist.«

Einen Tag später starb sie. Sie wollte ihren Geliebten, wenn nicht auf Erden, so doch im Himmel treffen.

Aber sie wartete weit von ihm entfernt am Eingang zum muslimischen Himmel jahrhundertelang. Und ob man es glaubt oder nicht, auch sie flüsterte: »Wo bleibst du bloß?«

Einige Zuhörerinnen und Zuhörer, die zum ersten Mal dabei waren, klatschten, aber Karam stand auf und hob die Hand. »Keinen Beifall bitte, bis der Kutscher fertig ist. Er mag das nicht.«

Eine Liebeserklärung

Ein Mann, der seine Frau sehr liebte, ging mit ihr wandern. Nach einer Weile erreichten sie einen Turm am Rande eines tiefen Tals. Sie stiegen hinauf. Die Aussicht war bezaubernd, und der umlaufende Gang war durch ein eisernes Geländer gesichert. Sie lehnten sich an das Geländer und beobachteten die Raubvögel, die über dem Tal ihre Kreise drehten. Die Frau, in ihre Gedanken versunken, spielte mit ihrem goldenen Ehering, plötzlich fiel er in die Tiefe. Die Frau schrie und schämte sich. Da zog der Mann ebenfalls seinen Ring vom Finger und warf ihn hinterher.

»Warum hast du das gemacht?«, fragte sie erstaunt.

»Damit sich dein Ring nicht einsam fühlt«, antwortete er, und die Frau umarmte ihn und küsste ihn dankbar auf den Mund.

»Ich höre hier auf, um den anderen genug Zeit zu lassen«, rief der Kutscher und lachte.

Er ging, begleitet vom Beifall und Lachen des Publikums, die Treppe herunter, verbeugte sich und setzte sich auf seinen Platz.

Die Lehrerin Nahla hob die Hand, Karam winkte ihr zu. Sie stand auf. »Mein Name ist Nahla. Ich bin Lehrerin. Ich habe bereits an dem Abend mit dem Thema Mut und Feigheit eine Geschichte vorgetragen.«

Nahla erzählte:

Zwei Liebesbriefe

Meine Schwester Halima erzählte mir gestern diese Geschichte:
»Meine Nachbarinnen und ich besuchen einander oft. Wir trinken Kaffee, teilen miteinander die neuesten Nachrichten und Gerüchte, und wenn eine Frau Probleme mit ihrem Mann hat, bekommt sie von den anderen gute Ratschläge. Auch deshalb mögen die Männer unsere Treffen nicht.

Eines Tages kam Hamide, die Frau des bekannten Blumenhändlers Hassib, und las uns einen Liebesbrief ihres Mannes vor. Er schrieb ihr:

›Hamide, meine Geliebte, du bist die Damaszenerrose meiner Träume, die Nelke meines Morgens, der Enzian meines Weges und die Amaryllis meiner Gedanken. Du bist die Gladiole, wenn es um mich grau wird, und die Hyazinthe, wenn es mir stinkt.

Liebste, Mohnblume meiner grauen Stunden! Du bist so elegant wie eine Lilie, ohne dass du jemals zur Narzisse wirst. Und immer, wenn ich an dich denke, rieche ich deinen Lavendelduft. Wird die Zeit dunkel, so bist du meine Sonnenblume.‹

Das war gut gemeint und nicht ohne Poesie, aber auch ziemlich kitschig. Wir schmunzelten darüber. Saliha, die Frau des witzigen Tischlers Hussein, aber wurde neidisch. Sie ging nach Hause und beschwerte sich bei ihrem Mann. Er setzte sich hin und schrieb ihr einen Liebesbrief. Auch wenn er ihr nicht gefiel, blieb sie tapfer und humorvoll und wollte mit uns darüber lachen.

Er schrieb: ›Liebste Saliha. Ich liebe dich so sehr wie das trockene Holz sein Leinöl. Du bist mein Maßstab für Anstand, der rechte Winkel für all meine Krümmungen, der Nagel meiner flattrigen Seele, die richtige Schraube gegen meine Unsicherheiten. Dein Urteil zerschlägt wie ein Beil das wirre Geflecht meiner Unordnung, deine Hand ist ein kräftiger Hammer gegen meine Sippe. Wenn ich vor Kummer fast auseinanderfalle, bist du die richtige Zwinge. Oh, du Leim meiner Brüche, du Hobel meiner

Grobheiten und Säge meiner Ausschweifungen, lass mich für immer dein treuer Bohrer bleiben.‹

Da rief meine Schwester: ›Ich werde meinen Mann nie um einen Liebesbrief bitten. Er ist, wie ihr wisst, Schlosser.‹ Die Freundinnen lachten, und Halima ergänzte ebenfalls lachend: ›Und ich schon gar nicht, mein Ismail ist nämlich Metzger.‹«

Ein lautes Lachen bemächtigte sich des Saals, und man hörte Kommentare wie: »Ich bin Schweinezüchter«, »Ich bin Totengräber«, »Ich bin Gefängniswärter«.

Karam stand auf und hob die Hand, das Publikum wurde ruhiger.

Mehr als zehn Leute hoben die Hand. Ein Mann lächelte Karam besonders freundlich an, und der winkte ihm zu. Der Vierzigjährige hatte bereits graue Schläfen, »Ich heiße Butros und bin von Beruf Physiker. Mein Lehrer bewunderte den genialen Physiker Ibn al Haitham, der im elften Jahrhundert gelebt hat. Ich las viel über ihn und wurde ebenfalls einer seiner Bewunderer. Seine Leistungen in der Mathematik und Optik waren einzigartig und genial. Er war der Erfinder der optischen Linse. Ich versuche, durch das Studium seiner Schriften bessere Linsen für Fernrohre zu entwickeln. Ich frage mich, ob hier viele etwas über diesen einmaligen Mann wissen. Eine kleine Anekdote nur möchte ich erzählen, bevor ich zu meiner eigentlichen Geschichte komme. Ibn al Haitham war einer der ersten, die sich mit den Nilüberschwemmungen beschäftigten, die alljährlich große Zerstörungen verursachten. Ibn al Haitham schrieb an den Herrscher von Ägypten, den wahnsinnigen Kalifen al Hakim, und dieser lud ihn nach Ägypten ein. Ibn al Haitham untersuchte den Nil, fand aber keine Lösung, wie man den Fluss zu Hochwasserzeiten regulieren könnte. Aus Angst vor dem blutrünstigen Kalifen, der von dem Wissenschaftler äußerst enttäuscht war, begann Ibn al Haitham, sich plötzlich wie ein Verrückter zu benehmen. Der Kalif hatte Mitleid mit ihm. Er sagte zu seinen Ministern, der Verlust des Verstandes sei Strafe genug. Jahrelang hielt Ibn Haitham das Spiel durch und beschäftigte sich heimlich mit wichtigen Fragen der Optik. Als der

Kalif ermordet wurde, war er plötzlich wie durch ein Wunder geheilt und verließ Ägypten, so schnell er konnte.«

Die Leute lachten und klatschten.

Der Physiker Butros erzählte:

Die Macht der Gewohnheit

Der Tod ist ein ungerechter Herrscher. Er raubt Menschen willkürlich und rücksichtslos das Leben und hinterlässt eine seelische Zerstörung bei deren Hinterbliebenen.

Samia litt sehr unter dem plötzlichen Tod ihres geliebten Mannes. Er war dreißig, sie gerade einmal fünfundzwanzig. Sie erbte viel von ihm und lebte im Wohlstand, aber war unendlich traurig. Zahlreiche Männer bemühten sich um sie, nicht nur aus edlen Motiven, doch sie lehnte alle ab.

Eines Tages, sie wollte gerade zu Mittag essen, klopfte es leicht an der Tür. Eine schöne Stimme sang: »Oh, ihr Gutherzigen, wenn es an eurem Tisch ein Stück Brot gäbe, wie dankbar wäre ich.«

Samia nahm ein frisches Brot und ging langsam zur Tür, da stand ein Mann und lächelte. Sie übergab ihm das Brot. Er bedankte sich und ging.

In jener Nacht konnte sie nicht schlafen. Sie dachte an den Blick des Mannes. So schöne Augen hatte sie noch nie gesehen. Seine Hände waren zarter als die Hände eines Kindes. Welches Schicksal hatte ihn in die Armut gestürzt? Und wie schüchtern er war! Was für eine angenehme Stimme er hatte! Mein Gott, dachte sie, warum habe ich ihm nichts zu trinken angeboten? Es war doch so heiß. Sie fühlte Durst, stand auf und trank etwas. Und sie dachte noch lange an ihn und daran, wie er leise weggegangen war.

Erst in der Morgendämmerung schlief sie ein. Sollte sie das Glück haben, dass er noch einmal bei ihr vorbeikäme, würde sie ihn zum Essen einladen und seine Geschichte anhören.

Den ganzen Vormittag war sie aufgeregt. Sie kochte so viel, als würde sie zehn Leute zum Essen erwarten. Und plötzlich hörte sie seine Stimme. Ihr Herz schlug so heftig, als säße es in ihrem Kehlkopf.

Als sie das leichte Klopfen hörte, fiel sie vor Aufregung fast in Ohnmacht. Sie ging mit langsamen Schritten zur Tür. Er lächelte sie an, und beinahe wäre sie ihm um den Hals gefallen.

»Hast du ein Brot übrig für mich, meine Herrin?«, fragte er schüchtern.

»Mehr als nur ein Brot, komm herein. Ich habe etwas Leckeres gekocht«, sagte sie und wich leicht zur Seite, um ihn eintreten zu lassen.

Er war sehr schmutzig. Beim Anblick des sauberen Esszimmers schaute er um sich und fragte leise: »Wo kann ich mich frisch machen?«

»Hier ist das Bad«, sagte sie und gab ihm ein frisches Handtuch.

Bald kam er zurück und strahlte vor Sauberkeit.

Schweigsam aßen beide. Danach servierte sie ihm den Mokka mit Kardamom. »Wie heißt du?«, fragte sie nicht minder schüchtern.

»Ich heiße Anis und du?«

»Samia.«

»Hast du eine Familie?«, fragte sie, obwohl sie eigentlich wissen wollte, ob er verheiratet sei.

»Meine Geschwister sind Bettler und Bettlerinnen wie ich und über alle Erdteile verstreut.«

»Ihr seid alle Bettler?«, wunderte sich Samia.

»Ja, auch mein Vater und Großvater. Nur der Urgroßvater nicht«, sagte er und lachte, und das machte Samia neugierig.

»Und was war der?«

»Räuber«, antwortete Anis, und beide lachten wie Kinder. Wie es über ihrem Gespräch Mitternacht werden konnte, wussten die zwei nicht. Sie saßen da, aßen immer wieder etwas und erzählten.

Irgendwann fragte sie ihn, woher er stamme.

»Mein Land heißt Mahlzeiten.«

»Mahlzeiten?«, rief Samia verwundert.

»Ja, denn das ist die beste Zeit für das Betteln. Die Leute sitzen beim Essen, ihre Hand liegt auf dem Brot, ihr voller Magen macht ihnen Gewissensbisse, also spenden sie. Diese Zeit ist meine Heimat, in der ich mich wohl fühle.«

Am Ende der Nacht badeten sie zusammen und teilten das Lager. Anis war ein witziger, zärtlicher Mann, und Samia fühlte eine große Lust auf ihn, doch er lag da wie ein Kind, glücklich und erfüllt.

Bald schliefen sie ein, und als sie am frühen Morgen aufwachten, liebten sie sich leidenschaftlich. Samia war so glücklich wie lange nicht mehr.

»Was wünschst du dir?«, fragte sie ihn nach dem Frühstück.

»Ich will das Meer sehen. Dazu hatte ich noch nie Gelegenheit.«

Er ließ seine Bettlerkleider bei ihr, rasierte sich und zog neue Sachen an, die ihm Samia in der Stadt besorgt hatte.

Mit einer gemieteten Kutsche fuhren sie zum Meer. Dort fragte er sie, ob sie für immer mit ihm leben wolle. Das wollte sie. Wenige Tage später heirateten sie und kehrten erst nach drei Wochen in Samias Haus zurück.

Von da an verwaltete er ihre Ländereien und Besitztümer. Er machte seine Arbeit hervorragend. Manchmal saß er bis Mitternacht am Schreibtisch.

Nach ein paar Monaten aber bemerkte Samia, dass es Anis gar nicht gut ging. Er aß wenig, redete noch weniger und lachte kaum mehr. Sie fragte ihn, ob ihn irgendetwas bedrücke oder sie ihn irgendwie beleidigt habe. Er schaute sie mit traurigen Augen an und küsste sie. »Du bist ein Traum von einer Frau«, sagte er und schwieg.

Samia brannte die Neugier im Herzen. Also beschloss sie, ihn zu beobachten. Sie sagte ihm, sie wolle zu ihrer Tante fahren, die im Norden des Landes lebte, und wäre in zwei Tagen zurück. Sie merkte, wie froh er darüber war. Das brachte sie auf den Gedanken, er hätte bestimmt eine Liebesaffäre, mit der er nicht fertigwürde. Sie tat also, als würde sie fahren, verweilte aber unbemerkt in der Nähe, bis er das Haus verließ. Dann eilte sie nach Hause und versteckte sich in einer kleinen Kammer, die ein Fensterchen zum Innenhof hatte.

Eine Stunde später kehrte er mit allerlei leckeren Speisen zurück. Er deckte einen Tisch im Innenhof mit feinen Tellern und Gläsern, alles für zwei Personen.

Samia wusste nicht, was sie tun sollte, wenn er seine Geliebte hier empfangen würde. Für eine Weile verschwand er im Inneren des Hauses, und als er zurückkehrte, traute Samia ihren Augen nicht. Er hatte sich als Bettler verkleidet und sprach mit mehreren Stimmen. Einmal mit seiner herzerweichenden Bettlerstimme, dann mit der gütigen Stimme einer großzügigen Frau, und gleich darauf mit der wütenden Stimme eines geizigen Ehemannes. Zum Schluss nahm er ein Brot und einen Apfel und verneigte sich vor der unsichtbaren Frau. »Vielen Dank, Gnädigste«, sagte er und ging vor die Haustür. Dort rief er wieder seinen Bettelsingsang, klopfte dann an eine Tür im Korridor, der zum Innenhof führte, und ahmte erst seinen eigenen Gesang und dann die gütige Stimme einer sehr alten Dame nach. »Das ist doch der junge Bettler, gib ihm eine Banane und eine Mandarine.«

Dieses Spiel wiederholte er etwa eine Stunde lang an allen Zimmertüren im Erdgeschoss, dann räumte er alles auf, wechselte seine Kleider und ging aus dem Haus.

Samia kam erleichtert und verwundert aus ihrem Versteck.

Als Anis abends zurückkehrte, war er überrascht, sie zu Hause zu sehen. Sie erzählte ihm alles, und er gestand ihr, dass er große Sehnsucht nach dem Bettlerleben hatte, und das mache ihn unglücklich. Die beiden vereinbarten, dass er von jetzt an täglich in die nächste Stadt fahren und dort eine Stunde in seiner Heimat »Mahlzeit« verbringen sollte. Danach würde er erfüllt nach Hause zurückkehren.

Und genauso machten sie es. Und Anis war wieder voller Lust auf das Leben und auf die Liebe mit Samia.

Ein herzlicher Beifall, begleitet von Rufen und Sprüchen, schlug dem Physiker Butros auf der Kanzel entgegen. Er verbeugte sich einmal zum König und einmal zum Saal gewandt und ging behutsam die Treppe hinunter. Unten angekommen, verbeugte er sich noch einmal.

Karam stand auf und winkte einer Frau, die den Arm als Erste gehoben hatte. Der Saal wurde allmählich ruhiger. Die Frau wartete, bis es ganz still war.

»Ich heiße Jasmin. Meine Mutter entschied sich für diesen Namen, als sie hörte, die königliche Familie habe ihre neugeborene Tochter Jasmin genannt.«

Prinzessin Jasmin und König Salih lächelten der Frau zu.

»Bei meiner Mutter habe ich die Kunst des Töpferns gelernt und bin sehr glücklich darüber. Ich hatte als Kind bereits große Lust auf Geschichten. Die ist heute nicht weniger geworden, und ich freue mich sehr, meinen Kindern etwas zu erzählen, denn beim Erzählen werde auch ich wieder zu einem Kind und wandere mit meinen eigenen Kleinen durch die Geschichte. Ein Erzähler, der nicht in seine erzählten Geschichten hineinwandert, ist kein guter Erzähler. Darf ich euch eine eigenartige Geschichte erzählen, die ich vor Kurzem gehört habe?«

»Sicher«, rief Karam, »und das, was du über die Kunst des Erzählens gesagt hast, ist absolut richtig.«

Die Leute klatschten, und Jasmin ging an Karam vorbei zur Kanzel hinauf.

Jasmin erzählte:

Mutterliebe einer Elefantin

Einst fuhren zwanzig Männer übers Meer, Händler, Gelehrte, Abenteurer und Dichter. Es war eine herrliche Reise. Doch einer der Reisenden, ein Sufi, war Vegetarier. Er wurde ausgelacht, und das Schlimmste war, der Koch stellte sich dumm, obwohl die arabische Küche viele schmackhafte vegetarische Gerichte kennt. Vegetarier galten als lächerlich, obwohl einer der größten Dichter der arabischen Sprache, Abu l-›Ala‹ al-Ma'arri, ein entschiedener Vegetarier war.

Weit von der Heimat entfernt wurden das Schiff und seine Besatzung von einem Sturm ungeheurer Stärke überrascht. Stundenlang kämpfte die tapfere Mannschaft. Hoffnungslos! Das Schiff kenterte. Nur etwa zehn Männer konnten sich auf Holzplanken bis zur Küste einer nahen Insel retten, darunter auch der Vegetarier. Zum Glück war das Wasser warm.

Die Insel war üppig grün und an dieser Stelle unbewohnt, doch waren weit und breit weder Früchte noch essbare Tiere zu sehen. Im tiefsten Wald entdeckten die Schiffbrüchigen eine Elefantenherde. Sie machten kehrt und hungerten.

Ein Religionsgelehrter schlug vor, sie sollten kurz beten und Gott etwas versprechen, damit er sie auf dieser Insel zu Nahrung hinleite. Er ging mit gutem Beispiel voran und versprach Gott, von nun an nicht nur während des Ramadan, sondern drei Monate im Jahr zu fasten. Der Nächste schwor, dass er seine Frau nicht mehr betrügen würde, der Dritte, ein geiziger reicher Tuchhändler, wollte den Armen die Hälfte seines Vermögens spenden und so weiter. Der Vegetarier fand sie und ihre Gebete lächerlich. Er sagte nur: »Ich werde keine Elefanten essen.« Da bogen sich die anderen vor Lachen.

Zwei grausame Hungertage später gelang es den Männern, trickreich ein kleines Elefantenbaby zu entführen. Sie schlachteten das Tier, entfachten ein Feuer und grillten das Fleisch. Nur der Vegetarier hungerte weiter. Die anderen lachten ihn aus, schmatzten besonders laut und stöhnten vor Genuss.

Mit vollem Bauch schliefen sie alle ein, bis auf den Vegetarier. Eine Viertelstunde später spürte er, wie die Erde bebte. Eine Elefantenkuh tauchte auf. Er schloss die Augen und fürchtete, nun würde er als Rache für den getöteten kleinen Elefanten umgebracht. Die Elefantenkuh schnüffelte an jedem der Männer und trat ihnen dann kräftig auf die Brust, dass es nur so krachte. Sie tötete alle Schiffbrüchigen. Auch zwei, die von dem Krach aufgewacht waren und das Weite suchen wollten, schnappte die Elefantenmutter mit dem Rüssel und schleuderte sie gegen einen Felsen. Sie waren auf der Stelle tot. Als die Elefantenkuh den Vegetarier erreichte, stellte er sich schlafend. Er glaubte, dass er nun den Todesengel treffen würde, doch nichts geschah. Die Elefantenmutter schnüffelte lange an dem Mann, hob ihn mit dem Rüssel hoch und setzte ihn auf ihren Rücken. Dann trottete sie davon durch Wald und Busch, den ganzen Nachmittag und die ganze Nacht. Als der Morgen dämmerte, hielt sie an, und der Vegetarier sah, dass sie bis zum Tor einer Stadt gelangt waren. Die Elefantenmutter packte ihn mit dem Rüssel und setzte ihn auf den Boden. Er hatte keine Angst vor ihr. Er streichelte ihr den Kopf, und erst jetzt sah er, dass die Elefantin weinte.

»Was für eine wunderbare Geschichte«, rief Karam laut und gab stehend Beifall. Alle im Saal folgten ihm, und Jasmin verließ die Kanzel, schüttelte Karams Hand und ging zu ihrem Platz in der dritten Reihe. Prinzessin Jasmin winkte ihr zu.

Wieder wollten mehr als zehn Leute erzählen. Karams Blick wanderte über die Gesichter, und er entschied sich für einen etwa dreißigjährigen Mann, der ganz bescheiden seine Hand hochhielt. In seiner Umgebung waren einige Männer und Frauen sehr unruhig, sie sprangen in die Luft und riefen: »Ich, ich, ich.«

Karam zeigte auf den Mann, und dieser stand auf. »Ich heiße Murad«, begann er, »und arbeite seit meiner Jugend bei einem Pferdezüchter. Seit Jahrhunderten züchtet seine Familie Araberpferde. Ich leite seit zwei Jahren die Verwaltung. Von einem Reiter habe ich eine unglaubliche Liebesgeschichte gehört, und wenn ihr mir erlaubt, würde ich sie gerne erzählen.«

»Aber sicher«, rief Karam. »Wir bitten dich darum«, fügte er hinzu und zeigte auf die Kanzel.

Murad erzählte:

Salam und Aida
oder wie die Kichererbsen zu ihrem Namen kamen

Salam war ein junger Kerl und sein Vater ein armer Bäcker, der seine Familie gerade noch vor dem Hunger bewahren konnte. Er und seine Frau hatten fünf Kinder. Da Salam der älteste Sohn war, musste er bereits als Kind arbeiten und seiner Familie helfen. Es war eine harte Arbeit. Kein Wunder, dass Salam sich sehr freute, als er erfuhr, die Polizei suche nach jungen Männern, um sie zu Polizisten auszubilden. Er bewarb sich und wurde genommen. Und da er ein Athlet war, schlug ihn sein Betreuer, der ihn sehr mochte, zur Aufnahme bei den Leibgardisten des Königs vor. Dort wurde er weiter ausgebildet, nicht nur in allen Kampfsportkünsten, sondern er wurde zu einem kultivierten jungen Mann erzogen, der sich, wenn es darauf ankam, auch äußerst gebildet mit dem König und seinen ausländischen Besuchern unterhalten konnte.

Der Zufall wollte es, dass er den König durch Mut und Opferbereitschaft zweimal vor dem sicheren Tod rettete. Der König war absolut fasziniert von dem mutigen jungen Leibgardisten und dankbar, dass er ihm das Leben gerettet hatte. Er gab Salam eine großzügige Belohnung, die Salam dazu benützte, ein besseres Haus für seine Eltern zu mieten und ihnen ein regelmäßiges Einkommen zu sichern. Aber beim zweiten Attentat auf den König war noch etwas anderes geschehen, er war verletzt worden, und Prinzessin Aida hatte ihn im Krankenhaus besucht, um sich bei ihm zu bedanken. Und da hatten beide sich auf den ersten Blick ineinander verliebt.

So kam Aida ihren Salam immer öfter besuchen, und auch nach seiner Genesung nutzten beide jede Möglichkeit, um einander zu treffen.

Ihr Bruder, Kronprinz Isa, bemerkte die Veränderung seiner Schwester. Sie war so fröhlich wie nie zuvor und sprach immer wieder von der fehlenden Gerechtigkeit im Lande. Ihren Einsatz für die Armen nahm Isa ihr übel. Er setzte einen Diener, den er mit Geld bestach, als Spitzel gegen seine Schwester ein.

Nach dem Plan des Vaters war Aida für seinen Großwesir als Frau bestimmt, den sie aber nicht ausstehen konnte. Er war ein Grobian, doch ihr Vater schätzte ihn.

Es dauerte nicht lange, bis der Diener dem Kronprinzen die Hiobsbotschaft brachte, seine Schwester Aida liebe den Leibgardisten Salam. Der Kronprinz ließ den Diener durch zwei zuverlässige Soldaten in einem nahen Wald töten, so war er sicher, dass dieser die üble Nachricht nicht weiterverbreitete. Das war der angemessene Lohn für einen Verräter.

Der Kronprinz flüsterte seinem Vater die böse Nachricht zu, und dieser befahl, den Leibgardisten Salam des Diebstahls zu bezichtigen und ihn auf der Stelle zu entlassen.

Vergessen war das Lob der Tapferkeit. Der Herrscher tilgte diese Erinnerung aus seinem Gedächtnis. Das können Herrscher sehr gut, sie vergessen auch ein Versprechen, das sie erst am Vortag gegeben haben. Geblieben war im Gedächtnis des Königs nur die Undankbarkeit eines charakterlosen Mannes.

Salam schlich sich tief betrübt aus der Stadt. Er schämte sich, nach Hause zurückzukehren. Hungrig und durstig erreichte er eine kleine Oase. Ein paar Palmen umsäumten eine kleine Wasserquelle. Er löschte seinen Durst mit dem kalten Wasser und schlug sich den Bauch mit Datteln voll. Als er satt war, spürte er eine bleierne Müdigkeit. Er legte sich in den Schatten einer Palme und schlief sogleich ein.

Salam war in einem kleinen See mit kristallklarem Wasser. Eine von leisem Vogelgesang geschmückte Stille umgab ihn. Plötzlich blitzte etwas tief unter ihm am Grund des Sees auf. Er tauchte und holte einen goldenen Ring heraus.

Als er den Ring am Ufer trocken rieb, leuchtete dieser rot wie Glut, und Rauch stieg von ihm auf. Bald zog sich der Rauch zusammen, wurde dichter und dichter, und plötzlich stand ein Junge von nicht einmal fünfzehn Jahren vor dem erschrockenen Salam. Der Geist war bildhübsch, aber er schien etwas verwirrt.

»Wo bin ich?«, fragte er und schaute um sich.

»Hier in der Oase«, antwortete Salam.

»Wie schön. Du hast mich aus meinem kalten und dunklen Gefängnis befreit. Vielleicht war es auch ein Albtraum, der tausendundein Jahr dauerte. Ich bin dein Diener, und was du auch immer wünschst, das werde ich dir erfüllen.«

Salam, der genug über Geister gehört und gelesen hatte, lachte verlegen. Geister waren immer groß wie Monster, und hier vor ihm stand ein schmächtiger Junge. Er mochte ihn, aber er zweifelte daran, dass er ihm irgendwelche Wünsche erfüllen könnte.

»Ich habe Hunger und Lust auf einen bunten Salat mit Schafkäse, Oliven und knusprigem Brot.«

»Zu Befehl, mein Herr«, antwortete der Geist, und in Windeseile waren da eine große Salatschüssel und ein noch warmes, duftendes Brot.

Salam probierte vorsichtig. Der Salat schmeckte exzellent, mit Olivenöl und Zitrone, und erst recht das Brot. Der Geist schaute ihn liebevoll an und beobachtete, mit welcher Eile Salam seine Mahlzeit genoss.

»Kannst du mir an diesem Platz hier ein schönes Haus bauen ... und übrigens, sag nicht mein Herr zu mir, sondern Salam. Das ist mein Name.«

»Ja, mein He... Salam. Wie groß soll das Haus sein? Wünschst du dir einen Palast?«

»Nein, bitte keinen Palast. Ein hübsches kleines Haus für mich und meine Geliebte Aida.«

»Zu Befehl«, rief der Geist, und plötzlich stand nahe dem See ein schönes Haus. Salam wanderte durch die Räume. Alles glänzte, und als er das Schlafzimmer betrat und das große schöne Bett sah, wünschte er sich sofort Aida herbei.

»Kannst du Aida hierherbringen? Aber bitte, ohne dass es jemand merkt.«

»Ja, gerne, aber erst wenn es dunkel ist«, antwortete der junge Geist.

»Vielleicht könntest du bis dahin meinen Eltern tausend Golddinare bringen. Sie wohnen in ...«

»Ich weiß, wo dein Elternhaus ist«, rief der Geist und raste davon.

Nach einer Viertelstunde war er wieder da. »Deine Mutter hat vor Freude geweint. Dein Vater war eher misstrauisch. Er fragte, wo du seist, und ich sagte nur, in der Oase der Glücklichen.«

Salam glaubte dem Geist jedes Wort. Sein Vater misstraute allem außer seinem Backofen, den er seit dreißig Jahren kannte.

Endlich wurde es dunkel. »Kannst du mir nun Aida bringen?«, flehte Salam.

»Ja, gern«, sagte der Geist und eilte Richtung Hauptstadt. Bald kam er wie eine Schwalbe zurückgeflogen und schwebte elegant ins Haus. Aida lachte, als er mit ihr sanft auf dem Boden im Schlafzimmer landete.

Die zwei liebten sich vergnügt, und als der Morgen dämmerte, brachte der Geist Aida wieder zurück in den Palast.

Immer wieder trafen sich die beiden und verbrachten die schönsten Stunden miteinander. Doch das blieb dem Kronprinzen nicht verborgen. Regelmäßig verschwand die Schwester gegen Abend und schlief dann am nächsten Tag bis Mittag. Ihr Gemach durfte der gehässige Bruder zwar nicht betreten, aber das bremste sein teuflisches Hirn nicht. Von der Palastschneiderin ließ er eine geheime Tasche in den Morgenmantel seiner Schwester nähen, die er mit kleinen Erbsen füllte. Die Tasche hatte ein Loch, und so hoffte er, Aidas Weg bald zu entdecken. Die arglose Prinzessin, die ohnehin nur noch Augen für Salam hatte und die Stunden bis zum Wiedersehen zählte, merkte nichts. Als aber der junge Geist sie davontrug und mit ihr zum Fenster hinausflog, bemerkte er, wie die Erbsen auf die Erde fielen, und durchschaute den bösen Plan. Er brachte Aida zu Salam, und während sich die beiden amüsierten, streute er Erbsen über alle Wege und Straßen der Stadt.

Am nächsten Tag staunten die Bewohner. Bald erfuhren sie, auf welche Weise der Bruder Aida hatte nachspionieren wollen, und kicherten hämisch über den bösen Prinzen. Man sagt, auch die Erbsen kicherten mit, und so nannte man diese Sorte seit jenem Tag Kichererbsen.

Aidas Bruder legte dem König nahe, sich mit der Verheiratung seiner Schwester zu beeilen. Deshalb beschlossen Salam und Aida mit der Hilfe des freundlichen Geistes zu fliehen. Sie landeten sehr weit entfernt in Indien, wo sie in einem Palast lebten und in einem großen, weichen Bett lagen. Plötzlich stand Aida auf, nahm eine Handvoll Pistazien, aß eine und warf in ihrem Übermut eine auf Salam. Sie traf ihn versehentlich ins Auge, was ihn schmerzte und erschreckte ...

Salam wachte auf. Der Morgen dämmerte bereits. Sein rechtes Auge schmerzte. Er hob den Kopf und schaute um sich. Er lag immer noch unter der Palme, inmitten vieler reifer Datteln, die von der Palme heruntergefallen waren. Anscheinend, dachte er, hatte eine sein Auge getroffen.

Also war das Ganze nur ein schöner Traum gewesen!

Erholt und durch den Schlaf gestärkt richtete er sich auf, trank noch einmal etwas Wasser, nahm ein paar süße Datteln und eilte nach Hause.

Seine Eltern hatten bereits gehört, dass er beim König in Ungnade gefallen war, aber sie freuten sich, ihren Sohn gesund und kräftig wiederzusehen. Er berichtete ihnen alles und bat sie, niemandem davon zu erzählen.

Drei Tage dauerte es, bis er – geschickt verkleidet – Aidas treueste Zofe treffen konnte. Sie erzählte ihm, wie sehr Aida litt, und dass sie in einer Woche mit dem Großwesir verheiratet werden sollte. Da blieb nur eine Rettung: die Flucht.

Die Zofe half den beiden, und so konnten sie auf zwei edlen Pferden flüchten.

Aida hatte an alles gedacht. In einem großen Beutel in ihrer Satteltasche hatte sie ihren ganzen Schmuck mitgenommen. Von dem Erlös eröffnete Salam auf ihren Rat im berühmten Damaszener Suk al Busurije, dem historischen Gewürzmarkt, einen Gewürzhandel. Auf Gold kann ein Araber vielleicht verzichten, aber nicht auf Gewürze in seinem Essen.

So lebten sie unter falschen Namen in Sicherheit und genossen ihr Glück bis ins hohe Alter.

Einen kurzen Augenblick lang herrschte Schweigen. Dann rief der Kutscher Isam:

»Ab heute« werde ich nur noch Kichererbsen essen!« Die Leute lachten und klatschten.

Nura hatte Karam am Vortag gefragt, ob er statt einer Nacht über die Liebe auch zwei Nächte veranstalten könne. Amir und Jasmin brauchten noch Zeit, um ihren wichtigen Auftritt vor dem König vorzubereiten.

»Kein Problem«, antwortete Karam, »über die Liebe erzählt die Menschheit seit einer Ewigkeit, und sie wird wohl nicht so bald damit fertig sein.«

Er hatte recht, denn so viele Frauen und Männer wie noch nie meldeten sich bei diesem Thema zu Wort.

Karam erzählte:

Man erzählt im Sudan gern die Geschichte eines Händlers namens Mansur. Er lebte mit seiner Frau Saliha glücklich in der Hauptstadt al Khartum. Es war der seltene Fall einer Liebesehe. Kinder hatten Saliha und Mansur noch nicht, sie waren Anfang dreißig.

Mansur war ein reicher Teppichhändler. Nicht selten musste er nach Persien, Syrien, Pakistan und Indien reisen, um neue Teppiche für sein Geschäft zu besorgen. Das konnte er tun, weil er einen tüchtigen Mitarbeiter namens Ali hatte, der das große Teppichgeschäft in der Abwesenheit seines Meisters treu und zuverlässig führte.

Manchmal scherzte Mansur bei seiner Rückkehr mit dem treuen Ali: »Du machst mehr Gewinn als ich. Ich denke, ich sollte dauernd auf Reisen bleiben.«

Er belohnte den Mitarbeiter großzügig und behandelte ihn mit Respekt und Liebe, wie wenn dieser sein Bruder wäre.

Eines Tages war es so weit. Mansur musste nach Täbris im Nordosten Irans reisen. Dort gibt es die schönsten handgeknüpften Teppiche. Er verabschiedete sich von seiner Frau, die ihm weinend eine gute Reise und viel Glück wünschte.

Die Tage vergingen. Saliha fehlte nichts außer Mansur, denn Ali und seine Frau, die nicht weit wohnten, waren bereit, ihr jederzeit zu helfen, sodass sie sich sicher fühlte. Hilfe brauchte sie selten, weil sie eine kluge und starke Frau war. Sie kaufte ein, kümmerte sich um Haus und Garten und besuchte die gemeinsamen Freunde.

Ich habe vergessen zu erzählen, dass sie auch bildhübsch war. Eines Tages erblickte sie ein reicher Schönling namens Baschir beim Einkaufen und verliebte sich in sie.

Baschir war ein entfernter Bekannter ihres Mannes. Wenn Mansur in der Stadt war, ging er wie viele Männer in das große Kaffeehaus, und dort hatte er Baschir kennengelernt. Er fand Gefallen an seinen Witzen, aber nicht an seinem Charakter. Baschir war sehr eitel und hatte zu allem eine zynische Bemerkung auf den Lippen. Man saß gemeinsam um einen großen Tisch, trank Wein, und Mansur musste die Neugier der Männer mit Geschichten über fremde Länder befriedigen.

Dieser Baschir verliebte sich also in Saliha. Er war sehr von sich überzeugt, und eine Menge Heuchler, die ihn umschwirrten wie Fliegen einen Honigtopf, ließen ihn glauben, er könne jede Frau erobern.

Als er erfuhr, dass Salihas Mann für längere Zeit verreist war, begann er mit seinen Annäherungsversuchen. Saliha aber zeigte ihm die kalte Schulter und verpasste ihm bald auch eine heiße Ohrfeige, als er ihr bei einem Gewürzhändler von hinten unauffällig an den Hintern fasste.

Die Heuchler lachten, nicht aus Häme, sondern um ihn anzufeuern. Doch Baschirs Wege zu Saliha wurden angesichts ihrer hartnäckigen und zum Teil verachtenden Ablehnung zu Sackgassen. Er war ratlos.

Eines Tages hörte er von einer alten Hebamme und Heiratsvermittlerin, die angeblich jede Hürde auf dem Weg zu einer Liebesbeziehung überwinden konnte. Er versprach der alten Frau hundert Golddinare, wenn sie ihm Saliha gefügig machen würde.

Die Alte verkleidete sich wie eine vornehme Fremde und tat so, als sei sie zu später Stunde in der Stadt angekommen. Es war bereits dunkel, als sie bei Saliha klopfte und um Hilfe bat.

Saliha eilte zur Tür und hieß die alte Dame willkommen. Sie zeigte ihr die schöne Wohnung im Garten, wo Gäste wohnen konnten. Dort würde die Frau ein bequemes Bett und ein vornehmes Badezimmer vorfinden. Dann saßen beide zusammen im Wohnzimmer, und die Fremde erzählte, sie sei auf der Durchreise. Die Karawane sei zu spät angekommen, und sie habe Angst, in einer Herberge zu übernachten, da sich eine Frau, wie sie gehört habe, dort nicht sicher fühlen könne.

Saliha freute sich über den Besuch der Dame mit der warmen Stimme. Nach dem Abendessen tranken sie gemeinsam noch ein Glas Wein aus den libanesischen Bergen. Mansur brachte von seinen Reisen immer Spezialitäten aus den Ländern mit, in denen er seine Teppiche kaufte, und er schätzte den Wein aus dem Libanon sehr.

Zu später Stunde erzählte die alte Dame Saliha, sie sei in diese Stadt gekommen, weil ihr Neffe sich hier unglücklich verliebt habe, und da die betreffende Frau seine Liebe nicht erwidere, sei er vor Kummer krank geworden. Sie kannte viele Geschichten, in denen diese Art der Krankheit durch Erfüllung der Liebe geheilt wurde, und meinte, dass eine solche Heilung einen höheren Wert als die bloße Treue habe.

Saliha, für die Liebe und Treue untrennbar waren, verstand zuerst nicht, worauf die alte Frau hinauswollte, sie dachte, der Wein habe ihren Geist verwirrt. Die Alte aber hörte nicht auf, von Frauen und Männern zu erzählen, deren Partner die Heilung eines Liebeskranken sogar ausdrücklich erlaubt hätten.

Saliha begann, sich bei den Geschichten der alten Frau zu langweilen. Sie gähnte herzhaft und verabschiedete sich höflich, um ins Bett zu gehen. Doch sie konnte lange nicht einschlafen. Es beschlich sie der Verdacht, dass die fremde Frau solche Geschichten absichtlich erzählte, um ihr die Untreue schmackhaft zu machen. Und dabei kam ihr auch der selbstverliebte, geile Baschir in den Sinn. Der war tatsächlich bis über beide Ohren verliebt in sie, und nichts raubt den Männern die Kontrolle über ihren Verstand so sehr wie die Ablehnung einer Frau, die sie anbeten.

Am nächsten Morgen packte die alte Frau aus. Sie sagte, sie wolle ehrlich sein, die Frau, die ihr Neffe Baschir liebe, sei sie, Saliha, und sie würde sich freuen, wenn Saliha ihn an seinem Krankenbett besuchen würde.

Saliha, die ansonsten sehr friedlich und freundlich war, explodierte vor Wut. »Du bösartige Frau hast die heilige Gastfreundschaft missbraucht. Raus mit dir, bevor ich mich vergesse und dich erwürge!«

»Aber ich wollte nur Gutes ...«

»Raus!«, schrie Saliha, so laut, dass ihre Dienerin und ihr Gärtner gerannt kamen.

»Werft diese hinterhältige Frau aus meinem Haus«, rief Saliha. Die alte Frau sprang auf und rannte zur Haustür.

Nachdem die Fremde das Haus verlassen hatte, erklärte Saliha ihren beiden Bediensteten, was für eine bösartige Frau sie war. Beide wussten vom Ruf des Schürzenjägers Baschir und waren froh, dass ihre Herrin das böse Spiel durchschaut hatte.

Die alte Frau lief geradewegs zu Baschir und erzählte ihm, wie schlecht man sie behandelt hatte. Sie weinte und log den Himmel wolkig und schilderte, wie Saliha sie mit einem Stock traktiert hätte. Baschir hatte Mitleid mit der alten Frau. Er fühlte sich schuldig und gab ihr viel Geld. Glücklich über ihre Beute ging die Alte nach Hause. Sie wusste genau, wie sie verliebte Menschen ausnutzen konnte.

Als Baschir es in der Stadt nicht mehr aushielt, empfahl ihm ein befreundeter Arzt zu reisen, denn die Erlebnisse einer Reise lassen das Herz jeden Kummer vergessen.

Baschir nahm genügend Geld mit und beschloss, ein Jahr lang fortzubleiben, in der Hoffnung, Saliha dadurch vergessen zu können. Er amüsierte sich unterwegs und genoss die Schönheit fremder Landschaften, Städte und Betten. Doch sobald es stiller um ihn wurde, tauchte Saliha in seinem Kopf auf.

Eines Tages erreichte er die nordsudanesische Stadt Wadi Halfa nahe der ägyptischen Grenze. Damals war der Ort sehr reich. Nachts besuchte er ein Lokal. Es gab kaum einen freien Platz, denn es war ein Feiertag. Baschir setzte sich zu einem Fremden aus dem Jemen, der hier Edelsteine kaufte. Beide tranken viel, und Baschir erzählte von seinem Pech. Der Unbekannte berichtete ihm von einem weltberühmten Zauberer, der in Ägypten, nicht weit von der Grenze lebte. Baschir solle ihm seine Dienste als Lehrling und Diener anbieten. Der Meister sei gutherzig und würde ihm bestimmt helfen.

Am nächsten Morgen reiste Baschir ab. Es war nicht weit bis zu der kleinen Stadt, die er nach einem Ritt von vier Stunden erreichte. Das Haus des Zauberers, ein prächtiges weißes Gebäude, war leicht zu finden. Vor dem Eingang waren viele Leute versammelt und flehten den Pförtner um Einlass an. Doch dieser schaute mit leeren Augen in die Ferne, als wäre er taub.

Baschir drängelte sich durch die Wartenden und streckte seine Hand mit einem Golddinar durch die Stangen des eisernen Tors. »Sage deinem Meister, der Sohn des Prinzen Muhammad bin Mahmud al Sahian will sein Lehrling sein, dann gehört der Golddinar dir.«

Der Pförtner, der Golddinare nur vom Hörensagen kannte und wohl wusste, dass er mit einem Golddinar sich und seine Familie lange ernähren könnte, eilte zu seinem Herrn. Der behandelte gerade eine junge Frau, die sich Kinder wünschte und keine bekam. Sie stammte aus Libyen und hatte die lange Fahrt auf sich genommen und reichliche Belohnung mitgebracht.

Als der Meister die Frau schließlich hinausschickte, sah sie glücklich aus. Der Pförtner meldete den fremden Prinzen an, bei dessen Namen er sich mehrmals verhaspelte. Der Meister fühlte sich geschmeichelt und nahm Baschir nach einem langen Gespräch als Lehrling an.

Ein Jahr lang ging Baschir dem Zauberer zur Hand. Er war fleißig und lernte schnell. Obwohl einige Frauen Gefallen an ihm fanden, hing sein Herz auf eigenartige Weise immer noch an Saliha. Er liebte sie innig und ahnte nicht, dass er sie nur besitzen wollte, um die Wunde zu heilen, die sie seiner Eitelkeit und Selbstliebe zugefügt hatte.

Dem erfahrenen Zauberer entging nicht, wie sehr sein Lehrling litt. Eines Tages fragte er Baschir, was ihm fehle, und der erzählte von Saliha, die nur ihrem Mann treu sein und seine Liebe nicht erwidern wollte.

Der Zauberer hatte Mitleid mit ihm. Er meinte, er habe bisher nie so einen treu ergebenen Lehrling gehabt, deshalb wolle er ihm ein Geschenk machen, das er noch keinem anderen gemacht habe. Er würde Baschirs Aussehen so verändern, dass er wie ein Zwilling des Ehemannes aussähe. Nicht einmal Saliha würde den Unterschied bemerken.

»Und wie wirst du das machen? Du weißt doch gar nicht, wie der Ehemann aussieht«, wunderte sich Baschir.

»Aber du weißt es. Du brauchst nur einen halben Tag an nichts anders als an den Mann zu denken und ihn wie ein Schmetterling zu umflattern, um sein Wesen genau zu erfassen. Und wenn du damit fertig bist, schließt du die Augen und denkst weiter nur an ihn. Alles andere überlässt du mir.«

Gesagt, getan. Baschir kannte Mansurs Aussehen so gut, dass ihm keine Narbe oder Warze entging. Der Zauberer gab ihm ein bitteres Getränk. »Das musst du trinken, damit ich das Bild richtig sehe.« Er legte seine Hände auf Baschirs Kopf und sagte etwas in einer Sprache, die Baschir nicht kannte. Es dauerte eine Viertelstunde, dann rief der Zauberer: »Nun, öffne die Augen und geh zum Spiegel dort an der Wand.«

Baschir wäre beim Anblick seines Spiegelbildes fast in Ohnmacht gefallen. Er sah haargenau so aus wie Salihas Mann Mansur.

Nun wollte er abwarten, bis Salihas Mann wieder auf eine Reise ging, dann würde er sie erobern und, bevor Mansur zurückkäme, mit ihr auswandern. Geld genug besaß er.

Baschir küsste dem Zauberer dankbar die Hand und reiste ab. Klug wie er war, nahm er sich einen verarmten ägyptischen Lehrer als Diener. Nach einem Streit mit dem Scheich der Moschee war der Lehrer aus der Schule entlassen worden und musste betteln, um zu überleben. Baschir bot ihm einen guten Lohn unter der Bedingung, dass er absolut gehorsam und verschwiegen wäre. Sonst würde er ihn auf der Stelle töten. Der Ägypter willigte ein. Mit dem Lohn eines Jahres könnte er wohlhabend werden und in Kairo die Söhne und Töchter der Reichen unterrichten. Davon träumte er.

In der Hauptstadt al Khartum angekommen, ließ Baschir seinen Diener ein kleines, schönes Haus gegenüber Salihas Anwesen mieten. Der Ägypter verstand nicht, warum er und nicht sein Herr als Mieter auftreten sollte. Baschir erzählte ihm, er habe in dieser Stadt viele Feinde, die ihm nach dem Leben trachteten.

Von nun an lebte Baschir in diesem bescheidenen Haus und konnte Saliha aus nächster Nähe beobachten. Der Diener erledigte zuverlässig alle Arbeiten und Aufträge seines Herrn. Darüber hinaus war er ein exzellenter Koch.

Eines Morgens schickte Baschir den Diener zu seinem Verwalter mit der Aufforderung, er solle ihm tausend Golddinare aushändigen. In dem versiegelten Brief stand das vereinbarte Kennwort: »Fuchs«. Er behauptete, dass er sich zurzeit in einer nahen Stadt aufhalte. Sobald seine Geschäfte dort erledigt wären, würde er nach Hause kommen.

Der Verwalter las den Brief und fragte den Diener, wo genau Baschir denn sei, doch dieser antwortete: »Das darf ich niemandem verraten, sonst verliere ich Arbeit und Leben.«

Der Verwalter kannte Baschir und sein hartes Herz recht gut. Er übergab dem Ägypter das Geld und machte sich weiter keine Sorgen um dessen Herrn.

Einen Monat wartete Baschir in seinem Haus, dann war es so weit. Er sah, wie Mansur sich von Saliha verabschiedete, auf sein Pferd stieg und wegritt. Sicherheitshalber wartete er eine Woche, obwohl er wie auf glühenden Kohlen saß. Dann aber ging er eines Morgens, nachdem er den Ägypter zum Einkaufen geschickt hatte, zu Saliha. Im Haus hinterließ er einen Brief für den Diener, er käme in zwei bis drei Tagen zurück, und dazu einen Golddinar als Belohnung.

Bevor er das Haus verließ, bedeckte er Kopf und Kleider mit Staub und schlüpfte in seine ältesten Schuhe. Er klopfte an Salihas Tür ...

Wie die Geschichte weitergeht, werde ich euch morgen erzählen ...

»Nein«, hallten die Rufe durch den Saal. Viele klatschten, um ihren Wunsch zu zeigen, dass Karam fortfahren solle, doch der bedankte sich nur und stieg von der Kanzel.

Nach der Veranstaltung strahlte Jasmin vor Glück. Sie verabschiedete sich von Nura, Amir und Karam und eilte zu ihrem Vater.

»Sie muss jetzt alles besprechen. Ich aber habe einen Bärenhunger«, rief Nura.

»Und ich möchte ein bisschen mit euch feiern und euch danken«, sagte Amir. Er war sichtlich erleichtert.

Als sie spät in dieser Nacht zu dritt am Märtyrerplatz einen fast leeren Tisch gefunden hatten, baten Nura und Karam Amir, sitzen zu bleiben, um ihnen die Plätze freizuhalten. Er wollte nur Käse und Oliven zum Rotwein holen.

Karam und Nura kamen schon bald mit reich beladenen Tellern wieder. Nura trug ihren eigenen Teller und einen Brotkorb. Karam stellte seinen und Amirs Teller auf den Tisch, ging dann zur Ausgabestelle für Getränke und kehrte mit einem großen Krug und drei Tonbechern zurück.

Sie aßen schweigsam und rasch. Als sie fertig waren, trug Karam die leeren Teller weg und kam mit einer Schale gesalzener Pistazien zurück.

»Es war eine sehr bewegende Begegnung mit dem König«, begann Amir nach dem zweiten Glas Wein, »keine Spur von Arroganz oder Eitelkeit. Er sprach zu mir wie ein alter weiser Freund und fragte mich nach meinen Erlebnissen als Fischer und wie ich den Tod meiner Mutter erlebt habe. Solange ich erzählte, hörte er gespannt zu wie ein Kind. Das hätte ich nie im Leben erwartet.

Wir haben lange miteinander geredet, und am Ende hat er zugestimmt, dass Jasmin meine Frau wird.

Jasmin war so glücklich. Sie küsste ihrem Vater Gesicht und Hände und weinte vor Freude. Als wir hinausgingen, wirbelte sie mich tanzend im Kreis herum, als wäre ich eine Feder. So viel Kraft hat sie!«

»Jasmin hat mich gebeten«, sagte Nura leise, »dass wir niemandem davon erzählen sollen, bis sie feierlich die Zustimmung des Königs zu eurer Heirat verkündet. Bis dahin wohnst du bei mir, danach wirst du eine Wohnung im Palast bekommen, die unter ständigem Schutz steht.«

»Warum ständiger Schutz?«, fragte Amir etwas verwundert.

»Weil einige sich aufregen werden, dass sich Jasmin nicht für ihre Söhne entschieden hat, sondern für dich. Dann schicken sie dir einen Verbrecher. Er würde dich töten und danach auf der Stelle selbst umgebracht werden, während seine Auftraggeber im Dunkeln grinsend ihre Wasserpfeife genießen«, erwiderte Nura.

Die drei feierten bis spät, dann torkelten sie ziemlich betrunken nach Hause.

Karam war so müde, dass er gerade noch seine Kleider ausziehen konnte und nackt ins Bett fiel. Nura lächelte und deckte ihn zu, und bald schlief auch sie an seiner Seite.

Wie lange er geschlafen hatte, wusste Karam später nicht. Er träumte gerade von einem Schmetterling, der mutig um sein Gesicht flatterte und ihn mit den Flügeln kitzelte. Er öffnete die Augen und sah Nura, die ihn ganz zart auf die Augen und Wangen küsste. Die Vorhänge waren zugezogen, das Zimmer aber durch Kerzenlicht warm beleuchtet.

»Und ich dachte, Schmetterlinge küssen mich«, flüsterte er leise.

»Das stimmt auch. Ich war ein Schmetterling, und da ich mich in dich verliebt habe, wurde ich soeben in eine Frau verwandelt.«

»Aber Amir?!«, flüsterte er, als er ein heißes Verlangen nach Nura fühlte.

»Mach dir keine Gedanken, er träumt gerade, er spiele Murmeln mit Jasmin, und der König kommt mit der Kochschürze und ruft nach ihnen.«

»Aber was, wenn er uns hört?«

»Keine Angst, wir lieben uns diesmal stumm wie zwei Diebe. Beim Einbruch vergaßen sie sich, und statt zu rauben, schliefen sie miteinander«, sagte sie und biss ihn zärtlich in die Unterlippe.

Da war es um Karams Angst geschehen.

Zehnte Nacht

VON DER LIEBE UND
DER BLÜHENDEN WÜSTE

Der Andrang vor dem Palasttor war an diesem Abend so groß wie noch nie. Nura schätzte die Zahl der Besucher auf über sechshundert. Alle wollten die Fortsetzung der Geschichte hören. Als der Saal bis zum letzten Platz besetzt war, trösteten Nura und mehrere hohe Beamte die Enttäuschten mit freundlichen Worten und höflichen Entschuldigungen.

Murrend und schimpfend gingen viele nach Hause.

Karam begrüßte die Menschen im Saal. Er fragte, ob jemand den ersten Teil der Geschichte »Das trügerische Ebenbild« weder am Vortag im Saal noch heute Nachmittag im Garten gehört habe. Niemand hob die Hand.

»Meine Güte!«, rief Karam staunend und begeistert und begann:

Wo waren wir gestern stehen geblieben? Ach ja, da wo der gemeine Baschir, der nun wie ein Ebenbild Mansurs aussah, wartete, bis der Ehemann auf eine lange Reise ging. Dann schlich er zu Salihas Haus und klopfte an die Tür. Die Dienerin Hala öffnete. Beim Anblick ihres Herrn entwich ihr ein Schrei des Entsetzens.

»Mein Herr! Was ist passiert?«

»Wir wurden überfallen«, sagte er und trat ein. »Wo ist Saliha?«

»Im Esszimmer. Sie trinkt gerade ihren Kaffee«, erwiderte die Dienerin zitternd vor Überraschung und Sorge.

Baschir, der nicht wusste, wo das Esszimmer war, lief durch den Korridor zum großen Innenhof. Er ging an der Esszimmertür vorbei.

»Mein Herr, das Esszimmer ist dort«, rief die Dienerin und zeigte mit der Hand auf die Zimmertür, an der Baschir gerade vorbeigegangen war. Sie war erstaunt, dass Mansur, der dieses große Haus seit über dreißig Jahren bewohnte, das Esszimmer nicht fand.

Saliha, die den Ruf ihrer Dienerin hörte, dachte, sie zeige einem Fremden das Haus. Sie ärgerte sich, weil kein Fremder ohne ihre Erlaubnis das Haus betreten durfte. So etwas hatte Hala nie zuvor gemacht. Saliha stand auf und rannte zur Tür, da stand sie vor ihrem Mann.

»Mansur, mein Gott, was ist passiert? Komm herein, mein Herz, komm«, sagte sie und streckte ihm die Hand entgegen.

»Hala, mach noch einmal einen Mokka und bring frisches Wasser für deinen Herrn«, wandte sie sich an ihre treue Dienerin.

Beim Kaffee erzählte Baschir von dem angeblichen Überfall, bei dem drei Händler den Tod gefunden hätten. Er sei entkommen und habe seit Tagen kaum etwas gegessen. Da Sklavenjäger unterwegs waren und er miterlebt hätte, wie sie ein kleines Dorf überfielen und alle friedlichen Männer und Frauen abführten, habe er nur in der Nacht gewagt weiterzumarschieren.

»Nun ist alles wieder gut«, sagte Saliha und streichelte ihm zärtlich das Gesicht. »Nimm ein Bad und entspann dich, du bist gerettet. Das ist das Wichtigste für mich. Geld haben wir genug, denn dein Geschäft floriert.«

Baschir stand auf und zögerte. Er wusste nicht, wo das Bad war. Langsamen Schrittes ging er aus dem Esszimmer zurück in den Innenhof und schaute sich um. Saliha folgte ihm. »Wo läufst du hin?«, fragte sie erstaunt, denn das Badezimmer erreichte man direkt durch einen Gang vom Esszimmer aus, ohne durch den Innenhof zu gehen.

»Ich wollte ... ich wollte etwas frische Luft schnappen«, stotterte Baschir. Saliha sagte nichts. Sie zeigte ihm auch nicht den Weg, den er ja besser kannte als sie, aber plötzlich fühlte sie einen Stich im Herzen. Der Zurückgekehrte war Mansur, aber auch nicht Mansur ... Er erzählte ausführlich und ganz genau, was er bei dem Überfall erlebt hatte, aber er erkannte weder das Esszimmer noch das Bad. Was war mit ihrem Mann passiert? Hatte die Angst sein Gedächtnis ausradiert? Aber wie war er dann zurück nach Hause gelangt? Zweifel nagten an ihr. Sie beschloss, ihn genau zu beobachten.

Im Verlauf des Tages nahm ihr Misstrauen noch zu. Mansur rief Hala und Adnan nicht bei ihren Namen, sondern sprach hochnäsig von der Dienerin und dem Gärtner, was er vor dieser Reise nie getan hatte. Mansur achtete beide sehr.

Sie beschloss, in dieser Nacht nicht mit ihm zu schlafen, und behauptete, sie habe ihre Tage. »Du weißt ja, dann habe ich immer solche Schmerzen.«

»Ja, klar«, sagte Baschir, um den Wissenden zu mimen.

Saliha, die in Wahrheit während ihrer Periode nie Schmerzen hatte, zog sich ins Schlafzimmer zurück und wartete dort, wachsam und ängstlich.

Baschir ging durch das prächtige Haus, versuchte, sich die Lage der Räume einzuprägen, und stieß schließlich auf das Schlafgemach. Er öffnete leise die Tür und glitt fast geräuschlos ins Bett. Baschir liebte Saliha aufrichtig und war überglücklich, neben ihr zu liegen. Aber er fasste sie nicht an. Saliha konnte erst in der Morgendämmerung einschlafen, als sie sein Schnarchen hörte. Mansur hatte nie geschnarcht.

Sie beschloss, eine Krankheit vorzutäuschen, bis sie sicher wäre, wer dieser Mann war. Als er aufwachte, sagte sie ihm, dass sie sich nicht wohl fühle.

Baschir war voller Sorge. »Soll ich einen Arzt holen?«

»Nein, es geht sicher bald vorbei«, antwortete Saliha kaum hörbar.

Baschir trank seinen Kaffee und machte sich auf den Weg zum Teppichgeschäft, das er gut kannte. Ali eilte ihm entgegen und ließ die Kundschaft stehen. Er umarmte ihn und fragte voller Sorge, was passiert sei.

»Bediene erst den Kunden, dann erzähle ich dir alles«, erwiderte Baschir. Er war froh, auf diese Weise den Namen des Mitarbeiters zu erfahren. Zum Abschied rief der Kunde: »Bis bald, Ali, und danke für den herrlichen Gebetsteppich. Vielleicht werden meine Gebete nun erhört.« Der Kunde lachte, und der Mitarbeiter erwiderte: »Ich kenne einen Ungläubigen, der hat einen ähnlichen Gebetsteppich bei mir gekauft, und nach drei Gebeten wurde er fanatisch religiös.«

Nun wandte sich Ali seinem Chef zu. Und dieser erzählte ihm von dem Überfall und dass er nur durch ein Wunder davongekommen sei. Ali dankte Gott mehrmals, während sein Herr erzählte.

Gegen Mittag kehrte Baschir nach Hause zurück. Ein berühmter Arzt saß bei seiner Frau, die ganz gelb im Gesicht war. Die Dienerin kam ihm gleich entgegengelaufen. »Meine Herrin ist heute in Ohnmacht gefallen. Ich habe dann den Gärtner schnell zum Arzt geschickt.« Baschir kannte den berühmten Mediziner.

Der Arzt trat mit ernstem Gesicht aus dem Schlafzimmer.

»Was hat sie?«, fragte der falsche Mansur. Seine Sorge war ehrlich, und er verfluchte die Krankheit, die ihn und Saliha unnötig lange hier festhalten würde. Er wollte mit ihr so schnell wie möglich aus der Stadt verschwinden.

»Es ist die Leber«, sagte der Arzt, griff in seine Tasche und holte eine braune Flasche heraus. »Davon soll sie dreimal am Tag einen Esslöffel nehmen, vielleicht bessert sich dann ihre Gesundheit. Ich komme in drei Tagen wieder. Bis dahin darf sie das Bett nicht verlassen und schon gar nicht an die Sonne gehen«, schloss er.

Baschir bedankte sich und gab ihm hundert Dirham. Das war damals viel Geld.

Er ging in das Schlafzimmer und erschrak vor Salihas Anblick. Sie wies das Essen zurück, das ihr die Dienerin auf einem Tablett brachte.

Baschir weinte vor Mitleid, und Saliha kamen wieder Zweifel, ob er nicht doch der richtige Mansur wäre. Sie wollte ihn nicht traurig machen und beschloss, nach drei Tagen langsam zu genesen und sich nicht mehr mit Safranlösung einzureiben.

Am nächsten Tag aber klopfte unverhofft der echte Mansur, ihr Mann, an die Tür. Er hatte Glück gehabt in Ägypten und eine große Menge wunderschöne Teppiche gefunden, die er auf zehn Kamele aufladen und nach Hause transportieren ließ. Er freute sich unendlich, so schnell zu Saliha zurückkehren zu können.

Die Dienerin, die ihn im Schlafzimmer bei ihrer Herrin wähnte, erschrak.

»Mein Herr? Gerade habt ihr doch noch im Schlafzimmer gesessen ...«

»Himmel, was ist das für eine Begrüßung!«, entgegnete Mansur fast zornig.

»Aber mein Herr ... Willkommen mein Herr, aber im Schlafzimmer sitzt auch ... äh!«

»Hala! Hast du vielleicht Haschisch gefressen oder Alkohol getrunken? Lass mich nun selbst im Schlafzimmer nachsehen«, sagte er und eilte an ihr vorbei.

Das Herz blieb ihm fast stehen, als er sein Ebenbild auf einem Stuhl neben dem Bett seiner Frau sah. Er sprang auf den Fremden zu, warf ihn schreiend zu Boden und schlug auf ihn ein: »Was machst du, Halunke, hier in meinem Schlafzimmer?«

Aber Baschir wehrte sich und beschimpfte Mansur noch lauter als dieser ihn. Die Schlägerei wollte nicht enden, bis Saliha schrie: »Hört auf! Hört auf. Mir zuliebe, hört auf!«

Beide Männer befolgten ihren Befehl und warteten, was sie vorschlagen würde.

»Ihr seht euch wirklich zum Verwechseln ähnlich. Lasst uns zu unserem weisen Richter und Philosophen Abdulrahman gehen. Er soll das Urteil sprechen, wer der echte Mansur und mein rechtmäßiger Ehemann ist.«

Und so machten sich die drei auf zum Gerichtshof. Dort angekommen, erzählte Saliha dem Richter, dass jeder dieser zwei Männer behauptete, er sei ihr Mann. Einer von ihnen müsse also ein bösartiger Lügner sein, gekommen, um ihre Ehe zu zerstören. Ob es sich um einen ihrem Mann unbekannten Zwillingsbruder oder um einen bösen Zauber handle, wisse sie nicht. Der Richter staunte nicht wenig über die Ähnlichkeit beider Männer. Er überlegte eine Weile, dann schickte er alle drei hinaus.

Nach einer Weile bat er einen der beiden Mansurs wieder herein.

»Du und deine Frau hattet, wie die ganze Stadt weiß, eine lange Liebesbeziehung vor der Ehe. Nun, was hat deine Frau in der Hochzeitsnacht zu dir gesagt?«

Baschir antwortete: »Ich glaube, sie freute sich und sagte, ›endlich sind wir zusammen‹ oder so ähnlich.« Der falsche Mansur erfand einen Satz, wie er ihn beim ersten Treffen von Liebenden vermutete.

»Gut« sagte der Richter. Er rief einen Wächter und befahl ihm, den Mann zum Warteraum eins zu bringen und dort bei ihm zu bleiben. Der Raum lag im Untergeschoss. Es war eine vornehme Gefängniszelle. Dann bat er den anderen Mansur herein.

Der Richter wiederholte Wort für Wort die Frage, die er Baschir gestellt hatte.

Mansur stand verlegen und schweigsam da.

»Was ist mit dir?«, fragte der Richter.

»Es ist mir peinlich, das zu erzählen. Saliha erschrak bei meinem Anblick und sagte, ich solle das Licht ausmachen und leise mit ihr sprechen, dann vergesse sie ihre Angst vor mir. Denn ich bin sehr behaart, fast wie ein Affe«, sagte Mansur leise.

Der Richter schickte ihn mit einem Wächter zum Warteraum Nummer zwei und ließ Saliha hereinbitten.

»Saliha, die Frage wird dir unangenehm sein, aber ich muss sie stellen. Was hast du zu deinem Mann in der Hochzeitsnacht gesagt?«

Saliha lachte. »Muss ich das wirklich erzählen?«

»Ja, denn nur der echte Mansur weiß, was zwischen euch in der Hochzeitsnacht gesprochen wurde.«

»Ehrlich gesagt war ich zu Tode erschrocken. Ich hatte Mansur nur als eleganten, feinen Mann kennengelernt, und plötzlich steht ein nackter, Arabisch sprechender Gorilla vor mir. Ich habe ihn gebeten, das Licht auszumachen.«

»Danke für deine Antwort. Aber ich muss dir, um hundertprozentig sicher zu sein, noch eine intime Frage stellen: Hast du ein Muttermal auf dem Bauch oder der Brust?«

Saliha hatte Vertrauen zu diesem gerechten Richter, »Nein, ich habe nirgends ein Muttermal«, antwortete sie.

»Ich danke dir«, sagte der Richter. »Warte draußen. Jetzt wird die Wahrheit ans Licht kommen.« Und er beauftragte den Wächter, den Mansur aus Warteraum eins zu holen.

»Saliha hat ein Muttermal unterhalb der Brust«, behauptete der Richter. »Sitzt es unter dem rechten oder dem linken Busen?«

Baschir dachte kurz nach. »Unter dem rechten Busen, Exzellenz«, antwortete er mit Überzeugung. Der Richter befahl dem Wächter, den Mann an den Händen zu fesseln und ihn in den Keller zu bringen, wo sich die Gefängniszellen befanden.

Er ließ Mansur aus dem zweiten Warteraum holen und stellte ihm dieselbe Frage.

»Saliha hat an ihrem ganzen Körper kein Muttermal. Das habe ich mit meinen Lippen überprüft«, sagte er und lachte.

»Dann geh mit Saliha nach Hause. Der Verbrecher wird noch heute verurteilt«, sagte der Richter mit väterlicher Stimme.

Den langen und lauten Beifall genoss Karam noch auf der Kanzel, und er lachte über die Kommentare: »Das Schwein hat es verdient!« »Endlich!« »Ich habe den Verdacht, mein Mann ist auch nicht echt!«, rief eine Frau.

»Meine Frau auch nicht!«, erwiderte ihr Mann, der neben ihr saß. Die Leute lachten.

Karam wartete am Fuße der Treppe, bis der Saal ruhiger wurde. Viele hoben die Hand.

Plötzlich erinnerte sich Karam an ein kurzes Gespräch mit Nura bei einem Spaziergang. Sie hatte ihm belustigt berichtet, ihr sei aufgefallen, wenn sich zwei Männer oder zwei Frauen zu Wort meldeten, dass er immer die schönere, sympathischere Person auswähle. Karam sträubte sich zuerst gegen ihre Beobachtung, doch dann musste er zugeben, dass sie recht hatte. Deshalb beschloss er, als einen Akt der Liebe künftig Menschen, die vom Aussehen her benachteiligt waren, den Vortritt zu gewähren.

Er schaute die Leute an und entschied sich für einen Mann in der hintersten Reihe, zwei Sitze rechts von Amir. Er hatte, obwohl sicher noch nicht vierzig, ein welkes Gesicht. Danach warf er Nura einen Blick zu, und sie gab ihm ein Zeichen, dass sie zufrieden sei mit seiner Entscheidung.

Der Mann stand auf. »Ich heiße Bassem und bin Architekt. Architektur ist eine der feinsten Künste, und große Architektur überlebt die Zeit wie gute Geschichten. Schaut euch die Pyramiden an oder die Paläste von Granada oder die Moschee von Córdoba in Spanien.

Eines Tages vertraute mir ein reicher Kunde die Liebesgeschichte seines Großvaters an. Sie ist wirklich ungewöhnlich. Wenn ihr wollt, kann ich sie erzählen.«

Ein Beifall übertönte Karams Worte, mit denen er seine Neugier auf die Geschichte bekunden wollte.

Der Architekt Bassem erzählte:

Der Heldenmut der Verliebten

Ein Liebespaar litt sehr darunter, dass die Eltern der jungen Frau ihre Beziehung verboten hatten. Die zwei trafen sich heimlich, wo immer sie konnten. Eines Nachts kamen die Eltern der jungen Frau früher als angekündigt nach Hause. Der Liebhaber flüchtete und wollte über die Mauer entkommen, doch der Vater seiner Geliebten fasste ihn. Er holte die Polizei, und diese brachte den jungen Mann zum Richter. Am nächsten Morgen fragte der Richter ihn im vollbesetzten Gerichtssaal, was er bei der Familie getan habe. Aus Sorge um den Ruf seiner Geliebten behauptete der junge Mann, er sei eingebrochen, um etwas zu stehlen. Der Richter war ein äußerst strenger und religiöser Mann. Damals wurde einem Dieb bei nachgewiesenem Einbruch in ein Haus die rechte Hand abgehackt. Die junge Geliebte weinte leise und bitterlich und ebenso die Mutter des Jungen, da sie wusste, ihr Sohn war niemals ein Einbrecher.

Ein Freund des Richters, der von der Mutter informiert worden war, bat den Richter um ein Gespräch unter vier Augen, bevor er das Urteil fällen würde.

In einer kleinen Kammer hinter dem Gerichtssaal erklärte der Mann dem Richter, dass sich die zwei jungen Leute liebten. Der tapfere Junge gebe sich nur als Dieb und Einbrecher aus, um den Ruf der Geliebten zu schützen. Der Richter machte große Augen. »Er lässt sich die Hand abhacken um seiner Geliebten willen! Mein Gott! Ich lasse mir wegen meiner Frau nicht mal den Schnurrbart abrasieren.«

Er schickte den Freund in den Saal, er solle Vater und Mutter des Mädchens zu ihm in die Kammer bitten.

Und sie kamen. Der Richter sprach lange auf die Eltern ein. Sie erkannten und schätzten die Tapferkeit des jungen Mannes, aber sie hatten Angst vor dem Skandal.

»Keine Angst«, beruhigte sie der Richter, »ich spreche mit ihm und stecke ihn vorläufig ins Gefängnis. Die Leute werden den Fall bald vergessen und ihr könnt nirgends auf der Welt einen besseren Schwiegersohn finden. Wir lassen ihn unauffällig wieder frei, die Hochzeit sollte ohne Aufsehen gefeiert werden, und dann habt ihr ein Ehepaar, von dem man nur träumen kann.«

Die Eltern waren dankbar für die Weisheit des Richters. Sie gingen in den Saal zurück. Der Richter trat streng auf und verkündete, dass er noch zwei weitere Zeugen hören wolle, bis dahin würde er kein Urteil fällen und der Dieb bleibe vorerst im Gefängnis.

Der junge Mann aber wurde nicht ins Gefängnis geschickt, sondern aufs Land, wo der Richter ein Sommerhaus besaß. Dort sollte er drei Monate ausharren. Und danach fand bald die Hochzeit statt, bei der niemand anderes als der Richter Trauzeuge war.

Prinzessin Jasmin und Nura standen auf und klatschten. Und viele folgten ihnen. Der Architekt blieb kurz neben Karam stehen, verbeugte sich vor der Prinzessin und ihrer Zofe und ging zu seinem Platz.

Als es etwas ruhiger wurde, sprang eine Frau auf und schrie zu ihrem Mann neben sich gewandt: »Doch das kann ich«, und sie hob die Hand. Karam wurde neugierig.

»Wir sind gespannt auf deine Geschichte«, rief er der Frau zu, und die etwa Dreißigjährige stürmte an Karam vorbei die Kanzel hinauf. Oben angekommen, stand sie stumm da, ganz rot im Gesicht.

Die Stille war bedrückend, doch das Publikum zeigte Zuneigung und

Verständnis für die unsichere Frau. Da stand ihr Mann auf und sagte laut zu ihr: »Entschuldige bitte, natürlich kannst du wunderbar erzählen. Es war dumm von mir, dass ich dir das nicht zugetraut habe.« Er klatschte zur Ermutigung und löste das Publikum aus seiner Erstarrung. Und alle, auch der König klatschten.

»Danke dir und euch allen«, sagte die Frau. »Ich bin Hamide. Mit meinem Mann führe ich eine kleine Weberei mit vier Webstühlen, zwei tüchtige Frauen helfen uns. Mein Mann und ich stammen aus uralten persischen Weberfamilien. Meine Großmutter mütterlicherseits war Irakerin und kam aus einer Kupferstecherfamilie. Von ihr hörte ich die Geschichte ihres Großvaters. Ich würde sie gerne erzählen.«

»Wir bitten darum«, rief Karam.

Hamide, die Weberin, erzählte:

Der Kupferstecher und seine Frau

In Bagdad lebte einst ein junger Kupferstecher namens Burhan mit seinen Eltern. Sein Vater war ebenfalls Kupferstecher, und so hatte der junge Burhan bereits mit zwölf Jahren begonnen, das Handwerk seines Vaters zu lernen. Als er sechzehn wurde, starb der Vater plötzlich. Die arme Witwe musste die Mietwohnung verlassen und nach Basra im Süden des Landes, wo ihre Eltern lebten, umziehen.

Bei ihnen wohnte sie ein Jahr lang, bis ihr Sohn eine Arbeitsstelle bei einem reichen Kupferstecher fand. Dort arbeiteten über zwanzig Gesellen für kargen Lohn. Aber das Geld reichte immerhin so weit, dass die Witwe das Haus ihrer Eltern verlassen konnte, denn dort wurde sie von ihren drei Brüdern und deren Frauen wie eine Sklavin behandelt.

Sie bewohnte jetzt mit ihrem Sohn eine kleine Hütte am Rande der Stadt. Mit dem wenigen Geld, das er verdiente, konnten sie immerhin den Hunger von ihrer Tür fernhalten.

Trotz der Trauer um ihren geliebten Mann, den sie damals gegen den Willen ihrer Eltern geheiratet hatte, führte die Witwe ein ziemlich glückliches Leben. Da schlug das Schicksal ohne Vorwarnung zum zweiten Mal zu. Die Witwe starb, genau wie zuvor ihr Mann, ganz plötzlich. Burhan trauerte lange um seine fürsorgliche und zärtliche Mutter, mit der er abends so oft gelacht und dabei seine Müdigkeit vergessen hatte.

Wie es damals die Regel war, stand Burhan bei Sonnenaufgang auf, wusch sich, packte ein trockenes Brot, ein Stück Käse und ein paar Oliven in ein kleines Bündel und lief in den Betrieb. Wenn er jetzt bei Sonnenuntergang nach Hause zurückkehrte, war die Hütte leer und traurig, und er musste sich aus seinen Vorräten eine bescheidene Mahlzeit bereiten. Ihm war klar, dass er durch seine Armut und die tägliche lange Arbeit keine Chance hatte, eine Frau zu treffen, geschweige denn, dass eine an ihm hätte Gefallen finden können. Ein Arbeitskollege empfahl ihm, zu einer alten Heiratsvermittlerin zu gehen, die ein gutes Herz habe. Auch er habe seine wunderbare Frau durch sie kennengelernt. Er solle sich keine Gedanken wegen seiner Armut machen. Er sei ein lieber und hübscher Mann, und das schätze die Heiratsvermittlerin sehr. Sie verdiene genug Geld mit den reichen Gockeln. »Und so, wie du erzählst, würden dich allein für deine Stimme viele Frauen lieben«, meinte der Kollege, der selbst ein guter Zuhörer war und begeistert Burhans Geschichten und Anekdoten genoss.

Burhan ging zu der alten Frau, und in der Tat sagte sie zu ihm, nachdem er seine verzweifelte Lage beschrieben hatte: »Mach dir keine Gedanken. Ich habe da eine faszinierende Frau aus dem adligen Haus Bustani.«

»Aus einem adligen Haus?«

»Ja, ihr Vater will sie loswerden, weil sie einen starken Willen besitzt und wild wie eine Löwin ist. Seit dem Tod ihrer Mutter ist sie noch ungebärdiger geworden. Sie hat seine vier Frauen zusammengeschlagen, weil sie über ihre Mutter lästerten. Deshalb will ihr Vater sie loswerden, und sei es an den Teufel. Sie hat in den letzten zwei Jahren drei Prinzen und zwei Händlersöhne mit verkratzten Gesichtern in die Flucht geschlagen. Erschreckt dich das?«

»Nein, keineswegs. Ich würde auch jeden zusammenschlagen, der ein schlechtes Wort über meine verstorbene Mutter sagt, die ich sehr geliebt habe. Außerdem werde ich vor der wilden jungen Frau nicht flüchten, da ich nur hier mein Brot verdienen kann.«

Die Alte lachte vergnügt.

Gamila, die junge Adelige, war begeistert von der Idee, einen Kupferstecher zu heiraten, und als sie ihn bei der Heiratsvermittlerin heimlich sehen durfte, war sie von seiner warmen Stimme und vor allem von seinem Humor sehr angetan. Beim ersten Treffen, eine Woche später, unterhielten sich die beiden mehr als eine Stunde lang und lachten viel.

Gamila verliebte sich in diesen gradlinigen Mann, und er fühlte ein starkes Bedürfnis, sie zu umarmen.

Die Heiratsvermittlerin war zufrieden mit ihrem Erfolg, auch weil Gamila sie reichlich belohnte.

Die zwei heirateten, und der Vater überhäufte seine Tochter zum Abschied mit Geld und Geschenken. Gamila und Burhan verstanden sich gut und lebten glücklich miteinander. Manchmal weinten sie gemeinsam über ihre Mütter, lachten aber auch viel miteinander wie zwei glückliche Kinder.

Gamila ließ Burhans Hütte renovieren, kaufte Möbel und edles Geschirr, und bald erkannte dieser seine Hütte nicht mehr wieder. In einem der Zimmer ließ sie einen Webstuhl aufstellen. Gamila war eine begeisterte Seidenweberin und fertigte mit Leichtigkeit den begehrten Stoff für die Kleider der Reichen. Wenn es ihr an Material fehlte, besorgte sie es beim Händler auf Rechnung, und da sie eine Tochter der adligen Familie Bustani war, machten sich die Händler keine Sorgen, Burhan aber wohl.

Er bat sie, mit dem Schuldenmachen aufzuhören. Doch Gamila schien die Gelassenheit in Person.

Dann geschah etwas Sonderbares. Das Schicksal geht manchmal seltsame Wege. Der Herrscher in Bagdad wunderte sich, dass eine so große Stadt wie Basra nur einen geringen Ertrag für die Staatskasse abwarf. Er hatte kein großes Vertrauen in den Gouverneur der Stadt. Da dieser jedoch sein Neffe war, beschloss er, erst einmal heimlich einen Spion, der sich in

Basra auskannte, zu beauftragen, den Gerüchten über den Gouverneur nachzugehen.

Ein Verbündeter des Gouverneurs, der im Herrscherpalast arbeitete, schickte dem Neffen des Herrschers eine Note: »Pass gut auf, unser Kalif hat dir einen Spion an den Hals geschickt, der in Basra wohnt. Vielleicht ist er als Bettler, als Handwerker oder gar als Scheich einer kleinen Moschee getarnt. Auf jeden Fall heißt er Burhan und ist in Bagdad geboren.«

Als der Gouverneur das las, wurde er blass. Er ließ seine Spitzel die Stadt Basra durchkämmen auf der Suche nach einem Burhan, der Bettler, Scheich oder Handwerker war. Die Spitzel schwirrten durch die Betriebe, Moscheen und Straßen, und sie wurden fündig.

Burhan, der Kupferstecher. Er musste es sein. Kein Zufall, dass er die Tochter der adligen Sippe Bustani heiraten durfte. Und wie hätte sich ein Kupferstecher, der nur einen Dinar im Monat verdiente, ein so schönes kleines Haus mit den besten Möbeln und anderen luxuriösen Einrichtungsgegenständen leisten können?

»Ein Minipalast!«, schwärmte einer der Spitzel.

Der Gouverneur bedankte sich und machte sich auf den Weg zu der genannten Kupferstecherei. Er heuchelte Bewunderung für Burhans Kunst, obwohl alle wussten, dass dieser weder übermäßig begabt war noch über ein besonderes handwerkliches Geschick verfügte.

»Ab morgen sollst du der Aufseher über alle Metallwerkstätten in Basra sein«, verkündete der Gouverneur. »Du ziehst in das große Haus des ehemaligen Oberrichters. Dein Gehalt beträgt hundert Golddinare im Jahr.« So glaubte der Gouverneur, sich den Spion Burhan gefügig zu machen.

Burhan war sprachlos. Er lief sofort nach Hause und brachte seiner Frau die schöne Nachricht. Kurz darauf zog er in das vornehme Haus ein und versah seinen neuen Dienst nach bestem Wissen und Gewissen. Er sorgte für eine bessere Bezahlung der Arbeiter und kontrollierte die Produkte, sodass die Metallerzeugnisse der Stadt, ob Schwerter, Haushaltsgeräte oder Kupferstiche aus Basra, bald einen sehr guten Ruf hatten.

Der Gouverneur aber starb wenige Tage nach Burhans Ernennung an einer Vergiftung. Man munkelte, der wahre Spion habe den korrupten

Gouverneur entlarvt, und der Kalif in Bagdad hätte im Gift den besten Weg gesehen, aus diesem Skandal herauszukommen.

Burhan bezahlte alle seine Schulden und lebte mit Gamila sehr glücklich. In zärtlichen Stunden nannte er sie »meine sanfte Löwin«.

Hamide ging langsam die Treppe hinunter. Ihr Mann sprang auf, eilte zu ihr und stand neben der Treppe, als sie unten ankam. Er umarmte sie innig, und man sah, dass beide weinten. Ein herzlicher Beifall begleitete sie zu ihrem Platz

Wieder schnellten viele Hände hoch. Auch die von Hamides Mann und einigen Erzählerinnen und Erzählern der letzten Nächte, aber Karam wollte nicht die vielen vernachlässigen, die noch nie etwas erzählt hatten. Karam entschied sich für einen blassen Mann. Er wunderte sich, dass dieser Mann immer da war, aber sich nie gemeldet hatte. »Oder hat er sich gemeldet und ich habe ihn übersehen?«, fragte er sich.

Der Mann stand auf.

»Ich heiße Arkan. Mein Vater ist in Istanbul geboren, meine Mutter in Athen. Da die Osmanen und die Griechen verfeindet waren und bis heute sind, flüchteten sie hierher und wurden freundlich aufgenommen. Mein Vater war ein leidenschaftlicher Erfinder. Da er damit kein Geld verdienen konnte, eröffnete er eine Reparaturwerkstatt für Haushaltgeräte. Die Kunden standen Schlange vor seinem Laden.

Meine Mutter war Kalligraphin. Ich habe sie bewundert und diese Kunst von ihr gelernt. Ich bin ebenfalls Kalligraph.

Von meiner Mutter habe ich eine Liebesgeschichte gehört, die sie ihren Freundinnen erzählte, nachdem alle dachten, dass ich auf dem Sofa eingeschlafen sei. Das war mein Trick, und er funktionierte immer. An jenem Tag war es eine wunderschöne Liebesgeschichte. Wenn ihr sie hören wollt, dann erzähle ich sie gerne.«

Der Kalligraph Arkan erzählte:

Die Entdeckung der Sinne

In Aleppo lebte einst ein wohlhabender Händler. Nach dem plötzlichen Tod seiner Frau wohnte er mit seinem Sohn Isam und der alten Haushälterin Muna in seinem großen Haus in einem der besseren Viertel der Stadt.

Da er seine Frau sehr geliebt hatte, wollte er nicht wieder heiraten. Um seinen Schmerz zu vergessen, stürzte er sich in die Arbeit und wurde zu einem der reichsten Händler der Stadt. Sein Großhandel für einheimische und exotische Lebensmittel florierte, und er reiste viel nach Indien, Persien und Nordafrika. Seine Gewürze und Trockenfrüchte waren sehr beliebt in der Stadt, zumal Aleppo, wie ihr alle wisst, die besten Rezepte und Köche beherbergt.

Der Händler hatte große Angst um seinen bildhübschen Sohn und verbot ihm deshalb, auf die Straße zu gehen und mit gleichaltrigen Kindern oder Jugendlichen zu spielen. Ansonsten bekam er alles, was er sich auch immer wünschte. Mehrere Hauslehrer unterrichteten den klugen Jungen in sämtlichen Fächern und Künsten. Sogar ein Hakawati kam dreimal in der Woche und erzählte ihm spannende Geschichten.

Eines Tages wünschte sich Isam ein paar Tauben. Sein Vater kaufte ihm die edelsten Tauben und ließ auf dem Flachdach seines Hauses von einem Schreiner einen Taubenschlag bauen. Von nun an war der Junge mehr auf dem Dach als in seinem Zimmer, denn er liebte seine Vögel, und sie erwiderten seine Zuneigung. Mit den Jahren lernte er, wie man Tauben züchtet.

Die alte Haushälterin hatte Mitleid mit dem Jungen, der inzwischen fünfzehn Jahre alt war, großgewachsen und schön wie ein Athlet, aber nicht ein einziges Mädchen kennenlernen konnte. Das Viertel war liberal, und die jungen Männer pflegten einen guten Umgang mit den jungen Frauen, nur Isam nicht.

Er wagte nicht, aus dem Haus zu gehen, da sein Vater es verboten hatte. Der behandelte ihn zwar liebevoll und großzügig, aber so, als wäre er noch immer ein Kleinkind, das man beschützen musste.

Eines Tages plante der Vater wieder eine Reise nach Indien, um Gewürze, Tee, exotische Öle und Essenzen in großen Mengen zu kaufen. Er hatte eine große Karawane mit bewaffneten Begleitern zusammengestellt, die dafür sorgen sollten, dass er und seine Ware heil nach Aleppo zurückkämen.

Der Vater gab der Haushälterin viel Geld und drohte ihr wie bei jedem Abschied, sollte dem Jungen etwas zustoßen, so würde er sie verklagen. Er legte ihr den Koran vor, und sie musste schwören, dass sie dem Jungen niemals erlauben würde, auf die Straße zu gehen. Muna tat es schweren Herzens.

Isam sah vom Dach hinunter auf die bunten Häuser, und da und dort konnte er das Leben in den Innenhöfen und Zimmern genau beobachten. Er hörte ihm unbekannte Schimpfwörter und Lieder und fragte Muna arglos, wie man »Sohn von sechzig Zuhältern« wird, und warum »ein Esel mit der Mutter des Beschimpften schlafen soll«. Wenn sie ihm behutsam zu erklären versuchte, was so ein deftiges Schimpfwort bedeutete, bekam sie nicht selten Schluckauf. Oft begnügte sie sich mit einem Viertel der Wahrheit, aus Angst, der Hausherr könnte davon erfahren und sie hinauswerfen.

Isam beobachtete neugierig seine Umgebung, aber er bemerkte seine unmittelbare Nachbarin nicht. Diese winkte ihm gelegentlich hinter ihrem Vorhang zu und sah sehnsüchtig zu seiner Terrasse hoch.

Sie hieß Fadia und war noch keine zwanzig Jahre alt. Ihr Vater hatte sie zwangsverheiratet mit einem fünfzigjährigen Makler, damit der ihm alle Immobilienschulden erließ. Fadia litt sehr unter ihrem selbstverliebten, brutalen Mann. Jede Nacht kam er spät und oftmals auch betrunken nach Hause. Dann weckte er sie und quälte sie, bis er seine Lust befriedigt hatte, und ließ sie weinend zurück, weil er angeblich seine Ruhe brauchte.

Kein Wunder also, dass Fadia nach Zärtlichkeit brannte. Sie wartete nur auf eine Gelegenheit. Und die kam eines Tages auf sie zugeflogen. Zwei flügge gewordene Taubenküken waren Isams Griff entwischt und unbeholfen zu ihr auf die Terrasse geflogen. Sie hob sie auf und setzte sie in eine Schachtel. Isam winkte ihr, sie solle auf das Dach steigen und ihm die

Küken bringen. Von ihrer Terrasse im ersten Stock führte eine Treppe auf das Flachdach des Nebenhauses. Fadia zeigte auf die Treppe und deutete mit dem Zeige- und Mittelfinger an, dass *er* über die Treppe zu ihr kommen solle.

Isam blickte sich unsicher um, dann betrat er das Dach nebenan und stieg zögernd die Treppe hinunter. Er ging so vorsichtig, als wären die Stufen aus rohen Eiern. Sie kam ihm entgegen, fasste ihn an die Hand und zog ihn hinter sich her.

»Wo sind die Küken?«, fragte Isam ängstlich.

»Keine Angst. Sie sind in Sicherheit«, antwortete Fadia. Sie hatte die Schachtel mit den Küken in ein leeres Fach des Küchenschranks gestellt.

»Aber, gnädige Frau, ich muss zurück. Wenn mein Vater erfährt, dass ich bei euch war, würde er sehr zornig werden.«

»Dein Vater erfährt nichts. Komm, mein Lieber. Ich will dich verwöhnen.«

»Aber ...« Er wusste nichts weiter zu sagen, und als er plötzlich im Schlafzimmer stand, verschlug es ihm vollends die Sprache. Sie führte ihn zum Bett. Er schaute ängstlich um sich. Sie streichelte ihm zärtlich das Gesicht. Er schloss die Augen und konnte kaum atmen. Sie küsste ihn auf die Augen, auf die Nase, auf die Wangen und auf den Hals, dann auf die Lippen, ganz sanft. Zum ersten Mal in ihrem Leben gab es nun diese Zärtlichkeit, von der sie immer geträumt hatte.

»Du bist so schön«, flüsterte sie. Er lächelte schüchtern und öffnete die Augen. »Das sagt auch unsere Haushälterin Muna immer. Sie ist sehr nett zu mir, aber sie durfte mich nie küssen.«

Nun küsste Fadia ihn kräftiger auf den Mund. Er hielt sie fest, aber nicht wie ein Mann lustvoll eine Frau festhält, sondern wie ein Kind sich an ein Floß klammert, um nicht zu ertrinken. Fadia legte ihn sanft auf das Bett zurück. Langsam löste sie die Knöpfe seines Hemdes, und er ließ es geschehen. Er dachte, es sei ein Traum ...

Sie liebten sich innig.

Ich möchte jene Stunde nicht ausführlicher beschreiben. Zu viel reden schadet der geheimnisvollen Schönheit des Liebesspiels.

Von nun an führte Fadia Isam täglich an der Hand durch das Paradies der Sinne. Und er verliebte sich unrettbar in sie.

Der Haushälterin blieb das nicht verborgen. Sie gönnte den jungen Leuten diese Liebesfreuden und hätte mit der Hand auf dem Koran geschworen, dass Isam nie auf die Straße ging.

Sie wusste nicht, dass Fadia und Isam auch oft das Haus verließen. Fadia führte Isam durch die Stadt. Sie hatte ihn mit Niqab und Abaya als Frau verkleidet. Ein Schlitz ermöglichte ihm, die Umgebung zu beobachten. Er freute sich diebisch über die Verkleidung, obwohl er wusste, es war lebensgefährlich, wenn herauskäme, dass ein Mann unter der Abaya steckte. Er aber fühlte sich mutig genug, an ihrer Seite die Welt zu entdecken.

Als Isam achtzehn wurde, teilte er seinem Vater mit, er wolle nun bei ihm eine Lehre machen. Der Vater war erfreut. Von nun an ging Isam täglich aus dem Haus und lernte die Geheimnisse des Handels kennen. Doch sein Leben im Schatten des Vaters wurde von Tag zu Tag schwieriger, da dieser ihn noch immer wie ein unreifes Kind behandelte. Zwei Jahre ging das so, dann hatte er genug.

Er erzählte Fadia, dass er beschlossen habe, Aleppo zu verlassen und auszuwandern. Wie wenn sie darauf gewartet hätte, küsste sie ihn unter Freudentränen. »Ich werde mit dir gehen. Und ich habe eine Quelle, aus der ich tausend Golddinare schöpfen kann. Sie werden dir in jeder Stadt der Welt einen guten Anfang ermöglichen.«

»Woher hast du so ein Vermögen? Ich meine, was ist das für Quelle?«

»Mein Mann versteckt sein Geld in einem alten Topf im Keller, dort fällt es nicht auf, und kein Einbrecher würde darauf kommen. Dreimal wurde bei uns eingebrochen, aber die Diebe gingen mit leeren Händen hinaus. Aus diesem Topf nehme ich mir tausend Golddinare, für jeden seiner Schläge einen«, sagte sie und lachte.

Eine Woche später flüchteten die beiden auf zwei edlen Pferden nach Beirut. Dort lebten sie glücklich und im Wohlstand. Fadia wurde Schneiderin, und Isam handelte mit Textilien. Sie nannten sich von nun an Saide und Said.

Sie bekamen einen einzigen Sohn und erzogen ihn mit Liebe. Das war mein Großvater, und er hat mir ihre Geschichte erzählt.

Eine Welle begeisterter Rufe begleitete Arkan auf dem Weg zu seinem Platz. Dort blieb er kurz stehen, verneigte sich nach allen Richtungen und setzte sich dann.

Karam schaute in die Gesichter der vielen, die ihren Wunsch anmeldeten, eine Geschichte zu erzählen. Ein Mann hinter seiner Tante fiel ihm durch seine ärmliche Bekleidung auf. Er gab ihm ein Zeichen, und der Mann stand auf. Man hörte, wie manch andere ihrer Enttäuschung Luft machten.

»Ich heiße Junis«, begann der Mann. »Einige kennen mich schon, ich bin Sänger und trete oft bei Hochzeiten und Feierlichkeiten auf. Aber leider feiern zu wenige Leute Hochzeit! Ich habe eine seltsame Geschichte über eine eigennützige, rücksichtslose Liebe gehört, die Leid und Trauer über andere gebracht hat. Soll ich sie erzählen, oder passt sie nicht zu diesem Abend?«

»Wir bitten dich darum«, erwiderte Karam und zeigte auf die Kanzel. Der Sänger machte sich auf den Weg. Er verneigte sich beim Vorbeigehen vor dem König und dieser erwiderte die Höflichkeit mit einem dankenden Nicken.

Der Sänger Junis erzählte:

Der entführte Junge

Es geschah in Damaskus, genauer gesagt nicht weit vom Osttor der Stadt. Ein Ehepaar trauerte lange, weil ihr Wunsch nach einem Kind nicht erfüllt wurde. Sie beteten und beteten, doch es half nichts. Aber siehe da, nachdem sie die Hoffnung aufgegeben und gelernt hatten, das Leben wieder zu genießen, wurde die Frau schwanger, und nach neun Monaten brachte sie einen gesunden Jungen zur Welt. Sie nannten ihn Farag, Erlösung.

Das Ehepaar lebte, wie es früher Sitte war, bei den Eltern des Mannes.

Das Haus war groß genug, doch nicht selten gab es Reibereien zwischen Schwiegertochter und Schwiegermutter.

Farag wuchs heran, und dank seines heiteren Gemüts wurde er nicht nur von den Eltern, sondern auch von den Großeltern geliebt. Vor allem Großvater Hani sah in dem Jungen einen Sieg über den Tod, zumal Farag ihm sehr ähnelte.

Da der Großvater sein Leben lang als Koch im Palast des osmanischen Gouverneurs der Stadt gearbeitet hatte, wurde er von seiner Frau und später auch von der Schwiegertochter mit den Einkäufen beauftragt. Alle Metzger, Gemüse-, Kräuter- und Gewürzhändler der Stadt kannte er persönlich. Er kaufte nie in seiner Gasse, sondern ging zu den besten Geschäften und pflegte zu scherzen: »Bis ein guter Koch alles zusammen hat, muss er sieben Geschäfte in sieben Straßen aufsuchen.«

Als Farag vier war, nahm ihn der Großvater mit. »Es ist nie zu früh, Kindern die Kunst des Einkaufens und des Handels beizubringen«, sagte er, und er meinte es ernst. Er blieb oft stehen, um dem Kind alles zu erklären, und beantwortete die Fragen des frühreifen Jungen sehr geduldig.

Farag ging mit dem Großvater am liebsten zum historisch berühmten Gewürzmarkt Suk al Busurije in der Nähe der berühmten Omaijadenmoschee und unmittelbar neben dem bekannten Hammam Nur al Din gelegen. Großvater Hani war dort mit dem Bademeister befreundet, und deshalb liebte er es, nach dem Einkaufen in der Empfangshalle des prächtigen Badehauses einen Tee zu trinken und die kuriosen Geschichten des Bademeisters anzuhören, der an Geister glaubte. Doch diese Erzählungen interessierten den jungen Farag nicht. Er war verzaubert von den bunten Bögen unter der großen Kuppel des Badehauses. Das Haus ist ein Tempel der Sinne und besitzt eine wunderschöne Innenarchitektur.

Farag bekam von diesem Bademeister immer ein Glas Orangensaft und eine Handvoll winzige Lakritzbonbons. Deshalb musste der Großvater Farag nie überreden mitzukommen. Er rannte sogar immer voraus und fragte: »Wann sind wir endlich im Hammam?«

Der Großvater hatte wie alle Damaszener seit uralten Zeiten die Gewohnheit, am Nachmittag, wenn der Schatten die Gassen kühlt, Wasser vor die Haustür zu spritzen und dann auf einem kleinen Hocker zu sitzen und Kaffee oder Tee zu trinken und sich dabei mit Passanten, Nachbarn, Straßenverkäufern oder Bettlern zu unterhalten. In einem kleinen Beutel hatte er immer ein paar Silberdirhams für die Bettler parat. Und es verging kaum ein Tag, ohne dass man dabei auch noch einige Geschichten als Geschenk bekam.

Mit fünf fand Farag Gefallen daran, sich zu seinem Großvater zu setzen und den Geschichten zu lauschen, die dieser hörte oder erzählte. Seine Mutter und die Großmutter waren darüber hocherfreut, da sie nun ihren Nachmittag etwas freier gestalten konnten. Großvater saß so lange vor der Haustür, bis seine Schwiegertochter kam, um ihn und Farag zum Abendessen zu rufen.

Eines Nachmittags aber war der Großvater nach dem deftigen, schweren Mittagessen so müde, dass er auf seinem Hocker einschlief. Als die Schwiegertochter kam, um beide zu holen, schlief Großvater Hani immer noch, aber Farag war verschwunden.

Sie schrie erschrocken auf und weckte damit ihren Schwiegervater. »Wo ist Farag?«, fragte sie mit zittriger Stimme.

»Er war gerade noch hier«, antwortete der Großvater unschuldig, nicht ahnend, wie lange er geschlafen hatte.

Die Mutter alarmierte den Vater, der nahebei in seiner eigenen Tischlerwerkstatt arbeitete. Zusammen mit den Großeltern rannten sie durch das Viertel. Auch manch eine Nachbarin oder ein Nachbar bemühte sich aus Mitleid und fragte überall nach Farag. Es wurde dunkel, doch man fand keine Spur von dem Jungen.

Auch die nächsten Tage brachten nur Tränen und Trauer. Der Großvater litt unter seinen Gewissensbissen. Er fühlte sich schuldig gegenüber seinem Sohn und seiner Schwiegertochter, weil er das Kind unbeaufsichtigt gelassen hatte. Man tröstete ihn, doch in der tiefsten Ecke der Herzen seiner Frau, seines Sohnes und seiner Schwiegertochter lag der Vorwurf bleischwer. Jahre vergingen, doch der Junge tauchte nicht wieder auf.

Aber wohin war Farag verschwunden?

An jenem Nachmittag saß er neben dem schlafenden Großvater und langweilte sich, da kam ein Mann vorbei. Als er den Jungen sah und den neben ihm schlafenden alten Mann, handelte er blitzschnell. Er zog einen Bonbon aus seiner Tasche und gab ihn dem Jungen, und dieser strahlte vor Freude. Der Mann bückte sich, nahm den zierlichen Jungen auf den Arm, und während dieser den süßen Geschmack genoss, trug er ihn lachend davon. Der Fremde flüsterte Farag zu: »Wollen wir dem Opa Pistazien und Erdnüsse bringen? Komm, wir kaufen sie gemeinsam, und du bekommst noch mehr Bonbons. Welche magst du am liebsten?«

»Lakritze«, antwortete Farag. Da hatte der Mann die Gasse bereits hinter sich gelassen und eilte durch die belebte Hauptstraße. In einiger Entfernung machte er bei einem Süßwarenverkäufer Halt und kaufte Farag eine Tüte mit Lakritzbonbons. Farag freute sich sehr. Als er aber fragte, wo die Nüsse für den Großvater seien, antwortete der Fremde, der sich Onkel Gibran nannte: »Die holen wir später.« Er stieg mit Farag in eine Kutsche und ließ sich zuerst zum zentralen Marjeplatz fahren. Dort bezahlte er den Kutscher großzügig und entfernte sich mit Farag. Kurz darauf nahm er eine zweite Kutsche und gab dem Kutscher seine wahre Adresse.

Es war ein großes Haus am Rande von Damaskus mit einem riesigen Innenhof und mehreren Gärten. Das Ehepaar konnte keine Kinder bekommen, und deshalb hatte sich der Mann entschlossen, einen gesunden Jungen zu entführen. Seine Frau war eigentlich dagegen, aber sie verstand auch den brennenden Wunsch ihres Mannes nach einem Sohn, den er in seinem Sinne erziehen und dem er seine Reichtümer vererben könnte. Ihr Mann setzte sie unter Druck, indem er behauptete, es sei ihre Schuld, dass sie keine Kinder bekämen.

Solche Vorwürfe gingen manchen Männern leicht von der Hand. Andere Frauen ließen sich diese Schuldzuweisung nicht gefallen. Sie gingen Affären ein, bis sie schwanger wurden, und der gehörnte Ehemann dachte, das Kind sei von ihm. Aber diese Frau war viel zu religiös und brav, als dass sie auf einen so naheliegenden Gedanken gekommen wäre.

Um den Vorwürfen ihres Mannes aus dem Weg zu gehen, schwieg

sie zu seiner kriminellen Tat. Außerdem hatte sie Angst vor ihm, denn er schlug sie und das Kind oft. Deshalb versuchte sie mit aller Kraft, dem Jungen das Leben schön zu machen. Sie gab ihm ihre ganze Liebe, auch weil sie weder ihre Eltern noch ihren Mann lieben konnte.

Am ersten Abend schlief Farag in der fremden Umgebung erschöpft ein. Als er aufwachte, fragte er nach seinem Großvater. Da behauptete der Mann, der sei gestorben. Er und seine Frau wären nun seine neuen Eltern und würden ihn verwöhnen.

Farag verstand die Welt nicht mehr. Da das Haus, umgeben von großen Gärten, kaum unmittelbare Nachbarn hatte, wuchs Farag isoliert auf. Seine neuen Eltern erfanden für ihn Tausende von Beschäftigungen. Er lernte Reiten und liebte die edlen Pferde seines neuen Vaters. Alles, was er sich wünschte, bekam er: Spielzeug, schöne Kleider, Fische für den Springbrunnen und Kanarienvögel. Sein Vater stellte Hauslehrer für ihn ein, die ihm Lesen, Schreiben und Rechnen beibrachten.

Doch der neue Vater war auch streng und bisweilen brutal. Er schlug aus dem geringsten Anlass auf seine Frau und auch auf Farag ein, wenn dieser nicht gehorchte oder zu seiner neuen Mutter hielt. Tagelang litt Farag dann unter den Schmerzen. Die neue Mutter behandelte seine blauen Flecken, weinte mit ihm und küsste ihn innig.

Zehn Jahre vergingen, und Farag war zu einem Jugendlichen herangewachsen. Seine frühe Kindheit hatte er fast ganz vergessen und dachte, dass seine Eltern und sein Großvater nur ein ferner Traum wären, den er irgendwann geträumt hätte.

Eines Tages benötigte seine neue Mutter Zimt, Nelken und Sesam, um besonders leckere Plätzchen zu backen. Sie wollte auf ihrem Esel zum Gewürzmarkt reiten, und Farag flehte sie an, ihn mitzunehmen. Die Frau hatte ein gütiges Herz, und da ihr Mann erst abends von einer Reise zurückkehren würde, sagte sie: »Nimm dein Pferd und reite hinter mir her. Aber du musst mir versprechen, deinem Vater kein Wort davon zu sagen, denn er will nicht, dass du in die Stadt gehst. Wenn er es erfährt, wird er dich und mich halb tot prügeln.«

»Ich verspreche es dir, Mutter«, sagte Farag.

Beide ritten in das Viertel, in dem der Gewürzmarkt lag. Farag staunte, als er die Geschäfte sah, die ihm irgendwie bekannt vorkamen. »Habe ich denn von diesen Läden geträumt? Und auch, dass hier in der Nähe ein Hammam ist, wo ich nach Lakritze schmeckende Bonbons bekommen habe?«, fragte er sich im Stillen. Er band sein Pferd dort an, wo Esel, Maulesel und Pferde standen, und während seine Mutter beim Händler ihre Zutaten besorgte, eilte er in das Badehaus. Dort rauchte der Bademeister seine Wasserpfeife. Farag erkannte den Mann wieder, auch wenn seine Haare grauer geworden waren. Auch der Bademeister erkannte Farag an seinen Gesichtszügen und vor allem an seinen lustigen Augen.

»Um Gottes Willen, Farag!«, rief der alte Mann. »Wo bist du all die Jahre gewesen?« Er erhob sich und eilte zu dem Jungen.

Farag stand stumm da und fasste sich an den Kopf.

»Meister, sag mir, träume ich oder ist es wahr, dass ich als Kind mit meinem Großvater Hani zu dir gekommen bin und du mir immer Lakritze gegeben hast?«

»Nein, mein Junge, du träumst nicht. Deine Eltern sind vor Trauer fast verrückt geworden. Deine Großeltern sind inzwischen gestorben. Wo warst du die ganzen Jahre?«

Farag erzählte ihm von seinen neuen Eltern, und der Bademeister sagte: »Bleib hier. Ich lasse deine richtigen Eltern holen.« Er schickte einen Laufburschen zu ihrem Haus in der Abbaragasse und einen zweiten Laufburschen zum Marktwächter. Er solle sofort ins Hammam kommen. Der Marktwächter war mit dem Bademeister gut bekannt, er durfte jeden Samstag kostenlos baden, und kam sofort.

Der Wachmann brauchte keine großen Erklärungen mehr, da die neue Mutter auf dem Gewürzmarkt bereits weinend nach ihrem Farag gesucht hatte, dessen Pferd noch angebunden dastand, während von ihm keine Spur zu finden war.

»Verhafte sie und bring sie hierher«, sagte der Bademeister. »Bevor sie abhaut«, fügte er hinzu.

Die Frau wurde gefasst, und als sie Farag sah, wusste sie sofort, was geschehen war. Farags Eltern kamen gerannt und weinten Freudentränen bei seinem Anblick. Er erkannte sie kaum, aber sie ihn wohl.

Als die Eltern mit der Frau schimpften, rief Farag laut: »Nein, niemand darf sie beschimpfen. Sie war immer lieb zu mir, wie eine Mutter. Ihr Mann ist der Entführer, und er hat sie und mich immer wieder verprügelt.«

Farag hielt die Hände seiner Mutter und der neuen Mutter in den seinen.

»Dann werden wir den verbrecherischen Entführer verhaften«, sagte der herbeigeeilte Offizier.

Der Mann wurde zu einer langjährigen Strafe verurteilt. Seine Frau besuchte Farag immer wieder. Eines Tages jedoch verkaufte sie Haus und Hof und verschwand mit einem Liebhaber. Man hat nie wieder von ihr gehört.

Der Beifall war zurückhaltend. Karam sah, dass viele Frauen und einige Männer sogar weinten. Da freute er sich, als der Kutscher die Hand hob. Karam vergaß seinen Plan, nur neue Gesichter auf die Kanzel zu bitten und winkte ihn heran.

Als der Kutscher oben auf der Kanzel stand, sagte er: »Gestern haben mich die Geschichten über die Liebe der Hunde zu den Menschen sehr bewegt. Ich erinnerte mich an einen Fahrgast, der mir von seinem Hund erzählte, aber ich kriege die Geschichte nicht mehr zusammen. Wie dem auch sei. Ich beginne mit einer anderen schönen Geschichte über liebende Tiere.«

Der Kutscher erzählte:

Die Angeberei eines Verliebten

Ein Spatz war sehr verliebt in eine Spätzin. Sie aber zögerte und wollte sich nicht auf das Liebesspiel mit ihm einlassen. Verärgert rief er: »Du erwiderst meine Liebe nicht, obwohl ich, wenn du nur wolltest, dieses Schloss hier umwerfen könnte?«

Die Spätzin wurde willig und sie genoss mit ihrem Liebhaber das Liebesspiel.

Salomo, der Weise, saß auf der Terrasse und hörte das Gespräch. Er verstand alle Sprachen, auch die der Tiere, und rief den Spatzen zu sich. Dieser hüpfte herbei.

»Was erzählst du denn da? Du kannst mein Schloss umwerfen?«

»O Prophet«, antwortete der Spatz, »die Übertreibungen der Verliebten darfst du nicht auf die Goldwaage legen«, sagte er und flog davon, auf der Suche nach seiner Spätzin.

Und ob man es glaubt oder nicht, der weise Salomo, dessen Wissen legendär war, lernte an dem Tag noch etwas Neues.

Der erste Kuss der Menschheit

Eine alte, vorbiblische Legende erzählt, Gott habe Eva nicht aus der Rippe des Mannes geschaffen, sondern aus dem Saft der Blumen und Blüten. Das Paradies war nicht in Eden, sondern umfasste die ganze Erde. Eva kam der Legende zufolge in Südindien zur Welt, und Adam schuf Gott aus der Erde Nordafrikas. Beide suchten einander, warum weiß Gott allein. Als Eva den heutigen Jemen erreichte, war sie müde und schlief unter einem Baum ein. Adam kam vorbei, ebenfalls müde, und sah Eva. Gleich auf den ersten Blick verliebte er sich in sie. Er hockte sich neben sie und bewunderte ihre Schönheit. Eine Biene kam geflogen und saugte an Evas süßen Lippen, die sie mit ihrem Blütenduft berauschten. Da wurde Adam eifersüchtig, vertrieb die Biene und küsste Eva auf den Mund. Sie öffnete die Augen und strahlte ihn an.

»Davon habe ich auf der ganzen Reise geträumt«, sagte sie.

Das war der erste Kuss der Menschheit.

Zwei Wünsche

Ein Ehepaar machte einen Spaziergang, da ging dicht vor ihnen ein Blitz nieder. Sie schraken zurück, doch plötzlich stand eine junge Fee vor ihnen. Sie lächelte. »Habt keine Angst. Heute ist der Geburtstag unseres Königs, deshalb schickt er fünf Feen auf die fünf Kontinente, um Menschen zu beglücken.« Sie wandte sich zuerst an die Frau.

»Was wünschst du dir?«

»Ich wünsche für uns ein schönes Haus am Meer statt dieser miserablen, heruntergekommenen Wohnung am Stadtrand«, sagte die Frau.

Die Eheleute fielen in Ohnmacht. Als sie wieder zu sich kamen, saßen sie auf der Terrasse eines herrlichen Hauses am Meer. Die Fee lächelte sie freundlich an.

»Und nun zu dir«, sagte sie zu dem Mann, »was wünschst du dir?«

»Eine Frau, die dreißig Jahre jünger ist als ich«, antwortete er. Seine Frau war so schockiert, dass sie ihn mit offenem Mund anstarrte, dann senkte sie traurig und enttäuscht den Kopf. Sie war bereits fünfzig.

»Gut, das sollst du haben«, sagte die Fee und verschwand. Der Mann zuckte heftig und fiel in Ohnmacht. Als er wieder zu sich kam, war er ein Greis von achtzig Jahren. Seine Frau war immer noch eine lebhafte Fünfzigjährige.

Sie lachte Tränen.

Der Kutscher stieg von der Kanzel und winkte dankbar für den Beifall, bis er seinen Platz erreichte.

Nun meldete sich ein alter Herr zu Wort, der bereits zuvor Karams Neugier erregt hatte. Er war groß und dürr und saß immer in der dritten Reihe. Karam war aufgefallen, dass dieser Mann nie klatschte oder laut lachte, sondern bei den komischsten Geschichten höchstens lächelte. Er gab dem Mann ein Zeichen, und dieser stand auf. »Ich heiße Fahmi und bin am Tag Musiklehrer und in der Nacht Sternenbeobachter.«

»Und wann schläfst du?«, rief Junan, der Metzger.

»Beim Essen«, antwortete der Musiklehrer. Viele lachten.

»Jedenfalls«, fuhr der alte Herr fort, »bin ich der Meinung, dass Musik viel mehr Einfluss auf die Seele hat, als man so vermutet. Meine Frau verzeiht mir all meine Dummheiten des Tages, wenn ich am Abend eine halbe Stunde Laute oder Flöte spiele. Ich kann euch eine Geschichte über die wundersame Macht der Musik erzählen. Mögen einige sie für ein Märchen halten, aber für mich sind Märchen auch ein Teil unseres Lebens.«

»Wir bitten dich, uns die Geschichte zu erzählen. Du hast uns wirklich neugierig gemacht«, rief Karam laut, aber freundlich.

Der Musiklehrer ging auf die Kanzel. Der Saal wurde ruhig, da zog er aus der Innentasche seines Gewands eine Flöte und spielte eine sanfte Melodie. Die Menschen waren wie verzaubert. Als er aufhörte zu spielen, blieb das Publikum ganz still.

Der Musiklehrer Junis erzählte:

Die Macht der Musik

Ein Fischer hatte einen hässlichen Sohn. Er hieß Ismail. Der junge Mann verlor schon mit zehn Jahren alle Kopfhaare, zudem hatte er eine viel zu große Nase und abstehende Ohren. Eines Tages, er war bereits siebzehn, wiederholte er seine Bitte, sein Vater möge ihn einmal mit zum Fischen nehmen. Der Vater hatte sich jahrelang geweigert, so abergläubisch, wie er war, seinen Sohn mitzunehmen, weil er absolut sicher war, dass dieser ihm mit seiner Hässlichkeit Pech bringen würde.

Doch diesmal nahm er ihn mit. Vier-, fünfmal warf der Vater das Netz aus und zog es leer wieder heraus. Er wollte seinen Sohn schon nach Hause schicken, da bat der Sohn den Vater, noch einmal in seinem Namen das Netz auszuwerfen. Der Vater hatte Mitleid mit ihm, und so rief er laut, »Im Namen Ismails«, und warf das Netz aus, und siehe da, der Fang war so groß, dass der Vater das schwere Netz kaum aus dem Wasser ziehen konnte. Ismail half ihm und schaute sich die Fische genau an. Er nahm einen grauen Fisch heraus und legte ihn in einen Eimer Wasser. Mit dem Fisch marschierte er zum Palast des Königs, setzte sich vor dessen Tor, zog eine Flöte heraus und spielte. Und schon glitzerte der Fisch, so als wären seine Schuppen aus Gold und Silber.

Als die Tochter des Königs, Prinzessin Mala, die Musik hörte, schaute sie aus dem Fenster und sah den jungen Mann mit dem Eimer. Aus der Ferne hielt sie ihn für einen Straßenmusikanten. Sie kam herunter und trat aus dem Tor. Ismail hörte auf zu spielen.

»Wie schön«, sagte Mala, als sie den Fisch sah, »ich kaufe den Fisch.«

»Ich schenke ihn dir, wenn du mir deine Arme zeigst«, erwiderte Ismail. Die Prinzessin lachte. Sie zog ihre Jacke aus, da sah er ein schönes Muttermal auf ihrem rechten Arm. Es war herzförmig.

Ismails Vater war sehr glücklich über das Geld, das er für die anderen Fische erhielt, und fragte den Sohn: »Was hast du für deinen Fisch bekommen?«

»Heute nichts, aber der König zahlt mir bald«, antwortete der Junge.

Am nächsten Tag weckte der Vater seinen Sohn sehr früh. Abergläubisch, wie er war, glaubte er nun, Ismail bringe ihm Glück. So war es auch! Der Fang war üppig, und Ismail setzte wieder einen großen Fisch in einen Eimer, diesmal einen blauen, und machte sich auf den Weg zum Palast. Er hockte sich vor das Tor und spielte auf seiner Flöte. Es dauerte nicht lange, und schon war Prinzessin Mala bei ihm. Auch diesmal wollte Ismail kein Geld, sondern bat darum, die Füße der Prinzessin zu sehen, und als sie die Schuhe auszog, bemerkte er, dass am linken Fuß zwei Zehen mit einer dünnen Haut zusammengewachsen waren.

»Wie bei einer Ente«, sagte die Prinzessin, die den jungen Mann mochte.

»Ich liebe Enten«, erwiderte er und ging.

Am dritten Tag stand die Prinzessin bereits vor dem Tor, als er mit einem herrlichen roten Fisch im Eimer kam.

»Folge mir«, flüsterte sie und nahm Ismail mit in einen kleinen Pavillon im Garten. Sie knöpfte das Hemd auf und zeigte ihm ihre Brüste. »Schau her«, sagte sie, »der linke Busen hat um die Brustwarze einen roten Ring, wie bei meiner Mutter. Merk dir das alles, denn bald wirst du es brauchen.«

Eine Woche später verkündete der König, wer seine Tochter heiraten wolle, müsse drei Aufgaben lösen. Da er Mala am liebsten nicht verheiraten wollte, hatte er teuflisch schwierige Aufgaben und Prüfungen für die Kandidaten vorbereitet. Er war sicher, dass kein Fremder seine Tochter je nackt gesehen hatte, daher ließ er als erste Aufgabe verkünden, der Kandidat solle drei geheime Merkmale ihres Körpers nennen. Falls er sich irre, werde er hundert Peitschenhiebe bekommen.

Viele adelige Bewerber scheiterten und gingen mit wunden Rücken nach Hause. Schlauköpfe bestachen die Dienstboten. Diese ließen sich das Geld geben und sagten irgendetwas, was sich sehr intim anhörte, aber falsch war.

Da kam Ismail, und die Prinzessin freute sich, da sie sich in ihn verliebt hatte.

»Sie hat ein Muttermal am rechten Arm, zwei Zehen sind zusammengewachsen, und eine ihrer Brustwarzen ist von einem roten Ring umgeben«, sagte er ganz gelassen.

Der König wurde blass. »Woher weißt du das?«

»Ich habe sie drei Nächte lang im Traum gesehen«, antwortete Ismail ganz ruhig.

»Gut«, sagte der König, »dann sollst du die nächste Aufgabe lösen«, fügte er hinzu, und ein teuflisches Lächeln tanzte auf seinem Gesicht.

Am nächsten Morgen diktierte der Großwesir Ismail die zweite Aufgabe. Vierzig Gazellen, die am Rande der Stadt in einem Gatter gefangen gehalten wurden, solle er hinaus in den Wald führen und sie nach einer Woche wieder zurückbringen. »Alle vierzig tragen ein rotes Lederhalsband mit Siegel, damit du sie und keine anderen Gazellen zurückbringst. Schaffst du das nicht, gibt es zweihundert Peitschenhiebe. Du kannst am besten gleich aufgeben und nach Hause gehen, denn ich kenne niemanden, der zweihundert Peitschenhiebe überlebt hat«, rief der Großwesir fast amüsiert. Er und die anwesenden Zuschauer wussten, dass es unmöglich war, wilde Gazellen, wenn sie einmal freigelassen waren, wieder einzufangen. Die Prinzessin, die als junge Bäuerin verkleidet heimlich anwesend war, weinte leise vor sich. Sie wollte am liebsten bei Ismail bleiben, aber einer der Wächter hatte sie erkannt, und so musste sie rasch in den Palast zurück, bevor er dem Vater Bericht erstattete. Das schaffte sie mit knapper Not.

Und in der Tat, als das Tor des Gatters geöffnet wurde, liefen die Gazellen hinaus und suchten das Weite. Seelenruhig ging Ismail auf den Wald zu. Am Waldrand setzte er sich hin und spielte eine traurige Melodie.

Plötzlich erschien ihm eine Fee. Sie tanzte zu seiner Melodie, und als er eine kleine Pause machte, fragte sie: »Warum bist du so traurig?«

Er erzählte ihr seine Geschichte und beschrieb, wie die Gazellen in alle Himmelsrichtungen gerannt waren.

»Ach«, sagte die Fee, »das ist kein Problem. Wenn du bereit bist, mir einen Wunsch zu erfüllen, und für mich eine Stunde lang Musik machst, werden sie im Nu wieder bei dir sein«, rief sie. Ismail traute seinen Ohren nicht, aber natürlich willigte er ein. Und in der Tat kehrten die Gazellen zu ihm zurück. Sie grasten und ruhten sich in seiner Nähe aus, und er spielte so gut wie noch nie. Es war eine fröhliche Melodie.

»Kannst du Prinzessin Mala diese Melodie überbringen?«, fragte er die tanzende Fee.

»Nichts leichter als das«, sagte die Fee. Gleich darauf hörte Mala in ihrem Zimmer die Melodie und wusste, dass Ismail guter Dinge war. Sie ritt auf ihrem Pferd hinaus und sah bereits aus der Ferne die Gazellen rings um ihn, und sie weinte vor Freude. Als sie bei ihm war, stieg sie vom Pferd, küsste ihn und ritt zurück. Noch nie hatte ihre Zofe sie so glücklich erlebt.

Eine Woche später marschierte Ismail mit den Gazellen durch die Stadt. Die Straßen waren umsäumt von Menschen, und die Gazellen gingen neben ihm wie brave Lämmer. Das Volk jubelte: »Keine weiteren Prüfungen mehr! Ismail ist der Bräutigam!«

Der König fürchtete, es gäbe einen Aufstand, wenn er Ismail noch irgendeine neue Aufgabe stellte.

»Gut«, sagte er mehr gezwungen als freiwillig zu Ismail. Aber er konnte es nicht lassen, ihn noch einmal auf die Probe zu stellen. »Heute Nacht legst du dich in das eine Zimmer, und zwei andere Kandidaten, der Sohn des Großwesirs und der Sohn des Armeeführers, liegen in zwei anderen

Zimmern. Mala bekommt die Augen verbunden, und morgen früh werden wir sehen, bei wem sie liegt. Die Wächter achten darauf, dass keiner mogelt.«

Gegen Abend erschien die kleine Fee bei Ismail und gab ihm eine unsichtbare Flöte. »Wenn du darauf spielst, wird nur Mala deine Melodie hören ...und natürlich ... auch ich«, sagte sie und errötete.

Ismail spielte eine wunderschöne Melodie. Mala hörte sie und ging geradewegs in das Zimmer, wo Ismail war, und sie verbrachten eine wunderschöne Liebesnacht.

Als der König am nächsten Morgen kam, sah er Mala in Ismails Bett. Sie schliefen eng umschlungen. Da lachte der König: »Dagegen bin ich machtlos.«

Und beide lebten glücklich bis zum Ende ihrer Tage.

Und ob man es glaubt oder nicht, von da an rasierten sich viele Männer bereits in jungen Jahren die Köpfe, da sie davon ausgingen, dass sie dadurch interessanter würden, und dass Prinzessinnen Glatzköpfe lieben.

Die Menschen im Saal waren beeindruckt, wie schön der alte Mann erzählen konnte. Jasmin war tief berührt. Sie stand auf und klatschte, und Karam sah, dass sie dabei Amir anschaute und lächelte.

Ein junger Mann, kaum zwanzig Jahre alt, meldete sich zu Wort. Karam forderte ihn auf, und der junge Mann freute sich. »Mein Name ist Badran. Seit zwei Jahren lerne ich beim Heiler Jusuf bin Walid alles über Krankheiten und deren Heilung. Es gibt aber Seelenkrankheiten, die nicht mit Kräutern und Salben zu heilen sind. Viele Heiler wussten das vor Jahrhunderten schon. Die Frau eines reichen Händlers erzählte mir eine Geschichte, die mich traurig machte, aber ich habe sie schon mehrmals vorgetragen und kann sie heute vielleicht auch ganz gut erzählen.«

»Ob traurig oder lustig. Wir lieben Geschichten. Die Kanzel steht dir zur Verfügung«, ermunterte Karam ihn.

Ein reicher Händler heiratete, und nach zwei Jahren schenkte ihm seine Frau einen Jungen. Sie nannten ihn Salman.

Der Händler war dauernd unterwegs und hatte kaum Zeit für seine Familie. Seine Frau litt sehr darunter und später auch der Sohn. Er liebte seinen Vater, doch dieser spielte nie mit ihm, wie es die Großeltern mütterlicher- und väterlicherseits täglich taten.

Der Junge hörte, wie seine Mutter den Vater tadelte: »Du musst mit Salman spielen. Er hat so eine Sehnsucht nach dir. Nimm ihn mit zum Einkaufen oder geh einmal mit ihm schwimmen.«

Aber stets antwortete der Mann auf diese Aufforderungen und Bitten nur höflich: »Sehr gerne würde ich das tun, wenn ich nicht so beschäftigt wäre.«

Der Händler war sehr großzügig. Er schenkte seiner Frau immer wieder teure Sachen, und wenn sie Geld verlangte, so fragte er nie nach dem Grund.

Einmal drängte ihn die Frau beim Frühstück so sehr, sich mehr um Salman zu kümmern, dass er die Geduld verlor. »Du kannst dir nicht vorstellen, wie beschäftigt ich zurzeit bin. Es geht um ein sehr einträgliches Geschäft, das mir jede Stunde einen Golddinar bringt. Versteh doch endlich, meine Zeit ist wirklich zu kostbar.«

Der Junge hörte alles mit an.

Von nun an bat er seinen Vater immer öfter um Geld, mal weil er Bücher brauchte oder Spielzeug, mal auch ohne Grund. Da der Vater nach wie vor sehr, sehr beschäftigt war, fragte er nicht weiter. Er wollte nur die Summe wissen und war jedes Mal großzügig.

Nach einem halben Jahr kam Salman am frühen Morgen in die Küche. Seine Eltern frühstückten gerade. Er trug eine kleine Metalldose bei sich.

»Was ist das?«, fragte sein Vater.

»Das sind viele silberne Dirhams. Sie sind einen Golddinar wert. Die will ich dir bezahlen, damit du eine Stunde mit mir spielst.«

Der Applaus war noch nicht vorüber, da hob eine etwa fünfzigjährige Frau die Hand, gleichzeitig taten es etwa zehn andere Frauen und Männer. Karam erinnerte sich, dass sich die Frau am vorigen Abend mehrmals zu Wort gemeldet hatte und keine Chance bekommen hatte zu erzählen, und auch am heutigen Abend hatte sie es schon mehrmals versucht. Er gab ihr ein Zeichen. Sie stand auf. »Ich heiße Salima und übe zwei scheinbar völlig verschiedene Berufe aus, die beide mit Lüge zu tun haben. Ich bin Schönheitspflegerin und Klageweib. Bei der Schönheitspflege muss ich alles tun, um Gesicht und Körper der wohlhabenden, aber oft nicht besonders gut aussehenden Frauen zu verschönern, und wenn ein Reicher stirbt, so holt man uns Klageweiber, um ihn so lange zu rühmen, bis alle über den Verlust dieses großen Mannes weinen. Dabei ist der Tote manchmal ein ekelhafter Mensch gewesen, der seine Frau und Kinder misshandelt hat. Aber genug davon. Ich habe von einer Freundin eine Geschichte gehört, die mich sehr bewegt hat: Wie die Liebe eines Vaters zu seiner Tochter deren geliebten Mann rettet. Soll ich sie erzählen?«

Karam lachte über die Frage. »Was sonst, nachdem du uns so neugierig gemacht hast?«, sagte er und zeigte auf die Kanzel.

Salima erzählte:

Der weise Bettler

Ein König hatte einen einzigen Sohn, er hieß Amin. Als er zwanzig wurde, wiederholte sein Vater immer wieder die Bitte, Amin solle so bald wie möglich heiraten, da er sich sehr schwach fühle und die Hochzeit noch miterleben wolle.

Aber dem Prinzen gefiel keine der Prinzessinnen, die Freunde seines Vaters ihm manchmal unauffällig, manchmal aufdringlich zugeschoben hatten. Er wollte sich selber eine Frau suchen, und deshalb ging er verkleidet wie ein Händlersohn allein durch die Stadt.

Als er neben einer Hütte einen Moment rastete, hörte er drinnen das arme Ehepaar streiten. Die Frau wollte, dass ihre Tochter Magda so schnell wie möglich ihren Cousin heiraten solle. Den möge sie zwar nicht besonders, aber mit der Zeit würde sie sich schon an ihn gewöhnen. Der Vater lachte zynisch. »Gewöhnen kann man sich vielleicht an einen Stuhl, eine Hütte oder meinetwegen an das Wetter, aber nicht an einen Menschen. Außerdem ist dein Neffe ein Spieler, und so ein Typ kann keine Familie ernähren. Es reicht, dass ich nur ein armer Bettler bin. Meine Tochter verdient etwas Besseres. Ich werde ihr nur den Mann empfehlen, den sie sympathisch findet, und er soll ein Handwerk beherrschen, sonst werde ich ihr abraten, auch wenn es der Kronprinz wäre.«

Prinz Amin staunte nicht wenig. Er klopfte an die Tür. Magda öffnete. Sie war bildschön und hatte eine bezaubernde Stimme.

»Sage bitte deinen Eltern, ich möchte sie sprechen«, sagte er höflich.

»Dann komm doch einfach herein«, meinte die junge Frau, die mit solchen Höflichkeiten nichts anfangen konnte.

Als Magdas Eltern von dem Fremden erfuhren, dass er niemand geringerer als der Kronprinz Amin war, wären sie fast in Ohnmacht gefallen.

»Ich möchte bald heiraten und wünsche mir, dass Magda meine Frau wird.«

»Und, junger Mann, hast du ein Handwerk gelernt?«

Die Mutter wäre bei dieser Frage ihres Mannes vor Wut fast explodiert.

»Ich werde bald der Herrscher dieses Landes sein«, antwortete Amin selbstbewusst.

»Das ist kein Beruf. Ein Herrscher kann über Nacht stürzen und seinen ganzen Wert verlieren, aber ein gelerntes Handwerk nicht.«

Prinz Amin wunderte sich über die stolze Haltung des Bettlers. Und er war auch enttäuscht, weil er Magda bezaubernd fand. Er ging nach Hause und überlegte, wie er ihren Vater gewinnen könnte. In der Morgendämmerung kam er auf eine Idee.

Er verkleidete sich wie ein Bettler mit alten, zerrissenen Kleidern und bettelte den ganzen Tag. Und das machte er so gut, dass er am Abend eine Menge Geld beisammenhatte. Er ging zu Magdas Hütte und klopfte. Magda schrie auf vor freudiger Überraschung.

»Nun bin auch ich ein Bettler«, sagte Amin und wollte wieder um ihre Hand anhalten. Mit der Reaktion des Vaters hatte er nicht gerechnet.

»Betteln ist kein Handwerk. Es ist die Rettung für die Armen und eine Spielwiese für kleine Gauner. Magda findet dich sympathisch. Wenn du sie wirklich heiraten willst, so erlerne bitte ein Handwerk.«

Beim Hinausgehen fasste Magda fest Amins Hand. »Ich werde auf dich warten, solange du für die Lehre brauchst«, sagte sie. Amin fühlte eine unendliche Liebe für sie, und er war nicht einmal zornig auf ihren Vater.

Zu Hause erzählte er seinem Vater von dem stolzen Bettler. Der König war erzürnt. »Ich lasse ihn hierherholen und solange auspeitschen, bis er dich anfleht, seine Tochter zu nehmen.«

»Nein, Vater. Eine Ehe, die mit Zwang beginnt, endet mit Verrat. Ich liebe Magda und möchte den Rat ihres Vaters annehmen und ein ehrliches Handwerk erlernen.«

Am nächsten Tag suchte er einen bekannten Teppichknüpfer auf und lernte bei ihm fleißig die herrliche Kunst, mit bunten Fäden aus Seide oder Wolle zu malen.

Monate vergingen, und täglich besuchte er Magda. Die Eltern waren ihm zugeneigt, und er bereicherte ihre Küche und ihr Leben mit seinen Geschenken.

Schließlich war er in der Lage, kleine Teppiche zu weben, die als Wandschmuck guten Absatz fanden. Nach einem Jahr war es dann so weit. Magda und Amin heirateten. Das war auch ein Segen für seine Schwiegereltern. Amin schenkte ihnen ein kleines Haus und setzte eine monatliche Summe in Höhe einer Lehrerpension für sie aus. »Weil du mich besser als all meine Lehrer unterrichtet hast«, sagte er zu seinem Schwiegervater.

Amin und Magda erlebten einen Liebestraum. Doch dann ereilte sie die Trauer, denn ein Jahr nach der Hochzeit starb der König. Amin war sehr betrübt über diesen Verlust. Auch Magda trauerte, weil der König sie so liebevoll wie eine eigene Tochter behandelt hatte.

Amin wurde zum König ausgerufen und regierte mit Besonnenheit und großem Sinn für Gerechtigkeit. Seine Leidenschaft für die Kunst des Teppichknüpfens aber behielt er. Er fertigte kleine Teppiche auf einem winzigen Webstuhl und lehrte Magda, die Arabesken der Schrift zu lesen. Für einen unerfahrenen Betrachter sieht die arabische Schrift aus wie ein Ornament aus geschwungenen Linien. Für den Kenner verbergen sich dahinter Weisheitssprüche, Liebesgedichte oder Sätze aus dem Koran

An einem Tag in der Woche verkleidet sich der junge König als Händler und ging allein durch die Straßen, um die Sorgen seines Volkes aus nächster Nähe zu erfahren. Anschließend ordnete er entsprechende Maßnahmen an, die Probleme zu lösen.

Eines Tages verspürte er auf seinem Gang durch die Stadt plötzlich großen Hunger. Er suchte ein Lokal auf und setzte sich an einen Tisch neben der Tür.

Das Lokal war leer. Der Ober aber bat ihn darum, einen Tisch im Innenraum zu nehmen, dieser Tisch hier müsse repariert werden. Amin folgte dem höflichen Mann, der ihn zu einem schön geschmückten Tisch in einem kleinen Raum führte. Amin bestellte gebratenes Gemüse und Reis. Dazu ein Glas Rotwein.

Der Ober verschwand rasch mit der Bestellung.

Plötzlich tat sich der Boden unter Amin auf, und er stürzte in die Tiefe. Während des Sturzes sah er, dass Tisch und Stuhl an einer Metallplatte festgeschraubt waren, die als Falltür konstruiert war. Darunter lagen dicke Matratzen, auf denen er weich landete. Er wurde von zwei kräftigen Burschen festgenommen und in eine Gefängniszelle gebracht. Dort saßen bereits drei junge Männer. Sie waren auffällig dick.

»Was ist das hier? Was hat das zu bedeuten?«, fragte er. Einer der Gefangenen antwortete leise: »Wir sind Verbrechern in die Hände gefallen. Die Bande besitzt mehrere Lokale. Sie mästen uns und schlachten uns dann, um unser Fleisch dort anzubieten.«

»Und warum spielt ihr dabei mit? Warum weigert ihr euch nicht?«, fragte Amin verwundert.

»Weil es sonst Schläge gibt, unendlich viele Schläge. Dann lieber füttern lassen und fett werden. Das Schlachten schmerzt nur eine Sekunde, die Peitsche aber tagelang«, antwortete ein junger Mann, der kaum noch atmen konnte, so fett war er.

Als ein Wächter das Essen brachte, rührte Amin nichts an. Er sagte dem Wächter, er wolle den Chef sprechen und ihm ein gutes Angebot machen.

Bald wurde er zum Bandenführer geholt, einem Grobian. Der war schlecht gelaunt.

»Wie viel Geld bringe ich dir ein, wenn du mich schlachtest?«, fragte Amin mutig.

Der Verbrecher musterte ihn von oben bis unten, »Heute vielleicht fünf Dinar, aber wenn wir dich gut gefüttert haben, etwa zehn Dinar.«

»Ich habe eine andere Idee, die dir alle fünf Tage hundert Dinar einbringen wird. In fünf Tagen kann ich einen edlen Teppich aus Seide weben, und ich weiß, dass die Königin verrückt auf solche Sachen ist. Sie zahlt sehr großzügig, wenn der Teppich ihr gefällt. Mein Freund hat ihr bereits fünf Teppiche verkauft, aber sie will noch mehr für alle ihre Palastzimmer.«

»Und was brauchst du dafür?«, fragte der Verbrecher interessiert.

»Ein kleiner Webstuhl reicht mir. Du bekommst ihn für drei Dinar und Seide in allen Farben für weitere zwei Dinar. Ein paar Werkzeuge wie Schere und Nadeln kosten nicht einmal einen Dinar. Du kriegst das alles in Abdullahs Geschäft für Weberbedarf am Sternenplatz. Das Geld dafür kann ich dir geben. Ich muss jedoch in einem Zimmer für mich allein sitzen. Mir reicht Kerzenlicht, aber ich muss konzentriert arbeiten und darf beim Zählen der Knoten nicht abgelenkt werden.«

Die Idee gefiel dem Verbrecher.

Also ließ er alles besorgen, was Amin verlangte, und dieser fing in seiner kleinen unterirdischen Gefängniszelle an zu weben.

Immer wieder kam der Bandenchef vorbei und überprüfte, was sein Gefangener tat. Er beobachtete fasziniert, wie geschickt die Hände des Webers waren und wie nach und nach ein herrlicher Teppich mit den schönsten bunten Ornamenten entstand. Des Lesens war er nicht mächtig. Bald überlegte er sogar, ob es nicht gewinnträchtiger wäre, statt junge Männer zu mästen und zu schlachten, lieber Handwerker aus verschiedenen Künsten zu entführen, die dann in geheimen Werkstätten für ihn edle Sachen produzierten. Goldschmiede, Apotheker, Maler, Schneider, Kupferstecher, Bildhauer und Parfümeure fielen ihm ein.

Nach fünf Tagen war der kleine Teppich fertig.

Der Bandenchef schickte einen hübschen jungen Mann mit dem Teppich zum Palast. Er war vornehm gekleidet und verlangte vom Offizier der Wache eine Audienz bei der Königin, da er einen besonderen Teppich für sie habe.

Als der widerstrebende Offizier der trauernden und verzweifelten Königin die Mitteilung des fremden Teppichhändlers brachte, wurde sie sofort hellhörig.

»Lass ihn ein«, befahl sie.

Der junge Mann verneigte sich vor der Königin und überreichte ihr den kleinen Teppich. Sie erkannte die Schrift auf den ersten Blick, und ihr Herz schlug heftig. Seit Tagen konnte sie vor Kummer nicht schlafen.

»Nimm den jungen Mann mit in unseren Pavillon und verwöhne ihn mit Essen und Getränken, bis ich den Teppich genau geprüft habe. Wie viel willst du dafür haben?«

»Hundert Dinar, Eure Majestät!«

»Ja, ich denke, wir werden uns einig. Ich brauche aber ein wenig Zeit, um ihn mir genau anzusehen«, sagte sie, und der Gauner ließ sich hinaus in den Garten geleiten, wo ein herrlicher Pavillon inmitten von Blumen stand.

Die Königin las Amins Mitteilung, der ihr genau erklärte, wo er gefangen gehalten wurde.

Sie rief die Leibgardisten zu sich und erklärte ihnen, was zu tun sei.

Zuerst sollten sie den jungen Mann, der ihr den Teppich gebracht hatte, im Pavillon festnehmen. Sie selbst verkleidete sich unterdessen wie ein Mann und lief mit den Leibgardisten zum Restaurant. Dort zwangen sie den Wirt, sie in den Keller zu den Gefangenen zu führen. Sie befreiten den König und die drei anderen Gefangenen und nahmen die Verbrecher fest. So erging es auch den Mitgliedern der Bande in den anderen Lokalen. Für ihr ungeheuerliches Verbrechen wurden sie alle zum Tode verurteilt.

Der junge König war seinem Schwiegervater sein Leben lang dankbar. »Ohne dich hätten sie mich in die Pfanne gehauen«, scherzte er, und das war nicht einmal übertrieben.

Starker Beifall und Rufe wie »Es lebe der weise Bettler« hallten durch den Raum. Prinzessin Jasmin stand auf und hob die Hand. König Salih schaute zu seiner Tochter, nickte ihr lächelnd zu, und sie erwiderte seinen Gruß.

Karam traute seine Augen nicht. »Prinzessin«, flüsterte er. Dann, als ob er plötzlich aufgewacht wäre, schnellte er hoch, verbeugte sich und rief: »Mit großer Vorfreude«, und zeigte auf die Kanzel. Jasmin ging an ihrem Vater vorbei, dann machte sie noch einmal kehrt und küsste ihn auf die Wange. Der König erwiderte den Kuss. Das Publikum klatschte. Von freundlichem Beifall begleitet stieg Jasmin die Treppe hinauf. Sie wartete geduldig, bis es ruhiger wurde.

Prinzessin Jasmin erzählte:

Wenn du erzählst, erblüht die Wüste

Der berühmte persische Arzt Ibn Sina (Avicenna) war ein außergewöhnlicher Mensch. Er war nicht nur Arzt, sondern auch Philosoph, Mathematiker, Astronom, Dichter, Islamgelehrter, Alchimist, Politiker und Musiktheoretiker. Er wurde im Jahre 980 bei Buchara geboren.

Im Frühjahr 1008 wurde er von einem reichen Mann gebeten, dessen einzige Tochter Dunya, die er sehr liebte, zu behandeln. Denn Dunya sei schwer erkrankt. Sie könne kaum noch essen, gehen oder sprechen.

Ibn Sina eilte zu der kranken jungen Frau. Er bat alle Angehörigen, auch den Vater, ihr Zimmer zu verlassen, untersuchte sie genau und fand kein organisches Leiden.

Ibn Sina erkannte, dass die junge Frau seelisch litt. Neben seinem berühmten fünfbändigen *Kanon der Medizin* und dem *Buch der Genesung*, war er sehr intensiv mit der menschlichen Seele und ihren Erkrankungen beschäftigt. *Ein Kompendium der Seele* war eines seiner ersten Werke.

Dunya war dem Arzt gegenüber freundlich, aber nicht gewillt zu sagen, was ihr fehlte. Ibn Sina ging zum Vater und bat ihn, bis zum nächsten Tag eine Frau zu finden, welche die Stadt und ihre Häuser und die Namen der darin wohnenden Familien sehr genau kannte.

Als Ibn Sina am nächsten Tag wiederkam, lächelte ihm eine alte, vornehme Frau entgegen. »Diese Dame«, sagte der Vater, »kennt nicht nur die heutigen Straßen und Häuser sowie deren Bewohner, sondern weiß auch, wer sich in dieser Stadt scheiden ließ oder gestorben oder ausgewandert ist. Sie vermittelt seit Jahren Häuser und Ehen.«

»Hervorragend«, sagte der Arzt und bat um ein ruhiges Zimmer, wo er mit der Frau kurz unter vier Augen sprechen könnte. Dunyas Mutter zeigte ihm die Kammer ihrer Dienerin.

Dunyas Eltern waren über das Vorgehen des berühmten Arztes irritiert, wagten aber nicht, zu viel zu fragen. Der Vater flüsterte seiner Frau leicht entrüstet zu: »Das ist doch keine Medizin!«

In dem kleinen Zimmer setzte sich Ibn Sina mit der Dame an einen Tisch und erklärte ihr seinen Plan. »Stellen Sie sich vor, die Patientin und ich wandern hinter Ihnen her durch die Straßen unserer kleinen Stadt, als wollte ich ein Haus kaufen. Sie nennen und beschreiben mir laut Straße für Straße. Und sobald ich Ihnen ein Zeichen gebe, machen Sie eine Pause. Danach beschreiben Sie bitte die Häuser dieser Straße oder Gasse und nennen zuerst die Familien, die auf der rechten Seite wohnen, und dann die auf der linken Seite. Sobald ich mit der jungen Frau das gesuchte Haus erreiche, gebe ich Ihnen wieder ein Zeichen, und Sie nennen die Namen der Familien in diesem Haus. Wenn wir die richtige Familie gefunden haben, nennen Sie mir die Namen der Männer dieser Familie.

Ich werde bei der Patientin sitzen und ihr Handgelenk halten, um ihren Puls zu fühlen.«

Die alte Frau verstand sofort, was der Arzt im Sinn hatte.

Auf dem Weg zu Dunyas Zimmer bat ihr Vater um die Erlaubnis, dabei zu sein. »Nein, das geht leider nicht«, erwiderte Ibn Sina. »Du bleibst bitte draußen. Deine Tochter soll sich nicht von ihrem Vater beobachtet fühlen«, fügte er bestimmt hinzu, was den Vater sehr ärgerte.

Die junge Frau lag sehr dünn und blass mit geschlossenen Augen auf dem Bett. Ibn Sina grüßte, sie nickte nur. Er streichelte ihr liebevoll den Kopf und ergriff ihr Handgelenk. Die alte Dame begann. Sie nannte langsam einige Straßennamen, und bei einer Straße schlug Dunyas Puls heftig. Ibn Sina hob die Hand. Die Frau schwieg. Der Arzt wartete kurz und unterhielt sich mit Dunya über Philosophie und Alchimie, die die Patientin interessierten. Als sich der Puls wieder beruhigt hatte, hob der Arzt die linke Hand. Die Frau begann die Häuser zu beschreiben und die Namen der Familien auf der rechten Straßenseite zu nennen. Es dauerte nicht lange, und aus dem matten Puls wurden harte, schnelle Schläge.

Wieder gab der Arzt der Stadtkennerin ein Zeichen, und sie schwieg. Ibn Sina wartete einen Augenblick. Er fragte Dunya, ob er ihr eine Geschichte erzählen solle. Sie schüttelte mit geschlossenen Augen den Kopf. Dann bat er die Dame mit einem nachdrücklichen Blick fortzufahren, und die Frau nannte einen Mann nach dem anderen, der in diesem Haus wohnte. Bei einem Namen schlug Dunyas Puls wieder wie wild. Der Arzt bat die Frau höflich, ihn nun mit der Patientin allein zu lassen.

»Junge Frau«, sagte er, als die Tür hinter der Dame ins Schloss gefallen war, »du musst nicht leiden und deinen Eltern schlaflose Nächte bereiten. Ein wenig Mut, und du kannst mit dem Mann leben, den du liebst.«

Die junge Frau begann zu weinen. »Das wird mein Vater nie erlauben. Er ist mit Junans Vater verfeindet.«

»Überlasse das nur mir. Ich habe den Liebenden immer geholfen. Du aber stehst jetzt auf und isst etwas, denn dein Junan wird bestimmt keine Leiche heiraten wollen. Aus dem Bett mit dir! Und du hast mein Wort, ich verlasse das Haus nicht, bis dein Vater der Verlobung zustimmt«, sagte er und lachte. Dunya lächelte schüchtern, aber sie stand auf und ging hinter dem Arzt her.

»Nun, was hast du herausgefunden?«, fragte der Vater sichtlich erleichtert, als er seine Tochter zu ihrer Mutter sagen hörte, sie habe einen Bärenhunger.

»Tja«, antwortete Ibn Sina, »die Heilung liegt in deiner Hand. Deine Tochter liebt Junan, den Sohn deines Feindes. Nehmt das als Anlass zur Versöhnung! Dann könnt ihr zur Krönung des Friedens die Verlobung und die Hochzeit der beiden Liebenden feiern.«

Der Hausherr wurde nachdenklich.

»Ich biete dir an, dich zu dem ersten Besuch bei deinem Feind zu begleiten. Letztes Jahr habe ich seine Frau von einer Krankheit geheilt. Nun komme ich, um euch Väter von eurem Hass zu heilen«, sagte Ibn Sina und lachte.

Der Vater lachte nun auch und war diesem genialen Arzt dankbar.

Dunya und Junan lebten glücklich bis zum Ende ihrer Tage. Sie schenkten den Großeltern drei Enkelkinder und einen dauerhaften Frieden beider Familien.

Ein Riesenbeifall erhob sich. Jasmin weinte vor Rührung. Auch König Salih konnte seine Freudentränen nicht mehr zurückhalten. Dann sagte Jasmin:

»Ihr habt mich geheilt, und solange ich lebe, werde ich euch dankbar sein, dass ihr alle gekommen seid und eure Geschichten erzählt habt. Nur so habe ich den Mut gefunden, zu meiner Liebe zu stehen und mich von den entsetzlichen Schuldgefühlen am gewaltsamen Tod meiner geliebten Mutter zu befreien.

Du, Karam, bist der Arzt, mit deiner Poesie und Geduld hast du mir geholfen. Du bist wirklich der würdige Nachfolger von Ibn Sina. Meine Seele war eine Einöde. Und du warst es, der mir eines Tages sagte: ›Wenn du erzählst, erblüht die Wüste.‹

Dein Vorschlag war der Funke, der dieses Feuerwerk an Geschichten entzündet hat. Es brachte die Wüste in meiner Seele zum Blühen und ließ sie in vielen Farben leuchten.

Es ist mein innigster Wunsch, dass du hier bei uns bleibst und mir durch deine Weisheit als Berater hilfst.«

Karams Augen wurden feucht.

»Gestern hat mein Vater meine Liebe zu Amir gesegnet und sein

Einverständnis zu unserer Verbindung gegeben. Amir ist ein armer Fischer, aber in seinem Herzen ist er einer der reichsten Menschen. Ich liebe ihn. Mit seiner Unterstützung werde ich die würdige Nachfolgerin unseres geliebten Königs werden.«

Alle Zuhörerinnen, Zuhörer, Wesire, Berater und Wächter klatschten, auch der König.

Jasmin winkte Amir in der hintersten Reihe, und dieser bewegte sich auf die Kanzel zu, während die Prinzessin die Treppe hinunterging. Der feurige Beifall war weit über das Schloss hinaus zu hören. Der Saal bebte regelrecht. Das junge Paar stand neben dem König und verbeugte sich vor dem Publikum.

Einen Monat später feierte das Land sieben Tage und sieben Nächte lang die Hochzeit von Jasmin und Amir.

Nach nur wenigen Jahren starb König Salih. Jasmin trauerte sehr um ihren warmherzigen, weisen Vater. Amir, Karam und Nura standen ihr bei und berieten sie, wann immer sie Rat brauchte.

Jasmin ernannte zwölf tüchtige Männer und Frauen zu Wesiren für die verschiedensten Bereiche der Gesellschaft. Sitt Hudud war das erste arabische Land, in dem Frauen mitregierten. Nura wurde Großwesirin. Königin Jasmin herrschte streng. aber gerecht. In zehn Jahren gelang es ihr, das Land so umzugestalten, dass die Armut fast völlig verschwand. Niemand musste mehr hungern und keiner bettelte. Einige Reiche verließen das Land, doch viele Wohlhabende begriffen, dass Gerechtigkeit ein besseres Leben auf Erden ermöglicht. Sie wollten zum Glück der Menschen beitragen. Viele Idealisten kamen aus allen Ecken Arabiens und halfen mit, das Land aufzubauen.

Karam und Nura heirateten und lebten glücklich in ihrem Haus im Schlossgarten. Karam eröffnete eine Erzählschule, in der neben ihm erfahrene Erzählerinnen und Erzähler junge, talentierte Menschen in die Geheimnisse dieser Kunst einweihten und mit ihnen übten. Ein Jahr später übernahm er nach dem Tod des Pächters ein großes Kaffeehaus, und jede Nacht trat ein Erzähler oder eine Erzählerin auf und unterhielt das Publikum.

Über diese »Erzählschule« gibt es viele spannende Berichte, Legenden und Anekdoten. Ob darüber jemals ausführlich geschrieben wird, wissen nur die Götter.

Im dritten Jahr schenkte Nura ihrem geliebten Karam einen Sohn, den sie Habib, Geliebter, nannten. Habib wurde Arzt und verliebte sich in eine Damaszenerin namens Sahar, die später meine Mutter wurde. Nach der Heirat zog er mit ihr nach Damaskus. Er wurde hier sehr bekannt und wohlhabend.

Großvater kam nach dem Tod von Großmutter Nura, fünf Jahre später, zu uns nach Damaskus. Meine Eltern litten sehr, da meine Mutter vier Fehlgeburten erleiden musste. Erst zehn Jahre nach der Hochzeit kam ich zur Welt. Ich genoss eine traumhaft schöne Kindheit, doch die Freude endete abrupt, als meine Eltern bei einer langen Wanderung von einer Sturzflut überrascht wurden. Sie ertranken mit zehn anderen Wanderern in der antiken Felsenstadt Petra. Innerhalb weniger Minuten stieg damals das Wasser in der Stadt und ihrer Umgebung drei bis vier Meter hoch. Ich war sieben oder acht Jahre alt.

Es war ein furchtbarer Schlag für mich, meinen Großvater und die ganze Familie meiner Mutter. Tante Nadia, die ältere Schwester meiner Mutter, versuchte liebevoll, mein Leben zu erleichtern. Sie war sehr fromm und deshalb ledig geblieben. Sie wohnte von nun an in unserem Haus und erfüllte alle meine Wünsche, aber sie achtete auch streng darauf, dass ich Schule und Studium erfolgreich abschloss. Weil sie so fromm und manchmal gar fanatisch war, mochte sie den Großvater nicht, und das beruhte auf Gegenseitigkeit. Er nannte sie »langweilige Scheicha«.

Großvater lebte in seinem prächtigen Haus nicht weit von uns. Haushälterin, Köchin und Gärtner machten ihm das Leben leicht. Er war als weiser, humorvoller Erzähler sehr geachtet.

Ich war fast täglich bei ihm ...

Was aber wurde aus dem Land Sitt Hudud?

»Das ist eine lange Geschichte, die es auch gedruckt gibt«, sagte Großvater einmal. »Ihr Titel lautet: *Buch der Königin Jasmin*. Das Buch gibt es in einer schlichten Damaszener Fassung und einer in Leder gebundenen Edelausgabe aus Bagdad. Wenn mich der Tod noch eine Weile verschont, werde ich dir auch diese Geschichte persönlich erzählen.«

ZUM ABSCHIED

Das war die Geschichte der Königstochter Jasmin, die durch das Geschichtenerzählen geheilt wurde. Erzählen ist Leben, und Schweigen gleicht dem Tod. Scheherazade hat mit ihren Erzählungen einen kranken König von seinem Hass und Misstrauen gegenüber Frauen geheilt und Hunderten von Frauen das Leben gerettet.

Den Roman *Wenn du erzählst, erblüht die Wüste* habe ich den Erzählabenden meines Großvaters Karam nachgebildet.

Sein Haus stand, zumal er wohlhabend war, immer offen für Gäste. Jede Nacht habe ich aufgeschrieben, was er seinen Gästen erzählt hat. Ein gutes Gedächtnis habe ich bis heute. Als ich ihm ein halbes Jahr später die Geschichten vorlas, lächelte er nachsichtig, aber er hörte tatsächlich bis zum Ende zu. »Zu mager«, sagte er, »du hast die mündliche Form festgehalten. Das ist nicht schlecht, doch alle Geschichten, die man mündlich erzählt, leben von der Spannung des Augenblicks. Sie berücksichtigen die Aufmerksamkeit der Zuhörerinnen und Zuhörer. Das macht sie reizvoll und unsterblich. Aber du musst nach den Ursprüngen dieser Geschichten suchen. Sie sind, sagt man, in genau hundert Büchern enthalten. Suche diese Perlen und schreibe sie in voller Länge ab, hierin liegt das zauberhafte Geschenk der Schrift. Wenn dein Buch eine Fülle von Erzählungen bietet, können die mündlichen Erzählerinnen und Erzähler genug Stoff daraus schöpfen, um damit phantasievoll und spannend ihr Publikum zu unterhalten. Die Zuhörerinnen und Zuhörer werden den Ort des Erzählens verlassen und die Helden der Geschichten überallhin begleiten. Darin liegen Schönheit und Zauber des Mündlichen. Suche diese Geschichten, und wenn meine Vermutung stimmt und du die letzte Geschichte im hundertsten Buch findest, so lege mir eine rote Rose auf mein Grab. Es kann sein, dass du dann ein Lachen aus der Tiefe hörst«, sagte er und lachte.

Ich bin, wie mein Vater, Arzt von Beruf, doch das Erzählen ist meine Leidenschaft seit der Kindheit. Und nicht selten half es mir sogar bei der Behandlung meiner Patienten. Sieben Jahre lang las ich in jeder freien Minute. Hunderte von Büchern waren das. Viele versprachen mit vielen Worten eine reiche Ernte, gaben aber nichts her, andere, scheinbar unauffällige Bücher schenkten mir zwei, drei Perlen. In der Tat fand ich die letzte Geschichte im hundertsten Band.

Ein Buch über die Fortsetzung der Geschichte des Landes Sitt Hudud, und seiner Königin Jasmin, das mein Großvater am Ende seines Lebens immer wieder erwähnt hat, fand ich hingegen nirgends. Aus welchen Gründen auch immer, vielleicht ist das Buch bei den vielen Kriegen und Naturkatastrophen wie Tausende andere verlorengegangen. Oder hat mein Großvater geflunkert? Gab es das Land Sitt Hudud wirklich, oder war es das Land seiner Sehnsucht? Leider konnte ich niemanden danach fragen. Meine Eltern hätten mir sicher Antwort geben können. Wenn ich meine Tante danach fragte, rief sie Allah zu Hilfe, um meine Seele vor Großvaters Lügen zu schützen. Ich habe sie nach einer Weile nie wieder gefragt. Unsere Geschichtsbücher erwähnten das Land mit keinem Wort, doch sie verschwiegen auch die Räterepublik der Qarmaten, die über 150 Jahre in Bahrain geherrscht hatte. Dafür haben sie uns von jedem Furz eines Kalifen ausführlich berichtet. Nein, die arabischen Geschichtsbücher sind nicht glaubwürdig.

An einem sommerlichen Nachmittag legte ich eine rote Rose auf Großvaters Grab. Ich weiß nicht warum, aber trotz des Lachens, das ich zu hören glaubte, weinte ich an jenem Tag lange. Was für ein Universalgelehrter dieser Großvater war! Sein Tod ist wie ein Brand, der eine ganze Bibliothek vernichtet.

NACHBEMERKUNG
DES KOPISTEN

Im letzten Jahr habe ich viel Geld mit dem Abschreiben religiöser Bücher und Familienchroniken verdient. Auch habe ich zwei große Kalligraphie-Aufträge für eine Moschee und eine Kirche zu Ende gebracht. Danach wollte ich mich eigentlich ein paar Monate entspannen und zu meinem Vergnügen einige alte Bücher kopieren, an denen ich Gefallen finde.

Bei einem Besuch des Antiquariats meines Freundes Mosche Halabi entdeckte ich das Buch Wenn du erzählst, erblüht die Wüste. Der Umschlag fehlte, und die ersten zwei Seiten waren herausgerissen. Auf der dritten Seite stand der Titel. Der Buchrücken trug keinen Autorennamen. Aber der Titel faszinierte mich. Mosche wollte kein Geld dafür haben. »Nimm es nur, ich habe von den Erben diese drei vollen Kisten kostenlos bekommen. Sie konnten mit den Büchern nichts anfangen«, sagte er und lachte. Er wickelte das Buch liebevoll in eine Zeitung, und ich bedankte mich einen Tag später mit einer Flasche Arak.

Zu Hause angekommen, las ich das Buch atemlos durch, vergaß darüber all meine anderen Pläne und begann mit der Arbeit.

Ich muss gestehen, auch ich habe nach dem Buch der Königin Jasmin gesucht. Aber auch ich fand nichts.

Die Blätter des Originals haben durch den Verlauf der Zeit und die Feuchtigkeit sehr gelitten. Das Datum stand fast unleserlich ganz unten auf der ersten Seite, stark beschädigt. Es könnte 1820 oder 1830 sein. Außerdem hatte der Autor, wie viele Ärzte, nicht gerade eine schöne Schrift, aber es gelang mir, sie zu entziffern, und mit Gottes Hilfe, mit Geduld und Humor konnte ich den Text abschreiben und wieder lesbar machen.

Damaskus, Ostern 1890

1　Bemerkung des Übersetzers R. S.: Die Liste ist so, wie sie im Buch stand. Das Einzige, was ich hinzufügte, waren Geburts- und Todesjahr der Autoren, soweit ich sie gefunden habe.

1 . كتاب الأذكياء, لأبي الفرج علي بن محمد القرشي المعروف بإبن جوزي (1116 – 1200)

2 . المستظرف في كل فن مستظرف, ابو الفتح محمد بن منصور الأبشيهي (1388 – 1448)

3 . اعلام الناس بما وقع للبرامكة مع بني العباس, محمد دياب الإتليدي (القرن السابع عشر)

4 . ثمرات الأوراق, لتقي الدين ابي بكر بن محمد بن حجة الحموي (1366 – 1433)

5 . الفاشوش في حكم قرقوش, الأسعد بن زكريا بن مماتي (1149 – 1209)

6 . عيون الأخبار, لأبي محمد عبد الله بن قتيبة الدينوري (828 – 889)

7 . فاكهة الخلفاء ومفاكهة الظرفاء, شهاب الدين احمد بن محمد بن عربشاه (1389 – 1450)

8 . اخبار النساء, ابو عبد الله محمد بن ايوب الدمشقي المعروف بابن قيم الجوزية (1292 – 1350)

9 . آثار البلاد واخبار العباد, زكريا بن محمد القزويني (1208 – 1283)

10 . العقد الفريد, أبو عمر احمد بن عبد ربه الأندلسي (860 – 939)

11 . نزهة الألباب فيما لا يوجد في كتاب, شهاب الدين احمد التيفاشي (1184 – 1253)

12 . الكامل في التاريخ, عز الدين الجزري الموصلي المعروف بابن الأثير الجزري (1160 – 1233)

13 . ثمار القلوب في المضاف والمنسوب لأبي منصور عبدالملك بن إسماعيل الثعالبي (961 – 1038)

14 . المختار من نوادر الأخبار, محمد بن احمد بن اسماعيل المقري الأبياري (1353 – 1433)

15 . كتاب الأغاني, ابو الفرج الأصفهاني (897 – 967)

16 . اخبار الظرف والمتماجنين, ابو الفرج بن محمد القرشي المعروف بابن الجوزي (1116 – 1200)

17 . تحفة العروس ومتعة النفوس, أبو محمد عبد الله بن أبو القاسم التجاني (1272 – 1321)

18 . أخبار الحمقى والمغفلين, ابو الفرج بن محمد القرشي المعروف بابن الجوزي (1116 – 1200)

19 . التذكرة الحمدونية, بهاء الدين محمد بن الحسن البغدادي المعروف بابن حمدون (1102 – 1172)

20 . نثر الدرر, للوزير ابي سعد منصور الابي (؟ – 1030)

21 . كتاب الأسد والغواص, كاتب مجهول

22 . كتاب اللطف واللطائف, لأبي منصور عبدالملك بن محمد بن إسماعيل الثعالبي (961 – 1038)

23 . المجموع اللفيف, ابو جعفر محمد الحسيني الأفطسي الطرابلسي (1070 – 1126)

24 . البخلاء (1), لأبي عثمان عمرو بن بحر الجاحظ (775 – 868)

25 . البخلاء (2), أبو بكر احمد بن علي بن ثابت المعروف بالخطيب البغدادي (1002 – 1071)

26 . انس المسجون وراحة المحزون, صفي الدين بن البحتري الحلبي (القرن الثالث عشر)

27 . طبائع النساء, ابوعمر احمد بن محمد بن عبد ربه الأندلسي (860 – 939)

28 . رسائل الجاحظ , لأبي عثمان عمرو بن بحر الجاحظ (775 – 868)

29 . محاضرات الأدباء, الراغب الاصبهاني (؟ – 1108)

30 . في المحاسن و الأضداد, لأبي عثمان عمرو بن بحر الجاحظ (775 – 868)

31 . بلاغات النساء, احمد بن ابي طاهر المعروف بابن طيفور (819 – 893)

32 . الجليس الصالح والأنيس الناصح, المعافى بن زكريا (916 – 1000)

33 . كنز الكتاب ومنتخب الآداب, ابو اسحق اليونسي (؟ – 1253)

34 . كتاب الزهرة, ابو بكر محمد بن داود الاصبهاني (869 – 910)

35 . مرآة الزمان في تاريخ الأعيان, سبط ابن الجوزي (؟ – 1256)

36 . كليلة ودمنة ,عبد الله بن المقفع (724 – 759)

37 . جمع الجواهر في الملح والنوادر, ابراهيم الحصري القيراواني (؟ – 1061)

38 . بهجة المجالس وبهجة المُجالس, ابن عبد البر القرطبي (978 – 1071)

39 . التطفيل, ابو بكر بن ثابت الخطيب البغدادي (1002 – 1071)

40 . الوشاح في فوائد النكاح, الإمام السيوطي (1445 – 1505)

41 . خزانة الأدب وغب لباب لسان العرب, عبد القادر بن عمر البغدادي (1620 – 1682)

42 . نواضر الأيك في معرفة النيك, الإمام, جلال الدين السيوطي (1445 – 1505)

43 . اخبار الثقلاء, أبو محمد الحسن بن محمد بن الحسن الخلال (963 – 1047)

44 . مروج الذهب, لأبي الحسن بن علي المسعودي (896 – 957)

45 . لمعة السراج لحضرة التاج اختيار نامه, مؤلف مجهول

46 . الفرج بعد الشدة, لأبي علي المحسن التنوخي (939 – 994)

47 . منازل الأحباب ومنارة الالباب, شهاب الدين الحلبي (؟ – 1324)

48 . المثنوي, جلال الدين الرومي (1207 – 1273)

49 . المستجاد من فعلات الأجواد, لأبي علي محسن بن ابي القاسم التنوخي (939 – 994)

50 . فضل الكلاب على كثير ممن لبس الثياب, ابو بكر بن خلف المرزبان.(؟ – 920)

DANK

Bei vielen Menschen herrscht eine falsche Vorstellung von der Schriftstellerei. Man hält den Autor für einen Einzelgänger, der alles im Alleingang schafft. Irgendwann einmal habe ich einen Film über einen Komponisten gesehen, der von Noten umschwärmt wird. Sie flattern um seinen Kopf wie Schmetterlinge, während er in Zeitlupe durch eine romantische Landschaft spaziert. Die Vorstellung von der schriftstellerischen Arbeit scheint so ähnlich zu sein. Und das gilt nicht nur für Romane, sondern auch für Lyrik, Erzählungen, Novellen oder Märchen.

Nein, ein Schriftsteller ist nicht ganz auf sich allein gestellt. Er wird, wo auch immer er lebt, von vielen Menschen aus allen Erdteilen und Zeiten unterstützt, wenn er seine Geschichte, seinen Roman schreibt. Menschen, die seine Phantasie, seine Schreibkunst, seine Themen anregen, die oftmals durch ihre Vorarbeit die Voraussetzungen dafür geschaffen haben. Philosophische Abhandlungen, Romane, Nachschlagewerke, die anonymen Erzähler der Bibel, von Tausendundeine Nacht und anderen Märchen der Völker, Menschen, die Lyrik und Prosa geschrieben, Filme gedreht, Theaterstücke verfasst haben, sie alle, ob sie bereits tot oder noch am Leben sind, haben dazu beigetragen, diese Geschichte oder diesen Roman so werden zu lassen, wie er geworden ist.

Und auch wenn man ein Manuskript zu Ende geschrieben hat, ist noch die Hilfe vieler weiterer Personen nötig: im Lektorat, in der Herstellung, in Presse, Vertrieb und Werbung, die dazu beitragen, dass aus dem Manuskript ein lesbarer Roman und schließlich ein fertiges Buch wird. Für diese Gemeinschaftsproduktion danke ich meinem Verleger Jo Lendle und seinem Team im Carl Hanser Verlag. Denn ohne sie alle hätte mein Buch nicht Gestalt annehmen und seinen Weg in die Welt machen können.

Besonders sorgfältige helfende Hände benötigt ein Werk, wenn sein Verfasser es in einer fremden Sprache schreibt, so wie das bei mir und anderen Exilautoren der Fall ist. In meinem Essay »Wie ich Frau Sprache verführte« habe ich nach zwanzig Jahren Tätigkeit als Autor dargelegt, dass manche Kammer und manches Kämmerlein im Haus der neuen Sprache für einen, der als Erwachsener erst mit ihr in Kontakt kam, verschlossen bleiben. Auch heute, nach fünfzig Jahren im Exil, sehe ich das noch genauso.

Übersetzerinnen und Übersetzer, Lektorinnen und Lektoren werden selten für ihre Arbeit gewürdigt. Das sollte nicht so sein. Tatjana Michaelis hat als Lektorin dieses Werk begleitet. Sie hat mich professionell und humorvoll, präzise und respektvoll unterstützt. Dafür danke ich ihr herzlich.

Rafik Schami, im Frühling 2023

INHALT